정유순의 세상 걷기

강 따라
물 따라

초판 1쇄 발행 | 2024년 03월 06일
초판 2쇄 발행 | 2024년 04월 30일

글 · 사진 | 정유순

펴낸이 | 오세기
펴낸곳 | 도담소리
주   소 | 경기도 고양시 덕양구 꽃마을로34, 1416호(DMC스타펠리스)
전   화 | 02) 3159-8906
팩   스 | 02) 3159-8905
이메일 | daposk@hanmail.net

편집디자인 : 공간디앤피

등록번호 | 제2017-000040호
ISBN 979-11-90295-31-4   03810

정유순의 세상 걷기

강 따라 물 따라

정유순

머리말

시작이 있으면 끝이 있는 법!

과연 세상의 끝은 어디인가?

물론 해답은 '죽음'이라고 말할 것이 뻔하다. 그러나 죽음은 저승에서의 시작을 하는 것이고, 이승에서 살아가는 동안의 시작과 끝은 어느 순간에도 연속적으로 일어난다. 그래서 "끝이란 새로운 시작을 알리는 신호일 뿐" 별다른 의미가 없는데도 사람들은 시작보다는 끝에 더 큰 방점을 찍으려 한다.

만 37년 간의 공직생활과 약 10여 년 간의 민간기업 생활을 마무리하고 지금은 인생의 황혼기에 접어들어, 살아온 세상의 뒤를 돌아본다. 인생을 사는 동안 세상의 많은 일을 겪으면서 '이제 이 정도면 되겠지' 하는 생각이 들다가도 또 한편으로는 여전히 부족한 점이 많고 채워야 할 것들이 너무 많다는 것을 뼈저리게 느낀다.

공직을 그만 두고 잠시 찾아온 공백기에 나를 무척 아껴 주시던 소설가 김주영 선생님과 함께 아프리카 여행을 하며, 케냐의 마사이족이 사는 원주민 마을에서 퍼 올린 샘물을 보았을 때, 구정물처럼 흐린 물을 보고 아연실색하지 않을 수 없었다. 그냥 눈으로만 봐도 우리는 도저히 마실 수 없는 그런 물이다. 그 순간 왜 그렇게 한강이 고마운지 눈물이 가슴을 적셨다. 대한민국에서 사는 우리는 분명 복 받은 사람이었다.

짧은 여행을 마치고 돌아온 후로 산자수명(山紫水明)한 우리나라의 길을 따라 한강의 발원지 태백 검룡소에서 물길을 따라 걸었고, 태백 황지의 샘물을 따라 부산 다대포까지 낙동강과 함께 흘러 보았다. 전북 장수의 뜬봉샘을 출발한 물방울은 비단강인 금강을 따라 누볐으며, 전북 진안의 데미샘에서 솟아 오른 섬진강을 따라 광양 하구까지 걸었다. 담양의 용소(龍沼)에서 출발한 물길을 영산강 하굿둑 넘어 목포의 갓바위까지 걸었다. 철조망이 가로 막혀 지금은 갈 수 없는 북녘 땅을 바라보며 한탄강과 임진강을 걸었다.

이렇게 강 따라 물 따라 걸으면서 보고 느낀 것은 그곳에는 우리 선조들의 숨결과 선진 문화가 있었고, 문학과 과학이 숨어 있었다. 그러나 길을 따라 수많은 것을 보고 겪었지만, 돌이켜 보면 보이는 것은 하얀 백지뿐이었다. 그래도 걷는다는 것은 나를 키워 주는 양식(糧食)이었고 일깨워 주는 양서(良書)였다. 오늘도 "行路萬里 讀書萬卷(만 리를 걷는다는 것은 만 권의 책을 읽는 것과 같다)"의 마음으로 나는 세상 밖으로 발걸음을 옮긴다.

2024년 3월 6일

瓦也 정 유 순

차례

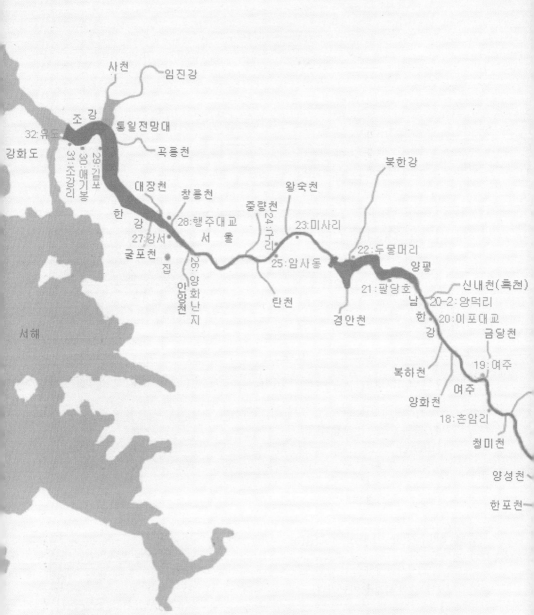

한강 물길

골지천 : 검룡소~아우라지(송천 합류)
조양강 : 아우라지~가수리(동남천 합류)
동　강 : 가수리~영월(서강 합류)
남한강 : 영월~두물머리(북한강 합류)
한　강 : 두물머리~통일전망대(임진강 합류)
조　강 : 김포 전류리~보구곶리(유도 부근)

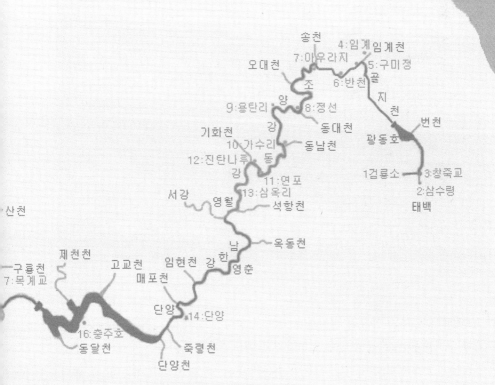

동해

한강의 시원을 따라(1)
검룡소, '민족의 젖줄' 한강의 발원지

"그곳에 서 있노라면 모든 세상의 욕심은 사라지고 숙연해진다. 어떤 미움도, 내 마음의 오욕의 찌꺼기도 다 끄집어내어 깨끗하게 씻어 준다. 태초의 속삭임이 기쁜 눈물이 되어 가슴으로 스며든다. 졸졸졸 흐르는 물소리마저 잠든 영혼을 일깨운다. 우리 민족이 살아 온 삶의 발자취가 고스란히 살아 움직인다."(정유순의 '보석보다 더 귀한 물' 중에서)

가끔 검룡소에 올 때마다 읊어 보는 나의 독백(獨白)이다.

검룡소

검룡소(儉龍沼)는 한강의 발원지다. 태백시 창죽동 금대봉 기슭에 있는 제당굼 샘과 고목나무샘, 물골의 물구녕 석간수와 예터굼에서 솟아나는 물이 지하로 스며들어 이곳에서 다시 솟아난다. 물이 솟는 입구는 약 2㎡이며 깊이는 알 수 없다. 일 년 내내 9℃의 수온으로 하루 2천 톤~3천 톤씩 석회 암반을 뚫고 솟아 20여m

검룡소 표지석

검룡소의 첫 출발

의 폭포를 이루며 쏟아진다. 소(沼)의 이름은 물이 솟아나는 굴속에 용이 살았다고 해서 '검룡소'로 붙여졌다. 일설에는 조선의 나라를 세운 단군왕검의 검(儉) 자에서 따왔다는 이야기도 있다. 폭포는 '아주 오랜 옛날에 서해에서 살던 이무기가 용이 되고 싶어 강을 거슬러 올라가다가 태백산 검룡소를 발견하고 안으로 들어가려고 발버둥을 치느라고 생긴 것'이라고 하는 이야기도 있다. 석회석 암반 위를 흐르는 검용수에 의해 오랜 세월 동안 녹고 깎여 형성됐으며, 중간 중간의 소는 하천력(河川礫)에 의해 마모되어 패인 구멍이다. 이유야 어떻든 한반도의 문화를 형성하고 역사를 만들어 온 한강은 앞으로도 영원히 이어질 우리의 핏줄이다.

검룡소는 1987년 국립지리원에 의해 최장 발원지로 공식 인정됐다. 이전에는 오대산에 있는 우통수(于筒水)를 한강의 발원지로 했었다. 그러나 검룡소가 발견되면서 다툼을 벌이다가 태백산과 오대산에서 흘러내리는 물줄기가 합쳐지는 강원도 정선군 나전을 기점으로 실측한 결과 오대산 우통수까지는 62㎞, 금대봉 검룡소까지는 94㎞로, 거리가 더 먼 검룡소가 한강의 발원지로 공식화됐다.

검룡소에서 흘러내린 시냇물이 1300리(514㎞) 긴 여정의 첫 내(川)를 이루는 곳이 골지천이다. 암반 위로 흐르는 물소리를 들으며 주차장 쪽으로 내려오면 태백산국립공원사무소 검룡분소가 나온다. 천년병화(千年兵火)가 들지 않는 영산 태백산은 백두산에서 뻗어 나온 백두대간의 줄기를 서쪽 소백산으로 방향을 틀어 지리산으로 연결해 주고, 남으로는 낙동정맥을 부산 몰운대까지 이어 주는 분기점이다.

한강의 시원을 따라(2)
대덕산은 '포근한 어머니 가슴'

봄부터 야생화가 지천으로 널려 있는 태백 줄기의 대덕산은 언제나 포근한 어머니 가슴이다. 주차장을 지나면 암반이 없는 곳에서는 물은 땅속으로 숨어들어 흐르다가 다시 고개를 내민다.

검룡소 지역은 빗물에 잘 녹는 석회암으로 되어 있어, 땅 속에는 동굴이 잘 만들어진다. 이곳을 흐르는 냇물은 지하통로로 사라지기도 하고 다시 표면으로 고개를 들어 흘러가기도 한다. 검룡소의 솟아나는 물의 양은 엄청나지만 흘러내려 가면서 양이 줄어드는 것은 일부의 물이 지하로 흘러가기 때문이다.

골지천 상류

태백산국립공원사무소 검룡소 분소   대덕산

이렇게 명맥을 유지하며 창죽마을공원을 지나 제35호 국도와 평행하는 삼수령(三水嶺)에서 내려오는 다른 물줄기를 맞이하여 검룡수는 처음으로 합수한다. 삼수령은 태백시 적각동에 있는 한강·낙동강·오십천의 분수령이다. 이곳에 떨어지는 빗물이 북쪽으로 흘러 한강으로, 동쪽으로 흘러 오십천으로, 남쪽으로 흘러 낙동강으로 들어가 붙여진 이름이다. 또 하나의 이름은 삼척 지방 백성들이 난리를 피해 이상향(理想鄕)으로 알려진 황지로 가기 위해 이곳을 넘었기 때문에 '피해 오는 고개'라는 뜻으로 '피재(避岾)'라고도 한다.

창죽동을 지나면 태백시 원동이다. 원동은 태백시 삼수동의 법정동이다. 원동의 큰 터(大基)는 삼척에서 정선 지방으로 통하는 교통의 요지로 고려 시대에 관리들이 출장 중에 묶어 가던 죽현원이라는 원(院)이 있어서 원동(院洞)이라는 지명이 생겼다. 삼척군 지역이었다가 1994년 12월 26일 태백시로 편입되었다. 예전에는 금·은·철·석회석을 캐는 광산업이 성했던 지역이었으나 지금은 대부분 고랭지 채소와 산나물 채취로 소득을 올린다.

가슴 찡한 사연, '권춘섭집앞' 버스정류장

원동을 지나면 태백시 상사미동(上土美洞)이다. 골지천을 따라 도로를 걷다 보면 좌측 산기슭에는 조성된 지 얼마 안 되는 자작나무 군락지가 나오고, 아치형의 좁은 다리가 걸쳐 있다. 그 옆에 '권춘섭집앞' 버스정류장이 있다. 다리 아래로는 장마철 외에는 얼마든지 통행이 가능할 것 같아 '선심성예산 낭비가 아닌가' 하는 생각도 해보며 다리 위도 올라가 본다. 마을이라고는 한 가구 주택만 보일 뿐 이용자가 그리 많지 않은 것 같다.

그러나 이 정류장에는 가슴 찡한 사연이 있다. 원래 정류장 이름은 '권상철집앞'이었다. 농사를 짓던 권상철은 1999년 아내가 암으로 병원 치료를 받아야 하는데,

권춘섭집앞 버스정류장

보리밭

심밭골 가는 길

거리가 먼 이웃 정류장까지 걸어 왕복하는 아내를 보며 가슴 아파하다가 태백시에 건의했고, 태백시는 주민과 버스회사를 설득해 버스정류장을 세우게 됐다. 그런데 딱히 대표할 만한 건물이 없어서 '권상철집앞'으로 했다. 그러던 중 부부가 세상을 떠나자 장남 권춘섭이 그 집에 남아 농사를 이어가자 명칭을 대물림하게 됐다고 한다.

파릇파릇 봄기운이 물오른 보리밭을 거닐 때는 마음도 몸도 가뿐해진다. 제35호 국도(백두대간로)로 접어들어 상사미 1교를 건너면 치매안심치료를 전문으로 돌보는 '태백시 사조보건진료소'가 맞이한다. 상사미동과 하사미동은 삼척시 신기면 대이리와 경계를 이루는 덕항산 자락의 고지대에 자리 잡은 마을로, 태백시 삼수동의 법정동이다.

나뭇가지에 메달아 놓은 '심밭골 가는 길' 이정표가 심마니들의 숨결을 이어주는 삼공의 표시 같다. 고향 같은 평화스럽고 포근한 마을에는 사람의 훈김이 빠져나가 금방 폭삭 주저앉을 것 같은 빈집이 짠하다. 옛날 같으면 더없이 반가웠을 장승도 알아주는 사람이 없어 맥이 풀린 듯 기운이 없다. 어린학생들이 재잘거리며 희망을 속삭이던 초등학교도 눈에 띄는 대로 폐교상태다. 이대로 시골은 젊음이 사라지고 고향도 묻히는 것일까?

태백시 최북단, 인정 많은 '조탄마을'

딱딱한 포장길 언덕을 넘을 즈음, 길옆에서 봄의 전령인 복수초가 환하게 맞이해 준다. 복수초는 우리나라 각처의 숲속에서 자라는 다년생 초본이다. 생육 환경은 햇볕이 잘 드는 양지와 습기가 약간 있는 곳이다. 뿌리를 포함한 전초는 약용으로 쓰인다.

고개 너머에는 인정 많은 '조탄마을'이 기다린다. 조탄동은 삼수동의 법정동으로 태백시의 최북단에 위치하며, 삼척시 하장면 숙암리와 경계를 이룬다. 조선 시대에는 골지천 상류부의 중봉산과 청옥산과 함백산 일대에 양질의 금강소나무가 많아, 1553년(명종 8)에 경복궁에 화재가 났을 때나 1865년(고종 2)에 경복궁을 중건할 때에도 이곳의 소나무가 동량재(棟梁材)로 쓰였다.

광동댐 공도

복수초

조탄마을 표지석

태백 시계를 벗어나면 삼척시 하장면 숙암리다. 숙암리는 하장면의 동부에 위치하며 산간 마을이다. 서쪽에 높고 험준한 지각산이 위치하며, 태백시 검룡소로부터 흐르는 내는 번천(番川)과 합해 광동댐으로 흘러 태백시 등에 용수를 공급한다.

지운, 평지촌 등 5개의 자연 마을이 있으며, 옛날에 마을 동쪽에 있는 바위 아래에 시장이 있었으므로 '장바위'라는 시암(市岩)이라고 했던 것이 속전되어 '잘바위'라는 숙암(宿岩)이 되었다고 한다.

1988년에 준공된 광동댐은 태백시·삼척시·정선군·영월군 등지에 생활용수·공업용수·하천유지용수를 공급하기 위해 삼척시 하장면 광동리 일대의 골지천을 막아 건설한 댐으로 발전 시설은 없다. 광동댐은 남한강 최상류에 입지한 관계로 해마다 반복되는 가뭄과 기후변화로 댐 하류에 용수부족현상이 빈번해 골지천 하류의 건천화 방지와 함께 광동호의 부영양화(富營養化)에 대비한 환경개선이 요구되는 곳이기도 하다.

백두대간 산악 마을 삼척 '하장면'

광동댐 바로 밑은 삼척시 하장면사무소가 있는 광동리다. 삼척시 북서부에 위치한 하장면은 본래 '장성면'이었다. 1738년(영조 14) 상·하장성면으로 나뉬으며, 1842년(헌종 8) 하장면으로 통합됐다.

백두대간의 마루금이 이어지는 정상부인 고원성 산악 지역을 차지하며, 남한강의 상류인 골지천이 중앙부를 관통해 북서류(北西流)한다. 밭이 대부분을 차지해 주요 농산물은 감자·옥수수이다. 최근 주민들은 고랭지 채소 재배로 높은 소득을 올리며, 한우 사육과 양봉이 활발하다. 하장면 광동리의 명칭은 이 지역이 넓고 평지 마을이라 하여 '넓골'이라 부르다가 이를 한자로 광동(廣洞)이라 표기한 데서 유래되었다. 조선 경종 때 전진량, 김한서, 함상진 등이 이주해 와 마을이 형성되었다.

골지천의 살얼음

하장면 광동리   금옥각

    광동삼거리 우측에는 금옥첨원불망비(金玉僉員不忘碑)가 있다. 이 비는 1870년(고종 7)에 지역의 뜻있는 인사들이 재물을 희사해 백성들을 구휼한 것을 기리기 위해 세워졌다.

    골지천을 흐르는 물이 광동리를 지나면 '골짜기를 따라 길게 뻗은 밭'의 장전리에 들어선다. 겨우내 얼었던 얼음도 살살 녹으며 봄기운을 더한다. 마을 중앙으로 흐르는 골지천 언덕 위에는 효자 전체준의 정려(旌閭)가 있다. 전체준은 10살에 어머니를 여의고 홀아버지를 지극 정성으로 모셨으며, 돌아가시자 3년 간 시묘(侍墓)하여 1903년(광무 7)에 칙명(勅命)교시로 정려문이 전교되어 1904년(광무 8) 3월에 정려각을 건립했고, 1998년 9월에 중건했다. '효는 모든 행동의 근본'(孝百行之本)이라 했던가.

한강의 시원을 따라(6)
칡넝쿨 무성한 삼척 '갈전리'

옛날의 섶다리 대신 콘크리트 다리로 내를 건너 천변 가까이 가 보지만, 이어지는 길이 끊겨 걷기에 불편하다. 도로 확장으로 발생한 법면(法面)에는 옹벽을 만들어 해동에도 끄떡없어 보인다.

칡넝쿨이 무성해 마을 이름이 갈전리라 불리는 곳이다. 산비탈에 일군 밭만 구경하다가 처음으로 논을 본 곳이다. 갈전리는 하장면의 북부에 위치해 동쪽은 중봉리, 북쪽은 정선군, 서쪽은 토산리, 남쪽은 추동리에 각각 접해 있다. 칠곡, 문왕곡, 방기, 귀수, 평지촌, 탄곡, 노전, 후곡 등의 자연 마을이 합쳐진 법정리다. 서쪽으로 선당산, 동쪽으로 교암산 등의 수려한 산이 있다.

골지천 콘크리트 다리

삼척 갈전리 당숲   갈전 피암터널

갈전리에는 '삼척갈전리당숲'(천연기념물 제272호)이 있다. 당숲에는 수령 400년 이상 된 느릅나무와 졸참나무, 엄나무, 전나무 등이 군락을 이룬다. 약 300여 년 전 갈전 남씨 조상이 최초로 이곳에 정착한 후 마을 중앙에 100년 된 큰 느릅나무를 옮겨 심었다고 전하나 주변 정황으로 보아 여기에서 자라던 것을 보호해 온 것 같다. 갈전리 서낭제는 매년 음력 정월대보름에 이곳 당숲 느릅나무에서 마을의 안녕과 평안을 기원하고 제사를 지내는 민속 행사로 치러진다. 당숲에서 잠시 숨을 고르고 국도 제35호 도로를 따라 물 흐름이 많아진 골지천과 동행한다. 하천 안쪽으로도 제법 경지정리가 잘된 논들이 시야를 넓혀 준다. 도로도 뱀처럼 구불구불 흐르는 사행성(蛇行性) 하천을 따라 구불거린다.

멀리 산비탈에 연립 건물처럼 보이는 것은 '갈전피암터널'이다. 낙석에 의한 사고를 막기 위해 콘크리트로 만들어 놓은 터널 지붕이다. 터널 안으로는 차만 다니고 밖으로 사람이 다닌다.

갈전리를 지나면 하장면 토산리다. 토산리는 하장면의 서북부에 위치하며 동쪽은 갈전리, 남쪽은 공전리, 서북쪽은 정선군에 각각 접한다. 평지촌, 동무지, 장강촌 등의 자연 마을이 합쳐진 법정리로, 서쪽에는 망월봉, 남쪽에는 감사산, 북쪽에는 기암산 등이 있다. 골지천은 마을을 지나 정선군으로 흐른다. 이 지역은 본래 토산(土山)이라 불리다가 서쪽의 작은 산봉우리 모양이 토끼를 닮았다 하여 옥토망월(玉兎望月), 즉 토산(兎山)이라 부르게 되었다.

골지천, 문래리 옛 이름 '골지리'서 유래

여울소리를 들으며 은치교를 건너면 정선군 임계면 문래리다. 임계면은 정선군의 북동부에 위치한 면이다. 원래 강릉군에 속했다가 1906년(광무 10)에 정선군에 편입됐다.

문래리 골지천

문래리의 원래 이름은 골지리(骨只里)였다. '골지리'는 '뼈만 남았다'는 의미가 담겨 있고, '골치 아프다', 또는 '꼴지'라는 부정적 어감으로 주민들이 꺼려 왔다. 따라서 정선군은 주민들의 자긍심과 역사성 회복을 위해 2009년도에 문래리로 변경되었다. 그리고 골지천은 이 골지리에서 유래했다. 그러나 원래 골지리는 고기원과 문래리, 또는 고계리로 정선의 옛 지명에 나와 있는데, 일제 강점기 때 개편되면서 골지리가 됐다.

효자각(좌)과 열녀각(우)　　　　　　　　강릉 최씨 열녀정려비

　　골지천을 이루는 원류부의 하나는 두타산 남쪽 댓재에서 발원한 번천(番川)이고, 다른 하나는 검룡소에서 발원한 물이다. 이 두 하천이 숙암리의 광동호에서 만나 다시 출발한 물은 고적대에서 발원한 하천을 토산리에서 받아들여 이곳 문래리로 들어간다. 골지천이 지도에 처음 표기된 것은 일제 강점기 때다. 임계면 골지리가 문래리로 이름이 바뀐 것처럼 골지천도 역사와 문화가 스며 있는 새로운 이름으로 바꿔 주는 것이 일제 청산의 작은 시발점이 될 것 같다.

　　문래리에는 특이하게도 모자(母子)가 열녀와 효자가 되어 정려(旌閭)를 받은 '강릉 김씨 열녀각과 정선 함재환 효자각'이 나란히 있다. 효자각은 함재환의 아버지가 방탕한 생활로 가정 형편이 어려워지자 어려서부터 날품팔이 행상을 하며 부모를 봉양하고, 아버지가 돌아가시자 3년 동안 아침저녁으로 정성껏 묘를 살핀 효행을 기려 1936년에 세워졌다.
　　열녀각은 강릉 최씨인 함병태의 부인이자 함재환의 어머니가 시부모님이 병환으로 자리에 누워 딸기가 먹고 싶다고 하자, 추운 겨울임에도 불구하고 딸기를 구하려고 산속을 헤매다 탈진으로 쓰러지자 그 효심에 감동한 호랑이가 집까지 물어다 주었다는 이야기에 유래하여 1955년에 세워졌다.

'산자분수령', 선조들 자연관 여정

협곡을 빠져나온 하천은 시야가 다소 넓어진다. 하천의 폭이 넓어지고 너른 수중보가 보이기도 하며 제법 넓은 전답을 거느린 들판도 보인다. 도로만 걷다가 모처럼 하천 둑으로 걸어 본다. 얼마를 걸었을까. 머리에 고랭지 배추를 이고 서 있는 장승이 미소를 머금게 한다. 이 나무 장승은 '음지마을'의 이정표였으나 마을 표시는 떨어져 나갔고, 앞뒤로 양면(兩面)을 하고 있어 발길을 멈추게 한다.

골지천과 용산리

문래리 국도변에는 감자개량저장고가 있다. 정선군에서 해마다 '임계면 감자축제'가 8월에 열리며, 정선군을 전국적인 감자 특산지로 부각시키고 감자의 다양한 소비를 촉진시키기 위해 추진된 축제다. 임계면체육회 주관으로 1997년부터 매년 8월 열린다. 감자 캐기, 감자 깎기, 감자 정량 달기, 감자 많이 먹기, 감자요리대회 및 시식회 등 감자를 주제로 한 다양한 행사가 진행된다.

감자저장고

음지마을 장승

　문래리를 지나면 용산리다. 용소에서 용이 등천했다고 해서 유래된 마을이다. 골지천이 이 마을 중심을 굽이굽이 흐른다. 자연 마을로는 달탄, 중구평, 위령이 등이 있다. 달탄은 마을 모양이 반달형으로 되어 있다고 해서 '달탄' 혹은 '월탄'이라고 부른다. 중구평은 논으로 된 평지 들판과 밭으로 된 경사가 진 언덕 들판으로 마치 계단식처럼 형성되었는데, 옛날에는 들판 중간의 언덕 기슭으로 지나다니게 되었으므로 들판 사이 길이란 의미란다. 멀리 임계면 용산리 산에서는 산봉우리의 피복을 짐승의 가죽을 벗긴 것처럼 속살을 내놓고 신음한다. 자연은 수많은 사람들이 할퀴고 다녀도 아프다는 말이 없다. 우리는 그 긴 침묵이 무엇을 의미하는지 잘 모르고, 잔잔한 파장의 의미마저 깨닫지 못하고 있다. 그리고 무덤 같이 조용한 고요함이 지닌 뜻도 모르고 있다. 다만 내 살가죽이 벗겨 나간 것처럼 마음이 아플 따름이다.

　강을 따라 걷다 보면 간혹 정면으로 큰 산이 앞을 가로 막는 경우가 있어서 흐르는 물이 어떻게 저 산을 비켜 갈까 하는 우문(愚問)이 머리를 스칠 때가 있다. 그러나 물은 아무 말 없이 실천으로 현답(賢答)한다. 앞을 가로 막는다고 절대로 성내지 아니하면서 스스로 길을 찾아 아래로 흘러간다. '산은 물을 건너지 못하고 물은 산을 넘지 않는다'는 산자분수령(山自分水嶺)은 우리 선조들의 자연관이다. 그래서 흐르는 물에 마음의 종이배를 띄워 1300리 길 한강의 첫 여정을 함께한다.

반달형 '월탄'·양지바른 '가랭이'마을

아침부터 정선군 임계면 용산리에서 오늘의 첫 장도를 내딛는다. 서쪽의 우릉산은 붓 끝 같이 뾰족한 필봉(筆峰)을 자랑하고 재 넘어 너른 들판이 펼쳐지는 월탄마을은 아침 햇살에 평화롭다. 마을 모형이 반달형이라 '월탄(月灘)'이지만, 밤 새 달빛을 받으며 굽이치는 골지천의 맑은 물이 더 아름답다.

여울을 건너면 임계면 낙천리다. 낙천리는 단봉산 자락에 위치하고, 골지천이 휘감아 흐른다. 자연 마을로는 설내, 광산골, 탑거리, 버당말 등이

혈천마을 표지석

있다. 설내마을은 뒷산이 석회암 지대로 자연 동굴에서 용출되는 석천수로 수만 평 논에 물을 댈 수 있는 귀중한 물이 나오는 곳이라 하여 마을 이름이 '혈천(穴川)'으로도 부른다. '환경농업보전마을'로 지정된 곳이다. 광산골에는 지금도 금·은을 제련하던 제련장이 남아 있다. 그 당시 우리나라 제2의 금광으로, 지금도 매장량이 많다고 한다.

멀리 하천의 퇴적물이 쌓여 섬이 된 하중도 미락숲을 바라보며 임계천이 흐르는 암내교를 건너 봉산리로 넘어간다. 봉산리는 임계면의 중심이 되는 마을이다. 잡초만 무성하고, 특히 쑥이 많아 '봉산(蓬山)'이라는 지명을 얻었다. '암내'는 주변 산세가 암석으로 이뤄져 있고, 임계천이 골지천과 합류하는 지점이다. 순 우리말로는 '바암니[암내동(岩內洞)]'라고 부른다.

가랭이교

구미정

어떤 형체도 만들지 않고 여울 소리만 만들며 낮은 곳으로 흐르는 골지천을 따라 말없이 걷다 보니 가랭이교가 나온다. 가랭이마을은 산 밑 강변에 위치한 마을로 절경이 아름다우며 양지바른 곳으로, '가양(佳陽)'으로 부르다가 사투리의 시대 흐름에 따라 가랭이로 변했다고 전한다. 용어야 어찌 됐든 눈에 보이는 것은 산자수명(山紫水明)하지만 저 아름다운 물 흐름 소리를 사진에 담을 수 없어 아쉽기만 하다. 도로를 질주하는 자동차들이 '걸으며 아름다움을 상상'하는 도몽(徒夢)을 방해하기도 하지만, 골이 깊은 준령 사이로 문전옥토가 펼쳐져 귀한 보석같이 다가온다. 산골은 역시 골짜기로 굽이굽이 흐르는 맑은 물과 숲이 어우러져야 한다. 자연의 조화는 길을 걷는 나그네의 참 벗이다. 먼 산 바라보며 지나온 족적도 생각하고, 저 흐르는 물에 띄워 놓은 마음의 종이배에 사랑을 듬뿍 실어 보낸다.

검룡소에서 솟은 물은 자연과 희롱하며 흐르다 이곳 봉산리에서 구미정이란 정자와 처음으로 조우한다. 구미정(九美亭)은 아홉 가지의 아름다운 경치를 간직한 곳으로, 조선 숙종 때 문신인 수고당 이자(1652~1737)가 당파 싸움에 실망해 1689년(숙종 15) 기사환국(己巳換局) 때 관직을 사직하고 정선에 내려와 은거하던 중 지은 것이다. 인재양성과 시회(詩會)와 강론을 하던 곳이다. 현판에 9가지 풍치를 다시 세분한 구미정 18경이 적혀 있다.

구미18경을 자랑하는 '구미정'

'이 봉우리에서 저 봉우리로 빨랫줄을 걸어도 된다는 말'이 전해지는 두메산골의 9가지 풍치를 간직하고 있는 '사을기' 마을.

사을기마을은 낙천2리에 속한 마을로 뒤로는 단봉산을, 앞으로는 구미18경을 자랑하는 구미정(九美亭)이 위치하며, 단봉산 중턱에 있던 '사찰의 숲에 새가 많았다' 해서 붙여진 이름이다. 이 마을은 강변이 아름다워 여름이면 많은 사람들이 조용히 쉬러 오가는 곳이기도 하다.

九美 중의 반서

춘삼월 맑은 하늘이지만 맨손으로 걷기엔 손이시리다. 골지천 응달진 절벽에는 얼음이 봄을 시샘하듯 겨울이 봄을 꼭 부여잡는다. 장갑을 끼었다 벗었다 반복하며 반천리에 접어들어 첫 만남이 사랑나무 연리목이다. 뿌리가 서로 다른 두 소나

30

九美十八景

연리목

무가 맞닿은 채로 오랜 세월이 지나 한 몸이 됐다. 한 나무가 죽어도 다른 나무에서 영양을 공급해 도와주는 연리목은 예로부터 귀하고 상서로운 것으로 여겼다. 남녀 간의 사랑, 자녀의 지극 효성, 친구와의 돈독한 우정을 상징하며, 이 나무에 소원을 빌면 세상의 모든 사랑이 이뤄진다고 한다.

반천리를 둘러 싼 산세는 자연이 만들어 준 성채(城砦)며, 큰 그릇 안에서 쉬어가는 내다. 수수만년 흐르던 물길도 이곳에서는 안식을 취한다. 세차게 몰아치던 세월의 바람도 여기에 다다르면 세상의 온갖 풍상 다 내려놓고 푹 쉴 것만 같다. 깎아지른 단애(斷崖)의 위는 하늘이고 그 아래 물이 흐르는 땅은 우리가 사는 세상이다. 이곳이 바로 반천리 어전마을이다. 이 마을은 돌배나무가 많아 '이대곡'이었는데 일제 강점기 때 어전으로 왜곡됐다. 정선군에서는 이 마을을 돌배체험마을로 조성하고 있다.

한강의 시원을 따라(11)

산마루 태양광 발전시설은 '흉물'

어전마을 이웃에는 도장동 느릅나무 숲과 성황당이 있다. 느릅나무 숲 언덕에서 출발해 구룡소를 바라보며 노일마을로 들어선다. 강물이 파래 깊이는 헤아릴 수 없다. 단애의 절경이 빼어났으나, 나뭇가지에 가려져 있다. 훤히 바라볼 수 있는 전망대라도 만들어 놓았으면 하는 욕심도 생긴다.

느릅나무 숲

느릅나무 숲 언덕에서 출발해 구룡소를 바라보며 노일마을로 들어선다. 강물이 파래 깊이는 헤아릴 수 없다. 단애의 절경을 나뭇가지가 가려 잡을 수는 없지만 눈으로 잡히는 푸른 강물은 능히 용이 승천하고도 남을 만한 공간이다. 멀리 보이는 푸른 물은 용이 살고 있는 것 같고, 용이 물고 있는 여의주가 있을 것 같은 느낌이다.

32

산 정상의 태양광발전소 　　　　　　　　　월화폭포

이곳에서 고개를 넘으면 노일마을이다. 산천경계가 절경을 이루는 이 마을 앞으로 흐르는 골지천은 선유(仙遊)에 으뜸 가는 곳이다. 옛 선비나 나그네들이 절경에 도취되어 어리석은 사람처럼 그날그날을 편안하고 한가롭게 보내던 어린 시절을 상기하기 위해 노일(魯逸)이라 칭한 것 같다.

노일마을을 지나 반천교를 건너 골지천을 따라가는데 북쪽 산마루에는 태양광발전시설이 흉물처럼 보인다. 해발 600m가 넘는 산에 피복을 까고 태양집열판을 꼭 설치해야 했을까? 하늘도 노했는지 맑은 하늘에 갑자기 구름이 몰려오기 시작하더니 눈발이 휘날린다. 골지천 절벽도 노기(怒氣)를 머금는다. 눈보라를 가슴에 안고 가는 게 여간 힘들다.

임계면 반천리를 지나면 여량면 봉정리다. 옛날에는 '옛골'이라고도 불렀으며, 황새가 즐겨 찾는 정자나무가 군락을 이뤄 봉정이란 이름이 붙여졌다. 골지천이 마을 앞으로 흘러 여량리로 유입된다.

산을 세로로 금을 긋듯 위에서 아래로 한 줄기 월화(月花)폭포가 흰 눈과 함께 쏟아진다. 아무리 봐도 자연으로 형성된 폭포는 아니다. 산마루에서 쏟아질 물도 없거니와 어색하기 그지없다. 의심의 실마리는 한 시간쯤 걸은 후에 풀렸다. 새치교를 건널 때 우측으로 '정선소수력발전소'가 위치하고 있기 때문이다. 수력발전을 위해 양수(揚水)하는 과정에서 물을 흘려 보내지 않았나 하는 생각이다.

선정 기리는 '영세불망비'와 '아우라지'

여량면 여량리에 들어선다. 여량(餘糧)은 산수 좋고 토질이 비옥해 식량이 남아 돈다는 뜻에서 지어진 이름이다. 이 마을은 9가지 아름다움을 지닌 곳이라고 해서 '가구미'로도 불린다. 9가지 아름다움이란 옥갑사 종소리, 마산봉 산책길, 고양산에 떠도는 구름, 곰바리 문산, 유문재 일출, 달뜬골 달맞이, 송천의 고기잡이, 갈금의 백사장, 삼투벼리의 험한 길을 일컫는다. 제1 여량교 입구 쉼터에는 여량리 비석군이 있다. 이 비석은 정선군에 선정을 베푼 관찰사와 찰방(察訪) 및 군수들의 애민선정(愛民善政)을 기리기 위해 세운 영세불망비(永世不忘碑)다.

송천 징검다리

물살도 빨라지지만 발걸음도 덩달아 바빠진다. 아우라지가 바로 손에 잡힐 듯 가까워졌기 때문이다. 아우라지는 평창의 발왕산에서 발원한 송천과 골지천이 어우러져 만나는 곳이라고 해서 붙여진 이름이다. 이곳은 강을 사이에 두고 서로 만

여량리 비석군   아우라지 표지석

나지 못하는 사랑하는 남녀의 애틋함을 담은 정선아리랑의 가사 유래지로 잘 알려져 있는데, 녹은 눈은 애틋하게 기다리는 연인의 눈물이 되어 솔잎 끝으로 뚝뚝 떨어진다. 송천(양)과 골지천(음)의 만남은 자연의 운우지정(雲雨之情)을 나누는 음양의 조화로움이로다.

다리 건너에는 여송정이라는 정자가 있고 그 아래에 '아우라지 처녀상'이 서 있다. 여송정(餘松亭)은 아우라지 강변에 얽힌 송천의 처녀와 여량의 총각의 애절한 사랑 이야기를 전하기 위해 송천과 여량, 두 마을의 이름을 따 여송정이라 붙였다. 처녀상은 '강을 사이에 두고 사랑에 빠진 처녀 총각이 만나기로 약속한 전날 큰비가 오는 바람에 만날 수 없게 되자 총각은 뗏목을 타고 한양으로 가고, 처녀는 너무 슬픈 나머지 아우라지 물속에 몸을 던졌다'는 전설을 표현한 것 같다.

정선아리랑 가사 중 "아우라지 지장구아저씨 배를 건네 주게 싸리골 올동박이 다 떨어진다."에서 지(池)장구는 장구를 잘 쳤던 지씨라는 사람이다. 본명은 지유성으로 실존 인물이다. 지장구는 20세부터 63세까지 40여 년을 아우라지에서 뱃사공으로 있으면서 장구를 잘 치고 정선아리랑도 잘 부르는 명창이었다고 한다.

송천과 합환(合歡)이 된 골지천 물살은 징검다리 디딤돌 사이를 환희의 노래를 부르며 흐른다. 임 그리워하다가 어린 나이에 물귀신이 된 아우라지 처녀에 대한 애환이 기쁨의 노랫소리가 되어 춤을 추듯 너울거린다. 처음 뗏목을 띄웠던 아우라지 물살이 지금도 이렇게 한을 담고 흐르는 것을 총각은 알고 있는지 모르겠다. 세월과 함께 강물은 예나 지금이나 말없이 흐른다.

한강의 시원을 따라(13)
아우라지역에서 정선 5일장까지

　조선 시대 때 서울 마포나루까지 목재를 운반하던 뗏목 시발점을 건너면 '아우라지' 기차역이다. 예전에는 여량역이었으나 2000년에 아우라지역으로 바뀌었다. 아우라지~구절리 구간은 여객 열차가 운행하지 않고 레일바이크 구간으로 관광 코스로 활용되고 있다. 천연기념물 어종인 어름치 모양의 카페가 눈길을 끈다.

어름치카페

　곤한 잠을 자고 조반을 마친 다음 구절리역으로 이동한다. 여량면에 있는 구절리역은 강원도 정선군에 위치한 정선선의 철도역이다. 현재는 여객 열차가 운행하지 않고 아우라지역까지 갈 수 있는 레일바이크만 운행하고 있다. 이 역에는 한국 철도 디젤기관차가 몇 해 동안 방치돼 있다가 현재는 예쁘게 도색한 채 '여치의 추억'이란 카페로 사람들에게 소개되고 있다. '구절(九切)'이란 명칭은 이곳을 흐르는 송천이 '구절양장(九切羊腸)'의 형태로 흐른다는 뜻에서 붙여졌다.

버스를 이용해 다시 여량리로 나
와 '마산재둘레길'로 접어든다. 활짝
갠 날 여량의 아침은 한껏 여유롭다.
지금까지 강변을 따라 쭉 내려왔지
만, 오늘은 산길을 택했다. 산길을 따
라 사행(蛇行)으로 구불구불 흐르는
강물의 흐름을 멀리서 보기 위해서다.
송천을 받아들인 골지천도 더 큰 세

정선 5일장 천하지대본

상을 향해 흐른다. 초입에 있는 가파른 언덕에 올라서면 정선군 북평면 장열리다.

북평면은 정선군 서북부에 있는 지역으로 상원산 · 가리왕산 · 하봉 · 옥갑산등
으로 둘러싸여 있다. 면내에도 백석봉 · 갈미봉 등 1000m 이상의 고산들이 솟아
있어 면 전체가 높고 험준한 산지를 이룬다. 오대산에서 발원한 오대천과 동쪽의
여량면에서 흘러든 골지천이 남평리 나전에서 합류하여 조양강이 되어 남쪽으로
흐르며, 이들 연안에는 약간의 농경지가 분포한다. 나전에는 아라리인형의집 인형
극박물관이 있다.

임도를 따라 아라리 고갯길로 들어선다. 길가에 쉬었다 가라고 정자도 '꽃벼루'
란 예쁜 이름을 붙여 만들어 놓았다. '꽃벼루'는 '진달래가 가장 먼저 피는 벼랑'을
의미하는데, 이 길은 아우라지를 출발해 나전으로 이어지는 산소길이다. 2018년 동
계올림픽 때 알파인 경기가 열렸던 가리왕산도 북평리 너머로 병풍처럼 펼쳐진다.

산길을 따라 내려오면 북평면 남평리다. 정선군 내에서 가장 넓은 평지를 갖고
있다. 예전에는 송석(松石)이라 했으나, 강의 남쪽에 자리하고 있어 1779년경에 '남
평(南平)'이라는 지명이 주어졌다. 지금 이곳에 사는 주민들도 서로 어우러져 아름
답고 행복한 마을로 가꾸어 자손만대에 물려주고자 노력하는 모습을 깔끔하고
예쁘게 단장된 남평초등학교가 대신 말해 준다.

기차 터널

남평초교에서 강변으로 내려오면 조양강(朝陽江)이다. 검룡소에서 발원해 여량에서 송천과 합류하고, 북평면 나전에서 오대천과 합류함으로써 골지천의 임무는 끝나고 조양강이란 이름으로 새로운 여정을 시작해 지장천이 만나는 정선읍 가수리까지 이어진다. 검룡소가 발견되기 전까지는 오대산 우통소(于筒水)가 한강 발원지였고, 오대천이 한강의 본류였으나, 검룡소가 발견된 이후로는 골지천이 한강의 본류가 되었고, 오대천은 지천으로 입장이 완전히 바뀌었다.

여량에서 남평까지 산길로 걸은 다음, 정선읍 덕송삼거리리까지 강변을 따라 걸은 후, 나전역과 북평면사무소가 있는 나전으로 이동한다. 나전역은 1969년 역사 준공 이후 석탄이 국가기간산업이었던 시절 보통역으로 시작하여 나전광업소 폐광과 함께 무인차 간이역으로 격하되었고, 2011년부터는 여객 취급이 중지됐다. 주탄종유(主炭從油) 시절에는 광부들이 이 역을 통해 들어왔고, 주유종탄(主油從炭) 시절에는 그들이 이 역을 통해 민물처럼 빠져나갔다.

오후에는 덕송삼거리리로 다시 이동하여 조양강을 따라간다. 정선읍은 정선군의 서부에 위치한 지역이다. 본래 고구려 때 삼봉(三鳳)·주진(朱陳)·도원(桃源)·침봉(沈鳳) 등으로 불렸는데, 신라 경덕왕 때 정선이라 개칭했고, 1973년 읍으로 승격했다. 북쪽에 가리왕산, 서쪽에 중왕산, 청옥산 등의 산들이 솟아 있으며, 평지는 남한강의 지류인 동강이 동대천과 합류하는 애산리와 봉양리에 약간 분포한다.

덕송삼거리리에서 문곡교까지 걸어와서 갈등 아닌 갈등에 빠진다. 문곡교에서 조양강을 따라 약 10㎞를 빙 돌아야 하는데, 약 700m의 기차 터널이 바로 앞에서 유혹하기 때문이다. 열차 시간을 수소문해 마침 운행이 없는 시간을 이용하여 터널을 통과하기로 한다. 함께한 도반들도 모두 긴장해 두런거리던 소리도 침묵한다. 휴대폰 손전등을 켜서 깜깜한 터널 속을 비춰 침목(枕木)을 더듬거리며 앞으로 매진한다. 무사히 터널을 빠져나와 철교를 건넌 후에 안도의 한숨을 쉰다.

만약에 강변길을 따라 장등산을 중심으로 빙 돌아왔다면 한반도 지형을 바라보면서 물살이 바위에 부딪히며 휘돌아 가는 절경을 실컷 맛보았을 것 같은 예감이 든다. 나그네가 길을 걷는 것은 터널 속의 깜깜한 맛을 보려는 것이 아니고 자연이 가르쳐 주는 호연지기(浩然之氣)일진데, 괜한 치기(稚氣)를 부린 것 같은 씁쓸한 뒷맛이 강하다. 걷지 못한 그 길을 언제 걸어 볼까?

아쉬움을 목구멍으로 꿀꺽 삼키며 정선읍 애산리 강둑을 따라 정선읍 내 시가지로 들어선다. 조양강은 정선읍 내 가운데로 흘러 고을을 동서로 나눈다. 정선은 오일장이 유명한데, 오늘은 장날이 아니다. 정선아리랑이 구슬프게 울려 퍼지는 장날 무대도 오늘은 조용하다. 대신 시장 안 음식점에 들려 수수떡, 메밀전병, 배추전에 막걸리를 곁들이면서 정선아리랑 한 대목을 중얼거린다.

구슬픈 가사 가득한 '정선아리랑'

두 번째 여정에서 보고팠던 오대천과 골지천이 만나 조양강을 이루는 합수머리를 아침 시간을 이용해 버스로 둘러본다. 오대산 우통소에서 발원한 오대천은 검룡소가 발견되기 전까지는 한강의 본류였다. 북에서 남쪽으로 거의 직선상으로 뻗어 흐르며 하천 유역의 폭이 좁아 규모가 큰 지류가 발달하지 못했다. 하상의 경사는 하류에서 상류로 갈수록 급해지는 편이며, 물이 맑고 깨끗해 열목어가 서식하는 '어류보호지역'으로 지정되어 있다.

정선 상유재 고택

조양강 따라 다시 내려온 정선은 우리나라 최고의 오지로 꼽는 곳이다. 산과 물밖에 없는 척박한 곳이라 부임하는 벼슬아치들이나 귀양을 오는 사람들이 들어올 때 걱정 되어서 울고, 떠날 때는 너무 정이 들어서 울었다고 한다.

정선 오일장의 아리랑 공연 　　　　　　　　　정선아리랑 공연

　아무리 오지라 해도 사람들은 산 따라 물 따라 풀씨처럼 뿌리를 내리며 살고 있다. 동강 변을 따라서는 선사 시대부터 사람들이 살았던 흔적이 곳곳에 남아 있고, 그 사람들이 지금도 여전히 마을을 이루고 살고 있다. 정선읍 봉양리에 있는 '정선 상유재 고택(강원도 유형문화재 제89호)'은 려말선초(麗末鮮初) 제주 고씨 순창공 형제가 지었다 한다. 이 고택 앞마당에서 바라보는 비봉산의 경치가 뛰어나다. 순창공 형제가 집터를 잡을 당시에 심은 뽕나무 두 그루는 상유재(桑惟齋, 강원도기념물 7호)라는 택호를 가지게 되었다.

　정선은 진도아리랑, 밀양아리랑과 더불어 우리나라 3대 '아리랑의 고장'이다. 고려 말에 선비 전오륜(全五倫) 등 7명이 정선군 남면 서운산으로 은신처를 옮겨 시운을 한탄하고 쓰라린 회포를 달래며 부른 노래가 정선아리랑의 시원이다. 조선 말의 비운이 더해지고, 일제 강점기와 한국전쟁을 겪으며 서러움과 애통함이 합해져 구슬픈 노랫가락이 됐다.

　정선 오일장에서는 아리랑 공연이 한마당 펼쳐진다. '눈이 올라나/ 비가 올라나/ 억수장마 질라나/ 만수산 검은 구름이/ 막 모여든다/ 아우라지 뱃사공아/ 배 좀 건네주게/ 싸리골 올동박이/ 다 떨어진다/ 아리랑 아리랑 아라리요/ 아리랑 고개 고개로/ 나를 넘겨 주게'로 시작하는 정선아리랑(강원도 무형문화재 1호)은 2012년 유네스코 인류무형문화유산으로 등재되었다. 2018년 2월 9일, 평창올림픽 개막식 행사에서 예능 보유자 김남기옹에 의해 공연되어 세계의 주목을 받았다.

동강 살리기 원동력이 된 '동강할미꽃'

조양강은 나래를 활짝 편 봉황의 형상인 비봉산 아래를 휘돌아 정선읍 용탄리 정선 비룡굴에서 용의 기를 받고 굴암리로 흐른다. 강원도기념물 제34호로 지정된 비룡굴은 동굴 속에 용이 도사리고 있어 산신과 대치하면서 때로는 산신과 싸워 벼락과 번개 소동을 일으키고, 홍수·가뭄 피해도 가져온다는 전설이 있어, 마을 사람들이 가까이하지 않았다고 한다.

안개 자욱한 조양강 물길을 따라 내려오다가 병방산 자락을 잡고 뱅뱅이재로 오른다. 이 고개는 굴암리 사람들이 정선장에 갈 때 넘던 고개로 병방치(兵防峙)라 고도 한다. 이 고개를 넘어갈 때 36굽이 뱅글뱅글 돌아가는 길이라 붙여진 이름이

동강의 한반도 지형

다. 북실리 주민들은 이 고개를 멀구 치라고도 하는데, '멀구'는 머루의 정선 지역 방언으로, 이 고갯길에 머루 덩굴이 많아서 그렇게 불렀다고 한다. 마찻길이 생긴 1979년 이전까지는 귤암리에서 정선 읍내로 가기 위해 반드시 거쳐 가야 하는 길이었다.

동강할미꽃 마을

귤암리는 정선 땅에서 유일하게 감이 재배되는 마을이다. 예부터 감꽃이 만발해 귤화(橘花) 마을이라 했는데, 1930년대 의암 마을과 합쳐져 귤암리가 되었다. 마을의 진산은 병방산이다. 병방산은 깎아지른 바위산으로, 한 사람만 지키고 있어도 천군만마가 근접하기 어려운 천연의 요새이기 때문에 붙여진 이름이다. 수리도 넘어 다니기 힘든 산, 사람의 정수리처럼 높다고 해서 수리봉이란 이름도 얻었다.

병방치 스카이워크 전망대 아래로 강물이 휘돌아 내려가며 한반도 지형인 밤섬의 아름다운 곡선을 만든다. 강물이 감입곡류(嵌入曲流)하여 만든 지형이다. 뱀처럼 구불구불한 형태로 만들어진 사행천(蛇行川)이기도 하다. 강물이 흘러와 빠르게 부딪히는 쪽은 주변의 암석을 깎아서 절벽이 생기고, 부딪혀 천천히 흐르는 강물은 모래를 쌓이게 한다. 이러한 작용이 반복적으로 계속되어 한반도 같은 지형이 만들어진 것이다.

'동강할미꽃'의 자생지 귤암리에 도착했다. 동강할미꽃은 3월 초 경칩이 지나면 바로 동강변 석회암 절벽 바위틈에 뿌리를 내리고 4월까지 피어난다. 다른 할미꽃과는 달리 꽃대를 구부리지 않고 꼿꼿하게 편 게 특징이다. 1998년 봄 사진작가 김정명에 의해 '동강할미꽃'이 처음 발견되었고, 한국식물연구원 이영노 박사에 의해 동강 지역에서만 서식하는 한국 특산 식물임이 밝혀졌다. 꽃이 발견된 지역명인 동강을 붙여 세계 학계에 공식 발표했는데, 그 때문에 학명에 서식지인 동강이 표시되는 아주 특별한 식물이 되었다.

그즈음 영월(동강)댐 건설을 완강하게 반대하며 동강 살리기에 나선 원동력이 동

동강의 시작

강할미꽃이다. 한국 특산 식물인 동강할미꽃을 비롯한 동식물과 주변 석회암 동굴 등의 보전을 위해 동강댐 건설 계획은 결국 2000년 6월에 백지화되었다. 그 후 동호인 등의 사람들이 사진을 찍기 위해 찾아와 동강할미꽃 서식지를 드나들며 꽃을 꺾는 등 훼손이 심해졌다. 2002년과 2003년에는 연이어 들이닥친 초대형 태풍 '루사'와 '매미'가 덮쳐 서식지가 파괴되어 멸종 위기종이 될 뻔도 했다.

이에 귤암리 주민들이 2005년부터 동강할미꽃보존회를 조직하여 보전에 앞장서고 있으며, 씨를 받아 모종을 기르고 공급하는 일을 계속하고 있다. 매년 3월 마지막 주에는 동강할미꽃 축제도 귤암리 들머리에 있는 동강생태체험학습장에서 자체적으로 열린다. 강원도에서도 동강할미꽃을 비롯한 동강 생태계 보전을 위해 2~3년마다 한 번씩 동강에 자연휴식년제를 시행하여 래프팅은 물론 일정 지역 출입을 통제하는 등 동강의 생물 보존을 위해 노력하고 있다.

정선에는 '개 볼 낯이 없다'라는 속담이 전해온다. 가난한 농부가 병을 앓는 부모를 위해 기르던 어미 개를 잡아 봉양하고 뼈를 강에 버렸는데, 어미의 뼈를 본

44

두 마리의 강아지가 이 뼈를 묻어 놓고 한 마리는 그 옆에 쓰러져 죽고, 다른 한 마리는 물속의 어미 뼈를 수습하다 물살에 휩쓸려 이곳 굴암리까지 떠내려 와 겨우 목숨을 건졌으나, 허구한 날 어미를 부르다가 강아지 형상의 바위로 변했다는 「개바우」 전설에 의한 속담이다.

조양강은 계속 흘러 정선읍 가수리에 당도한다. 가수리는 가탄과 수미 마을을 통합하면서 나온 지명이다. 조선 시대에 서상면에 속했고, 1906년에 서면에 합쳤다가 다시 정선면에 합병되었다. 지세는 만 갈래로 뻗은 만지산의 최단(最端)이고, 서쪽으로 월쾌봉·능봉이 둘러싸였으며, 조양강이 굴암리로 흘러 내려오고, 수미 마을 앞에는 남면에서 흐르는 지장천이 합수되어 동강이 시작된다. 가탄을 지나 신동 둔치로 흐르는 강변의 기암기석 경치가 아름답다.

지장천은 정선군 고한읍에서 발원해 정선군 일대를 흐르는 하천이다. 함백산으로부터 내려오는 하천과 금태봉으로부터 내려오는 하천이 고한읍 갈래초교 앞 합류하는 지점에서 강이 시작된다. 본류 하천이 하류 쪽으로 내려가면서 합류하는 지류 하천들은 본류보다 규모가 훨씬 작다. 하천의 하상고도는 해발 260~730m로, 고도 차이로 인해 하상 경사가 매우 심하다.

우리나라에서 가장 아름다운 강이라는 데 이견이 없는 동강은 정선의 주 강이다. 동강 물길 56㎞ 중 태백이 5㎞, 영월이 14㎞인데 정선이 37㎞나 지난다. 동강은 원래 오동나무 동(桐) 자를 썼다. 그래서 지금도 '오동나무에 나래 깃을 털고 대나무 열매를 먹는다'는 봉황이 살던 곳이란 의미의 비봉산(飛鳳山)과 죽실리(竹實里)가 정선에 있다. 일제 강점기를 거치며 영월의 동쪽에서 흐른다고 해서 東江(동강)으로, 평창에서 내려오는 평창강은 西江(서강)으로 왜곡되었다.

동강 물줄기 주변 마을과 영월 '장릉'

가수리에는 동강 12경 중 제1경인 가수리 느티나무가 정선초등학교 가수분교 교정에 있다. 수령 700년 이상의 이 나무는 약 700년 전 가수리에 처음 들어온 강릉 유씨가 심은 나무라고 전해온다. 마을의 도둑도 느티나무를 지키는 신령이 현신해 도망가게 한다는 전설이 내려오는 우리나라 대표적인 당산목이다.

느티나무와 함께 가수리의 상징이 되는 것은 오송정(五松亭)이다. 오송정은 중국 진시황이 태산을 오르다가 폭우를 잠시 피한 후에 오대부라는 벼슬을 내린 오송정을 닮았다고 해서 붙여진 이름이다. 원래 다섯 그루의 소나무가 있었는데, 국가의 환난이 닥칠 때마다 하나씩 죽어 지금은 두 그루뿐이다. 그 중 하나는 천 년이 넘은 소나무로 마을의 장구한 역사를 대변해 주고 있다.

나리소

가수리를 지나면 정선군 신동읍 운치리다. 8·15광복 직후까지 군내에서 인구가 가장 적어 가구 수 500 내외에 불과했었다. 1948년 석탄공사 함백광업소가 설립되

가수리 느티나무

영월 장릉

어 석탄 개발이 시작되었고, 함백선이 개통되면서 급격히 발전하여 신흥 탄광도시
가 되었다. 운치리는 동강을 따라 형성된 마을로, 동강 강물로 인해 물안개가 늘
산마루를 떠돌기 때문에 붙여진 이름이다. 골이 깊어 옛날에는 세상을 등지고 은
둔하는 사람들이 많이 살았다. 운치리의 수동 섶다리는 동강의 제2경이다. 운치리
에서 고성리로 넘어가는 당목이재에 나리소전망대로 이어지는 길이 있다. 산길을
따라 10분쯤 가면 백운산 능선 끝자락을 동강이 휘감고 도는 모습을 만난다. 그곳
에는 동강의 물길이 나리소와 바리소라는 두 개의 시퍼런 소를 이루고 있다.

'나리소'는 물이 깊고 조용한 까닭에 이무기가 살면서 물속을 오간다는 전설이
있다. 그리고 물에 잠겨 있는 절벽 아래 굴에는 물뱀이 살면서 3~4월에 용이 되기
위해 운치리 점재 위에 있는 용바우로 오르내렸다고 한다. '나리소'와 '바리소'는
동강의 제3경이다.

태양이 서산마루에 가까워질 무렵 나리소전망대에서 내려와 영월의 장릉으로
이동한다. 장릉(莊陵)은 단종의 무덤이다. 단종이 죽자 살아있는 권력이 무서워 아
무도 시신을 수습해 주는 사람이 없었다. 영월 호장 엄흥도가 눈 내리는 밤에 몰
래 시신을 거두어 가다 보니 '노루 앉은 자리에 눈이 쌓이지 않는 것을 보고' 그 자
리에 무덤을 만들었는데, 그곳이 바로 장릉이다. 매년 4월 말에 슬픈 사연을 간직
한 단종을 기리는 '단종문화제'가 열린다.

고성리산성 · 연포마을, 백운산과 칠족령

오늘은 정선군 신동면 고성리에 있는 고성리산성으로 향하기 위해 덕천리 제장 마을 입구에서 출발했다. 덕천리는 본래 평창군 동면 지역으로 1895년(고종 32)에 정선군에 편입되었다. 1914년 행정구역 통폐합에 따라 소골, 바새, 연포, 제장 마을을 병합해 큰 산을 뜻하는 덕산과 내(川)의 이름을 따서 덕천리라고 했다. 제장(堤場) 마을은 일설에는 큰 장이 서던 곳이라고 하지만, 물굽이에 의해 형성된 지형이 마당처럼 평탄하게 생겼다고 해서 '제장'이라고 한다.

동강 연포마을

고성리산성(강원도 기념물 제68호)은 정선 남쪽에 있다. 동강의 상류가 사행(蛇行)하는 협곡지대의 고성산 정상과 북동 방향으로 기슭을 에워싼 테뫼식 산성으로 영월과 정선, 신동을 거쳐 태백으로 통하는 교통 요지 네 곳에 축성되었다. 고구려가 한강 유역을 차지하고 신라를 견제하기 위해 쌓은 것으로 보고 있다. 고성리산성과 그 주변은 동강 12경 중 제5경이다.

고성리산성   칠족령 안내판

　가파른 산성을 내려와 다리를 건너면 연포 마을이다. '강물이 벼루에 먹물을 담아 놓은 듯이 깊고 검다' 하여 벼루 연(硯) 자를 써서 연포라 한다. 그 옛날 마을 앞 강가에서 들리던 떼꾼들의 목소리는 세월이 강물처럼 흘러 여름이면 래프팅객들의 함성으로 그 자리를 메운다. 연포마을에는 옛날 농촌에서 볼 수 있었던 담배 건조장이 있다. 단층의 농가보다 훨씬 높았던 담배 건조장은 농촌의 이정표였다. 연포 마을과 담배 건조장은 동강의 제7경이다. 연포 마을을 지나 백운산 하늘벽 구름다리로 오른다. 동강 래프팅을 하며 강을 에워싼 저 절벽 위를 언제 올라가 볼까 하고 막연히 기다리기도 했던 산이다. 하늘벽 구름다리 유리 바닥이 아름다운 현기증을 동반한다. 이곳에서 바라보이는 동강이 천혜의 절경이다.

　몇 구비 고개를 넘으며 가파른 곡예를 한다. 백운산 정상으로 가는 길목에는 햇빛에 물든 산들은 춘색이 만연하고, 흐르는 강물은 저마다 전설을 쌓아간다. 내려오는 길에 만나는 칠족령(漆足嶺)은 정선군 제장마을에서 평창군 미탄마을로 가는 고개이다. 옛날 선비 집의 개가 발에 옻칠갑을 하고 도망갔는데, 그 자국을 따라가 보니 동강의 장관이 수려해 옻칠(漆) 자와 발족(足) 자를 써서 이름 붙어졌다고 한다. 백운산과 칠족령은 동강의 제4경이다. 하늘벽 구름다리에서 바라보면 조물주가 산과 강을 손아귀에 넣고 쥐어짜서 찌그러트려 놓은 것 같다. 산들도 반듯한 게 없고, 강들도 직선인 게 없다. 대신 강줄기가 휘어드는 곳에는 아름다운 모래톱이 펼쳐진다. 모래톱 좋은 곳이 바새마을이다. 바새란 모래가 많은 동네란 뜻이다. 바세마을과 앞 뼝대는 동강의 제6경이다.

황새여울·뗏목부부 얽힌 슬픈 사연

산에서 내려와 보니 석회 동굴로 유명한 백룡동굴 위를 밟고 내려왔다. 백룡동굴 위로 산성이 있었다는 푯말도 보였지만 그 흔적은 잘 보이지 않았다.

평창군 미탄면 문희마을에 있는 백룡동굴(천연기념물 260호)은 동강 주변 256개의 동굴 중 관람이 가능한 유일한 석회 동굴이다. 1976년 주민 정무룡 씨에 의해 발견됐는데, '백운산에 있는 동굴을 정무룡 씨'가 발견했다고 해서 '백룡 동굴'로 이름 지어졌다. 발굴 결과 동굴에서 오래전에 사람들이 생활한 흔적이 있다고 한다. 백룡동굴은 동강 제8경이다.

백룡동굴 매표소

강물은 행정구역을 가리지 않고 흐른다. 동강 물이 다다른 평창군은 2018년 평창동계올림픽 개최지로 유명해진 곳이다. 오대산을 비롯한 백두대간 고산준령의 서쪽에 위치해 영서 지방에 속하나 언어나 풍습은 영동 지방과 비슷하다.

뗏군부부위령비

　동강이 지나는 곳은 평창군 남쪽의 미탄면으로 조선 말엽에 군량미를 저장하는 창고가 있어 미창(米倉)으로 불려오다가 1914년 미탄(美灘)으로 바뀌었다. 사방이 산지로 둘러싸인 분지(盆地)로 군내에서 가장 작고 외지다. 분지 안에는 비교적 평탄지가 넓은 창리가 있어 면의 중심지를 이룬다. 동강 제9경인 '황새여울과 바위들'은 미탄면 마하리 문희 마을 하류 쪽에 있다. 문희마을은 인적이 드문 오지 마을이다. 동강의 아름다움이 그대로 간직된 곳으로, 마을을 지키던 개의 이름이 '문희'여서 마을 이름이 됐다고 한다.

　황새여울은 물살이 센 여울목에 뾰족한 바위들이 널려 있어, 바위에 부딪히는 물고기를 먹이로 얻기 위해 황새들이 몰려들었다고 해서 얻은 이름이다. 황새여울 물소리는 이곳에서 변을 당한 뗏목 부부의 슬픈 전설을 안은 채 조용히 흐르기만 하고, 강 가운데 하얀 바위는 이들 부부의 육신 같다.

　황새여울에서 2㎞ 남짓 떨어진 곳에는 '안돌바위'가 있다. 옛날 뗏목으로 나무를 운반하던 시절, 뗏목을 타고 내려오던 낭군이 황새여울에서 사고로 물속으로 떠내려가 소식을 알 수 없게 되자 부인이 남편을 찾아 황새여울로 오던 중 안돌바위를 안고 건너가려다가 물에 빠져 뗏꾼 남편과 함께 목숨을 잃었다는 슬픈 전설이다. 이들 부부의 넋을 기리고자 마을 사람들이 위령비를 세웠다. 이 바위 위에 동전을 던지고, 손을 대고 기도를 하면 사랑이 이뤄진다는 속설이 있다.

동강 하얀바위

    미탄면 마하리에서 미리 주문한 도시락으로 오전을 마감하고 엊그제 내린 비로 범람한 창리천(기화천)을 허벅지까지 바지를 걷고 맨발로 물을 건넌다. 찬물이 발끝에 닿는 순간 머리털이 하늘로 솟구친다.

    창리천은 평창군 미탄면 청옥산에서 발원해 동강으로 흐르는 폭이 좁은 계곡으로, 미탄면 마하리에서 동강에 합류하는 지방 하천이다. 강물이 땅속으로 스며들어 흐르다가 샘물이 솟아 한겨울에도 얼지 않으며, 인근에 1965년 우리나라 최초로 송어 양식에 성공한 국내 최대 송어 양식장이 있다.

    창리천을 지나 험한 벼랑길을 곡예하듯 넘으면 영월읍 문산리다. 동강은 뻥대(절벽)가 발달해 길 찾기가 힘들다. 갯버들 꽃가루 날리는 사이로 절벽을 탄다. 물길이 범람한 곳에는 나뭇가지마다 떠내려온 플라스틱 쓰레기들이 걸려 넘친다. 그렇게 예쁘게만 보이던 단애(斷崖)도 지친 몸에는 위험한 흉기로 보인다. 이때 함께한 도반 바우(별명) 님의 테너 열창 '떠나가는 배'가 한순간의 긴장을 씻어 준다.

어느 정도 긴장을 풀고 10여m 벼랑을 외줄 타기로 내려와 발을 딛는 순간, 언제 그랬느냐는 듯 옥죄었던 공포는 떠나가는 배처럼 사라지고 강변의 아름다운 자연에 방긋 웃는다. 영월읍 문산리 그무 마을에서 동강 물길을 3km쯤 따라 내려가면 동강 물길의 수많은 바위 가운데 떡 버티고 앉아 있는 두꺼비 바위를 만난다. 마치 살아있는 듯한 이 두꺼비 바위는 바위 앞뒤로 길게 이어지는 모래밭과 강 건너편의 거무스레한 뼝대와 조화를 이뤄 동강 제10경이다.

영월읍 문산리는 예전에 나룻배를 타고 동강을 건너야만 했으나 지금은 문산교가 놓이고 그 아래로 동강이 흐른다. 뱀처럼 구불대며 흐르는 강물은 어라연(魚羅淵)을 겨드랑이 속에 숨겨 두고, 석양이 비치는 동강변은 빛과 그림자의 명암이 더 선명하다.

동강~! 그간 질곡의 세월을 감내했듯이 앞으로도 꿋꿋하게 변함없이 자연이, 있는 그대로의 아름다움이 영원하기를 빌 뿐이다.

전산옥 주막 터와 어라연

오늘의 한강 걷기 시작점인 동강의 12경 중 제11경에 해당하는 어라연을 찾아가기 위해 영월읍 거운리 봉래초등학교 거운분교장 부근의 삼옥탐방안내소 앞으로 이동한다.

임도를 따라 고개를 하나 넘고 감입곡류(嵌入曲流)로 흐르는 동강 여울을 거슬러 올라간다. '동강유역 생태ㆍ경관보전지역 만지관리소' 옆에는 전산옥(全山玉, 1909~1987) 주막 터가 있던 만지나루다. 만지(滿池)나루는 평창 미탄의 황새여울과 영월 거운리의 된꼬까리가 '떼꾼들 무덤'이라고 불리던 위험 구간이다. 거칠게 흐르던 물이 어라연을 휘돌아 천천히 숨을 고를 때쯤 만나는 곳이다. 사지를 넘어선

잣봉에서 본 어라연

54

어라연길

뗏목은 전산옥 주막에서 따뜻한 국밥과 술 한 상에 쉬어 가던 떼꾼들의 쉼터였다.

정선 지방에서 베어 낸 통나무로 뗏목을 만들어 타고 내려와 된꼬까리 거친 물살과 목숨을 건 씨름을 벌이다가 겨우 빠져나와 주막의 주모 전산옥의 정선아리랑 한 곡조에 모든 시름 털어내고 다시 뗏목을 저어 서울로 갈 수 있었을 것이다.

전산옥은 빼어난 미모에 입심이 좋아 정선아리랑을 구성지게 잘 불러 인기가 최고였다. 그래서 만지산 전산옥은 뗏목을 모는 일을 직업으로 하는 떼꾼들 사이에 소문이 자자했으며, 정선아리랑 가사에도 실명으로 등장하는 인물이다.

임도가 끝나고 풀이 우거진 생태 숲길을 따라 한참을 가면 어라연이 바로 코앞이다. 다시 가파른 경사를 타고 오르면 어라연 전망대다. 어라연은 물속 조화가 많은 물고기 떼가 강물에서 유영하며 놀 때 물고기들의 비늘이 마치 비단 같이 빛난다고 해서 붙여진 이름이다. 영월 동쪽에서 흘러오는 어라연은 영월에서 가장 아름답고 신비로움에 감싸인 계곡으로, 국가지정문화재 명승 제14호(2004년 12월)로 지정되었다.

어라연 신선암

　어라연은 자연환경보전지역으로 차량 출입이 통제되어 트레킹으로 잣봉을 경유해 어라연을 돌아보는 방법(3시간 소요)과 래프팅을 타고 둘러보는 방법(2시간~3시간 소요)이 있다. 옥순봉을 중심으로 강의 상부, 중부, 하부에 삼선암이 있고, 3개의 소가 형성되어 있다. 그 소의 중앙에 암반이 물속으로부터 솟아 있고 기암괴석들이 총총히 서 있는 모습이 보는 방향에 따라 사람이나 부처로, 또는 짐승으로 그 모양이 달라진다.

　가쁜 숨을 몰아쉬며 잣봉으로 오른다. 정상에 올라서면 어라연을 한눈에 볼 수 있다. 어라연은 동강에서 가장 아름다운 곳으로 푸른 물속에서 솟아오른 기암괴석 틈새로 솟아난 소나무가 어우러져 한 폭의 산수화를 연상케 한다. 옛날부터 선인들이 내려와 놀았다 하여 상선암 또는 정자암이라 부르기도 했다. 그리고 어라연을 바라보는 잣봉은 소나무를 비롯한 숲이 우거져 동강과 어울려 신비감을 보여주는 산이다.

어라연에는 수백 년 전에 큰 뱀이 살고 있었는데, 어느 날 거운리에 사는 정씨가 어라연 바위에 걸터앉아 낚싯줄을 당기고 있을 때 물기둥이 솟구치면서 커다란 뱀이 나타나 정씨의 몸을 칭칭 감아 절명의 위기에 처한 순간, 물속에서 황쏘가리 한 마리가 뛰어올라 톱날 같은 등지느러미로 배를 쳤고, 뱀은 피를 흘리며 물속으로 도망쳤다. 목숨을 구한 정씨는 집으로 돌아가 있었던 일을 가족 모두에게 들려주었고, 은혜를 입은 거운리와 삼옥리에 거주하는 정씨들은 황쏘가리를 먹지 않았다고 한다.

또한 조선조 6대 임금인 단종이 영월에서 죽자 그 혼령이 태백산 산신령이 되기 위해 황쏘가리로 변해 남한강 상류로 거슬러 올라가던 중 경치 좋은 어라연에서 머물고 갔다고 하여 어라연 상류인 문산리에 사는 주민들은 지금도 단종의 혼령인 어라연 용왕을 모시는 용왕굿을 통해 마을의 안녕과 풍년을 기원한다.

이 두 이야기는 황쏘가리가 어라연과 지역 주민들을 지켜주는 수호자였음을 말해 준다. 지금도 마을 주민들은 어라연을 향해 마음을 담은 기원을 올리고, 뱀을 만나면 '황쏘가리!'라고 외친다고 한다.

여름에 사라지는 동강 '섶다리'

강변을 따라 잣봉을 올라와 다시 거운분교 쪽으로 원점 회귀한다. 태양은 머리 위로 솟아 오전 나절이 금방 지나간다.

오후에는 영월읍 거운리와 삼옥리를 연결하는 거운교에서부터 시작한다. 어라 연이 있는 거운리는 단애를 이루는 산마루에 '큰 구름이 걸쳐 있다'는 뜻이다. 산 속 깊은 곳에 위치한 산간 마을로, 화전과 밭농사가 이뤄지는 마을이었다. 삼옥리는 동강 하류의 마을로 물굽이에 퇴적된 모래가 많아 '사모개'로 부른 것이 변해 '삼옥'으로 되었다. 산여옥(山如玉), 수여옥(水如玉), 인여옥(人如玉)이라 하여 산 좋고 물 좋고 인심 좋은 마을에서 비롯되었다고도 한다.

어라연 주차장에서 동강 하류로 조금 내려오면 '영월동강생태공원'이 나온다. 야외공연장과 영월곤충박물관 등 부대시설이 갖춰져 있다. 수려한 자연환경과 희 귀 동식물을 비롯해 수많은 생물 종이 서식하고 있는 동강은 태고적 원시의 생태

둥글바위(자연암)

영월동강생태공원

를 간직한 생태계의 보고이다. 구불구불한 뱀 모양의 사행천에 수달과 원앙이 산다. 자연의 숨결을 간직한 동굴과 동강이 한눈에 내려다보이는 아름다운 명산들까지 천혜의 비경 그대로를 담고 흐르는 동강 이곳 영월 동강생태공원에서 만날 수 있다.

옛날 안돌 마을에서 윗벌말로 건너다니던 삼옥나루터 자리에는 삼옥교가 들어섰다. 동강을 따라 병풍을 두르는 단애들은 그 자체가 자연이 만든 걸작이다. 삼옥터널은 땅을 굴착해 만든 것이 아니고 절벽 아래로 낙석 방지를 위해 도로 위에 콘크리트를 덮어 씌워 만든 구조물이다. 터널 밖으로 사람만 다닐 수 있는 인도를 따로 만들어 보행자를 위한 배려가 돋보인다.

삼옥리의 번재 마을 앞에 있는 큰 바위 자연암은 마을에서 바라보면 둥글다고 해서 일명 '둥글 바위'라고도 한다. 이 바위는 번재 마을의 넓은 백사장과 봉래산의 충암 절벽이 어우러진 동강 가운데 우뚝 솟은 큰 너럭 바위로, 백여 명이 앉을 수 있는 큰 바위라고 《영월군지》에 수록되어 있다. 이 바위는 두꺼비가 잉어를 물고 있는 형상 같아서 '두꺼비 바위'라고도 한다.

섶다리

　두꺼비 바위 전설은 삼옥마을 이씨 집안의 며느리가 시아버지 병이 낫도록 하기 위해 근심하자 신령이 나타나 "강대 바위에 올라 치성을 드리면 두꺼비가 잉어를 물고 올 것인 즉, 그 잉어를 약으로 쓰면 낫는다"고 하기에 그대로 행하니 시아버지의 병은 쾌유되었고, 다시 밖으로 나가 강을 바라보니 두꺼비는 바위로 변했다는 전설이 전해지고 있다. 일설에는 봉래산에서 뻗어 내린 너럭 바위가 곡류를 이뤄 뗏목의 흐름이 불편해지자 봉래산으로 이어지는 부분을 떼꾼들이 곡류절단(曲流絕斷)하여 지금의 둥글 바위가 됐다고도 한다.

　영월역 부근을 지날 때쯤 강 건너쪽에서 영월의 금강정(錦江亭)이 살짝 얼굴을 내민다. 금강정은 1428년(세종 10년)에 김복항(金福恒)이 건립했다는 정자로, 1684년(숙종 10년)에 우암(尤庵) 송시열(宋時烈)이 『금강정기(錦江亭記)』를 썼다는 곳이지만, 영월에서 단종을 모셨던 하인과 시녀들이 단종이 죽자 금강정 낙화암에서 떨어져 죽었다는 슬픈 이야기가 서려 있는 곳이다. 정자 옆 비문에는 그때 희생된 사람들의 이름이 기록되어 있다.

동강에는 강 건너 마을을 이어 주는 '섶다리'가 있다. 섶다리는 통나무, 소나무 가지, 진흙으로 놓은 임시 다리를 말한다. 강을 사이에 둔 마을 주민들의 소통과 왕래를 위해 매년 물이 줄어 든 겨울 초입에 놓았다가 여름철 불어난 물에 의해 떠내려갈 때까지 사용된다. 예전에는 영월과 정선 일대에서 많이 볼 수 있었지만, 지금은 현대적인 교량이 들어서 있어 이색 풍물이 되어 있다.

동강은 정선읍 가수리에서 조양강을 이어 받아 정선군 평창군 영월군으로 65㎞ 가 이어진다. 섶다리를 건너 다다른 동강 둔치 체육공원 앞에서 서강과 해후하여 남한강으로 이어진다. 서강은 오대산 남쪽에서 발원하여 평창강을 이루다가 영월 군 한반도면에서 주천강과 합류하여 서강이 되고, 한반도 지형과 청령포, 선돌 등 자연의 걸작을 어우르며 60㎞를 흐르다가 동강을 만나면서 남한강으로 더 성숙해 진다.

정조의 태실비가 있는 남한강변

    동강과 서강이 만나 남한강이 시작되는 영월읍 둔치에는 호밀밭이 넓게 펼쳐진다. 유럽 남부와 아시아 서남부가 원산지인 호밀은 식용 및 사료 작물이다. 월동성이 강해 북부 지방에서 많이 재배하며, 중남부 지방에서는 야산을 개간하여 농지로 활용하기 전에 땅심[지력(地力)]을 키우기 위해 많이 심는다.

영월화력복합발전소

    남한강을 따라 하류로 내려오면 영월복합화력발전소가 있는 영월읍 정양리다. 영월화력발전소는 1965년 서구식 저질탄화력발전소로 재건설하여 운영해 오다가 홍수로 인해 1973년 발전소를 잠시 폐지했다. 2001년부터 가동이 중단된 무연탄 연소 방식의 구 1, 2호기를 2006년부터 철거하고, LNG를 연료원으로 사용하는 복합 화력 방식으로 다시 건설되었다.

정조태실비

　발전소 옆 언덕에는 조선 제22대 정조대왕의 태실비(胎室碑)가 있다. 이 태실은 정조가 탄생한 이듬해인 1753년(영조 29년) 영월읍 정양리 계족산에서 흘러내린 봉우리에 조성되었고, 1801년(순조 원년) 가봉하고 태실비를 세웠다. 1929년 조선총독부에서 전국의 태실을 경기도 고양 서삼릉으로 옮기면서 정조대왕태실에서도 태항아리를 꺼내갔다. 현재 이곳에는 태실석함 등 태실 조성에 사용된 석재와 태실비가 있고, 본래 태실이 있던 정양리에도 일부 석재들이 남아 있다.

　태실비는 귀부(龜趺)와 이수(螭首)를 갖추고 있는데, 귀부는 귀갑문(龜甲紋)과 하엽문(荷葉紋)으로 장식했다. 비신은 이수와 동일한 석재로 만들었는데, 전면에는 "정종대왕태실(正宗大王胎室)", 후면에는 "가경육년십월이십칠일건(嘉慶六年十月二十七日建)"이라고 새겨져 있다. 현재 영월군에서는 본래 태실이 있던 곳에 복원을 추진하고 있다.

　태실비 안내문에 '이왕직(李王職)'이라고 쓰여 있는 부분이 영 마음에 거슬린다. 이왕직이란 일제가 대한제국 황실을 관리하기 위해 일본 왕실의 궁내부 하부 조직으로 만든 관리 기구다. 아직도 구석구석에 남아 있는 식민 잔재가 발가락에 박혀 있는 가시처럼 움직일 때마다 콕콕 찌른다.

단종의 유배지 서강 '청령포'

　오후에는 서강 쪽의 청령포를 둘러본다. 청령포는 영월군 남면 광천리 남한강 지류인 서강이 휘돌아 흘러 삼면이 강으로 둘러싸여 있고, 한쪽으로는 육륙봉(六六峰)의 험준한 암벽이 솟아 있는 지형이다. 1457년(세조 3년) 6월 조선조 제6대 임금인 단종이 유배되었던 곳이다. 그해 여름, 홍수로 서강이 범람하여 청령포가 물에 잠기자 강 건너 영월부의 객사인 관풍헌(觀風軒)으로 유배지를 옮기기 전까지 두 달여간 이곳에서 생활했다.

청령포

　청령포에는 그가 살았음을 말해 주는 단묘유지비(端廟遺址碑)와 어가, 단종이 한양을 바라보며 시름에 잠겼다고 전하는 노산대, 한양에 남겨진 정순왕후를 생각하며 쌓은 돌탑, 외인의 접근을 금하기 위해 영조가 세웠다는 금표비(禁標碑)가 있

왕방연 시조비   금표비

고, 단종의 우는 소리를 들었다는 '관음송(천연기념물 349호)'과 울창한 소나무 숲 등
이 남아 있다. 특히 어가를 향해 누워 있는 소나무 한 그루는 지금도 그때의 한을
생생하게 듣고만 있는 것 같다. 강 건너 청령포를 조망하는 소나무 숲 언덕에는
단종의 사약을 가지고 온 금부도사 왕방연(王邦衍)이 이미 죽어 시신이 강물에 버
려진 사실을 알고 지은 "천만 리 머나먼 길"로 시작하는 시조비가 가슴을 더 시리
게 한다.

　단종의 유배는 청령포에서 홍수로 두어 달 만에 어가를 관풍헌으로 옮긴다. 관
풍헌은 1392년(태조 1년)에 건립된 영월 객사의 동헌 건물로, 지방 수령들이 공사(公
事)를 처리하던 건물이었으나 단종의 거처로 사용되었다. 단종은 관풍헌에 머물며
인근의 '자규루'에 올라 "한 번 울면 피를 토하며 운다는 두견"을 빗대어 지은 '자
규사(子規詞)'와 '자규시(子規時)'를 읊어 가며 괴로움을 달랬다. 1457년 10월 24일 단
종은 17세의 일기로 관풍헌에서 사약이 당도하기 전에 화살 줄로 목졸려 돌아가
셨다.

양백지간 명당 자리한 '김삿갓 묘'

영월 땅을 벗어나기 전에 영월군 '하동면'을 '김삿갓면'으로 바꾸게 한 김삿갓의
묘소를 둘러본다. 김삿갓의 본명은 병연(炳淵), 호는 난고(蘭皐)이다. 김삿갓은 1807
년(순조 7년) 3월 13일 경기도 양주군 회동면에서 출생했다. 6세 때 조부 선천부사
김익순이 홍경래 난에 투항해 폐족을 당한 후 황해도 곡산, 경기도 가평·광주, 강
원도 평창 등을 전전하다 영월 삼옥리에 정착해 화전을 일구며 살았다.

김삿갓 묘

"홍경래난 때, 순절한 가산 군수 정공의 충절을 찬양하고, 항복한 김익순을 규
탄하라"(論鄭嘉山忠節死嘆金益淳罪通于天)라는 시제(試題)가 떨어지자 약관의 김병
연은 타고난 글재주로 "한 번 죽어서는 그 죄가 가벼우니 만 번 죽어 마땅하다"고
한껏 저주하는 답안을 제출하여 영월의 향시(鄕試)에서 장원을 했다. 기쁜 마음으

김삿갓 석상

김삿갓문학관

로 집에 돌아온 김병연은 어머니로부터 김익순이 조부라는 청천벽력 같은 사실을 알게 되자 "조상을 욕되게 하여 하늘을 쳐다볼 수 없다"며 벼슬길을 포기하고, 삿 갓을 쓴 채 방랑생활을 시작한다. 이때부터 김삿갓은 금강산을 시작으로 전국 각 지를 떠돌다 지친 몸으로 말년에 들른 곳이 전라남도 화순군 동복면이었는데, 그 곳 명소 '적벽(赤壁)'에 매료되어 다른 곳으로 가지 않고 그곳에서 1863년 57세의 일기로 생을 마감한다. 훗날 그의 차남이 영월군 김삿갓면 와석리 노루목 마을로 이장, 안치했다.

태백산과 소백산이 이어지는 양백지간(兩白之間)에 자리 잡고 있는 김삿갓묘는 마대산 줄기가 '버드나무 가지처럼 흘러내려 꾀꼬리 둥지' 같은 유지앵소형(柳枝鶯 巢形)의 명당이라고 한다.

김삿갓묘역 집입로에서 만나는 옥동천은 영월군 상동읍 구운산에서 발원해 태 백시와 상동읍의 경계를 이루며 북류하다가 상동읍과 중동면의 해발고도 1천m 이상의 고봉들 사이를 유유자적하며 영월의 동남부를 흘러 김삿갓면 옥동리에서 남한강으로 합류한다.

각동리는 한겨울에 폭설이 내려도 한나절이면 눈이 녹을 정도로 따스한 곳으 로, 옛 선인들은 '산수가 기이하고 빼어나 천 바위와 만 구렁에 한강이 감돌아가는 길지'라고 했다. 아침부터 저녁까지 햇살을 그대로 받을 수 있는 곳으로, 북풍은 태화산이 막아 주고 남풍만 들락거려 골짜기마다 명당 터로 옛날부터 소문이 나 풍수가들의 발길이 끊이질 않는다.

천태종 본산 소백산 구인사

각동리를 지나면 강원도를 벗어나 충북 단양군 영춘면 오사리로 들어선다. 오사리에서 영춘면사무소가 있는 상리로 넘어가는 '활고개'가 있다. 활고개는 태화산 자락에 위치한 고개로 지형이 활처럼 생겨서 붙여진 이름이다.

활고개 쉼터에서 숨을 고른 후 상리 느티마을 쪽으로 내려오면 마을 앞으로 흐르는 남한강가에는 깎아지른 석벽이 녹음 짙은 병풍처럼 늘어서 있다. 이곳은 조선 영조 때 영춘현감을 지낸 이보상(李普祥)이 석벽에 '북벽(北壁)'이라고 암각한 것이 명칭이 되어 지금까지 불려 오고 있다.

구인사 일주문

영춘면에는 자연 마을로 '둔둘바우', '쉬는들' 등이 있다. 둔둘바우는 상리나루 북쪽에 있는 바위로, 전에 어느 장군이 가져다 놓았다 한다. 쉬는들은 '휴석(休石)'

구인사 가람   구인사 대조사전

이라고도 하며 장터 서쪽 내 건너에 있는 마을로, 옛날에 온달장군이 쉬어 갔다고
해서 붙여진 이름이다. 이곳에는 천태종의 총본산인 구인사와 온달산성 등이 있다.

　　소백산구인사는 대한불교 천태종의 총본산으로 1945년에 건립됐다. 현대식 콘
크리트로 지은 이색적인 건물이다. 주차장이 있는 동문당 앞에서 일주문을 통해
관성당과 국내 최대 규모의 청동 사천왕상이 안치되어 있는 천왕문을 거쳐 인광당
과 진신사리를 모신 3층 석탑을 차례대로 계단을 따라 위로 올라간다. 계단의 경
사는 변함이 없지만, 따라 올라가는 중생은 갈수록 숨이 더 차오른다. 관음전과 설
선당 등 몇 개의 전각을 거쳐 광명전에 다다르고 숨이 턱밑에 찰 즈음 맨 위의 대
조사전에 당도한다.

　　대조사전은 창건주인 상월 대조사의 금동 좌상을 조성해 삼보당에 봉안했다.
경내 맨 위쪽에 대조사전을 짓고, 상월좌상을 봉안했다. 대조사전 뒤쪽 산에 있는
상월 대조사의 묘소는 '적멸궁'이라 칭하고 있다. 이 천태종단은 염불 중심의 의례
종교를 탈피하고, 생활 속에 자비를 실현하는 애국불교·대중불교·생활불교를
지향하며, 주경야선(晝耕夜禪)으로 자급자족한다는 것이 특징이다. 이 절에는 1만
명을 수용할 수 있는 대법당, 135평(446m²)의 목조 강당인 광명당 등 50여 채의 건
물이 있다.

온달장군 기상 숨쉬는 '온달산성'

"이 세상에 내 것이 어디 있나 사용하다 버리고 갈 뿐이다"라고 설법하는 구인사에서 온달관광지로 이동해 온달산성으로 오른다. 온달산성 가는 길은 경사가 매우 급해서 오르기가 숨가쁘다. 도중에 사모정에서 잠시 쉬었다가 올라온 만큼 다시 오르면 성벽 끊어진 틈으로 들어간다. 이곳이 온달산성의 북문이다. 성의 둘레는 그리 크지 않으며 남서쪽으로 치우친 봉우리와 북쪽으로 흘러내린 비탈을 에둘러 쌓은 테뫼식 산성이다.

온달산성 전경

『삼국사기』에는 고구려 영양왕 1년(590)에 온달이 왕에게 "신라가 우리 한북의 땅을 빼앗아 군현으로 삼았으나 그곳 백성들이 통한해 부모의 나라를 잊은 적이 없습니다. 저에게 군사를 주신다면 가서 반드시 우리 땅을 되찾겠습니다" 하고 아뢰고 "계립령(지금의 충주시 지릅재 일대)과 죽령 서쪽의 땅을 되찾지 못한다면 돌아오지 않겠다"고 맹세한 후 출정해 '아단성 아래에서 신라군과 싸우다 화살에 맞아 죽었다'는 내용이 있다.

70

온달산성 북벽

온달산성 서벽

　온달산성(사적 제264호)은 온달이 배수진을 치고 신라군과 싸우기 위해 쌓았다고 전해진다. 그러나 남한강 건너 북서쪽이 한눈에 내려다보이는 성의 위치나 북서쪽에만 문이 없고 성벽도 특히 높은 점 등은 신라가 북쪽의 고구려군을 막기 위해 축조하지 않았나 하는 생각이 든다. 즉, 고구려의 남진정책에 대비해 신라가 강 건너 북쪽을 노려 보며 전초기지로 쌓은 것 같다. 그래서 온달은 이 성을 쌓았다기보다 이 성을 치려다 전사한 것이 아닌가 한다.

　향산여울이 일렁이는 단양군 가곡면 향산리에 3층 석탑이 있다. 이 석탑은 신라 눌지왕 19년(435년)에 고구려 승려 묵호자(墨呼子)가 깨달음을 얻은 이곳에 향산사를 처음 건립했는데, 묵호자가 죽은 뒤 제자들이 탑을 건립하고 사리를 모셨다. 향산사는 임진왜란 때 불에 타 버리고 3층 석탑만 남아 있었는데, 1935년 사리가 도굴꾼에 의해 도난당하고 완전 해체된 것을 주민들에 의해 다시 세워졌다.

　향산리에서 남한강 여울을 따라 다시 하류로 내려오면 강 건너 가곡면 가대리 마을 앞에서 '가대여울'이 물살을 가른다. 가대리 문화마을 뒤로 우뚝 솟은 노갈봉은 '노인이 갈잎으로 만든 도롱이를 쓰고 남한강 물에 낚시를 드리운 산세를 하고 있다'고 해서 붙여진 이름이다.

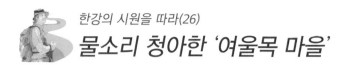

물소리 청아한 '여울목 마을'

'여울'은 강이나 바다 바닥이 얕거나 폭이 좁아 물살이 세게 흐르는 곳이고, 여울물이 턱진 곳을 '여울목'이라고 한다. 단양군 가곡면 사평리에 있는 '여울목' 마을은 검룡소에서 발원하는 남한강이 마을 북쪽으로 감싸 흐르며 대지를 촉촉이 적신다. 가곡면은 남으로는 소백산 국망봉과 비로봉이 경북 영주시 순흥면과 경계를 이룬다.

여울목 전망대의 아침은 강물 흐름 소리와 어우러져 상큼한 하루를 약속한다. 강변의 수령 300년 이상 된 보호수 느티나무도 한껏 아침 기지개를 펴고, 강 건너 단애(斷崖)는 더 푸르른 녹음으로 아침 햇살을 받는다.

여울목 단애

여울목 전망대   단양 석문

데크 길이 완비된 강변에는 온통 푸른 빛이다. 가곡면 문화재로는 어제 들렀던 향산리 3층석탑 등이 있고, 어의곡리에는 천연기념물인 소백산 주목 군락이 있다. 덕천삼거리에서 덕천교를 건너 오른쪽 너른 강가로 접어들자, 강 건너 소백산 자락에서는 새처럼 하늘을 날고자 하는 사람의 욕망을 싣고 패러글라이딩 날갯짓이 한창이다.

덕천리에서 매포읍 도담리에 있는 석문과 도담삼봉까지는 버스로 이동한다. 매포읍에는 대단위 석회석 시멘트 공장들이 많이 들어서 있다. 환경에 대한 인식이 별로 없었던 시절에는 미세먼지 때문에 제물(祭物)을 장만할 수 없어 '비 오는 날이 제삿날'이라는 말이 나올 정도였다.

단양팔경의 하나인 석문(石門)은 도담삼봉에서 북쪽 언덕 위에 있는 이향정을 넘어 30분 정도 산길을 따라 가야 볼 수 있다. 단양 석문은 석회암 카르스트 지형이 만들어 낸 자연 유산으로, 석회 동굴이 붕괴되고 남은 동굴 천장의 일부가 마치 구름다리처럼 형성된 것으로 추정된다. 석문 자체의 형태도 특이하고 아름답지만, 석문을 통해 바라보는 남한강과 건너편 농가의 전경이 마치 한 폭의 풍경화다.

구름다리 모양의 돌기둥은 자연경관자원 중 동양 최대 규모로 알려졌으며, 석문 안에 살았다는 마고할미의 전설이 서려 있다. 비녀를 잃어버린 마고할미가 비녀를 찾기 위해 땅을 판 것이 99마지기 논이 됐다고 하며, 마고할미는 이곳에서 술과 담배, 아름다운 경치를 즐기며 평생을 살다가 죽어서 바위가 됐다고 하는데, 석문에 긴 담뱃대를 물고 술병을 들고 있는 형상의 마고할미 바위가 있다.

도담삼봉의 장군봉·첩봉·처봉

'도담삼봉'은 단양8경의 하나로, 남한강 한가운데에 늠름한 장군봉(남편봉)을 중심으로 왼쪽에는 교태를 머금은 첩봉과 오른쪽은 얌전하게 돌아앉은 처봉 등 세 봉우리가 솟아 있다.

도담삼봉

조선왕조의 개국 공신인 정도전이 이곳 중앙봉에 '삼도정'이라는 정자를 짓고 가끔 찾아와서 경치를 구경하고 풍월을 읊었다고 하며, 자신의 호를 '삼봉'이라고 한 것도 도담삼봉에 연유한 것이라고 한다. 장군과 첩의 다정하게 도란거리는 속삭임에 본처는 고개를 외로 꼬고 돌아앉은 도담삼봉 모습은 위대한 자연이 만든 인간사가 반추(反芻)되는 것 같다. 도담삼봉 구역을 벗어나면 단양읍 별곡리다. 별곡리는 나비가 춤을 추는 것 같은 형상의 무자봉 동쪽에 있는 농촌 마을이다.

충주호로 흘러드는 남한강이 읍의 서부를 곡류한다. 소백산의 영향으로 읍 전체가 험준한 산지를 이루고, 남동부 일대는 소백산국립공원에 속한다. 읍내는 대

소금정공원   단양강 잔도

성산을 주산으로 하고 남쪽의 양방산을 마주 보고 있다. 충주댐 건설로 단양 읍내와 그 일부가 수몰됐으나, 도전리·별곡리에 새로 건설한 신단양은 호반의 도시로써 자연경관이 매우 아름답다.

남한강을 따라 패러글라이딩은 계속해서 하늘을 날다가 단양읍 둔치로 나비처럼 사뿐히 착륙한다. 강 건너 양방산 정상에는 단양읍을 조망할 수 있는 전망대가 있으며, 너른 마당은 패러글라이딩 활공장이다. 양방(陽坊)은 햇볕이 오래 내려 쪼여서 살기 좋은 곳이라는 뜻에서 유래된 지명이다. 암벽에는 인공으로 조성한 양백폭포가 70m 높이에서 물줄기를 쏟아내며, 야간에는 오색 조명이 비추어 아름다운 야경을 즐길 수 있다.

신단양 시가지에 있는 상진고개에는 소금정공원이 조성되어 있다. 소금정공원은 나그네가 쉬었다 가던 옛 상진고개로, 임금이 신에게 제물을 올릴 때 손을 깨끗이 씻고 경건한 마음으로 제단 앞에 선 형상이라고 한다. 이렇듯 경건하고 정성스런 마음으로 임한다면 하늘도 스스로 도울 것이며 모든 일이 엄숙하고 정연하게 이뤄질 것으로 믿고, 이러한 뜻을 기려 이곳을 '소금정'이라 명명했다고 한다.

소금정공원에서 잠시 숨을 고르고 상진대교 쪽으로 발걸음을 옮긴다. 강변 수직절벽에 놓인 단양강 잔도가 반긴다. 단양읍 상진리(상진대교)에서 강변을 따라 적성면 애곡리를 잇는 길이 약 1200m로 조성되었다. 단양강 잔도는 그동안 접근하기 어려웠던 남한강 암벽을 따라 걸을 수 있어 트래킹의 낭만과 짜릿한 스릴을 온몸으로 체험할 수 있다. 남한강 풍경을 한눈에 조망할 수 있는 곳이다.

사인암, 왕의 비행 고치려는 '우탁'

　강물 위를 걷듯 발밑으로 출렁이는 물결과 눈 희롱하며 도착한 곳은 적성면 애곡리다. 잔도가 끝나는 애곡리에 '만천하스카이워크'가 있다. 만천하스카이워크는 남한강 절벽 위에서 수면 아래를 내려 보며 하늘길을 걷는 곳이다. 전망대에는 고강도 삼중 유리를 통해 발밑에 흐르는 남한강을 보며 절벽 끝에서 걷는 짜릿함도 경험할 수 있다.

사인암

　사인암 입구에는 고려 공민왕 때 나옹선사가 창건하고 아미타여래삼존을 모신 청련암이 있다. 원래 대강면 황정리에 있었다. 대사찰이던 대흥사의 말사였으나, 조선 말엽인 1879년 일본군 침략 때 본사인 대흥사는 불타 소실됐다. 1954년 적색분자 소탕작전으로 황정리 일대에 소개령이 내려지자 그곳 주민과 함께 이곳 사인암리 산 27번지에 이주하면서 기존의 대들보와 기둥을 함께 옮겨와 현재에 이르고 있다. 이 암자에는 충북유형문화재 제309호로 지정된 목조보살좌상이 있다.

만천하스카이워크

하선암

　단양팔경 중의 하나인 사인암(舍人巖)의 높이는 약 50m이다. 기암 아래는 남조천이 흐르며, 소(沼)를 이루고 있어 아름다운 풍치를 더해 준다. 사인암의 유래는 고려 때 유학자인 역동(易東) 우탁(禹倬, 1263~1342)이 임금을 보필하는 직책인 정4품 '사인(舍人)'이라는 벼슬에 있을 당시 이곳에 머물렀다는 사연이 있어 이 바위를 사인암이라 이름 지었다고 전해진다. 사인암으로 올라가는 계단은 거의 사다리 같다. 입구에 있는 우탁의 시 '탄로가(嘆老歌)'가 가슴에 와 닿는다. "한 손에 막대 들고 또 한 손에 가시들어 가는 세월 막대로 막고 오는 백발 가시로 치렸더니 백발이 지 먼저 알고 지름길로 오더라" 우탁은 감찰규정으로 근무할 때 왕의 비행을 고치고자 도끼를 앞에 놓고 이른바 지부상소(持斧上疏)를 올렸던 충신이다.

　사인암을 빠져나와 선암계곡으로 가면 상선암·중선암·하선암이 있다. 상선암은 맑은 벽계수가 용출해 반석 사이를 평평히 흐르다가 좁은 골에 이르러 폭포가 되어 구름다리 아래로 떨어지니 그 음향이 우레와 같고 튀는 물방울이 탐승객의 옷깃을 적셔 준다. 우암 송시열의 수제자 수암 권상하가 명명했다고 한다. 중선암은 삼선구곡의 중심이다. 하선암은 삼선구곡을 이루는 심산유곡의 첫 경승지다. 3층으로 된 흰 바위는 넓이가 백여 척이나 되어 마당을 이루고 그 위에 둥글고 커다란 바위가 덩그렇게 얹혀 있는데, 그 형상이 미륵 같다 하여 '불암'이라고도 불린다. 그 바위는 조선 성종 때 임재광이 신선이 노닐던 바위라고 해서 '선암'이라 명명했다. 거울같이 맑은 명경지수가 주야장천 흐르고 있고 물속에 비친 바위가 마치 무지개 같이 영롱해 '홍암'이라고도 한다.

77

수중으로 사라진 고향, '수양개마을'

단양군 단성면 애곡리에 있는 '수양개선사유물전시관'은 1983년 충주댐 수몰지구 문화유적 조사에서 발굴된 중기 구석기 시대부터 원삼국 시대의 유물과 연구자료들을 정리·전시하고 있다. 충주댐이 준공된 후 마을 전체가 수몰된 수양개마을의 망향비가 지나는 나그네의 발목을 잡는다. 수몰되기 전 가옥의 배치와 당시 살았던 가옥 주인들의 이름이 석판에 새겨져 있다.

1980년대 중반에 만난 어느 할아버지는 "북한 실향민들은 통일이 되면 언제든지 찾아갈 수 있지만, 누대를 이어 온 정든 고향을 저 물속에 묻어야 하는 나는 통일이 되어도 영원히 갈 수 없는 신세"라며 탄식을 하던 모습이 새삼 떠오른다. 그 분들의 희생이 있었기에 우리가 사는 지금이 있지 않았을까?

수양개 망향비

남한강 위로는 중앙고속도로 단양대교와 적성대교가 하늘을 받친다. 단양대교의 교각 높이는 103m로 국내 다리 가운데 가장 높다. '한국의 아름다운 길 100선'에 포함됐다.

적성대교는 단양군 적성면과 단성면을 연결하는 교량이다. 단양군 적성면은 예로부터 적산(赤山)이라 불려 왔다. 온

수양개선사유물전시관

단양대교와 적성대교

고을이 '붉은 빛을 띠는 데서' 붙여진 이름이다. 적성대교를 건너면 단성면이다. 면역이 월악산국립공원으로 지정될 만큼 산수가 아름다운 고장이다. 월악산 줄기의 영향으로 면 전체가 험준한 산지를 이루며, 충주호를 이루는 남한강이 북쪽 경계를 따라 흐른다.

적성대교를 건너면 딘양 봉서정이 있다. 봉서정(鳳棲亭)은 말 그대로 '봉황이 살고 있는 집'이라는 뜻이다. 이 정자는 겸재 정선의 진경산수화첩인 구학첩(丘壑帖)에 그려져 있다. 단성면사무소 뒤편에는 단양향교가 있다. 1415년(태조 15)에 세운 단양향교는 퇴계 이황(李滉)이 군수로 있을 때 지금의 자리로 옮겼다. 영조 때 두 차례 고쳤으며, 그 뒤에도 여러 차례 수리했다. 현재 남아있는 건물은 대성전·동무·서무·명륜당·동재 등과 부속건물이 있다. 향교는 훌륭한 유학자를 제사하고 지방민의 유학 교육과 교화를 위해 나라에서 지은 교육기관이었으나 갑오개혁(1894) 이후 교육적 기능은 없어지고 봄·가을에 제사만 지낸다.

퇴계 이황·기생 두향의 '사랑이야기'

단성면 상방리 마을로 흐르는 단양천은 유로연장 22㎞의 지방 하천이다. 상류에 단양8경에 속하는 상선암·중선암·하선암이 있다. 이곳에 놓인 우화교는 1753년(영조 29년) 단양군수 이기중(李箕重)이 세운 무지개 모양의 홍예교이다. 하지만 소실되어 한때 목교(木橋)로 건설했으나, 지금은 흔적도 없이 사라지고 철근 콘크리트 다리가 놓여 있다.

충주댐 안의 수중보

우화교를 건너 쑥고개로 올라서면 '옛단양뉴타운' 지역이다. 정부 지원으로 조성된 전원마을이다. 옛 단양뉴타운을 지나 남한강을 따라 내려가다 보면 호수 가운데에 수중보가 보인다. 보(洑)는 수위를 높이고 필요한 수량을 확보하기 위해 하천의 일부, 또는 전부를 가로막아 만드는 것이 보통이다. 충주댐으로 담수되어 있는 곳에 보를 설치한 것은 쉽게 이해가 가지 않는다. 북쪽 적성면의 말목산과 남

퇴계와 거문고 타는 두향

퇴계와 두향이의 사랑이야기 공원

쪽 단성면의 제비봉이 마주보며 자웅을 이루고, 그 사이로 남한강이 용소(龍沼)를 이루며 유유히 흐른다.

단성면 외중방리 얼음골을 지나면 장회고개가 지루하고 길게 늘어선다. 고갯마루를 지나면 외중방리에서 장회리로 바뀐다. 장회리도 주택 72호가 평화롭게 살던 마을이었는데 충주댐이 건설되면서 수몰됐다. 강 건너 강선대자리 위에는 퇴계 이황(李滉, 1501~1570)과 애절한 사랑을 나눴던 두향(杜香)의 무덤이 내려다보이는 장회나루 언덕에 '매화를 들고 선 퇴계와 거문고를 타는 두향'의 모습을 청동상으로 표현된 '두 사람의 사랑이야기 공원'이 애틋함을 더한다.

내리 두 아내와 동생을 여의고 단양군수로 부임한 48살의 퇴계는 단양에서 16살의 청상과부 기생 두향을 만나 사랑에 빠진다. 그러나 퇴계는 열 달 만에 풍기군수로 옮겨 가고, 두향과 애달픈 이별을 하게 된다. 두향은 장회나루 건너편 강선대에 초막을 짓고 퇴계를 그리워하며 여생을 보내다가 퇴계가 타계하자 강선대에 올라 거문고로 초혼가를 탄 후 자결했다. 그로부터 단양 기생들은 강선대에 오르면 반드시 두향의 무덤에 술 한 잔을 올리고 놀았다고 전한다. 퇴계와 헤어질 때 두향은 말없이 시 한 수를 썼다.

> 이별이 하도 설워 잔 들고 슬피 울 제
> 어느덧 술 다 하고 님 마저 가는구나.
> 꽃 지고 새 우는 봄날을 어이할까 하노라.

남한강에 담긴 구담봉과 옥순봉

처마 밑에 제비집이 있는 식당에서 오전을 마무리하고 청풍문화재단지로 이동하기 위해 장회나루에서 유람선을 이용한다. 장회나루는 옛날부터 구담봉과 옥순봉을 보기 위해 배를 띄우던 곳이다. 지금도 구담봉과 옥순봉은 도담삼봉과 더불어 유람선을 타고 뱃길로 돌아볼 수 있다.

장회나루

뱃고동을 울리며 배가 출발하면 퇴계와 두향이의 로맨스를 말없이 지켜보던 구담봉이 병풍처럼 보인다. 구담봉은 물속에 비친 바위가 거북 무늬를 띠고 있어 붙여진 이름이다. 조선 인종 때 백의재상 이지번이 벼슬을 버리고 이곳에 은거했는데, 푸른 소를 타고 강산을 청유하며 칡덩굴을 구담의 양안에 매고 비학을 만들어

구담봉

옥순봉

타고 왕래하니 사람들이 이를 보고 '신선'이라 불렀다는 이야기도 전해진다. 구담봉을 휘돌아 나가면 옥순봉이다. 옥순봉도 기암으로 이뤄진 봉우리의 경관이 뛰어나 소금강이라고도 한다. 희고 푸른 여러 개의 봉우리가 마치 대나무 싹과 같다고 해서 옥순봉이라고 이름 붙였다. 기암괴석이 거대한 병풍처럼 펼쳐지면서 충주호와 어우러져 뛰어난 경관을 연출한다.

제천시와 단양군 적성면 경계에 있는 금수산은 원래 백암산이라 불렀는데, 퇴계 이황이 단양군수로 재임할 때 '그 경치가 비단에 수놓은 것처럼 아름답다고 하여 현재의 이름으로 개칭되었다. 산기슭에는 푸른 숲이 우거져 있는데, 봄에는 철쭉, 여름에는 녹음, 가을에는 단풍, 겨울에는 설경이 아름다워 제2의 단양팔경으로 꼽힌다.

청풍호는 1985년 충주댐이 건설되면서 인공적으로 조성된 호수이다. 제천과 충주에 걸쳐 있는 넓은 호수로 제천 지역에 해당되는 곳을 청풍호, 충주지역에 속하는 곳은 충주호라고 부른다. 청풍호가 있는 곳은 예전에 청풍강으로 불렀으며, 강 주변에 있는 마을은 모두 수몰됐다. 호수의 주변은 풍광이 뛰어나 우리나라 중부 최대의 관광지를 이룬다.

수몰 지역 문화재 '청풍문화재단지'

청풍문화재단지는 제천시 청풍면 물태리에 조성한 문화재마을이다. 청풍은 자연경관이 수려하고 문물이 번성했던 곳으로 많은 문화유적을 갖고 있었으나, 충주댐 건설로 청풍면 읍리, 후산리, 황석리, 수산면 지곡리에 있던 마을이 문화재와 함께 수몰될 위기에 있었다. 1983년부터 3년 간 수몰 지역의 문화재를 원형대로 이전·복원해 단지를 조성했다.

팔영루

청풍문화재단지에 입장하려면 팔영루를 지나야 한다. '팔영루(八詠樓)'는 조선 시대에 청풍부(淸風府)를 드나들던 관문인데, 현 위치로 이전하여 청풍문화재단지 정

한벽루

사자빈신사지석탑

문으로 이용되고 있다. 팔영루는 고종 때 부사 민치상이 청풍팔경을 읊은 팔영시 (八詠詩)에서 연유한다. 이전해 온 고가(古家)들은 중부 지방의 보편적인 민가 유형을 보여 준다. 성묘 길에 맨손으로 범을 때려잡았다는 김중명(金重明, 1614~1685)의 조각도 눈길을 끈다. 지석묘군을 지나면 한벽루(寒碧樓)가 남한강을 조망한다. 한벽루는 청풍 관아에 딸린 누각이었다. 이산해(李山海, 1538~1609)의 시에서 "아름다운 경치는 호서 제일[形勝湖西第一洲]"이라고 했듯이, 호서 제일의 누각으로 많은 사대부들이 풍류로 활용됐다. 청풍 관아로 사용했던 금병헌, 석축인 망월산성, 신라 말의 작품으로 보이는 '물태리 석조여래입상'을 주마간산 격으로 둘러본다.

송계계곡은 충주시 수안보면과 제천시에 걸쳐 있는 월악산 자락 계곡이다. 월악산 계곡 주변에 있는 월광폭포, 학소대, 자연대, 청벽대, 와룡대, 팔랑소, 망폭대, 수경대 등은 송계팔경으로 알려져 있다. 송계계곡 남쪽 송계리에 있는 사자빈신사지에는 보물로 지정된 고려 시대의 석탑이 있다. 높이 4.5m의 사자빈신사지석탑(獅子頻迅寺址石塔)은 상층 기단 네 귀에 4구(軀)의 사자를 앉혀서 갑석을 받게 하고, 중심에는 지권인(智拳印)의 비로자나불좌상을 모셔 두었다. 앉은 형태의 비로자나불좌상은 특이하게 두건을 쓰고 있으며, 뒷머리의 나비 매듭 형상이 매우 흥미롭다.

하층기단 정면에 10행 79자로 적힌 명문(銘文)에는 고려 현종 13년(1022)에 거란의 침탈을 불력으로 막아 태평안민을 기원하고자 세운 것으로 추측된다. 원래 이 석탑은 9층이었던 모양이나 현재 옥신(屋身)은 5층까지, 옥개석(屋蓋石)은 4층까지만 남아 있다.

수안보 온천, 충주댐과 '충주호'

수안보(水安堡)는 문경새재를 넘어 서울로 연결되는 영남대로의 중요한 길목이다. 달천의 지류인 석문천이 소조령과 지름재에서 발원해 면의 중앙부를 북서쪽으로 흐른다. 계곡이 깊어서 유역에 평야는 적으나 수회리 일대에는 약간의 평야가 있으며, 중앙경찰학교가 있다.

충주댐 안쪽

문경새재를 넘어 수안보를 지나면 적보산 줄기가 뻗어 내리다가 석문천에 닿아 멈춘 곳에 마당같이 넓고 평평한 반석의 마당바위가 있다. 이곳에서 연산군 때 충주로 유배 온 문신 이행(李荇, 1478년~1534년)이 "산은 우뚝함도 자연이요. 물이 흘러감도 자연이요. 벼랑이 산수의 형세를 점거하여 독차지함도 자연이요. 오늘 우리

수안보

충주댐

가 이곳을 만난 것도 자연이요…"라고 읊었다 한다. 하지만 사유지라 철조망이 가로막혀 들르지 못했다. 그의 말대로 마당바위를 보지 못하고 돌아섬도 자연(自然)이련가?

　충주댐은 충주시 조동리에 있다. 1985년에 충주댐이 완공되면서 전답 일부가 수몰됐다. 충주댐은 북쪽의 관모봉과 남쪽의 계명산 사이의 협곡을 콘크리트로 막은 다목적 댐이다. 소양강댐에 이어 2번째로 많은 저수 능력을 갖췄다. 홍수 조절 기능도 하는 이 댐에 거대한 내륙 호수 '충주호'가 만들어져 호반 관광지가 됐다. 충주댐은 여러 가지로 국내 최대의 기록을 갖고 있다. 우선 콘크리트댐으로 국내 최대(국내 제일 큰 소양강댐은 사력댐)다. 물 공급량도 소양강댐보다 훨씬 앞서며, 수력 발전 용량도 41만2천kW의 시설 용량을 자랑한다.

　하류로 내려오면 강변으로는 자전거와 사람이 왕래할 수 있는 데크가 마련되어 있다. 댐 하류로 처음 합류하는 지천이 조동천이다. 조동천은 조동리 인등산에서 발원해 남서 방향으로 흘러 남한강에 합류하는 한강의 제 1지류인 지방 하천이다. 유역의 사방이 산지로 둘러싸여 있다. 조동천 하류 합류 지점에는 하루에 400㎥을 처리할 수 있는 하수처리장이 있다.

충주자연생태체험관과 '금도랑'

조치원에서 제천으로 연결되는 충북선 남한강철교 위로 화물열차가 세월을 실어 나른다.

충북선 남한강철교

석기시대 이후 빗살무늬토기·석기류 등이 출토된 '조동리선사유적박물관'을 지나 '충주자연생태체험관'과 '금도랑'에 당도한다. 이곳은 충주댐 근처에 있는 자연생태체험관으로 자연생태계 보호 의식을 고취하고 충주의 연계 교육 공간과 어린이, 청소년의 생태체험 공간으로 활용하고 있다.

남한강 변 전망 좋은 언덕에는 '풍경이 아름다운 집'이라는 펜션이 기분 좋게 자리했는데, 그 밑으로는 공사가 중단된 빈 집이 을씨년스럽다. 동구 밖 느티나무는

남한강변 전망좋은 곳

목행동 유래비

이런 풍경을 아는지 모르는지 말이 없다. 그래도 강물은 개의치 않고 여울을 만들며 흐르고 또 흐른다. 1930년 김영랑(본명 김윤식)이 동백나무 잎에 비친 자신의 고요하고 깨끗한 마음을 강물에 비유해 표현한 시 「끝없는 강물이 흐르네」가 입술을 비집고 새어 나온다.

> 내 마음의 어딘 듯 한 편에/ 끝없는 강물이 흐르네/
> 돋쳐 오르는 아침 날 빛이/ 빤질한 은결을 도도네/
> 가슴엔 듯 눈엔 듯 또 핏줄엔 듯/ 마음이 도른도른 숨어 있는 곳/
> 내 마음의 어딘 듯 한 편에/ 끝없는 강물이 흐르네

목행교는 한국전쟁을 거치면서 9·28수복 후에 미군이 목교를 건설해 통행되기도 했다. 교량 옆 하천부지는 옛날부터 사금을 채취하던 곳이라고 해서 '금도랑'이라 부르던 곳이 있는데, 지금은 농경지로 정비되어 도랑에는 석축과 옹벽을 설치해 유실을 방지하고 있다. 목행교를 건너면 충주시 목행동이다. 목수동과 행정리의 머리 자를 따서 목행리라 했다. 이곳에는 충주비료공장이 1970년대 후반까지 위치해 우리나라 공업화의 기틀이 됐던 곳이다. 강변으로는 '탄금호 순환자전거길'과 길 따라 '무술공원 숲'이 잘 조성되어 있다. 이 숲은 아름다운 수변생태공간을 만들어 후손에게 물려준다는 '4대강 희망의 숲 사업'의 일환으로 주민 자발적 참여로 조성되었다. '무성한 나무와 풍족한 물줄기가 어우러진 아름다운 강변'처럼 모두의 화합을 바라는 의미를 담고 있다고 한다.

우륵·신립 이야기 품은 '탄금대'

충주시 칠금동에 있는 탄금대(彈琴臺)는 남한강과 지류인 달천이 합류하는 지점에 있는 낮은 산에 있다. 이곳에는 '오누이 전설'이 깃든 달천이 바로 밑으로 들어오고 우륵의 가야금 이야기, 임진왜란 때 장군 신립이 배수진을 쳤던 이야기들이 서려 있다. 달천은 보은군 속리산에서 발원해 괴산군을 거쳐 충주시로 흘러드는 하천이다. 옛날 수달이 많이 살아서 '달강'이라 했다는 전설이 있다. 그 때문인지 인근에 수달피고개가 있으며, 달천리 서쪽 물가를 '물개달래'로 부른다. 달천은 물맛이 좋아 '단냇물'이라고 했던 것이 '달냇물'로, 다시 '달천'으로 변했다는 지명 유래도 전한다.

탄금정

팔천고혼위령탑   권태응의 감자꽃 노래비

탄금대는 기암절벽을 휘감아 돌며 유유히 흐르는 남한강과 울창한 송림으로 경치가 매우 좋은 곳이다. 탄금대란 신라 진흥왕 때 우리나라 3대 악성(樂聖) 중 하나인 우륵(于勒)이 가야금을 연주하던 곳이라고 해서 붙여진 이름이다. 1400년 전인 신라 진흥왕 때 가야국의 악사 우륵은 이곳에 강제 이주 된 후 탄금대 절벽 바위에서 풍광을 감상하면서 가야금을 탔다. 그 오묘한 음률에 젖어 들어 사람들이 하나둘 모여 마을을 이루고 그곳을 탄금대라 명명했다고 한다. 그 자리에 탄금정이 있다.

탄금대공원에 '팔천고혼위령탑'이 서 있다. 이 탑은 1592년 음력 4월 28일 임진왜란 당시 도순변사 신립(申砬, 1546~1592)이 장졸 8천여 명과 함께 이곳 탄금대에서 배수진을 치고 왜적을 맞아 싸우다가 장렬하게 전사한 전적지임을 기리고자 세워진 것이다. 탑 상단의 혼불은 영령들이 조국을 지키는 수호신을 의미하고, 아래 부분의 4인의 군상은 죽음으로써 국토를 지키는 불굴의 충정을 나타낸다. 공원 한쪽에는 충혼탑 하나가 서 있다. 이는 한국전쟁 당시 순국한 충주 출신 전몰장병과 경찰관, 군속, 노무자 등 1910위의 넋을 기리고자 1956년에 세웠다. 충혼탑과 탄금정 중간에는 충주 출신 항일 시인 권태응(權泰應, 1918~1951)의 감자꽃 노래비가 있어 발길을 머물게 한다.

　　　자주 꽃 핀 건/ 자주 감자/ 파보나 마나/ 자주 감자
　　　하얀 꽃 핀 건/ 하얀 감자/ 파보나 마나/ 하얀 감자

조정지댐이 만든 인공호수 '탄금호'

    달천과 남한강의 퇴적물에 의해 만들어진 하중도 습지인 '용섬'에는 숲이 우거진다. 열두대에서 바라봤던 용섬은 장방형으로 길게 늘어진 형태인데, 여러 초본류들이 서식하는 새로운 자연생태계를 이뤄 안정된 정취를 느끼게 한다.

    달천 하구를 가로지르는 탄금교 옆으로는 탄금대교가 한껏 멋을 부린다. 달천과 합수되는 남한강은 탄금호(彈琴湖)를 이룬다. 탄금호는 1985년에 충주댐과 함께 건설된 조정지댐으로 인해 형성된 인공호수다. 호수를 끼고 명승지 탄금대가 있어 탄금호라는 이름을 얻게 된 것 같다. 수면을 가로지르는 수상스키의 모습은 시원스럽다.

    탄금교를 건너 중앙탑면 창동리에는 고려 시대의 석탑과 석불, 마애불 등이 남아 있다. 창동리 마애불은 남한강과 맞닿은 암벽 4m 높이에 새겨져 있다. 불상의

탄금대교

탄금호 　　　　　　　　　　　　　　　　탄금호 순환자전거길

중앙 부분이 붉은 색을 띠고 있는데, 이는 탄금대에서 전사한 신립장군의 피눈물이라는 전설이 있다. 호방하고 근엄한 표정과 거친 표현이 전형적인 고려 시대 마애불로, 남한강 뱃길을 오가는 이들의 안녕을 염원하는 듯하다.

　또한 이곳에는 오층석탑과 석조 약사여래입상이 있다. 석조약사여래입상은 커다란 돌에 약합을 들고 서 있는 약사여래를 새긴 것으로 후덕한 얼굴에 온화한 미소를 짓고 있다. 오층석탑은 두툼한 2층 기단 위에 갸름한 탑신부를 세워 마치 다른 두 석물을 올려놓은 것 같다. 석탑은 인근 폐사지에서, 약사여래입상은 인근 폐광에서 발견된 것을 옮겨 온 것이라고 한다.

　창동리 오층석탑에서 하류로 조금 내려오면 탄금호 순환자전거길이 부교처럼 길게 나 있다. 호수 너머 호반에는 '대한민국 중심고을 충주'라는 푯말이 서 있다. 충청도의 북동부에 위치한 '충주'는 국토의 중앙에 위치한다고 해서 중원(中原)으로 불리었다. 중원이란 명칭은 1995년 충주시와 중원군이 도농통폐합 될 때까지 이어져 왔다. 선사 시대부터 현재에 이르기까지 사람들이 살아온 유적들이 많이 발견되는 것은 남한강과 달천의 영향이 컸을 것으로 추정된다.

　탄금호 순환자전거길 끝에는 충주박물관과 탑평리 7층 석탑이 중앙탑사직공원 안에 있다. 충주박물관에는 기증된 유물과 지역에서 출토된 유물이 전시되어 있고, 중원문화를 대표하는 탑평리 7층 석탑은 국토의 중앙에 세워져 '중앙탑'으로 부른다. 1917년 해체·복원 시 훼손된 고서류와 구리 거울, 은제 사리함 등이 나왔다. 구리 거울은 고려 시대 것으로 밝혀졌다.

영남대로 패랭이번던 '마당바위'

문경새재를 넘어 수안보를 지나 수회리에 다다르면 적보산 줄기가 뻗어 내리다
가 석문천에 닿아 멈춘 곳에 마당같이 넓고 평평한 반석을 만들어 놓은 마당바위
가 있다. 사유지라 철조망이 가로막혀 들르지 못했던 곳으로 이번에 풀 섶을 헤치
고 아침이슬로 발목을 적시며 마당바위를 찾았다.

마당바위는 마당처럼 넓은 바위로, 이 바위가 있는 적보산은 '패랭이번던'이라
고도 불린다. '번던'은 '언덕'을 의미한다. 마당바위가 있는 이 길은 영남대로 옛길
이다. 영남대로는 부산에서 대구, 문경새재, 충주, 용인을 거쳐 서울로 이어지는 약
960리 길로, 걸어서 완주하면 약 14일이 걸렸다고 한다.

마당바위

94

충주 조정지댐   조정지댐 공도

마당바위 옆에는 화강암 자연석의 한 면을 다듬어 '縣監徐公有惇善政不忘碑' 글자를 해서체로 음각돼 있다. 이것은 연풍현감을 지낸 서유돈(徐有惇)의 선정을 기리기 위해 연풍현과 충주목의 경계 지점에 1798년경에 세운 것이다. 선정비를 현청이 있던 연풍향교 옆에 세우지 않고 이곳에 건립한 이유는 사람들의 왕래가 많았던 영남대로 길목에 세운 것으로 추측된다.

오늘의 출발지인 충주시 중앙탑면 탄금호 주변에 있는 중앙탑공원은 1914년 행정구역을 통폐합하면서 북쪽의 가흥면과 남쪽의 금천면에서 한 글자씩을 따서 가금면이라고 했다. 그러나 가금면이라는 명칭은 지역의 특성을 반영하지 못했다. 날짐승을 연상시키며, 인근 금가면과 명칭이 유사해 혼동을 주는 등의 이유로 중앙탑면으로 개칭됐다. 개칭된 '중앙탑면'이라는 명칭은 중원문화의 중심지였던 이 지역에 세워진 후기 신라 시대 석탑(국보 제6호)인 충주 탑평리 7층석탑의 별칭인 '중앙탑'에서 유래했다.

충주조정지댐은 충주댐의 보조 댐으로 본 댐인 충주댐의 홍수 조절을 도와주고, 충주댐에서 흘러내린 물을 비축했다가 수온과 수질 및 수량을 고르게 하류로 공급을 하면서 동시에 발전 시설을 가동하는 댐이다. 간접 효과로 댐 하류부의 하천 용수를 고르게 유지함으로써 수변의 아름다움을 보여주는 역할을 한다.

'사랑바위'와 '장자못'·'목계나루'

조정지댐을 지나 하류로 내려오면 강변 숲 사이로 난 자전거도로 옆으로 '사랑바위'의 애절한 전설이 전해진다.

부잣집 5대 독자가 결혼한 뒤 아들을 얻지 못하자 후사를 보기 위해 집안에서 첩을 들였는데, 아들은 본처만 사랑하고 첩을 거들떠보지도 않았다. 본처는 자신 때문에 후사가 없음을 걱정해 장자못에 몸을 던지고, 아들도 식음을 전폐하다가 뒤따랐다. 후에 장자못의 물이 마르더니 남녀의 성기가 결합된 상태의 바위가 있고, 올망졸망한 작은 바위들이 옆으로 놓여 있었다 한다. 마을 사람들은 며느리와 아들이 저승에서 여러 아이들을 낳고 '이승에서 못다 이룬 소망을 죽어서 이뤘다'며 여성의 성기를 닮은 이 바위를 '사랑바위'라고 불렀다 한다. 이 바위 주위를 아홉 번 돌며 간절히 기원을 하면 자식을 얻을 수 있다고도 한다.

사랑바위

장자늪 안내문

신경림 시비

　사랑바위 옆에는 '장자 늪(못)'이 있는데, 놀부의 심보 같은 욕심쟁이 장자의 집이 갑자기 호수로 사라지고 장자가 비명을 지르며 물속으로 가라앉았다는 전설이 전해진다.

　장자늪을 지나면 남한강을 가로지르는 중부내륙고속도로의 남한강대교와 목계대교가 하늘을 향해 줄을 선다. 목계대교는 충주시 엄정면 목계리와 중앙탑면 장천리를 연결하는 남한강 교량이다. 남한강의 목계나루는 1930년대 충북선 철도가 놓이기 전까지 남한강 수운물류교역의 중심지로 큰 마을이 형성돼 뱃길로는 서울에, 육로로는 강원, 충청, 경상, 경기에 이르는 큰 길목이었다. 또한 전성기 때 가구 수가 800호 이상 됐던 큰 도회지로 100여 척의 상선이 집결하던 곳이다. 조선 후기에는 내륙항 가운데서 가장 큰 규모였으나, 번성했던 목계장터는 충북선 열차 개통으로 남한강의 수송 기능이 완전히 끊어졌다. 1973년에 목계대교가 놓이면서 목계나루의 나룻배도 사라져 목계장터는 쇠퇴했다. 옛날 충주 목계나루터에는 강배체험관과 전통주막, 저잣거리 등을 재현해 놓았으나 사람의 발길은 뜸한 것 같다. 대신 충주 출신 시인 신경림의 시비 「목계장터」만 옛날의 번성했던 길목을 지킨다.

　　하늘은 날더러 구름이 되라 하고
　　땅은 날더러 바람이 되라 하네.

고구려비전시관서 느끼는 위용과 기세

고구려비전시관은 충주고구려비를 전시한 〈고구려의 천하관〉과 황해도 안악에서 발견된 〈안악3호분 벽화관〉, 세계 최초의 철갑전사인 〈개마무사관〉으로 구분했다. 〈고구려의 천하관〉에 보존된 충주고구려비는 마을 어귀에 아주 오래전부터 서 있어서 마을 사람들이 대장간 집 기둥으로 쓰기도 하고, 돌에다 떡을 바치며 득남을 기원하기도 했다고 한다. 오랜 세월이 흐른 탓에 발견 당시 비면이 심하게 마모되어 있었다고 한다.

충주고구려비는 광개토대왕릉비와 함께 우리 고대사를 푸는 열쇠로, 만주부터 남한강 유역까지 세력을 확장한 고구려의 존재를 확실히 보여준다. 5세기 무렵 고구려의 남진과 신라와의 관계를 알려주는 역사적 유물이다.

〈안악3호분 벽화관〉은 북한 국보 제28호로, 지금까지 발견된 고구려 고분 중 가장 이른 시기인 357년 제작되었다. 지금까지 발견된 고분 중 가장 크다. 무덤의 규모와 짜임새, 벽화의 구성, 표현 방법이 뛰어나 4세기 중엽 고구려 문화를 복원하는 데 귀중한 자료를 제공하고 있다. 2018년 7월 중국 요녕성 우하량이란 곳에서 본 여신묘(女神廟)의 현실(玄室)과 너무 똑같은 구조다. BC 4000~BC 3000년 전의 유물과 AD 357년에 제작된 고분의 현실 배치도와 규모가 거의 같다. 최소 3000년 이상 시공(時空)의 간극을 메꾸는 것 같다. 또한 〈안악3호분〉의 '견우와 직녀' 벽화와 '우하량(牛河梁)'이란 글자가 자꾸 겹쳐진다. 우하량의 '우하(牛河)'는 '견우와

고구려비기념관

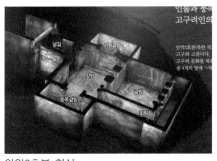

안악3호분 현실

개마무사

직녀가 만나기 위해 필히 건너야 하는 은하수(우하)'이고, '량(梁)'은 '칠월칠석날 두 사람이 만나야 하는 은하수의 오작교(烏鵲橋)'이기 때문이다. 만약에 나의 이러한 상상이 맞는다면 고조선 이전부터 우하량을 포함한 만주 지역이 이미 우리 땅이었을 것이다. 이렇게 생각하는 것도 우연의 일치일까? 역사는 실증이라기보다는 영원히 풀리지 않는 퍼즐게임이 아닐까?

〈개마무사(鎧馬武士)〉는 고구려 광개토대왕의 주력 부대가 개마무사로 구성되어 있다. 이는 사람과 말을 머리부터 발끝까지 강철철편을 가죽으로 이어 붙인 철갑을 착용하고 긴 창을 주 무기로 사용함으로써 기동성과 공격력에 단단한 방어력을 부가해 그 위용과 기세가 대단했다고 한다. 고구려가 개마무사를 활용한 것은 우수한 철기문화가 있었기 때문에 가능했고, 서양보다 천 년 앞서서 말까지 갑옷으로 무장시켰다는 것은 최강의 전투력을 보유했다는 증거이며, 그 시대의 아이콘이다.

삼족오(三足烏)는 태양에 살면서 천상의 신들과 인간세계를 연결해 주는 신성한 상상의 길조인 동시에 세 발 달린 검은 새로 천손(天孫) 의식이 깊은 한민족 고유의 상징이다. 삼신일체사상(三神一體思想), 즉 천(天)·지(地)·인(人)을 의미하기도 한다. 음양사상은 한민족의 원형적 사유 구조라고 볼 수 있어 해와 달, 하늘과 땅을 근본으로 삼아 왔다. 전시관 입구에 세운 삼족오 조형물과 전시실 안에 있는 태양 속의 삼족오를 보며 만주 벌판을 누볐을 광개토대왕의 위용을 다시 생각해 본다.

청룡사지와 보각국사탑

조선 초 개국공신 권근(權近, 1352~1409)이 이곳에 들렀다가 호를 '양촌(陽村)'으로 지었다는 양촌리는 충주시에서 목계리를 지나 소태면으로 들어오는 관문이다. 목계나루와 같이 남한강 수운을 이용한 교역으로 선박장이 생기고, 경제 환경이 좋은 덕분에 일찍부터 마을이 형성됐다. 마을 앞에 남한강이 여우섬을 돌아 흐르는 달여울(月灘)과 막흐르기여울(莫灘)이 있다.

소태면 중청리에는 등대가 있다. 일반적으로 등대는 섬과 암초가 많은 바다에 항해용 등대와 항공기용 항공등대로 설치하는데, 남한강 변에도 설치되었던 것으로 보아 선박들의 왕래가 빈번했던 곳 같다. 물에서도 잘 자란다는 물무궁화도 빨간색 뺨으로 가는 세월과 볼을 비비는데, 얄미운 가시박은 앙칼진 발톱으로 하천

벼락 맞아 갈라진 느티나무

물무궁화

충주 청룡사지 석종형 승탑

부지 수생식물들을 질식시킨다. 마을 어귀에 있는 느티나무는 길손들에게 시원한 그늘을 만들어 주는데, 벼락을 맞아 반으로 갈라져 한 그루가 두 그루처럼 됐다.

청룡사지는 소태면 오량리 뒷산인 청계산 남쪽 기슭에 자리 잡은 옛 절터다. 청룡사의 창건 연대와 창건자는 미상이다. 고려 말 국사였던 혼수(混修)가 말년을 이곳에서 보내다가 조선 태조 1년(1392)에 입적했다. 태조는 혼수에게 '보각(普覺)'이라는 시호를 내리고 절을 크게 중창했으나, 지금은 폐허가 됐다. 청룡사지에는 충주청룡사지 보각국사탑(국보 제197호)과 보각국사탑비(보물 제658호) 및 사자석등(보물 제656호)이 있다.

보각국사탑은 고려 말의 고승인 보각국사(1320~1392)의 묘탑이다. 묘탑은 승려의 사리를 안치한 건조물로, 묘탑 안에 있던 사리 및 옥촛대, 금송아지, 금잔 등이 일제 강점기 때 도난당했다.

1394년에 건립된 보각국사탑비는 고려 공민왕과 공양왕 및 조선 태조의 국사를 지낸 보각국사의 행적을 기록한 비다. 비문은 권근이 짓고 글씨는 승려 천택이 썼으며, 문인인 희진이 세웠다고 기록되어 있다.

보각국사탑 앞 사자석등은 보각국사의 명복을 빌기 위해 만들어진 일종의 장명등(長明燈)으로, 양주 회암사지 쌍사자석등과 더불어 조선 시대 사자석등의 대표적인 작품으로 꼽힌다.

나그네 붙잡는 샘개마을 느티나무

남한강은 충주시 소태면을 지나 앙성면으로 굽이쳐 흘러든다. 앙성면은 남한강을 따라 경치가 수려하고, 탄산온천으로 유명하며, 한우와 복숭아가 입맛을 돋우는 곳이다. 앙성면 강천리 강둑 우측 아래 서 있는 느티나무 한 그루가 시원한 그늘로 나그네를 유혹한다. 이 나무는 수령 400년 이상 된 보호수로 지정됐다. 나무 옆에는 용머리에서 솟아 나오는 우물이 나그네의 목을 축여 준다. 느티나무는 샘개마을을 지켜주는 수호목이었고, 그 옆 '샘개우물'은 마을 사람들의 생명수였다. 100여 년 전만 해도 서울로 향하는 중요한 나루로써 5일장이 서던 큰 마을이었는데, 강 건너 강원도 원주시 부론면을 잇는 남한강대교가 놓인 뒤로는 작은 고깃배 한 척만 놓여 있어 고독한 나루터가 됐다.

샘개마을 느티나무

샘개우물

자두나무

강둑 왼쪽으로는 자두나무열매가 시고 달콤한 맛을 풍긴다. '오얏나무'라고도 불리는 자두나무는 '이하부정관(李下不整冠)', 즉 "오얏나무 아래서는 갓을 고쳐 쓰지 말라"는 뜻으로, '남에게 의심받을 행동은 하지 말라'는 교훈도 이 나무에서 기인한다. 창덕궁 인정전 용마루에 새겨진 대한제국의 '이화문(李花紋)'이 바로 자두나무 꽃이다. 그러나 이화문은 일제가 조선 왕조를 이 왕가로 격하시키면서 박았다는 의견이 있다. 이는 일제가 창덕궁의 전통양식 일부를 일본식으로 고치면서도 손을 대지 않은 것에 주목한다.

앙성면 단암리 남한강 둔치에 스카이다이빙 체험시설이 있다. 스카이다이빙은 지상 3~4㎞ 상공에서 비행기 밖으로 뛰어내린 후 낙하산을 펴기 전까지 약 1분간 자유 낙하를 체험한 다음 5분 정도 지상으로 내려오는 익스트림 스포츠(Extreme Sports)다. 만 18세 이상, 몸무게 100㎏ 이하의 조건만 충족하면 누구나 20분 정도의 안전교육을 받은 후 비행복과 헬멧, 보호안경을 착용한 뒤 전문 교관의 도움을 받아 하늘을 날게 된다. 마음만 창공에 날려 보내고 발길은 의암마을을 지난다. 마을의 뒷산의 바위가 옷을 입고 있는 형상을 해서 옷 의(衣), 바위 암(岩) 자를 써서 '의암'이라 부르게 됐다. 의암마을에서 남한강대교를 건너면 강원도 원주시 부론면이다. 부론면은 원주시 남서쪽에 위치한다.

버스정류장에 걸린 흥원창도

버스정류장에 '흥원창' 산수화가 걸려 있는 흥호리는 흥원창(興原倉)이 있던 곳이다. 조선 시대 원주에는 북창(北倉, 안창), 동창(東倉, 주천), 서창(西倉, 흥원) 등의 창고가 있었는데, 서창이 바로 흥원에 있었기 때문에 보통 '흥원창'이라 불렀다. 흥원창은 고려 시대 12조창(漕倉)의 하나로 강원도의 원주·평창·정선·울진·평해 등지를 관할해 세곡(稅穀)을 운반·보관하던 곳으로, 조세미(租稅米) 수송을 위해 설치한 수운창(水運倉)이다.

조창제도가 완비된 것은 고려 성종 11년(992년)경이다. 세미(稅米)의 수송은 국가 재정에 중요한 구실을 했으므로 조창의 운영과 안전에 각별한 주의를 기울였다. 횡령과 부정을 막기 위해 각 조창에 창감(倉監)을 파견했다.

흥원창 표지석

버스정류장에 걸린 흥원창도   법천사지

고려 말에는 왜구의 창궐로 수송이 전폐되다시피 하면서 거의 유명무실하게 됐다. 조선 시대에 들어와 조운제도가 다시 정비됐으나, 이전처럼 활발하지 않았다. 한국전쟁 이전까지도 배 터와 장터가 몇 군데 있었는데, 홍수로 다 떠내려가고 최근에 세워진 자연석 표지석이 터를 지킨다.

남한강이 충주에서 북으로 뻗쳐 올라오다가 이곳 흥호리에서 섬강(蟾江)을 만나 서쪽으로 급하게 방향을 틀어 당장이라도 서해로 들어갈 것 같은 기세다. 섬강은 강원도 횡성의 태기산에서 발원해 서쪽으로 흐르다가 원주시를 지나 남서쪽으로 물길을 바꿔 한강에 합류한다. 비교적 강수량이 많은 지역을 통과하므로 수량이 많고, 금계천·횡성천·원주천 등의 지류가 합류한다.

이웃 마을인 법천리에는 '진리(法)가 샘물(泉)처럼 흐른다'는 법천사지가 있다. 법천사는 불교의 양대 교단이었던 법상종과 화엄종 가운데 법상종계의 절로, 후기 신라 시대에 세워져 고려 시대에 크게 융성했다. 고려 문종(1019~1083) 때에 지광국사(984~1067)가 법천사에 머물면서 절의 모습을 갖추게 됐으나, 임진왜란 때 모두 불타 없어진 뒤로 새로 짓지 못해 현재는 폐사됐다. 전해 내려오는 말에 의하면, 조선 초기에 태재(泰齋) 유방선(柳方善)이 법천사에 머물면서 권람, 한명회, 강효문, 서거정 등을 가르쳤다 한다.

고려 공양왕 피거한 마을 '손위실'

한참 발굴 중인 너른 절터를 지나 산모퉁이로 올라서면 지광국사현묘탑비(국보 제 59호)가 있다.

법천사 터에 세워진 지광국사(984~1067)의 탑비로, 국사가 1067년에 이 절에서 입적하자 그 공적을 추모하기 위해 사리탑인 현묘탑과 함께 이 비를 세웠다. 비는 거북받침돌 위로 비 몸돌을 세우고 왕관 모양의 머릿돌을 올린 모습이다. 독특한 무늬가 돋보이는 등껍질은 여러 개의 사각형으로 면을 나눈 후 그 안에 왕(王) 자를 새겨 장식하였는데, 이는 왕사(王師)를 지냈기 때문이라고 한다. 거북의 얼굴은 용의 얼굴에 가까운 형상이며, 턱 밑에 긴 수염이 달려 있다. 국보(제101호)로 지정돼 현재 경복궁에 있는 법천사지 지광국사현묘탑은 한국의 석탑 중 가장 아름답고 정교하다.

지광국사현묘탑비

원주 출신인 지광국사는 왕사와 국사(國師)가 되어 많은 사람들의 존경을 받았다. 전체 높이는 6.1m로 원래는 이곳 법천리 법천사에 있었으나, 일제 강점기 때 일본으로 반출됐다가 반환돼 경복궁으로 옮겨졌다. 일제 강점기 수탈과 한국전쟁에 탑신이 붕괴되는 아픔을 견뎌내며 원

법천사 당간지주

주를 떠난지 108년 동안 떠돌아다니다가 문화재연구소에서 보수가 끝나면 제자리로 돌아올 예정이다.

고려 전기의 것으로 추측되는 법천사의 당간지주는 이미 절터에 마을이 형성된 귀퉁이에 있는 것으로 보아 법천사가 얼마나 큰 절이었는가를 보여 준다. 당간지주는 사찰 입구에 설치하는 것으로, 절에 행사나 의식이 있을 때면 이곳에 깃발을 달게 된다. 이 깃발을 거는 길 다란 장대를 당간이라 하고, 당간을 양쪽에서 지탱시켜 주는 두 돌기둥을 당간지주라 한다. 드물게 당간이 남아 있는 예가 있으나, 대개는 두 지주만이 남아 있다. 당간은 무쇠로 되어 있어 대부분 일제 때 철의 공출로 많이 없어졌다.

이 당간지주는 지광국사현묘탑비와 함께 남아 있어 법천사 절터를 지키고 있다. 기둥에는 별다른 조각이 없으며, 아래에서 위로 갈수록 점점 좁아지고 있다. 기둥

손곡 시비

사이에는 당간을 꽂아두기 위한 받침돌을 둥글게 다듬어 마련해 놓았다. 두 기둥의 윗부분은 모서리를 깎아 둥글게 다듬어 놓았고, 안쪽 면에는 당간을 고정시키기 위한 구멍을 파놓았다. 또 하나 이 절터를 지키는 느티나무는 속이 텅 빈 채 절터 입구에 서 있는데, 이 절의 영욕을 말해 준다.

부론면 손곡리는 고려 말에 공양왕이 이성계에게 마지막 '왕위를 내주고 피거(避居)한 마을'이라고 해서 불러진 이름이다. 원래 이름은 손위실(遜位室)이다. 공양왕의 호가 손곡이라 지명이 됐고, 조선시대 서얼 출신 이달(李達)은 신분적 제약으로 벼슬길이 막힌 울분을 시문(詩文)으로 달래며 지금의 부론면 손곡리에 은거하며 호를 '손곡'이라 하고 제자 교육으로 여생을 보냈다. 특히 말년에 허균을 가르쳤는데 많은 영향을 끼친 것으로 알려졌다. 원주시 부론면 손곡1리 노변에 손곡 시비가 세워져 있다. 시의 내용은 『손곡집』 6권에 실린 「예맥요(刈麥謠)」다.

시골집 젊은 아낙네 저녁거리 없어(田家少婦無夜食, 전가소부무야식)

비 맞으며 보리 베어 숲길로 돌아오니(雨中刈麥林中歸, 우중예맥임중귀)

생나무 습기로 연기만 나고 불길은 안 일어(生薪帶濕煙不起, 생신대습연불기)

문에 들어서자 아이들 옷깃 잡고 울부짖네(入門兒子啼牽衣, 입문아자제견의)

　　손곡 시비 바로 옆에 임경업장군추모비가 있다. 충주 달천 출신으로 알려진 임
경업(1594~1646)은 1618년 무과에 합격하여 조선의 명장이 되고, 많은 공을 세우지
만 국법을 어겼다는 누명을 쓰고 모진 매로 숨진다. 1697년(숙종23) 12월 왕의 특명
으로 복관됐고, 충주 충렬사 등에 제향됐다. 이 추모비는 1968년 원주문화원의 고
증을 거쳐 장군의 생가 터에 세웠다고 한다.

부론면 현계산 자락 '거돈사지'

거돈사는 언제 창건되고 폐사됐는지 정확한 기록이 없다. 다만 지금 남아 있는 거돈사지 삼층석탑으로 미뤄 볼 때 신라 후기에 창건된 것 같다. 고려 초에 활동한 원공국사(圓空國師, 930~1018) 때 전성기이고, 임진왜란 때 소실된 것으로 추측된다.

절 입구에 들어서면 원공국사탑비(보물 제78호)가 보인다. 비문에 그의 생애와 행적을 기리는 내용이 담겨 있다. 1025년(고려 현종 16)에 세운 것으로, 당시 해동공자로 불리던 대학자 최충(崔冲)이 글을 짓고 김기웅(金起雄)이 글씨를 썼다. 비문에 새긴 글씨는 해서체인데, 고려 시대 비석에 새긴 여러 글 중에서도 매우 뛰어난 것으로 중국과 비교해도 조금도 손색이 없다고 한다. 비는 머릿돌이 비 몸보다 큰 것

거돈사 터

거돈사지 불대좌

거돈사지 당간지주

이 특징이다. 거북의 머리는 괴수 모양의 험상궂은 용의 머리이고, 등에 새긴 무늬는 정육각형에 가까우며, 육각형 안에는 卍자 모양과 연꽃 무늬를 돋움새김하였다. 머릿돌에는 구름 속을 요동치는 용이 불꽃에 쌓인 여의주를 두고 다투는 모습이 매우 사실적이고 화려하다.

거돈사지 맨 위쪽에 있는 원공국사탑은 고려 시대 전기 고승 원공국사의 묘탑이다. 이 탑은 세 개의 받침돌 기단과 몸돌, 지붕돌로 이뤄졌다. 8각을 이루고 있는 몸돌의 각 면의 앞뒤 양면에는 문 모양과 자물쇠 모양을, 좌우 양면에는 창문 모양을, 그리고 나머지 네 면에는 사천왕상을 새겼다. 이곳에 있던 원래의 탑은 일제 강점기 때 서울로 옮겨져 일본 사람의 집에 있었는데, 1948년에 경복궁으로 옮겼다가 지금은 국립중앙박물관에 소장돼 있다. 거돈사 터에 있는 현재의 탑은 2007년에 다시 세운 것이다.

금당 터의 금당은 부처를 상징하는 불상을 모시는 곳으로 사찰의 중심 공간이다. 이 금당 터에는 주춧돌이 원형 그대로 남아 있어 20여 칸의 큰 법당이었던 것으로 추정된다. 절터 앞으로 난 도로와의 경계 지점에는 천 년 느티나무가 절벽 담벼락에 기대어 거돈사 영욕의 역사를 증명해 주는 것 같다. 이 느티나무는 천년 보호수(원주 제9호)로 지정돼 원주시와 마을 주민이 공동으로 관리되고 있다. 절터 아래 옛 정산분교 자리에는 완성되지 않은 거대한 당간지주 하나가 옆으로 누워 있다. 누워 있는 한쪽이 짝 잃은 외기러기마냥 처량하다.

여주 도리섬 일대는 '생태 민감 지역'

강원도 원주시 부론면에는 '단강리'라는 마을이 있다. 단강리(端江里)의 끝정자[단정(端亭)]라는 곳은 단종이 영월로 유배 가는 길에 쉬어 갔다고 하여 생긴 것이라고 한다. 임진왜란 당시 명나라 장수 이여송은 왜적을 막아 싸우지 않고 조선의 명산 혈기를 끊으려고 혈안이 됐다고 하는데, 옥녀봉이 천하명당이라 혈기를 끊으려고 했으나 뜻을 이루지 못하고 결국 포기했다고 해서 생긴 이름이라고도 한다.

점동면 삼합리는 남한강과 그 지류인 섬강, 청미천이 합수하는 지역이며, 오갑산 능선 꼬리 부분에 위치한다. 강원도 금대봉 검룡소를 떠난 남한강의 물줄기는 섬강과 만나 경기도 여주를 감아돌 때부터 38.9㎞ 강줄기를 '여강(麗江)'이라고 한다. 이 물길을 따라 '이야기가 있는 문화생태탐방로' 여강길이 조성되어 있다.

섬강과 남한강 합수 지점

여강길

도리마을 앞 여강

청미천은 경기 용인시 원삼면에서 발원하여 동쪽으로 흐르면서 안성시 일죽면, 이천시 장호원읍을 지나 경기·강원·충북 3도가 접하는 지점인 여주시 점동면 장안리에서 여강(남한강)으로 흘러든다. 상류에서부터 방초천·죽산천·석원천·응천·금곡천 등의 작은 지류와 만난다. 택리지에는 "청미천(淸美川) 일대의 땅이 삼남과 같이 비옥하고 기름져서 살만한 곳"이라고 기록하고 있다.

장안리는 승안리, 안평, 관골, 건쟁이 4개 마을로 이뤄져 있다. 청미천 하구에 위치하는 곳으로 예전에 수운(水運)을 이용하던 시절에 사람들이 매우 빈번하게 왕래한 곳이다. 이곳은 원래 마을이 없었다. 마을이 형성된 지 그리 오래되지 않으며, 여주에서 도리와 삼합리로 연결되는 삼거리에 위치하고 있다.

도리는 점동면 장안리 마을 서편에 '도호동'이라는 마을이 있었는데, 남한강에 수운이 발달하면서 강변 쪽이 생활이 편리하고 토양이 비옥하므로 도호동 사람들이 이동해 큰 마을을 이루게 됐다고 해서 도래되었다. 되래로 발음했으며 도리라는 행정 지명으로 굳어졌다고 한다. 과거에는 도리마을로 가는 길이 외길이어서 들어온 길을 되돌아 나가는 '되래'가 '도리'로 됐다는 사연도 있다.

남한강이 섬강, 청미천과 만나는 곳에 자리한 도리섬은 4대강사업 당시 멸종위기 야생생물인 단양쑥부쟁이의 국내 최대 서식지인 관계로 4대강 공사가 처음 중단됐고, 당시 계획된 친수시설 등이 취소된 남한강 생태계 핵심 지역이다. 도리섬 일대는 단양쑥부쟁이 외에도 수달, 삵, 표범장지뱀, 흰목물떼새, 층층둥굴레, 황조롱이 등 여러 멸종위기종과 천연기념물이 밀도 높게 모여 있어 생태적으로 매우 민감한 곳이다.

뱃삯 아낀 선비들의 '아홉사리고개'

'늘 고향 같은 마을'이라는 의미의 '늘향골마을'은 임진왜란과 한국전쟁도 비켜 간 평화로운 마을이다. 명성황후 후손들이 600년 이상 모여 사는 여흥민씨(驪興閔氏) 집성촌이기도 하다. 수많은 동식물들과 철새들이 살고 있는 자연친화청정마을로, 농촌체험과 자연생태체험을 할 수 있다. 돛단배 모양의 '아홉사리고개'에 핀 구절초 는 늘향골마을의 상징이다.

강 건너 손에 잡힐 듯한 강천면 등평리(현 부평리)는 1885년 최초로 신학교가 개교 해 1887년에 서울 용산으로 이전한 천주교 예수성심신학교가 있었던 곳이다. '강천 (康川)'이라는 지명은 섬강과 남한강이 합류하는 교통의 중심지로, 모든 배가 편안하 게 쉬어 가는 곳이라는 데서 유래했다.

아홉사리고개 밑 여강

늘향골녹색농촌체험마을　　　　　　　아홉사리고갯길 입구

늘향골마을 앞 강변을 지나면 소무산 자락으로 이어지는 '아홉사리고개'로 들어
선다. '아홉 개의 산이 마치 국수를 삶아 말아 놓은 형상'이어서 붙여진 이름이다. 경
상도나 충청도를 떠나온 유생들이 한양으로 과거를 보러 가기 위해서는 이 고개를
넘었다고 한다. 음력 9월 9일 9번째 고개에 피는 구절초를 꺾어 달여 마시면 모든
병이 나았다는 이야기도 있고, 이 길을 넘으려면 아홉 번을 넘어져 굴러야만 넘을
수 있다는 우스갯소리도 전해진다.

아홉사리고갯길을 이용한 선비들은 대부분 가난했다고 한다. 돈 많은 선비들
은 주요 교통수단이었던 물길을 따라 충주부터 한양의 마포나루까지 배를 타고
오갔을 것이고, 가난한 선비들은 뱃삯이라도 아껴야 했을 것이다. 과거 시험에 합
격해 금의환향하는 선비들은 이 길이 비단길 같았으나, 낙방한 선비들은 속절없이
흘러가는 여강을 바라보며 자신이 처한 처지를 생각하며 흘린 눈물이 스며 있을
것만 같다.

강 건너로 강천섬이 보인다. 강천섬은 처음부터 존재한 섬이 아니다. 4대강 사업
을 통해 조성된 인공 섬이다. 현재는 잘 관리된 공원과 적당히 방치해 자연과 어우
러진 공간 같다. 이 지역은 세계에서 유일하게 남한강에서만 서식하는 단양쑥부
쟁이 서식지로 알려진 곳이다.

벼농사 발원지 언급된 '흔암리 유적지'

숨 가쁘게 아홉사리고개를 넘으면 흔암리다. 흔암리 나루터는 강 건너 강천면 굴암리를 오가던 뱃길이었는데, 1972년 대홍수 때 다 떠내려갔다. 나루터 주변에 살던 사람들이 안으로 들어와 살면서 마을이 형성됐는데, 지금은 별장주택들이 터를 잡으면서 여강길은 중간에 끊긴다. 나루터는 전부 밭으로 변했다.

마을 강변쪽, 잔디가 넓은 어느 회사 연수원(휴양소)에는 지금까지 보아온 것 중 가장 높은 솟대가 하늘을 찌른다. 솟대는 원래 삼한 시대에 신을 모시던 장소인 소도 (蘇塗)에서 유래한 것으로 사람들의 소망을 담아 하늘에 전달하려는 뜻 같다. 소도로 세우는 입목(立木)과 그 위에 오리 모양의 새를 얹혀 놓은 것이 바로 솟대다. 새를 하늘과 인간의 의사소통을 매개하는 심부름꾼으로 생각한 것 같다. 소도라는 발음 자체도 솟대의 음이 변한 것이라는 설도 있다.

다시 마을 뒷산으로 올라가면 '흔암리유적'라는 표시와 함께 접근금지 표시가 나온다. 흔암리 유적은 경기도 뿐만 아니라 한국의 고조선 시대인 청동기 시대를 대표하는 곳 가운데 하나이나, 지금도 발굴 작업 중으로 접근이 안 된다. 유적은 흔암리 마을의 구릉 지대에 분포하며 여강에 인접해 있다. 12호 집터에서는 여러 종류의 토기 및 석기와 함께 탄화된 벼, 보리, 조, 수수 등

솟대

흔암리 선사유적발굴지　　　　　　　　　영동고속도로 남한강교

의 곡물이 발굴되었다. 흔암리 유적의 연대는 서기 전 7세기 전후로 이야기되고 있으나 그보다 시기가 올라갈 가능성이 매우 크며, 벼농사의 발원지일 가능성도 있다고 한다.

몇 번인가 길이 끊겨 헤매다가 여주시 우만동에 들어서니 숲 사이로 어른거리던 영동고속도로 남한강교가 다가온다. 남한강교 밑으로 빠지면 수령 300년 된 느티나무가 우만리나루터를 지키고 있고, 그 아래에는 여강의 자연을 화폭에 담는 화가들의 손놀림이 예사롭지 않다. 우만리나루는 우만동과 강천면 가야리를 연결했던 나루다. 이 나루는 땔감을 구하러 강천으로 가는 사람과 원주의 주민들이 여주장과 장호원장을 이용했다고 한다. 1972년 홍수로 나루는 사라지고 느티나무만 남아 있다.

우만리나루를 지나면 단현동이다. 단현동은 1914년 행정구역 개편 때 여주군 근동면의 단강리와 오현리를 합해 단현리가 됐다. 단현리라는 이름은 마을 근처 강변의 바위들이 붉은 색을 띄고 있어 '붉은 바위', '붉바위', '부라우'라 부르던 것을 한자로 표기한 것이다. 강변에 있었던 부라우나루터는 1975년에 폐쇄되었다.

원종대사와 고달사지

여주시 북내면 상교리에 있는 고달사(사적 제382호)는 일명 '고달원(高達院)'이라 부른다. 신라 후기인 764년(경덕왕 23년)에 창건해 고려 시대에 이르러 큰 도량으로 번성했으며, 17세기 후반에 폐사됐을 것으로 추측된다. 현재 고달사지에는 1개의 국보와 4개의 보물 등이 있는 큰 사찰이다. 고달사지 입구에 400년 이상 빈 터를 지켜 온 느티나무가 있고 맨 위쪽에 원종대사 탑과 고달사지 승탑이 있다. 원종대사(元宗大師 보물 제7호) 탑은 원종대사 탑비와 함께 완전한 형태로 보존되어 있다. 고달사지 승탑(국보 제4호)은 이곳에 남아 있는 고려 시대 유물이다. 머리 부분 장식이 좀 부실한 것을 제외하면 대부분 잘 보존되어 있다.

원종대사탑비

118

고달사지 입구 느티나무　　　　　　　　고달사지 석조

　탑 아래로 내려오면 고달사지가 넓게 펼쳐지고 원종대사의 업적을 기린 탑비가 있다. 이 비석은 받침돌과 비 몸, 머리돌로 구성돼 있었으나, 1915년 비 몸이 넘어지면서 여덟 조각으로 깨어지자 국립중앙박물관에서 보관해 오다가 지금은 여주박물관으로 옮겼다. 이곳에는 2014년에 복제한 비가 설치돼 있다. 비문에는 원종대사의 행적과 업적에 관한 내용이 실려 있다. 거북 머리가 험상궂은 용머리에 가까우며 목이 짧고 앞을 똑바로 바라보는 장식 등은 라말려초(羅末麗初)로 이어지는 탑비 형식이다.

　바로 아래에는 석조대좌(石造臺座)가 있다. 대좌는 부처나 보살이 앉는 자리다. 상단의 윗면은 불상을 안치하던 곳이며 잘 다듬어져 있고, 그 아래로 연꽃 24잎이 조각되었다. 이곳에서 발견된 석조는 승려들이 물을 담아 두거나 곡물을 씻을 때 사용하던 용기로, 원형 등 다양한 형태의 용기가 있으나 이곳에 있는 것처럼 직사각형의 용기가 가장 많다. 이 석조처럼 건물 안에서 발견된 예는 드물다고 한다. 우수한 돌 다듬기 기법과 장식 기법이 돋보이는 예술성이 뛰어난 석조이며, 이 석조를 통해 옛 고달사의 내력이나 위상을 짐작할 수 있을 것 같다.

황포돛배 형상화한 '강천보'

2009년 4대강 정비사업의 일환으로 추진한 강천보는 한강의 명물이던 황포돛배의 모습을 형상화하였다. 강천보는 한강문화관, 강천섬 수변공원과 함께 천혜의 풍광을 자랑한다. 남한강에 설치된 보로 여주시 강천면과 단현동을 연결하고, 여주시 일대 농업용수와 상수도를 확보하기 위한 보(洑)이며, 일반에 공개되었다. 7개의 수문이 설치되어 있으며, 보의 좌안에는 소수력발전소가 설치되어 있다.

강천보

이곳에는 한강통합운영센터가 있어 남한강의 강천보·여주보·이포보를 관리한다. 강천보의 좌측 광장에는 한강문화관이 있어 한강의 수로와 문화를 소개하고 있으며, 39m 높이의 전망대가 설치되어 있다. 특히 물빛누리로 이름 지어진 보의 야간 조명은 시간대별, 계절별로 각기 다른 분위기를 연출한다. 또한 강천보는 남한강 관광의 새로운 중심지로 인근에 신륵사관광지, 금은모래강변공원, 황포돛배 나루터 등 볼거리가 있다.

한강문화관   대순진리회 여주본부

　강 건너 강천면에 있는 종교법인 '대순진리회여주본부도량'이 언덕 위로 빼꼼히 얼굴을 내민다. 대순진리회는 증산교 교리인 천지공사(天地公事)를 믿는 종교단체다. 증산교 신도인 박한경(일명 牛堂)이 1968년 4월 경남 함안에서 올라와 서울 광진구 중곡동에서 대순진리회를 세웠고, 증산교의 분파들 가운데 가장 조직성을 갖춘 종교단체다. 1969년 5월 광진구 중곡도장을 기공한 이래 교세가 급성장하자 1987년에 여주본부도장을 세웠다.

　이밖에 제주수련도장, 포천수도장, 금강산토성수련도장이 있다. 교육 사업으로 1992년 3월 경기도 포천시에 대진대학교를 개교한 이래 대진고등학교, 대진여자고등학교, 분당대진고등학교, 대진디자인고등학교, 대진정보통신고등학교를 세웠다. 의료사업으로는 1998년 8월 분당제생병원을 개원한 이래 동두천제생병원과 고성제생병원을 운영하고 있다.

남한강변 미국쑥부쟁이 · 황포돛배

　강변 둔치에는 미국쑥부쟁이가 우점종(優占種)이다. 쑥부쟁이 종류는 흔히 연보랏빛 꽃이 피는데, 미국쑥부쟁이는 흰 꽃이다. 고향이 북아메리카로, 고속도로나 빈터 여기저기에 빠르게 퍼져 자란다. 꽃은 쑥부쟁이보다 작고, 언뜻 보면 개망초를 더 닮았다. 북미 원산의 귀화식물로써 1970년대 말 강원도 춘천시 중도 지방에서 처음 발견됐다. 지금은 한국 중부 지방뿐 아니라 남부 지방에서도 흔히 볼 수 있다.

황포돛배

　금은모래강변공원과 강 건너 신륵사관광지 사이의 강 위에는 황포돛배가 여유롭다. 황포돛배는 말 그대로 누런 포를 돛에 달고 바람의 힘으로 움직이는 배다. 옛날에는 노를 저어 방향을 잡았으나 지금은 동력을 이용해 움직인다. 황포돛배는 대부

미국쑥부쟁이

전시용 황포돛배와 고층 건물

분 작은 배로 어업이나 물자 수송 등에 쓰였다. 몸통은 스기나무, 노는 쪽나무로 만든다. 돛대는 6m 정도로 길게 세우고, 황토로 물들인 기폭을 매단다. 황포돛배 주변으로는 수상레저를 즐기는 사람들이 아름답다. 개울의 징검다리 건너면 여강 위에 황포쌍돛배가 전시용으로 떠 있다.

여주는 국토의 대동맥을 연결하는 한강의 중류 지역이다. 이러한 지리적 특색으로 인해 조선 시대 4대 나루 중 이포와 조포나루를 보유하고 있다. 즉, 여주는 물자 교역이 번성했던 중심 상업도시로써 역할을 한 고장이라 할 수 있다.

황포돛배 유람선은 강 건너 신륵사 경내 아래 조포나루로 들락거리고, 이 몸은 그 배에 실려 가는 양 영월루에 오른다. 영월루(迎月樓)는 원래 군청의 정문으로 1925년 군청을 옮기면서 지금의 자리에 누각으로 다시 세운 것이다. 팔작지붕으로 낮은 기단과 기다란 몸체, 치켜 올라간 지붕이 누각 바로 아래에 있는 마암과 묘한 조화를 이룬다. 달빛 쏟아지는 보름달이면 이 누각에 앉아 음풍농월(吟風弄月)하고 싶은 마음이다. 주변에는 한국전쟁 기념비와 충혼탑이 있어 숙연하게 한다.

훈민정음 새기고 앙부일구 형상화한 '여주보'

영월루 아래에 있는 큰 바위 밑 암혈(巖穴)에서 여흥 민씨 시조가 탄생했다는 전설이 있다. 이 바위에서 황마(黃馬)와 여마(驪馬)가 나왔다고도 전해지는데, 여주의 옛 지명인 황려(黃驪)는 여기서 유래됐다. 절벽에 새겨진 '馬巖(마암)'이라는 글자는 조선 말엽에 여주목사를 지낸 이인응(李寅應)이 썼다고 한다.

여주보

조포나루가 있던 곳 옆으로는 여주대교가 역할을 대신한다. 여주의 관문이자, 천년 고찰 신륵사로 가기 위해서는 반드시 거쳐야 한다. 여주시청 앞을 지나 조금 내려가면 소양천과 만나는 곳에 양섬이 있고, 그 위로 세종대교가 가로지른다. 양섬은 남한강의 하중도(河中島)로 강의 유속이 느려지면서 퇴적물이 쌓여 만들어진 섬이다. 여주 8경 중 5경이다. 양섬에는 야구장과 여주시민들의 산책로 및 쉼터로 잘 꾸며져 있고, 캠핑 장소로도 인기다.

하류로 내려오면 영주향토유적(제21호)으로 지정된 '여주입암(驪州笠巖)'이 있다. 입암은 옛 여주 8경 중 하나로, 해동지도 광여도 등에 제6경 입암층암(笠巖層巖)으로 기

입암(笠巖)

여주보 수력발전소 훈민정음

록된 자연경관 유적이다. 현재 입암도 '笠巖'이라 글씨와 함께 당시 여주목사였던 이 인응, 세력가인 민영목(閔泳穆) 등의 이름이 새겨져 있고, '경오막추각(庚午莫秋刻)'이라 새겨져 있는 것으로 보아 경오년(1870년) 늦은 가을에 쓴 것으로 추정된다.

 강 건너 싸리산은 예로부터 고령토가 많이 생산되어 인근에 도자기산업이 발달 했다. 산에 고령토를 채취하는 굴이 많았는데, 서로 맞 뚫릴 정도가 되어 관산(串 山)이라고도 칭했다. 싸리산이라는 이름은 이 산에 있던 바위에서 쌀이 나왔다는 전설로부터 유래되었는데, 어느 욕심쟁이가 쌀 나오는 바위 구멍을 정으로 넓히자 쌀 대신 백토가 나와 도자기를 굽게 됐다고 한다.

 여주보에는 12개의 수문과 소수력발전소가 설치되어 있다. 발전소 벽에는 세종 대왕이 창제한 〈훈민정음〉이 새겨져 있다. 보의 교각 형태는 용을 형상화했으며, 보의 우측에 앙부일구(仰釜日晷)를 형상화한 세종광장이 있다. 여주보 홍보를 위한 물 문화관과 전망대가 여주보 인근에 위치하고 있다. 보의 상부에 설치된 공도교 는 일반 보행과 자전거 통행만 가능하다. 야간 조명을 설치해 관광명소로도 역할 을 하고 있다.

여주 신륵사에 전해지는 '세 분의 스승'

신륵사관광지 안에 있는 숙소에서 새벽에 눈을 뜨니 아직도 밖은 깜깜하다. 가까운 신륵사를 산책하기 위해 새벽 공기 가르고 숙소를 나서 보니 그릇을 굽는 가마에 불이 환하다. 가마를 지키던 젊은 도공들은 소나무 장작불 관리를 위해 밤을 새운 것 같다. 여러 단계로 불길이 올라가는 과정마다 세심한 관리가 필요한가 보다. 이틀을 불로 굽고 삼일 동안을 서서히 식혀야 완성품이 나온다고 한다. 대단한 끈기와 집념이 요구되는 과정이다.

신륵사 극락보전

봉미산 신륵사는 신라 진평왕 때 원효가 창건했다고 전해진다. 고려 말인 1376년(우왕 2년) 나옹혜근(1320~1376)이 머물렀던 곳으로 유명하다. 200여 칸에 달하는 대찰이었다고 하며, 1472년(조선 성종 3년)에는 영릉원찰(英陵願刹)로 삼아 보은사라고 불렀다. 강변 쪽에 신륵사 삼층석탑(경기도문화재자료 제133호)이 있다. 신륵사동대탑수리비(神勒寺東臺塔修理碑)에 있는 기록을 볼 때, 고려 말의 고승 나옹혜근을 다

신륵사 삼층석탑

비(茶毘)한 후 그 덕을 기리기 위해 세운 것으로 추정된다. 강월헌(江月軒)은 육각정으로 남한강변 가파른 바위 위에 세워져 있다. 주변 경치가 뛰어나 남한강의 물줄기가 시원하게 내려다보인다. 강월헌에 올라 안개 낀 여강을 바라보니 나옹선사의 선시(禪詩)가 절로 입술을 비집고 나온다.

> 청산은 나를 보고 말없이 살라 하고(青山見我 無言以生)
> 창공은 나를 보고 티없이 살라 하네(蒼空見我 無塵以生)
> 성냄도 벗어 놓고 탐욕도 벗어 놓고(解脫嗔怒 解脫貪慾)
> 물같이 바람 같이 살다가 가라 하네(如山如水 生涯以去)

여주 신륵사에는 나옹(懶翁), 무학(無學), 목은(牧隱) 세 분의 스승이 있다. 나옹선사는 고려와 함께 쓰러져 가던 불교를 재충전해 조선으로 넘겨 준 큰 스님이다. 그

신륵사 다층전탑

가 입적한 신륵사는 나옹선사의 기념관이라 불릴 만큼 관련 문화재가 많다. 나옹은 공민왕의 왕사(王師)였고, 무학대사의 스승이었다. 신륵사는 나옹과 함께 고려시대 왕실과 불교 중흥을 위한 중심 사찰이었다.

무학대사(1327~1406)는 조선 최초이자 최후 왕사이다. 그는 18세에 출가해 1353년에 원(元)에 가서 인도의 지공(指空, ?~1363)과 고려 나옹의 가르침을 받고, 1356년에 귀국해 천성산 원효암에 머물다가 태조가 즉위하자 왕사가 됐다. 1414년에 황해도 평산 연봉사에 작은 거실을 마련해 함허당(涵虛堂)이라 이름하고, 〈금강경오가해설의(金剛經五家解說誼)〉를 강의했다. 그는 〈현정론(顯正論)〉을 저술하여 불교에 대한 유생들의 그릇된 견해를 반박했다.

정몽주, 정도전, 권근 등의 스승인 목은 이색(李穡, 1328~1396)은 조선에 성리학이 기틀을 잡을 수 있도록 했다. 신륵사에 대장경과 대장경각을 지어 봉안했고, 왕명으로 나옹선사의 비문을 지어 세우기도 했다. 1377년에는 우왕의 사부가 되었으나, 조선이 들어서면서 이성계의 부름을 끝내 거절하다가 1396년 5월 7일 여주 신륵사 부근 연자탄(燕子灘, 제비여울)에서 배를 타고 유람하던 중 갑자기 별세했다.

신륵사에는 기단은 화강석인데, 탑신부는 벽돌로 축조된 6층인지 7층인지 애매모호한 탑이 하나 있다. 그래서 이름이 '신륵사다층전탑'이다. 보물(제226호)로 지정된 이 탑은 높이 약 9.4m다. 구조는 일반 석탑의 기단과 유사한 2중 기단 위에 다시 3단의 석단(石段)이 있다. 이같이 전체의 형태가 이례적이고, 벽돌의 반원 모양의 배열도 무질서한 것은 후세의 무지한 수리로 인한 것으로 생각된다.

신륵사에는 대장각 조성을 기록한 '신륵사대장각기비'가 있다. 이색은 공민왕 현릉(玄陵)의 자복(資福)과 부모님의 추복(追福)을 빌고자 나옹의 문도와 함께 발원하였고, 이숭인(李崇仁)에게 명해 1380년(우왕 6년)부터 만들게 했다. 비문은 직제학 권주(權鑄)의 글씨이다. 하지만 현재 몸체의 문면(文面)이 크게 파손되어 판독이 어렵다.

나옹선사의 또 하나의 유물인 '보제존자석종(보물 제228호)'이 신륵사 뒤편에 모셔져 있다. 이 석종은 나옹이 양주 회암사 주지로 있다가 왕명으로 밀양으로 가던 중 신륵사에서 1376년(우왕 2년)에 입적하게 되자 1379년에 제자들이 절 뒤에 터를 잡아 세운 것이다. 이는 나옹의 사리탑으로 널찍한 단층 기단에 받침 2단을 쌓은 후 종 모양의 탑신(塔身)을 올린 형태이다. 고려 후기 석종 형태의 승탑 양식이다. 석종 옆에는 나옹의 행적을 기린 비가 있고, 불을 밝히는 석등이 있다.

'배꽃이 예뻐' 붙여진 여주 이포(梨浦)

여주보를 통해 양화천을 건너면 흥천면이다. 이곳에는 복하천이 면 중앙부를 관통하고 양화천이 동쪽 면계를 북동류해 남한강으로 흘러든다. 흥천면 상백리는 우리 고유명절인 단오축제가 열리는 곳이다. 단오는 모내기를 끝내고 풍년을 기원하는 제사이기도 한 우리나라에서 큰 명절이었다. 단오의 풍속으로는 그네뛰기, 농사 풍년기원제, 창포물에 머리 감기, 주민 탈춤 한마당, 풍물 공연 등 다채로운 행사가 행해진다.

이포대교와 파사산

흥천면 상백리에는 강원도에서 한강으로 내려오는 뗏목꾼들이 안전을 기원하기 위해 기도를 했다는 '계신리 마애여래입상(경기도 유형문화재 제98호)'이 있다. 이 석불은 남한강변의 자연 암벽에 조각되어 있다. 이 마애여래입상은 신라 시대의 양식을 엿볼 수도 있으나, 부분적인 수법으로 보아 고려 초기로 보인다.

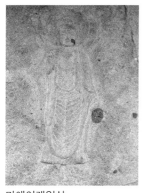

마애여래입상   이포보

금사면은 예로부터 하천에서 금이 많이 채취되었던 곳이다. 이곳에는 남한강 뱃길의 관문 역할을 담당한 이포나루가 있는 곳이다. 이포나루는 조선 시대에 세곡과 물화를 싣고 풀던 큰 나루터로, 삼국 시대부터 금사면 이포리와 대신면 천서리를 연결하는 곳이었다. 조선 시대 서울의 마포나루와 광나루, 여주의 조포나루와 함께 4대 나루터였다. 최근까지 존재했으나, 이포대교가 건설되면서 그 기능이 소멸되었다. 이곳은 배꽃이 예뻐 '이포'라고 부르게 되었다 한다. 이포에는 3년에 한 번씩 지내는 삼신당 당굿 역사가 600년이 넘게 이어져 오는 삼신당(三神堂)이 있다.

이포대교 주변 남한강변은 경치가 아름답고 수심이 얕으며, 자갈밭이 많아 오토캠핑장으로도 각광받고 있다. 여름철에는 가족 단위 피서객이 많이 몰린다. 대교 건너 대신면 천서리는 막국수로 유명하다. 인근에 기천서원지와 모현사 등이 있다. 이포대교 바로 아래쪽에는 이포보가 있다. 이포보도 강천보, 여주보와 같은 용도와 목적으로 같은 시기에 금사면 외평리와 대신면 천서리를 연결하는 남한강에 설치되었다. 이포보는 백로의 날개 위에 알이 올려져 있는 형상으로 디자인되었으며, 물고기가 다닐 수 있는 자연형 어도(魚道)와 전망대가 설치되어 있다.

한강 사수 전략적 요충지 '파사산성'

이포보를 건너면 산성이 있는 파사산을 만난다. 파사산은 한강의 수상교통과 중부 내륙의 육상교통을 통제할 수 있는 전략적 요충지로 이포대교를 중심으로 한강의 상류와 하류의 넓은 유역이 한눈에 내려 보인다.

파사산성은 이 산의 꼭대기에 돌로 쌓은 성이다. 거의 일직선으로 약 20여 분 동안 올라가는 길은 가파르다. 성의 둘레는 1800m이고, 최대 높이는 약 6.5m(낮은 곳은 1.4m)로 규모가 큰 편이다. 성벽은 비교적 잘 남아 있고 일부 구간은 최근에 복원되었다.

파사산성

파사산성은 신라의 파사왕(婆娑王, 80~112년) 때 축성하여 파사성(婆娑城)이라는 명칭을 갖게 되었고, 산 이름도 파사산이라 불리게 되었다는 설이 있다. 파사산성에 관한 문헌적인 기록은 《조선왕조실록》 1595년(선조 28년)에 처음 보이며, 〈대동여지도〉에 파사성으로 기록되어 있다. 성문 입구로 들어가 성벽 위로 올라서면 이포대

파사산성에서 본 이포대교   파사산 성벽

교와 이포보가 한눈에 들어오고, 북으로는 양평의 용문산이 병풍처럼 둘러쳐진다. 파사산성 정상에 서면 동북쪽으로는 투구를 엎어 놓은 것처럼 보이는 주읍산이 보인다.

임진왜란 중에는 파사산성 수축에 대한 논의가 많이 진행됐고, 왜적을 방어하기에 좋은 곳이라 생각했다고 한다. 조정에서도 경기도의 좌·우·중 삼로(三路)에 있는 산성을 수축하고 경영해서 한양 방어에 계획을 세우는 것이 급선무라고 판단했다. 선조도 왜적을 방어하는 여러 방도를 전교하면서 "한강을 사수하지 않으면 안 된다. 한강을 지키지 않았다가 적이 성 아래까지 이르러, 적에게 포위당한 뒤에야 도성을 지키려고 한다면 그 계책은 잘못된 것"이라고 언급했다.

유성룡은 "경기 지역의 수로군을 모두 주사(舟師)에 소속시켜 농한기에 수전(水戰)을 연습시켰다가 유사시에는 그들을 거느리고 책응(策應)하게 하며, 여주·지평 등 먼 고을의 수군은 제번(除番)시켜 파사성에 소속되게 하여 상류 쪽을 방비하게 하는 것이 편리할 것"이라고 했다. 비변사에서도 "파사산성은 상류의 요충지로 용진(龍津)과 더불어 서로 의지가 될 만합니다"라면서 파사산성의 중요성을 말하고 있다.

세종대왕 영릉과 효종대왕 영릉

여주시 능서면 왕대리에는 한 울타리 안에 두 분의 임금을 모신 왕릉이 있다. 이름이 묘하게도 모두 '영릉'인데, 한 분은 세종대왕을 모신 영릉(英陵)이고, 또 한 분은 효종대왕을 모신 영릉(寧陵)이다. 이 능역(陵域)은 2009년 6월 유네스코 세계문화유산으로 등재되었다.

효종대왕 영릉(寧陵)

寧陵은 효종(1619~1659, 재위 1649~1659)과 부인 인선왕후(仁宣王后) 장씨(1618~1674)의 무덤이다. 왕릉과 왕비 능을 좌우로 나란히 배치한 것이 아니라 아래위로 배치한 쌍릉 형식이다. 이런 쌍릉 형식은 조선 왕릉 중 최초의 형태라고 한다. 처음엔 구리시 동구릉의 태조 무덤인 건원릉(健元陵) 서쪽에 있었으나, 석물에 틈이 생겨 봉분 안으로 빗물이 샐 염려가 있다고 하여 1673년(현종 14년) 세종의 무덤인 영릉

세종대왕 영정   세종대왕 영릉(英陵)

동쪽으로 능을 옮겼다.

英陵은 세종(1397~1450, 재위 1418~1450)과 소헌왕후(昭憲王后) 심씨(1395~1446)를 합장한 무덤이다. 조선 왕릉 중 최초로 하나의 봉분에 왕과 왕비를 합장한 능이자 조선 전기 왕릉 배치의 기본이 되는 능으로, 무덤 배치는 〈국조오례의(國朝五禮儀)〉를 따랐다. 국조오례의는 조선 초기 길례(吉禮), 가례(嘉禮), 빈례(賓禮), 군례(軍禮), 흉례(凶禮) 등 오례(五禮)에 관한 의식 절차를 기록한 책이다. 원래 英陵은 서울 내곡동 헌릉(獻陵, 태종의 능) 경내에 왕과 왕비를 합장해 쌍실을 갖추고 있었으나, 터가 좋지 않아 지금의 위치로 옮겼다.

남한강의 여강길을 마무리하면서 옛 선조들의 호연지기했던 여주 8경을 회상해 본다. 제1경 신륵사에 울려퍼지는 종소리가 정겨웁고(神勒暮鍾 신륵모종) 제2경 마암 앞 강가에 고기잡이배가 밝히는 등불(馬巖漁燈 마암어등)은 제3경 강 건너 학동마을 밥 짓는 연기(鶴洞暮煙 학동모연)와 어우러지고, 제4경 제비여울 돛단배 귀항하는 모습(燕灘歸帆 연탄귀범)과 제5경 양섬에 기러기떼 내리는 모습(洋島落雁 양도낙안)이 제6경 오학리 강변 무성한 숲이 강에 비치는 전경(八藪長林 팔수장림)과 어울려 하나가 될 때 제7경 영릉과 녕릉에서 두견이 우는 소리(二陵杜鵑 이릉두견)에 제8경 파사성 소나기 스치는 광경(婆娑過雨 파사과우)이 가경(佳景)이로다.

양평 개군면, 왜군 물리친 '개군산'서 유래

여주시 대신면 천서리에 있는 이포보를 뒤로하고 파사산 자락을 스치면 양평군 개군면이다. 이곳은 개군산의 이름을 따서 된 면이다. 원래 여주시 소속이었으나, 1963년 1월 양평군으로 편입되었다. 동쪽은 지평면, 북동쪽은 용문면, 북서쪽은 양평읍, 서쪽은 강상면, 남쪽은 여주시에 접한다. 북동부는 추읍산이 있어서 고도가 높고 험하나, 남부는 경사가 완만한 구릉지로 되어 있다. 하천 연변에는 충적지가 형성되어 경작지로 이용된다.

양평군 개군면 진입

면사무소가 있는 하자포리 향리천은 양평군 개군면 추읍산에서 시작해 남쪽으로 흐르다 개군저수지에서 동쪽으로 흘러 남한강으로 유입되는 지방하천이다. 하천 하류에는 37번 국도가 지난다. 유역 북쪽으로는 흑천 유역과 접하며 남쪽으로는 신내천 유역과 경계를 이룬다. 남한강으로 유입되는 하천부지에는 개군면 다목적회관과 개군레포츠공원이 조성되어 있다.

향리천과 개군산   구미포나루터 표지석

마애여래입상과 고인돌군이 있는 상자포리와 개군면사무소가 있는 하자포리를 지나면 구미리다. 구미리는 남한강 건너 여주시 금사면 용담으로 가는 나루터로 임진왜란 때 강원도 조방장 원호(元豪, 1533~1592) 장군이 향병을 모아 왜군과 격전을 벌여 승리했던 곳이다. 이때 왜적과 교전한 민·관군이 온 산에 있었다고 하여 구미포 뒷산을 '개군산(介軍山)'으로 불리게 되었다.

구미리에서 후미개고개를 넘으면 선사 유적의 마을 앙덕리가 나온다. 앙덕리는 남한강과 흑천이 만나는 평야 지대에 있는 농촌 마을이다. 안동 김씨 효문공(孝文公)이 낙향 은둔해 지역 백성들에게 선정을 베풀어 주민들이 그의 인덕(仁德)을 추앙했다는 데서 유래한 지명이다. 그리고 남한강변의 유물산포지(遺物散布地)로써 신석기 시대 빗살무늬토기, 고조선 시대 청동기 유물, 원삼국 시대 유물들이 발견된 복합 유적지이다.

흑천(黑川)은 양평군 동쪽의 청운면 신론리 성지봉(聖地峰)에서 발원해 양평군의 중앙부를 따라 남서부로 흐르다가 개군면 앙덕리에서 남한강과 합류하는 하천이다. 흑천은 냇물 바닥의 돌이 검어 물빛이 검게 보인다 하여 붙여진 이름이다. 지역 주민들은 흑천을 '거무내'라고도 한다. 흑천어적(黑川漁笛)은 용문 8경 중 하나이다. 양평군 내륙의 중심 하천이며, 하천 변을 따라 경작지와 취락이 발달해 있다.

양평 회현리, 현자 3명 풍류 전래

흑천이 남한강과 만나는 지점 너머는 양평군 강상면이다. 강상면은 양평군의 서남부에 위치한 곳으로, 북서쪽에 백병산, 남서쪽에 양자산의 맥이 면내로 뻗으며 남한강이 동북쪽의 경계를 만든다. 양자산 구사곡의 암벽 사이에서 솟아나는 구사곡약수가 유명하다. 흑천 하구를 가로지르는 자전거 전용도로인 현덕교를 지나면 양평읍이다. 중앙선 철도와 국도가 지난다.

양평읍 회현리

고인돌이 발견된 회현리는 여말(麗末) 목은(牧隱), 야은(冶隱), 포은(圃隱) 세 현자(賢者)가 모여 풍류를 즐기던 곳이란 데서 유래한다. 실제로 세 현인이 풍류[삼현풍월(三賢風月)]를 즐기던 삼현암(三賢岩)이 있다고 한다. 창대리는 양평 8경 중 하나인 과창곡대(過倉穀垈)에서 유래한 마을이다. 이곳 남한강변에 있는 칼산은 비록 낮은

남한강 물억새밭

양평읍 갈산공원

산이지만, 남한강과 어우러지는 풍경은 갈산승경(葛山勝景)으로 불릴 정도로 아름답다. 바로 옆에는 강상면으로 이어 주던 양평나루가 있었는데, 그 자리에 양평교가 들어섰다.

겨드랑이에 물고기 비늘을 달고 태어난 장사 청년이 홍수 때 집채만 한 바위로 제방을 막아 마을을 구한 장사바위 전설을 뒤로하고, 양평읍 공흥리에서 발원한 양근천이 합류하는 양근대교 밑을 지나면 붕어 낚시로 유명했던 양근섬이 보인다. 양평군에 용문산이 있다면 양평읍에는 백운봉이 있다. 백운봉은 용문산의 남쪽 능선으로 연결된 봉우리 중에서 가장 높은 산으로, 양평 8경 중의 하나인 백운융상(白雲隆像)이다. 서쪽에는 함왕골, 동쪽에는 연수리계곡이 있으며, 정상과 주 능선에는 암봉이 많다. 함왕골에는 923년에 승려 대경이 창건한 사나사(舍那寺)가 있다. 용문산 동쪽 자락에는 649년(진덕여왕 3년)에 원효가 창건한 용문사가 있다.

양평은 문인이나 화가 등 예술인들이 많이 모여 산다. 어느 지역보다 음악과 연극 공연이 많고 미술 전시회가 많다. 양평은 옛 어느 문인의 찬시(讚詩) 중에 전해 오는 '양평 8경'을 잠시 기억해 볼 필요가 있다. 백운융상(白雲隆像), 남한추무(南漢秋霧), 오동진모(梧桐津暮), 신백산렵(新白山獵), 갈산승경(葛山勝景), 삼현풍월(三賢風月), 봉원유도(鳳元遺陶), 과창곡대(過倉穀坮)에 양평의 아름다운 지명과 풍경이 담겨 있다. 이곳을 다녀간 시인 묵객들의 붓끝 놀림에서도 양평 예찬은 자주 드러나며, 양평군에 사는 문인과 화가들의 활동 또한 으뜸이다.

양평 물안개공원서 듣는 '사랑을 위하여'

물안개공원으로 접어들면 세 개의 인공폭포 물소리에 맞춰 가수 김종환의 〈사랑을 위하여〉와 그의 주옥같은 노래들이 흘러나온다. 김종환의 〈사랑을 위하여〉는 110만장이 팔린 곡이다. 30대가 가장 좋아하는 노래로 선정되기도 했다. 김종환은 실제 시인으로 활동하며, 작사 작곡까지 하는 가수다.

"～물안개 피는 강가에 서서 작은 미소로 너를 부르리～♩"

무명시절 김종환이 홍천 처갓집에 가던 중 양평의 남한강변에서 잠시 쉬다가 일어나 강에 피어오른 물안개의 모습이 너무 아름다워 즉석에서 기타를 들고 작곡했다. 그 노래는 지금의 김종환을 있게 해 준 그 유명한 〈사랑을 위하여〉라는 곡이다. 1990년대 이 노래가 공전의 히트를 하자 양평군에서는 이를 기념하기 위해 공원을 조성했다.

물안개공원 입구

가수 김종환 노래비   떠드렁산과 인공폭포

물안개공원 안으로 들어서면 꽁지머리 시인 황명걸의 시비가 보인다. 시비의 뒷면에는 황명걸 시인 행장이라는 글이 새겨져 있고, 얼굴 형태가 없는 평평한 면에 '꽁지머리를 좋아했던 한국의 아이 황명걸'이라는 글이 적혀 있다.

물안개공원에 언덕처럼 작은 산이 있다. '떠드렁산'이다. 새벽에 남한강에 자욱하게 깔린 물안개를 볼 수 있는 곳이다. 이 산에는 이괄과 청개구리에 대한 이야기가 있다. 무엇이든 반대로 하는 아들 청개구리에게 어미 청개구리가 돌아가실 때 묘자리도 반대로 할 줄 알고 강가 모래에 묻어 달라고 이야기했지만, 아들 청개구리는 마지막 효도로 알고 진짜로 강가에 묻고 비만 오면 물에 쓸려 내려갈까봐 운다는 이야기다.

바삐 물안개공원길을 따라나서면 천주교 양근성지가 나온다. 양근성지는 한국 교회 초기 신앙공동체의 지도자 역할을 했던 하느님의 종 권철신(암브로시오)·일신(프란치스코 하비에르) 형제와 권상문(세바스티아노) 복자 등 양근 지방에서 태어나고 순교한 순교자들을 현양하기 위해 조성되었다. 권철신은 한양 이벽(李檗)의 집에서 우리나라 최초의 신자인 이승훈으로부터 세례를 받고 양근으로 내려왔다. 양근(楊根)은 한국 천주교의 요람이기도 하고 한국 교회의 뿌리를 내린 성지(聖地)로 꼽힌다.

몽양 여운형의 친필 '애오와(愛吾窩)'

옥천면은 양평군 중앙 서부에 위치하는 면으로, 중미산 등 면 전체가 산지로 둘러싸여 있다. 옥천면 교통은 중앙선 철도의 아신역이 있으며, 국도가 지난다. 중부내륙고속도로(양평~경남 창원)의 기종점이 옥천리다. 옥천리는 옥처럼 맑은 우물이 여러 군데 있어 붙여진 마을 이름이다. 마을을 따라 사탄천이 흐르다가 남한강으로 흘러 들어간다. 양서면 대심리로 들어서는 길은 국도였으나, 4차선으로 확장 이전하는 바람에 지금은 한적한 남한강변길이 되어 연인들의 드라이브 코스가 되었다. 이 도로의 끝점에서 오솔길로 접어들면 양서면 대심리이다. 양서면은 양평군 서부에 위치하는 면으로, 남·북한강이 만나는 '두물머리'가 있는 곳이다.

몽양 여운형 동상

대심리는 남한강과 국수역 앞 국도 사이에 성자봉이 가림막을 하여 밖에서는 잘 보이지 않는 마을이다. 그러나 안으로 들어오면 새로운 세계가 펼쳐진다. 한때는 난개발에 휘말렸으나, 지금은 전원주택지로 안정이 되어 복잡한 도회지를 벗어

142

몽양 친필 '애오와(愛吾窩)'

필자–여운형 동상과 함께.

나 전원생활을 하려는 사람들의 발길이 잦았다.

남한강 가운데에 있는 개인 소유의 거북섬을 지나 서울쪽으로 오면 중앙선 신원역이다. 신원역에서 몽양길을 따라 경사진 길을 따라 올라가면 길섶 돌 위에 새겨진 16기의 몽양 여운형의 어록비들을 만날 수 있었다. 여러 어록 중에서 "이제 우리 민족은 새 역사의 첫발을 내딛게 됐다. 우리는 지난날의 아프고 쓰라린 것들은 이 자리에서 잊어버리고 이 땅에 합리적이고, 이상적인 낙원을 건설해야 한다."는 어록이 눈에 띈다.

마당으로 올라서기 전에 '묘골애오와공원(妙谷愛吾窩公園)'을 만난다. 정치가이자 독립운동가인 여운형(呂運亨, 1886~1947)의 생가와 몽양기념관이 있는 곳이다. 묘골은 동네 이름이며, 애오와는 '나의 사랑하는 집'이란 뜻이다. 몽양은 그 의지가 왜곡되고 사상이 의심되어 한때는 금기시하는 인물이었으나, 2005년 건국훈장 대통령장에 이어 2008년 건국훈장 대한민국장이 추서됐다. 몽양기념관에는 여운형의 삶의 궤적을 따라 관람할 수 있도록 출생과 애국계몽운동, 독립운동, 건국준비활동과 좌우합작운동, 서거로 나누어 그의 생애에 관해 설명하고 관련 유물을 전시하고 있다. 몽양은 중국과 국내에서 독립운동을 하다가 해방이 되자마자 안재홍, 정백 등과 건국준비위원회를 조직해 통일된 독립국가를 세우려고 주도했다. 미군정의 인정을 받지 못했음은 물론 극좌·극우 양측으로부터 소외당한 채 좌우합작운동을 추진하던 중 극우파 한지근(韓智根)에 의해 1947년 7월 19일 암살되었다. 미완의 장으로 남은 몽양의 소원이 이뤄지기를 간절히 빌어 본다.

천진암 성지, 한국 천주교회 '신앙의 고향'

경기도 광주시 퇴촌면 우산리에 있는 천진암은 퇴촌면 우산리 앵자봉에 있었던 사찰인데, 지금은 폐사되었다. 이곳은 한국 천주교회의 발상지로 18세기 중엽 권철신(權哲身)을 중심으로 남인계 소장학자들은 이익(李瀷)의 서학(西學)을 이어받아 독특한 학풍을 형성하고 있었는데, 경기도 광주와 여주 등지의 사찰에서 강학(講學)을 가졌다.

천진암 십자가상

이 강학 장소 중의 하나가 바로 천진암이다. 당시 천진암에서는 권철신의 주도 아래 10여 명의 젊은 지식인들이 모여 밤낮으로 실학과 서학 강의를 했는데, 이때 광암 이벽(曠庵 李檗, 1754~1786)이 가담함으로써 당시 전래된 한역서학서(漢譯西學書)

천진암 강학당지　　　　　　　　　　한민족 100년 계획 천진암 대성당 건립터

를 종교적 신앙 차원으로 승화시켜 천주 신앙으로 전개했다. 그리고 젊은 선비들이 이벽을 웃어른으로 삼자, 이벽은 문하생들에게 성교요지(聖教要旨)를 지어 배우게 했다. 선비들은 천학총림(天學叢林), 즉 천주교 신앙공동체를 이뤘으며, 1783년에 북경 천주교회로 파견된 이승훈(李承薰)이 영세를 받고 1784년 봄 2월에 귀국하자 그해 4월에는 서울 수표동의 이벽 자택으로 본부를 옮겨 집회소를 차렸으니, 천진암은 바로 한국 천주교회 신앙운동의 국내 최초 본거지가 되었다.

1785년의 국내 첫 박해를 겪으면서 1885년 말까지 100년 간에 잔혹한 박해를 이겨내 오늘의 한국 천주교회로 발전하게 되는 기초가 되었다. 이처럼 천진암 성지는 한국 천주교회의 움이 트고 싹이 돋은 한국 천주교회 신앙의 고향이며, 한국 천주교회만이 가지고 있는 우리나라 천주교회의 발상지이다. 따라서 이곳에 조성 중인 '100년 계획 천진암 대성당' 계획은 이와 관련이 깊은 것 같다.

천진암 성지에는 한국 천주교회 창립 200주년과 이벽의 기념비, 교황 어록이 새겨진 기념비, 이벽의 천주공경가 비문, 세계평화의 성모상과 함께 천진암 강학당 기념 표석 및 이벽의 독서처 천학도장 기념 표석이 있다. 특히 천진암 성지에는 한국 천주교회 발상지의 고유한 특성에 필수적인 한국천주교회창립사연구원, 성모경당 (1천여 명 수용), 광암성당(200여 명 수용) 등이 완공되어 순례단들이 미사를 봉헌할 수 있도록 했다.

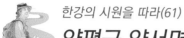

양평군 양서면 부용산에 얽힌 전설

신원역이 있는 양서면 신원리에는 동이점골, 묘골, 풀무골 등의 자연마을이 있다. 동이점골(분점)은 옹기점이 있었던 곳이다. 묘골(묘곡)은 함양 여씨의 선대 묘소가 있으며, 몽양의 생가가 있다. 풀무골은 야곡이라고도 불리며, 대장간이 있었다고 한다.

신원역 앞에서 중앙선 구 철길에 조성된 자전거도로를 따라 양수역으로 가다 보면 부용 1터널을 만난다. 양서면 면소재지를 지키는 산이 부용산이다. 부용산은 산이 푸르고 강물이 맑아 마치 연당(蓮堂)에서 얼굴을 마주 쳐다보는 것 같다고 하여 붙여진 이름이다.

남한강과 경강국도

부용산

용담

이 산에 얽힌 전설이 전해진다. 고려 시대 때 어떤 왕비가 시집간 첫날 밤에 왕 앞에서 방귀를 뀌자 왕이 크게 노하며 이곳으로 귀양을 보냈다. 쫓겨난 왕비는 이미 아들을 잉태한 몸이었고, 온갖 어려움 속에서 왕자를 낳았다. 총명한 왕자는 어른이 된 후 어미의 사정을 알고 도성으로 올라가서 "저녁에 심었다가 아침에 따먹을 수 있는 오이씨를 사라"면서 외치고 다녔다. 소문을 들은 왕이 소년을 불렀고 "이 오이씨는 밤 사이에 아무도 방귀를 뀌지 않아야 저녁에 심었다가 아침에 따먹을 수 있습니다."라는 소년의 말을 듣고서 잘못을 깨닫고 왕비를 불렀다. 하지만 왕비는 궁궐로 가지 않고, 이곳에서 살다가 죽었다. 마을 사람들 사이에서는 산에 오르는 것이 금기시 되어 왔으며, 산에서 땔감을 구하면 곧 죽었다는 이야기가 전해졌다고 한다.

강경국도를 지나 4개의 부용터널과 마지막 양평용담아트터널을 지나면 양서면 용담리다. 용담리는 마을의 큰 늪에 용이 있다고 해서 용담리라 불렀다. 양서면의 북쪽 경계에 청계산, 중서부에 부용산이 솟아 있고 그 여맥이 면 내로 향한다. 지리적으로 한강의 양 줄기를 동시에 품고 있는데 북한강이 서쪽 면계를, 남한강이 남쪽 면계를 따라 흐른다. 북한강과 남한강의 합수점인 양수리를 중심으로 많은 관광객이 몰린다. 문화유적은 양수리에 고인돌, 부용리에 이준경 선생 묘, 정창손 묘역, 목왕리에 한음 이덕형 묘 및 신도비, 이성계의 조카 이양우의 묘와 신도비가 있다.

양평군 명소 세미원·배다리, 두물머리

　양평 양수역에서 용담을 따라 큰길로 나오면 세미원이다. 세미원(洗美苑)은 "관수세심(觀水洗心, 물을 보면서 마음을 깨끗이 하고) 관화미심(觀花美心, 꽃을 보면서 마음을 아름답게 하며) 관산개심(觀山開心, 산을 바라보면서 마음을 열 일이다)"의 장자의 글에서 집자(集字)하여 지은 공원 이름이다. 세미원이 있는 이곳은 상수원보호구역으로 남한강에서 떠내려오는 부유물질이 신양수대교 교각 밑으로 밀려 쓰레기 투기장을 방불케 한다. 이러한 곳을 이곳 주민들의 노력으로 쓰레기를 수거한 다음 수질정화 능력이 뛰어난 연(蓮)을 갖다 심었다. 경기도에서는 나중에 규제를 재정비함은 물론 100억 원의 재정 지원으로 물과 꽃이 어우러지는 세미원을 개원했다.

세미원 배다리

세미원 앞 도로에서 바라본 모습.

두물머리 느티나무와 황포돛대

　용늪다리를 건너 양수리로 접어들면 두물머리가 있는 양수다. 양수리는 양평군 양서면에 있는 섬이다. 북한강이 흘러 내려오다가 용늪으로 갈라지면서 섬이 됐으나 지금은 연육교를 놓아 섬 같은 분위기는 전혀 없다. 양수리는 금강산 단발령에서 힘차게 남으로 쏟아내는 북한강과 금대봉 검룡소에서 솟아 나와 느리면서도 장엄하게 뻗어 내린 남한강의 물이 만나는 곳이다.

　신양수대교 밑으로 두물머리와 세미원으로 연결되는 배다리 열수주교(洌水舟橋)가 있다. 배다리는 조선 정조 때 매년 한강에 배다리를 설치해 자주 능행(陵幸)을 다닌 정조의 효행을 기리고자 52척의 목선을 물 위에 띄워 배다리를 만들어 놓았다. 지금은 장마 때 부유물이 많이 걸린다 하여 철거된 상태다.

　배다리를 지나면 두물머리 느티나무가 이곳의 상징처럼 서 있다. 원래 두물머리에는 '도당할아버지'와 '도당할머니'로 부르는 두 나무가 나란히 서 있었으나, 1973년 팔당댐이 완공돼 수몰되는 과정에서 도당할머니 나무가 없어졌다. 이 느티나무에는 큰 구렁이가 살았는데, 한국전쟁 등 국난이 있기 전에 밖으로 나와 예고했다고 한다. 마을 사람들은 마을의 안녕과 가정의 평온을 위해 매년 음력 9월 2일에 도당제를 지낸다.

　두물머리 나루터 아래가 '두물경'이다. 두물경은 북한강과 남한강의 두 물이 합쳐지는 꼭지점을 표시하는 것 같다. 세월이 가면 세상이 변하는 게 이치이지만 '옛 것을 소중히 함으로써 새로운 것을 알맞게 받아들일 수 있다'는 온고지신(溫故知新)의 정신으로 두물머리의 자연자산을 보전하면서 아꼈으면 하는 마음이다.

남양주 수종사·능내역과 팔당댐

양수대교는 양평군 양서면 양수리와 남양주시 조안면 진중리를 연결하는 북한강 아치형 교량이다. 이 다리는 원래 일제 강점기인 1936년에 건설되었으나, 노후화로 인해 하류 쪽에 신양수대교를 놓았다.

팔당댐

양수대교에 올라서면 오른쪽으로 수종사가 있는 운길산이 가깝게 보인다. 운길산은 산수가 수려하고 교통이 편리해 가족 산행이나 가벼운 주말 산행지로 널리 알려졌다. 수종사(水鍾寺)의 창건 연대는 확실하지 않으나, 세조가 금강산에 다녀오면서 양수리에서 1박을 하는데 한밤중에 종소리를 듣고 날이 밝자 산으로 가니 16나한(羅漢)이 있는 동굴에서 물 떨어지는 소리가 암벽을 울려 마치 종소리처럼 들렸다 하여, 여기에 절을 짓고 '수종사'라고 했다고 한다.

양수대교   능내역

양수대교를 건너면 경기도 남양주시 조안면 진중리다. 예봉산·운길산이 있으며, 동쪽으로 북한강, 서쪽으로 한강, 남동쪽으로 남한강이 둘러싸듯이 흐른다. 중앙선이 면의 남쪽을 지나며, 수종사 등이 있다.

조안면 진중리에서 구 중앙선 철길에 조성한 자전거길로 들어서서 숲길 사이로 잠깐씩 보이는 한강을 바라보며 능내역에 도착한다. 능내역은 중앙선에 있던 기차역으로 팔당역과 양수역 사이에 있다. 역무원이 없는 간이역이었으나 지금은 폐역되고, 근처 진중리에 운길산역이 신설됐다. 능내역은 기념물로만 남아 있으며, 일부 철길도 남아 보존되고 있다.

양수리와 능내리 등 이곳 주변이 팔당호가 된 것은 1973년에 완공된 팔당댐 때문이다. 팔당댐은 하남시 배알미동과 남양주시 조안면을 잇는 한강 본류의 댐이다. 팔당댐은 당초 수력발전용으로 건설됐는데, 서울시, 인천시, 경기도 등 수도권 상수도 공급을 위해 하루 260만 톤의 팔당호 물을 취수하는 역할을 하면서 취수 용도로의 중요성이 더 커졌으며, 강의 본류를 댐으로 막아 상수원으로 사용하는 나라는 대한민국뿐이다.

남양주 마재마을 다산 정약용 생가

    남양주시 조안면 능내리 마재마을에 다산 정약용(茶山 丁若鏞, 1762~1836) 생가가 있다. '능내(陵內)'란 지명은 계유정란 때 수양대군(세조)을 도와 정난공신 1등에 오르고 우의정과 명나라의 벼슬인 광록시소경(光祿寺少卿)을 하사받은 서원부원군(西原府院君) 한확(韓確, 1403~1456년)의 묘가 있어서 '능안' 또는 '능내'라 했다고 한다. 성종의 어머니인 인수대비가 한확의 따님이고, 명 나라 성조의 여비(麗妃)가 한확의 누이이다.

'ㅁ'자형 다산 생가

    길옆에는 수원화성을 건축할 때 사용했던 거중기(擧重機)가 실물 모형으로 자리하고 있다. 실학박물관 안에 위치한 생가는 중부 지방의 전형적인 'ㅁ'자형 구조

여유당

다산 정약용선생 상(像)

의 한옥이다. 생가는 1925년 을축년 대홍수로 유실되었던 것을 1986년에 복원한 것이다. 이 집의 당호(堂號)는 '여유당(與猶堂)'이다. 다산이 1800년(정조 24년) 봄에 모든 관직을 버리고 가족과 함께 고향으로 돌아와서 지은 것이다. 여유(與猶)는 노자(老子)의 도덕경의 한 대목인 "여(與)함이여, 겨울 냇물 건너듯이 유(猶)함이여, 너의 이웃을 두려워하듯이"라는 글귀에서 따온 것으로 조심조심 세상을 살아가자는 뜻이다. 다산은 전남 강진 유배지에서 얻은 호이고, 여유당은 이곳에서 만년을 보내며 지은 호다.

집 뒤 언덕에는 다산 부부의 합장묘가 있다. 다산은 조선 후기를 대표하는 위대한 사상가이자 학자다. 조선의 개국 이념인 주자학을 신봉하던 당시에 조금이라도 사상적 이념에 어긋나면 사문난적(斯文亂賊)으로 몰려 목숨을 부지하기도 힘든 서슬 퍼런 시기에 그는 오히려 유배지에서 뜻을 드높이고 학문을 완성해 오늘의 시대에도 새겨들을 내용으로 광활한 학문의 세계를 이루었다.

다산은 유배 기간 중 자신의 학문을 연마해 일표이서(一表二書 : 經世遺表 · 牧民心書 · 欽欽新書) 등 모두 500여 권에 이르는 방대한 저술을 했고, 이 저술을 통해 조선 후기 실학사상을 집대성한 인물로 평가된다. 다산은 비록 남인의 가계에서 태어났지만, 그의 조상이 당쟁의 중심인물이 되지 않았음을 자랑했고, 그 아들들에게도 "당쟁에 가담하지 말 것"을 당부했다. 그는 문벌과 당색을 타파하고, 고른 인재 등용을 주장했다.

임금에게 마지막 인사 '배알미동'

검단산 자락에는 하남시 배알미동이 천지의 조화를 이룬다. '배알미동'은 옛날에 관리가 낙향하거나 귀양 갈 때 한양을 향해 임금에게 마지막으로 인사를 올리던 곳이라 해서 이름 붙여진 곳이다.

예봉산 아래의 팔당은 넓은 나루가 있어 바댕이 또는 팔당(八堂)이라고 했다고 한다. 팔당대교 밑을 지날 때 백수광부(白首狂夫)의 아내가 불렀다는 '공무도하가(公無渡河歌)'가 불현듯 떠오른다.

임이여 물을 건너지 마오 (公無渡河) / 임은 결국 물을 건너시네. (公竟渡河) /

물에 빠져 죽었으니, (墮河而死) / 장차 임을 어이할꼬 (當奈公何)

아마 하남시와 팔당을 연결하는 팔당대교가 없었다면 팔당의 선녀들이 공무도하가를 부르며 지금까지 전설 같은 비극적 사랑이 이어졌을까? 팔당대교 부근 하

검단산과 배알미동

팔당대교

미사대교

중도(河中島) 사이의 여울에는 공무도하가의 소원이 이루어진 것인가? 겨울의 진객 고니가 무리지어 유영을 한다. 언젠가 새벽에 고니의 새벽 울음소리를 들으려고 이곳을 찾아왔다는 지인의 이야기가 혹시 공무도하가를 부르는 부인 여옥(麗玉)의 목소리는 아니었을까 하는 생각이 스친다.

　강 건너 하남시는 백제 건국과 관련된 도시이다. 《삼국사기》에 "⋯ 온조는 한수 남쪽(河南)의 위례성에 도읍을 정하고 열 명의 신하를 보좌로 삼아 국호를 십제(十濟)라 하였다"라는 기록이 있다.

　경강국도 변에 있는 덕소(德沼)라는 지명은 '크고 깊은 못'에서 유래된 이름이다. 남·북한강이 양수리에서 합류하여 왕숙천과 만나기 바로 직전에, 곡류를 이루는 곳이다. 덕소를 지나면 남양주시 삼패동이다. 삼패동은 조선 시대에 역참(驛站)이 있었던 곳이다. 삼패동을 지나 수석동 언덕에는 조선 초기의 문신 조말생(趙末生, 1370~1447)의 유택이 한강을 굽어본다. 조말생은 함길도관찰사로 부임해서는 여진 족 방어에 힘썼고, 경상·전라·충청 3도의 도순문사로 나가서는 축성 사업을 벌였 다. 남양주시 수석동은 신석기~고구려 시대의 유물이 분포되어 있는 지역이다.

　삼패동과 하남시 망월동을 잇는 미사대교를 건너면 한강의 아름다운 물결과 모 래로 이뤄진 섬이라고 해서 이름 붙여진 미사동이다. 원래 하나의 큰 섬이었으나, 1925년 대홍수 때 지형이 바뀌어 각각의 섬으로 나뉘었다. 한강 종합개발로 이마 저도 사라져 옛 모습은 거의 찾아볼 수 없다.

태조 이성계 머물렀던 '왕숙천'

  남양주시 수석동 미음나루는 과거 남양주시와 하남시 미사리를 건너던 곳이다. 《동국여지승람》에서 "미음진(渼音津)의 주위 동쪽 70리에 있어 광주로 통한다"라고 적힌 것으로 보아 남북 교통로의 요지로 추측되나, 미음나루는 흔적조차 없다.

  왕숙천을 지나면 경기도 구리시다. 왕숙천(王宿川)은 조선 태조 이성계가 상왕(上王)으로 있을 때, 팔야리(八夜里)에서 8일을 머물렀다고 하여 '왕숙천'이라 부르게 되었다. 그밖에 세조를 광릉에 안장한 후 "선왕(先王)이 길이 잠들다"라는 뜻에서 붙여진 이름이라는 설도 있다.

  왕숙천변으로 구리타워가 보인다. 이 타워는 혐오시설로만 여겼던 쓰레기소각장의 굴뚝을 이용해 전국 최초로 지상 100m 높이에 전망대와 회전식 식당을 마련해 한강 등 주변 경관을 관망할 수 있다. 구리시 인창동에는 동구릉이 있다. 동구

왕숙천

미음나루 간판   구리타워

릉(東九陵)은 조선 왕조를 세운 태조 이성계의 명으로 1408년에 능지(陵地)로 정해
진 곳이다. 동구릉은 조선 왕조 전 시기에 걸쳐 이뤄졌다. 조선 왕조 500년 능제(陵
制) 변화를 한 눈에 볼 수 있는 세계문화유산이다.

　중부고속도로와 서울외곽순환고속도로로 연결되는 강동대교를 지나면 한강
하천부지를 이용해 조성한 구리한강시민공원을 만난다. 원래 경비행기 활공장으
로 사용하던 넓은 부지를 꽃단지로 조성했다. 시원한 강바람에 싱그러움을 더하
는 자연에서 호연지기(浩然之氣)를 누릴 수 있다.

　구리시와 서울시의 경계를 이루는 고개가 아차산 망우리고개다. 망우리는 태조
이성계가 지금의 건원릉 자리를 결정하고, 기쁜 마음으로 환궁하던 중 지금의 망
우고개 위에서 "이제는 근심을 잊게 됐다."라고 경탄한 데서 '망우(忘憂)'라는 이름
을 얻게 되었다. 야트막한 아차산에는 삼국 시대의 고분, 고려 시대의 석탑, 절터
등 수많은 유적이 있다. 특히 이곳에는 능선을 따라 봉우리마다 '보루(堡壘)'라고
하는 군사 유적이 약 20여 개 있다. 아차산의 보루는 삼국 시대 한강을 둘러싼 고
구려·백제·신라의 긴장 관계를 보여 주는 중요한 유적이다.
　서울시 강동구 암사동과 구리시 아천동을 연결하는 구리암사대교는 한강에 설
치된 31번째 교량이다. 처음에는 암사대교였으나, 구리시의 요청에 따라 구리암사
대교로 조정했다.

암사동 선사유적 유물은 어디에?

구리암사대교 건너 서울 강동구 암사동은 신라 시대 때 아홉 개의 사찰이 있어 구암사(九岩寺)라 했고, 바위절 또는 암사로 불리는 백중사가 있었다고 하는 데서 유래한다. 암사동에 있는 선사유적지는 1925년 대홍수 때 한강의 범람으로 유물들이 드러났지만 대부분 일본인이 빼돌렸고, 해방 후 현재까지 여러 번 발굴해 왔지만, '개발'로 인해 암사동 선사유적지만 유일하게 남아 있다. 역사를 모르는 민족은 미래가 없다고 하는데 우리가 한번 되새겨 볼 일이다.

광장동 아차산에는 워커힐 호텔이 있다. 1963년에 개관했는데, 한국에 마땅한 휴양지가 없어 일본으로 휴가를 떠나는 주한미군을 유치하기 위해 세운 호텔이다.

광나루가 있던 자리에 건설된 광진교는 일제 강점기인 1936년에 준공해 한강대교 다음으로 오래된 다리다. 한국전쟁 때에 폭파된 것을 1952년 미군에 의해 복구

올림픽대교

암사취수장   암사동 선사문화유적지 전시관

했다. 천호대교는 천호지구의 개발과 천호대로의 건설에 따라 종래의 광진교가 제대로 기능을 하지 못할 것에 대비해 준공됐다. 천호동이라는 지명은 "풍수지리설에 수 천호가 살만한 지역"이라는 예언에서 유래됐다.

올림픽대교는 천호대교와 잠실대교의 교통량을 분산시키고 강남과 강북의 교통 소통에 도움을 주는 한편, 88서울올림픽 대회를 기념하기 위해 건설됐다. 잠실대교는 서울의 6번째 다리다. 잠실대교 하류 쪽에 한강의 물길을 막아 일정 수위를 유지하기 위해 만든 있는 수중보가 있다.

뚝섬한강공원은 옛날에 여름에 피서를 가지 못하는 서울 시민을 위해 3곳의 수영장을 개방했다. 한강대교 중간에 있는 노들섬의 백사장, 뚝섬한강공원 이전의 뚝섬백사장, 그리고 한강공원광나루지구 이전의 광나루수영장이다. 빛깔 고운 모래가 어느 해수욕장보다 넓게 펼쳐져 있어 많은 사랑을 받았다.

청담대교는 한강의 복층 교량으로 아래층으로는 지하철 7호선이 지나고, 위층으로는 차량이 통행한다. 한강의 18번째 다리로, 이 교량이 개통되면서 동·서부간선도로, 내부순환도로, 강변북로, 올림픽대로 등 1단계 도시고속도로망 구축사업이 완료됐다.

한강의 시원을 따라(68)
아픔과 치욕의 역사 '삼전도비'

석촌호수는 본래 송파나루가 있는 한강의 본류였다. 송파나루는 조선 왕조 이전에도 한양과 삼남 지방으로 이어지는 중요한 뱃길의 요지였다. 옛날에는 한강의 토사가 지금의 잠실 쪽으로 쌓여 형성된 부리도(浮里島)라는 섬이 있었는데, 1971년 부리도의 북쪽 물길을 넓히고, 남쪽 물길을 막아 섬을 육지화하는 한강 공유수면 매립사업을 착수했다. 그때 폐쇄한 남쪽 물길이 지금의 석촌호수로 남게 되었으며, 당시의 매립공사로 생겨난 땅이 잠실동과 신천동이다.

석촌호수(서호) 북단에는 소위 삼전도비(三田渡碑)라고 하는 '대청황제공덕비(大淸皇帝功德碑)'가 있다. 이 비는 병자호란 때 인조가 남한산성에서 내려와 청 태종의 막사 앞에서 무릎을 꿇고 절하며 항복한 것을 기념하기 위해 청나라가 세운 거대

삼전도비

비신이 없는 작은 귀부   삼전도비 전경

한 비석이다. 몽골문·만주문·한문 3종류 문자로 같은 내용을 담고 있다. 이 비의
옆에는 비신(碑身)이 없는 작은 귀부가 또 하나 있다. 병자호란이 끝나자 청 태종의
전승 기념을 위해 비를 건립하던 중 중간 점검을 나온 청나라 관리가 '거북이 눈이
치켜뜨고 있는 모습이 마치 천자를 째려보는 형상'이라며 트집을 잡았고, 더 큰 규
모로 비석을 만들라 하는 청나라의 변덕으로 원래 만들었던 귀부가 용도 폐기되면
서 남겨진 것으로 추측된다. 이 비는 당초 한강변 나루터 인근에 세워졌으나, 치욕
의 역사물이란 이유로 수난과 수차례 이설을 거듭해 왔다. 치욕적인 역사였던 것은
틀림없으나, 이를 반면교사로 삼아 사실을 직시하는 태도가 필요하다.

　　탄천은 용인 법화산에서 발원하여 성남시를 지나 서울 양재천을 끌어안고 잠실
종합운동장 옆으로 흘러 한강으로 들어간다. 성남 쪽에서 흘러오는 탄천(炭川)은
'숯내'라는 이름을 한자화한 것이다. 성남시의 옛 이름은 탄리(炭里)다. 이는 남이
장군의 6대손 남영의 호가 탄수(炭叟)인데, 지금의 성남시 일대에서 살았다고 해서
그의 호에서 '탄골' 또는 '숯골'이라는 데서 유래됐다. 또 다른 얘기는 옥황상제가
삼천갑자를 살아온 동방삭을 잡기 위해 사자를 시켜 숯을 물로 씻고 있는데, 마침
그곳을 지나던 동방삭이 "왜 숯을 물로 씻느냐?"고 물었더니, 사자가 "검은 숯을
희게 하려고 씻고 있다"고 답하자 동방삭이 웃으며 "내가 삼천갑자를 살아오면
서 당신같이 숯을 씻어 희게 만드는 사람은 처음 본다"고 하여, 사자는 이자가 동
방삭임을 알고 옥황상제께 데리고 갔다고 하는 데서 이 하천을 탄천 또는 숯내라
불렀다고 한다.

이성계가 쏜 화살 꽂힌 '살곶이벌'

같은 물이라도 흘러온 강에 따라 바로 혼합이 안 되는 것 같다. 한강 본류에서 흘러온 물과 탄천에서 흘러 나온 물의 경계가 뚜렷하다. 이러한 현상은 두 물의 수질과 수온 등의 차이로 일어날 수 있다.

한강과 탄천의 수면경계. 물 색깔이 다르다.

영동대교 북단의 화양동은 조선 시대에 이곳에 새워진 화양정(華陽亭)에서 유래했다. 속설에는 "병자호란 때 인질로 끌려간 부녀자들이 다시 돌아왔다는 환향녀(還鄕女)들이 살던 마을"이라 붙여졌다고 하는 이야기도 있으나, 확인된 것은 아니다. 그러나 단종이 수양대군에게 왕위를 찬탈당하고 영월로 쫓겨 갈 때 부인 송씨와 이별하며 회행(回行)하기를 기원했다고 해서 '회행리'라고도 불렀다.

살곶이다리

한강의 11번째 성수대교는 1994년에 붕괴되는 참사를 겪었다. 아침 7시 등교하던 학생들의 희생이 많았다. 기존 다리는 헐리고 새 성수대교가 놓였다.

압구정은 수양대군을 도와 권세를 누린 한명회(韓明澮, 1415~1487)가 말년에 '갈매기와 친하게 지낸다'라는 뜻으로 지은, 자신의 호와 같은 이름의 정자 압구정(狎鷗亭)이 있던 곳이다.

지금은 흔적마저 사라진 섬이 하나 있었다. 중랑천이 한강으로 치고 들어올 때 토사가 쌓여 만들어진 '저자도(楮子島)'다. 멀리 북한산 봉우리들까지 한눈에 들어와 중국 사신들의 접대자리로도 이용되었다고 한다. 조선 시대에는 서울 앞을 흐르는 한강 구간을 따로 '경강(京江)'이라 불렀는데 옥수동과 금호동 일대의 강을 경강의 동쪽에 있다고 해서 '동호(東湖)'라 했다. 저자도는 동호의 아름다운 자연을 대표하는 자연자산이었다. 고려 때에는 한종유란 사람이 여기에 별장을 두었고, 조선 때에는 세종이 이 섬을 정의공주(貞懿公主)에게 하사하여 그의 아들 안빈세(安貧世)에게 물려주어 대대로 소유했다. 조선 말기에는 철종의 부마인 금릉위(錦陵

163

살곶이다리 상판

尉) 박영효(朴泳孝)에게 하사되기도 했다. 그러다 1936년 뚝섬의 제방 축조, 중앙선 철도 부설 때 이 섬의 흙을 파다가 사용했다. 1970년대에는 저자도의 흙과 모래를 지금의 압구정동 택지를 조성하는 데 사용하여 한강에서 완전히 사라졌다.

뚝섬은 조선 태조부터 성종까지 100여 년 간 왕의 사냥터였다. 그리고 매년 왕이 직접 군대를 사열하거나 출병하면서 독기(纛旗, 소꼬리나 꿩 꽁지로 장식한 큰 깃발)를 세우고 독제(纛祭)를 지냈다. 한강과 중랑천에 둘러싸인 지형이 마치 섬처럼 보이고 '독기를 꽂은 섬'이라고 하여 독도(纛島)로 불리다가 '뚝도 또는 뚝섬으로 바뀌었다. 둑제나 둑기는 전쟁의 신 '치우천왕'을 의미한다.

서울 숲 모퉁이를 돌면 의정부에서 흘러 내려오는 중랑천과 합류하는 지점으로 철새들이 모여드는 곳이다. 중랑천 상류로 조금 올라가면 용비교 밑으로 중랑천을 자전거와 사람이 건너는 교량이 있고, 교량을 지나면 봄마다 개나리로 노랗게 물드는 응봉산이 있다. 응봉산은 예전에 임금이 매사냥을 하던 곳이다,

중랑천 상류로 조금 올라가면 용비교와 '살곶이 벌'이 있다. 살곶이벌은 조선 초기 왕자의 난으로 보위에 오른 태종(이방원)이 함흥에서 돌아오는 태조(이성계)를 만났던 곳으로, 태종을 보자 화가 난 태조가 화살을 쏘았으나 맞히지 못하고 화살이 땅에 꽂혔다. 이에 태조는 하늘이 뜻이라며 태종을 인정하게 됐고, 그 후로 이곳을 화살이 꽂힌 벌판 '살곶이벌'이라고 했다.

살곶이다리는 세종 2년(1420) 5월에 상왕(태종)이 다리 공사를 명하여 시작되었다. 세종 4년에 상왕이 죽자 방치되어 있다가 이곳을 오가는 백성들을 위해 성종 6년(1475)에 이르러 다시 공사를 시작하여 성종 14년에 완성되었다. 다리는 길이 75.75m 폭 6m인데, 조선 시대 다리로는 가장 길다. 이곳은 교통의 요충지로서 동쪽의 광나루를 통해 나가면 강원도 강릉에 닿았고, 동남쪽으로는 송파에서 광주·이천을 거쳐 충주로 나갈 수 있었으며, 남쪽으로는 성수동 한강변에 닿아 선정릉(宣靖陵)과 헌인릉(獻仁陵)으로 가는 왕의 배릉(拜陵) 길이 되었다.

강남 8학군 '영동', 어부 많이 살던 곳

옛날 대장간이 많아서 금호동이 되고, '옥정수'라는 유명한 우물이 있어서 '옥정 숫골'로 불리다가 동네 이름이 된 '옥수동'이 있다. 한때는 작은 주택들이 금호동 과 옥수동 일대에 다닥다닥 붙은 채로 지어지면서 서울의 대표적 달동네였으나, 지금은 재개발되어 서울에서 조망이 좋은 명소로 자리 잡았다. 지하철 3호선과 경 의중앙선 옥수역이 생기면서 교통도 사통팔달이다.

옥수역

강남구 압구정동과 성동구 옥수동을 연결하는 동호대교는 지하철 3호선 전철 교가 지나고, 각각 2차선으로 된 도로교가 그 양옆으로 난 복합 교량이다. 이 다리 와 함께 장충체육관~금호동~동호대교~압구정동~도산대로에 이르는 동호로 도 개통되었다.

동호대교와 옥수동   한강과 한남동. 멀리 남산이 보인다.

　도산대로에는 도산 안창호(安昌浩) 선생의 묘역이 있는 도산공원이 있다. 도산 안창호의 애국정신과 교육정신을 기리고자 조성된 공원이다. 안창호와 부인 이혜련의 합장 묘소, 도산의 동상과 기념관, 도산어록비, 체육시설 등이 있다. 매년 3월 10일 흥사단과 도산기념사업회 주관으로 추모행사가 열린다. 기념관에는 사진과 미국에 있을 때 단재 신채호로부터 받은 편지와 도산일기 등이 전시되어 있다.

　동호대교를 지나 조금 하류로 내려오면 강남구 신사동과 용산구 한남동을 연결하는 한남대교가 나온다. 한때는 한강에 세 번째로 놓여 제3 한강교로 불리었고, 혜은이가 부른 '제3 한강교'라는 가요로 더 유명해진 다리다. 서울과 부산을 잇는 경부고속도로의 관문인 이 다리가 개통됨에 따라 영동(永東)이라는 신도시의 개발이 촉진되었다.

　한남동은 한강의 '한' 자와 남산의 '남' 자를 따서 한남동이 되었다. 지금의 강남구와 서초구는 서울에서 집값이 가장 비싸고 명문고등학교들이 많이 이전해와 강남 8학군으로 유명해졌다. 영동은 '영등포의 동쪽'이라는 의미다. 이곳의 땅은 서울시로 편입되기 전에는 대부분 경기도 광주군 언주면에 속했으며, 전형적인 농업지역이었다. 한강변으로는 참게와 민물고기를 잡아 생활하던 내수면 어부들이 많이 살던 곳이었다.

국립서울현충원 지세는 '공작장비형'

강북으로 한남동을 지나면 바로 보광동이다. 보광동에는 '웃당'과 '아랫당'이라는 당집이 있다. 웃당은 신라 김유신 장군에게 매년 정월 초하루에 종친회에서 제사를 지내고, 아랫당에서는 중국 제갈량에게 음력 3월과 10월 초하루에 제사를 지낸다.

보광동을 지나면 동빙고동과 서빙고동이 있고, 잠수교와 함께 2층으로 된 반포대교가 나온다. 동빙고와 서빙고는 얼음을 저장한 창고로, 궁중 내의 각 전(殿)과 관아에 공급하고, 관리들에게도 배급했다. 반포대교 남단의 반포동은 상습 홍수 피해 지역이었다. 1970년대까지만 해도 모래땅에 땅콩 농사를 짓던 넓은 밭이었는데, 서울 동대문 옆에 있던 고속버스터미널이 이곳으로 이전하고 고층아파트가 들어서면서 또 다른 서울의 관문이 되었다.

반포대교 남단 한강에는 서울시에서 2006년 '한강르네상스 프로젝트'로 추진한 세 개의 떠 있는 섬 '세빛섬'이 있다. '세빛'은 빨강·파랑·초록처럼 3개의 섬이

세빛 둥둥섬

현충문 후면   현충원 국립묘지

조화를 이뤄 한강과 서울을 빛내라는 뜻을 담고 있고, '둥둥'은 수상에 띄워진 문
화공간을 강조하는 의미를 담고 있다. 3개의 섬은 '가빛섬(구 비스타)', '채빛섬(구 비
바)', '솔빛섬(구 테라)'으로 구분하고, 서로 도교(渡橋)로 연결했다. 세빛섬 옆에는 인
공으로 만든 서래섬이 있다. 이 섬은 1982년부터 1986년까지 올림픽대로 건설 및
한강 종합개발 시 조성한 인공섬으로 3개의 다리가 연결되어 있다. 물길을 따라
수양버들이 잘 드리워져 있고 봄이면 유채꽃이, 가을에는 코스모스가 만발하는
시민 휴식공간이다. 겨울 진객 철새도 많이 찾아온다.

반포천과 합류하는 지점 위로 지하철 4호선 동작역과 동작대교가 놓여 있다. 한
강의 11번째 대교이며, 도로교와 지하철 4호선 전철교의 복합 교량이다. 조선 시대
한양을 오가는 '동작나루'가 있어서 교량 이름을 동작대교라고 했다. 동작대교의
특이한 점은 남단이나 북단이 직선으로 연결되지 않고, 기존의 도로에 곡선으로
연결됐다는 점이다. 남단은 동작동 국립현충원에 막혀 있고, 북단은 용산가족공원
(구 미군기지)에 막혀 있다.

동작동 국립현충원은 국가와 민족을 위해 헌신한 영령들이 잠든 곳이다. 지세
형국은 공작새가 아름다운 날개를 펴고 있는 공작장비형(孔雀張飛形)이다. 네 분의
대통령과 17만2000여 영령들이 안장되어 있다. 해방 후 서울의 장충단공원 내의
장충사 등 여러 곳에 분산해 모시던 것을 1955년 국군묘지로 창설되어 전사 또는
순직 군인과 군무원 및 종군자의 영현을 안장했으나, 10년 후인 1965년 국립묘지로
승격하여 국가원수, 애국지사, 순국선열을 비롯해 국가유공자, 경찰관, 전투에 참
가한 향토예비군 등이 추가 안장되었다.

백로 노닐던 나루터 '노량진'

흑석동은 이 일대에서 검은 돌이 나왔다고 해서 붙여진 지명이다. 일제 강점기 때는 일본인들이 한강 경치에 반해 마을 이름을 '명수대(明水臺)'로 부르기도 했다.

한강을 따라 동·서로 길게 늘어선 다리가 노량대교다. '86서울아시안게임'과 '88서울올림픽대회'를 앞두고 한강변을 따라 놓은 다리다. 이 다리의 건설로 김포공항~잠실종합경기장 간의 주행 시간을 단축했고, 서울을 동서로 가로지르는 많은 교통량을 흡수하게 됐다. 이 교각 밑으로는 자전거도로와 보행로가 나 있다.

노량대교 노량진 쪽 끝 지점에는 '漢江水死者弔魂碑(한강수사자조혼비)'라고 새긴 돌기둥이 숨어 있다. 뒷면에는 '昭和四年六月建龍山記者團有志(소화4년6월 건 용산기자단유지)'라고 쓰여 있는 것으로 보아 한강철교(1900)와 한강인도교(1917)가 준공되고, 1925년 대홍수 때 희생된 분들의 넋을 기리기 위해 당시 용산경찰서와 철도국을 출입하던 기자들이 세운 것 같다. 노량진은 '백로가 노닐던 나루터'라는 뜻

주교사터 표지석

에서 유래했다. 노량진은 조선 시대에 한양으로 도읍을 정한 뒤로 경제와 군사 등의 측면에서 한층 중요시되었다. 태종 때에 광진도와 함께 처음으로 별감이 배치되고, 이후 경강의 4대 도선장의 하나로 교통량이 많았다. 경향 각지에서 올라오는 물산의 집결 장소였으나, 지금은 한강철교와 한강대교가 건설됨으로써 그 기능을 상실했다.

능행길화성행차도   사육신 묘

노량진본동사무소 앞 도로변에는 '주교사터(舟橋司址)' 표지석이 있다. 정조는 생부 사도세자의 무덤을 수원으로 옮기고 그곳에 정기적으로 참배하기 위해 한강에 배다리 놓은 일을 전담하는 주교사를 설치했다. 주교사에서는 서울의 선박 수백 척과 사공 1천 명을 동원해 배다리를 설치했으며, 정부에서는 배다리 가설비를 마련하기 위해 충청도와 전라도의 세곡 운반권을 주교사에 부여했다. 배를 이용해 생업에 종사하는 백성들의 원성이 컸다 한다.

'주교사터' 앞에는 정조가 배다리를 건너 아버지인 사도세자의 능이 있는 수원 현릉원(顯隆園, 융릉)에 갈 때 잠시 쉬었다는 용양봉저정(龍驤鳳翥亭)이 있다. 건축 연대는 정조 13년(1789년) 이후로 보고 있으며, 능행 도중 휴식을 취하면서 점심을 들었기 때문에 주정소(晝停所)라고도 한다. 내부에는 정조의 능행길화성행차도 〈반차도〉가 벽에 그려져 있다. 정선의 동작진(銅雀津) 진경산수화가 걸려 있다.

가까운 곳에는 사육신묘역이 있다. 일찍이 박씨지묘(朴氏之墓)·유씨지묘(兪氏之墓)·이씨지묘(李氏之墓)·성씨지묘(成氏之墓)라고 새겨진 표지석과 네 개의 무덤, 그 뒤편에 또 하나의 묘가 있었다. 민간에서는 네 개의 묘소를 '사육신묘'라 일컫고, 뒤편의 묘는 성삼문의 아버지 '성승의 묘'라 전해 왔다. 그러나 한편에서는 생육신의 한 분이신 매월당 김시습이 거열형(車裂刑)을 당하자 시신을 바랑에 수습하여 이곳 외진 언덕에 임시로 매장했다고 전한다.

한강 최초 인도교 '한강대교'

한강르네상스 프로젝트 정책에 따라 이촌동 한강변에 초고층 아파트가 들어섰다. 이 아파트 앞 강변북로 건너 한강의 대표적인 유수지였던 이촌동 하천부지는 한강시민공원으로 탈바꿈했다. 유수지는 물이 흐르다가 잠시 쉬어 가는 곳이다. 지금은 아파트 빌딩 숲으로 변한 이촌동은 여름에 장마가 지면 한강변에 거주하는 주민들이 홍수를 피해 강 안으로 옮겼기 때문에 이촌동(移村洞)이라고 했는데, 일제 강점기 때 이촌동(二村洞)으로 뜻을 달리해 표기하게 됐다. 한강대교 도로를 경계로 동·서부이촌동으로 나뉜다.

한강대교 북단(우측)과 중간에 걸친 노들섬(좌측)

정조가 화성 행차 때 배다리를 띄웠던 자리 부근에는 한강의 최초의 대교인 한강대교가 떡 버틴다. 한강대교는 용산구 이촌동에서 동작구 노량진을 잇는 교량으로 한강에 놓인 최초의 인도교다. 1950년 한국전쟁 때에는 적군이 밀려오자 당시 대통령은 라디오 방송을 통해 국민을 안심시키면서 야반도주했고, 육군 참모총장은 명령을 내려 한강대교를 폭파했다. 그래서 적군에 밀려 철수하려던 국군

이촌동 하천부지

레미안첼리투스아파트.(2017년 3월)

과 피난민들의 퇴로가 차단되어 엄청난 피해를 야기했다. 이는 우리의 전사(戰史)에 큰 오점을 남겨 국민의 지탄을 받았다. '제1한강교'로도 불렸던 이 다리의 개통으로 영등포를 중심으로 새로운 도심이 발달하고, 교통량 증가로 8차선으로 확장공사하여 쌍둥이다리가 되었다. '한강인도교'라는 이름도 한강대교로 바꼈다.

한강대교 중간에 있는 노들섬은 1917년 한강대교가 놓이면서 사람들이 찾아들기 시작했다. 1960년대까지만 해도 여름에는 수영장과 낚시터, 겨울에는 스케이트장으로 시민들의 사랑을 받아왔다. 1956년 제3대 대통령 선거 때는 당시 독재정권에 맞선 민주당 후보 해공 신익희(海公 申翼熙)가 30만 군중 앞에서 "못 살겠다. 갈아보자!!"라고 외쳤던 곳이다. 해공 선생은 불행하게도 정권교체를 눈앞에 두고 선거일 전에 호남선 열차 안에서 돌연사하고 말았는데, 이때 나온 가요 '비 내리는 호남선'은 공전의 인기곡이 됐다.

노들섬은 유원지, 오페라하우스 등 여러 개발 사업을 추진했으나 50년 넘게 빈땅으로 방치되어 오다가 2019년 한강대교 아래에 음악 복합문화공간으로 조성되면서 '음악섬'으로 다시 태어났다. 대중음악 전문 공연장 라이브하우스, 서점 겸도서관 노들서가, 음식문화 공간 엔테이블, 식물공방 식물도(島) 등의 시설이 들어섰다.

사육신·천주교도 순교성지 '새남터'

한강철교도 경인선이 개통되면서 놓인 다리다. 용산역과 노량진역을 이어주는 1900년에 최초로 준공된 한강철교는 현재 교량이 4개(A, B, C, D) 노선으로 이뤄져 있다. A선은 경인선과 직통 전철, B선은 화물열차, C선은 경부선 호남선 장항선 등의 철도, D선은 수원행 인천행 전철이 사용하고 있다.

한강철교 북단에는 새남터가 있다. 새남터는 조선 때 연무장(鍊武場)으로 쓰였으며, 국사범(國事犯) 등 중죄인의 처형장으로 사용된 곳이다. 1456년(세조 2년) 단종의 복위를 꾀하다 처형된 사육신이 이곳에서 처형되었으며, 1801년(순조1년) 신유박해(辛酉迫害) 이후에는 많은 천주교도들이 처형되었다. 1956년 천주교도 순교자기념탑이 세워졌고, 1983년에는 지하 1층 지상 3층 종탑 3층으로 된 한국식 기념성당이 세워졌다.

한강철교

새남터 순교성당   여의도 빌딩숲

한강철교 아래쪽으로 내려가면 여의도가 있고, 원효대교가 나온다. 원효대교는 용산구 원효로와 여의도를 연결하는 다리로 국내 최초의 디비닥공법 교량이다. 디비닥 공법은 콘크리트 받침대 없이 두 교각에서 콘크리트를 쳐 나가다가 만나는 지점에서 교량 상판을 연결하는 방법이다. 통행료를 받았던 유료도로였다가 운영하던 회사가 1984년 서울시에 무상 기증해 무료로 통행되고 있다.

여의도는 한강의 하중도(河中島)로 면적 2.9㎢(약 87만 평)이다. 영등포에서 샛강 건너에 있는 모래로 이뤄진 땅이다. 일제가 1916년에 이곳에 간이비행장을 건설하면서 알려지기 시작했다. 해방 후에는 미군이 접수해 사용했고, 백범 김구(白凡 金九) 등 독립투사들이 이곳을 통해 귀국했다.

1968년 여의도 윤중제(輪中堤)가 축조되면서 여의도비행장은 경기도 성남으로 이전했다. 지금의 여의도로 변신하기 시작하여 영등포에서 여의도를 가로질러 마포로 연결되는 마포대교, 원효대교, 서강대교가 차례로 개통되었다. 입법기관인 국회의사당, KBS 등 언론기관, 증권회사와 각종 금융관계사, 초대형 순복음교회, 63빌딩, 엘지(LG) 쌍둥이 빌딩 등 고층건물이 숲을 이루고, 아파트가 밀집되어 있다.

여의도 '밤섬'은 죄인 귀양보내던 곳

한강 건너 마포 지역은 해방과 한국전쟁 이후 휴전선으로 인해 조강(祖江. 한강 하구)의 수운이 폐쇄됨에 따라 옛날의 기능이 상실되었다. 한때 침체기에 접어들면서 은방울자매가 부른 '마포종점'이라는 가요가 소외된 서민들의 애환을 노래하기도 했다. 여의도가 개발되고, 마포대교가 개통되면서 새로운 서울의 서부 거점 도시로 발돋움하게 된다.

여의도로 국회의사당이 이전하면서 마포 지역이 여의도 다음으로 정치인의 활동장이 되었다. 마포는 조선 시대에는 각 지방에서 오는 산물의 하역과 보관을 담당하기 위해 설치한 오강(五江, 뚝섬·노량·용산·마포·양화진) 중의 하나로, 삼남 지방에서 올라오는 농산물을 저장하고, 서해에서 들어오는 새우·조기 등의 수산물의 집산지로 큰 역할을 했다.

마포대교와 한강유람선

국회의사당 야경

서울화력

　국회의사당은 제헌국회(1948년) 때는 당시 중앙청 중앙홀을 사용했다. 한국전쟁으로 피난 시절에는 부산의 경남도청과 부산극장을 사용했으며, 서울 수복 후 별도의 건물이 없이 서울 중구 태평로에 있는 시민회관 별관(현 서울시 의회)을 사용하다가 1975년 8월 15일에 준공되어 오늘에 이르고 있다. 잘 정리된 조경과 화강석 건물이 조화를 이루어 매년 20만 명 이상의 관람객이 찾고 있다. 매년 4월 초 화사한 벚꽃이 만발할 때 국회의사당 주변으로 벚꽃 축제가 열려 인산인해를 이룬다. 매년 10월 하순쯤에는 한강시민공원에서 '세계불꽃축제'가 열린다.

　여의도와 마포 사이에는 '밤섬'은 고려 때 죄인을 귀양 보내던 섬이었다. 1394년에는 배를 만드는 기술자들과 천민 그룹이었던 '갖바치(가죽신 만드는 일을 하는 사람)' 등이 정착해 살았고, 한국전쟁 이전까지 조선업과 뱃사공, 물산 도선 하역 등이 성행했다. 1968년 여의도 윤중제 골재 공급을 위해 밤섬이 폭파됨으로써 지금은 사람이 살지 않아 철새와 수변생물들의 낙원이 되었다.

　밤섬 위로 지나는 서강대교는 조선 시대 이 부근의 한강을 서강이라고 부른 데서 연유됐다. 마포구 당인리에는 우리나라 전기산업의 산 역사인 당인리화력발전소(현 서울화력)가 있다. 한강에 황포돛배가 오가던 시절인 1930년 우리나라 최초의 화력발전소 1호기가 준공되었다. 한때는 학교 시험에 나올 정도로 유명했지만 공기오염의 주범으로 몰리기도 했다. 지금은 연료와 시설의 대폭 개선으로 발전 시 발생하는 증기로 여의도와 동부이촌동, 마포 반포 지역 일대 5만여 세대에 온수와 난방을 공급하고 있다.

척화비가 있는 절두산 성지

지하철 2호선이 지나는 당산철교는 영등포구 당산동과 마포구 합정동을 연결하는 한강 다리다. 교량 이름은 당산동의 동명에서 유래되었는데, 마을 단산(單山)에 당집이 있었기 때문에 붙여진 이름이다. 1983년에 준공된 이 철교는 한강의 다리 중 최초로 트러스 공법으로 가설되어 조형미가 뛰어나고 경쾌한 느낌을 주었다. 그러다 1994년 성수대교가 붕괴되는 사고로 인하여 교량 안전점검을 시행하고는 1996년부터 안전개수(改修)하여 1999년 11월에 재 준공했다.

당산철교

당산철교 북단에는 절두산 성지가 있다. 원래 이곳은 한강으로 돌출한 봉우리 모양이 누에머리 같기도 하고 용의 머리 같기도 하여 잠두봉 또는 용두봉으로 불렸으나, 병인양요 이후 전국 각지에 척화비(斥和碑)를 세우고 1만여 명의 천주교

절두산

절두산 성당

신자들을 이곳에서 처형하여 얻은 이름이다. 한국 천주교에서는 순교 100주년인 1966년에 순교기념관을 건립하여 순교정신을 현양하였다. 순교자기념성당과 박물관, 순교성인 28위를 모신 경당(지하 묘소) 등으로 구분하여 순교자 기념공원을 꾸몄다.

당산철교 남단의 영등포구 당산동은 경기도 시흥군에 속해 있다가 1936년 경성(현 서울)에 편입되어 현재에 이른다. 1912년 일제 강점기부터 조선 피혁주식회사 등 방적, 기계 등의 공장이 들어서기 시작하였고, 1960년 이후에는 정부의 공업정책에 따라 많은 공장이 세워지고 상가가 형성되었다. 1970년대 후반부터 고층 아파트가 들어서고 유흥업소가 생기면서 당산로 주변이 번화가가 되었다. 영등포구청, 영등포경찰서, 구민회관 등이 있어 영등포 지역 행정 중심이 되고 있다.

양화대교는 두 차례에 걸쳐서 건설되었는데, 제2 한강교로 불리는 구교는 한강대교와 광진교 다음으로 건설된 한강 위의 세 번째 다리다. 특히 이 다리는 해방 후 우리 기술진에 의해 세워진 최초의 한강 다리로 1965년에 준공되었다. 그러다 김포공항 확장과 경인고속도로 개통으로 교통량이 늘어나 8차선으로 확장하여 1989년에 신교가 개통되었다.

정수장에서 생태공원으로 변신한 선유도

다리 중간에 있는 선유도(仙遊島)는 1978년부터 서울 서남부 지역에 수돗물을 공급하는 선유도정수장을 건설하여 사용되다가 2000년 12월 정수장이 폐쇄된 후, 정수장 건축시설물을 재활용하여 물을 주제로 한 선유도공원을 만들었다. 침전지(沈澱池)와 침사지(沈砂池) 등 과거 선유정수장 시설과 건물을 자연과 공유할 수 있도록 최소한으로 개조한 후 문을 연 우리나라 최초의 환경재생 생태공원이다.

선유교와 선유도

이 공원은 그야말로 콘크리트 등 회색 문화지대에 꽃이 핀 형국이다. 선유도는 겸재 정선(鄭敾)이 진경산수화를 그릴 정도로 아름다운 선유봉(仙遊峰)이라는 작은 봉우리가 있던 한강의 섬이었다. 그런데 일제 강점기 때 홍수를 막고 길을 확 · 포장하기 위해 암석을 채취하면서 깎여 나갔다. 그리고 개통 당시 제2 한강교로 불리던 양화대교가 건설되면서 선유봉은 완전히 사라졌다.

겸재정선의 선유도

양화대교

하천 부지에 마련된 한강시민공원에는 농구장, 배구장, 테니스장 등 체육시설과 시민들이 여유롭게 활동할 수 있는 공간이 조성되어 있다. 한강 고수부지 길을 따라가면 성산대교 남단이 나오고, 하류로 조금만 내려가면 안양천이 한강을 만난다. 1980년 6월에 준공된 성산대교는 마포구 망원동과 영등포구 양평동을 잇는 다리이다. 이 다리는 서울 서부 지역의 교통 분산에 효과적이었고, 한강의 12번째 다리로 성수대교와 같은 트러스트공법으로 세워졌다.

안양천은 수원의 광교산 북서쪽 계곡에서 발원하여 안양시를 관통하고 광명시와 서울특별시 서부 지역을 지나 한강으로 합류하는 한강 제1지천이다. 안양(安養)이란 뜻은 불교에서 '마음을 편하게 하고 몸을 쉬게 하는 극락정토(極樂淨土)의 세계로 모든 일이 즐거움만 있고, 괴로움이 없는 자유롭고 아늑한 이상향'의 세계를 말한다.

허준의 숨결이 있는 가양동

성산대교 북단의 상암동 월드컵경기장은 2002년 제17회 월드컵 축구대회 개최를 목적으로 2001년 11월 10일 개장했다. 축구 전용 경기장으로는 아시아 최대 규모다. 관중석은 총 6만 6,704석이다. 경기장을 위에서 내려다보면 사각 방패연 모습으로 승리를 향한 희망을 띄우고, 월드컵을 통하여 한국의 이미지와 문화를 띄우며, 21세기를 맞아 통일과 인류 평화에 대한 희망을 띄우는 이미지를 표현했다.

서울월드컵경기장

월드컵경기장 주변은 한강의 하중도인 난지도(蘭芝島)였다. 이곳에 월드컵공원이 들어서고, 쓰레기 매립으로 높은 산이 된 곳에는 노을공원과 하늘공원으로 조성되었다. 1991년 인천 서구에 수도권 매립지가 조성되면서 쓰레기 매립이 중단됨에 따라 여러 가지 환경 복구 노력을 해 온 결과, 숲이 스스로 형성되면서 각종 동식물이 자리를 잡아 생태계가 되살아나는 자연의 위대한 복원력을 보여 주고 있다.

노을공원과 하늘공원 구암공원

안양천 하구를 건너 염창교를 지나면 강서구 염창동이다. 염창동(鹽倉洞)은 서해 안 염전으로부터 수집해 온 소금을 보관하기 위한 소금 창고가 있었기 때문에 붙 여졌다. 염창으로 운반된 소금은 국가용, 군사용, 일반 판매용으로 구분하여 저장 했다.

가양대교 입구 쪽에는 〈구암근린공원〉 있다. 구암공원(龜巖公園)은 『동의보감(東 醫寶鑑)』의 저자 허준의 출생지이자 생을 마친 가양동에 공원을 조성하고 허준의 아호를 따서 명명된 곳이다.

허준(許浚, 1539~1615)은 비록 서자였지만 차별받지 않고 명문가 출신답게 좋은 교 육을 받았으며 경전과 사서 등에 밝았다. 1592년 임진왜란 때 선조의 어의로서 선 조 옆을 끝까지 모셔 호종공신(扈從功臣)이 되었다. 그 후 계속 승진하여 정1품인 보 국숭록대부(輔國崇祿大夫)까지 올랐으나 서출(庶出)이라 보류되기도 했다. 허준의 동의보감은 국가지정문화재로 지정되었고, 2009년 7월 31일 세계기록유산으로 등 재되었다.

식물원·공원의 결합 '서울식물원'

지하철 9호선 마곡나루역에는 서울식물원 습지공원이 있다. 서울식물원은 식물원과 공원을 결합한 이른바 '보타닉공원'으로서 축구장 70개 크기에 달한다. 멸종 위기 야생식물 서식지를 확대하고 번식이 어려운 종의 증식 연구, 품종 개발 등 식물의 육성과 도시 정원문화 확산의 교두보이자 평생교육 기관의 역할을 수행한다. 식물원은 열린숲과 주제원, 호수원, 습지원 등 4개 공간이 있다.

이곳에서 한강변으로 나가다 보면 동쪽으로 서울 궁산(宮山)이 힐끔거린다. 한강 변에 있는 궁산(양천산성, 사적 제372호)은 오랜 세월 동안 행주산성(사적 제52호), 오두산성(사적 제351호)과 함께 한강 하구를 지키는 요충지이였다. 겸재 정선(鄭敾)은 양천현감을 지내면서 이곳 궁산에 올라와 한강변 풍광에 반해 〈경교명승첩〉·〈양천팔경첩〉·〈연강임술첩〉 등의 진경산수화풍의 화첩을 남겼다.

서울 궁산

서울식물원   방화대교

정선은 궁산에 올라 덕양산 아래 한강을 바라보며, 행호관어도(杏湖觀漁圖)를 그렸다. 살구꽃 피는 봄날 덕양산 아래 한강에서 봄의 별미 웅어(위어)를 잡는 그림이다. 정선은 양천현감 재직 때 웅어를 잡아 임금께 진상하고 나머지는 지인들께 보냈다. 음력 4월 행호의 웅어는 중앙에서 관리가 파견되어 위어소(葦魚所)를 설치하고 상주할 정도로 중요한 진상품이었다. 이로 미루어 행호관어도에 나온 배들은 한창 제철을 만난 웅어잡이 배로 보인다. 행호관어도는 경교명승첩(京校名勝帖)의 19개 작품 중 하나다.

궁산은 1977년 근린공원으로 지정되었다. 현재 서울역과 인천공항을 연결하는 마곡대교가 궁산 앞으로 지난다. 2010년 12월에 개통된 마곡대교는 서울 강서구 마곡동과 경기도 고양시 덕양구 현천동 사이를 연결하는 철교다. 한강에 놓인 다리 가운데 한강철교와 지하철 2호선의 잠실과 당산철교에 이어 4번째 철도전용 다리다. 하류로 인천국제공항고속도로 전용인 방화대교가 나란히 한다. 방화대교는 한강에 27번째로 세워진 다리로 인천공항 전용 고속도로이다. 한강 남·북의 자유로나 올림픽도로와의 진·출입이 불가능해 한강변 간선도로 간의 교통 분산 효과는 미미하다.

형제 우애 돈독함 전하는 '투금탄'

방화대교 밑에는 『고려사절요』에 나오는 '투금탄(投金灘) 이야기'가 전해진다. 고려 공민왕 때 이조년과 이억년 두 형제는 어느 날 길을 가다 우연히 금덩이를 주워 사이좋게 나눠 가졌다. 양천나루에서 배를 탔는데, 배가 강 가운데 이르자 아우가 갑자기 금덩이를 강물에 던진다. 형이 이유를 묻자 아우는 "금덩이 때문에 형제의 우애를 해칠 것 같아 버렸다"고 말한다. 그 말을 들은 형도 자신의 것을 강에 던진다. 그 후 이 어울을 두고 '투금탄'이라 불렀다. 이는 물질보다 형제간의 우애를 강조하라는 뜻이다.

강 건너에는 행주산성 대첩비가 있다. 덕양산 정상에 있는 행주산성은 삼국 시대 초기 산성으로 추정하나, 임진왜란 때 진주대첩 및 한산대첩과 행주대첩 등 3대 대첩으로 더 유명하다. 덕양산 정상에는 조선의 명필 석봉 한호가 쓴 대첩비가

덕양산(행주산성)

투금탄(投金灘)

강서 지역 한강공원

탑처럼 높게 서 있다. 행주산성은 권율의 지휘하에 한강에서 올라오는 3만의 왜적을 물리친 곳이다. '행주치마'가 이곳 부녀자들이 앞치마로 돌을 날라 전쟁을 도왔다고 해서 부르게 됐다고 하는데, 정확한 근거는 없다.

강서 지역 한강공원은 지난 여름에 무성했던 갈대도 세월의 무게를 버티지 못하고 옆으로 길게 누워 내년의 풍요를 기약한다. 여의도에서 김포 하구까지 강변으로 잘 발달된 갈대밭은 자전거 전용 도로와 보행자 도로로 바뀐 지 오래다. 갈대밭 사이로 난 보행길은 갈바람 품에 안으며 자연과 속삭일 수 있는 공간이다.

김포국제공항이 위치한 강서구는 서울 서남권의 산업·상권 중심지로 자리 잡았다. 김포공항을 중심으로 남부순환로, 공항로, 올림픽대로, 자유로, 신공항고속도로 등 사통팔달한 도로망과 지하철 9호선, 5호선, 공항철도 등이 이어져 교통 소통을 자랑한다. 한국·중국·일본·대만을 잇는 항공 셔틀 노선을 운항 중이고, 공항 주변은 대형 쇼핑몰과 백화점, 호텔, 테마공원, 영화관 등이 집중돼 있다.

행주대교는 서울 강서구 개화동과 경기도 고양시 덕양구 행주외동을 잇는 다리로 3개가 놓여 있다. 늘어만 가는 교통난을 해소하기 위해 신행주대교가 가설되었고, 구 행주대교는 폐쇄되었다. 1997년 한강 다리 중에서 최초로 조명 시설이 설치되었다.

한강과 서해 잇는 '아라뱃길'

경기도 김포시 고촌읍에 들어서면 제일 먼저 만나는 게 아라뱃길이다. 아라뱃길은 원래 있었던 굴포천의 홍수 때 바다로 물을 빼던 방수로를 좀 더 확장하여 2012년에 한강과 연결한 운하이다. 땅을 파서 육지로 물길을 낸 것은 1638년(조선 인조 18년)에 안면반도를 끊어 섬으로 만든 이후 처음이다.

한강과 서해를 안전히면시도 빠른 뱃길로 연결시키려는 경인아라뱃길 개척 시도는 800여 년 전인 고려 고종 때 시작되었다. 당시 각 지방에서 거둔 조세를 중앙정부로 운송하던 뱃길은 김포와 강화도 사이의 염하강을 거쳐 경창(京倉)으로 들어가는 항로뿐이었다. 염하강은 만조 때만 운항이 가능했고, 손돌목(강화군 불은면 광성리 해안)은 뱃길이 매우 험했다.

경인아라뱃길

경인아라뱃길 갑문 관리사무소   경인아라뱃길 정박장

안정적인 항로를 개척하기 위해 당시 실권자인 최충헌(崔忠獻)의 아들 최이(崔怡)는 손돌목을 피해서 갈 수 있도록 인천 앞바다와 한강을 직접 연결하기 위해 인천시 서구 가좌동 부근 해안에서 원통현(일명 원통이 고개)과 지금의 굴포천을 거쳐 한강을 직접 연결하는 우리 역사상 최초의 운하를 시도했지만, 원통현 400m 구간의 암석층을 뚫지 못해 결국 운하건설은 실패로 끝나고 말았다.

1987년 굴포천 유역의 대홍수로 큰 인명과 재산 피해가 발생하자 방수로를 신설해 홍수량 일부를 서해로 방류하는 내용의 굴포천 치수 대책을 수립하게 되었다. 방수로 시작점(굴포천 유역)에서 한강 쪽으로 조금만 더 연결해 주면 홍수 대비뿐 아니라 평상시에도 운하로 활용할 수 있게 됨에 따라 민자사업자까지 선정하여 사업이 탄력을 받는 듯했으나, 환경단체의 반대와 경제성 논란 등으로 사업은 수년 간이나 지연되었다. 굴포천 유역의 홍수 피해가 계속되자 임시 방수로 공사만 우선 착수하게 되었다.

오랜 기간 경인운하사업계획 및 타당성에 대한 재검토가 계속되었고, 두 번에 걸친 용역 수행 결과 타당성이 있다는 결론을 얻게 됨에 따라 2008년 국가정책조정회의에서 민자사업에서 공공사업으로 전환하여 사업 시행자를 한국수자원공사로 변경, 2009년 3월 착공하여 2012년 5월 25일 준공되었다.
아라뱃길의 '아라'는 민요 아리랑의 후렴구인 '아라리요'의 '아라'에서 따온 말이자 바다를 뜻하는 옛말이다.

한강 최북단 어장 김포 '전류리 포구'

김포(金浦)'는 고구려가 한강 유역을 점하고 있을 때 이 일대를 '검포(黔浦)'라 했고, 신라는 경덕왕 때 김포(金浦)라 기록하고 있다. '검'이나 '금'은 황금을 뜻하는 '금(金)'이 아니라 방위상 뒤쪽에 있는 포구란 뜻이다. 김포 벌은 서해안으로 돌출한 반도로써 그 넓은 갯벌이 황금 옥토로 변모했고, 지금은 서울시로 편입된 김포 국제공항이 생겨 우리나라의 관문이 되었다.

김포시로 들어서면 맨 처음 밟게 되는 땅이 고촌읍이다. 고촌읍은 김포시에서 유일하게 면 전체의 72.7%가 개발제한구역이며, 경인운하 지역이다. 강 건너 고양시와 자유로로 연결되는 김포대교는 21번째 한강 다리이다. 김포시 고촌읍 신곡리에는 동양 최대의 양배수장이 있다. 신곡양배수장이 굴포천 유역에 들어서면서 한강 남안의 김포평야 이외에 인천 지역 일부와 서해안까지 이르는 김포시 전체의 논에 관개용수를 공급하고 있다.

신곡양배수장

영사정과 남원윤씨 묘역   전류리 포구

　이곳에 설치된 신곡수중보는 1980년대 한강종합개발계획으로 한강 수위를 일
정 수준 유지하고 바닷물 유입 방지와 농업용수의 안정적 공급 등의 목적으로 준
공된 보(洑)이다. 2018년 8월 구조 보트 전복 사고로 2명의 소방관이 순직하여 공론
화되기도 했다. 신곡양배수장 앞으로 돌아 나오면 영사정이 있다. 영사정은 남원
윤씨 판관공(은)파의 묘역이다. 파의 시조가 되는 윤은(尹訔, 1447~1528)은 조선 중종
때의 군자감 판관으로 세 아들을 문과에 등과시켜 가문을 빛낸 분이다.

　고촌읍을 지나면 김포시의 행정 중심인 김포동이다. 김포동은 한강 남쪽 연안
의 넓게 형성된 충적지에 자리 잡고 있다. 대체로 넓은 평지로써 기름진 김포평야
의 일부를 이루는 양촌읍을 지나 봉성산을 옆으로 돌면 김포시 하성면 전류리다.
전류리 포구는 김포대교에서부터 북방어로 한계선까지의 고기잡이가 가능한 한
강 최북단 어장이다. 민물과 바닷물이 만나는 기수역으로 생태계의 보고다. 군사
보호구역으로 군부대에서 허가를 받은 어선만이 눈에 잘 띄는 붉은 깃발을 달고
조업을 한다. 봄에는 황복과 웅어, 여름에는 농어와 자연산 장어, 가을에는 새우와
민물참게, 겨울에는 숭어가 제철이라고 한다.

　하성면은 한강을 사이로 북쪽으로는 북한 개풍군, 동쪽으로는 파주시와 마주
한다. 한강 하구에 위치해 수운(水運)은 편리한 편이었으나 육상 교통은 불편했다.
대곶면·월곶면과 더불어 김포 인삼의 주요 산지이다.

장항습지엔 버드나무 군락이 '장관'

김포시 운양동에 있는 자연생태전시관은 지하 1층 지상 3층의 건물이다. 1층 '에코관'에는 한강 일대에 서식하는 텃새와 철새 등에 대한 정보를 전시한다. 2층과 3층에는 한강에 서식하는 조류를 관찰할 수 있는 전망대가 있다. 관찰할 수 있는 대표적인 조류로는 '재두루미' 등이다. 매년 다양한 생태탐방 프로그램 등이 진행되고, 학교로 찾아가는 프로그램이 운영된다.

한강 하류 끝에 있는 일산대교는 한강의 27번째 교량이다. 첫 민자사업으로 추진되었고, 철새 도래지인 장항습지를 보호하기 위해 친환경 공법을 도입했다. 일산대교 북단의 장항습지는 바다와 강이 만나 염분의 농도가 다양해 여러 생물이 살 수 있는 기수역이다. 과거 서해로 들어오는 간첩을 막기 위해 군사 지역으로 지정되어 있어 일반인의 발길이 많이 닿지 않아 생태계가 잘 보존되어 있다. 장항습

일산대교

김포시 자연생태전시관

장항습지 지도

지는 멸종위기 종인 재두루미와 큰 기러기가 월동하는 곳이고, 선버들과 말똥게의 공생관계를 관찰할 수 있다. 장항습지의 버드나무 군락지는 국내 최대 규모를 이루고 있는데, 말똥게와 서로 도움을 주면서 살아가고 있는 덕분이다.

일산 신도시는 중앙에 위치한 정발산을 제외하면 대부분이 평탄한 지형이다. 일산 신도시의 조성은 1980년대 말 주택난을 해소를 위한 '주택 200만호 건설'의 일환으로 수도권에 대규모 주거단지를 조성하기로 하고, 서울과 인접한 경기도 지역에 5곳의 신도시를 건설하게 된다. 이때 선정된 지역 가운데 한 곳이 지금의 일산 신도시다. 본래 고양시 일산 지역은 주민의 절반 가량이 농업에 종사하고 있는 전형적인 근교 농업 지역이었으나 지금은 고양시 인구의 약 38% 이상이 집중된 도시가 되었다.

고양시 일산호수는 원래 한강 물이 쉬어 가던 유수지였다. 대단위 주택단지가 조성되면서 형성된 호수로, 지금은 자연과 꽃과 도시가 어우러지는 고양시의 명품이 되었다. 해마다 고양꽃박람회와 세계꽃박람회가 일산호수 주변에서 성대하게 열린다. 또한 세계적 규모의 대형 전시와 컨벤션 센터인 한국국제전시장(KINTEX)이 입지하고 있어 명실상부 국내 최대 전시·컨벤션센터가 되었다.

이산가족 한(恨)을 품은 '애기봉'

하성면 가금리에는 '깨우침을 주는 향나무'가 있다. 조선 초 영의정을 지낸 박신은 마음을 수양하고자 이 향나무를 심었다. 그는 경건한 마음으로 학문에 전념해 문과에 급제했는데, 심성이 약하거나 어질지 못한 사람, 행동이 불미한 사람이 이곳에서 공부하면 어질고 착한 사람으로 거듭나 배움에만 전념하게 된다고 한다. 그래서 사람들은 이 나무를 '학목(學木)'이라 부르며 모여들었다고 한다.

박신(朴信, 1362~1444)은 여말선초(麗末鮮初)의 문인이다. 정몽주의 문하생으로 1385년(우왕 11년)에 문과에 급제하고, 태조가 조선을 건국하자 원종공신(原從功臣)이 되었다. 세종 때 통진에 13년간 유배되었다. 통진과 강화 갑곶진 사이를 왕래하는 사람들이 배에서 타고 내릴 때 물에 빠지는 고통을 보고 사재(私財)로 성동나루를 만들었다. 1432년(세종 14년)에 유배에서 풀려나 1444년에 83세를 일기로 이곳에 묻혔으며, 박신을 모시는 사당 화헌재(樺軒齋)가 있다.

조강

깨우침을 주는 향나무   애기봉

    긴 숨을 내 뿜으며 애기봉 정상에 다다르면 정상 우측에 있는 '평화의 종'이 세계 만방에 울려 퍼질 날만 손꼽아 기다린다. 그리고 임진강과 한강이 하나가 되어 이곳에서부터 서해 하구까지 이어지는 조강(祖江)이 눈앞에 펼쳐진다. 조강은 한강과 임진강이 합류하는 지점부터 서해안으로 흐르다가 유도를 지나 예성강을 가슴으로 안고 서해로 흘러간다. 옛날의 조강에는 물건을 가득 싣고 삼개나루(마포)로 왕래할 선박들로 분주했을 것인데, 지금은 종이배 하나 얼씬거리지 않는다. 휴전선(군사분계선)은 육지에 그어진 선으로, 파주 사천강 일대부터 강원 고성을 잇는 155마일의 경계선이다. 조강 사이에 있는 철책은 군사정전협정에 의한 휴전선이 아니고 남과 북의 군사적 필요에 따라 방어적 목적으로 구분해 놓은 것이다.

    크리스마스트리로 유명했던 애기봉 정상에는 전망대 건물이 들어섰고, 조강 건너 북녘땅의 선전마을이 선명하다. 북서쪽으로 예성강 포구가 가물거리고 북동쪽으로 임진강 물살이 아른거린다. 동쪽에 있던 하성면 마근포리는 한국전쟁 이후로 이름만 남기고 흔적도 없이 사라졌다. 애기봉은 한강과 임진강이 만나 서해로 흘러가는 곳에 솟아 있다. 병자호란 때 평안감사의 애첩 '애기'를 데리고 한양을 향해 피난길에 올랐으나, 감사는 강 건너 개풍군에서 청나라 군사에 의해 북으로 끌려갔고, 한강을 건너온 애기는 매일 북녘 하늘을 바라보며 일편단심으로 돌아오기를 기다리다 죽으며, 임이 잘 바라보이는 봉우리에 묻어 달라고 유언해 얻은 이름이다. 결국 '애기의 한(恨)은 강 하나를 사이에 두고 오가지 못하는 일천만 이산가족의 한'과 같다.

강화 연미정, 한강 물길 끝 조망

바람 불면 입김이 닿을 듯한 북녘을 뒤로하며 김포시 월곶면 조강리로 향하는 도중에 한재당이 나온다. 경기도기념물(제47호)로 지정된 한재당(寒齋堂)은 조선 중기의 문신으로 무오사화(戊午史禍) 때 모함을 받아 28세의 나이에 죽은 이목(李穆)의 위패를 모신 사당이다. 1848년에 건립된 구(舊) 사당은 담장만 남아 있고, 이목의 후손들이 1974년에 건립한 신(新) 사당에는 위패와 숙종과 경종이 이조판서로 추증한 교지가 보관되어 있다.

이곳에서는 김포시 주관으로 '헌다례(獻茶禮)'가 매년 6월 첫째 주 토요일에 거행한다. 헌다례는 우리의 차와 멋을 음미하고 한재 이목의 선비정신을 기리기 위해 차를 올리는 의식이다. 전국 차인(茶人)들이 의식에 올릴 찻잎을 따서 차를 만드는 제다실습(製茶實習)을 하고, 첫 물차로 예를 올린다. 한재 이목(1471~1498)은 하성면 가금리에서 태어났으며, 김종직의 문하에서 수학을 받아 19세의 나이에 진사시에 합격했다. 술 대신 차를 좋아했으며, 차의 경전이 되는 『다부(茶賦)』를 지었다.

한강 하구의 유도

문수산성

월곶면은 김포반도의 서북쪽에 위치하고, 북쪽은 한강을 사이에 두고 조강 넘어 개풍군과 접한다. 김포반도에서 가장 높은 문수산(376m)이 면의 서쪽에 위치해 있다. 월곶면 개곡1리 마을회관을 지나 개곡교에서 개화천을 따라 조강리 들녘으로 들어간다. 논에는 기러기를 비롯한 철새들이 노닐다가 하늘로 날아 군무를 연출한다. 개화천은 김포시 통진읍 귀전리에서 발원해 4km 남짓 흐르는 작은 하천이다. 한강의 많은 지류(천) 중에 마지막으로 유입되는 소하천이다. 한강변으로 제방을 쌓기 전에는 한강의 본류로 조강포가 있었으나, 지금은 주변에 농경지가 잘 발달되어 있다.

애기봉 아래 조강포는 고려와 조선 시대에는 큰 포구였다. 강 건너 개풍군 조강포와 상호 배로 왕래하며 번성했던 곳이다. 조강을 기점으로 위로는 임진강과 한강이 있고 아래로는 북한 예성강과 염하와 연결됐으며, 서해안의 밀물과 썰물이 조강에서 만나는 중심 역할을 한다. 이 강을 김포에서는 '할아버지 강'이라고도 하며, 기록에는 삼기하(三岐河)로 나와 있다. 조강포구는 세곡선과 화물·여객선이 정박했던 터미널이다.

연미정

강을 건너기 위한 사람들과 장사꾼들이 모이는 곳이기도 했으며, 세곡(稅穀)을 실은 조곡선(租穀船)이 한강을 거슬러 한양으로 가기 위해 물때를 기다리며 벌였던 축제가 〈조강치군패〉다. 삼국 시대부터 1953년까지 이어졌던 조강치군패의 특징은 농업에서 태동한 농악과는 다르다. 어업과 포구 시장, 용왕제와 연관된 물의 문화요 포구문화다. 치군패는 조강포구의 풍성한 경제 상황과 맞물려 성행했던 유일한 포구문화의 민속 예술이었다.

외롭게 서 있는 조강포 표지석을 뒤로하고 문수산성(사적 제139호)으로 이동한다. 문수산성은 강화도의 갑곶진을 마주 보고 있는 문수산의 험준한 정상부에서 서쪽 산줄기를 따라 해안 지대로 이어지는 산성이다. 1694년(숙종 20년)에 구축한 것으로, 강화 갑곶진(甲串鎭)과 마주 보는 김포 쪽에 위치해 갑곶진과 더불어 강화도 입구를 지키는 성이다. 1866년(고종 3년) 병인양요 때는 프랑스군과의 격전으로 해안 쪽 성벽과 문루가 파괴되었다.

월곶면 보구곶리(甫口串里)는 김포시 서북단의 자연마을이다. 서쪽으로는 염하강을 건너 강화읍 연미정이 코앞이고, 북으로는 용의 여의주 같은 유도가 있다. 한강 건너에는 북한의 개풍군이 마주한다. 이곳이 바로 한강 물길이 시작해 천삼백 리 길이 끝나 서해로 흘러 들어가는 하구다. 마을 길을 따라 강변으로 더 가까이 다가서서 볼 수도 있지만, 한강과 서해가 만나는 곳을 한눈에 볼 수 있는 강화도 강화읍 연미정으로 강화대교를 건너 자리를 옮긴다.

강화읍 용정리를 지나 월곶리에 있는 연미정에 올라서니 한강 하구의 유도가 선명하다. 유도(留島)는 김포시 월곶면 보구곶리에 위치한 섬으로 거의 바다와 가까워지는 기수역(汽水域)에 있다. 민통선 안쪽에 포함됐기 때문에 민간인의 출입이 통제되어 환경이 잘 보존되어 있다. 저어새의 서식지이기도 하다. 유도는 까마득한 옛날 홍수에 떠내려오다가 이곳에 머물렀다는 전설과 함께 '머물은섬 --> 머루무섬'이 되었다고 전한다. 한국전쟁 이전에는 농가가 두 채 있었다고 한다.

인천유형문화재(제24호)로 지정된 연미정(燕尾亭)의 최초 건립 연대는 확실하지 않다. 고려 제23대 왕 고종이 구재(九齋)의 학생들을 이곳에 모아 놓고 면학하도록 했다는 기록이 있다. 그 뒤 조선 시대 삼포왜란 당시 왜적을 무찌르고 1512년 함경도 지방 야인들의 반란을 진압하는 등 국가에 공로가 많은 황형(黃衡, 1459~1520)에게 조정에서 세워 하사했다고 하며, 지금은 후손이 소유하고 있다.

옛날 서해에서 서울로 가는 배는 이 정자 아래에서 만조가 될 때까지 기다렸다가 한강으로 올라갔다고 한다. 썰물 때는 물이 빠져나가는 흐름이 눈에 보일 정도로 물살이 빠르다. 한강과 임진강이 합류해 한 줄기는 서해로, 또 한 줄기는 염하강으로 흐르는데 모양이 마치 제비 꼬리 같다 하여 연미정이라 이름 붙였다. 연미정의 달맞이는 강화 8경의 하나다.

낙동강 물길

황지천 : 황지~육송정(송정리천 합류)
낙동강 : 육송정~안동시 정하동(반변천 합류)
낙동강 : 안동시청 앞~삼강 주막(내성천 합류)
낙동강 : 삼강 주막~상주칠백리공원(영강 합류)
낙동강 : 상주칠백리공원~달성 화원유원지(금호강 합류)
낙동강 : 달성 화원유원지~창녕군 이방면(황강 합류)
낙동강 : 창녕군 이방면~창녕군 남지읍(남강 합류)
낙동강 : 창녕군 남지읍~부산 다대포(낙동강 하구)

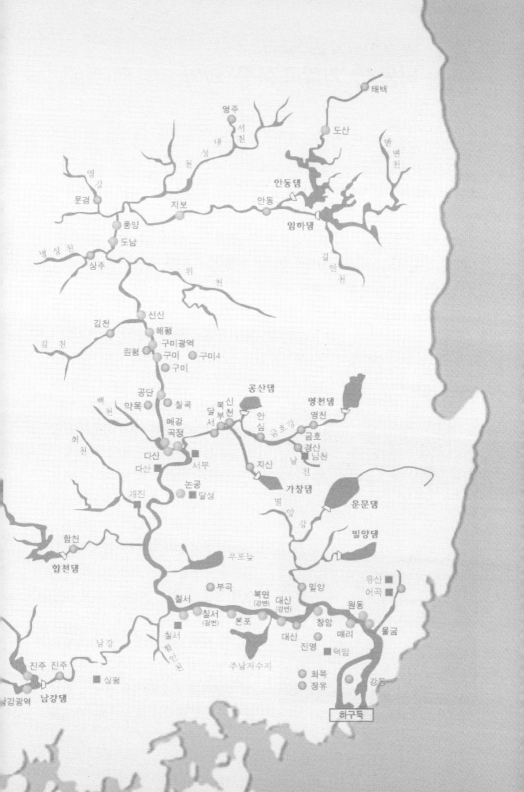

낙동강 천삼백 리 길을 따라(1)
낙동강, '가락국 동쪽' 의미

낙동강 발원지는 강원도 태백시 황지동에 있는 황지(黃池)를 비롯해 태백시 함백산 천의봉 북동쪽 계곡의 너덜샘과 그 아래쪽의 용소(龍沼), 태백산 아래의 용정(龍井)이라는 주장이 있지만, 공식 기록은 황지 연못을 발원지로 인정한다. 『동국여지승람』과 『대동지지』 등의 옛 문헌에는 황지연못이 발원지라고 했다. 『세종실록지리지』 편에 따르면 태백산 황지와 문경의 초점(草帖), 소백산에서 나온 물이 합해 상주 동쪽에 이르러 낙동강이 된다고 했다.

황지보다 상류에 있는 너덜샘을 보기 위해 기차역 추전역을 경유한다. 싸리밭이 많아 지명이 된 추전역은 태백시 화전동 해발 855m의 고원 지대에 위치한다. 1973년에 개통되었으나 이제는 관광을 위한 운행만 한다. '눈꽃순환열차'가 이 역에서 장시간 정차하면서 새로운 관광 명소가 됐다.

너덜샘은 함백산 천의봉에서 발원하는데, 그 물이 지나가면서 황지의 연못을 이룬다고 하며, 낙동강의 발원지로 보는 경향이 있다. 태백시는 2003년부터 주민과 이곳을 찾는 관광객을 위해 너덜샘 물을 관으로 연결해 샘터로 활용하고 있었으나, 2009년부터 물길이 끊겨 지금은 물이 나오지 않는다. 강의 발원지는 '바다와 만나는 지점에서 가장 멀고 일정량의 물이 일정한 온도로 항상 솟아나는 곳'이라는 게 일반적이다.

낙동강 시작점 표지석

추전역   너덜샘 표지석

그래서 낙동강 발원지로 공인된 곳이 연못 황지(黃池)다. 황지는 태백시 황지동의 시내 중심가에 위치하면서 낙동강 1300리 길의 물꼬를 터 드넓은 영남평야를 살찌우며 도도히 흐른다. 연못의 둘레가 약 100m인 상지(上池)와 중지(中池), 하지(下池)로 구분되며 1일 약 5천 톤의 물이 용출된다. 이곳에 살던 황부자가 시주를 청하는 노승에게 쇠똥시주를 해 이에 천지가 진동하면서 집터가 연못으로 변했다는 전설이 깃들어 있다.

황부자의 집터가 있던 상지 앞에서 천지신명님께 낙동강 천삼백 리 길의 무운을 비는 고사를 지낸다. "삼라만상을 두루 살피시는 천지신명님께 엎드려 삼가 고하나이다. 자연과 하나가 되고자 낙동강을 찾는 우리에게 강을 따라 오르내리는 두 다리가 지치지 않도록 늘 강건한 힘을 주시옵소서. 오늘, 정성을 다해 음식과 술을 올리옵고 엎드려 고하오니 저희 모두의 뜻 부디 받아 주시옵고 흠향(歆饗)하시옵소서."

음복을 마치고 황부자의 방앗간 터인 중지(中池), 통시 터인 하지(下池)를 돌아보며 연연세세 영원토록 맑은 물이 넘쳐나도록 기원하고, 태백 시가지를 빠져나와 황지 연못이 흘러 내를 이루는 황지천을 따라 낙동강의 장도를 시작한다.

낙동강 천삼백 리 길을 따라(2)
'막장'은 신성해야 할 장소

태백시는 강원 남부 내륙에 있는 도시다. 주 연료를 무연탄으로 사용하던 주탄종유(主炭從油) 시절에는 강아지도 지폐를 물고 다녔다는 '부자도시'였다. 1980년대 중반으로 접어들어 석유나 천연가스로 연료 정책이 주유종탄(主油從炭)으로 바뀌면서 석탄 산업이 내리막길로 접어들었고, 15만 명에 이르던 태백시 인구도 5만 명을 밑돌게 되었다.

고원 관광도시로 새로 발돋움하는 태백시에는 천제단(天祭壇)이 있는 태백산과 한강의 발원지 검룡소가 있는 금대봉, 동쪽의 삼방산과 연화봉, 서쪽의 함백산 등 연봉으로 둘러싸인 고원 산지다. 하천은 검룡소가 처음 내를 이루는 골지천, 낙동강의 최상류인 황지천, 그리고 이곳에서 발원하여 삼척으로 흐르는 오십천이 있다. 그래서 빗물이 떨어져 튕기는 방향에 따라 한강, 낙동강, 오십천으로 운명이 바뀌는 삼수령(三水嶺)이 태백시에 있다.

태백산 천제단

구문소

　천변을 따라 나란히 나 있는 국도를 걸어 남으로 향한다. 쉼 없이 걸어 도착한 곳은 탄광 근로자들의 진폐증 환자를 돌보는 근로복지공단 태백병원이 나온다. 언젠가 막장 TV드라마가 판을 친다고 사회적으로 여론이 비등할 때 이곳에 왔더니, '막장'이란 말을 말도 안 되는 불륜이나 퇴폐적인 것에 함부로 사용해서는 안 된다고 당시 탄광 근로자가 열을 올리며 말했다. 그의 말에 의하면 '막장'이란 갱도(坑道)의 가장 막다른 곳을 가리키는데, 그곳은 생과 사가 한순간에 넘나드는 공간으로 가장 신성해야 할 장소라는 것. 그러면서 "막장이란 말을 함부로 쓴다는 것은 막장 근로자들을 모욕하는 언사"라고 전했다.

　태백시 장성동 재래시장은 장날인가 보다. 전방 앞에는 각종 봄나물 등이 봄소식을 전한다. 의외로 산중의 깊은 고원 도시임에도 싱싱한 미역 등 수산물이 눈에 많이 띈다. 사람들로 북적거리고 그 화려했을 시장 골목은 나이 지긋한 아낙들이 대부분이다.

옛날에 석탄을 운반하던 산 공중의 케이블은 새롭게 곤돌라로 변신하여 관광객을 실어 나른다. 한참 후에 도착한 구문소 지역은 한반도 고생대(약 5억 년 전~약 3억 년 전)의 지질사를 잘 알 수 있는 유일한 지역이다. 고생대의 바다에서 생성된 석회암층에 나타나는 다양한 퇴적 구조와 삼엽충 등의 화석들이 잘 보전되어 있어 당시의 퇴적 환경과 생물상을 알 수 있기 때문에 천연기념물(제417호)로 지정되어 보호되고 있다. 고생대자연사박물관과 함께 우리나라 최고의 지질과학 체험현장이다.

구문소(求門沼)는 낙동강 발원지인 황지에서 솟아난 황지천이 이곳의 암반을 뚫고 지나면서 석문을 만들고 소(沼)를 이루었다고 해서 '구멍소' 또는 '구문소'라 부른다. 『세종실록지리지』 등 고문헌에는 '구멍이 뚫린 하천'이라는 뜻으로 천천(穿川), 강이 산을 뚫고 흐른다 해서 '뚜루내(뚫은 내)'라고 기록되어 있다. 조선조 영조 때 신경준이 지은 『산경표(山經表)』의 「산자분수령(山自分水嶺)」에 의하면 "산은 스스로 분수령이 되어 물을 건널 수 없고, 물은 산을 넘지 못한다"는 원리처럼 비록 산은 넘지 못했지만, 우리나라에서는 유일하게 산 밑으로 구멍이 뚫려 낙동강의 1300리 길을 열어 준다.

구문소의 생성 원리는 황지천과 철암천이 만나는 이곳의 단층선을 따라 활발한 침식작용을 진행시키던 중 지하에 생성되어 있던 동굴과 관통하여 물이 흘러들면서 동굴을 점차 확장시켜 하천이 산을 뚫고 흘러가는 자연 동굴이 되었다. 그리고 황지천으로 흐르던 물이 자연 동굴 속으로 흘러 들어가면서 '사군드리' 마을로 흐르던 곡류 하천은 퇴각되어 더 이상 물이 흐르지 않는 구하도(舊河道)가 되었다.

구문소 안쪽 절벽에는 '五福洞天子開門(오복동천자개문)'이라는 글이 암각되어 있다. 이는 "자시(子時, 오후 11시~오전 1시)에 열렸다가 축시(丑時, 오전 1시~3시)에 닫히므로 열린 시간에 통과하면 흉과 화가 없고 재난과 병이 없는 세상으로 들어간다"는 이상향을 태백이라고 표시한 것이란다. 이 글은 무진(戊辰)년인 1988년 정월 초에 태백의 향토사학자 김강산이라는 사람이 새겨 넣었다 한다. 그는 "때가 되면 여기가 보물이 될 것"이라고 믿었다고 하는데,《조선일보》2018. 1. 31자 「박종인의 땅의 역사 '태백 구문소의 비밀과 오복동(五福洞)'」에 따르면 "관계당국이나 매스컴에서 구문소 석벽에 새겨진 글을 태고 적부터 있던 신비스러운 것으로 치부하고 포장한다. 구문소 안내판 어디에도 김강산의 이름은 보이지 않는다."며 지적했다.

육송정

　그리 멀지 않은 곳에 석탄가루 날릴 때는 영주역과 동해역으로 가는 무궁화 열차가 정차할 정도로 꽤나 북적거렸을 동점역이 있다. 지금은 여객 열차가 서지 않는 간이역이 되었다. 물 따라 몇 구비 돌고 돌면 강원도 태백시 구소문동과 경상북도 봉화군 석포면이 만나는 경계 지점에서 천하대장군과 지하여장군이 반긴다. 그리고 비록 조형물이지만 반달곰 한 쌍이 앞발을 들어 반긴다.

　황지천과 송정리천이 만나는 육송정 삼거리까지가 황지천이고, 그 하류는 드디어 낙동강이라는 이름이 붙는다. 낙동강변의 잔설이 녹으며 흐르는 물소리는 봄의 소리 왈츠다. 버들강아지 눈망울은 소리에 맞춰 춤을 추듯 바람에 흔들린다. 봄바람을 가슴으로 안으며 즐겁게 도착한 석포역은 동짓달 그림자보다 더 길게 늘어진다.

낙동강 천삼백 리 길을 따라(3)

돌 많은 마을 봉화군 '석포'

'백두대간의 중심' 석포면은 봉화군의 북동쪽에 위치한 오지다. 원래 소천면에 속한 리(里)였으나, 1963년에 설치된 석포출장소가 1983년 울진군 서면의 전곡리 일부를 포함해 석포면으로 승격·독립했다. 석포역은 1956년 영암선(영주~철암)이 개통되면서 보통역으로 업무를 개시했고, 1970년대 아연제련소가 생기면서 '돌이 많은 마을 석포'가 세상에 이름을 알렸다. 옛날에는 이 지역에 100여 개의 아연 등 비철금속 광산과 제련소들이 많았지만, 지금은 영풍 석포제련소 한 곳뿐이다. 제련소 주변으로 하얗게 뿜어 나오는 것은 '수증기'라고 유난히도 크게 표시해 놓았다. 아마 제련소의 특성상 연기가 많이 배출되고, 그 속에는 분진과 매연, 그리고 독극물인 비소, 중금속인 카드뮴, 납, 수은 등이 섞여 있다. 이를 잡기 위해 집진시설(集塵施設)을 가동하면서 뜨거운 연기에 물을 분사해서 생기는 것이 수증기다.

백두대간의 중심 희망석포

208

석포제련소의 수증기 　　　　　　　　　낙동강변의 자작나무

　낙동강은 석포역과 제련소 사이를 감싸고 돌아 아래로 흐른다. 주변 산에는 나무들이 숲을 이루지 못하고 심한 열병을 앓은 사람 머리처럼 나무가 듬성듬성하거나 아예 말라 죽어 있다. 그러나 제련소 구역을 빠져나가면 깊은 계곡으로 흐르는 물소리는 마치 잠든 영혼을 조용히 깨우는 것 같다. 계곡의 고요함은 석가모니나 공자나 예수가 현세에 강림하신다면 꼭 이 길을 걸으면서 세상의 모든 근심을 생각했으리라.

　길 옆의 자작나무 분가루로 얼굴에 분칠도 해본다. 자작나무는 섭씨 영하 20∼30도의 혹한에서도 잘 자란다. 표피에는 종이처럼 얇은 껍질들이 겹겹이 쌓이고 기름기가 하얀 분가루처럼 축적이 되어 추위를 이겨낸다. 불이 잘 붙어 불쏘시개로 사용하고 타는 소리가 '자작자작' 난다고 해서 자작나무라고 한단다. 목질이 좋아 가구 등 목재로 널리 사용하며, 표피는 종이 대용으로 많이 사용되었다.

　굴현교 아래로 잔설을 녹이며 흐르는 물소리는 걷는 걸음에 박자를 맞추고 작은 여울도 만든다. 강 건너 영동선에는 V트레일 기차가 기적을 울리고, 강물도 좁은 협곡을 어렵게 빠져나간다. 결둔교 부근에는 산비탈을 일궈 만든 밭만 보이고 한 평의 논도 안 보이는 협곡에 '구두들'이라는 지명이 정겹다. V는 이곳 지역이 협곡으로 고개를 높이 쳐들어야 하늘을 볼 수 있기 때문에 붙여진 이름 같다.

낙동강 천삼백 리 길을 따라(4)

하늘 세 평만 보인다는 승부역

"승부역은/ 하늘도 세 평이요/ 꽃밭도 세 평이나/
영동의 심장이요/ 수송의 동맥이다"

이 시는 1963년부터 19년간 승부역에서 근무한 김찬빈 씨가 1965년 철도변 옹벽에 흰 페인트로 써 놓은 것을 역 앞마당의 새로 만든 비석에 적어 놓은 시다. 첩첩산중 오지마을의 자그만 역에서 느끼는 고독하고 쓸쓸한 서정만 읊은 것이 아니라 보람과 자긍심도 읽을 수 있다. 그 당시의 승부역은 자동차로는 접근할 수 없는 대한민국 최고의 오지였다. 이렇게 고개를 들어 바라보면 하늘 세 평만 보인다는 승부역 구내에는 '백설공주' 이야기를 형상화해 만든 공원이 있다. 일곱 난장이와 백설공주, 독이 든 사과로 공주를 유혹하는 마귀할멈도 조형물에 들어 있는데, 백마 탄 왕자님은 아직 나타나지 않는다.

승부역 시비

승부역 건너에는 '용관(龍冠)' 바위가 있고, 그 아래 '굴통소(窟筒沼)'가 있다. 어느 장군이 간신들의 모함으로 이곳 재를 넘어 귀양 오는데, 꿈에 용이 나타나 "이 재는 나의 등이고 저 넘어 바위는 나의 갓이니 감히 바위를 만지고 넘는 자는 모두 살아남지 못할지니 낙동강으로 돌아가

용관바위

라"고 하자 그대로 행해서 무사했다고 하는 전설이 있다.

전에는 분천역까지 배바위고개를 넘어가는 산길이었는데, 지금은 낙동강 변으로 새로 길을 낸 것 같다. 새로운 길을 나설 때는 약간의 흥분이 뒤따른다. 강가를 따라가는 몸도 마음도 설레어 한결 가볍다. 자연 그대로 길이 되었고, 걷기 힘든 곳은 나무데크로, 절벽 같은 곳은 잔도 또는 철길 옆으로 길을 냈고, 중간중간에 출렁다리를 만들어 놓아 걷는 재미도 한층 흥을 더한다. 가끔 V자로 펼쳐지는 협곡이 마음을 빼앗는다. 오솔길을 걸을 때는 봄을 싣고 오는 물소리에 맞춰 봄노래가 입술 안에서 흥얼거린다. 강물은 심한 S자로 굽이쳐 흐르는데 얄미운 철마는 물을 건너고 산을 뚫으며 직선을 긋는다.

자연에 흠뻑 취해 걷다 보면 양원역에 도착한다. 양원역은 기차가 아니면 접근이 불가능한 지역이라 주민들의 요구로 임시 승강장을 마을 주민들이 직접 만들었다고 한다. 이곳은 흐르는 물소리도 더 크게 들린다. 휘돌아 가는 강을 가로지르기 위해 숨가쁘게 높은 재를 넘으면 비동역이다. 비동역은 옛날 화전민들이 정착한 마을로 땅이 기름지다고 해서 붙여진 마을 이름이다. 비동역을 돌아 철교 밑으로 나오면 낙동강을 따라가는 포장된 길이 나온다. 꽁꽁 얼어붙은 낙동강을 배짱좋은 어느 한 분이 얼음 위로 걸어가도 끄떡없다. 그 아래쪽 콘크리트로 포장된 섶다리를 건너면 승부역에서 배바위고개를 넘어와서 만나는 지점이다.

새 모습 볼 수 없다면 '끔찍한 일'

이곳 봉화 지역을 가르는 낙동강은 울창한 숲과 강가의 기암괴석이 어우러져 신비함을 더한다. 그래서 많은 사람들은 이곳을 '아름다운 호수'라는 뜻의 가호(佳湖)라고 부른다. 바위를 차곡차곡 쌓 놓은 적석총 닮은 바위는 옛 고구려 땅 통구에 있는 장군총 같은 위용을 안긴다. 자연이 연출하는 아름다움을 볼 때마다 아~ 소리가 절로 입술을 비집고 흘러나온다.

분천역

강변의 하천부지에 조성된 금강소나무 숲을 지나 한참을 걸으면 분천역에 다다른다. 분천역 주변이 온통 산타 조형물들이다. 춘양목 벌채사업과 석탄산업이 왕성하던 시기엔 열차 통행량과 모여드는 인구가 지금의 10배는 더 됐을 텐데, 이들 산업의 쇠퇴로 그 많던 사람들이 어딘가로 떠났다고 한다.

분천역 철로

분천역 산타 조형물

　분천역 앞에는 호랑이를 닮은 거대한 바위산이 있었는데, 1991년 지나가던 점쟁이가 이를 보며 "저 산 모양이 호랑이를 닮아 사람들이 무서워서 오지를 않는구나. 저 산을 깎아내면 이곳에 천호가 들어설 것"이라고 했다는데, 때마침 자갈공장이 들어서 산을 깎아 자갈을 채취하자 호랑이 형상이 사라졌다. 이것이 우연인지는 모르지만 2013년에는 V트레인과 O트레인 협곡열차가 개통됐고, 산타마을과 산타열차가 생겨 유명 관광지가 되었다. 이곳이 산타마을로 변한 것은 2013년 스위스 체르마트와 자매결연을 맺으면서 마을과 역을 산타마을로 꾸며 놓았다. 분천역에서 승부역으로 이어지는 길 이름도 '체르마트 길'로 명명됐다.

　이곳이 가호(佳湖)임에는 틀림없지만, 석포에서 분천까지 내려오는 동안 텃새나 철새의 모습을 본 적이 없다. 징검다리를 건너고 섶다리를 건널 때도 물속을 헤엄치는 물고기도 눈에 띄지 않는다. "새들이 지저귀고 시끄러워야 할 봄에 적막한 기운만 감돈다면 얼마나 황량하겠는가? 만일 우리가 사는 이 땅에 모든 새들이 사라진다면 어떤 느낌이 들까? 아이들에게 들려줄 새 소리가 없다는 것, 숲속을 거닐며 내 귀를 간지럽힐 새 소리를 들을 수 없다는 것, 저 창공을 훨훨 날아다니는 위용 있는 새의 모습을 볼 수 없다는 것, 참으로 끔찍한 일이다." 레이첼 카슨(Rachel Carson 1907~1964)이 쓴 『침묵의 봄』에 나오는 내용이다.

신선이 사는 별천지 '소라동천'

낙동강이 중앙으로 흘러 마을 이름이 된 분천(汾川). 수년 전 이곳 주민에게 "사람들이 많이 찾아와서 살림에 많은 도움이 되느냐?"고 물었더니, "처음에는 큰 기대를 했었으나, 열차의 도착과 출발 시간이 밥때와 서로 다르고, 머무는 시간이 짧아 마을 경제에 도움이 되지 않는다"며 "많은 사람들이 머물면서 동네가 시끄럽고 쓰레기만 늘어나 쓸데없는 비용만 증가했다"고 푸념하셨다.

분천에서 춘양으로 가는 길은 우리나라의 대표적인 오지였다. 이 길을 우리네 옛 사람들은 머릿짐 또는 등짐을 지고 산을 넘고 물을 건너던 고된 삶을 살으셨다. 그 현장의 길 이름이 '보부상길'이다. 보부상들이 험한 산길을 바지개를 지고 넘었을 것인데, 그 길을 우리는 배낭만 메고 콧노래를 부르며 한 발 한 발 걸음을 옮긴다. 수질오염 상시감시 봉화측정소를 지나 풍애교를 건너 물길 따라 걷자 풍애마을 뒷산 데크가 설치된 벼룻길로 접어든다. 초기 낙동강 트레일 탐사자들은 풍애철도터널을 통과하는 위험을 감수하기도 했다는데, 이제는 이 길이 대신한다. 혹

분천역 뒷산의 성황당

도호성

소라동천 안내판

시 바람이 만든 벼랑이라 '풍애(風崖)'라 표시했는지 모르지만 가파르게 오르내리는 길목은 세찬 바람만큼 숨이 차다.

휘돌아 가는 도호마을에는 최근에 꾸며 놓은 도호성이 있다. 아마 이곳에도 고대 부족국가 시대에 여러 소왕국들이 존재했던 것 같다. 조선 때 『신증동국여지승람(新增東國輿地勝覽)』에 의하면 "소라국은 춘양 옛 현의 남쪽에 있었고, 수구(水口)가 소라국 터에 남아 있다"고 한다. 풍수지리적으로 명당자리로 구전되는 이곳 도호는 석포면의 섭계, 안동의 하회와 더불어 3대 명당으로 알려져 있다.

소라국(召羅國)은 신라 6대 지마(祇摩) 왕에 의해 멸망한 고대국가로, 고려 때는 소라부곡이었다. 봉화현의 동쪽 경계로 넘어 들어가는 곳이라고 김정호의 『대동여지지(大東輿地誌)』에 전한다. 지금의 춘양면, 법전면, 소천면 일부가 해당된다. 소라동천은 고대 소라왕국의 흔적을 간직하고 있다. 동천(洞天)은 '하늘에 잇닿음, 또는 신선이 사는 곳'을 말한다. "소라국은 신선이 사는 별천지(召羅洞天), 사람을 살리는 마을(活人之洞)이며, 세상에서 찾는 길한 땅(世求吉地)으로, 이를 아는 사람들은 들어간다(有知可入)." 신라 승려가 암각으로 글씨를 새겼다는 바위는 흐르는 물을 가로막은 한여울소수력발전소 취수보 아래에 있다는 안내판만 확인한다.

강변에 우뚝 솟은 바위는 소나무들의 동천이로다. 언제 어떻게 뿌리를 내렸는지 긴 세월 동안 바위와 때론 싸우고 때론 사랑하며 모진 세월을 비비며 지냈으리라. 현동역으로 이어지는 철길에 원형 터널들이 줄지어 서 있다.

철로 우회설 전해지는 '억지춘양'

현동역은 영동선에 있는 기차역으로, 현재는 역무원이 없는 무인역이다. 현동천과 만나는 학소삼거리를 지나 현동교를 건너 국도 아래로 난 데크를 따라 걷는다. 옛날 나루가 있었다는 배나들이 마을에는 한여울소수력발전소가 있다. 산 넘어 도호마을에 있는 취수보에서 물을 이곳으로 퍼 올려 전기를 생산한다. 봉화군 가정용 전기의 1/3을 공급할 수 있는 정도이다.

한여울 소수력발전소

춘양(春陽)은 말 그대로 '봄볕'이다. 춘양목으로 유명한 금강소나무의 집산지이다. 1955년 영암선(영주~철암)이 개설될 때 법정역에서 녹동역(폐역)으로 바로 연결되는 노선을 당시 집권당인 자유당 모 국회의원이 억지로 우겨서 철로를 춘양 시내로 우회시켰다고 해서 '억지춘양'으로 더 유명한 곳이다.

봉화 한수정(奉化寒水亭)은 선조 41년(1608) 충재 권벌(冲齋 權橃, 1478~1548)을 추모하기 위해 손자인 석천 권래(石泉 權來, 1562~1617)가 세운 정자다. 충재는 중종 때 문

216

현동역

억지춘양시장

신으로 예조판서를 지냈고, 사후 영의정에 추증되었다. 원래 이 자리에는 충재가 세운 거연헌(居然軒)이 있었으나, 화재로 소실되자 이 정자를 세우고 '찬물과 같이 맑은 정신으로 공부하는 정자'라고 해서 '한수정'이라고 이름 지었다. 주변에는 와룡연(臥龍淵)이라는 연못과 초연대(超然臺)라는 넓은 바위와 보호수로 지정된 400년 수령의 회나무가 있다. 수령 300년 이상 된 느티나무가 밑동만 실하게 커서 담장 역할을 하는 모습이 이력을 말한다.

임기리에 있는 두음교를 건너 낙동강변 산골물굽이길로 들어선다. 옛길이 분명한 이 길은 차는 물론 경운기도 잘 다니지 않아 풀과 나무의 세상이다. 낙동강 물에 비치는 달이 너무 아름다워 마을 이름이 담월(淡月)이라고 했는가? 섶다리 같은 콘크리트 잠수교를 건너 물굽이길로 휘돌아 가면 멀리 또 하나의 소수력발전소가 있다. 건너야 할 징검다리 길은 수위가 올라 물에 잠겨 내 몸도 물에 맡겨야 한다.

물 건너고 산 넘어서 힘겹게 당도한 법전면 눌산리 아람마을에서 눌산리 늘미마을 5㎞ 구간은 '아람옛길'. 월암산 솔 내음과 낙동강 굽이치는 물소리가 어우러지는 가파른 오솔길을 거닐며 옛사람들의 삶의 애환과 거친 숨소리를 느껴 본다.

아람옛길을 지나면 법전면 눌산리에 '늘미마을된장은행'이 있다. 늘미마을된장은행은 폐교된 법전초등학교 눌산분교를 리모델링하여 콩을 제조·가공해 농촌소득을 창출하자는 취지로 설립되었다. 이곳의 지명은 '감보개라는 사람에게 지배를 당하고 눌렸다' 하여 눌산(訥山)이 되었다.

낙동강 공식 시발점은 '황지'

현동천 옆에 자리한 무진랜드에서 조반을 마치고 여장을 꾸려 나오는데 곧 씨앗으로 사용할 옥수수 두름이 천장에 매달려 있다. 해마다 우리 고유의 종자들이 외국에 잠식되어 안타까웠는데, 씨앗을 스스로 확보하려는 노력이 돋보인다.

버스로 법전면 눌산리를 거쳐 명호면 삼동1리 마을회관 앞에 도착한다. 삼동(三洞)은 환동(環洞), 학동(鶴洞), 추동(楸洞)을 합해 일컫는 지명이다. 환동은 마을 모양이 떡고리처럼 둥글게 생겼다고 해서 생긴 이름이고, 추동은 옛날에 가래나무가 많아 가래골이라고도 했다. 학동은 말 그대로 학이 많이 살아서 붙여진 이름 같다. 잎담배 농사도 경작하는지 연초 건조장이 눈에 띈다. 마을을 지키는 수호석(守護石)은 마을 앞 논두렁에 서 있다. 마을을 가로질러 낙동강변으로 나가는 길을 겨

낙동강 시발점 비

옥수수 두름   연초 건조장

우 찾아 취수보 앞에 당도한다. 무엇을 하는 취수보인지는 모르나 주변 시설 등으로 볼 때 삼동리 소수력발전소 같다.

강물은 계곡을 따라 유유히 흐르고 강을 에워싼 산들은 병풍을 두른다. 병풍 산마루에는 전망대 같은 시설이 멀리 가물거리고, 강물 위로는 누에 형상을 한 바위가 강물 따라 기어가는 것 같다. 휘도는 강물을 무심코 따라가다 보니 낙동강 시발점 테마공원이 모습을 드러낸다. 봉화군 명호면 도천리다. 지역마다 자기 지역이 시발점이라고 주장하고 있으나, 공식적인 낙동강 시발점은 태백의 황지다. 이곳도 낙동강 시발점 테마공원에는 낙동강의 발원지를 '황지'라고 표기는 안 되어 있지만 태백산의 동쪽으로 표시하고 있어 이곳을 발원지로 주장하지는 않는 것 같으나 "嶺南의 젖줄 洛東江 이곳에서 시작되다"라는 비석은 보는 사람으로 하여금 상당한 혼란을 불러일으킬 수 있게 한다.

봉화군 명호면은 만리산·청량산·문명산 등 험준한 산으로 둘러싸여 있고, 면의 중앙을 낙동강 상류가 남북으로 관류해 산간 계곡을 따라 흐르기 때문에 대부분 밭농사가 주를 이룬다. 춘양에서 흘러들어오는 운곡천을 낙동강으로 받아들이는 명호 구간은 낙동강 천삼백 리 구간 중에서 가장 아름다운 길이 아닌가 한다.

명호 마을에는 "산이 높으며 물이 비단결 같고(山高水麗) 밝은 달이 비치는 강물은 마치 호수 같다(月明江湖)"는 글귀가 너무 자연스럽다. 아마 명호(明湖)라는 지명도 여기에서 유래되지 않았나 싶다.

안동 청량산 가송협 자락 '고산정'

시발점 테마공원부터 청량산 입구까지(9.1㎞)는 봉화의 '예던길'이다. 원래 예던 길은 퇴계 이황(退溪 李滉, 1501~1570)이 숙부로부터 학문을 배우기 위해 청량산으로 가면서 처음 걸었던 길이다. 녀던길, 예던길, 퇴계 오솔길로 불리운다. 그러나 봉화 구간의 예던길은 퇴계와 무슨 관련이 있는지는 불분명하다.

호수같이 조용하다가도 어느 지점에서는 소용돌이치며 여울져 흐르는 물 위에 고무보트를 띄워 래프팅을 하고 싶은 마음이 굴뚝 같다. 강변을 따라 곳곳에 래프 팅을 할 수 있는 시설들이 봄기운과 함께 기지개를 편다. 부산~강릉을 연결하는 제35호 국도도 낙동강을 따라 같이 흐른다.

봉화 선유교

가송협

　도로를 따라 호안 우측으로 걷다가 고계삼거리에서 명호교를 건너 좌측 오솔길로 접어들자 문명산이 선명하게 다가온다. 문명산 남쪽으로 청량산을 마주한다. 청량에는 문명의 예가 있어야 하므로, 청량산이 있으면 문명산이 있어야 한다는 불교의 청량문명을 두고 각각 이름을 지었다.

　낙동강 동쪽의 문명산과 서쪽의 만리산을 이어주는 출렁다리 봉화 선유교(仙遊橋)가 백용담 소(沼) 위에 설치되어 있다. 2016년에 준공된 이 다리는 길이 120m로 세워진 현수교다. 백용담은 협곡으로 흐르는 낙동강 물이 깊이를 알 수 없을 정도로 푸른빛을 띠며 유유자적한다. 정말 흰 용이 금방 물에서 솟아 나와 하늘로 오를 것 같은 착각이 든다.

　골이 깊은 문명산을 지나면 바로 청량산의 위용이 나타낸다. 경북도립공원으로 지정된 청량산(淸凉山, 870m)은 최고봉인 장인봉을 비롯해 외장인봉·선학봉·자란봉·자소봉·탁필봉·연적봉·연화봉·향로봉·경일봉·금탑봉·축융봉 등 12봉우리(육육봉)가 연꽃잎처럼 청량사를 둘러싸고 있다. 봉우리마다 어풍대·밀성대·풍형대·학소대·금가대·원효대·반야대·만월대·자비대·청풍대·송풍대·의상대 등의 대(臺)가 있다.

낙동강의 청량산 주변 구간은 퇴적암의 일종인 역암층이 주로 형성되어 있다. 이곳은 약 1억 년 전에는 호수나 바다로 추정되며 그 증거로 퇴적암 지층에서 다수의 자갈과 모래가 발견되었다고 한다. 원효대사가 창건했다는 청량사 유리보전과 퇴계 이황이 수도하며 성리학을 집대성한 청량정사(경북문화재자료 제244호)가 있다.

공민왕이 홍건적의 난을 피해 은신했다는 청량산을 뒤로하며 하류로 조금 내려오면 봉화군 구간이 끝나고 안동시 도산면 가송리이다. 가송리는 풍수적으로 천옥(天獄)이라 불릴 만큼 폐쇄적인 지형으로, 청량산 줄기가 마을을 에워싸고 있으며, 한복판으로 낙동강이 흐른다. 특히 청량산이 빚어 낸 가송협(佳松峽)은 안동 땅의 수많은 경승 가운데 첫째로 꼽을 만큼 산수가 아름답다.

고산정

낙동강 건너 가송협 자락에는 고산정(경상북도 유형문화재 제274호)이 있다. 고산정 (孤山亭)은 안동의 청량산 암벽 옆에 금난수(琴蘭秀)가 지은 정자다. 이황의 제자인 금난수는 당시 선성(宣城. 안동 예안현의 별칭)의 명승지 가운데 한 곳인 가송협에 이 정자를 짓고, '일동정사(日東精舍)'라 불렀다. 주변의 풍광이 뛰어나다.

금난수(琴蘭秀, 1530~1604)는 본관이 봉화(奉化)이며, 호는 성재(惺齊)이다. 1561년(명종 16년) 사마시(司馬試)에 합격하여 장례원사평(掌隷院司評) 등을 역임했으며, 임진왜란 때에 고향에서 의병을 일으켰다. 1596년(선조 29년)에 성주판관(星州判官)에 임명됐으나 부임하지 않았다. 1599년(선조 32년) 봉화현감을 하루만에 사임하고, 귀가했다. 좌승지로 추증되었으며, 예안(禮安)의 동계정사(東溪精舍)에 배향되었다.

평소 금난수를 아낀 이황은 이 정자를 자주 찾아와 빼어난 경치를 즐겼다고 한다. 고산정에 보존된 이황의 시「서고산벽(書孤山壁)」은 금난수를 아끼는 마음이 고스란히 배어 있다.

> 일동이라 그 주인 금씨란 이가(日洞主人琴氏子, 일동주인금씨자)
> 지금 있나 강 건너로 물어보았더니(隔水呼問今在否, 격수호문금재부)
> 쟁기꾼은 손 저으며 내 말 못 들은 듯(耕夫揮手語不聞, 경부휘수어불문)
> 구름 걸린 산 바라보며 한참을 기다렸네.(愴望雲山獨坐久, 창망운산독좌구)
>
> - 『퇴계집』권2에서

뿔 셋 소와 청량사 '삼각우송'

청량산 초입에 조선 숙종 때 문신 권성구(權聖矩, 1642~1709)가 청량산을 노래한 시구가 반긴다.

> 금강산 좋다는 말 듣기는 해도(聞說金剛勝 문설금강승)
> 여태껏 살면서도 가지 못했네(此生遊未嘗 차생유미상)
> 청량산은 금강산에 버금가니(淸凉卽其亞 청량즉기아)
> 자그마한 금강이라 이를 만하지(呼作小金剛 호작소금강)

한 걸음 한 걸음 발을 옮길 때마다 새로운 기운이 솟는다. 더 가파른 계단을 타고 무위당(無爲堂)을 지나 응진전(應眞殿)에 당도한다. 응진(應眞)은 '불교의 수행자

청량산 응진전

김생굴

가운데서 가장 높은 경지에 오른 아라한(阿羅漢)'을 말한다. 이곳 응진전은 금탑봉
(金塔峰)의 중간 절벽 동풍석(動風石) 아래에 위치한 청량사(淸凉寺)의 부속 건물 중
하나로 보인다. 안에는 석가삼존불과 16나한(羅漢)이 봉안되어 있다. 특히 고려 공
민왕의 왕비인 노국대장공주의 상(像)이 안치되어 있다.

응진전에서 김생굴로 가는 중간에는 총명수(聰明水)라는 약수가 있는데, 이는 신
라 후기의 대문장가 최치원(崔致遠, 857~?)이 물을 마시고 더 총명해졌다고 해서 붙
여진 이름이란다. 천길 절벽이 좌우로 우뚝 선 곳에서 물이 일정하게 솟아나는데,
가뭄이나 장마에 상관없이 솟아나는 양이 일정하다. 청량산에는 총명수를 비롯해
치원암, 풍혈대 등 최치원과 관련된 곳이 많이 있다.

김생과 청량 봉녀(縫女)가 글씨와 길쌈 기술을 겨뤘다는 전설이 서린 김생굴은
경일봉과 금탑봉 중간에 있다. 굴 속은 수십 명을 수용할 수 있을 만큼 넓다. 신라

명필 김생(金生, 711~791)이 10년 간 글씨 공부를 한 곳으로 전해진다. 김생은 한평생 서예의 길을 걸은 인물이다. 예서·행서·초서에 능하여 '해동(海東)의 서성(書聖)'이라 했으며, 송 나라에서도 왕희지 를 뛰어넘는 명필로 이름이 났다.

퇴계 이황이 거닐었던 오솔길을 따라가며 오산당이라 불리는 청량정사에 들어선다. 청량정사(경상북도 문화재자료 제244호)는 조선 중기에 안동부사를 지낸 퇴계의 숙부 송재(松齋) 이우(李堣)가 청량산에서 조카인 온계(溫溪) 이해(李瀣), 이황 등을 가르치던 곳이다. '오산(吾山)'은 '우리 집 산'이라는 뜻이면서 '유가(儒家)의 산'이란 뜻도 내포되어 있다.

청량사 삼각우송

청량산도립공원 내 연화봉 기슭 열두 암봉 한가운데 자리 잡은 청량사는 663년(신라 문무왕 3년) 원효대사와 의상대사가 창건했다. 33개의 암자를 거느렸던 청량사는 조선 시대 숭유억불 정책의 영향으로 절은 유리보전(경상북도 유형문화재 47호)과 응진전만 남은 채 피폐해졌다. 법당에는 약사여래불을 모셨고, 공민왕이 친필로 썼다는 유리보전(琉璃寶殿)이란 현판이 걸려 있다. 특이하게도 청량사의 약사여래불은 종이로 만든 '지불(紙佛)'이라고 하며, 금으로 칠해져 있다.

본전 앞에는 오래된 소나무가 한 그루 서 있다. 원효대사가 청량사 창건을 위해 동분서주할 때 아랫마을에서 논갈이하던 뿔이 셋 달린 소를 시주받아 절에 돌아왔다. 농부의 말을 듣지 않고 날뛰던 소가 신기하게도 고분고분하게 말을 잘 들어 절을 짓는 목재와 여러 물건을 밤낮 없이 운반하고는 완공을 하루 앞두고 죽었다. 이 소는 지장보살의 화신이었다. 원효대사는 이 소를 지금의 소나무 자리에 묻었고, 그곳에서 가지가 셋 달린 소나무가 자라는 것을 보고 후세 사람들이 이를 '삼각우송(三角牛松)'이라 했다 한다.

청량산을 내려와 가송협(佳松峽)에서부터 낙동강 걷기를 시작한다. 벌써 마음은 여울을 이루며 졸졸졸 흐르는 강물 위에 쪽배를 띄우고 열심히 노를 젓는다. 농암 종택으로 가는 길목에는 월명담(月明潭)이 낙동강 절벽에 부딪혀 소(沼)를 이룬다. 예로부터 전해오기를 이곳 깊은 못에 용이 있기 때문에 가뭄이 심하면 기우제를 지냈는데, 영험이 있었다고 한다.

퇴계 이황 며느리, 사후에도 효도

　농암종택은 농암 이현보(李賢輔 1467~1555)의 종택(宗宅)이다. 이현보는 1504년 (연산군 10년)에 사간원정언으로 있다가 임금의 노여움을 사 안동으로 유배되었다. 1976년 안동댐 건설로 원래 종택이 있던 분천마을이 수몰되어 안동의 이곳저곳으로 흩어져 있던 종택과 사당, 긍구당(肯構堂)을 영천 이씨 문중의 종손 이성원이 한 곳으로 옮겨 놓았다. 2007년에는 분강서원(汾江書院)도 옮겨와 분강촌(汾江村)으로 불리면서 일반인들에게 개방되었다.

　농암종택 아래 강변 오솔길을 따라가면 한속담 벽력암 등이 절경이다. '퇴계 오솔길'은 사유지 관계로 길이 거칠다. 벼랑을 타듯 겨우 전망대에 오르면 청량산 주봉들이 멀리 보이고 하늘다리도 가물거린다.

농암종택 전경

퇴계 며느리 봉화 금씨의 묘

　안동시 도산면 단천리를 지나면 원촌 마을이다. 원촌 마을은 퇴계 후손들이 모여 사는 진성 이씨 집성촌으로 민족 시인 이육사(李陸史, 1904~1944)의 고향이다. 마을 동쪽과 남쪽은 낙동강 줄기에 의해 형성된 드넓은 구릉지가 펼쳐져 있다. 강 건너 남쪽에 있는 왕모산은 공민왕이 청량산으로 갈 때 동행했던 왕모 노국공주를 기리고자 붙여진 이름이다.

　이육사의 본명은 원록(源綠)이다. 퇴계 이황의 14대손으로 선비 집안의 엄격한 가풍 속에서 한학을 공부했으며, 결혼 후 한때 처가가 있던 영천의 백학학원에서, 이후 일본과 중국에서 수학했다. 귀국해서 장진홍(張鎭弘)의 조선은행 대구지점 폭파 사건에 연루되어 3년형을 선고받고 투옥되었다. 이때 그의 수인(囚人) 번호가 264번이어서 호를 육사(陸史)로 했다. 출옥 후 조선혁명군사정치학교를 졸업하고, 기자 생활과 항일 투쟁을 함께 펼쳤다. 주로 육사와 활(活)이라는 필명으로 시와 산문을 비롯한 다양한 글을 발표했다. 〈자오선〉, 〈영화예술〉, 〈풍림〉 등의 동인으로 활동했다. 40년 짧은 삶 가운데 20여 년 동안 조국의 광복을 위해 투쟁했으며, 1943년에 체포되어 베이징으로 끌려가 이듬해인 1944년 1월 감옥에서 순국했다.

산은 가슴이 되고 강은 팔이 되어 마을을 포근하게 감싸 안고 있는 곳. 안동의 북쪽 낙동강 상류에 있는 원촌 마을에는 이육사 시비공원이 조성되어 있고, 이육사문학관도 있다. 그의 시는 식민치하의 민족적 비운을 소재로 삼아 강렬한 저항의지를 나타냈고, 꺼지지 않는 민족정신을 장엄하게 노래한 것이 특징이다. "내 고향 칠월은/ 청포도가 익어 가는 시절~"의 '청포도'와 "까마득한 날에/ 하늘이 처음 열리고~"의 '광야'가 입속에 맴돈다.

이육사문학관에서 산자락 고개를 넘으면 퇴계 이황의 묘소가 있다. 토계천을 따라 올라가면 퇴계 종택이 나온다. 퇴계의 묘소는 살아생전에 소박함과 검소함을 중시해 자신이 죽으면 비석도 놓지 말라는 유계(遺戒)에 따라 석물(石物) 장식을 사양했으나, 나라에서 최소한의 격식으로 만든 석물만 권해서 설치했다. 비석도 선조 임금으로부터 추증(追贈)된 영의정 등 관직을 넣지 않고 '퇴도만은진성이공지묘(退陶晩隱眞城李公之墓)'라고만 쓰여 있다.

퇴계 묘소 곁에 맏며느리였던 봉화 금씨의 묘가 있다. 며느리는 "내가 시아버님의 아낌을 많이 받았는데 여러 가지 부족한 점이 많았다. 그래서 죽어서라도 다시 시아버님을 정성껏 모시고 싶으니 내가 죽거든 반드시 아버님 묘소 가까운 곳에 묻어 달라"고 유언하여 퇴계 묘소 아래에 묻히게 되었다. 죽어서도 며느리의 극진한 부양을 받는 자애로운 시아버지 퇴계 선생의 인품이 그려진다.

퇴계 종택 전경

퇴계 종택은 1907년 왜병의 방화로 불타 없어졌으나, 퇴계의 13대 후손인 하정공 이충호가 새로 지은 것이다. 종택 오른쪽에는 팔작 지붕을 한 추월한수정(秋月寒水亭)이라는 정자가 있다. 추월한수는 "가을 달이 찬 강물에 비치듯이 한 점 사욕이 없는 깨끗한 성현의 마음"에 비유한다.

와룡면 오천리에 있는 오천 유적지가 있다. 오천 유적지는 조선 초기부터 광산 김씨 예안파 가 약 20대에 걸쳐 600여 년 동안 세거(世居)해 온 마을로, 세칭 오천 군자리(烏川君子里)라 불리는 유적지다. 이곳 건물들은 1974년 안동댐 건설로 수몰 지역에 있는 문화재를 구 예안면 오천리에서 집단 이건(移建)하여 원형 그대로 보존한 것이다. 이 중 탁청정(濯淸亭)과 후조당(後彫堂)은 국가지정문화재로, 탁청정 종가와 광산 김씨 재사(齋舍) 및 사당, 그리고 침락정(枕洛亭)은 경상북도 문화재로 지정되었다. 유물 전시관인 숭원각에는 선대의 유물, 고문서, 서적 수백 점이 전시되어 있다.

숙소로 가는 길목에 있는 연미사에는 안동이천동석불상(安東泥川洞石佛像, 보물 제115호)이 있다. 이 석불상은 마애불로 대웅전 왼쪽에 위치한다. 몸체와 머리가 각기 다른 돌로 되어 있는데, 몸체는 마애불처럼 새기고 머리는 조각한 것이 특이하다. 본래 무너진 채 주변에 흩어져 있던 것을 근래에 복원한 것이다. '이천동 석불'의 잔잔한 미소는 안동의 상징적인 얼굴로 잘 알려져 있다.

속칭 '제비원 미륵불'이라고도 불리는 이 석불은 연미사의 대표적인 미륵불이다. 연미사라는 이름은 원래 조선 시대 과객이 쉬어 가는 숙소인 연비원(燕飛院), 속칭 제비원이라 불렀다는 데서 연유한다. 당시 연미사 석불에는 제비 모양의 누(樓)가 덮고 있었으며, 법당은 제비의 부리에 해당된다고 해서 연미사라고 지어 불렀다. 그리고 이곳은 "낙양성 십리허에 높고 낮은 저 무덤에/ 영웅호걸이 몇몇이며 절대가인이 그 뉘기며 (하략)" 길게 늘어지는 남도민요 '성주풀이'의 본향이다.

넉넉하고도 묘한 석불의 미소는 우리 민족의 정한(情恨)을 부처님에 기대어 표출시키고자 한 깃은 아닐까. 그래서 한국 불교는 외부에서 들어온 종교라기보다는 오랜 민속 신앙과 결합된 종교문화유산이라 할 수 있다.

낙동강 천삼백 리 길을 따라(12)

도산서원

　도산서원 양편에 있는 산기슭은 퇴계가 호연지기(浩然之氣)를 위해 산책하던 곳이다.

　퇴계는 서쪽 절벽을 천광운영대(天光雲影臺), 동쪽 절벽을 천연대(天淵臺)라고 이름 지었는데, 천광운영대는 '하늘의 빛과 구름의 그림자가 함께 감도는구나[天光雲影共排徊]'라는 주자의 시 「관서유감」에서 나왔고, 천연대는 '솔개는 하늘 높이 나르고, 물고기는 연못에서 뛰노네[鳶飛戾天 魚躍于淵]'라는 『시경(詩經)』 구절에서 따왔다. 두 이름에는 주변의 절경과 자연의 이치를 벗 삼아 학문을 성취하라는 뜻이 있다.

도산서원

도산서원 입구   도산서원 시사단

　입구에서 도산서원까지는 400여 미터이다. 들어가다 보면 우측 낙동강 건너로 시사단이 보인다. 시사단(試士壇)은 1792년 3월에 정조가 퇴계 이황(退溪 李滉)의 학덕과 유업을 기리는 뜻에서 도산별과(陶山別科)를 신설하여 이 지방의 인재를 선발하도록 과거시험을 보던 곳이다. 1796년(정조 20년)에 영의정 채제공(蔡濟恭)의 글로 비문을 새겨 시사단을 세웠다. 시사단은 안동댐으로 물이 차 섬이 되었다.

　출입문으로 들어서면 도산서당이 나오고 진도문을 지나면 강학 공간인 도산서원이다. 도산서당은 퇴계가 만년에 머물면서 제자들을 가르쳤던 곳이다. 이곳에서 가장 오래된 건물이며, 퇴계가 생전에 몸소 거처하면서 제자들을 가르쳤다. 도산서원은 퇴계 사후에 건립되어 추증된 사당과 서원이다. 1575년(선조 8년)에 한석봉(韓石峯)이 쓴 "도산서원"의 편액을 하사 받음으로써 사액(賜額) 서원으로서 영남유학의 총본산이 되었다.

　강당 뒤편에는 제향 공간인 상덕사가 있다. 상덕사(尙德祠, 보물 제211호)는 퇴계의 위패를 봉안하였다. 매년 음력 2월과 8월 중정(中丁)일에 향사를 받드는데, 3일 전부터 준비하여 당일 오전 11시에 지낸다. 1615년(광해군 7년)에는 제자 조목(趙穆, 1524년~1606년)을 종향(從享)했다. 퇴계가 임종할 때 "저 매화나무에 물을 주거라" 하며 유언을 했다는 매화 나무가 있는 도산서원은 자연을 사랑했던 퇴계의 마음이 곳곳에 배어 있는 곳이다.

퇴계 제자 김성일과 임진왜란

아침 시간을 이용하여 의성김씨 종택을 잠시 들러본다. 임하면 천전리에 있는 안동 의성 김씨 종택은 불타 없어졌던 것을 학봉 김성일(鶴峯 金誠一, 1538년~1593년)이 다시 건립했다. 16세기 말 학봉이 사신으로 명나라 북경에 갔을 때 그곳 상류층 주택의 설계도를 가져와서 지었기 때문에 그 배치나 구조에 독특한 점이 많다.

학봉 김성일은 퇴계 이황의 제자로, 서애 유성룡(西厓 柳成龍)과 영남학파를 대표하는 문신이다. 임진왜란이 발발하기 전 일본 통신사로 일본에 다녀와서 정사인 황윤길은 "풍신수길은 눈빛이 반짝이며, 담과 지략을 갖춘 인물로 쳐들어올 것"이라 했고, 부사 김성일은 "그는 쥐의 형상을 한 인물로 그리 두려워할 상은 못 된다"라고 했다. 선조는 김성일의 주장을 받아들여 아무 대비도 하지 않다가 일본이 쳐들어오자 야반도주하기 바빴다.

의성 김씨 종택

안동댐 내부

안동루

　아름다운 내앞마을은 지리적으로 반듯한 와가(瓦家)들이 잘 정비되어 있어 찾아오는 사람들에게 포근함을 안겨 주기에 충분하다. 경상북도독립운동기념관이 있는 것으로 보아 경북의 독립운동 역사를 만날 수 있는 곳이다. 이런 공간에서 이곳 출신 학봉 김성일의 당시 순간적인 오판으로 임진왜란을 대비하지 못해 얼마나 국가적인 큰 재앙을 불러왔는지를 배울 수 있는 역사교육의 장으로 활용되었으면 한다.

　안동댐은 낙동강 본류를 가로막아 만든 다목적댐이다. 낙동강 수계에 처음 등장한 이 댐은 하류 지역의 연례적인 홍수 피해를 줄이고 농업 용수와 공업 용수 및 생활 용수를 확보하기 위해 준공되었다. 댐 하류 지역에 역조정지(逆調整池)를 만들고 그 물을 이용한 양수발전도 겸한다. 안동댐으로 조성된 호수가 안동호이다.

　댐 광장에서 댐 상부인 공도를 횡단하여 건너면 안동루(安東樓) 누각이 나온다. 누각(樓閣)은 보통 글자 그대로 이층의 다락집 형태다. 안동댐 바로 밑에 위치해 댐 아래로 흐르는 낙동강이 한눈에 들어온다. 퇴계 이황은 '도산의 달밤에 매화를 읊다(陶山月夜詠梅, 도산월야영매)'라는 시로 안동루 주변의 운치를 음풍농월(吟諷弄月)한다.

임청각, 삼대 걸쳐 독립유공자 배출

물가로 길을 잘 만들어 놓아 데크를 타고 월영교로 향한다. 월영교(月映橋)는 안동댐 밑으로 상아동과 성곡동을 연결하는 목책 인도교다. 안동 지역에 달과 관련된 이야기가 많고, 안동댐 민속경관지에 월영대(月映臺)라고 적힌 바위 글씨가 있어 월영교라고 했다.

월영교 아래로 황포돛배는 봄기운을 가르고, 발길은 낙동강을 따라 하류로 향한다. 간선도로인 석주로를 건너 철다리 밑으로 들어가자 '안동 법흥사지 칠층전탑(七層塼塔, 국보 제16호)'이 나온다. 안동시 법흥동에 있는 이 탑은 한국 최고 최대(높이 16.8m)의 벽돌로 쌓은 신라 후기의 전탑이다.

법흥사 절터는 칠층전탑 외에는 아무 흔적도 없다. 현재는 고성 이씨(固城李氏) 탑동파 종택이다. 고성 이씨는 본래 중국 당나라 때 난을 피해 들어온 이경·이황

월영교

고성 이씨 탑동파 종택

임청각 전경

형제를 시조로 한다. 고려 때 개경 송악산 밑에서 살았는데, 토족의 난을 평정한 공으로 경상남도 고성 땅에 가서 살게 되어 '고성 이씨'로 관향(貫鄕)을 얻었다. 조선 세조 때 현감을 지낸 이증(李增)이 안동에 내려와 이곳에 터를 잡았다.

임청각(臨淸閣, 보물 제182호)은 1515년(중종 10년)에 형조좌랑을 지낸 고성 이씨 이명(李洺)이 지은 집으로, 원래는 99칸이었다. 일제가 중앙선 철로를 놓으면서 행랑채와 부속채가 철거되어 지금은 70여 칸만 남았다. 우리나라에서 가장 오래된 민가 중의 하나인 이 집은 독립운동가이며, 대한민국임시정부 초대 국무령을 지낸 석주 이상룡(石洲 李相龍, 1858~1932)의 생가다. 그의 아들과 손자 삼대에 걸쳐 독립유공자를 배출한 유서 깊은 곳이다.

이 집은 용(用) 자를 가로로 눕힌 것 같은 독특한 평면 구성으로 남녀와 계층별로 매우 뚜렷한 공간을 이루고 있어 건물의 위계 질서가 분명함을 알 수 있다. 임청각의 사랑채인 군자정은 평면이 'ㄷ' 자를 옆으로 누인 형태다. 임청각이란 뜻은 도연명의 「귀거래사」 중 "동쪽 언덕에 올라 깊게 휘파람 불고 맑은 시냇가에서 시를 짓기도 하노라"에서 따온 것이며, 당호는 퇴계 이황의 글씨다.

석주 이상룡은 1905년 김동삼·유인식 등과 협동학교를 설립하여 후진 양성에 힘썼으며, 강연회 등을 통해 국민계몽운동을 벌였다. 1910년 일본에게 국권을 빼앗기자 간도로 망명, 지린성 류허현에서 양기탁·이시영 등과 신흥강습소를 열어 교육과 군사훈련을 실시하고, 서로군정서를 조직하여 독판(督辦)으로 활약하여 1962년에 건국훈장 독립장이 추서되었다.

낙동강과 반변천 만나는 '정하동'

　법흥교 하류 쪽으로 조금만 내려오면 낙동강이 반변천과 만나는 지점이 정하동이다. 영양군 일월산에서 발원한 반변천은 영양읍 북쪽에서 장군천과 합류하여 영양군과 청송군을 거쳐 흐른다. 안동시 임하댐에서 머물다가 낙동강과 합류한다. 조선 시대에는 '신한천'이라고 했으며, 영양 읍내를 흐를 때 강변이 반으로 줄어들어 반변천이 됐다고 한다.

　정하동에 있는 영호루(映湖樓)는 밀양의 영남루(嶺南樓), 진주의 촉석루(矗石樓), 남원의 광한루(廣寒樓)와 함께 한강 이남의 4대 누각으로 꼽힌다. 영호루는 1361년(공민왕 10년) 10월 홍건적 침입 때 공민왕이 안동으로 봉진하여 자주 이곳에 나와 군사훈련을 참관하고 군령을 내리면서 마음을 달랜 곳이다. 홍건적이 물러나고 개경으로 환도한 후에 친히 '映湖樓'를 써서 하사했다고 한다.

낙동강과 반면천 합류 지점

영호루

체화정과 세 개의 인공섬

영호루의 정확한 창건 연대는 알 수 없으나, 다만 고려 때 장군 김방경(金方慶)이 1274년(원종 15년) 일본 원정에서 돌아오는 길에 영호루에서 시를 지은 것으로 보아 그 이전에 창건된 것으로 추정된다. 그동안 수 차례 수마에 휩쓸려 유실과 복원을 거듭하다가 1970년 안동 시민들의 모금과 국비 등으로 옛 영호루 자리에서 강 건너편인 현재 위치에 누각을 새로 지었다. 누각 중앙의 '낙동상류 영좌명루(洛東上流 嶺左名樓)'라는 글씨는 1820년(순조 20년)에 안동부사 김학순(金學淳)이 썼다.

정자 앞 연못 체화지(棣華池)에 있는 세 개의 섬은 방장·봉래·영주의 삼신산(三神山)을 상징하며, 산앵두나무의 꽃을 뜻하는 '체화'란 형제간의 화목과 우애를 상징하는 것으로 『시경(詩經)』에서 그 의미를 따왔다고 한다.

안동시 수하동으로 들어서는 옥수교는 안동시 옥동과 수하동을 잇는 다리다. 옥동은 옛날 안동도호부 시절 옥(獄)이 있던 곳이었는데, '옥(獄)'이 '옥(玉)'으로 변해 안동의 강남으로 떠오르는 곳이다. 수하동은 전형적인 농촌 마을이었으나, 지금은 안동시 교외 지역이 되어 골재공장을 비롯한 많은 공장들이 들어서 있다.

옥동과 수하동은 낙동강이 'S' 자로 흐르면서 강을 사이에 두고 맞물리는 형국으로 마주 보고 있다. 수하동에는 중앙선 복선 전철공사가 한창이고, 굽이쳐 흐르는 강물은 보에서 힘을 모았다가 더 큰 힘으로 세월을 박차고 나간다. 수하동에 있는 안동시수질환경사업소도 깨끗한 물을 공급하기 위해 쉼 없이 돌아간다.

병산서원 복례문, '극기복례' 가르침

　서안동대교 건너편 절벽 위에 있는 낙암정(洛巖亭)은 1451년(문종 1년) 여말선초 시기에 안동 출신의 문신 배환(裵桓)이 처음 건립했다. 낙암정은 안동시 남후면 검암리 건지산을 뒤로 하고, 낙동강변 전망이 확 트인 절벽 위에 자리 잡고 있다. 낙암정 앞에는 넓은 풍산평야가 펼쳐진다. 풍산평야는 풍산읍 안교리와 풍천면 하회마을 일대에 이르는 들이다.

　마애선사유적지는 2007년 '마애리솔숲공원'을 조성할 때 발굴 조사를 통해 후기 구석기 시대로 추정되는 집터와 유물이 안동 지역에서는 처음으로 발견되었다. 발굴 당시의 집터를 실제 모습으로 꾸민 발굴지와 이곳에서 출토된 주먹도끼, 찍개 등의 구석기 시대 유물을 전시하고 있다.

낙동강 금계국 군락지

병산서원

　낙동강변에는 북아메리카 원산인 금계국이 노랗게 수를 놓았다. 비옥한 곳보다는 약간 척박한 곳에서 잘 자라 길가나 작은 언덕 같은 곳에 많이 심는다. 이곳은 해가 잘 들고 물 빠짐이 좋아 군락을 이룬 것 같다.

　꽃밭에 노랗게 취해 거닐다 풍산천 넘어에 있는 유교문화길을 따라 병산서원 입구로 접어든다. 유교문화길은 낙동강 비경을 조망하며 한국 전통문화 탐방도 가능한 길이다. 유교문화길 1코스(풍산들길)는 낙암정에서 풍산읍에 있는 풍산한지까지의 구간이고, 2코스(하회마을길)는 풍산한지에서 현회삼거리까지 병산서원과 화회마을로 이어지는 코스이며, 3코스(구담습지길)는 현회삼거리에서 부용대를 경유하여 구담교까지 연결되는 구간이다.

　풍천배수장에서 시작하여 비포장도로로 약 2㎞ 연결되는 병산서원 입구는 유홍준(俞弘濬, 1949년 1월 18일~　　)이 쓴 『나의 문화유산답사기』에서 병산서원과 함께 아름다운 길로 묘사되었으며, 풍산 류씨 문중에서도 비포장을 희망하고 있어 지금까지 유지되고 있다.

어락정(魚樂亭) 절벽 아래로 내려가는 오솔길은 낙동강과 자연이 함께 어울리는 선비의 여유로움이 우러난다. 토종 엉겅퀴도 외래종이 판을 치는 세상에 선비정신을 가다듬으며 외롭게 터를 지킨다.

화산 자락 남향으로 자리 잡고 있는 병산서원(屛山書院, 사적 제260호)은 임진왜란 때 영의정을 지냈고, 7년의 전란을 눈물과 회한으로 징비록(懲毖錄)을 쓴 서애 류성룡(西厓 柳成龍, 1542~1607)과 그의 셋째 아들 류진(柳袗, 1582~1635)을 배향한 서원이다. 모태는 풍악서당(豊岳書堂)으로 고려 때부터 안동부 풍산현에 있었는데, 조선조인 1572년에 류성룡이 지금의 장소로 옮겼다. 그리고 『서애문집』을 비롯한 각종 문헌 3천 여 점이 보관되어 있으며, 해마다 봄과 가을에 제향을 올린다.

임진왜란 때 병화로 불에 탔으나 광해군 2년(1610)에 류성룡의 제자인 우복 정경세(愚伏 鄭經世, 1563~1633)를 중심으로 한 사림(士林)에서 서애의 업적과 학덕을 추모

병산서원 복례문

하여 사묘인 존덕사(尊德祠)를 짓고 향사(享祀)하면서 서원이 되었다. '屛山書院(병산서원)'이라는 사액을 받은 것은 철종 14년(1863)의 일이며, 1868년에 대원군이 대대적으로 서원을 정리할 때 폐철되지 않고 남은 47곳 가운데 하나이다. 자연과 아름다운 조화를 이뤄 한국 서원 건물의 으뜸으로 알려졌다.

병산서원 정문은 복례문(復禮門)이다. 솟을대문인 복례문의 이름은 논어에 나오는 '극기복례(克己復禮)'에서 따온 것으로, '자기의 사욕을 극복하고 예(禮)로 돌아갈 것'을 뜻하는 말이다. 복례문을 들어서면 정면 7칸으로 길게 선 만대루 아래로 강당인 입교당이 있다. 만대루 아래는 급경사 계단으로 되어 있고, 누 아래는 낮아 고개를 숙이고 지나가게 함으로써 '마음과 몸을 다시 한 번 겸손하게 하라'는 의미를 갖고 있다.

만대루 아래를 지나 마당에 들어서면 정면에 강당인 입교당이 있다. 입교(立敎), 곧 '가르침을 바로 세운다'는 뜻으로 서원에서 가장 핵심이 되는 건물이다. 가운데는 마루고, 양쪽에 온돌을 들인 아담한 건물이다. 동쪽 방은 원장이 기거하던 명성재(明誠齋)이고, 서쪽의 조금 더 큰 2칸짜리 방은 유사들이 기거하던 경의재(敬義齋)이며, 마루는 원생들에게 강학을 하던 공간이다. 입교당 양쪽으로는 유생들이 기거하는 기숙사 건물인 동재와 서재가 있다.

병산서원의 백미는 복례문과 입교당 사이에 있는 200여 명을 수용할 수 있는 만대루 같다. 정면 7칸 측면 2칸의 만대루(晩對樓)는 당나라 시인 두보(杜甫)의 시 '백제성루(白帝城樓)'의 한 구절인 "翠屛宜晩對(취병의만대)"에서 따왔다고 하며, "푸르른 절벽은 오후 '늦게까지 오래도록' 대할 만하다"라는 뜻으로 해석된다.

출입이 금지된 이곳을 관리하시는 후손의 특별한 배려로 만대루에 올라 병산(屛山)과 낙동강을 바라보며 음풍농월(吟風弄月)이라도 하고 싶지만 갈 길이 바빠 잠깐 앉았다가 일어난다.

하회 마을 지형 '연화부수형(蓮花浮水形)'

　병산서원에서 하회 마을로 이어지는 십리 길(4㎞)은 학동들이 호연지기(浩然之氣) 하며 거닐던 길이었다. 유교문화길(2코스 화회마을길) 중 가장 중심이 되는 길 같다. 시인 안도현은 그의 시 「낙동강」에서 "내 이마 위로도 소리 없이 흐르는 것을 알았 다/ 그것은 어느 날의 선열처럼 뜨겁게"라고 읊었는데, 나는 이 대목에서 그냥 뜨 겁게 우러나오는 선열이 아니라 '내 몸에 흐르는 뜨거운 피'라고 하고 싶다. 낙동 강을 흐르는 물은 차가운 육신을 덥히는 뜨거운 피다.

　그 낙동강을 끼고 산비탈을 오르내리며 유유히 흐르는 강물에 내 마음을 띄워 보낸다. 짙게 채색되는 녹음을 헤치며 나무들과 눈 맞추고, 오래 보면 더 예쁜 들 꽃들과 사랑을 이야기하고, 벌써 열매를 맺은 오디와 버찌들과 입을 맞춘다. 이 길 을 걸었던 선비의 걸음걸이는 어떤 걸음걸이였을까? 숲 사이로 비집고 들어오는 강 바람에 휘파람을 날리며 화산자락을 벗어난다.

하회마을 큰길

낙동강과 부용대

2010년 8월 유네스코 세계문화유산으로 등재되었으며, 국가민속문화재인 안동 하회마을은 민속적 전통과 건축물을 잘 보존한 풍산 유씨(豊山柳氏)의 씨족 마을이다. 하회 마을의 지형은 태극형 또는 연화부수형(蓮花浮水形)이라고도 하는데, 이는 낙동강 줄기가 이 마을을 싸고 돌면서 'S'자 형을 이룬 형국이기 때문이다.

하회 마을의 중앙에는 삼신당(三神堂)이 있다. 하당(下堂)으로도 불리며, 입향조(入鄕祖)인 류종혜(柳從惠)가 심은 것으로 전해지는 수령 600년이 넘는 느티나무다. 마을 사람들이 성스럽게 여기고 소망을 비는 곳이다. 정월 대보름 밤에 마을의 안녕을 비는 동제(洞祭)를 상당과 중당에서 지내고, 다음 날 아침에 여기서 제를 올린다. 그리고 이곳에서 하회별신굿탈놀이가 시작된다. 상당(上堂)은 화산 중턱의 서낭당이고, 중당(中堂)은 국사당이다. 나무를 잘못 건드리면 동티가 난다는 속설이 있다.

류성룡 등 많은 고관들을 배출한 양반 고을로, 낙동강의 흐름에 따라 남북 방향의 큰 길이 나 있는데, 이를 경계로 위쪽은 북촌, 아래쪽이 남촌이다. 북촌의 양진당(養眞堂)과 남촌의 충효당(忠孝堂)이 대표적인 건물로, 역사와 규모에서 서로 쌍벽을 이루는 전형적 양반 가옥이다. 큰 길을 중심으로 마을 중심부에는 류씨들이,

변두리에는 각성(各姓)들이 살고 있는데, 이들의 생활 방식에 따라 2개의 문화가 병존한다고 한다.

양진당은 풍산 류씨 대종택으로 풍산에 살던 류종혜가 하회 마을로 들어와 처음 지은 집으로 유서가 깊다. 여러 번 중수(重修)를 거쳐 내려왔고 대종택답게 규모가 웅장하며, 문중의 모임을 이곳 사랑채에서 갖는다. 양진당(養眞堂)이라는 이름은 풍상 류씨 족보를 최초로 완성한 류영(柳泳, 1687~1761)의 호에서 따온 것이며, 사랑채의 현판 입암고택(立巖古宅)은 류운룡의 아버지인 류중영(柳仲郢, 1515~1573)의 호 입암(立巖)에서 따왔다.

충효당은 서애 류성룡의 종택으로 17세기에 지어졌다. 류성룡은 벼슬을 마치고 귀향한 후에 풍산현에 있던 작은 초가집에서 죽음을 맞이한 것으로 전해지는데, 그의 손자와 제자들이 생전의 학덕을 추모하기 위해 지은 것이다. 충효당은 류성룡이 평소에 '나라에 충성하고 부모에 효도하라'는 말을 강조한 데서 유래한다. 12칸의 긴 행랑채는 류성룡의 8세손인 류상조가 병조판서를 제수받고 지은 것이며, 충효당(忠孝堂) 현판은 미수 허목(眉叟 許穆, 1595년~1682년)의 글씨다.

만송정(萬松亭, 천연기념물 제473호)은 류성룡의 형인 겸암(謙菴) 류운용(柳雲龍, 1539~1601)이 강 건너 바위 절벽 부용대(芙蓉臺)의 거친 기운을 완화하고 북서쪽의 허한 기운을 메우기 위해 소나무 1만 그루를 심어서 만든 솔숲이다. 현재의 숲은 1906년에 다시 심은 것이다.

만송정에서 강둑을 지나 풍천면 광덕리 부용대 입구로 이동하면 겸암정사가 있다. 겸암정사(謙嵓精舍)는 류운룡이 1567년(명종 22년)에 학문 연구와 제자 양성을 위해 지은 곳이다. '겸암'은 그의 스승 퇴계 이황이 직접 써 준 것으로, 류운룡이 이를 귀하게 여겨 '겸암'을 자신의 호로 삼았다고 한다. 바깥채의 누마루에 앉으면 절벽 아래로 깊은 강이 흐르고 강 건너 마을의 평화로운 모습이 한 눈에 들어온다. 벼슬을 멀리하고 학문에만 전념한 겸암의 면모가 그려지는 곳이다.

부용대에서 본 하회 마을

부용대는 부용을 내려보는 언덕이다. 부용(芙蓉)은 연꽃을 뜻하며, 하회 마을의
또 다른 이름이다. 이곳에서 하회 마을을 내려다보면 물 위에 떠 있는 한 송이 연
꽃처럼 보여 마을의 모양을 연화부수형(蓮花浮水形)이라 한다. '하회(河回)'라는 이름
처럼 낙동강이 마을을 휘돌아 나가는 모습도 한 눈에 볼 수 있다. 또 하나의 장관
은 안동국제탈춤페스티벌 기간(9월 말~10월 초) 중에 펼쳐지는 참나무 숯을 이용한
줄불놀이다. 줄불놀이는 부용대에서 강 건너 만송정까지 밧줄을 타고 내려오는
일종의 불꽃놀이다.

부용대에서 좌측 방향으로 내려오면 류성룡이 『징비록』을 집필한 곳으로 알려
진 옥연정사(玉淵精舍, 중요민속자료 제88호)와 화천서원(花川書院)이 있다. 화천서원은
유운룡(柳雲龍)이 1601년(선조 34년)에 향년 63세의 일기로 세상을 떠나자, 유림들이
그의 학덕을 기려서 현 위치에 세운 서원이다. 겸암의 위패를 모셨고 제자인 김윤
안과 종손자인 류원지를 배향했다. 1871년(고종 8년) 서원 철폐령에 의해 없어진 것
을 후손들이 다시 복원했다.

하회마을에는 하회탈이 유명하다. 국보 제121호인 하회탈은 고려 중기에 만들
어진 것으로 추정된다. 주재료는 오리나무가 많이 쓰였고, 옻칠을 하여 색이 정교
하고 해학적 조형미가 잘 나타나 미적 가치가 높은 것이 특징이다. 일반 평민들 사
이에서 많이 성행했으며, 당시의 지배층인 양반 계층에 대한 비판의 의미를 지니고
있다. 특히 전통 역할극인 별신굿놀이에서 하회탈이 많이 사용되었다.

우리나라 최초의 백과사전 '대동운부군옥'

예천은 유교경전 중 하나인 『예기(禮記)』에 나오는 구절 '天降甘露 地出醴泉(천강감로 지출예천-하늘에서는 단 이슬이 내리고, 땅에서는 단술이 솟는다)'에서 따온 지명이다. 이중환(李重煥, 1690~1756)은 『택리지(擇里誌)』에서 사람이 살 만한 곳을 "물이 달고 토지가 비옥한 곳"이라고 했다. 물맛이 감주(甘酒)처럼 단맛이 나서 얻은 지명 같다.

이러한 영향에서인지 예천군 호명면과 안동시 풍천면을 경상북도청신도시로 묶어 신도시로 조성했다. 경상북도청, 경상북도의회, 경상북도교육청, 경상북도지방경찰청, 그리고 도청과 관련된 기관들이 이곳으로 이전해 왔다. 그래서 예천은 안동과 더불어 앞으로 도청신도시의 배후로 기대되는 곳이다.

초간정

금당실 송림

　예천에는 경상북도문화재자료(제143호)로 지정된 초간정(草澗亭)이 있다. 우리나라 최초의 백과사전 『대동운부군옥(大東韻府群玉, 전20권)』을 저술한 조선 중기의 학자 초간(草澗) 권문해(權文海, 1534~1591)가 1582년(선조 15년)에 지은 정자다. 임진왜란과 병자호란 때 불에 타버린 것을 후손들이 여러 번 고쳐 지었으며, 현재의 건물은 1870년(고종 7년) 후손들이 새로 고쳐 지은 것이다.

　『대동운부군옥』은 단군조선 이래 조선선조까지의 사실(史實)·인물·문학·예술·지리·국명·성씨·산명(山名)·목명(木名)·화명(花名)·동물명 등을 총망라하여 원나라 음시부(陰時夫)의 『운부군옥(韻府群玉)』의 예에 따라 운자(韻字)의 차례로 배열·서술했다. 초간정에 보관해 오다 지금은 예천 권씨 초간 종택에서 장서고인 백승각(白乘閣)을 지어 보관하고 있다.

　금곡천이 휘감아 흐르는 암반 위에 올려놓은 듯 지은 초간정은 후학들을 가르쳤다는 증거로 '초간정사(草澗精舍)' 현판이 걸려 있다. 후손인 청대 권상일(淸臺 權

相一)은 '초간정사술회'에서 "공손히 손 씻고 선조의 남긴 책을 펼치니(我來盥手披遺卷 아래관수피유권) 의기로운 마음은 정녕 시들지 않으리라(盈溢巾箱政不貧 영일건상정불빈)"고 하며 시냇가 풀잎 푸르디푸르러 세속에 물들지 않은 조상의 얼을 마음에 새겼다.

초간정에서 가까운 곳에는 '예천 금당실송림(천연기념물 제469호)'이 있다. 금당실 송림은 오미봉 밑에서 용문초등학교까지 800m에 걸쳐 이루어진 소나무 숲이다. 원래 이 송림은 2㎞가 넘었다. 1892년 마을 뒷산인 오미봉에서 몰래 금을 채취하던 러시아 광부 두 명을 마을 주민이 살해하는 사건이 발생해 고심 끝에 마을의 공동 재산이었던 이 소나무를 베어 러시아 측에 배상금으로 충당하는 바람에 솔숲이 줄었다고 한다.

금당실 마을은 예로부터 마을의 금곡천에서 사금(砂金)이 있었다고 해서 '금당실'이라 불렸으며, 조선 시대 전통 가옥이 고스란히 남아 있다. 연화부수형의 형국

용도천문

으로 북쪽의 매봉, 서쪽의 국사봉, 동쪽의 옥녀봉, 남쪽의 백마산으로 둘러싸인 분지 마을이다. 매봉이 조산(祖山)이 되고, 그 뒤로 길게 뻗은 소백산 줄기가 내룡(來龍)이 되어 '연못'을 상징한다고 해서 금당(金塘)이라고도 한다.

사람이 사는 것인지 모를 정도로 마을엔 적막감이 흐른다. 마을의 보호수 느티나무는 500년 넘게 당산을 지키고 있다. 한때 학생 수가 천 명이 넘었다는 초등학교는 이제 50여 명에 불과하다. 그래도 예전부터 자리 잡았던 꽃들은 때가 되면 어김없이 향을 피운다. 금당실 주막의 주모는 천주교 용문공소에 주일 예배 보러 갔는지 보이지 않고 청사초롱 깃발만 펄럭인다.

용도천문(龍跳天門, 용이 뛰어 하늘 문에 이른다)의 고향 용문면 죽림리에는 예천 권씨 초간종택(醴泉權氏 草澗宗宅)이 있다. 초간종택(보물 제457호)은 조선 전기의 별당으로 초간 권문해의 조부 권오상(權五常)이 15세기 말에 지어진 것으로 추정된다. 중요한 것은 초간정에 보관해 오던 우리나라 최초의 백과사전인 『대동운부군옥(大東韻府群玉)』을 이곳 백승각으로 옮겨와 보관하고 있다는 것이다.

선비 나무·학자수로 불리는 회화나무

명승 제19호로 지정된 선몽대(仙夢臺)는 1563년 퇴계 이황의 종손인 우암 이열도 (遇巖 李閱道, 1538~1591)가 '하늘에서 신선이 내려와 노니는 꿈을 꾸고 난 후 그 해에 지은 정자'다. 앞쪽으로는 낙동강의 지류인 평사낙안형(平沙落雁形)의 내성천(乃城川) 백사장이 내려다 보이고, 뒤쪽으로는 울창한 소나무 숲에 둘러싸여 있어서 주변 풍광이 가히 절경이다.

선몽대

선몽대 건물 중앙에는 유선몽대(儒僊梦臺)라는 편액이 걸려 있다. '꿈에 신선을 보는 곳'이 아니라 '꿈에 선비가 춤추는 곳'이라는 해석이 가능하다. 그러나 신선이 나 선비가 꿈속에서 춤을 춘다는 것은 모두 신선에 해당할 것이다. 선몽대 안에는 이황의 친필 편액과 정탁, 류성룡, 김상헌, 이덕형, 김성일 등의 친필 시가 새겨진 목

예천 삼수정 회화나무

판이 걸려 있다. 예천군 및 진성 이씨 백송파 종중에서 관리하고 있으며, 매년 정월 보름에 이곳에서 동제(洞祭)가 열린다.

바삐 부용대 입구인 광덕교 아래부터 낙동강 걷기를 시작하여 예천군 지보면으로 접어든다. 지보면은 대부분 낮은 산지와 구릉지로 되어 있다. 예천의 풍양과 지보의 이름 첫 자를 따서 만들었다는 풍지교에 오르자 오랜 세월 사람의 발에 밟히고 자동차에 눌려 이제는 사람들만 다닌다. 자동차는 옆에 새로 만든 지인교로 쌩쌩 달린다. 강둑을 따라 어제부터 내내 따라온 금계국도 발걸음에 맞춰 살랑거린다. 멀리 예천 삼수정 회화나무가 쉬어가라 손짓한다.

경상북도 예천군 풍양면 청곡리에 있는 조선 시대의 정자인 삼수정(三樹亭. 경상북도 문화재자료 제486호)은 강물이 굽이 도는 강안(江岸) 마을 등성이에 북향으로 배치되어 낙동강을 바라보고 있다. 1420년대에 처음으로 건립되었으며, 1636년에 없앴

다가 다시 중건했다. 1829년에는 경상감사 정기선(鄭基善)이 다시 지었다. 자리도 3번 옮겼지만 1909년 원래의 위치로 환원했다.

회화나무는 한자로는 괴화(槐花)나무로 표기하는데, 발음이 중국 발음과 유사한 회화로 부르게 되었다. 홰나무를 뜻하는 한자인 '괴(槐)' 자는 귀신과 나무를 합쳐서 만든 글자다. 회화나무를 사람이 사는 집에 많이 심은 것은 잡귀를 물리치는 나무로 알려져 있기 때문이다. 그래서 조선 시대 궁궐의 마당이나 출입구 부근에 많이 심었다. 서원이나 향교 등 학생들이 공부하는 학당에도 회화나무를 심어 악귀를 물리치는 염원을 했다고 전해진다.

예천 삼수정 회화나무는 수령 300년 이상이 되었다. 영문명으로는 '차이니즈 스콜라 트리(Chinese scholar tree)'라고 한다. 그래서 회화나무를 흔히 '선비나무 또는 학자수(學者樹)'라고도 부른다. 이 나무의 기상이 학자처럼 자유롭게 뻗었을 뿐 아니라 주나라 사(士)의 무덤에 이 나무를 심었기 때문이다. 그래서 우리나라의 유교 관련 유적지에서 예외 없이 이 나무를 볼 수 있다.

삼강주막

삼수정을 지나면 낙동강 쌍절암 생태숲길로 접어든다. 쌍절암은 임진왜란 당시 왜병들이 이곳 동래 정씨 집성촌에 침입하자 왜병을 피해 두 여성이 서로 손을 맞잡고 낙동강 절벽 아래로 몸을 던져 정절을 지킨 곳이다. 당시 조정에서는 이 사실을 듣고 왕명으로 정려(旌閭)를 짓게 하고, 비문과 쌍절각(雙節閣)을 세워 정절을 기리고 있다.

데크 로드로 연결된 쌍절암 생태숲길은 낙동강에 접한 단애(斷崖)로, '코끼리 바위', '멧돼지 바위' 등 기암들이 즐비하다. 대동정(大同亭) 같은 쉼터도 만들어 놓아 산책하며 도도히 흐르는 낙동강을 전망할 수 있다. 환상적인 낙동강 해돋이를 감상할 수 있는 조그만 암자인 관세암도 있다.

생태숲길이 끝나는 지점에 비룡교가 있다. 비룡교는 사람만 다닐 수 있는 교량이다. 이 다리를 건너면 내성천 회룡포(回龍浦)다. 그 전에 들른 곳은 삼강절경인 삼강나루터다. 삼강절경(三江絶景)은 내성천과 금천이 낙동강과 만나 삼강이 화합하여 흐르는 곳이다. 이곳에 낙동강의 마지막 주막인 삼강주막과 수령 500년이 넘는 회화나무가 있어 주변 경관이 절경이다. 삼강나루는 문경의 주흘산맥과 안동의 학가산맥, 대구 팔공산의 끝자락이 만나며, 내성천과 금천이 낙동강과 합류하는 곳에 위치해 수륙 교통의 요충지였다.

삼강나루는 서울로 장사하러 가는 배들이 낙동강을 오르내릴 때나 선비나 장꾼들이 문경새재를 넘어 서울로 갈 때 반드시 거쳤던 길목이다. 1970년대까지만 해도 강을 이어 주는 나룻배 두 척이 오갔었다. 큰 배는 소와 물류를 수송했고, 작은 배는 15명 가량의 사람을 태워 건넜다.

육지 속 섬마을 '회룡포'

내성천을 끼고 흐르는 회룡포를 관망하는 회룡대로 가기 위해서는 비룡산을 넘어야 하고, 장안사(長安寺)를 거쳐야 한다. 예천군 용궁면에 있는 비룡산 장안사는 신라 경덕왕 때(759년) 운명조사가 국태민안을 염원하며 창건한 천년 고찰이다. 장안사는 세 곳에 있는데, 위로는 금강산, 아래로는 양산, 그리고 중간 지점인 예천의 비룡산에 있다.

장안사 대웅전

'두타(頭陀)'라는 젊은 승려가 전국을 행각하던 중 다 허물어진 장안사를 보고 혼자 괭이로 산길을 내고 우마차로 들보를 옮기며, 새롭게 가람을 중수하자 마을 주민들이 감복하여 불사를 도와 마침내 장안사의 옛 모습으로 복원했다. 신도들이 다시 모여들자 스님은 올 때의 모습으로 걸망 하나만 메고 조용히 떠났다.

회룡포

영산전(靈山殿) 앞으로 한 계단 위로 오르면 용왕 바위와 용왕각이 자리한다. 용이 웅비하는 형상의 비룡산(飛龍山)이 있고, 용왕 바위가 있으니 이곳의 지명을 '용궁(龍宮)'이라 할 만하다.

석불좌상을 둘러보고 김종서 성삼문부터 도종환, 나태주까지 시화(詩畵)가 나열해 있는 희망의 200계단을 올라 회룡대(回龍臺)에 오른다. 낙동강 지류인 내성천이 회룡포 마을을 감싸고 흐르는 광경이 마치 용이 비룡산을 박차고 하늘로 올라가면서 물을 휘감는 형상인지라, 지금 회룡대에 서 있는 내 마음도 용의 등에 올라 하늘로 비상하는 것만 같다.

회룡포 마을로 들어가려면 뽕뽕다리를 건너야 한다. '뽕뽕다리'는 기존에 놓여 있던 외나무다리 대신 강관과 철 발판을 이용해 만든 다리로, 마을 주민들이 이 다리를 이용하면서 '발판구멍으로 물이 퐁퐁 솟는다'고 하여 퐁퐁다리로 불렀으나 매스컴에서 '뽕뽕'으로 잘못 보도하면서 지금의 뽕뽕다리가 됐다고 한다.

뽕뽕다리는 폭이 좁아 교행이 어렵다. 난간이 없는 외다리로 다리가 고정되어 있다 하더라도 흐르는 강물에 흔들리는 착시현상을 일으켜 여느 출렁다리 못지않게 긴장감을 준다. 고운 모래 위로 흐르는 강물 속에서 물고기들이 꼬리치며 물살을 가를 때마다 악동 같은 장난기를 일으킨다.

강물이 휘감아 돌아 육지 속의 섬 마을이 된 회룡포는 명승 제16호로 지정됐다. 강물이 350도 휘감아 돌아나가서 마을 주위에 고운 모래밭이 펼쳐지며, 산과 강이 태극 모양의 조화를 이룬다. 원래 의성포(義城浦) 마을이었는데, 경북 의성군과 이름이 겹쳐 회룡포 마을로 아예 바꾸었다.

제2 뽕뽕다리로 회룡포에 들어가 마을을 가로질러 제1 뽕뽕다리로 나오면서 펼쳐지는 모래와 강물은 "엄마야 누나야 강변 살자/ 뜰에는 반짝이는 금모래 빛/ 뒷문 밖에는 갈잎의 노래/ 엄마야 누나야 강변 살자" 김소월의 시 「엄마야 누나야」가 노래로 변주되어 입술을 비집고 나온다. 절경에 취해 발걸음이 떨어지지 않지만 오늘의 출발지인 삼강나루로 다시 이동한다.

제2 뽕뽕다리

삼강교에서 낙동강 하류로 내려가면 문경시 영순면 이목리다. 이목리는 남쪽으로 낙동강이 흐르고, 강 주변으로 평야가 발달되어 있다. 이목리에는 봄이면 진달래가 만발하여 '꽃개'라고 하는 마을이 있다. 마을 앞 강변에 검은 바위가 있다고 해서 '금포', 큰 흰 바위가 있어 '백포'라고 하는 마을도 있다.

문경시 영순면에서 영강(潁江)을 건너면 상주시 사벌면이다. 영강은 상주시 화북면 장암리 속리산에서 발원하여 문경시를 동서로 가로질러 상주시 사벌면 퇴강리에서 낙동강으로 유입한다. 사벌 지역은 옛날에 사벌국(沙伐國)이라는 작은 부족 국가가 있었으나 신라 첨해왕에게 정벌되어 사벌주(沙伐州)라 불렸다. 1914년 일제강점기 때 행정구역 개편으로 사벌면이 되었다.

상주, '삼백(三白)'의 고장

상주는 백두대간 정기가 속리산에서 뭉쳐 있다가 동남으로 뻗어 내려 자연경관이 빼어나고, 낙동강이 대지를 적시어 땅이 기름진 곳이다. 즉, 서북쪽은 산지여서 지세가 높고 동남쪽은 들녘이 발달하여 넉넉한 품으로 사람을 끌어안는 곳이다. 한마디로 산과 강과 들이 어우러져 함께 숨 쉬는 명품 고장이다.

상주의 산과 강, 그리고 들.

상주의 옛 이름은 '낙양(洛陽)'이었다. 그래서 이곳의 동쪽으로 흐르는 강을 낙동강이라고 했다. 또한 이곳에 고령가야(또는 가락국)가 있던 곳이다. 상주에서는 '낙동강 칠백 리'라고 하는데, 이는 상주에서부터 낙동강이 시발점이라 하고, 상류지역의 하천은 강(江)이 아니고 내성천, 반변천 등 내(川)로 표현했다.

상주는 예부터 너른 들녘 덕택인지 쌀, 목화, 누에고치 등 세 가지 하얀 것이 유명해 '삼백(三白)'의 고장이라고 했다. 지금은 목화 대신 곶감이 대신한다. 기름진 땅에서 재배되는 상주 쌀은 질이 좋아 임금님 진상품이었다. 상주시 함창(咸昌)은 신라 시대부터 명주 산지로 이름난 곳으로, 지금도 가을이면 명주장이 선다.

사벌면 퇴강리를 지나면 어풍대(御風臺)라는 표지석이 나온다. 조선 중기 문신인 이재 조우인(頤齋 曺友仁, 1561~1625)이 승지(承旨) 관직을 마무리하고, 이곳 매호리로 낙향하여 임호정(臨湖亭)이란 정자를 짓고 이곳을 어풍대라고 한 곳이다. 시·서예·음악에 뛰어나 삼절(三絶)이라는 평을 받은 조우인은 1605년에 문과에 급제하며 여러 벼슬을 지냈다. 1621년에는 제술관(製述官)으로 있으면서 광해군의 잘못을 풍자했다가 그 글로 말미암아 3년 간 옥에 갇혔다. 인조반정으로 풀려나 상주의 매호리에서 은거하며 여생을 마쳤다. 매호리 앞을 지나는 낙동강은 잔잔하게 흐르는 숨결 같은 호수다.

상주와 예천군 풍양을 연결하는 상풍교를 지나고 매호평야를 지나면 경천대(擎天臺)로 접어드는 숲길이 나온다. '하늘을 떠받든다'는 경천대의 옛 이름은 자천대(自天臺)로 '하늘이 스스로 만든 아름다운 곳'이라는 곳이다. 낙동강 1300여 리 물길 중 제1경으로, 태고의 신비를 간직하고 있다. 깍아지른 절벽과 노송이 절경이다. 경천대는 병자호란이 끝난 후 소현세자와 봉림대군이 청나라 심양으로 끌려갈 때 7년 간 수행했던 우담 채득기(雪潭 蔡得沂, 1604~1646)가 낙향하여 무우정(舞雩亭)을 짓고 머물면서 '대명천지 숭정일월(大明天地 崇禎日月)'이라는 경천대비를 세운 후, 경천대로 칭했다. 우담은 충북 충주 출신으로 역학·천문·지리·음률·병서 등에 조예가 깊었다. 32세 되던 해 병자호란이 일어나고 남한산성이 함락되자 지금의 상주에 들어와 무우정을 세우고 두문불출하면서 독서에 전념한 학자이다.

무우정 아래 선착장에는 놀잇배 출입이 분주하고, 그 위로 2001년 MBC가 창사 40주년 기념 드라마 『상도』 촬영 세트장이 있어 이곳을 찾는 손님들이 줄을 잇는다. 출렁다리를 건너 강변 계곡 숲길을 따라 걷다가 큰길로 나오면 상주자전거박물관이 나온다.

상주자전거박물관

상주는 역시 자동차보다 자전거가 더 많은 도시다. 낙동강을 끼고 형성된 넓은 평야와 풍요로운 지역으로 자전거 타기에 더없이 좋은 입지 조건이다. 1925년 경북선 상주역 개설 기념으로 개최된 '조선팔도전국자전거대회'는 일제가 조선 사람에게 우월성을 보여 주려는 의도였다. 조선 최고의 선수 엄복동이 우승하고 상주 출신 박상헌이 우수한 성적을 거둠으로써 많은 사람들이 환호하며 감격의 눈물을 흘렸다. 그 영향으로 상주에서는 자전거 타기 붐이 조성되었으며, 오늘날 전국 최고의 '자전거 도시'가 될 수 있는 기반을 일찌감치 마련했다.

자전거박물관을 지나면 낙동강생물자원관이 나온다. 낙동강생물자원관은 최근 기후변화와 개발 사업 등으로 멸종하거나 개체수가 급격히 감소하고 있는 담수생물자원을 발굴·관리 및 보전하고, 2011년에 발효된 '나고야의정서'의 이행과 국제사회의 생물자원화와 산업화 추세에 적극 대응하기 위해 설립된 곳이다. 미개척 생물 분류군을 중심으로 담수생물종을 신규 발굴하여 증거 표본을 확보하고, 생물주권 확립에 기여함은 물론 생물 자원의 실용화와 산업화를 지원한다.

낙동강생물자원관

낙동강생물자원관과 경천섬공원 입구를 지나면 도남서원이다. 도남서원(道南
書院)은 1606년(선조 39년) 상주시 도남동에 창건되었으며, 1676년에는 숙종으로부
터 편액을 받아 사액서원이 되었다. 1797년(정조 21년)에는 동·서재를 건립했으며 이
후 여러 차례 중수했다. 1871년 흥선대원군의 서원 철폐령으로 훼철되었으나 1992
년 지역 유림들이 힘을 모아 강당 등을 건립하고, 2002년부터 대규모 복원이 이뤄
졌다. 이 서원에서는 정몽주, 이황 등 아홉 분의 향사를 음력 2월과 8월 하정일(下丁
日)에 지낸다.

도남서원을 나와 하류로 걸으면 큰 다리 같기도 하고 댐 같기도 한 낙동강 최
상류에 있는 상주보가 버티고 있다. 상주보는 4대강사업으로 탄생했다. 자전거만
다닐 수 있도록 되어 있는 공도교를 통해 상주보 우안에서 좌안으로 건너간다. 수
질오염문제로 보를 개방했지만, 보 안의 가장자리에는 녹조가 물살에 출렁인다.
벼 포기 실하게 뿌리를 내린 논길을 따라 강창교 하천공원에 다다른다.

서원 철폐령으로 사라졌던 '낙암서원'

'전사벌왕릉(傳沙伐王陵, 경상북도기념물 제25호)'은 사벌국(沙伐國) 왕의 능으로 전해 진다. 이 능은 신라 54대왕 경명왕의 다섯 번째 왕자 박언창(朴彦昌)의 묘다. 박언창 은 사벌주의 대군으로 책봉되었으나, 후에 사벌국이라 칭하고 자립왕으로 11년 간 다스렸다. 후일 견훤의 침공으로 패망하고, 이곳에 묻혔다. 사벌왕릉 옆에는 통일신 라시대의 삼층석탑이 있다. 건립 연대는 9세기경으로 추정한다. 덮개 돌 위에 있는 목이 없는 불상은 이 탑과 무슨 연관이 있는지, 주변에 있는 재실 같은 전각도 궁금 할 뿐이다.

하류로 조금 내려오면 정기룡 장군을 기리는 상주의 전통 활터인 충의정이 있 다. 1586년 무과에 급제한 매헌 정기룡(梅軒 鄭起龍, 1562~1622) 장군은 임진왜란이

목 없는 석불

낙암서원

낙동강역사이야기관

일어나자 거창 싸움에서 500여 명을 격파하였고, 곤양의 수성장이 되어 왜군의 호남 진출을 막고 상주성의 왜군을 물리치기도 했다. 1597년 정유재란 때에는 고령에서 적장을 생포하기도 하면서 무장으로 용맹을 떨치다가 1622년 통영의 진중에서 전사했다.

상주시 중동면 죽암리에는 낙암서원이 있다. 낙암서원(洛嵓書院)은 김담수(金聃壽)와 두 아들 김정용(金廷龍), 김정견(金廷堅)을 배향하는 곳이다. 1796년(정조 20년)에 창건, 향사되어 오다가 1871년 대원군의 서원 철폐령으로 단소만 남아 있었던 것을 1988년 다시 복원했다. 매년 음력 3월 중정일(中丁日)에 향사를 지낸다.

낙암서원 앞으로는 낙동강이 호수처럼 잔잔하다. 인근 공군초소의 호위를 받으며 도착한 곳은 '옛 토진(兎津)나루터'다. 토진나루는 상주·의성·예천의 하상(河上)무역의 중심지로, 문물이 교환되는 시장이 번성했던 곳이었다. 1982년에 중동대교가 개통되면서 나루터의 명성은 옛날로 묻혀 버렸다. 중동대교를 건너면 낙동면 물량리로 자전거 도로가 잘 정비되어 있다.

물량리 뒷산인 나각산은 낙동강 1300리 중 유일하게 '낙동'이라는 지명을 가진 산이다. 나각산 입구에는 장승이 우뚝 서서 길을 안내한다. 당진~영덕 간 고속도로 밑으로 몇 구비를 돌아 도착한 곳은 낙단보공원이다. 공원 아래 '낙동강역사이야기관'이 있다. 이곳은 낙동강이 간직한 역사와 상징성을 체계적으로 보존하고 전시하는 전당이다.

남매 경쟁설 담은 '죽장동오층석탑'

경북 선산읍에 있는 죽장사(竹長寺)는 신라 시대 때 창건되었으나, 이후의 연혁은 전하지 않는다. 서황사(瑞凰寺)라고도 하는 죽장사에는 국보 제130호로 지정된 죽장동오층석탑이 있다. 이 탑에는 신라 때 한 남매가 서로 재주를 겨루다가 각각 다른 자리에 오층석탑을 쌓기로 했는데, 누이가 먼저 이 탑을 세웠다는 전설이 전해진다. 높이가 10m로 우리나라에서 가장 높은 탑이다.

죽장사는 한때 폐사됐다가 1954년에 법당을 짓고 절 이름을 '법련사'라고 불렀다. 마당에 한 줄로 모아 놓은 열여섯 개의 주춧돌이 탑과 더불어 이 절의 옛 모습을 그리게 한다. 모서리 기둥을 받쳤을 것으로 짐작되는, 큰 사분원과 작은 반원을 합친 것 같은 주좌가 새겨진 것들도 더러 보인다. 초목에 가려 있어도 천진난만한 애기 부처는 보는 이의 마음을 편하게 한다.

낙단보

죽장동오층석탑

애기 부처

낙단보 건너 의성군 단밀면에 있는 관수루(觀水樓)는 고려 중엽 세운 누각이다. 처음에는 강의 서안(西岸)에 있었는데, 조선 초엽 수해를 입어 동안(東岸)으로 이전했으나, 1874년에 유실된 것을 1990년에 지역 주민의 힘으로 복원되었다. '인자(仁者)는 요산(樂山)이요, 지자(智者)는 요수(樂水)'라 예로부터 내왕객이 끊임없던 낙동나루터. 황지(黃池)에서 발원하여 수백 리를 쉼 없이 흘러온 낙동강 물이 머물다 가는 곳. 자연의 절경이 내려다보이는 누대(樓臺)에 올라 바쁜 세상사를 관조(觀照)하는 여유로움으로 지은 고려 시대 이규보를 비롯하여 김종직, 김일손, 이황 등의 시 15편이 관수루에 걸려 있다.

관수루 하류에 있는 낙단교는 상주시 낙동면과 의성군 단밀면을 연결하는 교량이다. 낙단교 상류에 있는 낙단보는 4대강 살리기 사업의 일환으로 낙동강에 조성된 8개의 보 중 상류 2번째 위치한다. 낙단보의 경관은 낙동강 3대 정자 중 하나인 관수루의 처마를 모방하여 전통적인 이미지로 연출되었다. 그러나 '물은 흐르는 게 순리'이거늘 자연의 이치에 어긋난 것은 아닌지….

무쇠도 녹여 버릴 기세로 세상을 달구는 폭염은 발걸음을 더디게만 한다. '그늘 중의 가장 시원한 그늘'은 역시 '다리 밑'이다. 낙동강대교의 교각 밑은 옛날 할머니 말씀대로 시원한 고향 같다. 잠깐 더위를 식히고 구미시 도개면 가산리로 발걸음을 재촉한다.

주인 구한 개가 잠든 '의구총'

　도개면은 구미시 최북단에 있는 지역이다. 신라 불교 최초 전래지로서 도를 열었다고 해서 '도개면(桃開面)'이라고 부른다. 길 도(道) 자를 쓰지 않고 복숭아 도(桃) 자를 쓴 것은 길 도(道) 자를 쓰는 도개리가 있기 때문에 중복을 피하기 위함이다. 또 구미시에 있는 신라 최초의 가람이 도리사(桃李寺)이므로 복숭아 도(桃)와 길 도(道)를 같은 뜻으로 보아 도개면이라 했다.

　도개면를 출발하여 선산대교를 지나면 의구총이 있는 구미시 해평면 낙산리다. 국도변에 있는 의구총(義狗塚)은 술 취해 길가에서 잠을 자다 불이 나서 위태롭게 되자 낙동강 물을 몸에 적셔 와 주인을 구한 의로운 개의 무덤이다. 오랫동안 방치된 것을 1629년(인조 7년)에 선산부사 안응창(善山府使 安應昌)이 만든 의열도(義烈圖)의 의구전(義狗傳)에 나오는 내용대로 묘를 만들고 화강암 4폭에 조각하여 새롭게 정비했다.

낙동강과 선산대교

의구총

낙산리 고분

낙산리고분군(사적 제336호)은 3세기에서 7세기 중반의 가야와 신라의 무덤들로 총 205기에 달하며, 낙동강 동쪽에 인접한 해발 700m 내외의 광범위한 구릉 지대에 분포한다. 무덤을 덮은 봉분은 원형과 표주박형, 내부는 옹관묘와 석관묘로 되어 있다. 널무덤(토광묘), 오목야(吳木野)·중리(中里)·불로산(不老山)·월파정산(月波亭山)·정묘산(鄭墓山)·칠창동(七倉洞) 등 6개의 소지역 고분군으로 나뉘고, 유물은 굽다리접시를 비롯한 토기류와 장신구, 고리자루, 큰칼(환두대도) 등의 철기류가 발견되었다.

고분군에서 구미유아교육체험장이 있는 안마을로 들어가면 밭 가운데에 7.2m 높이의 낙산리 삼층석탑이 있다. 주변 경작지에서 연화문 수막새를 비롯해 많은 기와 파편과 토기 조각들이 발견된 것으로 보아 이 부근이 절터였음을 추측케 한다. 이 탑은 약간의 손상이 있으나 비교적 완전한 형태로 남아 있다. 통일신라 시대의 전형적인 석탑 양식이다. 특이한 것은 탑신부의 1층 남쪽에 불상을 모시기 위한 감실(龕室)이 설치되어 있다는 것이다.

삼층석탑에서 낙동강의 정체된 물의 흐름을 따라 구미보를 건너면 선산읍 원리에 금오서원이 있다. 이곳에 있는 상선약수(上善若水)는 노자의 『도덕경』에 나오는 '최고의 선은 물과 같다'는 뜻이다. 물은 흘러야 하고 흐르지 않는 물은 썩기 마련이다. 이러한 단순한 진리를 잊고 사는 게 지금 낙동강을 바라보는 우리들의 모습 같다.

금오서원 '원계칠조'의 교훈

금오서원(金烏書院. 경상북도기념물 제60호)은 고려 말 학자 야은 길재(冶隱 吉再, 1353 ~1419)의 학문과 충절을 기리기 위해 1570년(선조 3년) 금오산 밑에 건립되었다. 금오 서원은 1575년(선조 8년)에 사액서원으로 승격되었으나, 1592년(선조 25년) 임진왜란 때 소실되어 1602년(선조 35년)에 지금의 선산읍 자리에 옮겨 지었다. 1609년(광해군 1년)에 는 다시 사액되어 중수되었다. 길재의 출생지인 봉계리를 향해 남향으로 위치해 있 는데, 앞쪽으로 감천과 낙동강이 만나는 물길이 내려다보인다.

길재는 고려 말 성균관박사(成均館博士)를 지냈다. 1389년(창왕 1년)에 문하주서(門 下注書)에 임명되었으나, 이듬해 고려의 쇠망을 짐작하고 노모의 봉양을 구실로 사 직했다. 1390년 두 임금을 섬길 수 없다는 충절에서 은거하기로 작정하고, 낙향하

금오서원

원계칠조(院戒七條)

여 금오산 기슭에 오두막을 짓고 살았다. 서원에는 성리학의 대통을 이어받은 김종직(金宗直), 정붕(鄭鵬), 박영(朴英), 장현광(張顯光) 등을 추가로 배향하여 5현의 위패를 모셨다. 1868년(고종 5년) 서원 철폐령에도 훼철(毁撤)되지 않은 47개의 서원 가운데 하나이다.

금오서원에는 원계칠조(院戒七條)가 있다. ▲汚穢窓壁(오예창벽 : 서원 주위를 더럽히지 말 것) ▲損傷書冊(손상서책 : 서책이나 기물을 손상하지 말 것) ▲遊戲廢業(유희폐업 : 서원에서 노래하고 춤추지 말 것) ▲群居無禮(군거무례 : 때지어 무례한 짓 하지 말 것) ▲干索酒食(간색주식 : 술과 고기는 삼갈 것) ▲說話亂雜(설화난잡 : 대화는 조용하고 음담패설을 하지 말 것) ▲衣冠不正(의관부정 : 의관은 부정하게 하지 말 것) 등 7가지를 정해 놓았다. "이 칠금을 범한 자는 이미 왔으면 돌아가고, 아직 오지 않았으면 아예 오지를 말라(犯此七禁者 己來卽歸 未來卽莫來 기래칠금자 기래즉귀 미래즉막래)"고 타이른다.

태조산(일명 냉산) 중턱에 있는 도리사(桃李寺)는 창건 연대를 정확히 알 수 없으나 신라 최초의 사찰이라고 전해진다. 중국에서 불도를 닦고 귀국한 고구려의 아도(阿道)가 신라 소지왕의 신임을 얻어 불교를 일으키게 되었다. 이 무렵 왕궁에서 돌아오던 아도가 이곳 태조산 밑에 이르자 때가 겨울인데도, 산 허리에 복숭아꽃과 오얏(자두) 꽃이 만발한 것을 보고, 그곳에 절을 짓고 '도리사'라고 했다. "해동 최초가람태조산성지도리사(海東最初伽藍太祖山聖地桃李寺)"라고 쓰인 일주문에서 4.5㎞ 떨어진 곳에 위치한 도리사는 본당 밑 주차장까지 구절양장(九折羊腸) 산길이다. 계단을 올라가 처음 대면하는 것이 '선실과 승방'으로 사용하는 설선당(說禪堂)이다.

  개인의 소원을 적어 연줄처럼 걸어 놓은 석벽을 지나 다시 계단으로 접어들어 활짝 웃는 '천진동자불'을 뒤로하고 올라가면 부처님의 진신사리를 모신 적멸보궁(寂滅寶宮)이 나온다. 전각 뒤로 진신사리를 모신 높이 8m의 웅장한 보탑을 세워 놓고 전각 안에는 불상 대신에 기도를 올릴 수 있는 단을 만들어 놓았다. 적멸보궁에서 측면 계단을 이용해 내려오면 아도화상의 좌상이 있고 향을 피울 수 있는 향로가 설치되어 있다. 아도화상은 신라에 불교를 처음 전한 분으로 "향의 의미와 치유 효능에 대해서도 처음 알게 해 주었다"는 의미에서 이곳에 오는 사람들에게 '아도화상 앞에 향을 피워 몸과 마음을 맑게 하는 아름다운 불교의 향 문화를 체험'할 수 있는 공간을 마련했다.

아도화상 좌상

도리사에는 일반 석탑과는 형태가 다른 특이한 모습의 도리사 석탑이 있다. 지면 위에 길게 다듬은 돌 10매를 놓고 그 위에 탑의 기단 부분을 세웠다. 기단은 사면에 네모난 기둥을 세우고 그 사이의 각 면에 직사각형 판석을 병풍처럼 둘러 세웠다. 탑신 부분은 3층으로 각층마다 작은 석재를 중첩해 얽거나 짜서 탑신부를 형성하고 있는 것으로 보아 벽돌탑을 모방한 모전석탑(模塼石塔)과 비슷하며, 건립 시기는 고려 중엽으로 추정된다.

극락전 우측계단으로 내려오면 아름드리 소나무 숲에 아도화상이 앉아 도를 닦았다는 좌선대가 있고, 뒤편으로 '아도화상 사적비 및 도리사 불량답 시주질비(阿道和尙 事跡碑 및 桃李寺 佛糧畓 施主秩碑)'가 있다.

구미의 진산 금오산(金烏山)은 가까이 갈수록 더 큰 산으로 다가온다. 칠곡군 가산면 다부리 산지에서 발원한 한천(漢川)이 만나는 구미시 구포동의 낙동강은 덧없이 넓어만 보인다.

금오산의 큰 얼굴

낙동강 동안(東岸)에 있는 동락서원(東洛書院)은 조선 중기의 학자 여헌 장현광(旅軒 張顯光 1554~1637)을 배향하는 서원이다. 장현광이 제자를 가르치기 위해 1610년에 세운 부지암정사(不知巖精舍) 자리에 1655년(효종 6년) 부지암서원으로 창건되었다가 1676년(숙종 2년) '동락(東洛)'이라는 이름을 사액 받아 동락서원이 되었다.

'동락'이란 '동국(東國)의 이락(伊洛)'이라는 뜻이며, 1871년 서원 철폐령으로 훼철되었다가 근래에 복원되었다. 낙동강이 바라다보이는 야트막한 언덕에 세워져 있다. 경상북도문화재자료 제21호로 지정된 중정당(中正堂)을 비롯하여 사당인 경덕묘(景德廟), 동·서재인 근집재(槿執齋)와 윤회재(允懷齋), 신도비각 등이 있다. 서원 앞에는 수령 400여 년 된 은행나무가 보호수로 서 있다.

동락서원

동락서원 입구 준도문   금오산의 큰 얼굴

여헌 장현광은 1602년(선조 35년) 공조좌랑으로 부임하여 정부의 주역(周易) 교정 사업에 참여하고 이듬해 잠깐 의성현령으로 부임한 것 외에는 모두 사양하며, 관직에 나아가지 않고 오직 학문과 제자 양성에만 몰두한 인물이다. 1636년 병자호란 때는 의병을 일으키고, 군량미를 모아 전장에서 보냈다. 그러나 삼전도(三田渡) 굴욕 소식을 듣고 분개하여 동해안 입암산(立嵒山)으로 은거하다 반년 만에 별세했다.

낙동강 따라 구미시에 접어들면서부터 남쪽으로 병풍처럼 펼쳐진 금오산은 강을 따라 걷는 나그네의 길잡이가 되어 준다. 금오산(金烏山, 977m)이라는 명칭은 이곳을 지나던 아도(阿道)가 저녁놀 속으로 황금빛 까마귀가 나는 모습을 보고 이름 지었다. 낙동강 따라 남으로 내려오면서 다가오는 금오산은 가슴에 손을 얹고 누워 있는 큰 사람 모양이나 정수리에 꽂혀 있는 철탑이 흠이다. 이 산의 산자락인 구미시 상모동에 고 박정희(朴正熙, 1917~1979) 대통령의 생가가 있다.

남구미대교 부근에 조성된 작은 연못에는 연밥이 익어 간다. 연꽃이 핀다는 것은 불교에서는 어느 경지의 완성을 이야기하는 것으로 보아 보통 불상이나 승탑(僧塔)의 좌대에 연꽃 모양의 연화대(蓮花臺)를 많이 사용하는 것으로 짐작을 해 본다.

사육신 중 유일하게 후손 살아난 '박팽년'

덕포대교와 반지천을 지난다. 다리 밑은 어김없는 쉼터였고, 그늘을 찾아 길을 떠나는 순례자 같다. 국도변에 있는 '왜관지구전적기념관'과 '칠곡호국평화기념관'이 한국전쟁 때 최후의 낙동강 방어선이었고 55일 간의 전투를 떠오르게 한다. 두 기념관은 한국전쟁의 아픈 역사를 일깨워 주는 교육의 현장이다.

대구시 달성군 하빈면 묘리에 있는 육신사(六臣祠)는 조선 세조 때 단종의 복위를 꾀하다가 거열형을 당한 박팽년·성삼문·이개·유성원·하위지·유응부 등의 사육신 위패를 모신 사당이다. 처음에는 충정공 박팽년의 후손들이 그의 제사를 모시기 위해 사당을 지었으나, 현손인 박계창이 충정공의 제삿날에 사육신들이 사당 문 밖에서 서성거리는 꿈을 꾼 뒤부터 나머지 분들의 음식도 장만하여 함께 제사를 지낸다고 한다.

홍살문을 중심으로 좌측 육신사, 우측 태고정

육신사

사육신은 3대가 멸했기 때문에 후손이 없는 게 십상인데, 유일하게 박팽년만 후손이 살아 남아 대를 잇게 되었다. 이는 박팽년(朴彭年)의 둘째 아들 순(珣)의 부인 성주 이씨(星州李氏)도 관비가 되어 고향인 경상도로 내려와 살았는데, 집의 몸종과 함께 임신 중이었다. 그 후 이씨 부인은 아들을 낳고 몸종은 딸을 낳았다. 이때 아이 이름을 박비(朴婢)라 하고 비밀리에 여종이 낳은 딸과 바꿔 길러서 기적적으로 사육신 중 박팽년의 혈손만 남아 대를 잇게 되었다.

박비가 17세 되던 해에 이곳에 부임해 온 이모부인 경상도 관찰사 이극균(李克均)의 권유로 자수하여 성종(成宗)으로부터 사(赦)함을 받고 박일산(朴一珊)이란 이름까지 하사 받아 고향에 내려오게 되었다. 박일산은 후손이 없던 외가의 재산을 물려받아 묘골에 99칸의 종택(宗宅)을 지었다. 종가 안에 붙어 있는 별당 건물이 태고정(太古亭)이다. 이를 계기로 묘골은 순천 박씨 집성촌이 됐으며, 근세 대표적인 인물로는 국회의장을 지낸 9선의 박준규(朴浚圭, 1925~2014)가 직계 후손이다.

태고정

　묘골의 지형은 '팔공산을 머리로 하는 거대한 용이 자신의 꼬리를 돌아보는 회
룡고미(回龍顧尾) 형국'이다. 묘골 너머에 '파회(巴回)'라는 마을이 있는데, 산줄기가
'巴' 자 모양으로 산이 마을을 감싸고 있어서 붙여진 이름이다. '巴' 자 윗부분의
네모 둘은 왼쪽이 파회 마을이요, 오른쪽은 묘골 마을이다. 이 두 마을의 출입구는
동남쪽 트인 부분으로만 보이고, 나머지는 삼면이 산으로 둘러싸여 있어 밖에서도
안에서도 이 마을을 들여다보거나 내다볼 수 없다고 한다.

　묘골 마을에는 육신사와 태고정, 도곡재(陶谷齋) 등이 있다. 이 마을에는 우리나
라 굴지 기업의 창업자인 이병철(李秉喆, 1910~1987)의 부인 박두을 여사의 고향이기
도 하다. 삼성이 성장하기까지는 박두을 여사의 훌륭한 내조 덕분이라고 하는데,
요즈음 재벌 부인들의 시끄러운 사회적 현상에 교훈이 될 듯하다. 한때 수백여 호
에 달하는 큰 마을이었으나 지금은 30여 호만이 거주하고 있다.

　파회마을에는 '삼가헌(三可軒)'이 있다. 삼가헌은 묘골 마을과 낮은 산 하나를 경
계로 하고 있는, 이 마을에 자리 잡은 조선 시대 주택이다. '삼가헌'이라는 이름은
박팽년의 11대손 박성수가 1769년(영조 45년)에 사랑채를 짓고 자신의 호를 현판으

로 걸면서 부르게 되었다. 서측 일각문 위로는 주변과 연못에 연꽃을 심은 아름다운 파산서당(巴山書堂)이 자리하고 있다. 파산서당은 후학들을 가르치던 곳이다.

태고정에서 칠곡보로 나와 낙동강을 따라간다. 4대강사업으로 건설된 보이다. 보의 영향인지는 낙동강 물의 흐름이 느리다. 햇볕에 반사되는 물빛도 제 색깔이 아닌 것 같다. 한국전쟁 당시 피아(彼我) 간에 혈전을 벌였던 '호국의 다리(구 왜관철교)' 부근에도 그때 그 핏빛이 보이는 것 같다. 구 왜관철교는 한국의 역사와 더불어 변천해 왔다. 1905년 경부선의 개통과 더불어 단선 철교인 낙동강 대교로 출발했다. 경부선의 복선화와 더불어 1941년에 상류쪽에 새로운 노선과 교량이 가설되면서, 기존의 철교는 폐쇄되고, 국도 4호선의 도로 교량으로 사용되었다. 그래서 구 철교 또는 인도교라고 불렀으며, 사람과 차량이 인도교를 통해 낙동강을 건널 수 있게 되었다. 한국전쟁이 발발하자 낙동강이 최후의 저지선이 되어 북한군이 낙동강을 건너는 것을 막기 위해 왜관에서 두 번째 교각이 유엔군에 의해 폭파되었다. 1953년 휴전 후 폭파된 구간을 목교(木橋)로 연결해서 다시 인도교로 이용했으며, 1970년에는 왜관교가 가설됨에 따라 사람과 차량의 통행이 원활해졌다.

호국의 다리 하류에 옛 '왜관나루터' 자리가 있다. 왜관(倭館)은 조선 시대 일본인이 조선에서 외교·통상을 하며 무역 등의 기능을 하던 곳을 말한다. 칠곡군 왜관은 왜관 언저리에 조선 성종 때부터 낙동강 하류에서 뱃길을 따라 올라온 왜물(倭物)을 서울로 실어 나르기 전에 보관하던 창고인 왜물고(倭物庫)가 위치한 데서 생긴 이름이다. 지금의 왜관은 1905년 경부선이 개통되면서 붙인 이름이고, 원래는 낙동강 서안 쪽의 약목면 지역에 위치해 있었다.

왜관나루터는 낙동강 유역에서 가장 번창한 나루터 중의 하나로, 1939년 경부선이 복선화되면서 단선 철교가 인도교로 이용되기 전까지 물류 수송의 중요한 통로였다. 농수산물을 비롯한 각종 물산이 부산에서 올라와 하역했을 뿐만 아니라 상류인 상주와 안동에서 교역이 이뤄지기도 했다. 그리고 1960년대까지 사람과 짐을 실어 나르는 나룻배가 성황을 이뤄 선창가로 불리었으나, 지금은 흔적만 겨우 남아 있다.

의병장 낙포 이종문이 세운 '하목정'

다리가 놓이기 전까지는 왜물고(倭物庫)가 있어 성시를 이뤘던 왜관나루 아래로 월견초(月見草)라 불리는 달맞이꽃이 활짝 반겨 준다. 달맞이꽃은 남아메리카 칠레가 원산지인 귀화식물이며 우리나라가 일제의 압박에서 해방될 무렵에 들어왔다고 하여 일명 '해방초'라고도 부른다.

낙동강을 따라 공장들이 도열해 있는 왜관산업단지 뒷산은 옛날부터 고려장을 했던 곳이라고 해서 '무덤산' 또는 사투리로 '무지미산'이라고 불리었다. 실제로 1990년 산업단지 조성 공사를 시작할 때 고조선 시기인 청동기 시대부터 조선 시대에 이르는 무덤과 상당한 유적과 유물이 쏟아져 나왔다. 특히 고려 시대 제기가 많이 나와 '고려장(高麗葬) 터'로 믿어 왔다. 그러나 불효 죄가 역적 죄만큼이나 엄했던 고려 시대에 '늙은 부모를 생매장했다는 기록'은 전혀 없다. 이는 일제 강점기 때 무덤 도굴을 합리화하기 위해 퍼트린 일제의 조작으로 밝혀지고 있다.

하목정

인조가 써 준 霞鶩亭 편액　　　　　　　　하빈천

강 건너 멀리 보이는 곳은 성주군 월항면 인촌리로 세종대왕자태실(사적 제444호)이 있다. 1438년(세종 20년)에서 1442년(세종 24년) 경에 조성된 태실로, 세종의 적서(嫡庶) 18왕자와 세손 단종의 태실 1기를 합쳐 모두 19기가 있다. 이 태실이 자리 잡은 태봉(胎奉)은 당초 성주 이씨의 중시조 이장경(李長庚)의 묘가 있었던 곳이었으나, 왕실에서 이곳에 태실을 쓰면서 묘를 이장하도록 하고 태를 안치했다고 한다.

칠곡군을 벗어나면 대구시 달성군 하빈면이다. 이곳에는 '사육신 중에서 유일하게 후손을 둔' 박팽년의 후손들이 세거(世居)하고 있다. 데크 길을 따라 한참을 내려오면 하목정이 나온다. 하목정(霞鶩亭)은 임진왜란 때 의병장 낙포 이종문(洛浦 李宗文)이 1604년(선조 37년)에 세운 것이다. 霞鶩亭이란 정호는 인조가 왕위에 오르기 전에 이곳에 머문 적이 있어, 그 인연으로 이종문의 장남 이지영에게 직접 써 주었다. 일반 백성들의 주택에는 서까래 위에 덧서까래인 부연(附椽)을 달지 않는 것이 관례였으나, 인조의 명으로 부연을 달았다. 하목정이란 이름은 정자 아래로 흐르는 낙동강에 오리들이 아침 안개를 가르고 나르는 모습이 연상되지만, 현재는 물길이 바뀌고 대구와 성주를 연결하는 성주대교가 개통되어 옛 풍경은 멀어져 갔다. 대신 앞마당에 핀 상사화처럼 만날 수 없는 옛날만 그리워한다.

무성한 억새 사이로 난 길을 따라 내려가자 칠곡군 지천면 송정리 장원봉에서 발원하는 하빈천를 만난다. 하빈천은 물길이 달성군 하빈면을 관통하여 붙여진 이름이다.

왕이 꽃 감상한 '상화대' 있던 화원동산

달성군 화원읍에 있는 화원유원지는 화원동산과 사문진역사공원을 포함하고 있다. 화원동산은 삼국 시대 이전부터 역사의 숨결이 스민 곳이다. 신라 때에는 토성을 쌓아 행궁을 두고 왕이 꽃을 감상한 상화대(賞花臺)가 있다고 전해지는데, 그때 상화대 자리에는 팔각정이 있어 전망대의 역할을 한다. 조선 시대에는 봉화대를 설치하여 교통 통신의 중요한 역할을 한 유서 깊은 곳이다.

1928년 일제 강점기 때 대구유원지로 개발되었으나, 해방 후 방치되어 오다가 주류 회사인 '금복주'가 조성하여 1993년 대구시로 기부했다. 지금은 대구광역시 시설관리공단이 관리하고 있다.

사문진(沙門津)은 과거 경상도 관아가 있었으며, 사문진나루터를 통해 대구 지역에 사람과 물산이 모여들어 성시를 이루던 곳이었다. 사문진나루터는 1900년 3월 미국인 선교사 사이드 보탐에 의해 그 당시 '귀신통'이라 불리던 피아노가 최초로

화원유원지(화원동산) 전망대

강정고령보   디 아크

유입된 곳이기도 하다. 1993년 사문진교가 완공되어 사라질 번했던 것을 화원동산과 함께 사문진 주막촌 복원 등 도심형 수변공원으로 조성하여 다시 태어났다.

금호강은 포항시 죽장면 북부에서 발원하는 여러 하천이 영천시에서 합류하여 경산시를 관류하고, 대구시로 들어와 북쪽으로 돌아 달성군에 들어가서 남류하여 낙동강에서 합류한다. 금호강의 '琴(금)'은 강 주변의 갈대들이 바람에 흔들리면서 나는 소리가 마치 가야금 소리와 같다는 의미다. '湖(호)'는 금호강의 지세가 낮고 평평해 흐르는 강이 마치 호수처럼 잔잔하다는 의미다. 그래서 금호라는 지명이 생겨났다.

4대 강 16개 보 중에서 최대 규모인 강정고령보는 경상북도 고령군 다산면과 대구광역시 달성군 다사읍에 있는 낙동강의 보이다. 우륵교라는 다리가 있지만 지역 갈등으로 사용되지 못하고 있어 안타깝다. 차량 통행이 가능한 다리이지만 낙동강을 사이에 두고 마주한 대구시 달성군 측이 "우륵교에 차가 다닐 경우 차량 혼잡과 소음 등 각종 문제가 발생된다"며 반대하고 있기 때문이라고 한다.
낙동강과 금호강이 만나는 합수 지점에는 독특한 건물이 하나 서 있다. 강과 물, 자연을 모티브로 한 '디 아크(The ARC)'다. 4대강문화관이라고도 불리는 디 아크는 건축물이자 예술작품으로서 세계적인 건축가 하니 라쉬드가 설계했다. 물고기가 물 위로 뛰어오르는 순간과 물수제비가 물 표면에 닿는 순간의 파장을 잘 표현해 조형미와 예술성이 뛰어나다는 평가다.

쉽지 않은 '두루미' 서식지 보호

낙동강 고령군 쪽 강변에는 주민 숙원사업으로 '대가야역사문화공원'이 조성되어 있다. 대가야 시대 유물과 문화를 모형물로 설치하여 볼거리와 즐길거리를 제공, 흥미와 역사성 고취에 기여하자는 취지로 만들었다.

낙동강 변에는 유독 공원이 많이 눈에 띈다. 그러면 우선 이용하는 사람이 어느 정도 유지되어야 하는데, 이용하는 사람은 보이지 않고 관리도 제대로 되지 않는 것 같다. '멸종위기종 흑·재두루미 도래지역'이라며 "소음과 불빛에 매우 민감하고 경계심이 많아 주의를 요한다"는 간판을 세워 놓고 여러 가지 제한 행위를 표기해 놓았다. 그리고 아주 가까운 곳에는 '파크골프장' 등 주민 운동시설을 만들어 놓았다. 다산문화공원이 조성된 사문진교 아래로는 유람선이 여유롭다. 국고 보조금으로 조성된 '고령행복누리길'은 지친 우리들에게 산과 들, 강을 보면서 자연과 사람이 함께 호연지기할 수 있는 여유를 제공한다.

파크골프장

낙동강 수변에 버려진 크레인　　　　　공사가 중지된 성채 모양의 건물

　　고령군 다사중학교 앞으로 흐르는 낙동강의 수변은 수초가 잘 발달되어 수생
태계가 건전하게 보인다. 어디에 무슨 꽃이 피어 있든 모든 꽃은 참 곱다. 칡넝쿨
은 너무 무성해 사람이 다녀야 할 길까지 뻗어 나온다. 인도를 따라 고비를 살짝
넘어가는데, 왠 괴물이 칡넝쿨을 뚫고 모습을 드러낸다. 버려진 크레인이다. 오늘
을 사는 우리의 수준을 보는 것 같아 부끄럽다.

　　월성리에는 대가야 시대 토성이 있는 곳이지만 비가 행동을 제약한다. 다사면
송곡리에는 당시 고령에서 유일하게 노론계 서원이었던 노강서원이 있다. 영남 사
림(士林)들이 미워했던 우암 송시열을 모신 서원이 있다는 것 자체가 의외다. 1692
년에 창건하여 송시열(宋時烈)을 주향으로 하고 권상하, 한원진, 윤봉구, 송환기를
배향하고 있다. 송시열이 거제로 귀향을 오갈 때 이곳을 거쳤다고 한다.

　　비가 오는 궂은 날이라 둔덕 넘어에 있는 모 골재공장에서 비를 피하며 숨을 고
른다. 잠시 후, 다시 길을 재촉하자 성채(城砦) 같은 건물이 눈에 들어온다. 가까이
가 보니 공사를 중단한 지 좀 오래된 것 같다. 마당 옆 큰 비석에는 '兵曹參判密
城朴公大福戰績碑(병조참판밀성박공대복전적비)'라고 쓰여 있다. 박대복(朴大福, 1558~
1592)은 임진왜란이 일어나자 곽재우, 김면과 함께 의병을 일으키고 군량미 2천 석
을 지원해 굶주리는 군사에게 제공했으며, 주둔해 있던 왜적을 대파하였으나 불
행하게도 37세의 나이로 전쟁터에서 순절했다. 비석에는 '병조참판'으로 기록되어
있으나 문헌에는 '병조참의(兵曹參議)'에 증직되었다고 기록되어 있다.

비슬산유가사 '찬포산이성관기도성'

달성군 논공읍 성산대교 밑에서 잠시 비를 피한다. 성산대교는 2004년에 개통된 고령군 대가야읍과 대구 간의 고속화도로로 고령의 관문 역할을 한다.

길마다 빗물이 고여 내를 이룬다. 발목을 빠져가며 도착한 곳은 달성보다. 달성보는 달성군 논공읍 하리와 고령군 개진면 인안리를 잇는 낙동강 보다. 취수 기능을 확대하고, 지역 주민들에게 청정 에너지인 소수력 발전과 친수 공간을 제공하기 위해 건립되었다.

달성보 전망대에 올라 주변을 살펴본다. 주변에는 달성노을공원이 조성되어 있다. 서쪽 고령군 개진면 인안리로 지는 저녁노을이 아름답고 하는데, 비 오는 날 아름다운 저녁노을을 생각한다는 것이 호사스럽다. 대구환경공단 달성사업소의 최종 방류구에서 나오는 물이 용호천을 경유하여 낙동강으로 흘러 든다.

달성보

보각국사일연시비−찬포산이성 관기도성   유가사 전경

비슬산유가사(琵瑟山瑜伽寺)는 대한불교조계종 제9교구 본사인 동화사의 말사다. '유가사 108돌탑'이 이곳을 찾는 신도들의 신심을 짐작케 한다. 유가사 입구에는 "찬포산이성관기도성"이란 '보각국사일연시비(普覺國師一然詩碑)'가 있는 것으로 보아 이곳이 『삼국유사』를 지은 일연(一然)과 관계가 있는 듯하다. 유가사는 827년(신라 흥덕왕 2년) 도성(道成)이 창건했다. 일연은 『삼국유사』에서 이곳을 '포산'이라고 했고, 지금도 이 일대를 일컫는 지명이다. 그래서 시의 내용은 "비슬산에 유가사를 창건한 도성을 찬양"하는 내용 같다.

일연스님은 가지산문(迦智山門)의 승려다. 가지산문은 신라말기 도의 선사가 전남 장흥군 가지산 보림사를 거점으로 일으킨 산문이다. 도의선사는 우리나라 선종의 원조로 꼽힌다. 선종의 흐름은 고려 시대 3대 종파 가운데 하나인 유가종으로 이어졌는데 여기에 일연스님이 있었다. 그래서 비슬산 자락에 있는 유가사나 유가사가 있는 지명인 유가면에서 일연의 자취를 느낄 수 있다.

계단을 밟고 사천왕문과 범종루를 지나면 주황색 지붕의 시방루(十方樓)가 나온다. 시방루의 '시방(十方)'은 불교에서 우주에 대한 공간적인 구분으로 동서남북의 사방(四方)과, 동북·동남·서남·서북의 사유(四維)와, 상하의 열 가지 방향을 말하는 것으로 시간 구분인 삼세와 통칭하여 전 우주를 가리킨다.
시방루를 지나면 대웅전이 나온다. '대웅(大雄)'은 고대 인도의 '마하비라'를 한역한 말로, 법화경에서 석가모니를 위대한 영웅, 즉 대웅이라 일컫은 데서 유래했다는데, 특이하게 중국의 동북 지방과 우리나라에만 대웅전이 있다.

'소학동자' 김굉필의 로방송

박석진교는 과거에 낙동강변에 박석나루[박석진]가 있어 박석진교라고 부르게 되었다. 박석나루는 이 일대에서 가장 오래되었고, 규모가 컸다고 한다. 이곳의 나루에서는 낙동강 수운을 이용하여 인근 지역에 곡물과 소금, 어물 등이 운반되었다. 고령에서 현풍장에 수박과 참외를 싣고 건너 다녔는데, 박석진교가 1996년에 가설되면서 나루의 기능은 사라졌고, 보행자를 위한 보도도 없다.

지금 낙동강이 흐르고 있는 대구광역시 달성군 현풍은 원래 지명이 현풍(玄豐)이었다. 사욕에 눈이 먼 아전(衙前)들의 가렴주구가 너무 심해 '새로운 교화(敎化)의 땅'으로 변화시키고자 하는 바람으로 1018년(고려 현종 9년) 이후 현풍의 '풍성할 풍(豐)' 자를 '바람 풍(風)' 자로 바꾸어 '고을의 곳곳마다 관리(官吏)의 교화가 미치는 지역'이 되라는 바람으로 지명을 바꾸었다. 풍기확립으로 새롭게 조성된 관아의 모습을 기리기 위해 앙풍루(仰風樓)를 세웠다고 하는데, 지금은 흔적이 없다.

박석진교

현풍천   김굉필의 로방송 시비

　강변길이 아닌 도로를 따라 고개를 올라간다. 다람재길이다. "여기 느티골과 정수골을 사이에 있는 산등성이가 마치 다람쥐를 닮아 다람재라 불러 왔다. 원래 강변쪽으로 치우친 오솔길을 버리고 산허리를 끼고 도는 새 길을 훤하게 닦고 나니 재 넘어 마을들이 이웃이 되면서 훈훈한 인정과 복지의 짐바리가 거침없이 넘나들게 됐다.(하략)" 1986년 당시 달성군수 신영식은 낙동강 푸른 물길에 상고선 줄을 잇고 흥청거리던 번영을 되찾자고 이곳 다람재에 올라 고향의 끝없는 영광을 기원했다. 고갯마루에는 김굉필의 「로방송(路傍松)」 시비가 유유히 흐르는 낙동강을 굽어 본다. 한훤당(寒暄堂) 김굉필(金宏弼, 1454~1504)은 조선 전기의 성리학자 김종직(金宗直)의 문하로, 특히 '소학(小學)'에 심취하여 '소학동자'라 자칭했다.

　　　　한 그루 늙은 소나무 길 가에 서 있어(一老蒼髥任路塵 일로창염임로진)
　　　　괴로워도 오가는 길손 맞고 보내네(勞勞迎送往來賓 노노영송왕래빈)
　　　　찬 겨울에 너와 같이 변하지 않는 마음(歲寒與汝同心事 세한여여동심사)
　　　　지나가는 사람 중에 몇이나 보았느냐(經過人中見幾人 경과인중견기인)

　김종직은 1498년 무오사화가 일어나자 평안도 희천에 유배되었는데, 그곳에서 조광조(趙光祖)를 만나 학문을 전수했다. 1504년 갑자사화(甲子士禍) 때 극형에 처해졌으나, 중종반정 이후에 신원(伸寃)되어 도승지에 추증되었다. 1517년에는 정광필(鄭光弼) 등에 의해 우의정에 추증되었다. 학문 경향은 정몽주·길재로 이어지는 의리지학(義理之學)을 계승했으며, 치인(治人)보다는 수기(修己)에 중점을 두었다.

서원 철폐령에도 존속한 도동서원

다람재에서 내려다보는 낙동강은 명경(明鏡)이다. 고개 아래에 김굉필을 배향(配享)한 '도동서원'이 있다. 흥선대원군의 서원 철폐령에도 훼철되지 않고 존속한 도동서원(道東書院, 사적 제488호)은 1605년(선조 38년) 지방 유림의 공의(公議)로 김굉필(金宏弼)의 학문과 덕행을 추모하기 위해 창건하고 위패를 모셨다. 서원 경내에 있는 중정당 정면 기단에는 여의주를 물고 있는 4개의 용머리와 다람쥐 모양의 동물이 새겨져 있는데, 용머리는 낙동강 물의 범람을 막기 위한 비보(秘寶)책이다.

서원 입구에 있는 수령 400년 이상 된 은행나무는 1607년(선조 40년)에 안동부사로 재직 중인 김종직의 외증손이며, 퇴계 이황 선생의 고제(高弟)인 한강(寒岡) 정구(鄭逑)가 도동서원 중건 기념으로 식수한 것으로 전해진다. 고제는 고족제자(高足弟子)의 준말로 '학문이나 덕행이 뛰어난 제자'를 일컫는다.

도동서원 은행나무

현풍석빙고

이노정

현풍석빙고(보물 제673호)는 언뜻 보기에는 거대한 고분처럼 보이나, 조선 때 화강암으로 만든 석제 얼음 창고다. 이 석빙고는 동네 바깥에 있는 소구릉과 그 옆을 흐르는 계천(溪川) 사이에 축조되어 있다. 입구에는 돌을 다듬어 네모난 문틀을 만들고 외부 공기를 막기 위해 강돌로 뒷벽을 채웠으며, 외부에는 돌을 쌓고 점토로 다진 후 흙을 쌓아 올렸다. 석빙고의 천장에는 2개의 환기구가 설치되어 있는데, 바깥에서 비가 스며들지 않게 뚜껑을 덮었다. 바닥은 평평한 돌을 깔고 중앙에 배수구를 두었다. 그 옛날 계곡의 물이 얼게 되면 계곡의 얼음을 떠다가 이곳에 보관했다고 한다.

이곳에서 달성군 구지면 오설리로 이동하여 낙동강을 따라간다. 강변으로 오토캠핑장과 텐트촌이 줄을 잇고, 수상레저시설이 갖춰져 있다. 다양한 레저를 즐길 수 있는 곳이다. 대구교육낙동강수련원은 자라나는 학생들에게 심신의 조화로운 발달을 위해 대구광역시교육청이 운영하는 수련기관이다.

이곳을 지나면 조선의 대학자 한훤당 김굉필과 일두(一蠹) 정여창(鄭汝昌, 1450~1504)이 무오사화(戊午士禍)를 당해 시골로 내려와 풍류를 즐기면서 학문을 연구하던 이노정(二老亭)이 있다. '이노정'이란 김굉필과 정여창을 두 노인네라 칭하여 붙인 이름이다. 1885년(고종 22년)에 영남 유림들이 두 분을 추모하기 위해 고쳐 지었고, 1904년에도 고쳤다. 이노정은 풍광이 아름다워 제일강산이라고도 한다.

'천강 홍의장군' 곽재우

강변 인근에 조선 중기 임진왜란 때의 의병장인 망우당(忘憂堂) 곽재우(郭再祐, 1552~1617) 장군의 묘소가 있다. 외가인 경상남도 의령에서 출생한 곽재우 장군은 1592년 4월 14일 임진왜란이 일어나자 며칠 뒤 제일 먼저 의령에서 사람들을 모아 의병을 일으켰다. 이날을 양력으로 환산해 6월 1일이 '의병의 날'로 정하고 있다.

곽재우 장군은 스스로 '천강 홍의장군(天降紅衣將軍)'이라고 칭하며 붉은 비단으로 군복을 지어 입었다. 백마에 올라 앉아 아군과 적군에게 위엄을 보이고 위장 전술로 적을 공격하여 크게 승리하였다. 장군이 이끄는 의병은 왜병의 진로 차단과 호남 진출을 막는 등 많은 공을 세웠다. 그 후 성주목사, 경상좌도방어사 등의 벼슬을 지냈으나 광주 의병장 김덕령(金德齡, 1567~1596)의 억울한 죽음을 보고 더 이

망우당 곽재우 장군의 봉분

망우당 곽재우 가족묘원

상 다른 벼슬은 나아가지 않았으며, 1617년 눈을 감을 때 봉분을 돋우지 말고 평장(平葬)하라고 유언했다. 1709년(숙종 35년)에 병조판서 겸 지의금부사(兵曹判書 兼 知義禁府事)에 추증되었다.

곽재우는 남명 조식(南冥 曺植, 1501~1572)의 마지막 제자이며 외손서(外孫壻)이다. 남명이 곽재우의 사람 됨됨이를 보고 외손녀의 배필로 직접 정했다고 한다. 남명은 퇴계와 함께 영남학파의 거두였다. 퇴계는 인(仁)을 중심으로 제자를 가르쳤고, 남명은 의(義)를 중심으로 훈육했다. 임진왜란이 발발하자 '실천하는 양심'으로 가르침을 받은 곽재우, 정인홍(鄭仁弘, 1535~1623) 등 남명의 제자 50여 명이 들불같이 의병을 일으켜 구국(救國)의 전선에 뛰어들었다.

대암리 새골 마을을 지나 무심사(無心寺)로 접어드는 산길은 가파르면서도 고요하다. 목탁에 맞춰 청아하게 흘러나오는 독경소리는 낙동강 벼랑에 맑게 흩어진다. 이곳은 숙식을 무료로 제공하고 있는데, 무심(無心)은 '마음이 없는 것'이 아니라 '측량할 수 없는 무한한 마음'을 나타내는 것 같다. 낙동강 절벽에 의탁한 절이지만 절경이 그만이다.

영산만년교(보물 제564호)는 홍예교(虹霓橋)로, 1780년 영산 남천에 가설된 다리다. 속칭 '만년교'라고 부른다. 남천 석교비(石橋碑)에 석수 백진기가 축조했고, 그 후 1892년(고종 29년)에 현감 신관조가 석수 김내경을 시켜 중수했다고 새겨져 있다. 우리나라 수많은 보물 중 장인의 이름이 새겨진 예는 극히 드문 일이다. 만년교가 있는 곳은 '남산호국공원'이다. 영산은 임진왜란 때 현감 전제(全濟) 장군이 의병장 곽재우의 휘하에서 충의용사들과 함께 왜군을 물리친 전승지이고, 3·1운동 때는 이 지방의 독립만세운동의 중심지였다. 한국전쟁 때는 두 차례에 걸친 북한군의 침공을 격퇴하는 등 국난을 극복한 조상들의 호국충절의 정신이 서려 있는 곳이다. 이에 조상들의 거룩한 뜻을 기리고자 충의용사들의 호국충혼탑을 건립했다.

영산만년교

만년교에서 가까운 곳에는 연지(硯池)라는 연못이 있다. 이 연못은 영산 고을 진산인 영축산이 불덩어리의 형상을 하고 고을에 화재가 일어날 수 있다고 하여 '불은 물로 다스린다'는 오행사상에 의해 화재를 예방하고, 농사에 이로운 치수구로 이용하려고 벼루 모양으로 만들었다. 오랜 세월 가꾸지 않아 못의 구실을 하지 못하다가 1889년에 다시 파고 막아 개울물을 끌어들이고 하늘의 오성을 본 따 다섯 개의 섬을 만들었다.

　영산면에서 서쪽으로 약 5㎞쯤 떨어진 창녕군 장마면에는 창녕지석묘(昌寧支石墓)가 있다. 이곳에는 원래 7기의 지석묘가 북두칠성형으로 배열되어 있어 일명 '칠성바위'라고 불렸으나, 1912년 도로공사 때 일본인이 일부를 파괴하여 공사에 사용하는 바람에 현재 1기만 남아 있다.

　지석묘는 고조선 시기인 청동기 시대의 대표적인 무덤으로 고인돌이라고도 하며, 지배층의 무덤으로 알려져 있다. 이 고인돌은 구릉의 정상부에 위치하고 있어 평지에 있는 고인돌과는 입지가 다른 조건을 보여주고 있어 학술상 가치가 높다.

'생태계 보고'인 우포늪천연보호구역

우포늪천연보호구역은 낙동강의 배후습지다. 4개의 늪(우포늪, 목포늪, 사지포, 쪽지벌)으로 이루어진 우리나라 최대 규모의 자연 내륙 습지다. 한반도 지형의 탄생 시기를 같이하는 것으로 알려졌다.

우포늪은 화왕산 북쪽에서 발원하여 낙동강으로 흘러들어오는 토평천이 가로지른다. 우기나 홍수 때에 충분한 수분을 토양 속에 저장했다가 건기 때 주변에 물기를 지속적으로 공급해 주는 국내 최대 규모의 천연 늪이며 각종 야생 동식물의 서식처다. 가시연꽃, 마름 등의 수생식물을 비롯하여 500여 종의 관속식물, 400

우포늪 전경

여 종의 식물성플랑크톤, 20여 종의 포유류, 180여 종의 조류, 20여 종의 양서류와 파충류, 30여 종의 어류와 800여 종의 곤충 등 다양한 동식물들이 서식하고 있다. 4계절 생물 다양성이 풍부한 먹이 때문에 많은 철새들의 중간 기착지이다.

우포늪은 습지를 터전으로 살아가는 다양한 생물들의 보금자리로, 생태계보전지역 중 생태계특별보호구역으로 지정되었으며 국제적으로도 람사르협약 보존습지로 지정되었다. 습지의 중요성으로 인해 천연보호구역으로도 지정(천연기념물 제524호)되었다.

우포늪이 국내외적인 습지보호지역으로 인정받기까지는 질곡의 세월을 보내기도 했다. 일제 강점기 때인 1930~1940년대에는 홍수 방지와 농경지를 확보하여 쌀을 수탈하기 위해 대대제방을 쌓았다. 1970년대에 들어와서는 개발을 목적으로 매립 공사가 진행되다가 비용과 기술력 부족으로 중단되었으며, 1990년대 중반에는 목포늪 주변에 생활쓰레기매립장이 만들어지다가 중단되기도 했다.

우포늪 제방(대대제)

'넘어진 김에 쉬어간다'는 옛말이 있듯이 내친 김에 합천군 덕곡면 밤마리 오광
대발상지로 향했다. 밤마리는 무심사 아래로 낙동강을 건너는 율지교를 지나면
바로다. 오광대는 경남에 전승되는 가면극을 통칭하는 용어로, 그 발상지가 바로
이곳 밤마리이며, 이곳에서 경남 지역과 부산 지역으로 전승되었다. 경남 지역의 가
면극을 오광대라고 하며, 부산 지역에서 전승되는 가면극은 야류(野遊)라고 한다.

오광대놀이는 다섯 광대의 연희라는 의미에서 다섯 과장으로 구성되었기에 오
광대라고 칭한다는 견해가 있다. 오광대에 등장하는 광대들이 다섯 명 이상이지
만, 주요 등장인물인 핵심 양반이나 신장(장군), 문둥이, 노름꾼이 다섯 명인 까닭에
'오광대 연희'이다. 가산 오광대와 마산 오광대는 일곱 마당이지만, 나머지 오광대
는 다섯 마당으로 구성되어 있다. 오행사상에 근거한 오방 개념이 반영된 의미도
있다. 오방은 동서남북의 네 방위에 중앙을 가리키는데, 이 세상 전부를 의미한다.
'밤마리오광대문화체험관'에서 공연이라도 보았으면 했는데 문만 굳게 닫혀
있다. 기대하지는 않았지만 막상 돌아서려니까 몹시 아쉽다. 이렇게 유적지 답사를
마치고 창녕군 이방면 장촌리 낙동강변으로 이동하여 본격적으로 도보에 오른다.

마을 입구 농로에는 4대강사업 때나 사용했을 것 같은 대형 모래 채취선이 어울리지 않게 버려져 있다. 고가의 중장비가 일회용 장비였나? 고령군 강변에 버려진 크레인과 함께 뒤처리가 깨끗하지 못한 우리들의 치부를 보이는 것 같다.

방치된 대형 모래 채취선

마을을 지나 강둑으로 올라서자 합천·창녕보가 가깝게 다가온다. 이 보는 길이는 승강식 수문과 회전식 수문으로 구성되어 있다. 하천의 바닥과 표면에 있는 물을 각각 흘려 보내는 것이 가능하다. 보조 수문의 조작을 통해 미세한 수위 조절까지 가능한 특징을 가지고 있으나, 이곳의 녹조 농도가 역대 최고치에 달한다는 보도가 있다.

합천·창녕보 조형탑과 전망대를 지나 강둑을 타고 앞으로 나아가는데 산이 가로막는다. 아까 보를 지나치면서 화살표를 본 것 같은데 그냥 지나친 것 같다. 성못길이 어슴푸레 나 있기는 하나 풀과 나무가 우거져 있어 진행이 쉽지 않다.

낙동강 천삼백 리 길을 따라(36)

껌 대용이었던 추억의 식물 '삘기'

낙동강의 아침은 조금 쌀쌀하지만 찬란하기만 하다. 콩알만 한 달팽이들도 햇볕을 쬐러 나와 콘크리트 바닥을 기어가는데 보통 힘든 게 아니다. 인간이 편하자고 만든 길이지만 달팽이에게는 생사가 넘나드는 갈림길이다. 그 길을 걸어가야하는 나그네의 발걸음 또한 혹시 발에 밟힐까 봐 여간 조심스럽다. 옛날 요령이달린 지팡이를 짚고 다니던 고승의 마음으로 '길이 멀고 고달퍼도 가야 할 곳이 있거든 걸음을 멈추지 말고 끝까지 가길' 달팽이에게 바랄 뿐이다.

억새와 갈대는 꽃을 피워 가을물 들이고, 춘삼월 보릿고개가 시작되면 돋아나던 삘기는 가을 하늘에 하늘거린다. 삘기는 '띠 풀의 새순'으로 지역에 따라 '삐비'

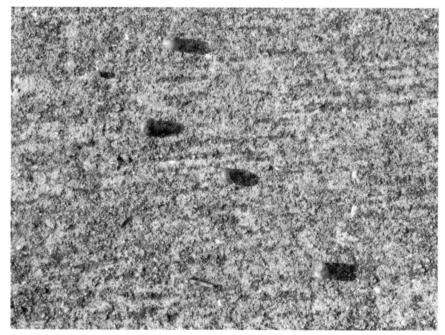

달팽이의 대장정

낙동강 변의 삘기

라고 부르기도 했던 추억의 식물이다. 삘기를 뽑아서 씹으면 껌처럼 질겅질겅하게 씹히며 달착지근한 물이 나온다. 그래서 옛날에 껌 대용으로 어린아이들 뿐만 아니라 어른들도 배가 고프면 이를 씹어 허기를 달랬었다.

발을 디딘 곳은 유명한 우포늪이 있는 창녕군 유어면이다. 유어면은 옛 가락국의 일부로써 과거엔 낙동강 변에 위치한 상습 수몰 지역이었다. 1978년 전천후 종합개발로 이를 해결하고, 지금은 옥토로 바뀌었다. 유어면에는 여덟 가지 즐거움을 주는 '팔락정(八樂亭)'이라는 정자가 있다.

팔락은 첫째가 맹호도강(猛虎渡江, 정자 앞의 낙동강 건너 지형이 범이 건너오는 듯 한 형세를 보는 즐거움)이요, 둘째로 원포귀범(遠浦歸帆, 강 멀리서 범선이 포구로 들어오는 것을 보는 즐거움)이다. 셋째로 평사낙안(平沙落雁, 넓은 강 모래사장에 기러기가 앉는 것을 보는 즐거움)이고, 넷째로 북지홍련(北池紅蓮, 정자 북쪽의 팔락 호수에 피어 있는 홍련을 보는 즐거움)이다. 다섯째는 역수십리(逆水十里, 정자 앞 개울의 물이 강의 흐름과 반대로 십리를 흐르는 것을 보는 즐거움)이고, 여섯째로 전정괴수(前庭槐樹, 앞뜰의 회화나무를 보는 즐거움)이다. 일곱째는 후원오죽(後園烏竹, 정자의 후원에 있는 오죽을 보는 즐거움)이고, 여덟째는 서교황맥(西郊黃麥, 정자 앞 서쪽 들에 보리가 누렇게 익은 풍경을 보는 즐거움)이다.

강 가장자리에는 갯벌이 형성되어 있다. 아마 4대강 공사로 생긴 보의 수문을 열어 물이 빠진 자리에 침전물이 퇴적되었다가 나타난 것 같다. '물은 흘러야 되고, 정체되면 변하는 것'처럼 물을 가둬 놓아 생긴 흔적이다. 물의 흐름이 느려서인지 색깔도 예전만 못한 것 같다.

강물을 따라 걷다가 그마저 길이 막혀 풀섶을 헤치고 길을 만들어 나아간다. 수변식물로 바닥이 덮여 보이지 않는 불규칙한 길을 걷다가 덩굴식물이 올가미가 되어 발목을 휘감기도 하고, 제 멋대로 숨어 있는 돌들은 걸림돌이 되기도 한다. 몇 번의 오르막 미끄럼에서 뒤로 밀리기도 하면서 겨우 길을 찾아 위로 올라온 곳은 유어면 진창리에 있는 광산양수장이다.

효암재

구멍 뚫린 철조망을 개구멍 통과하듯 빠져나와 언덕을 넘어 감이 익어 가는 큰 소재미 마을을 지나 효암재 앞을 지난다. 효암재(孝巖齋)는 창녕 성씨 시랑공파 파조(派祖)인 성준(成俊, 1436~1504)의 제사 건물이다. 성준은 연산군 때 영의정을 지내다가 1504년 갑자사화가 일어나자 폐비 윤씨(廢妃尹氏)의 사사(賜死)에 관여한 죄로 직산에 유배되었다가 배소(配所)에서 잡혀 와 교살당했다. 그러다 중종 때 복관(復官)되었다.

남창천이 흐르는 광산교에서 고운봉 자락을 돌아 박진교로 이동한다. 박진교는 의령군 부림면과 창녕군 남지읍을 연결하는 다리로 옛날에는 나루터가 있던 곳이다. 박진교에서 상류로 조금 올라가면 고운봉 자락에 박진전쟁기념관이 있다. 박진전쟁기념관은 6·25 한국전쟁을 주제로 2004년 6월 25일 개관한 전쟁기념전시관이다. 고운봉 옆 산인 고랑산과 박진나루에서 발굴한 유물과 낙동강 최후 방어선 사수 등을 주제로 한 내용들을 전시하고 있다.

'개비리길'은 누렁이 다닌 절벽길

칠현리 칠곡천 합류 지점에서 시작되는 개비리길은 자연이 만들어 준 길이다. 용산 마을에서 영아지 마을 창아지나루터까지 절벽 위로 아슬아슬하게 한 사람이 겨우 지나다닐 수 있는 낙동강변의 벼랑길이다. 지금은 잘 정비돼 낙동강의 눈부신 풍광을 자연과 함께 호흡하며 걸을 수 있다.

개비리길의 유래는 여러 설이 있다. 영아지 마을에 사는 황씨 할아버지의 개 누렁이가 11마리의 새끼를 낳았는데, 그 중에 한 마리가 유독 눈에 띄게 조그마한 조리쟁이(못나고 작아 볼품이 없다는 이곳 사투리)였다. 10개의 젖꼭지를 가진 어미 젖을 차지하지 못한 조리쟁이는 다른 열 마리의 새끼 강아지가 팔려 갈 때 집에 홀로 남겨지게 되었는데, 등[山] 넘어 시집간 딸이 친정에 왔다가면서 조리쟁이를 키우겠다고 시집으로 데려갔다. 어느 날 딸은 친정의 누렁이가 조리쟁이에게 젖을 물리고 있는 것을 보고 깜짝 놀랐다. 후에 살펴보니 누렁이는 하루에 꼭 한 번씩 폭설이 내

영아지 마을 앞 개비리길 입구

개비리길

팽나무 연리목

려도 조리쟁이에게 젖을 물리고 갔다. 마을 사람들이 누렁이가 다니는 길을 확인한 결과, 눈이 쌓이지 않는 낙동강 절벽길을 따라다니는 것을 보고 개가 다닌 비리(절벽) 길로 부르게 되었고, 사람들도 이 길을 이용하여 산을 넘는 수고를 덜었다 한다. 한편으로는 '개'는 강가를, '비리'는 벼랑이라는 말로 '강가 절벽을 따라 난 길'을 의미한다.

개비리 쉼터에서 숨을 고르고 벼랑을 따라 잘 정비된 길로 접어들면 울창한 대나무 숲이 나온다. 이 대나무 숲은 여양 진씨 묘사(墓祀)를 지내던 회락재(回洛齋)라는 재실이 있던 곳이다. 회락은 '낙동강 물이 모였다가 돌아서 흘러가는 곳'이라는 뜻이다. 원래 이곳에 재실과 관리인이 살림하는 집이 있었다. 위토답(位土畓)이 있던 자리였는데, 건물들이 빈집이 되어 허물어지고 대나무밭이 되었다.

일제 강점기 때 신작로가 생기면서 개비리길은 인적이 끊어지고 방치되어 오다가 2015년도 4대강사업으로 '낙동강남지개비리길'이 알려지면서 재실은 귀곡산장이라는 별칭을 얻게 되었다. 바람 불고 흐린 날 댓잎 서걱거리는 소리가 대장부의 간담을 서늘하게 했다고 한다.

대나무밭 안에는 수령 100년이 넘은 팽나무 두 그루가 부둥켜안은 연리목은 '간절하게 기도하면 소원이 이루어진다는 영험 있는 나무로 알려져 있다. 지금은 옛 전설을 안은 채 세월의 풍상과 함께 회락재 터 앞에 서 있다.

대밭에 들어와서는 '모든 사심을 버리고 깨끗한 마음으로 금천교를 지나 동천교를 건너 회락동천(回洛洞天)으로 들어간다. 동천은 '신선과 선녀가 사는 신성한 곳'을 가리킨다.

홍의장군 곽재우의 '붉은 돌 신발'

개비리길 끝 지점에는 용산리 마을이 있고, 강 건너는 남강과 합류하는 지점이다. 남강은 남덕유산에서 발원하는 남계천이 원류다. 지리산 뱀사골과 전북 남원의 운봉에서 흘러나오는 람천, 거창에서 흘러나오는 경호강 등과 합류하여 진주의 진양호를 이룬다. 진양호를 지나면서부터 남강으로 부르며, 함안군과 의령군을 거쳐 창녕군 남지 앞에서 낙동강과 합류한다.

임진왜란 당시 홍의장군 곽재우와 의병들이 육지에서 첫 승리를 거둔 '기음강전투'가 바로 이곳이다. 홍의장군이 외가인 의령을 찾았다가 왜구가 출몰했다는 통문에 급하게 기음강을 도강(渡江)하다 붉은색 한쪽 신발이 낙동강 물에 떠내려가

기음강(남강 합류 지점)

홍의장군 '붉은 돌 신발'

고, 다른 한쪽은 창나루 쪽 강변에 놓이게 된다. "이 붉은 신만 잘 보관하면 왜구들이 침입하지 못한다"고 해서 주민들이 보관해 오다가 일제 강점기 때 왜놈들에게 빼앗겨 낙동강에 던져 버려졌다. 이후 창나리 마을 주민들은 마분산 말무덤에서 제사를 지냈는데, 어느 날 마을이장 꿈에 곽재우 장군이 나타나 "잃어버리지 않을 붉은색 돌 신을 줄 터이니 보존을 잘하여 더 이상 왜침이 없길 바란다"고 하셨다 한다. 현몽(現夢)한 곳을 가 보니 실제로 붉은색을 띤 신 모양의 돌이 기음강 주변 땅속에서 발견되어 창나리 주민들이 고유제(告由祭)를 지내고, 지금 자리에 모시게 되었다.

마분산은 개비리길의 주산으로, 원래 창나리 마을에 '창(倉)이 있던 나루'라는 뜻이다. 창진(倉津) 마을과 같이 창진산(倉津山)으로 불리웠다. 임진왜란이 일어나자 망우당 곽재우 장군은 자신의 말에 벌통을 매달아 적진으로 돌격하게 하여 벌떼 공격을 받은 적군의 혼란을 틈타 기습 공격하여 큰 힘 들이지 않고 대승을 거둘

수 있었다. 하지만 말이 적탄을 맞아 죽게 되자, 이곳에 묻어 이름을 '마분산'으로 고쳐 부르게 되었다.

마분산과 개비리길 일대는 한국전쟁 당시 '낙동강 최후 방어선'으로, 남지철교와 함께 상흔이 남아 있는 곳이다. 창녕 지역을 맡은 미 제24사단은 낙동강 박진나루를 중심으로 당시 북한의 최정예 부대인 제4사단과 대치했다. 부산 점령을 코앞에 두고 급해진 북한군과 미군은 서로 쫓고 쫓기는 혈전을 벌이다가 9월 15일 미군이 승리함으로써 적에게는 치명적인 타격을 주었다. 아군은 전세를 역전시켜 낙동강을 건너 반격하게 되었으며, 인천상륙작전을 성공시켜 압록강까지 진격할 수 있는 계기가 되었던 격전지였다.

남지철교는 창녕군 남지읍과 함안군 칠서면을 잇는 다리로, 1933년에 개통한 구마 국도상의 철교다. 낙동강을 가로지르는 근대식 트러스 교량이다. 8·15광복 이후에는 경상남도 마산과 평안북도 중강진을 연결하는 국도 5호선의 교량으로,

송진 쇠나루공원 느티나무

1994년 정밀안전진단 결과 차량이 금지되기까지 60여 년 간 사용되었다. 바로 옆으로는 4차선의 새 남지교가 건설되었다.

햇살이 옆으로 길게 누울 즈음, 강 건너 함안군 칠서면 강가에 있는 성채(城砦) 같은 시설이 눈을 끈다. 칠서면 계내리에 있는 칠서정수장으로, 물을 유입해 주는 양수장인지 또는 빗물을 내보내는 배수장인지는 확인하지 못했다. 옆으로 병풍처럼 서 있는 바위의 자태도 자연 바위인지 인공 바위인지 구분하지 못했지만, 규모로 보아 자연석으로 추정해 본다. 경기도 양평~창원을 연결하는 중부내륙고속도로 낙동강대교 밑으로 펼쳐지는 억새밭은 내일의 풍요를 저축한다.

벌써 겨울이 왔나 싶을 정도로 쌀쌀한 아침공기를 가르고 창녕군 도천면 송진리에 있는 송진 쇠나루공원에서 상쾌하고 높은 하늘을 바라본다. 느티나무가 우뚝 선 야트막한 봉우리를 올라가 사방을 둘러보니 화왕산 삼지구천에서 발원하여 송진 쇠나루 옆 낙동강으로 흘러드는 계성천 하류가 우포늪에 버금가는 늪 같다. 송진 쇠나루의 늪 지대는 물버들 사이로 가을이 물들어, 화려하게 억새와 갈대의 향연이 펼쳐지는 꼭꼭 숨겨 놓은 보물이로다.

낙동강 나루 중의 나루였던 '본포'

　낙동강이 흐르는 대구부터 창녕까지의 지역은 임진왜란 때 의병장으로 왜놈들의 간담을 서늘하게 했던 망우당 곽재우 장군의 유적이 많은 곳이다. 송진나루에서 하류로 조금만 내려오면 '곽재우 유허비'가 있는 망우동산이다. 이 동산은 곽재우 장군이 세운 전공을 후세에 길이 전하기 위하여 1789년(정조 13년) 유림들이 뜻을 모아 유허비(遺墟碑)를 세웠고 망우정(忘憂亭)이란 사당을 지어 놓았다.

　길을 잃거나 끊기면 되돌아 다시 가고, 여의치 못하면 유격훈련하듯 새로운 길을 뚫고 나아간다. 빙 돌아가게 만든 길을 직선으로 바로 가고 싶은 욕망이 있는 것도 사실이다. 많은 사람으로부터 질타를 받아온 4대강사업이 한 가지 고마운 것은 자전거 도로를 만들어 놓아 강 따라 걸으면서 쉽게 접근하고 이용할 수 있다는 것이다. 그러나 강 따라 형성된 갯벌을 볼 때마다 자연의 순리를 생각하게 한다.

소우정

낙동강(부곡)의 하중도

본포교

창녕·함안보가 있던 자리는 일제 강점기 때부터 1960년대까지 있었던 멸포나루 터였다. 멸포(蔑浦)는 함안군 칠북면 봉촌리 외봉촌에 있는 지금의 밀포(密浦)로 보인다. 바닷물의 조수가 예전에는 창녕군 부곡면 임해진까지 미쳐 '밀포'라고 했다. 창녕·함안보에서 하류로 약 5㎞쯤 내려오면 부곡면 청암리의 임해진삼거리다. 옛날에는 여기까지 바닷물이 들어왔다. 이 삼거리에는 문이 굳게 닫힌 소우정이란 정자가 있다. 소우정(消憂亭)은 벽진 이씨 이도일(李道一, 1581~1667)의 유적이다. 이도일은 1597년 정유재란과 1636년 병자호란이 발발하자 의병으로 참여하여 김상헌(金尙憲) 등의 천거로 칠원현감(漆原縣監)에 제수되었으나 사양하고, 만년에 이 정자를 지어 소요자적(逍遙自適) 했다.

비비산자락을 지나 부곡면 학포리로 들어서면 들녘이 펼쳐진다. 부곡면은 온천이 1973년에 발굴되어 휴양지로 급부상한 지역이다. 한때 부곡온천에 다녀온 것이 자랑으로 여길 때도 있었지만 지금은 호황기를 지나 사양기로 접어든 곳이다.

부곡면 학포리에 접한 낙동강에는 하중도(河中島)가 형성되어 있다. 하중도는 강물에 떠내려온 모래 등이 퇴적된 섬이다.

옛날 낙동강의 '나루 중의 나루'였던 본포(本浦)나루에는 육중한 본포대교가 놓여 있고, 푸른 강물 은빛 모래는 4대강사업으로 산 그림자만 품는다. 본포교를 지나 학포리 끝 지점에 있는 청도천의 반학교를 건너면 밀양시 초동면 대곡리다. 청도천은 밀양시 청도면 두곡리 호암산에서 발원하여 창녕군 부곡면 학포리에서 낙동강으로 합류하는 지방 하천이다.

성산군 이식의 유업 깃든 '곡강정'

밀양은 경상남도 낙동강 동쪽 내륙에 자리 잡은 오랜 도시로, 동북쪽에 심산준령이 위치하고 서남쪽으로 낙동강이 흐른다. 이 지역에 대한 최초의 기록은 미리미동국(彌離彌凍國)이며, 밀양의 옛 이름은 '미리벌'이다. 낙동강 본·지류의 유역에서 좋은 위치를 차지한 밀양에는 일찍부터 하천과 구릉지대를 따라 군데군데 취락집단이 형성되어 있다가 읍락국가(邑落國家)로 진화했다.

구름 낀 하늘 사이로 햇살이 삐져나오는 밀양시 초동면의 낙동강은 환하게 밝은 표정으로 다가온다. 가을걷이가 끝난 하안평야에도 다음 농사를 기다리며 말끔하게 정리되어 있다. 늦가을 물들어 있는 초동천을 건너 도착한 곳은 밀양시 초

곡강정 표지석

곡강정

곡강정 앞 팽나무

동면 검암리에 있는 곡강정이다. 마을 입구에 있는 '곡강정(曲江亭)' 표지석을 볼 때에는 혹시 당나라 시인 두보(杜甫, 712~770)의 시 '곡강(曲江)'과 관련이 있나 싶었는데, 아닌 것 같다. 두보는 '사람의 심리를 자연과 절묘하게 조화시키는 시'를 많이 썼다.

  곡강정은 중종반정(中宗反正)때 정국공신(靖國功臣)인 성산군 이식(星山君 李軾)의 유업이 깃든 정자다. 이식은 무과에 급제하여 만도첨사 등을 역임했다. 반정 이후 권신(權臣)들이 중종의 비(妃) 신씨를 폐출하자 정쟁을 피해 사패지(賜牌地)인 이곳으로 내려와 주변의 절경과 풍치를 벗 삼으며 삶을 누렸다. 이식의 아들 이덕창(李德昌)이 선고(先考)의 뜻을 기리고자 1545년에 정자를 지어 휘돌아 흐르는 낙동강의 곡수(曲水)와 주변의 풍광을 음미하는 심경을 담았다.

  곡강정 앞의 천 삼백리길 낙동강 물은 호수 같다. 하늘이 비쳐지는 것이 명경지수(明鏡止水)다. 누기(漏氣) 있는 땅과 마른 땅의 경계에 주로 사는 팽나무는 벌거벗은 나목(裸木)으로 덩실덩실 춤을 추며 강물을 굽어본다. 곡강정에서 숨을 돌리고 나오면 밀양시 하남읍이다. 북서부에 덕대산과 종남산 등이 줄기를 뻗고 있다. 동쪽으로 밀양강이 흐르고, 남쪽으로 낙동강이 동류하여 하남평야를 형성한다.
  하남읍은 단감 집산지로 유명하고 '한국단감연구소'가 있다. 국도가 읍의 중앙부를 통과하여 수산대교를 건너 창원시 의창구와 연결한다.

밀양 '영남루'는 3대 누각 중 하나

낙동강이 굽어보이는 명례리 마을 언덕에는 병인박해(丙寅迫害) 때 순교한 신석복 마르코(1828~1866)의 출생지 옆에 1928년 봉헌된 천주교 성당(지방문화재자료 제526호)이 있다. 성당 옆 신석복의 생가 터가 축사로 변해 버린 것을 2006년에 발견한 후 12년이 지난 2018년에 '천주교명례성지'로 만들었다.

오후에는 밀양시 부북면 제대리에 있는 점필제 김종직 생가인 추원재로 향했다. 추원재(追遠齋, 경상남도 문화재자료 제159호)는 일선 김씨 문충공파 대종회에서 소유하고 관리한다. 이곳은 조선 시대 성리학 전수의 시조인 강호산인(江湖散人) 김숙자(金叔滋, 1389년~1456년)가 1389년 처음 거처를 정하고, 성리학의 거두인 그의 아들 점필재 김종직이 태어나 자라고 죽은 곳이다.

영남루

영남제일루 편액

　점필재 김종직(佔畢齋 金宗直, 1431~1492)은 1453년(단종 1년) 23세 때 과거에 합격하여 진사가 되었고, 1459년(세조 5년) 식년문과에 정과로 급제, 이듬해 사가독서(賜暇讀書)를 했다. 정자(正字)·교리(校理)·감찰(監察)·경상도병마평사(慶尙道兵馬評事)를 지냈다. 조선 전기의 성리학자이며 문신이다. 영남학파의 종조인 그가 생전에 지은 '조의제문(弔意帝文)'은 사후인 1498년(연산군 4년) 무오사화(戊午士禍)가 일어나는 원인이 되었다.

　밀양에는 김종직의 일화가 있다. 김종직이 태어나자 마을 앞 냇물의 맛이 사흘 동안 달아 내 이름을 감천(甘川)이라 불렀으며, 어릴 때 짐승의 말소리를 알아들었다고 한다. 한편, 죽을 때 유언으로 "내 관의 길이를 보통 관보다 한 자 길게 만들라"고 당부하여 유언대로 관을 만들어 장사를 지냈는데, 그 뒤 무오사화로 부관참시(剖棺斬屍)를 당할 때 관만 끊기고 시신은 손상을 입지 않았으며, 이장할 때 보니 머리카락·손톱·발톱 등이 자라서 자신의 무죄를 무언으로 전했다고 한다.

밀양시 중앙로 밀양강변에 있는 영남루(嶺南樓, 보물 제147호)는 신라 경덕왕(景德
王, 재위 742~765) 때 세워졌다가 폐사된 영남사(嶺南寺) 자리에 1365년(고려 공민왕 14
년)에 당시 밀양군수 김주(金湊)가 신축하고, 절 이름을 따서 영남루라고 했다. 임진
왜란 때 병화(兵火)로 소실되고 몇 번의 중건으로 개창하여 오늘에 이르고 있다.

밀양강을 발 아래 둔 높은 절벽 위에 자리 잡고 있어서 강변 남쪽에서 바라보
는 영남루의 모습이나, 영남루에서 강을 끼고 내려다보는 도심 경치가 매우 시원
하다. 영남루에 올라 강을 내려다보고 섰을 때 왼쪽에 있는 건물이 능파당(陵波堂)
이고, 오른쪽은 침류각(枕流閣)이다. 영남루를 관람하려면 신발을 벗고 능파당으로
올라가서 본루로 들어가게 되어 있다. 제한 인원도 한 번에 60명 이상 올라서지 못
하도록 했다. 침류각 쪽으로의 출입은 본루와 연결된 월랑(月廊)을 이용하도록 되
어 있으나, 계단의 파손이 심해서 통제되어 있다.

본루 정면에는 구한말의 명필 성파 하동주(星坡 河東洲)가 쓴 '嶺南樓'라는 편액

밀양강에서 본 영남루 원경

이 걸려 있다. 내부에도 여러 명필가들이 남긴 편액이 많다. 그 가운데 눈에 띄는 것은 '7세의 이현석'이 썼다는 '嶺南樓(영남루)'와 '10세의 이증석'이 썼다는 '嶺南第一樓(영남제일루)'가 눈에 띈다. 이밖에도 당대를 대표하는 유명 문인들이 남긴 기문(記文)과 시 등이 걸려 있다. 영남루는 예로부터 진주의 촉석루, 평양의 부벽루와 함께 우리나라 3대 누각의 하나로 꼽힌다.

영남루 마당 건너편에는 다른 사람의 시선을 끌지 못하는 천진궁이 있다. 단군과 역대 8왕조 시조의 위패를 모신 천진궁(天眞宮, 경남유형문화재 제117호)은 일제가 민족 정기를 말살하기 위해 역대 시조의 위패를 땅에 묻고 감옥으로 사용했던 곳이다. 중앙 맨 윗자리에는 단군의 영정, 동쪽 벽에는 부여·고구려·가야·고려의 시조, 서쪽 벽에는 신라·백제·발해·조선 시조들의 위패가 있다. 이곳에서는 봄과 가을에 어천대제(御天大祭)와 개천대제(開天大祭)를 지내며, 민족 정기를 선양한다.

밀양아리랑 전설 깃든 '아랑각'

영남루에서 우측으로 나오면 건너편 언덕에 밀양 출신 대중가요 작곡가 박시춘 (1914~1996, 본명 朴順東)의 옛집이 복원되어 있다. 박시춘은 기타 연주자로 유랑극단을 따라다니다가 '어둠에 피는 꽃' 작곡가로 데뷔했다. 「신라의 달밤」, 「애수의 소야곡」, 「이별의 부산정거장」, 「전선야곡」 등 총 3천 여곡을 작곡하여 서민들의 애환을 달래는 데 크게 기여했다. 일제 강점기 때 「아들의 혈서」, 「목단강 편지」, 「혈서 지원」 등을 작곡하여 친일파 인사로 거명되기도 했다.

석조여래좌상(보물 제493호)으로 유명한 무봉사(舞鳳寺)를 뒤로하고 계단을 따라 강변으로 내려오면 밀양아리랑의 전설이 깃든 아랑각이 있다. 밀양아리랑은 밀양 지방의 명소인 영남루와 아랑의 설화를 주제로 한 통속 민요다. 이 노래의 발생 설화는 조선 명종 때, 밀양 부사에게 아랑(阿娘)이라는 예쁜 딸이 있었는데, 젊은 통

아랑각

밀양아리랑 노래비   석화

인(通人) 주기(朱旗)가 아랑의 유모를 매수한 뒤 아랑을 영남루로 유인하여 정조를
강요하자 죽음으로 정절을 지켰다는 이야기가 있다.

　밀양 사람들은 아랑의 억울한 죽음을 애도하고 정절을 기리기 위해 영남루 아
래 시신이 떨어졌던 대밭에 열녀사(烈女祠)라는 사당을 짓고 해마다 제사를 지내
왔다. 밀양아리랑은 세마치 장단에 맞춰 부르는 흥겨운 노래다.

　　(1) 정든 님이 오셨는데 인사를 못해 행주치마 입에 물고 입만 방긋.
　　　남천강 굽이쳐서 영남루를 감돌고 벽공에 걸린 달은 아랑각을 비추네.
　　(2) 영남루 명승을 찾아가니 아랑의 애화가 전해 있네.
　　　밀양의 아랑각은 아랑넋을 위로코 진주의 의암은 논개 충절 빛내네.
　　(3) 저 건너 대숲은 의의한데 아랑의 설운 넋이 애달프다.
　　　아랑의 굳은 절개 죽음으로 씻었고 고결한 높은 지조 천추에 빛난다.
　　(후렴) 아리 아리랑 쓰리 쓰리랑 아라리가 났네 아리랑 고개로 넘어간다.
　　　날 좀 보소 날 좀 보소 날 좀 보소 동지섣달 꽃 본 듯이 날 좀 보소.

　영남루 주변에는 '돌에 자연적으로 새겨진 꽃무늬'가 무리를 이루고 있다. 이를
석화(石花)라고도 하는데, 특히 이곳에서만 볼 수 있는 특히한 현상이다. 비온 뒤에
더 선명하게 나타나는 국화꽃 모양의 이채로운 현상이다. 이곳은 밀양의 대표적인
요소들이 묻어 있는 느낌이다. 변계량의 전설, 사명대사로 더 알려진 임유정과 표
충사, 박곤의 용에 관한 전설 등 많은 설화가 있으며, 얼음골 등 자연유산이 곳곳
에 있어서 다 설명할 수 없지만 그래도 이들의 중심이 영남루인 것 같다.

임진왜란 결사항전 '작원관'

    밀양강과 낙동강이 합류하는 지점에는 '딴섬'이 있다. 이 섬을 중심으로 낙동강 3경인 '낙동강 딴섬 생태누리'가 조성되어 있다. 제3경은 '삼랑진읍'을 중심으로 조성되어 있는데, 세 갈래 물줄기가 굽이치는 삼랑진 억새 군락의 '은빛 물결의 일렁임'을 이야기한다. 삼랑(三浪)은 세 개의 물결을 말한다. 낙동강에 밀양강이 합치고, 낙동강의 밀물과 썰물을 두 물로 구분하기 때문이다.

    조선 시대 삼랑진의 행정 지명은 하동면이었다. 단순 방위 표시에 불과한 하동(下東) 지명이 지리 특성이 잘 드러나는 삼랑진(三浪津)으로 고쳐진 때는 1905년 삼랑진역이 들어선 이후다. 삼랑진이 유명해지면서 1928년에야 공식 행정 지명으로

삼랑진의 왜식 적산가옥

삼강서원

사용하게 되었다. 조선 시대에 자연 지명으로 삼랑(三浪), 인문 지명으로 삼랑진(三浪津)이 존재했으나, 행정 지명으로는 채택되지 못하다가 일제 강점기에 개칭된 것이다. 일제 강점기 때 수탈 기지여서 그런지 적산가옥들이 지금도 남아 있다.

삼랑진 낙동강변에는 민구령, 민구소, 민구연, 민구주, 민구서 등 우애가 남달랐던 민씨 오형제를 배향한 삼강서원(三江書院)이 있다. 김종직의 문하인 민구령(閔九齡)이 1510년(중종 5년)경에 삼랑루(三郎樓)가 있던 자리에 오우정(五友亭)이란 정자를 짓고, 4명의 아우들과 더불어 5형제가 기거하면서 학문을 닦던 곳이다. 1868년(고종 5년) 서원 철폐령으로 훼철되었으나, 1979년에 14세손 민병태의 주선으로 사당을 다시 지어 삼강서원의 현판을 걸었다.

한때 인파로 북적거렸을 경전선 낙동강역은 폐역이 되어 잡초만 무성하고, 문희숙 시인의 시 「낙동강역에서」만 "휘슬소리 끊으며/ 전라행 막차는 가고/ 긴 내 그리움도 그때/ 창백한 진주로 간다/ (중략)/ 허물어진 먼 거리의/ 아름다운 사람들아/ 나는 또 눈뜨고 사공이 되어/ 도요새 발자국 찾아 모래강을 저어 간다"는 시만 남아 있다.

삼랑진읍에 위치한 삼랑진역은 경부선에 있는 기차역으로 밀양역과 원동역 사이에 있다. 경상도와 전라도를 잇는 경전선의 시발역이다. 삼랑진역을 지나 낙동강변으로 들어가자 오토캠핑장이 안개 속에 자욱하다. 캠핑장에는 어젯밤에 캠프를 차린 자동차들도 아직 미명(未明)이다. 삼랑진 안태리에서 발원하여 안태호를 지나 검세리에서 낙동강으로 유입되는 안태천도 운무에 싸여 고요하다. 안태천은 하천 중류의 안태리에서 유래된 것으로 보인다. 안태리는 옛날 밀양군 내에서 풍수지리학상 가장 살기 좋은 마을로 '안태'로 꼽을 만큼 구천산과 천태산이 좌청룡 우백호로 감싸고 있어 안과태평(安過泰平)한 마을이라고 해서 붙여진 이름이다.

안태천이 유입되는 부근에는 작원관 터가 있다. 삼랑진읍 검세리에 있는 작원관

작원관 비각

322

지(鵲院關址, 경남문화재자료 제73호)는 영남 지방의 동서와 남북을 잇는 요로(要路)의 역원(驛院)인 작원관의 옛터로, '까치원터'라고도 한다. 작원관은 고려 시대부터 왜적의 침공을 방비하던 요새지로 고려 고종 때 창건했다. 비각 안 중앙에는 '작원관원문기지비'가 있고 좌우로 '작원진석교비'와 '작원대교비'가 있다.

작원관은 공무출장 중인 관원들의 숙박 기능을 하는 원(院)과 함께, 출입하는 사람과 화물을 검문하는 기능인 관(關), 작원진(鵲院津)이라는 나루터 구실 등의 역할을 겸했다. 임진왜란 당시 밀양부사 박진(朴晉)이 밀려드는 왜적을 맞아 결사적으로 항전을 펼친 곳이다. 일제 강점기에 철도를 부설하면서 다른 곳에 이전·복원했으나, 낙동강 대홍수로 유실되었다. 1939년에 밀양군에서 비(碑)만 설치했으며, 1995년 이곳에 작원관지(鵲院關址)를 복원했다.

양산팔경 하나로 꼽히는 '임경대'

양산시 원동에 있는 토곡산은 능선과 능선으로 이어지는 비탈의 경사가 심해 부산 근교의 3대 악산으로 꼽는다. 산자락 중간 능선에 자리 잡은 전망대에서 강 건너로 바라보이는 금동산의 근육질 능선이 낙동강에 생명의 줄을 대어 물 밑으로 이어진 하중도가 토곡산과의 정기를 이어 준다.

원동 마을은 산으로 둘러싸여 '산을 굽이굽이 돌아서 넘어와야 하는 곳'이라는 의미가 있는 것처럼, 낙동강의 봄 기운이 굽이굽이 산으로 올라오면 겨울보다는 봄에 각광 받는 지역이다. 매년 3월이면 매화꽃 향기가 영포 마을에서 원동천을 타고 낙동강으로 내려오고, 화재 들녘에서 생산되는 당도 높고 육질 좋은 딸기는 멋과 맛을 함께 즐기게 한다.

화재석교비

그 무덥던 여름 내내 잎이 무성했던 미루나무도 가을바람 불어오자 잎을 떨구어 맑은 겨울 하늘로 키를 높이 세우고, 밤새 쌓였던 추억들은 경부선 상행선을 타고 화재천을 건너 북으로 올라간다.

화재들녘을 적시는 화재천(花濟川)은 양산시 원동면 화제리 토곡산에서 발원하여 낙동강으로 흘러든다. 작은 하천이지만 낙동강 상수원 수질 개선을 위해 하천 유역 순찰과 오염 물질 단속이 강화된 지역이다. 화재천 옆에는 화제석교비(花濟石橋碑)가 있다. 이 비는 양산 화재천에 있던 다리로, 원래 토교(土橋)였던 다리를 석교(石橋)로 고쳐 세우면서 이를 기념해 세운 비석이다. 비문에는 '토교가 잦은 수해로 유실되자 많은 사람들이 큰 돌을 모아 홍에석교(虹霓石橋)를 완성하였다.'라고 적혀 있고, 다리의 이름과 위치, 세우게 된 내력과 당시 감독한 관리의 이름이 있는 것으로 보아 영남대로의 중요한 길목이었음을 알려 주는 중요한 사료(史料)이다.

이 홍예석교가 있었던 이 길은 원덕취수장에서 물금취수장까지 연결되는 옛 '황산강베랑길'이다. '황산강'은 삼국 시대 낙동강이 지나는 양산 구간의 옛 이름이며, '베랑'은 '벼랑'의 지역 사투리다. 이 구간은 조선 시대 '영남대로 중 황산잔도' 구간으로 사람의 왕래가 잦았다. 1900년대 초 경부선이 개통되면서 철길에 편입되어 완전히 닫혀 버렸으나, 최근에 4대강사업으로 자전거길이 데크로 만들어져 그 흔적을 더듬어 볼 수 있게 되었다.

또한 이 지역은 요산 김정한(樂山 金廷漢, 1908년~1996)이 1969년에 발표한 중편소설 '수라도(修羅道)'의 무대이기도 하다. 이 소설은 일제 강점기에서 한국전쟁에 이르기까지의 역사를 배경으로 낙동강 하류 어느 시골 양반 집안의 수난사를 그린 이야기로, 한 집안의 역사를 보여주는 것은 물론 우리 민족의 근대사를 집약해서 보여주는 작품이다. 이 작품 속의 공간과 실제 공간이 완벽하게 일치하는 이 일대는 김정한의 작품 중에서 가장 명확하게 현존하는 문학 현장이라고 할 수 있다.

황산강베랑길을 지날 때 경파대를 지나친다. 경파대(鏡波坮)는 조선 고종 때 선비인 정임교(丁壬敎)가 향토의 사우(士友)들과 시를 서로 주고받으며 수창(酬唱)하던

임경대 안내판

경승지다. 정임교는 이황의 문인인 고암(顧庵) 정윤희(丁胤禧, 1531~1589)의 후손으로 호는 매촌(梅村)이며, 효행으로 이름난 인물이다. 정임교는 양산향교의 문묘 중흥에 일조하여 유학의 창성(昌盛)을 도모했다. '경파대'라는 명칭은 당시(唐詩) '채련곡(採蓮曲)'에 "거울 같은 물은 바람이 없어도 절로 물결 인다(鏡水無風也自波)"에서 따왔다.

경파대 자리를 한참 지나면 '행동래부사정공현덕영세불망비(行東萊府使鄭公顯德永世不忘碑)' 안내판이 나온다. 이 비석은 1871년(고종 8년)에 조성한 비석으로 정현덕의 덕을 칭송하기 위해 세웠다. 정현덕(鄭顯德, 1810년~1883년)은 조선 말기 문신으로 흥선대원군의 심복이다. 동래부사와 형조참의를 지냈으며, 문장가 서예가 외교가로서도 이름이 높았다. 대원군이 실각된 후에는 파면되어 원악도(遠惡島)로 유배된 뒤 그 곳에서 사사(賜死)되었다.

낙동강변 오봉산 7부 능선에 있는 신라 시대 후기 때 지은 정자 '임경대(臨鏡臺)'

임경대가 있는 오봉산

는 양산팔경의 하나로 꼽힌다. 낙동강 서쪽 절벽 위에 자리해 주변 풍광이 빼어나다. 신라 시대 고운 최치원(孤雲 崔致遠)이 이 일대의 수려한 경관에 반해 임경대 주변 암봉 벽에 시를 지어 새겼다고 한다. 오래되어 조감은 어렵다고 하며, 시만 전할 뿐이다. 최치원은 신라 때 최고의 문장가며, 경주 최씨 시조이다.

그리고 고종 때 정임교가 만년에 양산에 와서 임경대에 올랐다가 강변 아래쪽에 위치한 한 암벽의 누대를 차지하고 벗들과 함께 시를 읊었던 곳이 경파대다.

낙동강 물 갈등 겪은 '물금취수장'

낙동강물문화전시관을 지나 경부선 철도 아래로 난 개구멍 같은 통로를 통과하면 용화사(龍華寺)가 있다. 통도사의 말사인 용화사는 1471년(성종 2년) 통도사의 승려 성옥(性玉)이 창건했다. 이후의 연혁은 전하지 않고, 1990년대에 산신각을 새로 짓는 등 불사를 진행하여 오늘에 이른다.

오봉산을 배산(背山)으로 낙동강을 임수(臨水)로 하여 경관은 좋으나, 철길이 바로 코앞이라 기차 소음은 무시 못 할 것 같다. 보물 제491호로 지정된 용화사석조여래좌상이 유명하다.

이 석불은 신라 후기의 불상 양식을 따른 유물이다. 14세기 무렵 김해의 고암 마을에 사는 한 농부가 강에서 건진 뒤 김해시 상동면 감로리의 옛 절터에 모셔 둔 것을 이 절을 창건한 성옥이 옮겨 왔다고 한다. 본래 노천에 있었으나, 1947년 법당

용화사 석조여래좌상

물금취수장

을 중수하며 법당 안에 모셨다. 광배와 대좌를 모두 갖춘 불상은 듬직한 인상으로 항마촉지인(降魔觸地印)을 하고 있다. 신체 각 부분이 두툼하고 얼굴이 네모진 덕에 남성적인 분위기를 풍긴다. 고개를 약간 숙인 듯 치켜뜬 눈매는 중생의 마음을 훤히 들여다보는 것 같다.

오봉산 아래로 펼쳐진 시가가 양산시 물금읍(勿禁邑)이다. '물금'에 대해서는 '신라와 가락국이 낙동강을 사이에 두고 국경을 접할 때 이곳은 서로 금하지 않고 자유롭게 왕래하도록 합의한 것'에서 지명이 유래되었다는 설이 있다. 또 이곳이 낙동강 하류 지역으로 홍수 피해가 많아 수해가 없도록 하자는 기원에서 '물을 금한다.'는 뜻으로 부르게 되었다는 설도 있다.

옛 지명이 황산진(黃山津)이었던 물금읍은 땅이 비옥해 쌀과 보리 등 각종 농사가 잘되는데, 최근 농경지들이 주택이나 상업용지로 바뀌고 있다. 부산과 가까워 원예 농업이 발달했고, 부산에 식수를 공급하는 물금취수장이 있다. 신도시개발지구로 지정되면서 급격히 인구 증가 추세로 외지인이 주민의 80% 이상을 차지한다. 부산대양산 캠퍼스와 대학병원도 들어섰다. 경부선 철도와 국도·지방도 등이 읍내를 경유하여 교통도 편리하다.

물금취수장은 부산광역시와 낙동강 주변 지자체와 물 분쟁이 시작되는 곳이다. 가장 대표적인 곳이 취수장 건너 김해시 상동면 매리에 있는 매리공단이다. 2006년 김해시는 매리공단에 새로이 28개 공장의 설립을 인가했고, 이에 일부 부산 시민과 양산 시민이 공장 승인 취소 소송을 제기하면서 부산시와 김해시 사이에 물 분쟁이 시작되었다. 결국 김해시가 2010년에 승소했으며, 상류에 위치한 대구시와 경남·북과도 가끔 첨예한 갈등을 겪기도 한다.

이미 20여 년 전에 사라진 물금나루는 유서가 아주 깊은 곳이다. 신라 초기 탈해왕 21년에 아찬(阿湌) 길문(吉門)이 가야국과 싸워 군사 1천 여 명을 죽이는 큰 공을 세운 황산진구가 바로 물금나루로 비정되고 있다. 낙동강의 월당나루를 포함하여 수많은 나루 중 가장 오래되고 우리나라 나루 가운데 으뜸으로 '나루의 뿌리'라고도 한다. 이 나루가 번성했을 때에는 노선이 세 개나 되었다. 물금나루터에 지금은 낙동강생태탐방선 물금선착장이 자리 잡고 있다.

낙동강변 물금 쪽으로 '황산언(黃山堰)'이란 둑이 발굴된 곳이 있다. 이 유적은 '낙동강 살리기 하천환경정비사업'의 일환으로 실시된 양산 중산리 유물산포지의 발굴 조사 때 발견되었는데, '최 하단에 점질토를 깔아 다진 위에 돌을 쌓아 골격을 만든 후 내외부에 모래와 점토가 혼합된 흙을 겹겹이 다져 쌓은 석심토축(石芯土築) 형태'의 토석혼축제언(土石混築堤堰)으로 밝혀졌다. 발굴 조사 결과 12세기 이전의 청자 유물과 북송 시대 동전인 상부원보(祥符元寶)와 치평원보(治平元寶) 등이 발견되었다.

유적공원은 강변의 황산공원에 포함되었다. 공원 안에는 '모래등마루'라는 곳이 있는데, 당산나무가 외롭게 지키고 있는 '남평마을'의 옛터다. '모래등'은 현 남평 마을의 옛 지명으로, 1938년경에 대홍수로 인해 철길 너머로 이주해 지금은 당산나무만 옛터를 지킨다. 원래 이 지점은 낙동강과 양산천이 만나 형성되는 삼각주 형태의 비옥한 땅으로 하우스 등 시설농업이 주를 이뤘으나, 지금은 4대강사업으로 '황산문화체육공원'이 되었다.

양산북정리 고분군

　양산시 영축산과 천성산 등에서 각각 발원하여 물금읍을 지나 호포 부근에서 낙동강 본류로 흘러드는 양산천은 호포교 공사가 한창으로 임시 설치된 부교를 건너 호포 마을 앞으로 간다. 호포마을은 금정산에서 낙동강 쪽으로 여러 등성을 이루며 밀려 나와 있는 형세로 볼 때 '요수다의복호망월(妖獸多疑伏狐望月)형'이라 한다. 즉, '요사하게 의심을 품은 여우가 바라보고 있는 형상'이라고 하여 여우 '호(狐)' 자와 낙동강 변의 포구라는 '포(浦)' 자를 붙여 호포(狐浦)가 되었다. 1925년 일제가 행정구역을 개편할 때 한자를 바꾸어 호포(湖浦)가 됐다.

　양산시에는 '양산북정리고분군'이 있다. 이 고분군(사적 제193호)은 천성산 줄기 끝 부분의 서쪽 경사면에 있는데, 대형 고분은 능선 정상 부분에, 소형 고분은 주로 산기슭 쪽에 분포되어 있다. 이 가운데는 1920년 일본인들에 의해 발굴된 부부총(夫婦塚)과 금제조족(金製鳥足)의 출토로 알려진 금조총(金鳥塚)도 포함되어 있다.

낙동강 천삼백 리 길을 따라(46)
화명생태공원, 전국 1호 생태공원

호포 마을을 지나면 부산광역시로 접어든다. 부산도시철도 2호선(해운대구 장산역 ~양산역)이 운행하고 있으며, 부산대 양산캠퍼스와 병원이 자리 잡고 있다.

부산시계로 넘어와 동쪽을 바라보면 금정산이 병풍을 친다. 금정산은 부산시 금정구와 북구, 경상남도 양산시 동면 경계에 있는 산으로 늘 물이 차 있다. 가뭄에도 마르지 않고 금빛이 났는데, 금색 물고기가 오색 구름을 타고 하늘에서 내려와 그 샘에서 놀았다는 전설에서 산 이름이 유래되었다. 규모는 그리 크지 않으나, 화강암의 풍화로 인한 기암절벽이 많다. 삼국 시대에 축성된 금정산성(사적 215호)은 우리나라 옛 산성 중 규모가 크다.

부산시에서 첫발을 디딘 곳은 북구 금곡동이다. 금곡동은 일반적으로 동쪽에 위치한 금정산의 주봉인 고당봉에서 서쪽의 낙동강변으로 뻗은 큰 골짜기의 지명

화명동 대천천

화명동 아파트숲과 금정산   화명생태공원 그라운드골프장

이 '금곡'이라서 붙여진 이름이다. 금정산 서쪽 골짜기에 금맥을 찾아 뚫은 굴이 많아서 붙여진 이름이라고도 하고, 가야 시대에 쇠를 녹이던 야철지(冶鐵址)가 있어 '쇠 금(金)' 자를 써 금곡이라 이름을 붙였다고도 한다.

금정산 자락 끝 낙동강과 접하는 평지에 길게 늘어선 화명동 아파트단지는 1980년대 후반 도시 인구의 팽창과 핵가족화에 따른 가구 수의 증가로 부족한 주택문제가 사회문제로 대두되면서 들어선 신도시다. 이 지역은 자연 취락 지역이었는데 지금은 인구 증가로 화명1동~화명3동으로 나뉘어 있다. 비닐하우스로 꽉 들어찼던 화명동 낙동강변에는 생태공원이 조성되어 있다. 4대강사업의 일환으로 준공된 전국 1호의 생태공원이다. 처음 명칭은 화명강변공원이었으나, 2011년에 화명생태공원으로 명칭을 바꿨다.

각종 체육시설과 녹지 공간이 조성된 생태공원에는 습지 등의 자연 복원과 함께 시민이 즐길 수 있는 하천 숲, 산책로 등이 있으며, 체육시설 중에는 그라운드골프를 즐기는 노년들의 모습이 여유롭다.

화명생태공원 남쪽 끝부분이 북구 덕천동이다. 덕천(德川)은 만덕천(萬德川)에서 유래한 지명이다. '만덕'은 고려 시대 절터인 만덕사지(부산광역시기념물 제3호)에서 유래되었으며, 만덕사지 쪽에서 흘러내리는 하천이 만덕천이다. 만덕천은 조선 시대까지 만덕계수(萬德溪水)라고도 불렸으나, 일제 강점기 초 행정구역을 정리하면서 덕천이라 줄여 불리던 것이 광복 이후에도 이어 왔다. 만덕천도 덕천천으로 시나브로 바뀐다.

'삼락생태공원', 군자삼락에 비유

　구포동의 구포(龜浦)는 지형이 '거북이가 엎드려 있는 포구'라는 '구복포(龜伏浦)'에서 유래했다. 《양산군읍지(1878)》에는 이 지역이 "범방산 한 줄기가 낙동강 물을 향해 머리에 돌을 이고 있는 모습이 거북이와 같다"고 기록되어 있다. 실제로 범방산 정상에는 거북이가 산을 향해 목을 내밀고 있는 듯한 바위가 있어 구포의 상징물이 되고 있다.

　구포는 일찍이 농산물을 비롯한 어물과 소금의 집산지로 활기를 띠었던 곳이다. 포구마다 배들이 몰려들었으며, 보부상을 비롯한 상인들의 왕래가 빈번하여 객주집과 주막이 성시를 이뤘다. 이러한 입지적 여건으로 400여 년 전부터 시장이 형성되어 단일 장으로는 전국에서 손꼽히는 규모였다. 1919년 3월 29일 만세운동이 구포장터에서 일어났는데, 지금도 매년 3월말이면 구포장터에서 그때의 만세운동을 재현한다.

삼락동 갈맷길

삼락생태공원관리사무소　　　　　　　　　숲속도서관

　　낙동강을 따라 다대포까지 이어지는 강변도로가 시원하게 뚫려 있다. 그리고 강둑을 따라 구포를 지나면 사상구 삼락동이다. 사상구하면 언뜻 '모래밭'으로 떠오르지만, 부산의 경제를 이끄는 부산 최대의 공업 지역이며 산업과 물류, 유통의 중심지 역할을 담당하고 있다. 또 천혜의 자연생태계 보고인 광활한 낙동강 둔치를 보유한 지역이기도 하다. 삼락은 군자삼락(君子三樂)과 인생삼락(人生三樂)에 비유하기도 하지만, 삼락동 딸기밭을 연상하여 강상청풍(江上淸風, 강 위의 맑은 바람), 노전낙조(蘆田落照, 갈대밭의 저녁노을), 누하매전(樓下苺田, 원두막 아래 딸기밭)을 생각하며 즐겼다고 한다. 일제 말기부터 재배하기 시작한 딸기가 1970년대까지 이어져 이곳을 찾는 손님이 많아졌다.

　　삼락생태공원은 낙동강 하구 4개 둔치 중 가장 넓은 지역이다. 낙동강 하류 철새도래지(천연기념물 제179호) 내에 위치하고 있다. 습지, 철새 먹이터, 잔디광장, 야생화단지, 자전거 도로, 산책 코스, 오토캠핑장, 수상레포츠타운 등 각종 편의시설을 갖추고 있다. 갈대와 버드나무 군락으로 이뤄진 습지 사이로 산책로가 있다. 강변 제방에는 벚꽃길이 터널을 이룬다. 꽃이 만발하는 봄날에는 꽃잎이 눈발처럼 날리며 추억 만들기에 좋은 곳이다. 제방에는 '숲속 도서관'이 마련되어 있어 한 권의 책을 읽으며, 피로해진 마음을 달랠 수 있다. 시인들의 주옥같은 시를 읊으며, 영혼을 맑게 할 수도 있다. 어쩌면 태백 황지부터 천삼백 리 길을 따라 걸어와 마지막을 향하는 지금은 '바람과 세월이 하나 되어 모여드는 가을의 씨앗'처럼 추억 속에 묻어 둔다.

'낙동강 하굿둑' 건설의 명암

　괘법동 강 건너 김해국제공항에는 겨울비 내리는 궂은 날에도 착륙하는 비행기가 꼬리를 잇는다. 괘법동은 일제 강점기 때 괘내리와 창법리를 합치면서 형성된 지명이다. 감전동은 일찍이 배가 드나들어 주막과 횟집이 많았으며, 한때는 부산의 윤락촌으로 유명했다. 지금은 사상구청과 북부산세무서등 관공서가 자리 잡았다. 중고차 매매시장, 청과물을 취급하는 새벽시장 등이 있어 도로주소명도 '새벽시장로'로 명명되어 있다. 엄궁(嚴弓)이라는 동명은 신성한 신(神)의 마을이라는 뜻이다. '궁(弓)'은 이 지역이 고대부터 낙동강변의 요지로써 무(武)를 강조한 것 같다. 옛날 엄궁동 지역은 산을 등지고 있어 해 뜨는 시간이 늦고 겨울에는 낙동강의 세찬 바람이 불어와 주거 지역으로는 부적합하여 빈곤한 마을이었다. 하단동의 하단(下端)은 '낙동강의 끝'이라는 의미다. 관내에는 동아대학교 승학캠퍼스와 낙동강 하굿둑사무소, 낙동강 홍수통제소가 있다. 짠 바닷물의 유입을 막기 위해 건설된 낙동

엄궁동 내수면 어업 선착장

낙동강하굿둑

하굿둑 준공 기념탑

강 하굿둑은 부산시민 식수원 확보에 도움을 주고, 부산~진해 간 거리를 10km 단축했다. 김해평야의 해수 피해는 막을 수 있게 되었으나, 하굿둑이 들어서면서 물의 흐름이 막히고 생태계의 균형이 파괴되어 을숙도의 세계적인 철새도래지 기능을 상실했다.

물은 계곡을 따라 높은 곳에서 낮은 곳으로 흐르고 흐르면서 더 큰 몸짓으로 조용히 바다로 들어간다. 강물은 이렇게 흘러 들어가면서 하구에서 바닷물을 만나는데, 이곳이 기수역(汽水域)이다. 이곳에서 바닷물은 먼 여행에서 돌아오는 민물을 따뜻하게 맞이하면서 바다로 들어가는 방법을 가르쳐 주고, 서로 소통하는 공간이다. 민물과 바다를 오가며 살아가는 생물들의 상호 적응하는 쉼터다. 먼 바다로 나가서 산란하는 뱀장어나 연안 바다에서 산란하는 참게 등이 바다로 나가기 전에 바닷물에 적응하고, 숭어나 황어, 황복, 우어, 연어 등은 산란을 위해 민물로 들어오기 전에 민물에 대한 적응을 한다. 그래서 기수역은 해양 생물과 민물 생물의 교류의 장이며, 생태계의 보고다. 하굿둑으로 이러한 기능을 하는 기수역이 사라지면서 육지의 생명들은 더 넓은 세상인 바다와 소통할 수 있는 공간이 막혀 버렸다. 그리고 스스로가 '우물 안 개구리'가 되어 세상만 좁다고 탓만 한다. 기수역은 경제적 생태적 가치로 볼 때 경작지 환경의 250배에 달한다고 한다.

이와 마찬가지로 우리 스스로도 마음의 완충지대인 기수역을 만들어 점점 확대해 나간다면 바깥세상과 교류하는 폭과 이해하는 깊이도 더 나아지고, 차단된 세상보다 정서적이나 사회적·경제적으로도 엄청난 상승효과가 있을 것 같다.

동양 최대 철새도래지였던 '을숙도'

낙동강 하굿둑 하단동 입구에서 공도를 따라 조금 들어가면 을숙도가 나온다. 을숙도는 부산광역시 사하구 하단1동과 하단2동에 걸쳐 있다. 을숙도는 낙동강 하구에 토사가 퇴적되어 형성된 하중도(河中島)다. 갈대와 수초가 무성하고, 어패류가 풍부하다. 한때는 동양 최대의 철새도래지였으며, 1966년 천연기념물 제179호로 지정되었다.

대부분이 저습 지대로 홍수 때는 수몰될 위험이 컸기 때문에 섬 크기에 비해 주민이 적었다. 그러다가 윤중제(輪中堤)가 축조되고 경지정리 사업이 진행됨에 따라 많은 주민이 이주함으로써 부산의 원예작물 공급지 역할을 했다. 그러나 1987년 낙동강 하굿둑의 완공으로 섬 전역이 공원화되면서 대부분의 갈대밭이 훼손되고, 사람들의 발길이 잦자 철새가 줄어드는 등 생태계 파괴가 가속화되었다.

낙동강 둔치의 갈대밭

을숙도문화회관

4대강 국토종주자전거길 종점인 을숙도에는 낙동강하굿둑기념탑이 하늘을 찌르고 낙동강문화관, 낙동강하굿둑전망대, 을숙도문화회관과 주차장 등 사람만을 위한 공간과 시설들이 다른 생명들의 서식지를 점령해 버렸다. 물론 사람들도 정서적 문화적으로 자연의 혜택을 누리면서 살아갈 권리가 있다. 그러나 우월적 지위가 아니라 다른 생명들과 공존할 수 있는 지혜가 필요하다. 부산시도 더 이상 을숙도 개발계획을 백지화하고, 복원사업을 추진한다고 하니 다행이다.

'낙동강 오리알'이란 속담이 있다. 이는 철새도래지였던 을숙도에 밀물이 들어왔다 썰물 때 물이 빠지면서 갈대밭 둥지에 있던 오리알들이 물에 둥둥 떠 내려와서 생긴 말로 "무리에서 떨어져 나오거나 소외되어 처량하게 된 신세를 비유적으로 이르는 말"이다. 그런데 한국전쟁 때 낙동강전투에서 북한군이 필사적으로 도하를 시도하다 국군과 유엔군의 반격으로 북한군이 줄줄이 쓰러지는 모습을 보고 당시 중대장이 "낙동강 오리알 떨어진다!"고 소리치면서 남을 조롱하는 비속어가 되기도 한다.

다대포 매립 백지화기념비

　다대포는 하굿둑이 생기기 전에는 낙동강의 최남단 하구다. 다대포(多大浦) 지명의 유래는 큰 포구가 많은 바다라는 데서 비롯된 것 같다. 주변 바다와 산의 경치가 아름다운데, 곱고 부드러운 흰 모래사장이 전개되어 좋은 해수욕장을 이루고 있다. 이곳은 일찍부터 왜구의 출몰이 잦아 국방상 중요한 요새였다.

　다대포는 1960년대 말까지 부산 근교의 한적한 어항이었으나, 목재·조선업이 유치되면서부터 어촌에서 공업 지역으로 변모했고, 택지 개발로 아파트단지가 형성되었다. 최근에는 다대포해수욕장과 연계된 수변의 조망권을 확보하기 위해 낙동강변 신평동 56호 광장~다대포해수욕장 간의 군사용 철책이 철거되었다. 부산시는 강변대로 일부 구간의 도로를 확장하고, 도로와 하구 사이의 제방을 친수 공간으로 조성하여 자전거도로·산책로·휴식 공간으로 조성했다.
　백사장 주변으로 조성된 솔밭 어귀에는 한때 매립이 되어 사라질 위기에 처한 적이 있는 다대포를 주민들의 반대로 백지화시킨 '다대포 매립 백지화 기념비'가 개발의 손길에서 벗어나고자 몸부림친 흔적을 이야기해 준다.

일출의 장엄함과 낙조의 현란함이 바다와 강, 그리고 철새와 어우러지는 다대포 데크를 따라 몰운대 쪽으로 향하다가 등을 넘지 못하고 중간에서 돌아선다.

다대포백사장에서 약 3km 떨어진 곳에 있는 몰운대(沒雲臺)는 낙동정맥(洛東正脈) 산줄기의 맨 끝부분이다. 다대포 일대는 해류의 영향으로 짙은 안개가 끼어 시야가 자주 가려지기 때문에 '몰운대'라고 했다.

16세기 이전 몰운대는 섬이었다가 점차 낙동강에서 밀려 온 토사가 쌓여 육지와 연결된 것으로 추측된다. 언덕 전체에 소나무가 숲을 이루고 있지만, 예전에는 동백나무가 울창했던 곳이다.

강원도 태백시 황지에서 솟은 샘물이 낙동강의 시원이 되어 구문소를 뚫고 세월의 벽을 넘어, 이곳 다대포 하구에서 낙동강 물은 오는 세월에 밀려 맑고 탁함을 가리지 않는 바다 품으로 들어간다. 지금까지 밀려 온 세월을 헤아릴 수 없이 아우르며 이어 왔듯이 앞으로도 대를 이어 일신우일신(日新又日新)하며 영원하기를 기도해 본다.

45.4 km
공주시(금강교)

세종보
29.8 km

공주보
48.7 km

백제보
71.7 km

부여군(백제교)
78.3 km

논산시(황산대교)
97.6 km

하굿둑
130.5 km

금강 물길

수분천 : 뜬봉샘~용광삼거리(장계천 합류)
금강 : 용광삼거리~죽도(구량천 합류)
금강 : 죽도~무주읍 대차리(남대천 합류)
금강 : 무주읍 대차리~대전 문평동(갑천 합류)
금강 : 대전 문평동~부강포(미호천 합류)
금강 : 부강포~강경 옥녀봉(논산천 합류)
금강 : 강경 옥녀봉~성당포구(산북천 합류)
금강 : 성당포구~금강 하굿둑(금강포구)

용담댐

금강 천 리 길을 따라(1)

금강 천 리 길 시작되는 '뜬봉샘'

지리산 바래봉 아래에 있는 전라북도학생교육원에는 5월 하순의 더위를 식히려는지 새벽부터 빗방울이 떨어진다. 그래도 지리산 정기를 받아들여서인지 몸은 가뿐하다. 왜구가 극성을 부리던 고려 말에 장군 이성계가 황산대첩(荒山大捷)에서 승리를 거둔 것이 지금 우리가 달리고 있는 남원시 운봉 땅이다.

장수군 번암면을 지나 금강과 남원요천(섬진강)으로 물을 가른다는 수분치(水分峙)를 넘는다. 수분 마을 옆에 있는 '뜬봉샘생태공원'에 도착하여 '금강 천 리 길 대장정'을 위한 의식을 올린 뒤 금강이 시작되는 뜬봉샘으로 향한다. 올라가는 길은 데크 계단으로 정비되어 있고, 주변에 금강사랑물체험관이 있다.

뜬봉샘

344

뜬봉샘 표지석   금강 발원지 표지석

　용출되는 물의 양은 적지만 물은 계속 흘러나와 내(川)를 이룬다. 바로 이곳이 금강 천 리 길이 시작되는 '뜬봉샘'이다. 뜬봉샘은 조선을 개국한 태조 이성계가 백일기도 마지막 날 새벽, 조금 떨어진 골짜기에서 오색영롱한 봉황이 떠오르는 무지개를 타고 날아올랐는데, 이때 이성계가 '새 나라를 열라'는 하늘의 계시를 듣고 이곳의 샘물로 제수를 만들어 천제를 모신 곳이다. 봉황이 떠올랐다 하여 '뜬봉샘'이 되었다.

　신무산 북동쪽 계곡 중턱에 있는 뜬봉샘(780m)은 '뜸봉샘'이란 이름도 갖고 있다. 옛날 봉화를 올릴 때 고을의 재앙을 막고 풍년을 기원하기 위해 이 산에 군데 군데 뜸을 떠서 '뜸봉샘'이란 설도 있고, 고려 태조 왕건이 만든 「훈요10조」 중 8조에 나오는 "차령(車嶺) 이남이나 금강 외에는 산형 지세가 반역의 형세이니 인심 또한 그럴 것"으로 생각하고 지세가 강한 곳에 뜸을 떠서 '뜸봉샘'이라는 설이 있다.

　금강은 북으로 흐르다가 충북 옥천과 청주에서 서쪽으로 방향을 바꾸어 세종시, 공주시, 부여군, 논산시 등으로 휘어져 가는 모양이 송도를 향해 활을 당기는 모양이라 '반역의 강'이란 오명을 갖고 있다. 그러나 비단결 같은 아름다운 금강을 발원지인 뜬봉샘에서 천리 길을 시작한다는 의미가 더 남다르고 감동적이다. 뜬봉샘에서 솟은 물은 강태등골이란 첫 실개천을 만든다. 강태등골을 시작으로 1.5km를 흘러 수분천으로 이어진다. 수분천은 5.5km를 흐르며 이웃의 실개천과 합류하여 금강으로 향한다.

타루 의리 백씨, 장수 삼절의 하나

뜬봉샘 올라갈 때까지 드문드문 내리던 빗방울이 내려올 때는 멎는다. 숨 가쁜 오르막길보다 내리막길은 한결 여유롭다. 시인 고은의 "내려올 때 보았네/ 올라갈 때 못 본/ 그 꽃"이란 시처럼 올라갈 때 못 본 백당나무 꽃, 고광나무 꽃, 붉은색 찔레꽃들이 환하게 반겨 준다.

길이 고르지 못한 수분천을 따라 장수 삼절(三節)의 한 분인 의암 논개(義巖 論介) 사당까지 내려온다. 논개(1574~1593)는 장수의 양반 딸로 태어나 당시 장수현감이 던 최경회의 후처가 된다. 최경회는 임진왜란이 일어나자 경상우병사로 진주성에서 싸우다가 진주성이 함락될 때 남강에 투신하여 자결한다. 이에 논개는 남편의 원수를 갚기 위해 기생으로 위장하고 술에 취한 왜장 게야무라 로쿠스케를 껴안고 남강에 빠져 적장과 함께 죽는다. 의암사(義巖祠)에 논개의 영정이 모셔져 있다.

타루각

타루추모비   말이 떨어지는 양각

    노하숲에서 잠시 숨을 고른 다음 금강 하천 길로 접어든다. 노하숲은 조선 초기 명재상이었던 황희 정승의 아버지께서 고려 말 장수현감으로 재직할 때 조성되었다고 전해진다. 그때 황희의 어머니가 훌륭한 아들을 점지해 달라고 치성을 드리며 심은 나무가 오늘의 숲이 되었다. 하천 습지가 조성된 길을 따라 북으로 올라오면 장수군 천천면이다. 실개천이 하류로 내려오면서 하천 폭이 점점 넓어지고, 중간중간에 보를 만들어 물이 어느 정도 고이면 자동으로 흘러가게 하여 하천의 모습이 만들어져 가고 있다.

    천천면 장판리 금강변에는 타루비(墮淚碑)가 모셔진 타루각이 있다. 타루비는 장수현감과 생사를 함께한 어느 관리의 절의(節義)를 기리기 위해 1802년(순조 2년)에 세운 것이다. 어느 날 현감이 말을 타고 장척 마을 옆을 지날 때, 주변의 꿩이 말(馬) 소리에 놀라 하늘로 날았고 말도 꿩의 회치는 소리에 놀라 현감과 함께 절벽 옆 연못에 빠져 죽었다. 수령을 수행하던 관리는 자신의 잘못으로 현감이 죽었다고 생각하고 손가락을 잘라 "墮淚"(타루, 손가락을 잘라 피를 내어 바위에 통탄의 눈물을 흘린다는 뜻)라는 글자를 새기고 물속에 몸을 던져 죽었다고 한다. 타루비각 안에는 '殉義吏白氏墮淚追慕碑(순의리백씨타루추모비)'라고 쓰인 비석이 있고, 공원 안쪽 옆으로 '타루각이 자리하고 있다. 연못 위 절벽에는 말이 떨어지는 모습이 양각되어 있다.

    의리 백씨(義吏 白氏)와 논개, 그리고 정유재란 때 장수향교를 지킨 충복 정경손(忠僕 丁敬孫)을 장수 삼절(長水 三節)이라고 한다.

기축옥사 정여립 최후 맞은 '죽도'

타루각을 나와 다시 금강을 따라간다. 물이 얕은 하천에서 다슬기를 채취하는 사람들이 시야에 들어온다. 너와 지붕의 효자정문(孝子旌門)도 보이고, 멀리 익산～장수 간 고속도로 고가교가 보인다.

천천면 춘송리 도로변 그늘에서 더위를 식힌 뒤, 마을을 가로질러 국도를 따라 금강과 장계천이 만나는 용광삼거리를 거쳐 진안 쪽으로 가는데 벼락을 맞았는지 하늘로 솟구치지 못하고, 가지를 땅을 향해 밑으로 축 늘어뜨린 수령 300년 된 소나무가 외롭게 서 있다.

포장이 잘된 국도를 따라 걷는다는 것은 쉬운 일이 아니다. 가끔 지나는 자동차나 걸어가는 사람이나 불편하기는 마찬가지다. 그래도 우거진 녹음이 피로감을 늦춰 주는 것 같다. 가을이면 제철 맛을 전해 주는 다래 넝쿨 꽃이 잎 사이로 수줍게 얼굴을 내민다. 해가 옆으로 더 기울기 전인 천천면 오봉리 쌍암 마을에서 오늘을 마감한다.

새벽에 몇 방울의 비가 떨어지다 그쳤다. 지방도로를 따라 하류로 조금 내려오니 '하늘내들꽃마을'이 우릴 반겼다. 하천 건너 녹음이 짙은 숲에서는 백로가 한가로이 휴식을 즐겼다. 길 옆의 감자밭에는 자색 꽃이 환하게 피었고, 평지 마을 입구에는 금강을 향해 허리가 90도로 굽은 느티나무가 당산을 지키고 있었다.

하류로 더 내려와 연화교를 건너 천천면 연평리 연화 마을로 갔다. 연화마을 뒷산은 '청나라 사람 변발'한 것처럼 숲의 피부가 벗겨져 있었다. 아마 수종을 개량하기 위한 것인 듯했다. 그러나 숲의 생태를 망가뜨리면서 해야 할 긴박한 사연이 있는 것일까? 그 안에서 평화롭게 살던 수많은 생명들은 어찌하란 말인가? 인간 위주로 생각하지 말고, 하찮은 생명일지라도 서로의 존재를 인식하고 배려하는 마음으로 행정을 집행한다면 하는 간절한 마음을 전하고 싶다.

평지 마을 보호수인 느티나무

연화 마을 뒤 언덕에 연파정(蓮坡亭)이란 정자가 있다. 관리가 제대로 되지 않아 들어가는 입구가 잡초로 막혔다. 더듬더듬 찾아 들어가 건물을 보니 빛바랜 현판만 보인다. 원래 정자란 산천경치가 좋은 곳에서 주변 경치를 감상하고 풍류를 즐기며 쉬기 위해 지은 건물로, 여유로운 사람들의 쉼터이다. 그러나 금강을 따라 내려오면서 처음 맞이하는 정자라서 그런지 반갑다.

다시 연화교를 건너 하천을 따라 하류로 가자 외진 곳에 양산 모양의 소나무 한 그루가 외롭게 서 있다. 가막교를 건너기 전 신기 마을에 '우리의 전통과 예절을 교육'하는 장수 명륜학당 표지판이 있고, 가막교 건너 위쪽으로 보이는 단애는 한 폭의 동양화다.

가막교를 건너면 전북 진안 땅(진안읍 가막리)이다. 천반산 자연휴양림 입구에서 버스로 이동하여 절벽 위로 오르자 영월 동강 못지않다. 정면으로 보이는 천반산(千盤山, 647m)의 서북으로 뻗은 모습은 한반도 지형의 반대 형상이다.

구량천(九良川)과 금강이 산지 사이
를 휘돌아 돌며 감입곡류(嵌入曲流) 형
상으로 섬 같이 되어 버린 죽도(竹島)가
한눈에 쏙 들어온다. 죽도는 1589년(선
조 22년)에 일어난 조선 최대의 당쟁 비
극인 기축옥사(己丑獄死)의 주인공 정여
립(鄭汝立)이 최후로 맞이한 곳이다. 사
건의 전말이나 진위 여부를 떠나서 이
사건으로 정여립 본인과 반역의 고장
으로 인식되어 인재 등용에서 배제된
호남 지방의 전체로 보아 비극의 역사
임에는 틀림없다.

죽도를 조망하는 단애

두 귀를 쫑긋하며 반갑게 맞이하는
마이산을 바라보며 진안 읍내로 이동했다. '인삼의 고장'으로 각광받고 있는 진안
재래시장을 잠시 둘러보고, 용담호 주변인 진안군 정천면 갈용리에 있는 천황사로
갔다. 천황사(天皇寺)는 신라 헌강왕 원년(875년)에 무염(無染) 스님이 처음 세웠으며,
고려와 조선 시대를 거치면서 다시 세웠다. 대웅전의 단청은 퇴색해 빛바랜 자연목
색조를 띠고 있다. 입구에는 수령 800년이 넘은 전나무가 흘러간 세월을 대변한다.

용담댐으로 수몰된 지역민들의 한을 담은 '용담망향의 동산'에는 3층 팔각정이
우뚝하고, 운장산 밑으로 도수(導水)터널을 뚫어 용담호 물을 만경강으로 퍼 나르
는 취수탑이 멀리 보인다. "우리고장 용담, 울 가슴에 묻고서"로 시작하는 '망향의
노래비'가 망향탑과 함께 서 있다. 조금 떨어진 곳에는 1572년(영조 28년) 현령(縣令)
홍석(洪錫)이 세운 태고정(太古亭)이 용담호 수몰 지역에 있던 것을 이곳으로 이전
하여 세워져 있다. 수몰 지역 안에 있던 지석묘군도 태고정 옆으로 이전했다.

용담다목적댐은 일제 강점기에 검토되었으나, 해방 후 1990년에 공사를 시작하
여 2001년에 준공되었다. 용담호의 물은 도수터널을 통해 만경강으로 보내져 전

죽도 전경

주, 군산, 익산 등지의 생활·공업·농업용수뿐만 아니라 수력을 이용한 전력도 생산하고 있다.

천년송을 머리에 이고 강바닥에서 솟아오른 것 같은 섬바위는 금강을 흐르는 온갖 역사와 풍상을 이야기한다. 물살은 잔잔해 숨소리조차 내기 힘들 정도로 수면이 너무 고요하다. 마치 수도승이 기도하는 절간처럼 조용한 명상의 강이다. 폭이 좁은 여울을 지날 때는 맑은 소리로 자연을 노래한다. 강변을 따라 때론 부드럽게 때론 가파르게 오솔길을 따라가노라면 녹음이 우거진 숲속에서 짝을 찾는 뻐꾸기가 노래하고, 햇빛에 반짝이는 물비늘은 밤하늘의 은하수 같다.

감동실개천공원에서는 잠시 탁족(濯足)을 하며 어제 뜬봉샘부터 감동 마을까지 걸어오며 쌓인 피로를 한 방에 확 날려 버린다.

금강 천 리 길을 따라(4)

사고 보관 적상산 '실록전'

무주군 부남면으로 가기 전에 꼬불꼬불 구절양장(九折羊腸) 고갯길을 따라 적상산을 둘러보기로 했다. 덕유산국립공원 내에 위치한 적상산(赤裳山, 1034m)은 사방이 절벽으로 둘러싸인 것이 마치 붉은 치마를 두른 모습과 같다 하여 붙여진 이름이다. 우리나라 100대 명산 중 하나로 꼽힌다.

적상산은 산 자체로도 아름답지만 역사적으로도 보호받을 만한 가치가 있는 산이다. 1614년(광해군 6년)에 설치된 적상산 사고(史庫) 때문이다. 전주에 보관 중이던 사고가 임진왜란 때 실록을 제외한 나머지가 전소되자, 선조가 실록 3부를 더 인쇄하여 전주본 원본과 교정 인쇄본을 합쳐 실록 5부를 춘추관, 강화 마니산, 태백산, 오대산, 묘향산 등에 각각 1부씩 나눠 보관했다. 광해군 6년에는 실록전을 적상산에 건립한 뒤 일부를 옮겨 보관했고, 인조 때 묘향산 사고 전부 옮겨 와 완전한 사고의 역할을 하게 되었다.

적상산 원경

적상산성   적상산 서고 실록각

이와 관련해 건립 연대는 서로 다르나 적상산성은 고려 때 최영(崔瑩)이 건의하여 축조했다는 이야기가 있고, 조선 세종 때 최윤덕(崔潤德)도 건의했다는 기록이 있다. 여러 가지를 종합해 볼 때 고려 말에 축성된 것으로 보인다. 성의 높이는 보통 사람 키의 가슴 정도이나, 산세가 워낙 험해 밖에서 넘어오기는 무척 힘들어 사고를 지키는 중요한 방어막이 되었던 것 같다.

안국사(安國寺)도 1277년(고려 충렬왕 3년)에 월인(月印)이 지었다고는 하나, 조선 태조 때 자초(自超)가 적상산성을 쌓으면서 지었다고도 전한다. 임진왜란과 정유재란 때 승병들의 거처로 쓰이기도 했으며, 호국사(護國寺)와 함께 적상산 사고의 수호 사찰로의 역할을 해 왔다. 1872년(고종 9년)에 실록전과 선원각을 개수했으나, 1910년 조선의 주권 강탈한 일제는 실록을 '구황실문고'로 편입하여 장서각에 보관해 오다가 끈으로 맨 책들이 흩어져 훼손이 발생했고, 한국전쟁 때 분실되었다. 실록전과 선원각의 건물이 언제 어떻게 없어졌는지는 자세히 알 수 없지만 선원각은 안국사 경내로 옮겨져 천불전(千佛殿)으로 전해온다. 지금의 사고와 안국사는 1990년대 적상산 양수발전소가 건설되면서 수몰되어 옮겼다. 안국사는 1949년에 불타 없어진 호국사 터로 이전했다고 하며, 적상산 사고도 현재의 자리에 왕실의 족보인 선원록을 보관하는 선원각과 실록을 보관하는 사각 두 채의 큰 서고로 지었다.

조선의 역사는 기록의 역사라는 사실을 다시 확인하고, 서둘러 무주군 부남면으로 이동하여 '연어가 물살을 거스르고 상류로 올라가듯' 가파른 산과 절벽을 따라 무주의 금강 벼룻길을 상류 쪽으로 거슬러 올라간다.

벼룻길 각시바위 동굴서 배우는 지혜

벼룻길은 강가나 바닷가의 낭떠러지로 통하는 비탈길을 이른다. 마을 주민들은 이 길을 '보뚝길'이라고도 하는데, 원래는 굴암 마을 대뜰에 물을 대기 위해서 일제 강점기에 놓았던 농수로였으나, 시간이 지나 자연스레 사람들이 왕래하여 길이 되었다.

벼룻길에는 끝이 뾰족한 각시봉이 있고, 바위 옆 밑으로 사람이 정으로 구멍을 파 낸 각시바위동굴 길이 있다. 대유리 봉길 마을에서 시집와 아이를 낳지 못해 구박받던 며느리가 강 건너 벼랑에서 기도하다 함께 솟아오른 바위를 '각시바위'라고 한다. 하늘에서 내려온 천사가 목욕하다 옷을 잃어버려 하늘로 오르지 못하고

각시바위

벼룻길

각시바위동굴

그대로 굳어 버려 바위가 됐다는 전설이 함께 전해지는데, 선녀가 목욕하던 이곳을 '각시소'라고 부른다.

각시바위동굴 길 높이는 1.5m 정도고, 길이는 10여m로 몸을 낮춰야만 지날 수 있다. 바닥에는 발목이 잠길만 한 웅덩이에 물이 고여 있어 조심스럽다. 꼿꼿이 서서 걷기가 불편하여 허리를 굽혀야 한다. 바닥 물의 깊이를 헤아리며 조심조심 지나야 한다. 인생행로도 때에 따라 굽힐 줄 알고 조심하면 험한 길도 쉽게 갈 수 있다는 지혜를 아주 조심스럽게 말없이 알려 준다.

부남면 소재지가 있는 대소리에는 하천변으로 감나무공원이 조성되어 있고, 고수부지 끝 물가에는 래프팅을 즐기는 젊음의 함성이 고동을 친다.

"맑은 금강이 유유히 흐르는 엄마 품에 안긴 듯 고향에 온 듯 정겨운 곳, 누구라도 찾아오면 젊음과 꿈과 낭만을 맘껏 즐기고, 언제라도 찾아오면 가슴 뜨거운 젊음의 열정으로 아름다운 추억을 아로새겨 가리" 금강변 수려한 부남을 예찬하는 이곳에서 오전을 마무리한다.

무주~금산 이어주던 '용포교'

　다시 하류로 이동하여 상굴교를 지나 굴암삼거리에서 무주 '예향천리 금강변마실길'로 접어든다. 봄이면 복사꽃과 벚꽃, 조팝꽃이 휘늘어져 뭇사람들의 마음을 뒤흔들어 놓는 '무릉도원 십리길'이 있어 그 길로 간다. 잠두 마을은 강물이 휘돌아 툭 튀어나온 지형이 누에 머리를 닮아 붙여진 마을 이름이다. 나뭇가지 사이로 보이는 금강 물을 힐끔힐끔 훔쳐 보며 하천부지로 내려와 용포교로 향한다.

용포교

　일본 강점기 때 건설된 용포교가 놓인 이곳은 무주와 금산을 이어 주던 큰 길목이었다. 다리가 놓이기 전에는 나룻배가 두 지역을 이어 주는 유일한 수단이었으며, 그 배 위에 버스와 우마차를 싣고 건넜다 하니 그 풍경은 가히 장관이었으리라. 한국전쟁 때 폭격으로 일부 파손되기도 했으나, 보수되어 흐르는 강물과 함께 우리 삶의 질곡과 기쁨의 세월을 오롯이 기억하면서 서 있는 것만 같다.

남대천(좌)과 금강(우) 합류 지점

　대전~통영 간 고속도로 밑에서는 캠핑족들이 천렵하느라 바쁘고 길 옆의 칡넝쿨은 올가미가 되어 내 발을 잡으려 한다. 데크로 정비된 길에는 아기 주먹만 하게 열매가 맺힌 으름 덩굴이 진을 치고 가시 덩굴들이 경계를 이룬다. 절벽 아래 강물은 힘을 더해 강한 소리로 속도를 낸다. 무주읍에서 흘러오는 남대천도 금강과 합류하여 힘을 보탠다. 남대천은 대덕산과 민주지산 등에서 발원하여 무주읍을 지나 금강 상류로 흘러든다. 하천 상류에는 무주구천동이 포함되는 덕유산국립공원에 속해 자연경관이 뛰어나고, 나제통문(羅濟通門)과 적상산 사고 등의 유물이 있다.

　남대천 합류 지점을 지나 산 비탈길 따라 하류로 조금 가니 무주와 금산의 경계를 알려주는 표지판이 귀엽게 서 있다. 강을 경계로 부리면 방우리로 뱀처럼 꼬불꼬불한 강을 따라 갔으나, 길이 자꾸 끊긴다. 다시 뒤돌아 나와 어쩔 수 없이 앞섬으로 이동한다. 방우리는 금강 변에 자리 잡은 금산군 땅으로, 군청을 가려면 무주를 거쳐야 한다. 주민들은 이러한 점이 불편하여 무주군으로 행정구역을 바꿔달라고 한단다.
　남대천과 합류한 금강이 충남 금산군 부리면 방우리로 올라갔다가 다시 무주읍 내도리 앞섬으로 내려와 다시 한 번 휘감고 올라가 방우리를 거쳐 수통리 적벽강으로 이어진다. 무주읍 향로봉에 올라 산들이 금강을 끼고 도는 모습을 바라보면 육지 속의 섬 같다고 하여 붙여진 이름이 '앞섬'이다. 앞섬대교 건너 자동차도 오가는 강둑길을 따라 다시 방우리 쪽으로 올라갔으나, 길이 막힌다. 보(洑) 밑으로 수초가 잘 발달된 하천부지를 따라 앞섬으로 되돌아와 칠암산 밑 후도교까지 갔다가 나와 앞섬대교를 건넌다.

무주 남대천과 합류한 금강이 무주의 앞섬과 금산의 방우리를 휘돌아 층암 절벽으로 이뤄진 산 사이를 뚫고 이곳 수통리에서 적벽강을 이룬다. 녹음으로 짙게 물든 산이 비치는 적벽강은 고요한 아침의 잔잔한 호수다.

강변 하천부지에는 수생식물들이 무성하게 자라고, 그 사이를 비집고 흐르는 강물은 멀리 은빛 물결로 반짝인다. 간간이 자동차가 오가는 강둑길을 거닐며 병풍처럼 둘러 쳐진 적벽을 감상한다. 수통대교 건너에는 금산의 집성(集姓)인 모(某)씨의 사당 이 길라잡이를 한다. 금산에는 우리나라 굴지의 타이어 공장이 있는데, 이 회사의 '아카데미하우스'가 강변에 넓게 자리한다.

앞섬 전경

하천변 고수부지에는 캠핑 나온 사람들이 텐트촌을 이루고 일부는 다슬기 채취와 천렵에 여념이 없다. 주토천 합류 지점을 지나 조금 더 걸어가니 무지개다리가 나온다. 아치형 홍교(虹橋)가 몇 번이고 반복하여 세어 봐도 7개가 아니라 6개로 이어져 있는 것 같다. 아마 일곱 가지 무지개색 때문에 생긴 착각인 것 같다.

금산군 남이면에 있는 '진악산보석사(進樂山寶石寺)'는 886년(신라 헌강왕 12년)에 조구대사가 창건한 역사 깊은 절이다. 그리고 창건 당시 앞산에서 채굴된 금으로 불상을 주조하여 보석사라는 이름이 지어졌다. 일주문을 지나 일천 년 이상의 역사를 지닌 은행나무로 가는 길목은 울창한 숲과 암석이 맑은 시냇물과 어울려 속세의 근심을 잠시 잊게 한다. 절 입구에 있는 은행나무의 나이는 1100년 이상으로 추정된다. 나무가 오래되어 위로 뻗은 가지가 땅으로 뻗었고, 다시 그곳에서 가지가 자라 오르고 있다. 뿌리가 100여 평에 걸쳐 땅속에 퍼져 있다. 장엄하고 위압적인 외형을 갖추고 있다. 중심 가지는 부러지지 않고 남아 있어 높이를 자랑한다. 이 나무는 조구대사가 보석사 창건 당시 심었다고 전해진다. 마을이나 나라에 큰 변고가 있을 때 소리 내어 울어줌으로써 재난에 대비하는 수호신으로 전한다.

마달피휴게소를 출발하여 수초가 잘 발달된 강물의 흐름을 따라 우리도 흐른다. 유유히 흐르는 금강은 주변의 비옥한 토지를 적시며 풍요롭게 해 준다. 금산(錦山)은 금수강산(錦繡江山)의 줄임말이란 게 금산 군민은 물론 대다수의 사람들이 굳게 믿고 있듯이 주변의 산과 강이 그야말로 비단에 수(繡) 놓은 듯 아름답다.
제원대교 못 미쳐 있는 닥실나루는 제원대교가 들어서기 전에는 전라·충청도와 경상도를 연결하는 교통의 요지였다. 임진왜란 때 호남으로 쳐들어가는 만여 명의 왜적과 이곳을 방어하던 600여 명의 군사가 접전을 벌였으나, 중과부적으로 아군들이 모두 전사했다.

강변 캠핑장 소나무 아래에는 자연이 다듬은 수석이 자태를 자랑한다. 한참을 걸어가니 충남 금산군이 끝나고 충북 영동군 양산면 가선리가 우리를 맞이한다. 대보름날 뜨는 달을 보고 그해 농사를 점치며 풍년을 기원했다는 곳에서 풍성한 다음 달을 기약한다.

금강 천 리 길을 따라(7)

보름달 보고 풍년 기원한 '월영산'

산 위로 대보름날 뜨는 달을 보고 그해 농사를 점치며 풍년을 기원했다는 월영산(月影山, 529m). 산자락에는 안개가 어두운 장막을 두른 듯, 오늘의 폭염을 예고한다. 영동군 양산면 가선리 출발점은 '금강하구둑으로부터 270㎞ 지점이다.

지방 도로를 따라 금강의 물살을 타고 하류로 내려온다. 엊그제 집중호우로 둔치 낮은 지대에 있는 수목들은 미처 씻어내지 못한 쓰레기들을 허리를 휘감고 있다. 아침 햇살에 반짝이는 금강의 물은 어제 무슨 일이 일어났는지 전혀 알 수 없는 것처럼 유유히 흐른다.

전북 무주와 옥천으로 갈라지는 모리삼거리를 지나 수두리 마을 어느 집에서 시원한 샘물로 목을 축이고, 강둑으로 내려와 수초가 우거진 하천부지 길로 접어

강선대

안개 자욱한 월영산

여의정

들어 미처 빠지지 못해 물이 고인 길을 뜀뛰기 하듯 폴짝이며 걷다가 솔숲이 우거진 소나무밭으로 올라가니 '송호리관광지'다. 솔밭 귀퉁이에 '양산 8경'의 6경인 '여의정'이란 정자가 기풍 있게 서 있다.

하류 쪽에는 물이 소용돌이치며 휘감는 바위가 있다. 이 바위가 '양산 8경' 중 8경에 해당하는 '용암'이다. 바위의 생김새는 보통 바위 같으나 주변을 맴도는 물살은 온 세상을 빨아들일 듯 큰 기세로 소용돌이친다. 하류 쪽 둑 밑 물도 빨아 올려 왈츠를 추듯 몇 바퀴 뱅뱅이 돌며 봉곡교 아래로 흐른다. 마치 물속에서 용이 승천을 준비하는 것 같다.

강 건너 바위 위에는 날렵한 지붕이 하늘에서 사뿐히 내려앉은 듯 얹혀진 정자가 있다. 봉곡교를 건너 가까이 갈수록 정자의 모습은 금강의 비단결에 감기고 소나무에 에워싸여 치맛자락 펄럭이며 속살을 보일 듯 말 듯, 뭇 나그네들의 시선을 사로잡는다. 하늘의 선녀 모녀가 강물에 비친 낙락장송(落落長松)과 석대(石臺)가 어우러진 풍경이 너무 아름다워 목욕을 했다던 '강선대(降仙臺)'는 '양산 8경' 중 2경이다.

'금강하구둑으로부터 259㎞' 지점 봉곡배수장 옆으로 휘어진 절벽 밑으로 강물이 흐르고, 사람이 지날 수 있는 길은 찾기 힘들다. 봉곡배수장 뒤 '미령이 마을'로 접어들자 바위 언덕 위에서 명양정(鳴陽亭)이 금강을 굽어본다.

국악 이미지 모티브로 한 '죽청교'

한낮의 무더위도 피할 겸 '양산 8경'의 1경인 천태산 영국사로 향했다. 천태산(天台山, 715m)을 오르는 길목부터 '천태산 은행나무를 사랑하는 사람들'의 주옥 같은 시들이 계곡을 수놓고, 미끄럼틀 같은 삼단폭포가 명주실 타래처럼 길게 물줄기를 흘려 보낸다. 천태산은 고려 시대 천태종의 본산이었기 때문에 산 이름도 '천태'가 된 영동의 명산이다. '충북의 설악'이라 불릴 정도로 산세가 뛰어나며, 자연경관이 수려하여 산 주변에 이름난 명소가 많다.

'天台山寧國寺(천태산영국사)'라는 일주문을 지나자 우측으로 천 년 묵은 은행나무가 위용을 자랑한다. 이 나무는 높이가 31m, 가슴 높이의 둘레는 11m, 나이는 천 살 정도로 추정한다. 이 은행나무는 국가에 큰 어려움이 있을 때마다 소리 내어 운다고 한다.

영국사는 법주사의 말사로 신라 문무왕 8년에 원각국사가 창건했다 한다. 고려 고종 때 안종필(安鍾弼)이 왕명으로 중건하여 절 이름을 국청사(國淸寺)로 했다. 홍건적이 쳐들어오자 공민왕이 이곳으로 몽진하여 국태민안을 기원하다가 홍건적을 무찌르고 개경으로 수복하게 되자 왕이 기뻐하며, 사찰 이름을 영국사로 고쳐 부르게 했다.

삼단폭포

원각국사 비

죽청교

　원각국사비(보물 제534호)는 1153년에 선사(禪師)가 되었고, 1171년에 왕사(王師)가된 원각국사의 비다. 총알을 맞아 손상된 곳이 많아 그 내용 전부를 알 수는 없다. 거북 모양의 비석 받침돌과 비 머리에 있는 네 마리의 용이 매우 특이하다. 원각국사비 뒤에는 누구의 비인지 알 수 없는 승탑 2기가 있다.

　남쪽 언덕에 보물 제532호로 지정된 원각국사의 사리를 모신 것으로 추정되는 승탑(僧塔)이 있다. 승탑은 스님의 사리나 유골을 모신 탑의 일종이다. 신라와 고려에서 많이 조성했던 팔각원당형의 승탑이다. 일주문 안 동쪽에는 고려 중기의 것으로 추정되는 망탑봉 삼층석탑이 있고, 사람이 흔들면 흔들린다는 무게 10여 톤의 상어바위가 버티고 있다.

　다시 양강면 구강리로 나와 금강변을 따라 걷는다. 하천부지의 식물들은 손가락 하나 들어갈 틈도 없지만, 외래종인 '가시박'이 넝쿨을 이뤄 그물처럼 바닥을 온통 덮는다. 그리고 엊그제 장맛비로 떠내려온 쓰레기들이 쓰레기 적환장처럼 무더기로 쌓여 있는 곳도 있다. 평소에 개념 없이 아무렇게나 버린 물건들이 쓰레기가 되어 우리에게 되돌아오는 것만 같다.

　물살이 빠른 강을 따라 하류로 내려오니 제법 멋을 부린 다리가 손짓한다. 다리 이름은 '죽청교'. 상판 위로 솟은 가로등이 해금을 닮은 모습이다. 죽청교는 국악의 이미지를 모티브로 하여 해금의 곡선을 형상화한 조형물과 해금의 조율(調律)기를 가로등 부분으로 표현하여 역동의 청정 이미지를 상징화했다.

난초에 반해 호를 지은 박연

죽청교를 지나 '양산심천로'를 따라 강변길로 걷는다. 빠르게 흘러 내려오던 물살이 갑자기 고요해진다. 영동 심천(深川)은 말 그대로 '깊은 내'라 그런지 빠른 물살을 강바닥으로 흡수하여 호수처럼 잔잔하고 고요하다. 상수원을 보호하기 위해 1. 농작물을 재배하는 행위, 2. 쓰레기를 버리는 행위, 3. 함부로 점유하는 행위 등의 금지 행위를 알리는 알림판이 수변 구역을 지키고 있다. 그 앞을 지나 언덕길로 힘겹게 올라가니 난계국악박물관이 우리 일행을 맞이한다.

옥계폭포는 달이산의 주봉과 서봉 사이에서 내달리는 산등성이 아래에 있는 폭포다. 멀리서 폭포를 바라보면 여자가 누워 있는 형상이라 여성을 상징하기도 하여 구슬 옥(玉) 자를 써서 옥계폭포라고 했다는 설도 있다. 30여m의 높이에서 떨어

난계 박연 동상

단군 동상

돌무더기로 만든 삼족오 형상

지는 물줄기가 오색 물보라를 일으킨다. 속세가 아닌 신선의 경지를 방불케 하는 듯하다. 우리나라 3대 악성 중 한 분인 박연(朴堧, 1378년~1458년)은 오색영롱한 폭포수 아래에서 피리를 연주하다가 바위틈에 난 난초에 반해 호를 난초 난(蘭) 자와 시내 계(溪) 자를 써서 '난계(蘭溪)'라고 했다. 옥계폭포를 일명 '박연폭포'라고도 하며, 많은 시인 묵객들이 찾아와 풍류를 즐겼다고 한다.

옥계폭포 옆으로 난 등산로를 따라 오르면 단군 할아버지 동상과 돌로 쌓아 만든 삼족오(三足烏) 형상이 있다. 이곳은 모 재단에서 운영하는 명상센터로, 우리 고대 선조들의 이상을 수련하는 곳이다. 우리 민족은 고대부터 천지인(天地人) 사상을 가진 민족으로서 태양의 아들, 하늘의 아들을 상징하는 삼족오를 만물의 상징물로 사용해 왔다. 고구려 벽화나 유물에 많이 그려져 있으며, 우리 민족이 천손(天孫)임을 보여주는 것으로 "홍익인간 이화세계(弘益人間 理化世界-널리 인간을 이롭게 하고 이치로서 세상을 다스린다)" 정신을 펼쳐 나가라는 뜻 같다. 마곡 마을로 나오는 길목에도 우리 민족의 기본 경전인 천부경(天符經)을 새긴 비석이 있다.

난계사(蘭溪祠)는 영동군 심천면 출신 박연의 영정을 모신 사당이다. 박연은 조선조 세종 때 음악을 전념하는 '관습도감 제조'가 되어 당시에 불완전한 악기의 율조(律調)를 정리하여 악서를 편찬했다. 궁정에서 향악을 폐하고 아악을 연주하게 하는 등 궁중음악을 개혁했다. 피리에 능했으며, 조선 초기에 국악의 기반을 닦아놓은 업적으로 고구려의 왕산악, 신라의 우륵과 더불어 3대 악성으로 추앙받고 있다.

산천비보 사상 깃든 동·서 삼층석탑

폭염 경보에 흐르는 물살도 지치는가 보다.

영동 출신 시인 박명용(1940~2008)의 '금강'이란 시가 "강은 푸른/ 물소리를 낸다/ 강은 몸으로/ 하늘을 안고/ 일렁인다/ (중략)/ 사람들을 넉넉하게/ 일구어 주는/ 싱싱한 생명이다/ 깨끗한 정신이다/ 햇살 쏟아지는/ 영원한 금강이여"로 노래하며 금강을 역동적인 생명의 모습으로 우리에게 안겨 준다.

작열하는 폭염 속에서도 옥천군 옥천읍에 있는 용암사로 향했다. 용암사의 외모는 성채를 쌓은 듯 벽이 견고해 보였다. 용암사(龍巖寺)는 신라 진흥왕 13년(552년)에 천축(현 인도)국에 다녀온 의신(義信)이 세운 사찰이다. 절 이름은 경내의 용처럼 닮은 바위에서 유래했다고 하나 일제 강점기 때 일본인에 의해 파괴되어 지금은

박명용의 금강 시비

용암사 동·서 삼층석탑

옥천 우암 송시열 유허비각

흔적만 남았다. 신라의 마지막 왕자인 마의태자가 금강산으로 가던 중 용바위에서 서라벌이 있는 남쪽을 바라보며 통곡했다는 설이 있다.

대웅전 뒤 장령산에 통일 신라 시대 불상인 마애불이 있다. 이 불상은 천바위에 새겨진 높이 3m의 입상으로 붉은 바위 색이 매우 인상적이다. 발을 좌우로 벌리고 연꽃 대좌 위에 서 있는 모양이 신라 말부터 고려 초기에 유행하던 기법으로 잘 표현되었다. 전하는 말에 의하면 이곳에 들렀던 마의태자를 흠모하는 사람들이 태자의 모습을 새긴 것이라고도 한다. 마애불에서 우측으로 내려오면 동·서 삼층석탑이 있다. 석탑이 사방의 조망권이 확보된 곳에 건립된 것으로 보아 고려 시대에 성행했던 '산천비보(山川裨補)' 사상에 의해 건립된 것으로 추정된다. 산천비보사상이란 탑이나 건물을 건립해 산천의 쇠퇴한 기운을 북돋아 준다는 것으로, 이 사상에 의해 건립된 석탑 중 유일하게 쌍탑이라는 점에서 학술적 가치가 높다.

이원면 용방리 구룡촌은 조선조 주자학의 대가이며 노론의 영수였던 우암 송시열(尤庵 宋時烈, 1607~1689)의 유허비가 있는 곳이다. 유허비(遺墟碑)는 '선인들의 자취가 남아 있는 곳에 업적을 기리기 위해 세운 비'이다. 옥천에서 금강을 따라 대전 회덕과 논산에 이르기까지 우암의 이야기는 이어질 것을 예상하며, 구룡촌 고개를 넘어 마을을 지나 경부선 고속열차가 지나가는 칠방리 입구에서 오늘을 정리한다. 돌아오는 귀경길에 노을진 서쪽 하늘은 왜 이리 붉게 물드는가? 참으로 오랜만에 보는 광경이다. 하늘도 다음의 금강트레킹이 무척이나 그리워지는가 보다.

옥천이 낳은 시인 정지용

동이면 금강으로 가기 전에 옥천이 낳은 시인 정지용(鄭芝溶. 1902. 5~1950. 9)의 생가를 찾았다. 1988년 서울올림픽을 앞두고 시인 정지용은 해금되었다.

서울에서 교편 생활을 하다가 한국전쟁 때 납북인지 월북인지 정확하게 알 수 없지만, 정지용이 쓴 주옥같은 글들은 북한에 있다는 이유 하나로 모두 금서로 묶여 누구도 볼 수도 들을 수도 없었다. 최근에는 '보도연맹사건'에 연루되어 억울하게 죽었다는 설도 있으나 아직 확인된 바 없다. 일제 강점기인 1930~1940년대 이 땅의 시인으로서 우리 민족의 모습을 문학적이고 아름다운 글로 표현한 사람이 또 있을까?

정지용 동상

정지용과 함께

옥주사마소 안내

정지용문학관 앞에 서 있는 동상이나 문학관 내부의 긴 의자에 앉아 계시는 모습은 오랫동안 묶여 있던 아픔 때문인지 검은 두루마기를 입은 표정이 여리고 굳어 있는 것만 같다.(정유순의 "차마 꿈엔들 잊힐 리야"에서)

옥천 구읍에 자리한 생가는 초가삼간 겹집이다. 안채는 보수 중으로 출입을 금하고 있어 들어갈 수가 없었고, 옆에 있는 문학관에 들러 시인의 엷은 체취를 짙게 맡아본다. 그리고 성악을 하는 도반의 '향수(김희갑 작곡)' 노래를 들어본다. 목이 잠기는 아침나절인데도 목소리는 청아하게 '비인 밭에 말을 달리듯~ 넓은 벌 동쪽 끝'으로 실개천을 타고 길게 흐르고, 초라한 초가에는 조롱박이 대롱대롱 매달려 지난 혹서(酷暑)를 기억한다.

정지용 생가에서 가까운 옥천읍 상계리에는 '옥주사마소(沃州司馬所)'라는 충북 유형문화재(제157호)가 있다. 옥주는 옥천의 옛 이름이다. 사마소는 조선 중기 이후 지방마다 생원과 진사들이 모여 친목과 학문, 정치, 지방 행정의 자문 등을 논하던 곳이다. 그러나 점차 압력 단체로 발전하여 1603년(선조 36년)에 없앴으나, 지방에 따라 그 폐단이 지속되기도 했다.
옥주사마소는 의창(義倉)을 뜯어다가 지었다고 한다. 그런데 의창은 '곡식을 저장해 두었다가 흉년이나 비상시에 가난한 백성에게 대여해 주는 기관'으로 이를 뜯어다 지었다는 의미는 그리 반가운 것은 아닌 것 같다.

함지박 만들며 일군 '고현마을'

옥천군 동이면은 '금강하구둑으로부터 226㎞' 떨어진 지점이다. 금강을 가로지르는 경부고속도로 다리 위로 세상을 바쁘게 살아가는 자동차들이 바삐 달린다. 분명 우리 일행은 하류를 향해 전진하는데, 앞에서 불어오는 바람이 강물을 거꾸로 흐르게 하는 착시현상을 일으켜 상류로 가는 것 같은 착각을 하게 한다. 어선은 아직 출어할 시간이 안 되었는지 불어오는 바람과 한가로운 유희(遊戲)를 한다.

살랑거리는 바람을 온몸으로 맞으며 하류 쪽으로 나아가니 경부고속도로 금강휴게소 톨게이트가 나온다. 이곳은 휴게소이면서 금강유원지나 강변도로를 따라 드나드는 길목으로, 휴일이면 이용하는 사람이 많다. 초기 고속도로 공사 중 가장

금강소수력발전소. 끝에 3개의 발전기가 있다.

난공사가 많아 희생자도 많이 나왔는데, 상행선 휴게소 인근에 당시 희생된 77분의 위령탑이 세워져 있다. 휴게소 입구의 무궁화도 활짝 피어 산업의 동맥을 건설하다 희생한 영령들의 명복을 비는 것 같다.

금강휴게소와 금강유원지 사이에는 자동차와 사람이 왕래할 수 있는 보(洑)가 설치되어 있다. 그러나 물고기가 왕래할 수 있는 어도(魚道)가 보이지 않았다. 더 알아보니 전력을 생산하는 '금강소수력발전소'라고 한다. 전력 생산량이 얼마이고 산업에 기여하는 수준이 어느 정도인지 정확히 알 수 없으나, 이곳 주민들은 환경파괴 주범으로 지목하고 있다는 것이다. 물속의 생명들도 자유롭게 물길을 따라 소통할 수 있는 시설이 설치되었으면 한다.

한낮으로 시간이 흐를수록 아스팔트 복사열도 뜨거워지지만 엊그제 불볕더위에 비하면 덜한 것 같다. 강물은 때론 큰 여울을 만들며 급하게 휘돌고, 어느 때는 정중동(靜中動)의 모습으로 아주 편안하게 다가온다. 산과 산 사이의 협곡을 지나는 금강은 물길이 닿는 곳마다 비단 수(繡)를 만들어 아름다움의 극치를 이룬다.

고현 마을은 옥천군 청성면 고당리 '높은벌 마을' 또는 '높은벼루 마을'로 지도상에 표시되어 있다. 이는 고현 마을의 옛 이름 같다. 천상에서 하강하다 금강이 내려다보이는 산 언저리에 정착한 마을 '높은 벌~' 10여 가구가 층층계단을 이루어 금강의 역사를 굽어보는 '높은 벼루~' 마을 주변에는 옻나무와 호두나무가 많고 순을 나물로 먹는 참죽나무가 많다.

이 마을은 임진왜란 당시 유씨 성을 가진 사람이 피난 와서 함지박을 만들면서 마을을 일궜다는 설이 있다. 논이 없는 고지대에 위치하여 손바닥만한 밭에 산도(山稻)를 심어 가끔 쌀 구경을 했다고도 한다. 산 넘어 전답을 사서 "이른 새벽에 고개를 넘어갔다가 어둠이 짙은 저녁에 집으로 돌아왔기 때문에 아이들 얼굴을 볼 수 없어 지금도 아이들 얼굴 잘 몰라"라는 말이 있다고 한다. (신정일의 『금강역사 문화탐사』 중에서)

고현 마을

이곳에서 생산되는 콩과 보리 등 잡곡류는 영동군 심천 장터에서 꽤나 유명했다고 한다. 고현 마을 사람들이 장에 나가지 않으면 장이 서질 않을 정도였다고도 한다. 마을을 둘러보고 원당교 쪽으로 내려오는 길목에 대추와 밤, 감 등 제사상에 필히 올라가는 조율시(棗栗柿) 3실과(實果)가 살을 찌우며 제법 모양새를 갖춰가고 있다.

대추(棗)는 꽃이 핀 자리에는 틀림없이 열매가 맺힌다고 해서 후손의 번창을 의미하기 때문에 제사상에 제일 앞자리에 올려놓는다. 밤(栗)은 씨 밤에 싹이 나면 그 나무가 첫 열매를 맺을 때까지 뿌리에 붙어 운명을 같이하여 '후손을 지극히 사랑'하는 조상을 의미하여, 사당의 위패도 밤나무로 만든다. 감(柿)은 어떤 씨를 심어도 싹이 나면 고욤이 되기 때문에, 좋은 감이 되려면 필히 접을 붙여야 해서 후손으로 태어났으면 감과 같이 환골탈태(換骨奪胎)하여 큰 인물이 되라는 의미가 있다.

제신탑

　도로변으로 나와 합금 마을 쪽으로 내려간다. 원래 '윗쇠대'와 '아랫쇠대'로 불리었는데 '쇠' 자를 한자로 쇠금(金) 자를 쓰면서 상금과 하금으로 부르게 됐으며, 이를 합쳐 합금리가 된 것 같다. 길 옹벽이 아름다운 조형물로 장식되어 있고, 길옆 경관 좋은 곳에 펜션과 민박 시설들이 들어서 있다.

　청마교 건너 마티 마을에는 충청북도 민속문화재 제1호인 제신당(祭神堂)이 있다. 이 제신당은 마한 시대부터 마을 경계 표시의 수문신(守門神)으로, 풍수상의 액막이 구실을 했다. 높이 5m의 원추형 돌탑 모양의 제신탑과 솟대, 장승, 산신당 등 4가지의 복합적인 문화 형태를 보이고 있다. 이 마을 사람들은 이 탑을 풍년과 마을의 평안을 비는 신앙성표(信仰聖標)로 삼고 있다.

　이 마을에서는 매년 음력 정초에 생기복덕(生氣福德)에 맞는 제주(祭主)를 뽑아 산신제를 올린다. 솟대와 장승은 4년마다 윤달이 드는 해에 새로 세우는데, 이때 신을 보내고 맞아들이는 굿으로 농악을 올린다.

유학자 검소함 깃든 '동춘당'

청마리 폐교운동장에는 늙은 플라타너스 나무가 터를 지키고, 옛 교실에는 '옥
천 옻 문화단지 옻 배움터'가 대신 자리하고 있다. 강 건너 솔밭에는 백로들이 둥
지를 틀었다. 주택의 아치형 터널 위에 으름 덩굴이 지붕을 이루고, 가덕교 앞에 도
착하니 해의 기울기가 길게 기울었다.

동춘당(보물 제209호)은 조선조 효종 때 대사헌 이조판서와 병조판서를 지낸 송시
열의 친척인 송준길(1606년~1672년)이 38세가 되던 해에 지은 별당이다. 이 집은 굴뚝
을 높이 세우지 않았다. 따뜻한 온돌방에서 편히 쉬는 것도 사치스럽게 여겼기 때
문에 왼쪽 온돌방 아래 초석과 같은 높이로 연기 구멍을 뚫어 놓아 유학자의 은둔
적 사고를 잘 표현했다.

동춘당

대청의 앞면, 옆면, 뒷면에는 쪽마루를 내었고 문을 모두 들어 열면 내·외부 공간이 차별 없이 자연과의 조화를 이룰 수 있도록 했다. 대청과 온돌방 사이의 문도 들어 열 수 있어 필요시에는 대청과 온돌방 전체를 하나의 큰 공간으로 사용할 수 있도록 한 것이 특이하다. 별당 옆 고택에서는 후손이 식당을 운영하고 있다.

대전 동구 가양동 '우암사적공원' 안에 있는 '남간정사(南澗精舍, 유형문화재 제4호)'가 있다. 송시열(1607년~1689년)은 1607년 충북 옥천군 이원면의 외가에서 태어난 후로 화양동 등 여러 곳으로 주거를 옮겼으나, 그가 주로 살았던 곳은 옛 대전의 근교였다. 초년에는 지금의 대전광역시 동구 소제동에 살았는데, 근교의 비래촌과 흥농촌이라는 곳에 비래암과 능인암이라는 서당을 짓고 제자를 가르쳤다. 1683년 말년에 능인암 아래에 규모가 큰 서당을 새로 지었는데, 이것이 남간정사다.

송시열은 이곳에서 제자들을 가르치고 그의 학문을 완성시켰다. 남간정사는 계곡에 있는 샘에서 흘러 내려오는 물을 건물의 대청 밑을 지나서 연못으로 흘러가게 했는데, 이는 한국 정원 조경사에 새로운 조경 방법이다. 남간정사 오른쪽에 있는 기국정(杞菊亭)은 소제동에 있던 것을 일제 강점기 초에 옮겨 온 것이며, 송시열의 문집인 『송자대전(宋子大全)』은 목판으로 만들어져 남간정사 장판각에 보관되어 있다.

옥천군 안남면에 있는 독락정(獨樂亭)은 1607년(선조 40년)에 절충장군중추부사(折衝將軍中樞副使)를 지낸 주몽득이 세운 정자지만, 서당으로 운영되어 오다가 후에 유생들이 모여 학문을 닦고 연구하는 전당으로 발전하여 서원 역할을 한 곳이다. 금강의 풍광을 내려다보며 층암 절벽 바위산 등주봉이 병풍처럼 둘러싸인 이곳은 현재 초계주씨독락공파 문중에서 관리하고 있다. 독락정 뒷산에 오르면 둔주봉 전망대가 있는데, 이곳에서 한반도 모형이 거꾸로 되어 있는 지형을 볼 수 있다.

술도가

안내면 인근에 있는 '안내양조장'에 있는 옛날식 술도가 또한 볼거리다. 전성기 때에는 술도가 20여 독을 발효했으나, 지금은 1개를 채우기가 힘들다고 한다. 안채 마당에는 울타리용으로 많이 사용하는 탱자나무가 열매를 주렁주렁 매단 채 정원수처럼 서 있다.

다시 금강으로 돌아와 가덕교를 지나자 강 아래 물속에서 월척 같은 큰 물고기와 어린 치어가 한가롭게 떼를 지어 노닌다. 이런 틈을 타고 낚시꾼들은 여러 대의 낚시를 설치하여 손맛을 느끼기에 바쁘고, 간간히 고기 잡는 어항을 설치하여 물고기들을 유혹한다.

대청호는 대전광역시와 충청북도 청주시·옥천군·보은군에 걸쳐 있는 인공호수다. 대전광역시 대덕구 미호동과 충북 청원군 문의면 덕유리 사이의 좁은 협곡에 필댐(fill dam)이 남과 북으로 건설됨으로써 거대한 호수가 형성되었다.

필댐은 흙과 돌을 기울기가 완만하게 쌓아 올려 담수되는 물의 무게를 지탱하

대청댐

는 형식의 댐이다. 기초가 약해도 쌓기가 가능해 자유롭게 설계할 수 있다. 일반적으로 댐 건설에 많이 적용되는 경제적 방식이라고는 하지만, 홍수 시에 월류(越流)에 저항력이 약하다는 지적도 있다.

대청호는 호수 길이 80km, 저수량 15억t으로 우리나라에서 3번째로 큰 규모의 호수다. 대전광역시·청주시의 식수와 생활 용수·공업용수 등 다목적 용수를 공급하고 있다. 호수 주변으로 해발 200~300m의 야산과 수목이 펼쳐져 사람에게 친근한 코스로 잘 알려져 있다. 물 홍보관 앞에서 주변 경관을 내려다볼 수 있다.

빗길에 다시 계단으로 내려와 대청댐 아래에서 데크로 곱게 단장된 길을 따라 신탄진 쪽으로 향한다. 길목에는 산딸나무 열매가 빨갛게 익어 가고, 조정지댐 지나 충북 청주시 남이면 복숭아밭에서는 수밀도(水蜜桃)가 은근히 유혹한다.

대청호의 절경 '부소담악'

옥천군 군북면 석호리에 있는 대청호의 청풍정은 갑신정변으로 삼일천하를 누렸던 김옥균이 기생 명월이와 함께 숨어 들어와 은거하던 곳이다.

절치부심하며 후일을 기약하던 중 명월이는 "선생과 함께했던 세월이 내 일생에 영화를 누린 것 같이 행복했지만, 소녀로 말미암아 선생이 품은 큰 뜻에 누를 끼칠까 봐 몹시 송구스럽게 생각한다."라는 유서를 남기고 청풍정 절벽 아래로 떨어져 죽었다. 김옥균은 아침에 일어나 이 사실을 알고 주검을 수습하고 장례를 치른 후 바위 절벽에 '명월암'이라는 글씨를 새겼다.

청풍정

부소담악

추소정과 부소담악

다시 발걸음은 옥천군 군북면 추소리에 있는 부소담악 입구에 다다른다. 오솔길을 따라 잔디공원을 중심으로 장승들이 줄을 서 있는 '추소리 쉼터'를 지나 조성된 데크 로드를 따라 더 들어간다. 대청호를 조망할 수 있는 추소정(楸沼亭)은 맑은 하늘과 조화를 이룬다.

추소정에서 숨을 고른 후 부소담악으로 가기 위해 작은 언덕을 넘는다. 내려가는 길목은 좁고 경사가 급하여 발 아래 보이는 물은 잔잔한 호수가 아니라 쩍 벌린 악어의 입처럼 보인다. 더욱이 물기를 머금은 바위가 부소담악까지 가는 길을 막아 다시 추소정으로 되돌아 와 정자 옆 전망대에 서서 부소담악을 멀리 바라보며 아쉬움을 달랜다.

호수 위에 떠 있는 병풍바위인 부소담악(芙沼潭岳)은 대청호에 있는 절경이다. 원래는 산이었지만 대청댐이 준공되면서 바위 아래가 잠겨 물 위에 병풍을 두른 듯한 풍경이 되었다. 조선 때 대학자 우암 송시열(尤庵 宋時烈)도 소금강이라 예찬할 정도로 경관이 빼어난 곳이다. 용이 호수 위로 미끄러지듯 뻗은 형상이 선명하고 솟아 오른 바위가 수만 년 세월의 신비가 서려 있다.

꽃대 하나에 두 송이 꽃 '코스모스'

금강 걷기를 하기 전에 대청호 절벽 위에 있는 구룡산 현암사를 찾았다. 현암사 (懸巖寺)는 406년(백제 전지왕 3년) 달솔 해충(達率 解忠)이 발원하여 고구려 청원선경 (淸遠仙境) 대사께서 개산초창(開山初創)했다. 懸巖寺(현암사)는 말 그대로 바위에 매달려 있는 것 같은 사찰로 대청호의 아침을 내려다 볼 수 있는 명소다.

아침 햇살에 가을이 익어가는 감나무를 뒤로하고 삼성각 앞으로 하여 오가삼거리 쪽으로 산길로 내려온다. 아침 여정 치고는 좀 힘들었지만 우두둑 떨어지는 상수리 소리에 살아 있음을 깨닫고 숲에서 우러나오는 향기에 부족한 기(氣)를 채운다. 신탄진 조정지 댐 건너에 있는 충북 청주시 현도면 노산리 들녘에서 골드카

현암사

샴쌍둥이 코스모스

펫으로 물든 벼이삭이 공손히 고개를 숙이며 반갑게 어서 오라 한다. 길옆의 코스모스도 고요한 햇살에 하늘거린다. 꽃무리 중에 어느 한 송이는 꽃대 하나에 두 송이가 피어 나와 별난 구경을 시켜 준다. 분명 정상적인 상태는 아니고, 혹시 환경 이상으로 돌연변이처럼 나타난 것이 아닌가 하는 쓸데없는 걱정을 해보며 노산리 솔밭으로 들어선다.

금강 변 노산리 솔밭에는 큰 소나무들이 꽉 들어차 있지만 아쉽게도 우리 토종 소나무가 아니고 리키다소나무다. 솔밭캠핑장을 지나 숲길로 들어서니 절벽의 허리를 깎아 만든 것 같은 아름다운 벼룻길이 나온다. 금강 변 무주벼룻길이 으뜸이라면 이곳 벼룻길은 그 다음은 될 것 같은데, 아직 소문이 나질 않아 찾는 사람이 없는 것 같다.

벼룻길 끝 무렵 숲 사이 금강 위로는 국도가 지나는 현도교와 경부선 열차가 지나는 철교가 보이고, 그 뒤로 신탄진의 고층 건물들이 하늘을 찌른다. 그 옛날 '통행금지'가 있던 시절 신탄진에서 술을 마시다가 통금 시간이 되면 현도교를 바삐 건너와 통금이 없는 충북 현도에서 다시 술판을 시작했다고 한다. 그런 영향 때문인지 현도교 북쪽 끝에는 오래된 장어 요리집 등이 여러 곳 있다.

길 건너 지하차도를 빠져나오면 '태극기 마을' 현도면 양지2리다. 마을 앞 도로에 줄지어 늘어선 국기 게양대에 태극기가 걸려 있지만, 언제 걸어 놓았는지 태극기마다 땟국이 흐르고, 해진 국기는 바람에 펄럭일 힘조차 잃어버린 것 같다. 양지2리 쪽 금강변 자전거 길로 나오니 경부고속도로(금강1교)와 경부고속철도(KTX)가 분주하다. 주말이라 자전거 타는 사람들도 길을 메운다.

수초가 우거진 하천부지를 따라 강변으로 접어들자 대전에서 흘러나오는 갑천이 금강과 합수한다. 갑천은 충청남도와 전라북도 경계에 걸쳐 있는 대둔산에서 발원하여 유입되는 하천으로, 대전 시내로 들어오기 전까지는 하천 생태계가 유지되고 있으나, 대전 도심부터는 인위적인 도시 계획으로 인해 대부분 파괴되었다.

가시박 넝쿨

갑천의 밀어내는 힘이 센지 합수부 앞에서는 금강도 우측 북으로 90도로 꺾여 휘어진다. 하천부지에는 수초가 잘 발달된 것처럼 보이나 자세히 들여다보니 '가시박' 넝쿨이 뒤덮고 있다. 가시박에 덮인 다른 나무나 풀들은 숨 한번 제대로 못 쉬고 말라 비틀어진다. 가시박은 북미 원산의 귀화식물로 농가에서 박과 식물의 접목에 사용하려고 도입했다. 강변을 따라 촉촉한 지역에 급속 확산되어 생태계를 교란하는 식물이다. 그래도 가시박이 넘보지 못한 곳에는 고마리와 여뀌꽃 같은 예쁜 꽃들이 피어 고개를 내밀고, 여물지 않은 이삭을 뽑아 말려서 빗자루를 만들던 갈꽃은 우리 어머니를 생각나게 한다. 어머니가 생전에 만들어 주신 갈꽃 빗자루가 20여 년 넘게 우리 집 구석구석을 지금도 쓸어 주고 있기 때문이다.

잘 닦여진 자전거도로는 금강 하굿둑을 향해 늘어서 있고, 아직 길이 연결 안 된 곳은 자전거도로 개설을 위한 공사로 하천변이 파헤쳐지고 있다.

부강포구, 충청 경제발전 '시원'

세종특별자치시와 경계를 이루는 청주시 현도면 시목리는 '농촌건강 장수마을'로 지정된 마을이다. 감나무가 많아 감나무골이라도 했다. 아마 감나무를 한자화하는 과정에서 감나무 시(枾) 자에 나무 목(木) 자를 써서 '시목리'로 바뀐 것 같다.

세종자치시 부강면에 들어서니 먼저 산업단지가 보인다. 전깃줄이 하늘에 그물을 친 것처럼 뻗쳐 있고, 공장 굴뚝에서는 연기 대신 하얀 수증기를 내뿜는다.

부강은 금강에서 배를 타고 올라오는 내륙의 마지막 포구로, 충청 내륙을 이어주는 '부강포구'였다. 현 부강중학교 앞으로 백천이라는 작은 하천이 금강과 합류하는데, 이 지점은 강폭이 넓고 수심이 깊어 3백여 척의 배를 한꺼번에 정박할 수 있었다고 한다.

부강산업단지

옛 부강포구로 가는 길

    충청도 내륙 도시의 근대화 과정에서 "부강포구는 '충청 지역 경제발전의 모체와 시원(始原)'이라고 청주대 김신웅 교수가 평했다. 전성기에는 초사흘과 보름에 한 번씩 지내는 배 고사떡만 얻어먹고도 인근 사람들이 살 수 있을 정도였다고 하며, 배들이 싣고 온 해산물이 얼마나 많았는지 조기로 부채질하고 미역으로 행주를 삼았으며, 명태로 부지깽이를 할 수 있을 정도였다(신정일의 저서 『새로 쓰는 택리지 5』)"고 한다.

    부강포구의 흔적이라도 찾아볼 심산으로 자동차도 다닐 수 있는 간이 철제다리를 건넜는데, 흔적도 없이 수초만 무성하다. 금강 위로 새로 난 호남고속철교에 열차가 지나갈 때마다 흐르는 강물도 때론 외로웠는지 여울을 만들며 울음소리를 낸다. 세월이 흐르면서 세상이 바뀌는 것을 어찌하랴. 부강포구의 영화는 전설이 되어 버렸는걸. 아쉬움을 뒤로하고 현수교인 아람천교 북쪽 밑으로 내려오자 가까운 곳에 합강공원이 조성되어 있다. 이곳이 금강의 제1지천인 미호천과 만나는 합수 지점이다. 미호천은 충북 음성의 망이산에서 발원하여 청주의 무심천 등 여러 지류를 합쳐 남서쪽으로 흐르면서 부강(芙江) 서쪽에서 금강과 합류한다.

세종시청 쪽으로 내려오면 하천부지 가운데로 난 길에 한글공원이 조성되어 있다고 하는데, 안내판 외에는 확연하게 눈에 띄지 않는다. 아마 세종대왕이 '훈민정음'을 반포한 것에 착상한 것 같다.

세종특별자치시는 우리나라 17번째 광역 지방자치단체로 기초단체(시·군·구)가 없는 유일한 단층 구조. 지리적으로는 충청남·북도와 대전광역시 사이에 길쭉하게 끼인 형태로 옛 충남 연기군을 중심으로 청주시 일부와 공주시 일부가 편입되어 이뤄진 행정복합도시다. 2012년 국무총리실부터 이전하기 시작하여 현재 대부분의 정부 중앙부처가 이전해 와 있다. 햇무리교 근처 '나라키움 세종국책연구단지' 가까이에 오니 해는 세종시를 석양으로 물들인다. 알찬 내일을 저 붉은 석양에 저축하듯 오늘도 땅거미 속에 묻는다.

갑사 대웅전

계룡산갑사청소년수련원에서 계룡산의 정기를 듬뿍 받고 먼동이 트기 전에 갑사에 올랐다. 갑사(甲寺)는 420년(백제 구이신왕 1년)에 고구려에서 온 아도(阿道)가 창건했다고 한다. 그 후 여러 번 중수를 거쳤다. 영주 부석사를 세운 의상이 679년에 다시 중수하여 신라 화엄십찰(華嚴十刹) 중의 하나가 되었다가, 임진왜란 등을 거치면서 전소된 것을 1654년부터 여러 차례 손질을 거쳐 지금과 같은 모습을 갖추게 되었다. 특이하게도 대웅전 앞에 그 흔한 탑이나 석등이 없다.

계룡산은 임진왜란 이후 유행했던 정감록(鄭鑑錄)의 '계룡산 천도설에 명시된 미래의 도읍지'로 알려진 곳이다. "봄에는 마곡사, 가을에는 갑사(春麻谷寺 秋甲寺)"라는 말처럼 계룡산은 가을이 더 아름다운 곳이다. 닭벼슬 같은 정상을 이고 있는 대웅전을 뒤로하며 우측 문으로 나오면 메주 돌로 쌓은 홍예문(虹霓門)이 돌계단과 조화를 이루고, 그 옆 큰 바위 밑에 金鷄嵓(금계암)이란 각자(刻字)가 수줍게 새겨져 있다.

조금 아래에 '공주갑사승탑'이 있다. 승탑이란 승려들의 유골을 안장한 묘탑이다. 팔각형의 지붕을 가진 팔각원당형으로 고려 시대의 대표적인 양식이다. 이탑의 아래 지대석 부분에 연꽃과 사자, 구름과 용을 새겼고, 지붕 아래 탑신부에는 사천왕상이 부조되어 있다.

승탑 바로 아래에는 불교의 깃발을 내걸던 철제 당간이 우뚝하다. 어림짐작으로 15m 정도 높이의 당간이 있는 것으로 보아 이 길이 갑사의 원래 입구인 것 같다. 갑사 입구 마을에는 매년 정월 초사흘에 마을 사람과 승려들이 정성들여 제사를 올리는 괴목대신(槐木大神) 상석이 있다.

"마음은 모든 일의 근본"

　가볍게 조반을 마치고 다시 세종시로 들어가 장군면에 있는 '장군산 영평사(將軍山永平寺)'로 갔다. 영평사는 오래된 고찰도 아니고, 특별히 내세울 만한 보물도 없는 것 같다. 일반 사찰과는 달리 대웅전 앞마당에 탑이나 석등도 없다. 단지 푸른 잔디만 깔려는데, 포근하기는 하다. 대웅전 옆에서 아미타불 입상이 엷은 미소를 머금고 삼라만상을 굽어볼 뿐이다.

　꽃무릇은 곱게 피었건만 여름 내내 무더위와 씨름하며 키워 준 잎은 만날 길 없고, 눈치 없는 구절초는 축제를 앞두고 가을이 더디다고 아우성이다.

　　　마음은 모든 일의 근본/ 세상만사 이놈의 조화라
　　　오늘의 내 모습 이놈의 그림자/ 오늘의 요동친 맘 다음 생 내 모습
　　　한번 착하면 만 년 행복/ 한번 악하면 만 년 불행

장군산 영평사 전경

사찰 벽면에 쓰여 있는 이 글이 누구의 천 마디 말보다도 내 마음을 흔드는 이유는 무슨 연유일까?

마음은 모든 일의 근본

세종 호수공원은 금강 물을 끌어와 인공호수로 만든 공원이다. 일산 호수공원보다 1.1배의 크기로 국내 최대 인공호수라고 한다. 자작나무 등 여러 나무로 테마 숲을 조성하여 가족 단위로 소풍을 즐길 수 있다. 잔디로 단장한 '바람의 언덕'은 전망 좋은 곳에 조성되었고, '수상무대 섬'은 다양한 문화 공간으로 활용된다.

독락정은 충북 옥천의 대청호 주변에만 있는 줄 알았는데, 이곳 세종시에도 금강을 굽어보는 독락정이 있다. '독락정역사공원' 내에 있는 독락정은 임목(林穆)이란 사람이 1437년에 부친의 절의를 지키기 위해 지은 정자로, 금강의 운치를 즐길 수 있는 곳이다. 그러나 입구가 잡초에 묻혀 있어 관리가 제대로 안 되는 듯하다.

공주 쪽으로 가는 길에 있는 창벽(蒼壁: 푸른 암벽)은 금강변의 잘생긴 벼랑으로 유명하다. 한가롭고 여유가 있다면 뱃놀이라도 하면서 소동파의 「적벽부」라도 읊어 보겠지만, 배 대신 세월을 타고 "인생이란 게 푸른 바다에 던져진 좁쌀 한 알 같다(창해일속 滄海一粟)"를 음미하며 공산성으로 향했다. 물의 흐름 방향으로 공산성 뒤편으로 오르는데 길도 좁고 가팔라 숨도 차다. 참나무에서는 상수리가 떨어지고, 밤나무에서는 알밤이 뚝뚝 떨어진다. 길목 바위에는 주먹만 한 불상이 세상의 이치를 깨닫는 양 참선수도에 열중이다.

백제 의자왕이 나당연합군의 공격에 사비(부여)를 버리고 이곳으로 와서 항전했으나, 끝까지 버티지 못하고 항복했다는 '공산성'은 고구려 장수왕의 강력한 남진 정책에 밀려 오백 년 가까이 이어 온 한강의 위례성을 버리고 천도하여 문화의 꽃을 피웠던 백제의 두 번째 수도 웅진(공주) 금강변에 쌓은 산성이다.

세계문화유산으로 등재된 공산성은 백제가 고구려의 공격권에서 벗어나 전열을 재정비하고 패색 짙은 백제를 다시 일으켜 세운 역사의 장으로, 5대왕 64년의 웅진백제사를 써 내려간 곳이다. 조선조 인조는 이괄의 난 때 이곳으로 파천하여 엿새 동안 머물렀다. 성곽 밑으로 굽이굽이 흐르는 금강은 그때의 역사를 말하는 것 같다. 성 내의 여러 유물 중 나라를 다시 찾은 기념으로 이름을 바꿨다는 '광복루(光復樓)', 임진왜란 때 조선을 도운 명나라 장수를 기리는 '명국삼장비', 동성왕의 사연이 담긴 '임류각(臨流閣)' 등의 유물이 있다.

공산성을 빠져나와 '공주 정지산 유적'지로 향했다. 구릉 지대에 자리잡은 이곳은 1996년 국립공주박물관의 발굴 조사 결과 백제 시대의 국가적 차원의 제의(祭儀) 시설로 추정되고 있다. 유적지 내에서 국가의 주요 시설에만 사용되는 8잎 연꽃이 새겨진 수막새가 발견되었고, 국가 제사와 관련된 유물들이 출토되었다.

국립공주박물관 쪽 산길은 잡초로 우거져 있다. 어렵게 후문으로 들어가자 화단에 일본을 상징하는 금송이 기념 식수로 심어져 있다. 백제 무령왕의 관을 금송으로 만들어져서 관련이 있다고는 하나, 그래도 시기적으로 가까운 일제 강점기를 생각하면 다른 곳도 아닌 국립박물관에 심겨져 있다는 것이 아이러니하다.

공산성 정문

박물관에 전시된 유물들을 관람하고 고마나루로 갔다. 공주의 고마(곰)나루는 금강의 옛 나루터로, '웅진'으로 불리기도 한다. 고마나루에는 연미산의 암곰이 공주의 나무꾼과 부부의 인연을 맺고 살다가 나무꾼이 도망가자 새끼들을 차례로 물에 빠뜨려 죽이고 자신도 빠져 죽었다. 그 후 곰의 원혼이 금강에 풍랑을 일으켜 나룻배를 뒤집히게 하자 이를 위로하기 위해 곰 사당을 지어 매년 제사를 지내니 평온을 찾았다는 전설이 전한다.

고마나루에서 하류 쪽으로 공주보가 물길을 가로 막고 있다. 금강변의 넓은 백사장과 솔밭이 아름다움을 더 했으나 4대강 사업으로 건설된 공주 보는 백사장을 다 삼키고 초대받지 않은 손님처럼 이유도 모른 채 곰나루를 바라보고 있다.

억새밭 분위기가 만든 '즉석 음악회'

새벽 걸음으로 공주시 우성면 평목리로 나서는데, 멀리서 계룡산이 닭벼슬을 곧 추세우고 무사장도를 빈다. 평목리는 공주보 우안(右岸)에 있는 마을로 금강 고마나루 건너편에 있는 마을이다.

논의 벼들도 노랗게 익어 추수가 한창이고, 밭에서 거둬들인 들깨를 방망이로 터는 아낙의 모습은 옛날 우리 어머니들의 참 모습을 보는 것만 같다.

갈대밭

갈꽃이 바람에 산들거리고 미로를 찾아가듯 갈대밭을 소리 내어 스치면서 뭉게구름이 두둥실 떠 있는 곳을 지난다. 억새가 솜털 같은 깃으로 가을을 간질이면 하늘도 웃음을 참지 못하고 방긋 웃는다. 강 따라 길 따라 공주시 우성면 옥성2리 작골 마을로 들어선다.

들깨 터는 아낙   억새

마을은 조용하기만 하다. 추수가 끝난 논의 벼는 포기자국만 남았는데, 밭의 콩
과 구기자는 주인의 손길을 애타게 기다린다. 감국(甘菊)이 활짝 핀 고샅길에 '사육
신 김문기선생현창비' 표지석이 있는 것으로 보아 아마 작골 마을은 김령 김씨(金寧
金氏) 집성촌인 것 같다.

충의공 백촌 김문기(忠毅公白村金文起, 1399~1456)는 조선 시대 초기 문신으로 함
길도관찰사와 공조판서를 역임한 분이다. 계유정란으로 왕에 오른 세조를 몰아
내고, 단종 복위를 꾀하다가 사전에 발각되어 처형된 충신이다. 처음에는 사육신
에 포함이 안 되었다. 최근에 후손들의 청원으로 사육신에 이름이 오르고, 가묘를
노량진 사육신묘역에 모셨다.

마을을 돌아 강변으로 나오니 도로가 한적하다. 도로변에는 추수한 벼를 깔아
놓아 햇볕에 건조시키고 있다. 가로수로 심은 매실나무에는 열매가 익어 스스로
탈골을 하고 씨앗만 유골처럼 외롭게 가지에 매달려 있다.

아스팔트로 포장된 도로를 지루하게 걷다가 강변의 갈대와 물억새를 만나니
반갑기 그지없다. 갈꽃과 억새꽃을 꺾어 모자와 배낭에 꽂으며 치장도 해본다. 억
새꽃이 살랑거리는 억새밭이 작은 음악회의 즉석 무대가 된다. 성악을 하는 도반
의 열창이 끝나자 함께한 도반들의 요청에 「숨어 우는 바람소리」를 불러본다.

왕이 다녀갔다는 '왕진나루'

걸음을 재촉하여 칠갑산 장곡사로 향했다. 청양군 대치면에 있는 장곡사는 대웅전이 상하로 나뉘어져 있는 게 특색이다. 대웅전은 석가모니불을 모시는 법당인데, 하대웅전에는 약사불이 모셔져 있고, 상대웅전에는 비로자나불과 약사불이 모셔져 있다.

장곡사

칠갑산의 품에 안긴 아담하면서도 좁은 계곡을 효율적으로 이용하여 가람을 배치한 장곡사는 철조약사여래좌상과 석조대좌, 미륵불괘불탱, 철조비로자나불좌상과 석조대좌, 금동약사여래좌상 등 여섯 점이 국보급 문화재로 지정된 유서깊은 사찰이다.

하중도

미호종개 서식지 표지판

장곡사를 돌아 나와 하루에 비빔밥 천 그릇을 판매한다는 식당에서 조금 늦은 점심을 먹고, 다시 금강변인 청양군 청남면 천내리로 나와 왕진리 쪽으로 발걸음을 옮긴다. 강둑을 따라 자전거 길과 도보길이 4대강사업 덕분인지 포장이 잘되어 있고, 동강리 하천변에 있는 오토캠핑장이 사람들로 북적거린다.

제법 넓은 청남면 들녘에는 콤바인이 바삐 움직인다. 옛날에는 쌀 한 톨을 얻기 위해서는 "농부가 일곱 근의 땀을 흘려야 하고, 여든여덟 번의 손길이 필요하다"는 말이 있는데, 요즘은 자동화된 농기구들이 있어 쌀 한 톨을 편하게 얻는 것 같다.

한참을 내려가니 수중생태계가 잘 발달된 하중도(河中島)가 물길의 흐름을 조절하고, 그 밑으로 멀리 백제보가 보이는 지점에 왕진(汪津)나루가 있다. 과거 왕진나루는 청양군 청남면과 부여군을 잇는 주요 교통로였다. 강경포구 등과 함께 물류의 집산지였으며 백제의 수도였던 사비성의 외곽나루로 '왕이 다녀간 나루'라는 뜻도 내포하고 있다.

백제보는 수문 두 개가 독립적으로 운영되는 특징이 있다. 백제보 좌안으로는 백제보전망대와 홍보관이 있다. 이 보를 지나면서 "물은 고이면 썩는다"라는 만고의 진리를 다시 한번 새겨 본다.

궁궐 남쪽에 있는 연못 '궁남지'

　여명이 오기 전에 계룡산 신원사를 둘러본다. 신원사(新元寺)는 계룡산에 있는 절로 651년(백제 의자왕 11년) 열반종의 개조(開祖)인 보덕(普德)이 창건했으며, 1298년(고려 충렬왕)에 무기(無奇)에 의해 중건되었다. 조선 태조 때 무학(無學)이 삼창을 하면서 영원전(靈源殿)을 지었으며, 1876년(고종 13년)에 보연(普延)이 다시 중수했다. 경내에는 계룡산의 산신제단인 중악단(中嶽壇)이 있다. 중악단은 신원사 대웅전 뒤편에 자리잡은 산신각으로 계룡산 신을 모시는 제단이다. 산신각 중에는 전국 최대 규모이며, 조선 태조는 1394년에 북쪽 묘향산의 상악단, 남쪽 지리산의 하악단과 함께 영산으로 꼽히는 3악의 하나인 계룡산의 신원사 경내에 계룡단을 세우고 산신제를

계룡산 신원사 대웅전

지내오다가 1651년(효종 2년)에 폐지되었으나, 1879년(고종 16년) 명성황후의 명으로 다시 건축하고 이름을 중악단(中嶽壇)으로 고쳤다.

금강변에 있는 백마강레저파크는 백마강교에서부터 부산(浮山) 입구까지 하천부지를 따라 조성되어 있다. 강 건너가 부소산이고 숲 사이로 보이는 게 낙화암과 고란사다. 그러나 '백마강'이란 이름이 참 거슬린다.

부산(浮山)은 백제가 부여로 도읍을 옮길 때 '성난 용의 심술로 억수 같은 비가 석 달 동안 내려 청주에서 홍수로 떠내려 온 산'이라고 하여 붙여진 이름다. 규암면 진변리 금강변에 위치하고 있는 부산으로 올라가는 길목에는 아무도 보아주지 않아도 미소를 머금고 합장하는 좌불이 반겨 준다. 이 산에는 조선 중기의 문신으로 병자호란 때 척화(斥和)를 주장하다가 청나라로 끌려간 백강(白江) 이경여(李敬輿)의 위패를 모신 서원이 있다. 효종 때 영의정을 지낸 이들은 낙향한 후 북벌 계획에 관한 상소문을 올리자 "경의 뜻이 타당하고 마음이 아프지만 뜻을 이루기엔 너무 늦다"고 답을 내렸다고 한다. 뒤에 우암 송시열이 "지통재심(至痛在心) 일모도원(日暮途遠)"의 8자를 써서 아들 민서에게 전했으며 1700년(숙종 26년)에 손자 이이명이 바위에 이 8자를 새겼는데, 이것이 부산각서석(浮山刻書石)이다. 이 각서석 위로 지은 정자의 이름이 대재각(大哉閣)인데, 이는 「상서(尙書)」의 "대재왕언(大哉王言 : 크도다 왕의 말씀이여)"에서 따왔다고 한다.

백강나루는 규암면 진변리 마을 앞에 있는 나루다. 금강에는 고란사나루에서 유람객을 태운 황포돛배가 가을 물살을 가르고, 주렁주렁 열린 강변의 대추와 감은 자꾸만 호주머니에 숨긴 손을 꺼내게 만든다. 역시 가을은 아무것도 가진 것 없이 입맛만 다셔도 저절로 배가 부르는 풍요의 계절이다.

백제대교를 건너자마자 이곳 출신 "껍데기는 가라"의 시인 신동엽(申東曄, 1930~1969)의 시비가 보여 잠깐 들른다. 신동엽은 서사시 「금강」에서 "동학운동이 상징하는 민족적 수난과 고통의 과정을 통해 이 땅의 주인이 한민족 스스로이며 민중 그 자체임을 소중하게 일깨워 주었다는 점"에서 문학사적 의미를 지녔다고 한다.

신동엽의 시비에서 이동하여 맞이한 궁남지(宮南池)는 말 그대로 '궁궐의 남쪽에 있는 못'이라는 뜻이다. 우리나라 최초의 '인공연못'이라고 해서 일반 정원의 조그만 연못이라고 생각하면 큰 오산이다. 신라의 안압지는 위풍당당한 남성상이라면, 궁남지는 백제의 차분하고 단아한 아름다움을 나타내는 포근한 여성상이다.

수양버들이 하늘거리는 주변 길은 산책하기에 좋고, 못 가운데에 조성된 조그만 섬과 정자(抱龍亭)는 신선이 노닐기에 안성맞춤이며, 연못을 가로지르는 다리는 이들과 어울려 한 폭의 동양화를 연상시킨다. 백제 서동(무왕)과 신라 선화공주와의 아름다운 사랑의 전설이 깃든 곳이다.

백제대교를 건너 금강변 자온대라는 바위 위쪽에 세워진 수북정으로 간다. 자온대(自溫臺)는 백제 시대 왕이 왕흥사(王興寺)에 행차할 때마다 바위가 저절로 따뜻해져서 구들돌이라 했다 하는데, 위치가 불분명하다. 수북정은 부여팔경의 하나로 조선 광해군 때 양주목사를 지낸 김흥국이 건립한 것으로, 그의 호를 따서 수북정으로 이름 지었다 한다.

궁남지

성흥산성

　백제 수도 '웅진성'과 '사비성'의 외곽 성이었던 '성흥산성(聖興山城)'은 축성 연대 등의 기록이 유일하게 남아 있는 유물이다. 백제 동성왕 23년(501년)에 '위사좌평 백가'를 시켜 성을 쌓았다고 전하는데, 당시 이곳 지명이 '가림군'으로 '가림성'으로도 불린다. 백가는 자신을 이곳에 보낸 것이 좌천으로 생각하여 불만을 품고 동성왕을 살해하고 난을 일으켰으나, 무령왕이 난을 평정하고 백가의 시신을 금강에 던졌다고 한다. 이곳은 백제 멸망 후에는 부흥운동의 중심지였다. 정상의 늙은 느티나무가 질곡의 역사를 품은 채 사람들의 재롱을 받아주며 말없이 서 있다.

　성흥산성에서 내려와 들른 대조사는 백제의 고승 겸익이 창건했다고 전한다. 현존하는 우리나라 사찰 중 가장 오래된 것으로 추정된다. 법당 뒤 고려 때 세웠다는 석조미륵보살입상은 은진 관촉사의 미륵불처럼 불균형의 극치다. 장암면 장하리에 있는 삼층석탑은 정림사지오층석탑을 충실히 모방한 탑이다.

　부여군 세도면에서 황산대교를 건너면 논산시 강경읍이다. 금강 하류에 위치한 강경은 조선조부터 일제 강점 초기까지 금강을 따라 발달된 수운을 중심으로 상권이 형성되어 대구 평양과 더불어 3대 시장의 명성과 영화를 누렸던 곳이다. 1931년 호남선 개통과 육상교통의 발달로 그 영화는 변화에 적응하지 못하고 쇠퇴하다가 최근에 젓갈시장을 중심으로 명성을 되찾아 가고 있다.

　소설가 박범신의 문학비가 있는 황산근린공원 주변에는 김장생, 조광조, 이이, 이황, 성혼, 송시열 등 6인의 현인을 모신 '죽림서원(竹林書院)', 김장생이 금강이 굽어보이는 경치 좋은 곳에서 후학들에게 강학을 하던 '임이정(臨履亭)', 김장생의 제자인 송시열이 스승을 가까이 하고 싶어 건립된 '팔괘정(八卦亭)' 등의 유물이 있다. 팔괘정은 이중환이 『택리지』를 썼던 곳으로도 알려져 있다.

사후에도 후백제 그리웠던 '견훤'

강경에서 금강 하구둑까지 40여㎞ 남겨 두고 주변의 문화유산을 더듬어 본다.

지난 5월부터 금강 발원지인 뜬봉샘에서 걷기를 시작하여 여기까지 오는 동안 때로는 일부 구간을 건너뛰기도 했고, 보행 상 어려움이 있어 생략한 구간도 있다. 금강 주변 역사·문화와 주변의 삶에 대한 애환도 느껴 보려 했으나, 건성건성 지나치지 않았나 하는 생각이다.

전라관찰사를 비롯한 신구 고위 관료들이 인계인수를 하던 황화정(皇華亭)은 옛날 5·16군사정변 이전에는 분명 전라도 땅이었다. 1963년 지방행정구역이 개편되기 전에는 전북 익산군 황화면이었으나, 금산군이 충남으로 편입될 때 같이 논산군으로 편입, 구자곡면과 통합되어 지금의 연무읍이 되었다.

황화정 표지석

봉곡서원

견훤 왕릉

 유서 깊은 그 자리에 '황화정' 정자는 온데간데없고 봉곡서원 담벼락 밑에 표지석만 덩그렇다. 그 표지석이 있는 자리가 정자가 있던 자리인지도 아무런 설명이 없어 불분명하다.

 봉곡서원(鳳谷書院)은 우암 송시열과 오봉 이호민의 발의로 전라도 여산현(황화면)에 건립되었으나, 대원군의 서원 철폐령으로 폐쇄되었다가 근래에 복원되었다. 기왕이면 황화정도 함께 복원했더라면 얼마나 좋았을까 하는 아쉬움을 남긴다.

 견훤(甄萱)은 900년에 후백제를 세우고 중국의 오·월 나라와 수교하며, 궁예와 왕건에 대항했다. 927년에는 경주를 공격하여 경애왕을 자결하도록 하고, 경순왕을 세우는 등 후삼국 중 가장 막강한 세력이었다. 후계 문제로 장남 신검에게 금산사에 유폐되었다가 도망 나와 왕건에게 항복하고, 그를 도와 후백제를 멸망시킨 후에 등창으로 죽는다.
 죽을 때 후백제의 산천을 보고 싶고, 도읍지 완산(전주)을 바라볼 수 있는 곳에 묻어 달라는 유언에 따라 이곳에 묘를 썼다고 전한다. 그러나 아직까지 확실한 고증이 없어 앞에 전할 전(傳) 자를 붙여 '전 견훤의 묘'라고 한다. 묘는 충남 논산시 연무읍에 있고, 봉분 주변에는 상석 외에는 아무런 석물이 없다. 문중에서 세운 '후백제왕견훤릉(後百濟王甄萱陵)' 비석이 능을 지키고 있다.

금강 천 리 길을 따라(22)
옥황상제 딸 노닐던 '옥녀봉'

견훤 왕릉을 보고 돌아서는데 '금곡1리 서재필 박사 본가 마을'이라는 표지석이 눈에 확 들어온다. 조선의 근대화에 앞장섰던 서재필(徐載弼, 1864년~1951년)은 일곱 살에 서울로 올라와 김옥균 박영효 등 개화파와 교유하며 영향을 받아 21살의 나이에 갑신정변을 주도했으나 실패로 이곳에 살던 일가친척들이 비운을 겪는다. 이후 독립신문을 창간하고 독립협회를 창설하고 임시정부의 구미위원장을 맡기도 했으나, 그 후 행적이 묘연하다.

논산시 부적면에 계백장군 묘역이 있다. 계백은 '5천 결사대'로 5만의 신라군과 맞서 싸우다가 장열하게 전사한 백제의 마지막 자존심이다. 이곳 묘역은 '계백장군묘' 또는 '백제의총'으로 구전되어 오던 큰 무덤이었다. 1965년 백제문화 되찾기

미내다리

옥녀봉으로 올라가는 길　　　　　　송재정

운동의 하나로 이 무덤을 계백장군의 무덤으로 인정하여 충남 지방기념물 제74호로 지정, 정비했다. 묘역에는 매년 4월에 제향을 모시는 충장사가 있고, 백제의 군사·문화를 체험할 수 있는 백제군사박물관이 있다.

　강경읍과 채운면의 경계 지점에서 억새꽃이 만발한 하천 길을 따라가면 제방 밑으로 옛날 전라도와 충청도를 연결하는 미내다리가 나온다. 처음에는 평교(平橋)였으나, 1731년(영조 7년)에 충청도 강경과 황산, 전라도 여산 사람들이 재물을 모아 축조한, 삼남 지방에서 제일 큰 다리였다고 한다. 이 다리에 관해 은진미교비(恩津渼橋碑)에 기록되어 있는데, 지금은 국립부여박물관으로 옮겨졌다. 다리 난간 밖으로 호랑이 머리가 선각되어 있고, 홍예의 정상 부위에는 용머리가 새겨져 있다. 그러나 분명 강경천을 건너던 교량이었을 텐데, 왜 제방 밑에 있는지는 설명이 없다.

　서둘러 도착한 옥녀봉은, "옥녀봉 아래로 흐르는 물이 맑았고, 숲이 우거져 있다. 사방으로 펼쳐진 넓은 들은 경치가 좋아 옥황상제의 딸이 노닐다가 끝내 하늘로 올라가지 못하고 이곳에서 죽었다"고 해서 강경산이 옥녀봉으로 되었다는 전설이 있다. 바로 밑으로 강경천이 금강과 합류하고, 강경 시내와 들녘 건너 논산 시내가 한눈에 들어온다. 옥녀봉은 논산팔경 중 한 곳으로 사방을 조망할 수 있는 송재정(松齋亭)이 있고, 옆에 봉수대가 있다. 조금 밑에는 우리나라 최초의 침례교회 예배당인 초가집이 있다. 강변 쪽으로 내려오면 곰바위와 강경포구의 조석간만의 원인과 시각 등을 바위에 기록한 해조문(解潮文)이 있다.

백제의 숨결 '익산 둘레길'

젓갈로 유명한 강경에서 젓갈백반정식으로 밥 두 그릇을 뚝딱 해치우고 오후부터 내리는 비를 맞으며 익산시 망성면에 있는 나바우성당으로 갔다. 이 성당은 1845년(헌종 11년) 김대건 신부가 중국에서 사제 서품을 받고 처음 상륙한 것을 기념하기 위해 1906년 프아넬 신부가 설계했다. 베르모레르 신부가 감독을 맡고, 중국인 기술자를 동원하여 지은 건물이다. 당시에는 앞면 6칸, 옆면 13칸의 목조 건물이었으나 1916년 건물을 개조하면서 일부를 벽돌로 바뀌었다. 남녀 출입문이 서로 다르고 예배당도 남녀가 따로 앉아 예배를 드리도록 했다. 천주교가 들어오면서 지은 건물로 우리 전통 양식과 서양 양식이 접목된 점이 특이하다.

교회 뒤 나바위(羅岩)가 있는 화산 입구에 김대건 신부의 성상과 순교 기념탑이 있다. 정상에는 망금정(望錦亭)이 있다. 망금정은 대구교구장 드망즈 주교가 1912년부터 매년 6월에 화산 정상에 올라 금강을 굽어보며 피정(避靜)한 곳이다. 1915년 베르모렐 신부가 주교의 피정을 돕기 위해 정자를 짓자, 드망즈 주교가 망금정으로 명명했다. 망금정에서 우측 계단으로 내려오면 '십자가의 길'이 있다. 그 길을 따라가면 김대건 소나무도 나오고, 수탉이 알을 낳다가

나바위 성당

백제의 숨결 익산 둘레길 안내 표지   유왕산 유왕정

돌이 되었다는 '수탉바위'도 보인다. 김대건 신부가 첫 착지한 '십자바위'가 있는데, 그때만 해도 이곳까지 금강이 흘렀다. 고기잡이배가 바다로 나갈 수 있는 뱃길이 화산 아래로 이어져 있었던 것 같다. 화산이라는 이름은 우암 송시열이 후학을 가르치던 강경의 팔괘정에서 이 산을 바라보며 철따라 변하는 모습이 너무 아름다워 바위에 華山(화산)을 직접 새겨서 되었다고 한다.

제방을 따라 금강변으로 오니 오뉴월 진한 향을 내뿜던 해당화가 빨간 열매로 늦가을을 붙잡는다. 잡초에 묻힌 길을 찾아 올라가니 대나무 숲이 나온다. 정상에는 '백제의 숨결 익산 둘레길'이란 푯말이 있다. 있던 길을 없는 길처럼 더듬으며 내려온 곳이 '성당포구 마을'이다. 성당포구는 익산시 성당면에 있는 포구로, 고려 때부터 조선 후기까지 세곡을 관장하던 성당창(聖堂倉)이 있던 곳이다. 전통적인 포구마을의 역사를 그대로 담아낸 벽화와 황포돛배, 금강의 생태를 엿볼 수 있다.

다시 웅포대교를 건너 '세모시'로 유명한 충남 서천군 한산면을 경유하여 부여군 양화면 유왕산으로 바쁘게 움직인다. 유왕산은 "660년 나당연합군에 백제가 멸망하고 의자왕이 1만여 명의 포로들과 함께 당나라로 끌려갈 때, 백성들이 이곳에서 전송했다" 하여 붙여진 이름이다. 유왕산에는 해마다 음력 8월이면 양화면 인근은 물론 먼 곳의 부녀자들까지 모여 음식과 정담을 나누며 이별의 한을 노래로 부르다가 헤어지는 풍속이 있었다. 전승되어 내려오는 풍습대로 유왕정(留王亭)에 올라 금강을 굽어보며 그때의 한을 노래로 불러본다. 내려오는 계단에는 이별을 하며 흘렸던 눈물이 핏빛 단풍이 되어 자꾸 발에 밟힌다.

금강호반서 '금강 천 리 길 걷기' 마무리

어제는 비도 내리고 해서 걷기보다는 주변 명소를 탐방하는 데 더 주력한 것 같다. 어쩌면 내 고향에서 가까운 곳이라 더 가 보고 싶었는지도 모른다. 오늘도 어려서 봄·가을로 소풍갈 때 빠지지 않고 원족(遠足)을 했던 숭림사를 찾아간다.

봄이면 벚꽃이 만발하던 입구에는 잎이 진 가지들만 앙상하다. 숭림사란 명칭은 선종의 창시자인 달마대사가 중국 하남성 숭산(崇山)의 소림사에서 9년 동안 면벽좌선한 고사에서 유래한 것으로, 숭산의 '숭' 자와 소림의 '림' 자를 따왔다는 설이 있다. 또한 함라산숭림사(咸羅山崇林寺)는 금산사의 말사로 금강변에서 그리 멀지 않은 익산시 웅포면에 있는 작은 고찰이다. 이 사찰은 고려 충목왕 원년(1345년) 선종(禪宗) 사찰로 창건되었다고 전할 뿐, 그 뒤의 변천은 확실치가 않다. 대웅전 대신 보광전(보물 제825호)이 있고 그 안에는 목조석가여래좌상 등 삼존불이 모셔져 있다. 확실하게 달라진 것은 어려서 소풍 때 보았던 것보다 건물의 수가 많아졌다는 것이다. 아마 중창불사(重創佛事)를 많이 했나 보다.

웅포면 고창리 금강변으로 이동하여 웅포중학교 부근에서 제방 자전거도로에 올라 '곰개나루'를 향하여 본격적인 걷기를 시작한다. 골프장 앞으로 금강 수면이 뿌연 안개 속에 넓게 펼쳐지는데, 강 건너 충남 서천군 신성리 갈대밭은 전혀 보이질 않는다. 그래도 수면 위는 정적이 흐를 만큼 고요하고, 이미 찾아온 철새들은 자맥질을 하며 한가롭다.

웅포(熊浦)라는 지명은 "옛날 금강의 빼어난 경치에 반한 큰 곰 한 마리가 이곳에 살면서 맑게 흐르는 금강 강물 위에도 또 하나의 해가 생기는 것을 보고 무척 신기해하며 이를 갖고 싶어 궁리한 끝에, 물을 다 마시면 가질 수 있다 생각하고 머리를 내밀고 강물을 마셨는데, 전혀 줄지 않고 그대로 있어서 곰이 물을 마시는 형상"이라고 해서 '곰(熊)개(浦) 나루'라고 부른 데서 연유했다. 순수한 우리말인 '곰개'를 한자화하면서 웅포가 되었다 한다.

강변에는 웅포관광단지가 마련되어 오토캠핑을 나온 캠프족들로 붐빈다. 금강을 마음껏 달릴 수 있는 자전거들도 캠핑장 옆에서 주인을 기다리고, 선착장에는 유람선이 손님을 기다린다. 용왕제를 모시는 용왕사(龍王祠)에 올라 금강을 걷는 동안 보살펴 주심에 무한한 감사를 드린다.

원래 곰개나루는 강경나루로 오가는 중간 기착지로, 많은 물산이 풍부하여 자연스레 시장이 열렸던 곳이다. 인근 주민들은 강경장에서 물건을 사는 것보다 곰개장에서 사는 것이 더 신선하고 값이 싸다고 여겼으며, 그래서 소리 소문 없이 실속을 챙기는 시장이었고, 새로운 문명이 들어오는 창구 역할을 했다.

곰개나루를 지나 커브길 언덕 정상은 군산시가 시작되는 나포면이다. 이 언덕을 넘어 다시 평지인 강변길을 접어들면 공주산(65m)이 나온다. 이 산은 공주에서 떠내려왔다고 하여 '공주산(公州山)'이라는 이야기도 있다. 또 고조선 준왕이 위만에게 패해 처음으로 도착한 곳으로, 준왕의 딸이 머물렀다고 해서 '공주산(公主山)'으로도 불린다. 서해와 금강을 함께 조망할 수 있는데, 맑은 날 해넘이는 일품이다.

공주산을 지나자마자 '원나포마을'이라는 표지석이 나온다. 원래 이곳은 조선조 때 임피군 하북면에 속했던 '나리포'란 마을이었다. 1720년(숙종 45년) 조창이 설치되고, 관영포구가 열리면서 언제부터인가 나포로 줄여 부르게 되었다. 제주도를 비롯한 도서 지역의 해산물과 수공업 제

원나포 마을 표지석

품을 내륙의 곡식 등과 교류되는 시장으로 활기를 띠다가 1914년 일제 강점기 때 지방행정구역 개편에 따라 나포면이 되면서 면소재지가 옥곤리로 되자, 나리포가 본래의 '나포'라는 뜻으로 '원나포'로 사용하게 되었다.

옥곤리로 접어들자 십자들이 넓게 펼쳐졌다. 강변 제방에는 철새를 바라볼 수 있는 시설들이 주욱 늘어서 있다. 초입에는 대나무로 발을 만들어 울타리처럼 쳐 놓고, 중간중간에 눈으로만 바라볼 수 있는 구멍을 만들어 놓았다. 조금 떨어진 곳부터 회랑(回廊)식 건물을 만들어 실내에서 철새를 관찰할 수 있도록 했다. 이는 민감한 철새들에게 사람의 실체를 보이지 않게 하고, 사람에게도 추운 강바람으로부터 피할 수 있는 공간을 마련해 주기 위한 것인 듯하다. 나포 십자들은 원나포에서 서포리까지 갈대가 무성했던 갈대밭이었는데, 일제 강점기인 1920년대에 간척사업을 통해 총 530ha의 농경지로 바뀐 곳이다. 십자들 인근은 강폭이 넓고 사람들의 접근이 비교적 적어 경계심이 강한 가창오리들이 주로 활동하는 곳이다. 가창오리는 군집성이 강한 철새로 금강에서만 약 50만 마리가 월동을 한다. 겨울 석양 하늘에 가창오리가 연출하는 군무는 자연이 선물하는 최고의 예술이다.

대나무 발 철새 탐조대

신성리 갈대밭

　나포면 서포리에는 장류(醬類) 음식만 고집스럽게 만들어 식당을 운영해 오다 폐교를 개조하여 더 넓게 만든 식당에서 오전을 마무리하고, 서해안고속도로 금강대교 밑에서 오후 일정을 시작한다. 오전의 안개는 다 걷히고 시야가 트인다. 금강 하굿둑으로 인해 호수가 된 금강호에는 철새들이 무리 지어 노닌다. 갈대와 억새가 어우러진 '금강성산지구 생태습지'도 밝은 햇살에 더 아름답게 빛난다. 넓은 하천부지에 띠풀, 달뿌리풀, 수크렁, 꽃창포, 연꽃 등이 연못과 습지에 골고루 식재되어 있어 봄부터 가을까지 싱그러운 생태 습지를 만끽할 수 있다.

　금강 천 리 길의 종점인 금강 하굿둑은 전북 장수군 뜬봉샘에서 장장 401㎞를 흘러나와 서해로 들어가는 금강 하구 안쪽인 전북 군산시와 충남 서천군을 잇는 둑이다. 하굿둑이 건설된 후 금강의 종점이 되어 금강의 연장 거리도 395㎞로 짧아졌다. 하굿둑은 총 연장 1841m로 1990년에 완공되었다. 둑 위로는 왕복 4차선 도로가 개설되었으며, 장항선과 군산선이 연계되어 전북 익산까지 철도가 연결되었다. 부근에는 철새를 조망할 수 있는 전망대가 있다. 어도(魚道)가 설치되어 바다와 민물로 왕래하는 통로가 있다. 하굿둑을 건너 충남 서천 금강 호반에서 '금강 천 리 길 걷기'를 마무리하고, 한산면으로 이동하여 신성리갈대밭을 거닐며 금강의 처음과 끝을 조용히 정리해 본다.

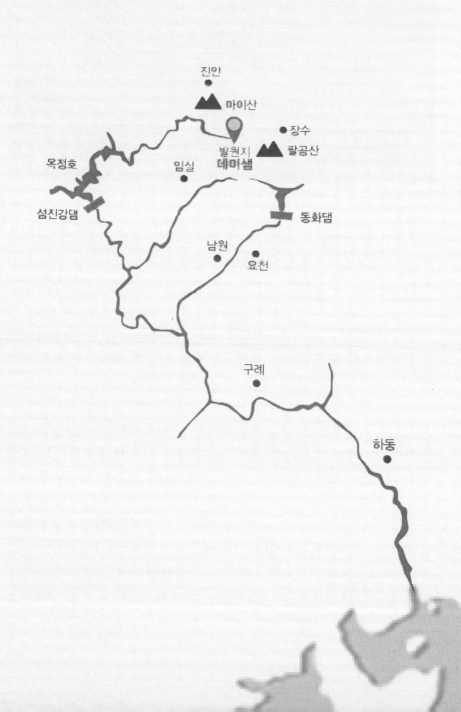

진안

마이산

장수

발원지
데미샘

팔공산

옥정호

임실

섬진강댐

동화댐

남원

요천

구례

하동

섬진강 물길

섬진강 : 데미샘~진안 마령(세동천과 합류)
오원천 : 전북 임실군 구간
적성천 : 전북 임실군~순창군 적상면(오수천 합류)
적성천 : 적상면~전남 곡성군 옥과면(옥과천 합류)
섬진강 : 옥과면~남원시 금지면(남원요천 합류)
섬진강 : 남원시 금지면~망덕포구

섬진강 530리를 걷다(1)
금두꺼비가 왜구 섬멸한 '섬진강'

섬진강(蟾津江)은 전북 진안군과 장수군의 경계를 이루는 팔공산(八公山, 1151m) 북쪽 기슭인 진안군 백운면 신암리 상추막이골 데미샘에서 발원한다. 임실군, 순창군, 남원시, 전남 곡성군을 거쳐 지리산 서쪽의 구례군과 경남 하동군을 휘돌아 전남 광양시의 망덕포구로 약 530리(212.3㎞)를 흘러 남해로 들어간다.

섬진강은 다른 큰 강과 달리 계곡 사이를 흐르는 부분이 많아 경사가 급하다. 이 강의 이름은 '모래가람', '다사강', '사천', '기문화', '두치강' 등 많은 이름으로 불리어 왔다. 고려 우왕 때 왜구가 이 강을 통해 지금 광양의 섬거라는 곳으로 쳐들어오자 '수만 마리의 금두꺼비가 울어 왜구를 물리쳤다'는 전설이 있어 두꺼비 섬

데미샘

섬진강 안내문

섶다리

(蟾) 자를 붙여 '섬진강'으로 불리게 되었다. 달빛을 '섬광(蟾光)'이라고 하듯이 '달의 강'이란 뜻이 담겨 있다는 주장도 있다.

데미샘 가는 길은 하얀 눈이 물기를 머금고 무겁게 깔려 있다. 올라가는 길은 잘 정비되어 있지만 쌓인 눈에는 맥을 못 춘다. 아이젠을 착용했어도 몇 번인가 뒤로 미끄러진다. 천상데미(1080m)로 가는 중간 지점에서 맑은 물을 뿜어낸다. '데미'는 샘 주변이 돌더미로 되어 있어 이곳 방언으로 '더미'를 '데미'로 부르다가 '데미샘'이 된 것으로 추측된다. 강의 발원지에서 항상 느끼는 감회는 "그곳에 서 있노라면 모든 세상의 욕심은 사라지고 숙연해진다. 어떤 미움도, 내 마음의 오욕의 찌꺼기도 다 끄집어내어 깨끗하게 씻어 준다. 태초의 속삭임이 기쁜 눈물이 되어 가슴으로 스며든다. 졸졸졸 흐르는 물소리마저 잠든 영혼을 일깨운다. 우리 민족이 살아온 삶의 발자취가 고스란히 살아 움직인다."(정유순의 『보석보다 귀한 물』 중에서)

데미샘 입구에 있는 팔선정(八仙亭)에서 섬진강 답사에 참여한 도반들의 건강과 안녕을 기원하는 고사(告祀)를 정성들여 지낸다. 고사상에 오른 돼지머리처럼 모든 이들의 얼굴이 활짝 열린다. 맑고 고운 물소리를 듣고 내려오는 길목의 원백암 마을에 있는 허물어지는 빈집이 애처롭다. 백운면 임신 마을로 내려와 장수군 천천면으로 가는 고갯길은 늘씬한 여인네의 허리춤이다. 좁은 하천 양안에서 통나무 두 개를 걸쳐 만든 섶다리가 반긴다. 산세가 높아 구름도 쉬어 간다는 백운면에는 우리나라 전통 매사냥 보존회(무형문화재 제20호인)인 응방(鷹坊)이 있다.

거북바위 물에 잠기면 '풍년'

백운동 계곡에서 흘러나오는 하천 한가운데에 거북바위가 언 물에 잠겨 있다. 예로부터 거북은 장수 동물로 십장생에도 포함되어 있지만, 백성의 뜻을 신에게 전달하는 매개자였으며, 수신(水神)으로 인식하여 불막이로 이용했다. 그리고 이곳 원촌 마을에서는 거북바위가 완전히 물에 잠기면 풍년을 점쳤다고도 한다.

한참을 걸어 나와 보(洑) 둑을 가로질러 내려오면 운교리 길옆에 150년 된 백운면의 물레방앗간이 빨간 양철 지붕을 머리에 이고 있다. 방앗간 안쪽에는 디딜방아와 함께 수력을 이용한 도정(搗精) 기계들이 그대로 있는데, 원시의 동력과 근대의 기계가 조합되어 하나 되는 진풍경이다. 큰 도로가 뚫리고 교량이 생기면서 물길이 끊겨 돌지 않는 물레방아가 되었다. 원래대로 지켜주지 못하는 것이 못내 아쉽고 큰 불찰이다.

거북바위

마이산 원경

풍혈냉천 안내문

　마령면으로 들어서니 진안의 명물 마이산(馬耳山)이 멀리서 두 귀를 쫑긋한다. 진안읍에서 흘러나와 마이산을 휘감고 흐르는 세동천이 이곳 마령에서 섬진강과 합류하여 맑디맑고 경쾌한 물소리를 내며 성수면으로 접어든다. 조금 더 하류로 내려오니 풍혈냉천이 발길을 멈추게 한다. 풍혈(風穴)이란 한여름 삼복더위에도 찬바람이 나와 얼음이 어는 구멍이나 바위틈을 말한다. 요즘은 얼지 않고 찬바람만 약하게 나오는데도 평균 온도가 영상 4도란다. 계단 밑의 냉천 약수가 뱃속까지 시원하게 하여 발걸음을 한층 가볍게 한다.

　엊그제 내린 눈으로 천하가 하얗고, 강추위에 꽁꽁 언 섬진강은 말이 없다. 성수면 용포리 반용 마을 앞을 지날 때쯤 모 종교 시설인 수양관이 저녁노을에 물든다. 오늘 걸어 온 백운 마령. 성수 등 진안군 3개면은 섬진강이 발원하여 흐르는 최상류 지역이다.

　어제 해넘이를 한 진안군 성수면 용포리 포동 마을에서 오늘의 첫걸음을 시작한다. 섬진강 수면은 꽁꽁 얼어 강물의 흐름은 보이지 않지만, 보(洑) 사이로 흐르는 물소리가 심장을 뛰게 한다. 강 따라 한참을 내려오니 이틀 밤을 잔 사선대 청소년수련원이 눈에 들어온다. 사선대(四仙臺)는 진안 마이산의 두 신선과 임실 운수산의 두 신선이 경치가 뛰어난 이곳에서 까마귀와 선유(仙遊)하는데, 하늘에서 내려온 네 선녀가 신선들과 노닐다가 하늘로 같이 올라갔다는 전설이 있어 붙여진 이름이다. 이 앞을 흐르는 섬진강을 오원천(烏院川)이라고도 한다. 사선대 높은 언덕에 있는 운서정(雲棲亭)이 신선의 세계를 내려다본다.

우국지사들의 한을 달래던 '운서정'

　울창한 숲속에 자리한 운서정(雲棲亭)은 김승희(金昇熙)란 사람이 부친의 유덕을 추모하기 위해 일제 강점기인 1928년부터 6년에 걸쳐 지은 정자다. 운서정은 정각과 동·서재, 가정문(嘉貞門) 등으로 이뤄졌다. 이곳에서 우국지사들이 모여 망국의 한을 달랬다고도 한다.

운서정

　자동차가 쌩쌩 달리는 전주~남원 간 국도를 따라 임실 관촌역 앞으로 내려와서 제2 오원교를 건너면 바로 임실군 신평면이다. 다리를 건너자마자 주인이 떠난 폐가가 먼저 보이고, 조금 더 올라가니 신평 농공단지가 있어 차량의 움직임이 바쁘다. 대리초등학교 간판도 보이고, 대리교육문화마을 장승도 서 있는 것으로 보

진구사지 석등

선거교 옆 단애

아 이곳이 대리 마을인 듯하다. 대리초등학교 앞에 '말목書堂(서당) 多笑(다소)글방'이란 현수막이 강바람에 펄럭인다.

신평면 원천리 다리 입구에서 오후 일정을 시작한다. 얼음이 녹아 흐르는 물소리가 나의 힘찬 맥박 같다. 신평면 문화회관 지나 용암리 마을로 접어들자 진구사(珍丘寺) 절터가 있고, 보물로 지정된 석등이 있다. 이 석등은 우리나라에서 두 번째 큰 석등이란다. 신라 후반기 때 제작된 것으로 보이는 이 석등은 아쉽게도 윗부분이 파손되어 있지만, 섬세하고도 정교한 문양이 돋보인다. 팔각의 받침대에 새긴 연꽃과 구름무늬, 가늘고 길다란 안상(眼象)은 오랜 세월이 흘렀음에도 불구하고 아직도 선명하게 남아 있다. 큼직한 귀꽃으로 장식된 덮개는 웅장한 느낌을 준다.

신평면 용암리를 지나 운암면으로 접어든다. 하류로 내려갈수록 수량도 많아지면서 물 흐르는 속도가 느려지는 것 같다. 아마 운암댐으로 저수지가 된 옥정호가 가까운 모양이다.

학암리 마을 노송정은 보수공사를 하는지 파란 치마로 몸통이 가려져 있고, 섬진강을 건너는 선거교 옆 단애(斷崖)에 부딪히는 햇살은 굴절되어 더 큰 곡선을 그리며 다가온다.

섬진강 530리를 걷다(4)
국내 최초 다목적댐이 만든 '옥정호'

섬진강은 데미샘에서 시작하여 남으로 힘차게 흘러 임실 사선대를 지날 때는 오원천이 되어 옥정호(玉井湖)로 들어온다. 옥정호는 1925년 일제 강점기 때 쌀 수탈을 목적으로 호남의 곡창 지대에 농업 용수를 공급하기 위한 운암댐을 건설하여 물길이 정읍의 동진강으로 돌려졌다. 1965년 섬진강다목적댐으로 확대 건설되면서 우리나라 최초의 '다목적댐'으로 생긴 거대한 인공호수가 되어 호남평야를 적시는 중요한 수자원이 되었다.

이때 물속에 잠긴 야트막한 산은 붕어섬(일명 외얏날)이 되었는데, 계절마다 변화무쌍한 자태를 담으려는 사진 찍는 사람들을 많이 끌어모은다. 가파른 계단을 타

안개 속의 붕어섬

옥정(운암)호 지도.(다음 지도 캡처)　　　　　섬진강 다목적댐

고 오르면 국사봉 전망대인데 비교적 잘 보이는 국사봉 아래에서 안개에 쌓인 붕
어섬을 감상한다. 호수 주변으로는 '물안개길'이 조성되어 있다.

흐르던 물이 섬진강 댐에 의해 물길이 바뀌어 아래로 가야 할 물이 줄어들자 일
부 구간에서는 하천을 유지하기 힘들 때도 있어 댐을 열어 수량을 늘려 달라고 한
다. 물이 부족한 하류에서는 오죽하면 섬진강 발원지는 데미샘이 아니고 섬진강
댐이라고 할까?

물도 제 갈 길로 가지 못하고 다른 곳으로 흐르면 문제가 되는데, 자연은 참으
로 위대한 반면교사이고, 우리들의 스승이다.

물과 씨름한 '요강바위'와 재앙 대비 '남근석'

　섬진강휴게소가 있는 임실군 강진면으로 가는 삼거리를 지나 강변길을 따라 내려오면 덕치면사무소가 나온다. 우체국 앞에는 회문산 망루가 해방 후 근대사의 격변기 질곡의 역사를 안은 채 마을을 지킨다.

　강 건너 물우리 마을은 비가 오면 내를 건너지 못해 근심만 쌓인다고 한다. 섶다리 같은 잠수교를 건너 달빛이 파도를 타는 월파정(月波亭)에서 숨을 고르고, 섬진강 시인 김용택의 진메 마을로 향한다.

　마을 입구에 있는 팽나무가 마을을 지킨다. 시인의 서재에 걸렸던 '관란헌(觀瀾軒)'이란 현판도 용도가 다 되었는지 한쪽 구석에 박혀 있고, 흐르는 강물은 소리 없이 여울을 이룬다. 인간의 의도적인 손길이 거의 닿지 않은 섬진강은 그냥 바라만 봐도 포근하다. 마을 뒤로 남부군사령부가 있었던 회문산이 딱 버틴다.

김용택 시비

발은 강을 따라 바르게 걷는 것 같지만 지나온 자국은 꼬불꼬불한 내 인생의 행적 같다. 강변길에는 김용택의 시비가 곳곳에 서 있어 가는 발걸음을 멈추게 한다. 천담 마을

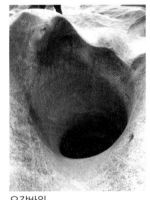
요강바위

남근석

지나 구담 마을 가는 길엔 철 이른 매화가 활짝 웃으며 반겨 준다. 닥나무를 삶아 한지를 만들던 가마는 잡초에 휘감겨 잠을 잔다. 영화 '아름다운 시절'을 촬영한 당산나무가 섬진강을 건너는 징검다리를 굽어본다.

넘어질 듯 아슬아슬하게 징검다리 건너며 들어선 순창군 동계면 장군목 마을에는 인적이 끊겨 폭삭 주저앉은 집이 터를 지키고, 낮은 언덕을 넘어 다리 밑 강 가운데 바위틈에 요강바위가 입을 딱 벌린다. 저렇게 깊게 파인 바위는 얼마나 오랜 세월을 흐르는 물과 씨름했을까? 깊은 주름살처럼 패인 바위들이 요강바위 주변에 넓게 펼쳐져 있다.

섬진강은 임실군에서 오원천으로 불리다가 순창군부터 적성강으로 이름이 바뀐다. 강 건너는 적성면이다. 석산리 쪽으로 내려오니 큰 바위에 '石門(석문)'이란 글자가 음각되어 있다. 원래 이 자리에는 조선 현종 때 양운거(楊雲擧)라는 선비가 흉년이 들 때마다 이웃을 도와주어 주민들로부터 존경을 받아 임금이 관직을 하사했으나, 이를 사양하고 풍류를 즐기며 여생을 보낸 종호정(鐘湖亭)이라는 정자가 있었다고 한다. 지금은 찾아볼 수가 없고 '石門(석문)'이란 큰 글씨만 바위에 남아 있다. 징검다리로 강을 건너 섬진강 마실휴양숙박시설단지에서 첫날을 마감한다.

덤으로 숙소가 있는 회문산 '고추장 익는 마을'로 가는 길에 임실 덕치면에 있는 사곡리 남근석을 둘러본다. 이곳 지형이 여근곡(女根谷)을 닮아 재앙을 막고자 남근석을 세웠는데, 경지정리 할 때 훼손된 것을 수습하여 다시 마을 입구에 세웠다. 동서고금을 막론하고 음양이 조화를 이루는 이치는 변함이 없는 것 같다.

섬진강 530리를 걷다(6)
섬진강 두꺼비의 '사랑바위'

회문산 중턱에 있는 '고추장 익는 마을'에서 꿈도 익혀 가며 아침을 맞이한다. 항아리로 웃음 형상을 만들어 놓아 찾아오는 사람들의 마음속까지 미소 짓게 만든다.

조반을 마치고 안개처럼 내리는 봄비를 맞으며 순창군 동계면에 있는 구암정으로 향했다. 구암정(龜巖亭)은 아름다운 여울이 머물다 가는 만수탄(萬壽灘) 적성강변에 있는 정자다. 연산군 때 순창 출신 선비인 구암 양배(龜巖 楊培)가 무오사화(戊午士禍, 1498년)와 갑자사화(甲子士禍, 1504년)로 무고한 사람들이 억울하게 죽임을 당하는 것을 보고, 순창으로 낙향하여 동생 양돈(楊墩)과 함께 낚시를 하며 세상의 시름을 잊고자 했던 곳이다.

항아리 조형물

두꺼비의 사랑바위

남원 양씨의 600년 터전인 무량산이 우뚝하다. 풍수지리에는 문외한이지만, 나오며 뒤돌아본 구암정이 있는 마을은 무량산은 배산(背山)이요, 적성강은 임수(臨水)라, 천지 간의 기막힌 조화를 받아들이는 느낌이다.

궂은비 내리는 섬진강 자전거길을 따라 강 건너에 이르니 '강경 마을'이라는 자연석 표지가 분위기를 압도한다. 길옆에는 '거북바위 전설'과 '나무매 설화' 등 남원 양씨의 세거지(世居地)가 된 전설들이 줄을 잇는다.

하류로 내려올수록 보가 있어 수량이 많아지고 흐르는 여울소리도 잦아진다. "내리는 비를 어떻게 하면 덜 맞을까?" 잔머리 굴리며 무심코 걸어가는데 한걸음 앞서 가던 도반께서 강 위의 작은 바위를 손으로 가리킨다. 바위의 형상이 두꺼비다. 섬진강의 섬 자가 두꺼비 '섬(蟾)' 자인데 두꺼비 한 쌍이 비 오는 봄날에 사랑을 나누는 형국이다. 엄청난 횡재를 한 기분이다.

내월교를 지나 하류 쪽으로 가면 상수원보호구역이다. 보 가운데에 물고기가 쉽게 드나들 수 있도록 어도(魚道)를 꾸밈새 있게 만들어 놓았다. 강둑 옆 보리밭으로 뛰어들어 옛날 '보리밭 밟기' 하듯이 자근자근 밟아 보지만 질퍽한 흙만 발바닥에 달라붙는다. 물기를 가득 머금은 버들강아지가 꽃술을 터트리고, 발길은 어느새 어은정에 당도한다.

어은정(漁隱亭)은 구암 양배의 증손인 어은 양사형(漁隱 楊士衡, 1547년~1599년)이 친구들과 시주(時酒)를 즐기던 곳이다. 양사형은 선조 때 영광군수 등 벼슬을 지냈고, 임진왜란 때에는 의병을 일으켜 왜적을 물리치는 데 공을 세워 선무원종공신(宣武原從功臣)이 된 인물이다.

빗방울이 멈추고 강바람 타고 올라오는 봄바람은 옷자락을 살랑거린다. 섬진강 하류로 조금 더 내려가면 임실군 오수에서 흘러들어오는 오수천과 만난다. 본류인 섬진강은 댐에 막혀 물의 흐름이 끊겼는데 지천인 오수천은 막힘이 없이 힘차게 본류로 진입한다. 강둑을 따라 자전거 길도 마련되어 있지만, 간간이 교량과 도로가 발걸음의 리듬을 흩트려 놓는다.

오수천과 만나는 합수 지점 위로 뻗은 우평교 교각 밑으로 머리를 숙이며 지나온 강둑길은 봄 냄새가 물씬 풍기는 봄의 교향악이다. 파릇파릇 냉이가 솟고 쑥은 수줍게 고개를 내민다. 강둑의 소나무는 너울너울 춤을 추고, 지북사거리 부근에 있는 모 매운탕 집 옆으로 지나는 잠수교의 물 흐름 소리는 봄의 소리 왈츠다.

향가터널을 지나자 왜정 때 강제로 동원된 사람들의 피맺힌 절규가 동굴을 통해 들려오는 것 같다. 향가터널은 풍산면의 옥출산을 뚫어 만든 터널로, 일제 강점기 때 이 지방과 인근의 지역의 쌀을 수탈하기 위해 철로를 가설하다가 1945년 해방과 함께 철로 가설이 중단되어 터널 그대로 남았다. 철교를 놓기 위해 세운 교각이 방치되어 있다가 그 위에 나무로 자전거 다리를 만들어 쉽게 건널 수 있게 했다. 중간에는 섬진강을 조망할 수 있는 유리 바닥의 스카이워크 전망대가 설치되어 있어 사람들을 유혹한다. 향가목교를 건너면 남원시 대강면이다.

향가터널

　오후로 접어들자 강바람이 더욱 거세다. 옷깃 틈새로 스며드는 바람 끝이 겨울 칼바람이 아니라 생명의 싹을 틔워 줄 듯 포근하다.

　강폭이 넓어지는 곳은 전남 곡성군 옥과에서 흘러드는 옥과천과 합수되는 곳이다. 강 건너로 곡성의 입면농공단지와 우리나라 굴지의 타이어공장이 크게 보인다. 대강면 방산리 마을을 가로질러 나갈 때 굵은 빗방울이 우두둑 떨어진다.

　휴대폰에서는 중부지방 이북에 대설이 내린다는 급한 소식이다. 가는 길에 많은 눈이 내려 집으로 가는 길이 어느 날보다 무척 더디고 길었다.

4·19혁명의 도화선 김주열 열사

완연한 봄인데도 아침저녁으로 꽃샘추위가 제법 쌀쌀하다.

섬진강 걷기의 이번 출발지인 남원 대강면으로 이동하던 중 큰길 옆에 있는 4·19혁명의 도화선이 되었던 김주열 열사(金朱烈 烈士. 1944~1960)의 묘가 있는 남원시 금지면 옹정리에 잠깐 들러 56년 전의 그때를 회상하며 머리를 숙인다.

고교 1학년이던 김주열 열사는 당시 대통령 이승만 정권이 자행한 소위 3·15 부정선거에 항거하다가 행방불명되었다. 27일째인 1960년 4월 11일 경남 마산항 중앙부두 인근에서 최루탄이 두 눈에 박힌 채 떠오른 주검을 어부가 발견한 것이 계기가 되어 자유당 정권의 독재와 만행이 타도되었고, 마침내 4·19혁명으로 마무리이어졌다.

열사 김주열의 묘

자갈로 만든 대문 기둥   섬진강 기차마을 안내문

  남원시 대강면의 섬진강에서 땅속의 봄기운을 일궈 내듯 물안개가 모락모락 피어오른다. 수줍게 핀 꽃송이도 안개에 세수하면서 봉오리를 활짝 피고, 강 건너 곡성의 진산인 동악산(動樂山, 735m)이 안개에 싸여 신비스럽게 다가온다. 동악산은 곡성 고을 사람 중 과거 시험에 급제하는 인물이 나올 때마다 "산이 흔들리며 아름다운 노랫소리가 들렸다"고 해서 붙여진 이름이라고도 하고, 기우제를 남자들 대신 여자들이 지내면서 "술에 취해 흥겹게 가무를 해야 하는" 데서 유래되었다는 이야기도 있다.

  기온이 상승하면서 수면 위에 가득했던 물안개는 차츰 자취를 감춘다. 흐르는 물살 위로 햇빛도 물비늘(윤슬)을 만들어 반짝인다. 졸졸졸 흐르는 물소리가 봄의 소리로 변주된다. 안개에 감춰져 있던 동악산의 모습도 환하게 드리운다. 양지바른 곳의 진달래꽃도 방긋하고, 섬진강변에서도 꽃 대접을 제대로 받지 못하는 개나리가 무리 지어 봄 길을 환하게 밝힌다. 넓은 들을 가진 남원시 금지면 어느 주택은 주먹만 한 자갈로 정성껏 기둥을 쌓아 대문을 달았다.

  전라선 철교 위로 기차가 간간이 기적을 울리며 달린다. 금곡교 건너에서 섬진강 기차 마을이 기다린다. 옛 곡성역을 활용한 체험마을로 칙칙폭폭 기적 소리 들려오는 향수를 불러오는 테마 마을이다. 익산에서 여수를 연결하던 전라선 구 철길에 1960년대까지 운행했던 증기기관차를 옛날 모습 그대로 투입하여 곡성역에서 가정역까지 섬진강변을 운행한다. 이곳에서 레일바이크도 즐길 수 있다.

섬진강 530리를 걷다(8)
남원 '열녀 춘향', 곡성 '효녀 심청'

신금곡교 상판 밑으로 고개를 숙여 하류로 더 내려오니 하천에 넓은 습지가 펼쳐진다. 입구에 '섬진강변 자연생태공원 종합 안내도'가 서 있다. 강둑 밑으로 내려와 징검다리를 건너 습지로 접어드니 봄의 전령인 개나리가 군집을 이룬다. 물기 가득 머금은 버드나무는 하얀 뭉게구름을 하늘에 띄우고 연한 순을 키운다.

남원 금지들을 적시는 요천이 남원 시내에서 춘향의 봄바람을 안고 섬진강으로 합수한다. 요천(蓼川)은 전북 장수군에 있는 백운산에서 발원하여 장수군 번암면 동암댐에서 잠시 담수되었다가 남쪽 방향 남원시를 가로질러 곡성군 접경 지역에서 섬진강으로 비집고 들어와 하천의 유지 용수에도 부족한 본류의 유량(流量)을 늘려준다. 그네 타는 춘향의 치마 폭이 바람에 날리듯 합수 지역도 넓게 펼쳐진다.

물오른 버들

170여 년 된 보호수 느티나무

추억 속으로 달리는 증기기관차

목재 데크로 단장된 길을 따라 조금 들어가니 이름 없는 정자가 섬진강을 굽어본다. 소나무와 신우대가 우거진 언덕을 돌아 만나는 곳에는 1560년경에 선산 김씨 김성손(金姓孫)이 전국을 유람하다가 이곳의 뛰어난 산수와 넓은 들에 반하여 이주했다는 동산리 마을이 있다. 뒷산에는 '동산정'이란 정자가 있다. 오래된 마을답게 170여 년 된 보호수 느티나무가 담벼락 밖에 서 있다.

오후에 오곡면 침곡리 섬진강 보를 건너 곡성군 고달면에서 자전거도로를 따라 하류로 내려간다. 강 건너 전라선 구 철길에 증기기관차가 기적을 울리며 추억 속으로 달려간다.

'심청의 고향 곡성'이라는 문구도 보인다. 고달면 호곡나루에는 강안 양쪽에 줄을 달아 놓고 배를 이용하던 '줄배'가 옛 추억을 회상하며 두둥실 떠 있다. 그리고 호곡 마을에는 마천목 장군의 도깨비 전설이 하얀 목련꽃 마냥 봉오리진다.

섬진강 530리를 걷다(9)

강감찬 장군, 모기 입 봉한 '압록'

두곡교를 지나는 길에는 '남도 이순신 길 조선수군 재건로'란 표지판이 있다. 정유재란이 있었던 1597년 당시 백의종군하던 충무공이 삼도수군통제사로 재임명되어 군사, 무기, 군량, 병선 등을 모아 명량대첩지로 이동한 구국의 길을 '조선수군 재건로'로 명명하여 역사테마길로 조성했다.

두가세월교는 차량과 사람이 통행할 수 있는 잠수교 형이고, 옆에 높이 솟은 두가교는 증기기관차를 운행하는 가정역(廢驛)으로 사람만 통행할 수 있는 현수교이다. 압록에는 고려 때 강감찬 장군이 어머니를 모시고 여행을 하다가 머물게 되었는데, 모기가 극성을 부리자 "썩 물러가거라"며 고함을 치자 모기의 입이 봉해졌다는 '모기의 전설'이 전해진다.

팁으로 곡성군 죽곡면 원달리에 있는 동리산 태안사로 발길을 돌린다. 태안사는 한때 송광사와 화엄사를 말사로 거느릴 정도로 큰 사찰이었으나, 지금은 화엄사의 말사다. 신라 경덕왕 1년(742년)에 하허삼위신승(何許三位神僧)이 창건하고, 고려 태조 2년(919년)에 윤다(允多)가 132칸을 중창했다. 개산조(開山祖)인 혜철국사(慧徹國師)가 이 절에서 법회를 열어 선문구산(禪門九山)의 하나인 동리산파(桐裏山派)의 중심 사찰이 되었다.

압록 모기전설 이야기

태안사 대웅전   엘리지 꽃

　동리산에서 흘러 내려오는 계곡 양 언덕에 기둥을 걸치고 다리 역할을 하는 능파각(凌波閣)이 인상적이다. 정면 3칸 측면 1칸의 맞배 지붕으로 계곡 양쪽에 축대를 쌓고 그 위에 통나무로 보를 만들어 바닥을 깔았다.

　대웅전 앞마당에는 그 흔한 석탑이나 석등이 없고, 절 밖 연못 가운데에 3층 석탑을 세워 놓았다. 광자대사 윤다와 적인선사 혜철의 부도비가 화강암을 손으로 떡을 주무른 것처럼 정교한 손놀림이 눈길을 끈다. 능파각 아래 길옆으로 보라빛 엘리지 꽃이 고개를 숙이고 펴 있다. 주차장 옆에 조태일 시문학기념관이 있지만, 먼발치에서 바라보기만 한다.

섬진강 530리를 걷다(10)

위화도 회군 반대·피신 '죽연 마을'

해가 서산으로 기울며 그림자를 길게 드리운다. 유곡나루에서 소나무 사이로 얼굴을 가린 채 석양빛이 물드는 모습은 지켜본다. 유곡나루는 곽재구 시인이 일본의 수도 도쿄도 가 보지 못한 일본인들이 신칸센(신간선) 기차표 값으로 섬진강으로 기생관광을 온다는 내용을 풍자한 시를 정태춘이 "나의 살던 고향~"으로 개사하여 불러 더 유명하다.

곤한 잠을 자고 여명이 밝아올 때 바삐 서둘러 구례 산수유 마을인 상위 마을로 꽃구경을 갔다. 음력 열아흐레 새벽달은 하늘을 더 높게 하고, 꽃들은 만개하여 온 계곡이 노랗다. 구례군 산동면 상위 마을은 풍수지리설에 의하면 "오천 석의 부유한 터"라고 하여 홍씨와 구씨가 들어와 마을을 형성한 곳이다.

상위 마을 유래비

432

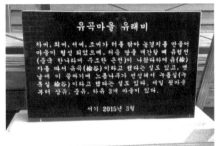

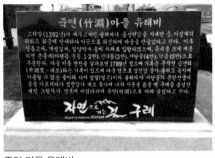

유곡 마을 유래비   죽연 마을 유래비

지리산 자락 500m에 자리한 이 마을은 더덕, 오미자 등 산약초와 산수유가 특산물로 생산되고 있다. 지리산 맑은 물이 마을을 감고 돌아 흐르는 하천은 한여름에도 발이 시릴 정도다.

유곡 마을은 예부터 느릅나무가 많아 유곡리라 불리었고, 곡성군 죽곡면으로 가는 나루가 있어 '유곡나루'라고도 한다. 강변의 매화는 마지막 끝물을 향해 가고 벚꽃은 꽃망울을 부풀린다. 강 가운데 바위들은 흐르는 물살에 마모되었는지 강바닥에 납작 엎드린다. 구례군 문척면 죽마리 죽연 마을은 고려 말인 1392년에 제주 고씨 숭례가 음성현감을 지내던 중, 이성계의 위화도 회군에 반대하다 이곳으로 피신하여 마을을 만들었다. 이후 다른 성씨들이 차례로 들어와 크게 번성했다고 한다.

전남 구례군 토지면 내동리에 있는 연곡사는 화엄사의 말사로 통일신라 시대에 연기조사가 창건하여 신라 말기부터 고려 초기까지 수선도량으로 이름이 높았던 사찰이다. 연곡사 경내에는 동승탑(국보 제53호)과 북승탑(국보 제54호)을 비롯해 3층석탑(보물 제151호), 현각선사탑비(보물 제152호), 동승탑비(보물 제153호), 서승탑(보물 제154호) 등과 대한제국 때 의병장으로 순절한 고광순(高光洵)의 순절비가 있다.

양천리에 있는 섬진강어류생태관과 수질오염 상시 감시 측정소가 반갑다. 하천 생태계가 우수한 섬진강에는 모래톱이 잘 발달되어 있다.

섬진강 530리를 걷다(11)

쌍계사 진감국사 승탑은 으뜸 '금석문'

　풀잎에 맺힌 이슬이 채 구르기 전에 어젯밤 늦게 도착한 구례청소년수련원에서 국사암(國師庵)으로 향했다. 우리나라에서 벚꽃 길로 가장 아름답다고 소문난 쌍계사 가는 길이 혹시 길이 막힐까 염려되어 서둘렀다. 가는 길에 '전망 좋은 곳'에서 섬진강과 아침 인사를 나눈다.

　국사암은 쌍계사의 말사로 신라 성덕왕 21년(722년)에 의상(義湘)의 제자인 삼법(三法)이 창건했다고 전해지는데, 쌍계사 위쪽에 위치한다. 문성왕 2년(840년)에 진감국사(眞鑑國師) 혜소(慧昭)가 화계면에 왔을 때는 폐사로 있었으며, 쌍계사를 세운 혜소가 머물렀다고 해서 '국사암'이라 하였다는 말만 전할 뿐이다.

쌍계사 승탑

국사암의 사천왕수   쌍계사 진감국사 승탑비

　　암자 문 앞에는 혜소국사 지팡이에서 싹이 나 자랐다는 1200년 이상 된 느티나무가 있다. 이 나무의 특징은 밑 둥에서 가지가 네 갈래로 뻗어 일목사주(一木四柱)의 거목 형태를 띠고 있는데, 사천왕수(四天王樹)라고도 한다.

　　국사암에서 쌍계사로 가는 오솔길은 나를 깨우쳐 주는 '진리의 길' 같다. 한참 자신을 생각하며 걷다 보면 불일폭포로 가는 삼거리가 나오고 우측 계단으로 내려오면 쌍계사 옆 계곡이 나온다. 맑고 청아하게 흐르는 물소리와 하얀 꽃송이 3개가 한 묶음 되어 활짝 웃는 삼지닥나무의 은은한 향이 어우러져 천상의 세계에 온 것처럼 몸이 깃털처럼 가벼워진다.

　　쌍계사는 9층 석탑이 대웅전을 호위하고, 마애불과 승탑(부도)은 아름다운 조각으로 다듬어져 예술의 경지를 느끼게 한다. 쌍계사(雙磎寺)도 국사암과 비슷한 시기에 삼법이 창건했다고 전해진다.

　　지금의 쌍계사를 중창한 진감국사 승탑비는 진성여왕 때 최치원이 비문을 지었다고 하는데, 이 비문은 우리나라 4대 금석문(金石文) 가운데 으뜸으로 꼽힌다. 측면으로 서 있는 것이 이채롭고, 비신의 손상이 너무 커서 보조 철틀로 겨우 모양을 유지되고 있어 안쓰럽다.

섬진강 530리를 걷다(12)
조씨 고가, 소설 『토지』 '최참판댁'

쌍계사에서 나와 화계천을 따라 벚꽃 십 리 길을 내려온다. 터널을 만들었던 벚꽃은 이미 떨어져 카펫을 깔아 놓은 양 푹신하고, 그 빈자리에 복사꽃이 화려하게 대신한다. 벚꽃에 치어 뒷전으로 밀렸던 다른 꽃들이 더 화려하게 사랑의 미소를 날린다. 휴일을 맞아 몰려든 상춘객들로 화개장터는 이른 아침부터 북적거린다.

교통량이 늘어난 구례~하동 간 국도를 건너 섬진강 강변으로 접어드니 대나무 잎새에 부딪치는 바람소리가 잊혀진 옛 사랑을 다시 일깨운다. 간간이 새 잎을 내미는 녹차 밭이 나란히 도열한다. 섬진강은 어느 강에서도 볼 수 없는 희고 넓은 모래톱과 아름다운 경치를 빚어 절로 감탄하게 한다. "촉촉히 젖은 모래는 여인네

섬진강 대나무길

436

300년 된 '섬진강의 팽나무'　　　　　　조씨 고가

살갗처럼 부드러운"(박경리의 『토지』 중에서) 섬진강 은모래 백사장에서 몸을 길게 누워 내 모습을 모래 위에 새겨 본다. "앞으로 섬진강에서는 영구히 모래 채취 허가를 불허한다"고 결의한 일원으로서 2005년의 봄을 기억한다. 더욱이 자연을 그대로 간직한 곳이 섬진강뿐이기 때문에 더 감개무량하다.

역시 섬진강의 자연은 살아있다. 우리 고유종인 하얀 민들레가 무리를 이루고, 감나무도 새순을 틔워 봄을 노래한다. 소나무도 수꽃을 맺어 짝을 향한다. 물가의 버들은 푸른색이 한층 짙어지며, 보호수가 된 300살 팽나무도 우산 그늘을 만든다. 콧노래 흥얼대며 꿈길을 걸어 도착한 곳은 슬로우시티 하동 악양이다.

박경리 소설 『토지』의 '최참판댁'의 모델이 되었던 하동군 악양면 정서리에 있는 조씨 고가(趙氏古家)는 조선의 개국공신 조준(趙浚, 1346년~1405년)의 직계손인 조재희(趙載禧)가 낙향하여 16년에 걸쳐 지었다고 하며, 일명 조부자집으로 불린다. 동학혁명과 한국전쟁을 거치면서 사랑채와 행랑채, 후원의 초당과 사당이 불타 없어지고 안채와 방지(方池)만 남아 옛 아쉬움을 더하게 한다. 규모로 보아 큰 대문은 사라진 듯하고, 옛 중문이 대문을 대신하는 것 같다. 안으로 들어서면 "하늘은 둥글고 땅은 네모지다"는 천원지방(天圓地方) 형의 못이 자리한다. 네모난 못 안의 둥근 섬 위에 배롱나무가 심겨져 있다. '자주 찾아오라'는 후손 조씨 할아버지의 청을 뒤로하고 고가를 나와 십여 리 떨어진 소설 『토지』 속의 마을을 조성한 평사리 최참판댁으로 향한다.

순국지사 황현 위패 모신 '매천사'

매화가 피었던 자리에는 매실이 콩알 만하게 맺혀 영글어 가고 노란 황매가 조팝꽃과 어울려 향을 더한다. 복사꽃도 봄을 한층 더 무르익게 한다. 모과나무도 꽃을 피우고, 자목련도 가는 길목을 밝히고. 배꽃도 화사하다.

여러 개의 논밭두렁과 고샅길을 비집고 다다른 곳은 평사리 주막이다. 여러 개의 주안상에 사람들이 둘러 앉아 정담을 나눈다. 최참판댁 사랑채로 가는 주막집 뒤란에 튤립 한 포기가 외롭게 피어 있다. 사랑채에 들어서면 평사리 넓은 들판이 훤히 보인다.

매천사

산수유 형상의 가로등   복두꺼비길 안내문

사람들로 북적거리는 마을을 빠져나와 평사리공원에 당도하니 섬진강의 환상
적인 노을이 우리 일행을 반긴다. 숙소인 구례청소년수련원으로 돌아오는 길에는
초승달과 '산수유 가로등'이 짝을 이뤄 환하게 맞이한다.

다음 날 섬진강변으로 가기 전에 구례군 광의면에 있는 조선 말기의 시인이자
문장가이며, 순국지사였던 매천(梅泉) 황현(黃玹 1855년~1910년)의 위패가 모셔진 '매
천사(梅泉祠)'로 발길을 옮겼다. 황현은 1894년 동학농민혁명과 갑오경장, 청일전쟁
이 연이어 터지자 위기감을 느끼면서 그간 보고 느낀 견문을 기록한 『매천야록(梅
泉野錄)』과 『오하기문(梧下記聞)』을 지었다. 1910년 8월 일제에 나라를 빼앗기자 "벼
슬자리에 있는 사람들이 책임지는 이 없으니 나라도 책임지자"면서 아편을 먹고
순국했다고 한다.

매천사를 나와 평사리 부근 섬진강변으로 가자 시누대가 늘어선 대나무밭 사이
로 바람에 스치는 댓잎소리가 섬진강을 노래한다. 두꺼비나루쉼터에서 버드나무
쉼터로 가는 길목엔 손질이 잘 된 배나무밭에 배꽃이 화사하고, 토종 선인장인 백
년초는 돌담에 뿌리를 깊게 박았다.
강 건너 광양시 다압면 섬진 마을(일명 매화 마을)에 있는 섬진나루터에서는 섬진
강의 유래가 된 두꺼비 전설이 실바람 타고 전해 온다. 임금님 수랏상에 오른다는
하동 밤나무 쉼터 옆에는 야생 배나무도 꽃을 환하게 피웠고, 언덕 아래 강변에는
어선들이 한가롭게 정박해 있다.

노자의 '상선약수' 일깨우는 섬진강

지리산과 백운산 깊은 계곡사이를 유유히 흐르는 섬진강은 바다와 소통하는 유일한 강으로, 자연산 송월 재첩이 나오는 곳이다. 섬진강 재첩은 맛이 시원하고 담백함은 물론 필수 아미노산과 단백질 등 영양이 풍부하다. 얼마나 많은 재첩을 잡아먹었는지 껍질로 길바닥을 두껍게 깔아 놓았다.

하동 송림공원 쪽으로 가까이 다가서니 '해박한 역사 의식'으로 늦게 등단하여 짧은 기간에 작가적 지위를 인정받은 소설가 나림 이병주(那林 李炳注, 1921년~1992년) 문학비가 섬진강을 배경으로 서 있다. "하동포구 팔십 리에 물새가 울고 (중략)/ 쌍계사 종소리를 들어보면 알게요/ 개나리도 정답게 피어 줍니다" 하동포구 노래(남대우 작사)비가 복사꽃 그늘 아래 섬진강을 지킨다.

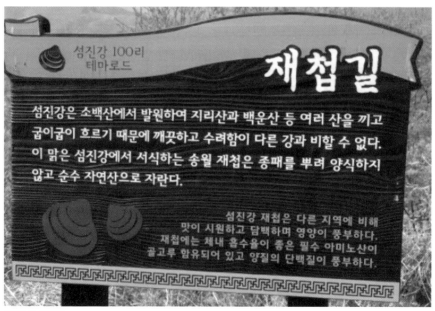

섬진강 재첩길

섬진강의 갈대밭

하동 송림(천연기념물 445호)은 1745년(영조 21) 당시 도호부사(都護府使) 전천상(田天詳)이 강바람과 모래바람의 피해를 막을 목적으로 섬진강변에 식재했다고 한다. 노송의 수피(樹皮)는 거북 등처럼 갈라져서 소나무의 건강을 알려준다. 섬진교를 건너 섬진강 최종 목적지인 망덕포구를 향하면서 바라보는 하동 송림이 소나무로 만든 성곽 같으나 고층 아파트가 '개발에 편자' 같다.

'국토 종주 섬진강 자전거길(맹고불고불길)' 옆 하천에는 갈대밭이 잘 조성되어 있다. 하천에 수초가 무성하면 '하천의 자정능력(自淨能力)'이 우수하다는 증거다. 그 속에는 수많은 생명체들이 둥지를 틀고, 그들만의 아주 절실한 존재의 이유가 있음을 알려준다.

남해고속도로 섬진강교 밑으로 내려가자 꽃이 진 벚나무가 터널을 이룬다. 망덕 포구 2km 표지판이 왜 이리 반가운지 '섬진강 530리 길'의 최종 목적지가 눈에 보인다. 망덕포구는 전남 광양시 진월면 망덕리에 위치한 섬진강 하구다. 망덕포구의 지명은 망덕산에서 유래되었는데, 왜적의 침입을 망(望)보았다는 데서 생겼다는 설과, 전북의 덕유산을 바라본다는 데서 유래했다는 설이 있다.

망덕포구는 전북 진안군 데미샘에서 발원한 섬진강의 강물이 그 여정을 마무리하면서 광양만을 거쳐 남해로 흘러가는 곳이다. 이곳은 사람이 쉽게 접근할 수 있는 큰 강 중 대한민국에서 유일하게 기수역이 잘 발달된 지역이다. 기수역은 바닷물과 민물이 만나는 지역으로, 바다와 내륙이 소통하는 유일한 수역이다. 생태계의 숙려(熟廬) 공간이기도 하다.

망덕리는 시인 윤동주(1917년~1945년)의 친필 원고가 보존되어 있다가 세상에 빛을 보게 한 정병욱의 가옥이 있는 곳이다. 윤동주는 1941년에 『하늘과 바람과 별과 시』를 발간하려 했으나 실패하고, 일본으로 건너가기 전 하숙집 후배였던 정병욱에게 이 원고를 맡겼다. 정병욱도 학병으로 끌려가기 전에 어머니에게 소중히 보관해 줄 것을 당부하고 보존해 오다가 8·15광복 후 1948년에 시집으로 발간하여 세상에 나왔다. 정병욱은 서울대하교 국문학과 교수로 한국의 국문학 발전에 공헌한 인물이다. 1925년에 지은 정병욱 가옥은 양조장과 주택을 겸한 건물로, '대한민국 근대문화유산(등록문화재 제341호)'으로 지정되었다.

섬진강의 기수역

정병욱 가옥

    강물은 바다를 포기하지 않고, 바다는 강물을 가리지 않는다. 물은 거만하지 않고 자신을 낮추며 아래로 흐른다.

    섬진강을 걸으면서 노자의 상선약수(上善若水)가 자꾸 생각나는 이유는 왜일까? '지극히 착한 것은 마치 물과 같다'는 뜻으로, 물은 만물을 이롭게 하면서도 다투지 아니하는 이 세상에서 으뜸가는 선의 표본으로 여기어 이르던 말이다.

> 물은 스스로 성내지 아니하고/ 물은 스스로 다투지 아니하고//
> 물은 스스로 형체를 만들지 아니하고/ 물은 스스로 낮은 곳으로 찾아간다./
> 아침에 마시는 한 잔의 물은//
> 우리의 심신을 시원하게 하고/ 새벽 풍경소리와 어울려 흐르는 물소리는/
> 온갖 풍상을 잊게 한다.//
> 나를 나타내려 애쓰지 말고/ 굳이 남을 가르치려 덤비지 말고/
> 작은 일에 다투어 승부를 걸지 말고/ 구름 가듯 물 흐르듯/
> 그저 물처럼 유유자적하며/ 흘러가는 물이 되거나./
> 많은 물을 흐르게 할 수 있는/ 큰 그릇이 당신이었으면……

영산강 물길

담양천 : 용소～전남 담양읍(지방 하천)
영산강 : 담양읍～담양읍 양각리(용천과 합류)
영산강 : 양각리～담양군 수북면(수북천 합류)
영산강 : 수북면～광주 북국 월출동(용산천 합류)
영산강 : 월출동～상무대교(광주천 합류)
극락강 : 상무대교～광산구 송대동(황룡강 합류)
영산강 : 송대동～나주시 금천면(지석천 합류)
영산강 : 금천면～동강대교(함평천 합류)

용이 피 토한 계곡 '피잿골'

　영산강의 발원지 용소(龍沼)는 담양 용추산 가마골생태공원 안에 있다. 용소계곡 위에는 출렁다리가 아침 햇살을 머금고, 연초록 녹음으로 물들어가는 가마골 숲도 새롭게 단장을 한다.

　'영산강 시원 용소' 표지석도 낯선 나그네에게는 아주 친절하게 다가온다. 뒤에 있는 용소는 폭포에서 내려오는 물방울로 작은 못을 이뤄 영산강의 역사를 매일매일 새롭게 써 내려간다. 이에 맞춰 오늘부터 새롭게 '영산강 물길 따라' 약 150㎞를 걸어가는 발걸음마다 평안을 기원하는 고유제를 정성들여 올린다.

영산강 시원 '용소'

446

용소표지석 용소폭포

　담양군 용면에 있는 '가마골생태공원'은 담양군의 가장 북쪽에 자리하고 있다. 담양 읍내에서 국도를 따라 추월산과 담양호를 끼고 용치삼거리에서 도로를 따라 약 3km만 가면 가마골생태공원 입구다. '무등산권 유네스코 세계지질공원 지질 명소'로 지정된 담양 가마골은 예부터 그릇을 굽는 가마터가 많았던 곳으로 알려졌다. 1998년 용추사 주변 임도 공사 중 기와 가마터가 발견되었다.

　가마골은 원래 풍경이 아름다운 곳이다. 어느 날 새로 부임한 부사(府使)가 이곳 경치를 구경하고자 날짜를 정하고 전날 밤 잠을 자는데 꿈에 나타난 백발 선인이 "내일은 승천하는 날이니 오지 마라"는 부탁을 했다. 부사가 꿈에서 만난 백발 선인의 부탁을 거절하고, 이튿날 가마골에 도착하자 갑자기 그 못의 물이 소용돌이치며 황룡이 하늘로 솟아올랐다. 황룡은 승천하다 떨어져 피를 토하며 죽었고, 이를 본 부사도 기절하여 목숨을 잃었다. 그 뒤 사람들은 이곳을 '용소'라 불렀고, 용이 피를 토한 계곡이라 '피잿골'이라고도 한다.

칡과 등나무, 갈등의 주인공

용연폭포는 여름날 뜨거운 햇볕을 피해 계곡을 찾는 사람들에게 시원함을 선사한다. 가마골 계곡은 한국전쟁 당시 낙오한 인민군들이 노령지구사령부를 만들어 1955년까지 5년 동안 국군과 경찰에 맞서 치열한 무장 투쟁을 하다 1천여 명의 사망자를 내고 최후를 맞은 한국 현대사의 아픔을 간직한 장소다. 당시의 치열한 전투는 계곡 상류의 용추사 등 수많은 암자와 자연을 폐허로 만들었다.

목을 뒤로 젖히며 올려다 본 출렁다리는 눈인사만 나눈 채 발걸음은 이미 물여울 소리에 발맞춘다. 길 옆에는 최근 원산지가 중국과 함께 한국으로 밝혀진 '금낭화'가 잎 사이로 고개를 숙인 채 얼굴 붉힌다.

금낭화

등나무꽃

토종 민들레

봄마다 논바닥에 흔하디흔하게 피던 자운영은 옛날에 우리 선조들이 퇴비용으로 논에 많이 심었었다. 뿌리혹박테리아가 붙어 있고, 꽃은 중요한 밀원(蜜源)이었으며, 해열·해독제로 사용하기도 한다.

전라북도 순창군 강천산군립공원으로 가는 삼거리 길 아래 어느 농장 입구에는 등나무가 아치를 그리며 꽃이 활짝 폈다. 꽃말이 '환영'인데, 정말 지나가는 나그네를 환영하는 모습 같다. 갈등(葛藤)의 주인공인 칡과 등나무는 다른 나무들을 칭칭 휘감고 올라가는데, 칡은 오른쪽으로 감아[우갈(右葛)] 올라가고, 등나무는 왼쪽으로 감아[좌등(左藤)] 올라가기 때문에 이들 두 식물이 얽히고설킨 모습에서 '갈등'이란 말이 생겼다고 한다.

요즘 보기 힘든 토종 하얀 민들레는 우수한 한글이 있음에도 국적 불명의 외래어에 묻혀 있는 것처럼 외래종인 서양 민들레에 포위되어 있다. 토종 민들레는 꽃이 흰색이고 잎의 톱날이 부드러우며 꽃받침이 꽃을 감싸 보듬은 반면, 서양 민들레는 꽃이 노랗고 잎의 톱날이 날카로우며 꽃받침은 뒤로 발랑 뒤집어졌다. 옆에는 '강남의 귤을 강북에 심었더니 탱자가 됐다[남귤북지(南橘北枳)]'는 탱자나무 하얀 꽃이 가시를 앞세운다.

영산강 150Km를 걷다(3)
관비로 쌓은 둑과 숲, '관방제림'

하류로 내려올수록 스님이 누워 있는 형상의 추월산이 더 가까워진다. 추월산은 전라남도 5대 명산으로 담양군의 최북단인 용면 월계리와 전라북도 순창군 복흥면과 도계(道界)를 이룬다. 많은 수림과 기암괴석, 깎아 세운 듯한 석벽이 마치 성을 쌓은 듯하다. 명산답게 각종 약초가 많이 자생하며, 진귀종의 '추월산 난'이 자생하는 곳으로도 유명하다. 정상에 올라서면 주변 경치와 일대 장관을 이룰 것 같다.

물줄기를 따라 하류로 내려오면 담양호에 다다른다. 1976년에 건설된 담양호는 영산강유역종합개발 1단계 사업의 일환으로 만들졌다. 담양군 지역의 농경 용수와 담양읍 일원에 상수도를 공급한다.

담양호 인공폭포

1976년 국민관광지로 지정된 담양호는 가마골과 함께 추월산, 금성산성 등 주변의 아름다운 경관을 함께 볼 수 있다. '용마루길(3.9㎞)'과 '인공폭포(24m)'를 조성하여 담양호를 피부로 느낄 수 있다.

담양댐 아래 첫 마을은 담양군 금성면 원율리다. 당산목인 느티나무가 원율리 오평 마을을 지키고, 길가의 어느 집은 가마골을 상징하는 양 항아리와 파편들로 지붕을 구성했다. 원율리는 들이 넓게 펼쳐져 있어 농사가 잘 되는 지역이며, 자연 마을인 오평 마을 옆으로 석현천이 흐른다. 마을 서남쪽 방향에 있는 산의 형태가 자라등과 비슷하여 자라골 또는 자라등으로 불리다가, 조선 시대에 자라 오(鰲) 자를 써서 오평 마을이 되었다.

금성면에 있는 금성산성(사적 제353호)은 전라북도 순창군의 경계를 이루는 금성산(603m)에 위치한다. 성 안에는 곡식 1만6천 섬이 들어갈 수 있는 군량미 창고가 있었다. 객사, 보국사 등 10여 동의 관아와 군사 시설이 있어 임진왜란 때는 남원성과 함께 의병의 거점이 되었으나, 동학농민운동 때 대부분이 불타 없어졌다.

담양댐 아래로 흐르는 영산강의 물줄기는 평화롭고 주변의 비옥한 대지는 더 살찌운다. 금성면 하천부지에 있는 경비행장(Dam Yang Airport)에는 비행기가 따사한 봄빛에 오수(午睡)를 즐긴다. 겹벚꽃이 만발하고, 노란 유채꽃이 활짝 핀 하천 둑에 마련된 '영산강종주자전거길'을 따라 내려오면 담양읍이고 이곳부터 영산강은 국가하천으로 승격한다. 즉, 용소에서 지금까지 걸어온 길은 전라남도에서 관리해 온 지방하천 구간이다.

담양읍은 영산강 상류의 작은 분지에 발달한 담양군의 행정·문화·교육의 중심지다. 영산강을 따라 서남쪽으로 넓고 기름진 평야가 펼쳐진다. 이 지역은 대나무가 많아 부근에서 만드는 죽세공품의 집산지이면서 수박의 산지로도 유명하다. 읍내를 광주~대구고속도로와 호남고속도로, 그 밖의 국도와 지방도가 지나 교통의 요지를 이룬다.

담양군청 동쪽의 학동교차로에서 옛 24번 국도가 담양의 대표적인 '메타세쿼이아길'이다. 1970년대 초반 전국적인 가로수 조성사업 때 담양군이 3~4년생 메타세쿼이아 묘목을 심은 것이 현재의 울창한 가로수 터널 길이 되었다. 도로 확·포장 당시 사라질 위기에 처했던 것을 주민들의 노력으로 이 길을 지켜냈고, 현재 담양을 상징하는 장소가 되었다.

관방제림은 천연기념물로 지정된 곳이다. 관방제(官防堤)는 영산강 상류인 담양천의 물길을 다스리기 위해 1648년(인조 26년) 담양부사 성이성(成以性)이 제방을 축조하여 나무를 심었고, 그 후 해마다 장마철이 닥치기 전이면 다시 둑을 보수했다고 한다. 관방제는 '관비를 들여서 쌓은 둑'이라는 뜻이다.

1854년(철종 5년)에는 당시의 부사 황종림(黃鍾林)이 연인원 3만여 명을 동원하여 담양읍 남산리 동정 마을에서 수북면 황금리를 지나 대전면 강의리까지 6㎞에 이르는 관방제를 완성했다.

관방제림

관방제림

　둑 위에는 푸조나무(111그루), 팽나무(18그루), 벚나무(9그루), 음나무(1그루), 개서어나무(1그루), 곰의말채, 갈참나무 등을 심어 약 420그루가 지금까지 숲을 이뤄 자라고 있는데, 나무마다 관리번호가 부여되어 있다.

보물 담양 남산리 오층석탑과 석당간

어젯밤 곤한 잠을 자고 눈을 뜨니 이미 동창은 밝아 왔다. 다시 여장을 꾸리고 남도의 맛깔스러운 음식으로 조반을 한 후, 담양읍 남산리 오층석탑과 객사리 석당간(石幢竿)을 향해 출발했다.

남산리는 남산의 산 이름을 따서 지었다 한다. 이전에는 '효자리'라 불렀다. 동정 마을에는 '황새목', '조개방죽', '양샘거리'라는 곳도 있다.

보물(제506호)로 지정된 담양 남산리 오층석탑은 높이가 7m다. 석탑의 형태는 단층 기단 위에 5층의 탑신을 형성하고, 상륜부는 없어졌는지 보이지 않는다. 약 2만

담양 남산리 오층석탑

담양 객사리 석당간

죽녹원

평 밭 위에 홀로 서 있는 이 탑은 고려 중기의 탑으로 백제 계열의 영향을 받은 것으로 추측된다.

메타세쿼이아 도로변에는 석당간(보물 제505호)이 있다. 석당간은 절에 행사가 있을 때 절 입구에 '당(幢)'이라는 깃발을 달아 두는데, '당간'이란 이 깃발을 달아 두는 대(臺)를 말한다. 이 당간은 고려 시대 원형을 보여주는 석당간으로 큰 바람이 불어 쓰러진 것을 1839년(헌종 5년)에 복원되었다.

석탑과 당간이 있는 것으로 보아 절터가 분명한 것 같으나, 기록이 없다. 다행이 담양군에서는 오층탑 일대 약 2만 평을 정확한 고증과 정밀 실측을 거쳐 역사문화공원 조성사업을 계획하고 있다고 한다. 석당간과 오층탑 일대를 문화재 지정보호 구역으로 확대한다고 하니 기대가 크다. 기왕이면 불교가 이 땅에 들어와서 우리 전통문화와 어떻게 접목이 되었고, 어떻게 전이되었는지 함께 조사되었으면한다.

오늘의 영산강 도보 시작점은 담양향교 앞에 있는 향교교(鄕校橋)다. 이 향교리에는 담양의 대표적인 명소 죽녹원이 지척에 있다. 죽녹원(竹綠苑)은 대나무 정원으로 울창한 대숲에 들러싸여 있다. 죽림욕을 즐길 수 있는 산책로 2.2㎞는 운수대통 길, 죽마고우 길, 철학자의 길 등 8가지 주제의 길로 구성되어 있다.

관방제림 1번목은 '음나무'

향교교에서 국수거리로 막 접어들면 음나무가 눈길을 끈다. 관방제림의 420그루 중 제1번 목으로 한 그루밖에 없는 음나무는 나무 높이 14m의 풍치목이었으나, 2013년 강풍과 폭우로 쓰러져 후계목을 식재했다. 음나무는 '엄나무' 또는 '개두릅나무'로 불린다. 억새고 날카로운 가시가 많아 악귀를 쫓는다는 의미로 문지방 위나 대문 위에 걸어 놓기도 했다.

향교교부터 영산강 하류를 따라 관방제를 걷다 보면 50여 년 전부터 하나둘씩 생겨나기 시작한 국숫집들이 줄지어 있다. 담양의 명물로 자리 잡은 국수거리는 야외 테이블이 마련되어 있어 정겨운 영산강 풍경을 바라보며 저렴한 가격에 푸짐한 국수를 맛볼 수 있다. 대표 메뉴는 멸치국수와 비빔국수다. 여름에는 상큼한 열무국수도 나온다. 여기에 약계란 하나를 곁들이면 더욱 든든한 한 끼를 즐길 수 있다.

국수거리를 지나 담주리에서 심통보(狀)를 건너 양각리로 들어선다. 심통보 어도(魚道)에는 물고기들이 금방 튀어 올라올 것만 같다. 담양의 옛 이름인 '담주리(潭州里)'는 담주현(潭州縣)의 역사적 사실을 영원히 간직하기 위해 '담주 마을'로 이름했다고

제1번목 음나무

담양 국수거리   심통보 어도

한다. 관방제가 축조되기 이전에는 '닭전머리'라고 했다. 양각리는 '술매', '시산 마을'로 불렀고, 양각산 남쪽을 '새터'라고 했으며, 서편의 마을을 '사미정' 또는 '재미장'으로 불러왔다.

강물을 따라 조성된 하천부지에는 용천과 만나는 지점까지 양각지구체육공원 등 각종 체육시설이 조성되어 있다. 용천은 추월산 남쪽 사면에서 발원하여 담양읍 삼다교 일대에서 영산강과 합류하는 지방 하천이다. 담양읍 삼다리는 동다(東茶), 서다(西茶), 외다(外茶) 등 3개 마을을 총합하여 이르는 말이다. 용천이 흘러 내려와 영산강과 합류하는 장면이 마치 물줄기가 서로 싸우는 것 같아서 강 건너 마을을 '강쟁리'라 부른다 한다.

담양읍을 지나면 만나는 수북천은 담양군 수북면 대방리에서 시작하여 남동쪽으로 흘러 영산강과 합류하는 하천이다. 상류는 급경사를 이루고, 하천 유역의 모양은 폭이 좁고 긴 나뭇가지 형태의 수지상(手指狀)을 띤다. 유역 상류에 대방제(大舫堤)가 위치한다. 수북면 북쪽에는 병풍산과 투구봉 등이 솟아 있는 산지다. 중부와 남부에는 영산강이 흘러 배산임수(背山臨水) 지형이다. 넓은 들이 전개되어 있고, 죽세공품을 생산했다. 수북천을 건너면 풍수리와 남산리다. 풍수리는 대부분 평지로 넓은 '수북들'이 있다. 남산리를 지나면 개동리가 나오고 그 뒤로는 대흥리가 보인다. 개동리는 전통적인 농촌 지역으로 '팽이들'이 있다. 대부분이 평지인 대흥리는 크게 일어나라는 뜻이 있다고 한다.

느티나무·대나무에 기생하는 '외줄면충'

영산강이 서류(西流)하는 유역에는 정중리와 황금리가 기다린다. 정중리는 전형적인 농촌 지역으로 '띠논들'이 있다. 정중은 들 가운데 위치하고 있으므로 붙여진 이름이다. 황금리는 대부분 평탄하며 '장남들과 내건너들'이 있다. 황금리에는 문화재자료(제223호)로 지정된 백제의 고분이 있다.

수북면 뚝방길 느티나무 잎에는 외줄면충이 다닥다닥 붙어 있다. 처음에는 잎에 붙은 무슨 열매인 줄 알았는데 동행하신 도반께서 친절하게 알려 주신다. 외줄면충은 봄에 제1 기주식물인 느티나무에 침입하여 충영(蟲廮)을 형성하고, 초여름에 느티나무를 떠나 제2 기주식물인 대나무류 뿌리에 이주하여 여름을 나고 가을

면앙정

외줄면충

영산강 대나무숲길

에 다시 느티나무로 이동하여 산란한다. 그래서 대나무가 많은 곳의 느티나무에는 필연적으로 발생한다고 덧붙였다.

봉산면 신학리에서 영산강과 합류하는 오례천변에 있는 면앙정을 짬을 내어 둘러본다. 면앙정(俛仰亭)은 1533년(중종 28년) 송순(宋純 1493~583)이 건립하여 강호제현들과 국사를 논하며 후학을 길렀던 곳이다. "내려다보면 땅이, 우러러보면 하늘이, 그 가운데 정자가 있으니 풍월산천 속에서 한백 년 살고자 한다"는 곳이다. 송순은 면앙정에서 많은 학자 가객 시인들의 창작 산실을 만들었다.

면앙정에서 수북면 정중리 삼지교 돌아 나와 영산강 행보를 계속한다. 강 건너에는 담양정자문화의 맥이 흐르는 증암천이 무등산 북쪽 산록에서 발원하여 북서쪽으로 흘러 영산강으로 합류한다. 이 하천은 경관이 뛰어나 담양 가사문화의 중심 공간으로, 상류 유역에 소재한 소쇄원(瀟灑園)과 식영정이 있다. 식영정(息影亭), 환벽당(環碧堂), 송강정(松江亭)과 함께 정송강유적(鄭松江遺蹟)이라 불린다. 정철이 이곳에서 지은 식영정이십영(息影亭二十詠)은 후에 '성산별곡'의 밑바탕이 되었다.

수북면 황금리부터 대전면 응용리까지의 영산강 구간은 '담양하천습지보호지역'으로 지정된 구간이다. 이 구간은 영산강 상류의 조류 집단 서식지이며 풍부한 생물 다양성이 보존되어 있는 우리나라 최초의 하천습지 보호지역이다. 하천 제방 내에 대규모 대나무 군락지가 있고, 습지에 다양한 목본류가 밀생(密生)해 있다. 이곳을 지나면 담양군과 빛고을 광주광역시 북구를 연결해 주는 용산교가 있다.

영산강 강둑 '백합나무 그늘'

이른 아침부터 영산강 용산지구 습지생태공원은 뭇 생명들의 맥박이 고동친다. 어제도 흘렀고, 오늘도 흐르고, 내일도 흘러야 할 강물이 새롭게 태어나는 생명들을 보듬으며 세월과 함께 흐른다.

영산강 둔치로 내려서면 담양군 대전면과 광주시 북구 지야동을 연결하는 지야대교가 아치를 그린다. 지야동은 본래 광주군 갑마보면 지역이다. 1914년 행정구역 통폐합에 따라 지산리와 대야리의 이름을 따서 지야리가 되었다.

용산천이 합류하는 지점에는 배수펌프장이 자리한다. 강물은 호수를 이룬다. 광주광역시는 용산교에서 출발하는 '빛고을 산들길'이 영산강과 무등산을 중심으로 조성되었다. '산과 들이 이어지는 길을 따라 산들산들 걷는다'는 의미로 '산들

영산강 지야대교

백합나무 가로수

백합나무 꽃

길'이라 명명되었다. 배수펌프장이 있는 월출동은 광주광역시의 북단에 위치하며, 영산강 북안 마을이다. 강변에 '광주시민의숲 야영장'이 있다.

강둑으로 백합나무가 시원한 그늘을 만든다. 미국 동부 지방이 원산지인 백합나무는 속성수로 1900년대 초에 들어와 전국에 널리 퍼졌다. 5월 말~6월 상순경에 녹황색의 꽃이 피는데, 꽃 모양이 튤립 같다고 해서 일명 '튤립나무'라고도 한다. 가을의 노란 단풍은 아름답기 그지없다.

영산강 주변 '금계국 · 석류 · 밀밭'

첨단체육공원을 지나 강둑 아래 산책길로 접어들자 금계국이 온통 노랗게 색 칠하고, 갈대와 억새의 새순들이 작년에 나와 이미 수명을 다한 묵은 것들과 자리 다툼을 하는지 바람에 흔들거린다. 모든 생물들의 공통된 행복을 꼽자면 '품안에 서 자라던 새끼들이 성장하여 자립하는 것'이고 새로 태어나 자라나는 후손들을 위해 터전을 비워 주는 것도 하나의 순리일 수도 있다는 것을 묵은 갈대를 보며 생 각해 본다.

신가동 둑방을 거닐 때는 석류나무의 붉은 꽃이 벌써 입 안에 신맛을 돌게 한 다. 이란이 원산지로 알려진 석류는 오래전부터 포도 · 무화과와 더불어 중요한 과 일이었다. 이집트를 탈출한 유대인들은 황야를 떠돌아다닐 때 석류의 시원함을 간

금계국

석류

밀밭

절히 바랐으며, 이슬람의 예언자 마호메트는 "질투와 증오를 없애려면 석류를 없애라"고 말했다. 석류는 9~10월에 노란색 또는 노란 빛이 도는 붉은색으로 익는데, 다산을 상징하여 혼례용 활옷이나 원삼에는 포도와 함께 문양으로 들어간다.

　신가동은 전형적인 농촌이었으나, 1983년에 주택단지가 조성된 곳이다. 광주광역시로 편입되면서 교육기관과 교원연수원이 들어섰다. 유물로는 초기 철기 시대 유적지인 광주 신창동 유적(사적 375호), 극락강변의 풍영정(광주문화재자료 4호)이 있다. 풍영정(風詠亭)은 김언거(金彦据, 1503년~1584년)가 1560년 벼슬을 물러난 뒤 고향에 돌아와 지은 정자이다. 김언거는 중종 20년(1525년)에 과거시험에 합격하여 여러 관직을 거쳤으며, 1560년(명종 15년)에 승문원판교를 끝으로 고향에 내려왔다. 정자 안쪽에는 풍영정에 지내면서 교우했던 이황·김인후 등이 지은 현판들과 한석봉이 쓴 '제일호산(第一湖山)'이라는 현판이 걸려 있다.

　강변 넓은 들판에서 밀이 노랗게 익어 간다. 밀은 BC 1만~1만 5000년경에 재배하기 시작한 가장 오래된 작물 중의 하나다. 우리나라에서 밀의 재배는 평안남도 대동군 미림리에서 BC200~100년경부터 추정되며, 경주의 반월성지, 부여의 부소산 백제 군량창고 유적에서도 발견되었다. 밀은 쌀과 함께 세계의 2대 식량 작물이다. 우리나라는 밀을 보리와 함께 밭작물로 많이 재배했으나 수입 의존도가 높아지면서 국내 수확량이 현저하게 줄어들었다. 밀 껍데기(밀기울)는 우리나라 전통술의 발효제로 사용하는 누룩을 만드는 데 사용된다.

무등산·극락강, 불교 세계관 담아

우리는 가끔 '먹기 위해서 사는지? 살기 위해서 먹는지?' 헷갈릴 때가 있다. 어찌
했던 오전 내내 영산강 물길 따라 걸었더니 시장기가 전해와 광산구 신창동에 있
는 모 흑두부집으로 이동했다. 주변과 조화를 이룬 한옥을 소나무로 조경하여 더
욱 멋을 부렸다. 들어가는 입구에 중국에서 들여온 모조품 병마용을 세워 놓았다.
병마용(兵馬俑)은 중국 시안 진시황 무덤의 도제(陶製) 부장품이다.

병마용 옆에서 핀 붉은 찔레꽃이 유난히 더 붉다. 혹시 장미인가 싶어 주인에게
물어봤더니 1940년대에 민중가요인 '찔레꽃' 가사에 나오는 "찔레꽃 붉게 피는 남
쪽 나라 내 고향"이 동기가 되어 전라남도 신안군에서 특별히 종을 개발했다고 전
해 준다. 이 꽃을 보기 전에는 만리타향에서 정든 고향을 그리며 핏빛으로 물든 가

극락(영산)강 습지

광산구 신창동 흑두부 식당 앞 병마용   누에

습의 멍을 찔레꽃에 덧칠하지 않았나 하는 생각도 해보았었다. 풀피리 불며 어린 찔레 순 꺾어 먹던 그런 시절이 있었다. 식당 안으로 들어서면 눈길을 끄는 게 또 있었는데, 뽕잎을 갉아먹는 누에였다. 전문적인 양잠(養蠶)은 아니지만 조그마한 그릇 안에서 누에가 자라고 있었다. 1970년대까지만 하더라도 누에고치로 비단을 직조하여 수출했으며, 누에고치에서 나온 번데기로 단백질을 보충해야 했던 시절이 있었다. 번데기 한 사발 삶아 놓았다가 학교에서 돌아오면 조용히 불러 입에 넣어 주시던 울 엄니가 생각났다.

배부르고 등 따시면 틀림없이 찾아오는 '졸음'을 뿌리치고 다시 광산구 신촌동 영산강 물길로 나선다. 신촌동은 동 이름은 새로 생긴 마을이라는 데서 유래한다. 광주공항과 송정공원 등이 있으며, 송정공원에는 활터인 송무정이 있다.

영산강이 광주광역시 구간으로 들어오면 무등산 용연동 용두골 일대에서 발원하여 시의 중심부를 흘러 서구 치평동 일대에서 영산강과 합류하는 광주천이 있다. 시가지를 가로질러 서북으로 흐르다 무등산 증심사에서 흘러나오는 증심천을 가슴에 품고, 서쪽으로 흘러 영산강과 합류한다.

광주천이 영산강과 만나는 지점부터 황룡강을 만나는 지점까지를 극락강(極樂江)으로도 불리고 있으나, 이는 부분 명칭으로 법정 하천명은 아니다. 극락강의 구간 길이는 약 7㎞이며, 관련 지명으로는 극락대교와 극락강기차역이 있다. '대동여지도'에는 이곳에 '칠천(漆川)'이라는 지명이 기재되어 있어 또 다른 부분 명칭이 사용된 것 같다. 광주천의 발원지인 무등산과 극락강은 불교의 세계관을 담고 있다.

황룡강, 영산강 발원지로 '설왕설래'

서창교를 건너 발걸음을 서구 서창동으로 옮긴다. 서창동은 조선 시대 때 광주목(光州牧)의 서쪽에 조창(漕倉)이 있었던 것에서 유래된다. 『해동지도』에 서창은 당부면의 하천변에 입지하고 있다고 기록한다.

강둑을 걸어 화장동 쪽으로 조금 내려가면 황룡강과 만난다. 강 이름도 극락강에서 영산강으로 환원한다. 황룡강은 담양군 월산면 용흥리 병풍산 북쪽 용흥사 계곡에서 발원하여 장성호를 거쳐 극락강과 합류한다. '황룡강'이라는 이름은 장성군 황룡면을 지나면서 얻은 이름이다.

황룡강 합수 지점

이 황룡강 때문에 영산강 발원지에 대한 설왕설래가 있다. 그동안 영산강의 발원지를 담양군 가막골의 용소(龍沼)로 알려졌으나, 정부 발행 '한국하천일람'에 수문학적 관점에서 영산강 본류보다 더 거리가 길게 측량된 황룡강 발원지인 병풍산 북쪽 용흥사 계곡을 공식적인 발원지로 기록하고 있기 때문이다. 이러한 경우

호가정 시비　　　　　　　　승촌보 조형물과 공도

는 한강의 발원지가 당초 오대산 우통소에서 태백의 금대봉 검룡소로 바뀐 사례가 있기는 하다.

　화장동의 강 건너인 광산구 본덕동에는 호가정이란 정자가 있다. 호가정(浩歌亭, 광주광역시 문화재자료 제14호)은 극락강과 황룡강의 합류 지점이 내려다보이는 높다란 산 기슭에 있는데, 경관이 빼어나다. 1558년(명종 13년)에 설강 유사(雪江 柳泗)가 지은 원래의 정자는 임진왜란과 정유재란 때 소실되었고, 지금의 정자는 1871년(고종 8년)에 중건한 것이다. 유사(1502년~1571년)는 1528년(중종 23년) 별시문과에 급제하여 무장현감, 전라도사, 종성부사 등 여러 관직을 역임했다. 만년에 당시의 권신 이량의 모함을 받아 벼슬을 그만두고 낙향해 이황, 이언적, 오겸 등 당대의 명사들과 교유하며 유유자적했다. 호가정이라는 이름은 중국 송나라의 소강절(邵康節)이 말한 '호가지의(浩歌之意)'에서 취한 것이라고 한다.

　　"돌베개에 소나무 그림자 아른거리고/ 바람 치는 난간에 들 빛이 둘러 있네/ 차가운 강물 밝은 달빛 속에/ 눈빛 같은 작은 배가 온다// (중략) 바빴던 지난 일을 어찌 생각하리요/ 강 언덕 조는 새와 말년 벗을 맺었노라"

　설강 유사의 '호가정'이란 시가 승촌보로 인도한다. 영산강에 있는 승촌보는 나주평야 일대 농업 용수 확보와 홍수와 가뭄에 대비하기 위한 목적으로 건설되었다. 보의 형태는 나주평야에서 생산되는 쌀을 형상화하여 디자인했다.

극락강·황룡강 합류 경관 '평사낙안'

평사낙안(平沙落雁)은 '모래밭에 내려앉은 기러기나 글씨와 문장이 대단히 잘 쓴 것'을 표현할 때 쓰는 사자성어다. 극락강과 황룡강 물길이 합류하여 흐르는 승촌 보 일대의 넉넉한 경관을 비유한 것이지만, 미인을 은유적으로 지칭하기도 한다.

평사낙안은 원래 중국 소상팔경(瀟湘八景) 중 하나로 산시청람(山市晴嵐), 연사만 종(煙寺晩鐘), 소상야우(瀟湘夜雨), 원포귀범(遠浦歸帆), 동정추월(洞庭秋月), 어촌낙조 (漁村落照), 강천모설(江天暮雪) 등이 함께한다.

우리나라에서의 평사낙안은 전북 선유도가 더 유명하지만, 쌀을 형상으로 만든 이곳 승촌보 조형물도 보기에 따라서는 기러기가 사뿐히 내려앉는 모습 같기도 하다.

광주광역시 승촌공원은 나주 시 노안면이 포근하게 감싼다. 노안면은 나주시 북부에 위치한 면이다. 금성산 동쪽에 있고, 망 산과 왕산이 서쪽을 둘러싸고 있다. 이 지역에 있는 금안동은 중국에서 한림학사를 지낸 정가 신(鄭可臣. ?~1298년)이 금안장에 백마를 타고 금의환향한 데서 유래된 지명이다.

맞은편 강 건너에는 나주시 금천면이 있고, 무등산 남쪽 화 순에서 발원한 지석천이 영산강 과 합류하면서 넓은 들이 전개

평사낙안

나주대교 전망대

빛가람대교

된다. 쌀과 보리의 주산지며, 원예농업 지대이다. 중동부 지역은 나주배의 주산지로 배박물관, 배연구소, 배유통센터, 호남원예고등학교 등이 소재한다.

영산강 서안을 따라 걸어 내려오면 나주시 삼도동이다. 삼도동에는 광주와 목포를 잇는 국도 제1호선의 나주대교가 있다. 금천면 사이의 영산강을 가로질러 놓인 다리다.

나주대교 옆 영산강 하천부지에는 '나주대교전망대 카페 루(Lou)'가 있다. 원래 이 건물은 1964년에 지어져 1996년 1월까지 상수도 취수탑으로 사용했다. 이후 국가수질자동측정소로 활용되었으나, 관리가 잘 안 되어 흉물스럽게 방치되어 있던 것을 2011년 7월 4대강 사업으로 전망대·수위관측소로 리모델링했다. 현재 1층은 수위관측소와 갤러리며, 2층에는 2020년에 개업한 나주카페가 자리한다. 주변 풍경이 아름답고, 그 풍경을 카페 안에서 360도 바라볼 수 있다.

삼도동을 지나면 나주시 토계동과 빛가람동을 연결하는 빛가람대교가 있다. 빛가람동은 2014년 조성한 혁신도시로 한국전력공사와 한국농어촌공사 등이 이전해 온 곳이다. 빛가람동 북쪽 너머로 흐르는 영산강과 빛고을 광주의 빛이 하나 된다는 의미를 포함한다. 또 한국전력을 상징하는 '빛'과 한국농어촌공사를 상징하는 '강(가람)'의 의미도 지니고 있다.

'나주향교', 성균관 다음으로 큰 규모

천년고도인 나주에는 볼거리가 너무 많다. 나주시 동문 밖 석재당간(石材幢竿, 보물 49호)은 나주의 지세가 배 모양이어서, 배가 뒤집어지지 않고 안정되기를 빌기 위해 돛대의 의미로 이 당간을 세웠다고 한다. 나주는 전주에 이어 천 년을 이어온 전라도의 중심축에 있는 고을이라 향교의 규모도 서울의 성균관 다음으로 크다. 나주향교(전라남도유형문화재 제128호)는 지방에 설립한 조선 시대의 국공립 교육기관이다. 공자를 중심으로 한 성현의 위패를 모시고 제향을 올리며, 지방 인재를 교육하고 교화하기 위해 만들어진 곳이다. 사립교육기관으로는 서원이 대표적이다.

987년(고려 성종 6년)에 창건된 나주향교(羅州鄉校)는 크게 두 가지로 구분한다. 평지인 경우에는 전묘후학(前廟後學) 배치 구조로 제사 지내는 공간이 앞에 있고, 학문을 배우는 공간이 뒤에 있다. 경사진 경우에는 그 반대로 전학후묘(前學後廟) 배치를 한다. 평지인 경우에는 제향 공간을 강학 공간의 앞쪽에 두어 제향 공간의

나주향교 명륜당

나주향교 서재(기숙사)

나주향교 충복사유허비

위상을 높게 하고, 경사진 곳은 반대로 제향 공간을 보다 높은 터에 두어 높은 위상을 갖게 하기 위함이다.

나주향교의 대성전은 향교의 중심 건물로 공자를 비롯한 4명의 성인과 주자를 비롯한 송조사현(宋朝四賢), 우리나라의 설총, 최치원 등 동국십팔현(東國十八賢) 등 총 27위의 위패를 모신 공간이다. 대성전 뒤에 있는 명륜당은 스승과 학생이 모여서 공부하는 곳이다. 전국의 향교 가운데 나주향교는 서울 성균관의 명륜당을 모방하여 지었다. 중앙에 세 칸의 건물이 있고, 양쪽으로 세 칸의 날개 건물인 익사(翼舍)를 두었는데, 성균관과 다른 점은 중앙 건물과 양쪽 익사 사이에 공간을 두었다는 것이다.

명륜당의 '명륜(明倫)'이란 '인간 사회의 윤리를 밝힌다'는 뜻이다. 이 명륜당을 중심으로 동서 양쪽으로 동재(東齋)와 서재(西齋)를 두어 교생들의 기숙사를 두었다. 조선 시대에는 신분과 관계없이 양반은 물론 양인의 자제도 입학할 수 있었으나, 조선 후기에 들어서는 문과공부를 주로 하던 양반 자제들은 동재를, 무과나 잡과를 공부하던 양인 자제들은 서재를 사용했다. 성균관이나 향교에 은행나무가 있는 것은 공자가 은행나무 아래에서 제자들을 양성했다는 데서 유래한다.

1597년(선조 31년) 당시 대성전 수복(首僕)이었던 김애남이 정유재란으로 향교가 없어질 위험에 처하자 죽음을 무릅쓰고 위패를 금성산으로 옮겼다가 왜병이 물러간 뒤 다시 안전하게 봉안하자 그를 위해 사우를 건립하도록 했다는 충복사유허비(忠僕祠遺墟碑)가 있다. 여러 번 중수와 중건이 있었던 것으로 추정된다. 성균관의 명륜당이 임진왜란으로 소실되었을 때 나주향교의 명륜당을 참고했다고 한다.

나주읍성 금학헌 팽나무의 소생

　나주향교에서 가까운 곳에 나주읍성 영금문이 있다. 사적(제337호)으로 지정된 나주읍성은 고려 시대 때 긴 타원 형태로 축조되었다. 동쪽은 동점(東漸)문, 서쪽에 영금(映錦)문, 남쪽에 남고(南顧)문, 북쪽에 북망(北望)문을 두었다. 일제 강점기 때 동서남북의 모든 성문과 성루가 철거된 후 민가가 들어서면서 밭으로 경작되기도 했다.

　서성(西城)문으로도 불리는 영금문은 2007년 발굴 조사 결과 지하에 유적이 잘 남아 있어 제 모습을 찾아 2011년에 복원되었다. 밖으로는 돌로 쌓은 옹성이 둘러 있고 누각에는 映錦門이라는 편액이 걸려 있다. 영금문을 복원을 하면서 '나주목 여지승람'의 기록을 따랐다고 한다. 동학전쟁 때 금성산 월정봉에서 나주를 공격 하던 농민군의 공격에도 함락되지 않고, 동학군과 영금문에서 협상하기도 했다고 전해진다.

영금문

나주목사 내아(금학헌)

벼락 맞은 팽나무

　향교 길을 따라 나주목사내아 쪽으로 향하다 만나는 수령 400년 이상 된 곰솔이 세월의 온갖 풍상을 이고 있는 듯하다. 곰솔은 소나뭇과의 상록 침엽 교목으로, 솔잎이 곰 털처럼 거칠다고 해서 붙여진 이름이다. 바닷바람에 강하고 해변에서 잘 자라 해송으로도 부르고 있다.

　나주목사내아(羅州牧使內衙)는 조선 시대 나주목에 파견된 지방관리인 목사(牧使)의 살림집으로, 건물의 이름은 '금학헌'이었다. 대문 옆에 있는 문간채를 고종 29년(1892년)에 만든 것으로 보아 살림집 역시 19세기에 지은 건물로 여긴다. 일제 강점기 이후 군수의 살림집으로 사용하면서 원래의 모습을 많이 잃어버린 상태다.
　내아의 주 건물인 금학헌(琴鶴軒)은 '거문고 소리를 들으며 학처럼 고고하게 살고자 하는 선비의 집'이라는 뜻이다. 이 집 옆에는 1980년대 태풍이 몰아치던 날에 벼락 맞은 팽나무가 두 쪽으로 갈라져 고사 직전이었으나, 나주 시민들의 지극정성으로 갈라진 곳이 봉합되어 다시 소생했다고 한다.

　시민들은 이를 보고 영험한 금성산 기운을 받은 명당이자 나주목사가 살았던 금학헌의 기운이 살렸다고 믿고 있다. 이러한 믿음에서인지 최근 금학헌에서 숙박하거나, 팽나무를 안고 소원을 빌면 좋은 일이 생겨 난다고 한다.

 '바가지 물' 인연, 왕후 오른 오다련 딸

내아와 객사인 금성관 사이에는 나주목문화관이 있다. 나주목문화관은 983년 나주목이 된 후부터 1895년까지 나주의 역사와 문화를 보여주는 전시관이다.

나주는 고려 성종 때부터 1895년 나주 관찰부가 설치될 때까지 1천 년이 넘는 세월 동안 나주목이 유지된 곳이다. 나주목문화관은 나주가 '천년고도 목사고을'이었음을 알리기 위해 설립되었다.

나주목문화관 앞의 정수루(正綏樓)는 정완루(正緩樓)라고도 하는데, 나주관아의 문이다. 1603년(선조 36년)에 나주목사로 부임한 우복용(禹伏龍, 1547년~1613년)이 건립한 것으로 전해진다. 천장의 화려한 용머리 중 왼쪽 용은 여의주가 없고, 오른쪽 용은 여의주를 물고 있다. 2층 누각에는 큰 북과 편액이 걸려 있는데, 북은 한국전쟁 때 분실되어 다시 설치했다.

망화루(望華樓)는 나주객사 금성관의 외삼문(정문)이다. 당시 전국에서 제일 큰 나주객사에 걸맞게 정문으로서 위용을 갖추고 있다. 세 칸으로 나눠진 망화루의 가운데 문은 주로 수령이, 좌우 쪽의 문은 일반 관리와 백성들이 출입했다. 1592년 임진왜란 당시에는 김천일 장군이 의병 출정식이 있던 곳이다. 김천일 장군은 진주성전투에서 치열한 공방전을 벌이다가 장렬하게 전사했다. 갑오경장 때는 유생들이 단발령에 항거했고, 일제 강점기 때에는 항일학생운동이 벌어졌던 역사적 장소이다.

금성관(錦城館)은 나주객사의 중심 건물이다. 객사는 고려·조선 시대에 각 고을에 설치했던 것으로, 관사 또는 객관이라고도 한다. 객사는 고려 전기부터 있었으며, 외국 사신이 방문했을 때 객사에 묵으면서 연회도 가졌다. 조선 시대에는 객사에 위패를 모시고, 초하루와 보름에 궁궐을 향해 망궐례(望闕禮)를 올리기도 했으며, 사신의 숙소로도 이용했다. 금성관은 조선 성종 때에 나주목사 이유인(李有仁)이 세웠다. 일제 강점기에는 내부를 고쳐 군청사로 계속 사용하기도 했다.

나주목 금성관 복원 정비사업으로 건물을 가리고 있던 나주군 청사를 헐고 동익헌과 서익헌을 복원했다.『동국여지승람』에 의하면 금성관의 정문인 2층짜리 망화루도 함께 만들었으나, 망화루의 현판과 내삼문은 남산시민공원으로 옮겼다고 한다. 금성관은 전남 지방에 많지 않은 객사 중 하나로서 그 규모가 웅장하고, 나주의 대표적인 역사문화유산으로 나주인의 정의로운 기상을 대표한다.

나주객사에 정문 망화루 앞의 어느 식당에 손님들이 줄을 선다. 1910년에 개업한 나주곰탕으로 유명하다는 집이다. 나주곰탕은 사골 육수에 결대로 찢은 사태와 양지머리, 다진 파를 얹은 탕이다. 사골 국물은 물에 소뼈를 넣고 오랫동안 끓여 거른 국물과 한번 끓여낸 소뼈에 다시 물을 붓고 하얀 국물이 나올 때까지 푹 곤 국물을 섞어 사용한다.
오래전에 나주의 5일장에서 상인과 서민들을 위한 국밥 요리로 등장했으며, 이것이 오늘날의 나주곰탕으로 이어지고 있다.

완사천

장화왕후 동상

전라남도 기념물(제93호)로 지정된 완사천은 원래 작은 옹달샘이었는데 택지 조성을 하면서 샘 주위를 화강암 석재로 정방형 석벽을 쌓았다. 이 샘물은 아무리 가뭄이 들어도 마르지 않는다고 하며, 고려 태조 왕건과 나주를 연결하는 시발점이 된 유적지다.

태조 왕건은 고려를 건국하기 전, 나주를 903~914년까지 10여 년 동안에 무려 네 차례나 내려오게 된다. 후백제 견훤과 마주한 어느 날, 진(陣) 위쪽 산 아래에 오색 서운(瑞雲)이 있어 왕건이 가 보니 샘가에서 아름다운 처녀가 빨래를 하고 있었다. 왕건이 물 한 그릇을 달라고 하자 처녀는 바가지에 물을 떠 버들잎을 띄워서 공손히 바쳤다. 급히 물을 마시면 체할까 봐 천천히 마시도록 하기 위한 것이었다. 이 처녀가 바로 나주 토착세력인 나주 오씨 집안 오다련의 딸이었다. 왕건은 처녀의 총명함과 미모에 끌려 그 여인을 아내로 맞이했는데, 이 여인이 곧 장화왕후(莊和王后) 오씨 부인이며, 제2대 혜종(惠宗)의 어머니이다.

완사천 등굽은 소나무

　나주종합체육공원을 지나 나주시 삼영동으로 접어들면 영산대교가 남쪽을 향해 뻗어 나간다. 영산대교는 전라남도 나주와 영암·장흥·해남·완도·진도를 연결하는 내륙 교통의 요충지로 하루 왕복하는 차량만 약 2만 대에 이른다. 다리 밑 공원에서는 이른 봄이면 홍어 축제가 열린다. 다리 오른쪽에는 국내에서 유일한 내륙 등대인 영산포 등대가 있다. 영산포등대는 국내 유일의 내륙 등대로 일제 강점기 영산포 선창에 건립되었다. 수위 측정과 등대의 기능을 겸한 이 등대는 1989년까지 수위 관측 시설로 사용되었다. 영산포는 나주평야의 쌀을 수탈해 가는 전진기지였으며, 각종 선박이 왕래하면서 많은 수산물들이 1960년대까지 유통되었다. 1970년대 영산강 하구언이 건설되어 배가 드나들지 않게 되자 영산포는 포구로서의 역할을 잃었다.

영산강 굽어 보이는 명승 '영모정'

영산대교를 지나 마주한 곳은 안창동 구진포나룻터 부근 강 건너편에 있는 '앙암(仰岩)'이라는 벼랑 바위다. 충남 부여의 낙화암 같기도 하지만 바위 아래 강물이 소용돌이치면서 깊은 소를 만들어 영산강을 다니던 배들이 자주 침몰하여 용이 살고 있다고 하는 곳이다.

이 바위에는 삼국 시대부터 전해오는 아랑사와 아비사의 이루지 못한 슬픈 사랑 이야기가 전해진다. 바위 절벽에 두 사람이 서로를 애절하게 바라보는 모습이 남아 있는데, 그들의 모습이 잘 보이는 사람은 사랑이 이뤄진다는 이야기가 있다.

전라남도기념물(제112호)로 지정된 영모정(永慕亭)은 나주 임씨 종중에서 소유·관리하고 있다. 1520년(중종 15년) 귀래정 임붕(歸來亭 林鵬)이 창건했고, 그 손자인 명문 장가 백호 임제(白湖 林悌)가 글을 배우고 시작(詩作)을 즐기던 곳이다. 처음에는 임붕의 호를 따서 '귀래정'이라 하였으나, 1555년(명종 10년)에 임붕의 두 아들 임복과

앙암

영모정

귀래정 나주 임붕 유허비

임진이 아버지를 추모하기 위해 재건하면서 '영모정'으로 바뀌었다. 비교적 건립 연대가 오래되고, 주위에 400여 년 된 팽나무가 많이 있어 주변 환경이 아름답다. 영모정은 영산강이 굽어 보이는 명승으로 알려져 찾는 이들이 많고, 이 정자를 두고 읊은 시들이 많이 전한다. 1510년에 생원이 된 임붕은 1519년 기묘사화로 조광조가 화를 입게 되자 그를 구출하기 위해 많은 노력을 기울였다. 다음 해 과거시험의 제목을 낼 때 시관이 간사한 집권자에게 아부하기 위해 조광조 등 기묘사화 관련된 자들을 간사한 무리로 지칭함을 보고 탄식하며 말하기를 "내 어찌 차마 이 시에 글을 지으랴!" 하고 붓을 던지고 나와 버렸다. 1521년(중종 16년) 별시 문과에 급제하여 삼사를 역임하고, 예조참의, 호조참의를 역임했다.

백호 임제(白湖 林悌, 1549년~1587년)는 조선 중기의 문신이자 서예가다. 조부는 임붕, 부친은 평안도병마절도사 임진(林晉)이며, 우의정 허목(許穆)이 외손자다. 1576년(선조 9년) 생원시와 진사시에 급제했다. 1577년 알성문과(謁聖文科)에 급제하며 예조정랑(禮曹正郞)과 지제교(知製敎)를 지내다가 동서의 당파싸움을 개탄, 명산을 찾아다니며 여생을 보냈다. 당대 명문장가로 명성을 떨쳤다.

백호의 수많은 글 중에 임종 때 아들에게 써 준 「물곡사비」에 새겨진 글이 가장 눈길을 끈다. 물곡사비(勿哭辭碑)는 임제의 호방하고 의협심 강한 성격을 그대로 보여준다. "사방 여러 나라 중에 황제를 자칭하지 않는 나라가 없는데 유독 조선만 중국 때문에 그러하지 못하니 이런 욕된 나라에서 태어나 죽은들 무엇이 아깝겠는가! 그러하니 곡을 하지 마라"고 한 그는 중국과의 사대관계를 치욕으로 느꼈다고 한다.

삼봉 정도전 유배지 나주 '백동마을'

영모정에서 삼봉 정도전 유배지를 찾아 나주시 다시면 '백동마을'까지 자동차로 이동한다. 마을 입구에는 '白龍山下 白洞마을(백룡산하 백동마을)'라고 글을 새긴 선돌이 눈길을 끌었다. 보통 마을 표지석에는 마을 이름만 표기하는데, 마을 뒷산인 백룡산 아래라는 뜻의 '白龍山下'를 표기한 이유가 궁금했다. 조선 건국의 핵심 주역인 정도전이 3년 동안 유배생활을 한 곳이 백룡산 아래라는 것을 강조하는 것인지도 모르겠다.

백룡산은 전라남도 나주시 다시면과 문평면의 경계를 이루는 산이다. 산 정상에는 과거 기우제를 올리던 제단 자리에 헬기장이 만들어졌다. 북동쪽으로 내려서면 용굴이 나오며, 영정굴 앞까지 땅속으로 물길이 나 있다고 전한다. 남쪽에는 치

백룡산하 백동 마을

마, 줄바우와 연소혈(燕巢穴) 명당이, 남동쪽 기슭 백동 마을 어귀에 관바우가 있다. 대오개 안고랑에는 정도전이 유배 생활을 했던 소재사(消災寺) 터가 있다. 이곳을 풍수지리상 와혈(窩穴)로 소쿠리 속 같이 오목하다 하여 '소쿠리 명당'이라 한다.

친명파였던 정도전(鄭道傳, 1342년~1398년)은 당시 실세였던 친원파 이인임(李仁任, ?~1388년)이 원나라 사신을 접대하라는 영접사 직을 거역하자 유배를 보냈던 백동 마을은 1375년(고려 우왕 1년) 회진현 소재동의 거평부곡(居平部曲)에 속하는 촌락이었

삼봉 정도전의 유배 초가

다. 그 당시에는 부곡(部曲)은 '천민들의 집단 취락'으로 인식되어 왔지만, 이곳 백성들은 '개방적인 자연 촌락'으로 여기고 있었다고 한다. 그래서 소재동은 농사를 생업으로 삼던 양민들과 다양한 성씨의 사람들이 모여 살던 마을이었다.

1377년(고려 우왕 3년) 정도전은 3년의 유배생활을 이곳에서 마친 후 서울(당시 개경)을 제외하고는 원하는 곳에 살게 하는 종편거처(從便居處)로 고향인 영주로 갔지만, 왜구의 침입으로 피난 끝에 한양의 삼각산 아래에 삼봉재를 짓고 후학을 가르쳤다. 삼봉을 멸시하는 사람들이 삼봉재를 헐어 버리고 핍박하자 거처를 다시 부평으로 옮겼으나, 다시 헐어 버리자 김포로 옮겨 살다가 유배가 끝나는 1383년 이성계를 만나러 함길도 함주로 간다. 정도전의 유배생활은 총 9년이었지만, 거평부곡의 3년은 정도전의 인생을 바꿔 놓는 계기가 된 것 같다.

정도전은 소재동에 유배된 3년 동안 그의 정치철학에 백성을 근본으로 하는 민본정치의 싹을 틔우게 된다. 도올 김용옥은 "정도전이 회진현에서 유배 생활하던 어느 날 들녘에서 한 농부를 만났다. 그 농부는 정도전을 보고 '관리들이 국가의 안위와 민생의 안락과 근심, 시정의 득실, 풍속의 좋고 나쁨에 뜻을 두지 않으면서 헛되이 녹봉만 축내고 있다'며 질책했다. 촌로의 이러한 발언은 정도전에게 백성을 위하는 것이 어떤 것인가를 다시 마음에 새기는 계기가 되기 충분했을 것"이라고 지적했다.

정도전은 거평부곡으로 와서 처음에는 황연(黃延)의 집에 거처했다. 정도전은 소재동에서 유배생활을 하면서 권문세가들에게 착취당하는 농민들의 현실, 그러면서도 강하고 낙천적이고 지혜로운 백성들을 보고 배웠다. 백성이 나라의 근본이고, 정치는 왕이 아닌 현명한 신하들이 주도해야 한다. 고려는 더 이상 고쳐 쓸 수 없는 지경이니 혁명으로 새로운 나라를 세우는 길밖에는 다른 방도가 없다는 삼봉의 혁명적인 민본사상은 소재동에서 발효되고 숙성되었다.

삼봉을 찾아가는 길목에 '나주정씨세장산(羅州鄭氏世葬山)' 비가 있다. 그리고 보니 백룡산 자락이 나주 정씨 문중 땅으로 대대로 조상의 얼이 묻힌 곳인 듯하다. 그러나 정도전은 봉화 정씨다. KBS 대하드라마 '용의 눈물' 이후 나주시와 봉화

유배지 정도전의 시

정씨 문중에서 정도전의 유배지를 찾아 조성에 나섰는데, 유배지 터가 나주 정씨 소유였다. 이에 나주 정씨 문중은 비록 본관은 다르지만 삼봉 유배지 터 200여 평을 봉화 정씨 문중에게 영구 무상 임대했으며, 이에 봉화 정씨는 그 땅에 나주 정씨 가문의 정식(鄭軾)장군 신도비를 세우게 했다는 일화가 전해진다.

일모도원(日暮途遠)인가? 해는 석양에 기우는데 갈 길은 멀어 서둘러 백룡저수지로 나온다. 농업 용수로 이용되는 백룡저수지는 일제 강점기인 1933년 나주 지역의 대지주였던 일본인 구로스미 이타로가 다시면에 축조한 저수지이다. 저수지 안에는 고조선의 유물로 추정되는 고인돌 20여 기가 수몰되어 있다고 한다.

영산강 두 번째 기행을 마감하면서 나주 땅을 되새겨 본다. 고려 태조 왕건은 나주에서 오씨 부인을 만나 후백제 견훤의 해양 진출을 방어하는 데 성공했고, 삼봉 정도전은 3년 간 나주 소재동 거평부곡의 귀향생활이 조선 건국의 기초가 되는 민본사상을 깨닫는 동기가 되지 않았나 생각해 본다. 어찌됐던 고려와 조선 건국의 단초가 이곳 나주 땅이라고 생각하면 견강부회(牽强附會)일까?

"인간 사회는 물욕 때문에 다툼이 생기기 마련이고, 이를 해결하기 위해서는 정치적 권위가 필요하다. 그런데 그 일은 농사를 지으며 병행할 수 없으므로 별도의 통치자가 필요하며, 그래서 백성은 세금을 내고 통치자를 부양하는 것이다. 이때 통치자는 백성의 세금으로 먹고 사는 만큼 마땅히 백성에게 보답해야 한다."는 『조선경국전』에 나오는 정도전의 말을 새겨 볼 필요가 있겠다.

해체 결정 취소된 영산강 '죽산보'

죽산보는 나주평야 일대 농업 용수 확보 등을 위해 설치되었다. 4대강 보(洑) 중에서 유일하게 선박이 통과할 수 있는 통선문이 있으나, 건설 8년 만에 보 해체가 결정되기도 했다(대통령 직속 국가물관리위원회는 2023년 8월 4일 영산강 보 해체 결정 취소).

죽산보

보가 있는 나주시 다시면 죽산리는 풍수지리상 와우(臥牛) 형국이라고 전하나 이곳 출신 금호그룹의 창업자 박인천은 '거북' 지형이라고 했다. 즉, 거북이가 물속으로 들어가려는 형태로 소요정이 그 머리이며, 돌캐산 다섯 봉우리가 거북의 알이라는 것이다. 동산의 창고 터는 일명 '사석바우'라 한다. 죽산리 죽지 마을에 있는 소요정(逍遙亭)은 전라우수사·함경도북병사·전라좌수사·병조참판 등을 지낸 이종인(李宗仁, 1458년~1533년)이 건립한 정자로, 이종인의 호를 따서 '소요정'이라 이름 붙였다.

화동 마을의 장춘정(藏春亭, 전라남도 기념물 제201호)은 1561년(명종 16년)에 고흥 유씨 유충정(柳忠貞, 1509년~1574년)이 세웠다. 1818년(순조 18년)에 중수를 거쳐 1930년에 다시 중건한 건물로 옛 모습을 잘 보전하고 있다. 장춘정이란 이름은 '겨울에도 시들

장춘정

장춘 유충정 유허비

지 않는 숲과 사시장절(四時長節) 피는 꽃들이 항상 봄을 간직한 듯한 정자'라고 하여 붙여진 이름이다.

　장춘정은 화동 마을의 구릉지에 위치한다. 동남향으로 넓은 들과 마을이 내려다보이며 우측으로 영산강이 흐른다. 정자 주위로는 동백나무 숲과 느티나무, 은행나무 등 노거수가 울창하고 수려한 공간이 조성되어 있다. 장춘정을 중심으로 조선 중기의 성리학자인 기대승(奇大升, 1527년~1572년)의 기문(記文)인 「장춘정기(藏春亭記)」, 송순, 오상, 박순, 임제, 안위, 임억령 등의 「장춘정제영(藏春亭題詠)」이 걸려 있다. 유충정은 1534년(중종 29년)에 무과에 급제하여 부안·강진현감, 김해·장흥·온성부사 등 수령을 지낸 뒤 벼슬을 버리고 향리로 돌아와 강상(江上)에 장춘정을 지었다.

　장춘정을 나오면 강 건너 공산면 산곡리에 있는 '나주영상테마파크'가 멀게 보인다. 이곳은 고구려의 고도를 재현해 놓은 세트장으로 역사체험과 함께 인기 드라마의 촬영장이다.

　조선과 신라는 문화재들이 많이 남아 사극 촬영에 문제가 없는데, 고구려와 백제는 유적이 별로 없어서 종합 세트장이 단양과 나주에 마련되었다. 이 중 나주의 테마파크가 훨씬 크고 왕궁, 도성, 요새는 물론이고, 고대 마을·저잣거리가 다채롭게 조성되어 있다.

부부 금실 상징하는 '자귀나무'

강변으로 서 있는 미루나무는 어릴 적 추억을 소환한다. 미루나무는 미국에서 들어온 버드나무라는 뜻에서 미류(美柳)나무라고도 한다. 옛날에는 까치가 집을 많이 지었다. 이식이 잘 되기 때문에 가로수로 많이 심었다. 한때 목질이 부드러워 나무도시락이나 나무젓가락으로 많이 이용되기도 했다.

미루나무

미루나무 길을 따라가면 황포돛대와 영산강 절경이 볼만한 '석관정'이 있다. 석관정(石串亭)은 1530년(중종 25년) 경 함평 이씨 신녕현감 석관(石串) 이진충(李盡忠)이 지은 정자이다. 1755년(영조 31년) 8세손 이시창(李時昌)이 초가 두어 칸을 세웠다. 「석관정기(石串亭記)」를 비롯한 기문과 시문을 적은 현판이 걸려 있다. 석관은 '돌고지(또는 돌곶)'로, 강 쪽으로 바위가 툭 튀어나온 곳을 의미한다.

석관정

자귀나무

사포나루터는 함평군 학교면 곡창리에 있다. 예전에 '서호(西湖)'라고 불리던 나루터이다. 인근 대곡 마을에는 조선 시대 전라도 수군 지휘본부가 있었다. 조수간만의 차가 심했으나, 1981년 영산강 하굿둑이 축조되면서 해수 유입이 없어졌다. 학교면과 나주시 동강면 사이에 동강대교가 완공되어 교통이 편리해졌다.

동강대교 부근에는 함평천이 흐른다. 함평천 수변광장에서는 해마다 5월 초순에 함평나비대축제가 열린다. 함평천변에 넓게 자리 잡은 함평 우시장은 평균 700여 마리가 사고 팔릴 정도로 규모가 크기 때문에 전라남도의 소값을 좌우한다고 한다. 주변에 민물고기생태관, 용천사, 생활유물전시관 등 관광명소가 있고, 함평천과 고막을 따라 죽암리고분, 마산리 고분군, 금산리 방대형 고분 등과 고조선 시대의 유적인 고인돌 138기가 분포되어 있다. 함평군 학교면의 동쪽은 고막천, 서쪽은 함평천, 남쪽은 영산강에 면해 유역에는 넓은 학교평야가 전개된다.

영산강을 따라 하천부지에는 자귀나무가 많이 자생한다. 콩과식물인 자귀나무는 낮에는 잎이 빗살처럼 떨어져 있지만, 밤이 되면 서로 마주보며 접한다. 그래서 부부의 금실을 상징하는 합환수(合歡樹)라고 하여 부부 침실 앞 정원에 많이 심는다. 나무를 깎고 다듬는 자귀대 손잡이를 만드는 데 사용되기 때문에 '자귀나무'라고 하며, 소가 잘 먹는다고 하여 '소쌀나무'라고 부르는 곳도 있다.

훼철·복설 반복 '자산서원'

함평천교를 지나면 무안군 몽탄면 봉산리다. 봉산리는 사방이 모두 제방으로 둘러싸여 있고, 남쪽으로 신설포나루를 통해 나주시의 넓은 평야와 접해 있는 지역이다.

이곳에 있는 자산서원(紫山書院)은 1589년(선조 22년)에 일어난 정여립(鄭汝立) 모반 사건으로 불리는 기축옥사(己丑獄死)에 연루된 정개청(鄭介淸. 1529년~1590년)이 유배 중 세상을 떠나자 그의 문인들이 스승의 신원운동을 전개하면서 1616년 건립했다. 1678년 조정으로부터 '자산서원'이라는 사액을 받았으나, 계속되는 남인과 서인의 당쟁으로 훼철과 복설(復說)을 되풀이했다.

1868년 흥선대원군의 서원 철폐령에 이르기까지 무려 5차례의 훼철을 당했다. 이 과정에서 그에 대한 포폄(褒貶)도 기복을 겪는다. 호남지방의 사류들이 다수 이

자산서원 대도문(외삼문)

곤재 우득록 목판　　　　　　　　　　　자산서원묘정비

분쟁에 관련되어 조선 후기 정치사의 전개 과정을 이해하는 데 매우 중요한 쟁점을 제공하고 있다. 전라남도 유형문화재(제146호)로 지정된 정개청 문집 『우득록(愚得綠)』 목판이 소장되어 있다.

곤재 우득록 목판(困齋愚得錄木版)은 곤재 정개청의 문집을 널리 간행하기 위해 1689년(숙종 15년)에 왕의 특명으로 시작되어 1692년(숙종 18년)에 완성된 목판이다. 목판은 감나무를 기름에 튀긴 특재(特材)라고 한다. 우득록은 본편 3권과 부록 2권 등 총 5권으로 모두 334편의 글이 실려 있다. 이 목판은 원래 총 108매로 만들어졌으나, 현재는 48매만 전한다. 이 책은 호남 사림의 동향과 인맥을 살피는 데 귀중한 자료로 평가된다.

나주에서 태어난 정개청은 일찍이 서경덕(徐敬德)의 문하에서 공부했고, 이후 보성의 영주산사에 들어가 유학, 천문지리, 약학, 산수, 역학 등을 공부했다. 41세에는 지금의 제동 마을에 윤암정사(輪巖精舍)를 짓고 학자들과 교류하며 후학 양성에 전념했으며, 1590년 기축옥사로 함경도 경원 아산보(阿山堡)에 유배되었다가 병사했다. 서원에는 정개청과 그의 동생 정대청(鄭大淸)을 배향하고 있다.

무안 사람들은 영산강을 '사호강' 또는 '곡강'이라 한다. '사호강(沙湖江)'은 가뭄에 물이 말라 모래사장처럼 변한 모습을 말하는 것 같다. 범람이 잦았다는 것은 비옥한 농토라고 할 수 있지만, 바꿔 말해 홍수와 가뭄 등으로 잦은 피해가 있다는 지형이다. 실제로 최근까지 영산강은 국내의 대표적인 수해 지역이었다. 또 다른 이름인 '곡강(曲江)'은 사행천(蛇行川)처럼 곡선을 이룬다는 뜻 같다.

잠시 휴식하라…'식영정'

식영정이 있는 몽탄면 이산리는 영산강이 굽이도는 U자형의 움푹 파인 곳에 자리한다. 강 건너편 나주시 동강면 옥정리의 느러지전망대에서 바라보면 곡강을 따라 한반도 지형을 볼 수 있는 곳으로, 영산강 자전거길 따라 펼쳐지는 예쁜 수국도 인상적이다. 느러지전망대의 '느러지'는 이곳에 흐르는 영산강이 나주평야를 지날 때 강폭이 넓어져 유속이 '느려져'서 부른 이름 같다.

곡강의 매력에 빠져 정자를 세운 이가 있으니 한호(閒好) 임연(林煉, 1589년~1648년)이다. 그가 세운 식영정(息營亭)은 영산강의 대표적 굽이인 몽탄노적에 자리한다. 몽탄노적(夢灘蘆笛)은 '곡강을 휘돌아 흐르는 여울소리가 마치 꿈속에서 갈대가 피리가 되어 소리를 내는 것과 같다'는 뜻으로 해석해 본다.

식영정

무안의 식영정(息營亭)은 '열심히 일 하다가 잠시 휴식을 취하라'는 뜻 같다. 정자 안쪽에는 '鳶飛魚躍(연비어약)'이라는 편액이 걸려 있다. 이는 '솔개가 날고 물고기가 뛴다'는 것으로, 만물이 저마다의 제자리를 얻고, 자연 만물이 순리대로 움직인다는 뜻이다. 이는 '시경'에 나오는 말로 세상의 모든 존재가 자연의 순리대로 각각 제자리를 얻어 살아가는 것을 의미하며, 군왕의 덕행과 교화가 널리 영향을 끼치는 것을 의미하기도 한다.

무안 식영정은 임연이 1630년에 무안에 입향(入鄕) 이후 강학소요처로 지은 정자로, 영산강[이호(梨湖)]과 그 주변의 경관과 어울려 많은 시인 묵객들이 찾은 곳이다. 임연의 증손으로 역사서인 『동사회강(東史會綱)』을 지은 문인학자인 노촌(老村) 임상덕(林象德, 1683년~1710년)이 제현(諸賢)과 교류하는 등 이곳의 나주 임씨 강학교류 공간이기도 했다.

1643년 임연이 지은 『복거록(卜居錄)』에는 정자를 짓고 나무를 심었다는 기록이 있는데, 혹시 식영정에 있는 푸조나무와 팽나무가 아닌가 한다. 푸조나무와 팽나무는 똑같이 수령이 510년이고 보호수로 지정되어 있다.

푸조나무나 팽나무는 쌍떡잎식물 쐐기풀목 느릅나무과의 낙엽교목이다. 푸조나무는 연하면서도 단단해 저울자루·절구·세공재 등 귀한 용도로 쓰였고, 팽나무는 오래전부터 우리 인간에게 신목(神木)으로 인식되었던 민족 식물이다.

팽나무는 우리나라 중남부 지방의 온화한 마을 어귀나 중심에서 마을 나무와 당산 나무로 자리 잡아 전통 민속 경관을 특징짓는 대표 종으로, 마을의 안녕과 풍요를 기원하는 신성한 공간인 당집과 함께 있는 경우가 많다. 특히 팽나무 열매는 새들의 먹이로 유용해 '생명 부양 나무'의 역할을 한다.

몽탄노적 곡강이 감싸고 흐르는 몽탄 식영정을 나와 하류로 조금 내려가면 대치천과 약곡천이 영산강과 합류하는 지점에 석정포가 있다. 대치천은 무안군의 마협봉 동쪽 산록 일대에서 발원하여 동남쪽으로 흘러 영산강으로 합류하는 지방 하천이다. 약곡천은 무안군 몽탄면 약곡리에서 발원하여 몽강리 영산강으로 합류한다.

푸조나무

몽탄면의 '몽탄(夢灘)'이란 지명은 고려 왕건이 후백제를 공략하다가 현 나주 동강면으로 퇴각했으나, 영산강이 막혀 건너지 못하고 있던 중 꿈에 백발 노인이 나타나 앞의 호수는 강이 아니라 여울[灘]이니 빨리 건너라고 해서 현재의 몽탄나루를 건너 견훤군과 싸워 대승을 거둬서 몽탄이라 부르게 되었다.

몽탄면 몽강리 일원은 조선 후기부터 1970년대까지 옹기와 질그릇을 생산하던 주요 도요지로, 백자와 분청사기를 만들어 왔다. 1960년대에는 마을 주민 약 90여 호가 옹기 생산에 참여했고, 4개의 가마와 7개의 공방이 운영되었다. 이곳에서 생산되는 옹기 등은 배편으로 전국 각지에 판매되었다. 점토와 고령토를 강 건너 나주시 동강면에서 들여왔는데, 원료와 완제품이 완벽하게 유통되는 요충지가 바로 석정포나루였다.

농촌 마을인 몽강리는 영산강의 풍부한 물줄기 영향으로 기름진 땅을 갖고 있

팽나무

다. 자연마을로 신촌, 언동, 청수동 마을이 있다. 신촌 마을은 질그릇의 적지라고
하여 '점촌(店村)'이라 불렸으나, 후에 신촌으로 지명이 바뀌었다. 언동 마을은 따뜻
한 곳이라고 '온동(溫洞)'이라고 불리던 것이 변음되어 언동(彦洞)이 되었고, 청수동
은 이곳의 물이 맑고 푸르다고 하여 붙여진 이름이다.

영산강 역사 간직한 '반남 고분군'

몽탄대교를 건너 나주시 반남면 고분군으로 이동한다. 영산강 유역을 포함한 나주와 함평·무안지방에 널려 있는 고분 등의 유적이 발굴되는 것을 보면 단군조선 이전의 배달조선 역사를 보는 것 같다. 반남면에는 자미산성 주변의 대안리, 신촌리, 덕산리에 고분들이 널려 있다. 반남(潘南) 지역은 반남 박씨 본향이다.

자미산성(紫薇山城)은 백제 산성 가운데 대표적인 테뫼식 산성이다. 성 안에는 건물터와 샘터, 그리고 세 군데 문의 터가 있다. 백제 시대부터 후대에까지 중요한 산성 구실을 했는데, 삼별초군이 이곳에 주둔했었고, 고려가 세워지기 전에 태봉국의 왕건과 후백제의 견훤이 여기서 싸움을 벌였다고 한다. 주변에 널린 고분들은 삼국 시대, 이 일대에 상당한 세력을 가진 집단이 살았음을 짐작하게 한다.

자미산성(전라남도 기념물 제88호)은 북쪽으로 10km쯤 되는 곳에 나주 회진성(羅州會津城)이 있고, 남쪽으로 월출산, 서쪽으로 영산강이 둘러싸고 있으며, 동쪽은 넓은 평야를 건너 건지산 한치재와 덕룡산 덕룡재를 연결한 크고 작은 구릉들이 영

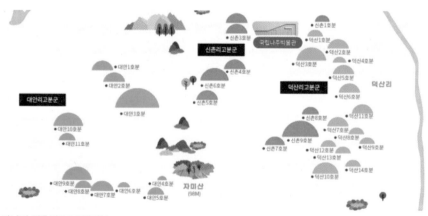

반남면 신촌리 고분 배치도

신촌리 고분군

신촌리 고분 옹관

암 국사봉으로 이어져 있어 대평원의 천연 요새를 연상케 한다. 이 지역은 영산강 유역과 남서해안 지역으로 통하는 요충지에 해당한다. 성은 말안장 모양의 산등성이에 흙으로 쌓은 뒤 돌로 보강하는 형식으로 축조되었다.

반남면에 흩어져 있는 고분들은 대부분 원형이거나 윗부분이 잘린 피라미드 형태이다. 신촌리 6호분이나 덕산리 2호분처럼 앞이 네모지고, 뒤가 둥근 형태[전방후원분(前方後圓墳)]도 있다. '전방후원' 사상은 고대 우리 조상들의 '하늘은 둥글고 땅은 모지다'라는 우주관이기도 하다. 무덤은 대개 땅 위에 거대한 봉분을 쌓아올린 후 그 꼭대기에서 2~3m 내려간 곳에 여러 개의 독널[옹관(甕棺)]을 묻은 것들로, 가족과 같이 가까운 사람들을 차례로 묻은 공동 묘다. 이때 쓰인 독들은 일반적인 독이 아니고 독널용으로 따로 만들어진 것인데, 길이가 1m에서 1.7m 가량 된다. 주로 두 개의 독을 이은 것들이다. 두 독 가운데 큰 독에 머리 쪽을 넣고 다리 쪽에 작은 독을 씌웠으며, 두 독의 이음새에는 진흙을 발랐다. 독 안과 옆에는 장신구나 무기, 단지 등의 껴묻거리를 묻었다.

반남고분군 바로 앞에는 국립나주박물관이 있다. 국립나주박물관은 영산강 유역에 남아 있는 고고자료를 보존·전시하며, 호남 지역 발굴 매장 문화재에 대한 수장고의 기능을 수행하기 위해 도심이 아닌 전원 속에 건립되었다. 국립나주박물관은 첨단 기술을 문화 영역에 접목한 새로운 개념의 열린 문화 공간이다. 국내 박물관 최초로 스마트폰의 NFC기술(접촉식 무선통신)을 이용한 전시안내시스템을 전시실 전관에 도입했다.

600년 이상 홍어 거래된 '영산포'

영산강 물길 따라 걸으면서 영산포를 빼놓아서는 안 될 것이다. 영산강의 명칭은 중류에 위치한 나주와 영산포에 의해 변화되었다. 나주는 신라 후기 때 '금성(錦城)'으로 불리웠기 때문에, 당시에는 영산강을 '금천(錦川)' 또는 '금강(錦江)'이라 했고, 나루터는 금강진(錦江津)이라 했다. 고려 시대에 신안군 흑산면에 속한 영산도(永山島) 사람들이 왜구를 피해 나주 남쪽의 강변에 마을을 개척한 후 그곳을 영산포(榮山浦)로 부르게 되었고, 조선 시대 초기 영산포가 크게 번창하자 강 이름도 '영산강'으로 바뀌게 되었다고 한다.

영산강은 섬진강보다 길이와 면적이 작지만, 유역이 우리나라 서남부의 핵심 지역을 포함하고 있기 때문에 4대강으로 취급한다. 영산강 유역 내에는 영산강 본류를 포함하여 황룡강, 지석천, 고막원천, 함평천 등 5개 하천 구간과 영산강 본류의 최상류, 황룡강의 상류, 광주천 등 168개의 하천 구간으로 구성되어 있다.

영산포 홍어거리

홍어회와 삶은 돼지고기   홍어애

고려 시대부터 영산포에는 조창(漕倉)이 설치되어 물자 수송의 중심지였으며, 전라도 남부의 쌀이 이곳 영산강의 수운을 이용하여 다른 지방으로 수송되었다. 영산강 유역은 선사 시대 때부터 사람이 거주한 곳으로, 고조선 청동기 시대의 고인돌과 무문토기들이 이곳에서 발견되었다. 백제 시대의 옹관묘 군집들이 강 하류 지역에서 발견되고 있다. 강 유역의 기름지고 넓은 들판에서 나는 물산들과 바다에서 오는 물자들로 영산포는 일제 강점기까지 물자 교역의 중심지였다.

오늘 일정 중 영산포를 마지막으로 잡은 것은 '톡 쏘는 바로 그 맛, 삭힌 홍어 맛'을 보기 위해서다. 영산포는 고려 말부터 600년 이상 흑산도 홍어가 거래되어 온 홍어의 본향이다. 흑산도 홍어가 영산포까지 배에 실려 오는 동안 자연 숙성된 삭힌 홍어는 톡 쏘는 독특한 맛과 암모니아 냄새를 매력으로 사람들의 입맛을 사로잡았다. 삶은 돼지고기와 묵은 김치를 곁들이면 '홍어삼합'이 된다. 처음 적응할 때 고비지만 몇 번 먹다 보면 어김없이 홍어의 독특한 맛에 푹 빠져든다.

유채꽃으로 노랗게 물든 4월 영산교 아래 강변에서 홍어축제가 열린다. 1981년 하굿둑이 막힌 후 뱃길이 끊겨 '불 꺼진 항구'가 되었으나, 홍어와 젓갈 집산지로서의 유명세는 계속 이어지고 있다. 전라도 사람들은 상다리가 휘어질 정도로 음식을 차려도 홍어 없으면 잔칫상으로 인정하지 않았다고도 한다 .
영산강 수운의 주인공이었던 황포돛배는 유람선이 되어 선착장에서 손님을 기다리고, 국내 유일의 내륙 등대인 영산포 등대는 외롭다. 선착장 위로는 솟대가 하늘을 찌른다.

방치 저수지의 변신 '무안 회산 백련지'

어젯밤은 암모니아 냄새가 톡 쏘는 홍어 맛에 취해 숙면을 취했다. 조반을 마치고 무안군 일로읍 회산 백련지를 향해 오늘 일정을 시작한다.

일로읍은 전라남도 무안군의 남부에 위치한다. '일로(一老)'라는 이름은 1172년 (고려 명종 2년) 무안현 초대 현감 나자강이 시찰 중 일로 마을을 지나다 길이 좁아 '노인 한 명밖에 다닐 수 없었다'고 해서 붙여진 지명이라 한다.

무안군 일로읍 복용리 회산 마을에는 회산 백련지(回山白蓮池)가 있다. 이 연못은 일제 강점기인 1930년대 조상들의 피땀으로 2개 저수지를 합해 복룡지라는 이름으로 축조되었으나 1981년 영산강 하굿둑이 완공되면서 저수 기능을 상실하고 연못으로 방치되었다. 연꽃으로 사람들이 몰려오자 회산 마을의 '회산(回山)'이 '세상 기운이 다시 모인다'라는 뜻으로 인구에 회자되고 있다.

무안 회산 백련지

회산 백련지

백련

　방치되었던 저수지가 아름다운 연꽃 공원으로 된 것은 한 농부의 꿈에서 시작되었다. 고인이 된 정수동 씨는 1955년 여름 무렵 "하늘에서 열두 마리의 학이 저수지에 내려앉는 꿈을 꾸었는데, 하늘에서 내려와 앉은 학의 모습이 마치 백련이 피어 있는 것과 비슷했다"고 한다. 그는 다음 날 동네 아이들이 주워 온 연뿌리 열두 주를 저수지 가장자리에 심고 정성껏 백련을 가꿔 지금의 대규모 군락지가 탄생했다는 것이다.

　실제로 저수지 수면이 점차 낮아져 연꽃 자생에 적절한 환경으로 바뀌면서 백련이 급속히 번지기 시작하며 드넓은 수면에 가득 찼다. 1997년 연꽃축제를 시작하면서 '백련지'라는 이름으로 바꾸었으며, 동양에서 가장 큰 백련 서식지로 자리 잡았다. 꽃이 일시에 피어나는 홍련과는 달리, 백련은 7월부터 연잎이 덮이기 시작하여 3개월 동안 연못을 가득 메운다. 최근에는 충청 지방 이남에서 멸종된 것으로 알려진 가시연꽃 군락이 발견되어 학계의 관심을 끌고 있다.

　백련교가 연못을 가로지르고 있고, 다리 중간에 높이 1m의 전망대가 3개 있으며, 연못에 서식하는 청개구리 등의 조형물을 만들어 찾아오는 사람들의 재미를 북돋운다. 백련을 비롯해 수련, 가시연꽃, 왜개연꽃, 개연꽃, 홍련, 애기수련, 노랑어리연꽃, 어리연꽃 등 30여 종의 연꽃과 50여 종의 수중 식물과 수변 식물들이 자라고 있다. 연꽃은 더러운 물속에서 맑고 향기로운 꽃을 피운다. 불가(佛家)에서는 연꽃의 이런 특성이 불교의 근본적인 가르침과 같다고 하여 불교를 상징하는 꽃으로 여겨 연꽃을 '만타라화(曼陀羅花, 부처가 설법할 때 하늘에서 내려온다는 꽃)'라 부른다.

　연꽃은 모든 진리의 완성을 뜻하는 것으로, 심청이의 연꽃 환생은 '효의 완성'을 의미한다. 그래서인지 부처의 좌대인 연화대에 연꽃이 새겨져 있다.

농작물 대신한 '태양광 집열판'

　항상 다음 일정은 현재의 머무름을 용납하지 않는다. 영암군 학산면 은곡리 석포 마을에서는 송엽국이 활짝 피어 아쉬운 마음을 달래 준다.

　송엽국(松葉菊)은 상록 다육 다년초로 꽃 색의 화려한 아름다움에 발길이 저절로 멈출 정도로 눈부시다. 원산지는 남아프리카의 케이프타운 주 서북부 일대에 분포하며, 약 200종 이상 있다고 한다. 시중에서 쉽게 구입할 수 없기 때문에 일반적이지는 않으나, 노지 들판에서 채집하면 이용 가능하다.

　무안의 회산 백련지에서 바로 영암 지역으로 방향을 바꾸는 바람에 무안에 대한 고찰이 적었던 것이 사실이다. 사실 무안은 전남 지방의 젖줄인 영산강을 안고 있는 비옥한 곡창지대지만 목포와 이웃해 있어 존재감이 떨어지는 면이 있다.

송엽국

영산강 무영대교

많은 사람들은 전남 도청이 무안의 남악신도시에 있으나, 목포에 있는 것으로 착각한다. 남악신도시가 목포 시내와 접해 있고, 전남 도청을 가기 위해서는 목포 시내를 경유해야 하기 때문이다.

남도의 곡창지대를 적시며 흘러 온 영산강은 바다로 흘러들기 직전에 무안 땅을 촉촉이 적시며 토양을 살찌운다. 하천 길이가 짧은 강이지만 무안에서 목포로 이어지는 강 폭은 믿기지 않을 정도로 수량이 많아 서울 한강과 별 차이가 없어 보인다. 풍성한 들판과 강물을 함께 볼 수 있는 길이 무안에 다 있는 것 같다. 이렇게 넓어진 영산강 옆으로 아득히 둑길이 뻗어 있는데, 이것이 들판과 강물을 함께 볼 수 있는 정겨운 흙길 '남도 삼백 리 길'이다.

영암군은 진산(鎭山)인 월출산에 있는 바위 이름에서 유래되었다. 산 위에 움직이는 바위라는 뜻의 동석(動石) 3개가 있었는데, 중국 사람이 이 바위들을 산 아래로 떨어뜨리자 그 가운데 하나가 스스로 제자리로 올라왔다고 한다. 그 바위 때문에 큰 인물이 많이 난다고 하여 '영암(靈巖)'이라고 했는데, 고을 이름도 영암이라고 했다 한다. 삼포강, 영암천, 도갑천, 송계천 등의 하천이 영산강으로 흘러들어 평야를 형성하고 있다.

학산면은 특이하게 영암군 서부에서 남동부에 길게 걸쳐 있는 면으로 동쪽은 강진군 성전면, 서쪽은 삼호면, 남쪽은 미암면 및 해남군 계곡면, 북쪽은 군서면과 서호면이 접하고 북서쪽은 영산강 하구인 영산호에 면한다. 동쪽의 흑석산에서 발원한 망월천과 동부 산지에서 발원한 화송천이 각각 관개용수를 공급하면서 북류하여 영산강으로 유입한다.

은곡리는 서쪽으로는 영산강이 흘러 선착장이 있으며, 동쪽으로는 산지로 이뤄져 있다. 자연마을로는 석포, 신정굴, 음지, 이구산 등이 있다. 석포는 이구산 서쪽에 있는 마을로 앞에 개[浦]가 있었다고 하여 석포(石浦)라고 했다. 숭어가 많이 나와 나라에 진상했다.

태양열 집열판

502

이구산은 은곡 서북쪽 산 밑에 있는 마을로 비구니가 살았다고 하여 '이구산(尼丘山)'이라고 했다. 신정굴은 석포 북쪽, 들 건너에 새로 된 마을이라 하여 신정굴이라고 한다. 음지 마을은 은곡의 응달 쪽에 있어 음지라고 한다.

석포 마을은 평지에 형성되어 있으며, 산이 있는 동쪽을 제외하면 대부분 기름진 농경지로 넓게 이뤄져 있다. 농경지에는 농작물 대신 태양광 발전시설의 집열판이 빼곡히 들어서 있다. 이렇게 기름진 땅에 태양광 집열판을 꼭 설치해야 했을까? 일손이 턱없이 모자라 농사짓는 것보다 더 효율적이고 이익이 많아서 선택한 일인지는 모르겠지만, 그리고 아무리 청정한 대체에너지가 필요하다고 해도 용도 외 사용은 납득하기가 좀 어렵다.

하류 쪽으로 내려가는데 망월천이 가로막는다. 상류로 올라가 망월천교를 건너면 영암군 삼호읍 산호리다. 망월천은 영암군 학산면에서 발원하여 삼호읍에서 영산강과 합류하는 하천이다. 망월천이라는 이름은 미암면 채지리 망월정(望月亭) 마을에서 유래했다. 망월천 제방에서 자생하는 복분자 산딸기가 발목을 잡는다.

삼호읍은 영암군에서 서쪽으로 길게 뻗은 반도 모양의 지형으로 일반 농산물과 무화과를 많이 재배하는 지역이다. 김 양식이 활발하며 낙지가 주요 어획물이다. 나불리~목포시 삼향동 간의 영산강 하구둑으로 국도가 통하며, 목포시에 면한 해안 일대에 대불방조제가 있고, 대불국가산업단지가 자리한다. 문화재로는 서창리, 용앙리, 망산리, 서호리, 난전리 등에 지석묘군이 있다.

영산강 하굿둑 건설의 '명암'

2008년 1월 당시 이명박 대통령 당선인이 작업에 방해되는 전봇대 2개를 뽑아내면서 더 유명해진 대불산업단지는 영암군 삼호읍 일대에 있다. 1997년부터 입주가 시작되어 가동됐으나, 처음에는 부지 매각이 잘 안 되어 분양 가격을 30% 할인하는 등 활성화 방안을 꾀했다. 한라중공업을 인수한 현대삼호중공업의 입주로 인하여 관련 중소기업을 유치하면서 지역 경제에 활성화를 촉진하는 계기가 되었다.

대불공단이 있는 영암군 삼호읍 나불리에서 목포시 옥암동 영산강 하구를 가로질러 막은 둑이 영산강 하굿둑이다. 이 둑은 영산강 유역 대단위 농업개발계획 핵심사업으로 1981년에 완공됐으나, 최근 기후변화로 증가된 홍수량을 안전하게 조절하기 위한 대책이 필요하여 2014년 영산강 하구둑 구조개선사업을 통해 배수갑문을 확장하고 경관을 개선했다. 둑에는 8련(八連)의 배수갑문이 설치되어 있다.

30t급 선박이 드나들 수 있도록 통선문(通船門)이 설치되어 있고, 하굿둑 위에는 포장도로가 개설되어 목포~영암 간을 쉽게 왕래할 수 있다. 이 하굿둑의 건설로 거대한 인공호인 영산호가 형성되어 영산강 하구 일대의 농경지에 농업용수를 공급하고, 거대한 새로운 농경지가 조성되었다.

영산강 하굿둑

영산강 하굿둑 배수갑문　　　　　　　　하굿둑 배수갑문 표지석

　원래 영산강 유역은 우리나라의 주요 곡창지대임에도 불구하고 홍수와 갈수 때 하천 유량 차이인 하상계수(河狀係數)가 1:682로 매우 커서 수해와 가뭄이 극심했다. 하굿둑이 건설된 이후에 가장 큰 이점은 농토 확대와 더 이상 하천이 범람하지 않는다는 것이다. 목포시와 영암군이 도로로 연결되어 교통이 편리해졌으며, 수자원 확보도 대폭 증가했다.

　그러나 하굿둑 건설로 인해 영산강 수질은 계속 심각하게 악화되어 왔고, 영산호의 수위는 토사가 쌓여 점점 올라가고 있다. 강의 폭이 줄어들고, 하구에 펼쳐져 있던 갯벌이 감소한다고 한다. 하굿둑이 생긴 이후 교통량이 대폭 증가하여 교통 체증도 이만저만 아니라고 한다. 이러한 자연환경의 변화는 우리에게 어떤 영향을 미칠지 걱정이 앞선다.

　영산강 하굿둑에 들어섬으로서 담양군 용면 가마골 용소에서 시작한 '영산강 물길 따라' 총150㎞의 여정은 끝났다. 원래 영산강 하구는 하굿둑에서 7㎞ 더 내려가야 하나 하굿둑으로 물길이 막혀 줄어들었다. 영산강의 물길을 따라 걸어오는 동안 주변을 꼼꼼히 챙겨 보려 했으나 주어진 환경과 시간은 여유롭게 허락하지 않았다. 그래도 '영산강 8경'을 유유자적하며 흐르는 물길에 세월을 띄워 보내는 재미도 쏠쏠했다.

부자(父子) 전설 깃든 '갓바위'

'영산강 물길 따라 걷기'를 마치며 덤으로 하굿둑에서 가까운 목포의 다른 명소를 더듬어 본다. 우선 출렁거리는 평화교를 건너 '연인의 거리'를 따라 갓바위로 향한다. 천연기념물(제500호)로 지정된 목포 갓바위는 서해와 영산강이 만나는 강의 하구에 위치한다. 오랜 기간에 걸쳐 풍화작용과 해식작용을 받아 만들어진 풍화혈(風化穴, tafoni)이다. 갓바위 일대는 저녁노을이 비치는 바다와 입암산의 절벽에 반사되는 노을빛이 아름다워 일찍이 '입암반조(笠岩返照)'라고 했다.

한 쌍으로 이뤄진 갓바위에는 몇 가지 전설이 전해진다. 옛날에 병든 아버지를 제대로 봉양하지 못한 아들이 돌아가신 아버지를 양지바른 곳에 모시려다 실수로 관을 바다에 빠뜨리고 말았다. 불효를 저질러 하늘을 바라볼 수 없다며 갓을 쓰고

갓바위

목포문학관

자리를 지키던 아들도 그 자리에서 죽고 말았는데, 훗날 이곳에 두 개의 바위가
솟아올라 큰 바위는 '아버지 바위', 작은 바위는 '아들 바위'라 부르게 되었다고 전
해진다.

이는 바위의 모양이 아버지와 아들이 나란히 삿갓을 쓴 사람의 모양 같아서 유
래한 것 같다. 또 하나는 부처님과 번뇌를 끊고 세상의 이치를 깨달은 성자 아라
한이 영산강을 건너 이곳을 지날 때, 잠시 쉬던 자리에 쓰고 있던 삿갓을 놓고 간
것이 바위가 되어 이를 '중바위(또는 '스님바위')'라고 부른다는 이야기가 있다.

갓바위는 두 개로 이루어져 있다. 크기는 큰 것이 8m고, 작은 것이 6m 정도다.
목포8경의 하나이며, 2008년 4월에 영산강변을 따라 해상보행교가 설치되어 있어
바다 위에서도 감상할 수 있다. 물 위에 떠 있는 보행교의 길이는 298m이며, 밀물
때 약 1m 정도 올라왔다가 썰물 때에는 바닷물을 따라 내려가는 부교(浮橋)로 되
어 있다. 주변에 '목포문학관'이 있다.

목포문학관까지의 거리는 약 1㎞ 남짓으로 갓바위산 아래로 '갓바위 근린공원' 이 조성되어 있고, 해안 쪽으로는 국립해양문화재연구소와 목포문화예술회관 등 이 자리하고 있다. 산비탈 쪽으로는 문예역사관, 목포자연사박물관, 목포도자생 활박물관, 남농기념관 등이 있다. 맨 끝에 소설가 박화성, 극작가 김우진·차범석, 문학평론가 김현 4인의 삶과 문학을 기리는 유품, 친필 원고, 서적 등을 소장 및 전 시하는 목포문학관이 있다.

목포문학관은 1991년 목포시 대의동에 개관한 박화성문학기념관이 그 전신이 다. 박화성문학기념관이 용해동 갓바위 문화타운으로 이전하면서 김우진, 차범석, 김현 3인을 추가로 확장한 것이 목포문학관이다.

소설가 박화성(朴花城, 1903년~1988년)의 본명은 경순(景順), 화성은 아호이자, 필명이 다. 목포에서 태어나 12세 때 목포 정명여학교를 졸업하고 서울 숙명여고보를 거

차범석

쳐 1926년 한국 여성으로는 최초로 일본여자대학교 영문학부에 입학했다. 21세 때 최초의 단편소설 「팔삭동」을 《자유예원》에 발표했고, 이광수의 추천을 받아 1925년 《조선문단》에 「추석전야」로 문단에 데뷔했다. 목포시문학상, 한국문학상, 대한민국예술원상, 3·1문화상 등을 받았다.

극작가 차범석(車凡錫, 1924년~2006년)은 목포공립보통학교를 졸업하고, 광주서중학교와 광주사범학교를 거쳐 1966년 연희전문학교(현 연세대학교) 영문과를 졸업했다. 1955년 《조선일보》 신춘문예에 희곡 「밀주」가 가작 입선되고, 1956년 같은 신문에 「귀향」이 당선됨으로써 본격적인 창작활동을 시작했다. 한국전쟁을 겪은 전후 문학 세대로서 사회 현실에 대한 풍자와 비판 의식이 강한 작품을 주로 발표했다.

극작가 겸 시인인 김우진(金祐鎭, 1897년~1926년)은 당시 장성군수였던 아버지 김성규의 장남으로 태어나 목포에서 활동했다. 한국 연극의 개척자였다. 시는 표현적 자유와 표현의 창조를 강조하면서, 다른 길을 걸었다. 한 개인의 삶 속 절망적인 내면적 상황을 낭만적으로 노래하는 듯이 표현했다. 최초의 소프라노 가수 윤심덕과 일본 유학 중 사랑에 빠져 현해탄에서 동반 자살했다는 설이 있다.

평론가 김현(金炫, 1942년~1990년)은 본명이 광남(光南)으로 진도에서 태어났다. 서울대학교와 동 대학원 불문과를 졸업하여 1971년 서울대학교 전임강사가 된 뒤 1990년까지 불문과 교수로 재직했다. 1962년 평론 「나르시스의 시론(詩論)」으로 문단에 데뷔했다. 프랑스의 현대문학과 사상, 특히 실존주의 사상의 영향을 받아 실존적 정신분석 방법에 비평의 기초를 두었다. 한국문학사에도 관심을 기울였으며, 1989년에 제1회 팔봉비평문학상을 수상했다.

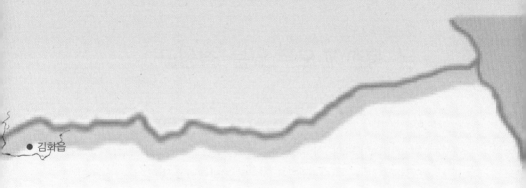

● 김화읍

한탄~임진강 물길

한탄강 : 강원도 평강에서 발원
한탄강 : 철원 김화읍 도창리 ~ 금강산 발원(화강 합류)
한탄강 : 김화읍 도창리 ~ 갈말읍 군탄리(용화천 합류)
한탄강 : 갈말읍 군탄리 ~ 포천시 영북면 소화산리(부소천 합류)
한탄강 : 영북면 소화산리 ~ 포천 배개용암(영평천 합류)
한탄강 : 포천 배개용암 ~ 연천군 청산면 초성리(신천 합류)
한탄강 : 연천군 청산면 초성리 ~ 연천군 군남면 남계리(차탄천 합류)
임진강 : 군남면 남계리 ~ 전곡읍 도감포(한탄강 합류)
임진강 : 전곡읍 도감포 ~ 파평면 금파리(눌노천 합류)
임진강 : 파평면 금파리 ~ 문산읍 내포리(갈곡천 합류)
한　강 : 문산읍 내포리 ~ 탄현면 성동리(임진강 합류)

한탄강과 임진강(1)
남·북한에 모두 있는 '철원군'

예부터 철(鐵)이 많이 나와 '쇠둘레'라고 불렸던 철원은 궁예가 태봉(泰封)국을 세우고 도읍으로 정했던 곳이다. 궁예는 정치적 기반이었던 송악(지금의 개성)의 호족들로부터 벗어나 미륵정토(彌勒淨土)를 꿈꿔 왔고, 개혁 군주로서 새로운 삼한일통(三韓一統)을 계획했다. 하지만 부하인 왕건을 비롯한 호족들에게 쫓겨나 비참한 최후를 맞이한 곳이 철원이다.

철원군은 강원도 북서부에 위치한 군으로 한반도의 중앙부에 위치한다. 조선 시대에는 강원도 서북부를 아우르는 중심지였으며, 일제 강점기에는 철도(경원선)와 도로가 교차하는 교통의 요지였다.

정자연 부근 '한탄강'

현재 철원군

한탄강 협곡

철원군 전 지역이 38선 이북에 위치하여 광복 직후에는 북한 관할로 들어갔고, 한국전쟁 중에는 이 지역을 가로질러 군사분계선이 그어져 군역(郡域)이 남북으로 분단되었다. 현재 철원군은 남·북한 양쪽 모두 군으로 행정구역을 설정하고 있다.

철원군은 한국전쟁으로 인접한 김화군의 수복 지역과 통폐합이 이루어져 행정 구역의 변동이 심했다. 남한 지역을 기준으로 현재 강원도 철원군에는 철원읍, 동 송읍, 갈말읍, 김화읍 등 4개 읍과 서면, 근남면, 근북면, 근동면, 원남면, 원동면, 임 남면 등 7개 면이 설치되어 있다. 이 가운데 강원도 철원군 철원읍, 동송읍, 갈말읍 은 한국전쟁 이전 구 철원군 지역이고, 김화읍과 7개 면은 과거 강원도 김화군에 속했던 지역이다.

임진강의 지류인 한탄강은 휴전선 넘어 강원도 평강군 추가령 계곡에서 발원하 여 한국전쟁 때 '철의 삼각지'로 동족 간에 격전을 벌였던 평강·김화·철원을 거쳐 포천 일부와 연천의 전곡에서 임진강으로 흘러드는 강이다. 화산 폭발로 만들어진 추가령의 특성상 좁고 긴 골짜기를 지나면서 용암대지를 침식하며 흘러 절벽과 협 곡이 국내 어느 하천보다 잘 발달되어 있다.

여울 깊어 위험한 '한탄강'

'추가령구조곡(楸哥嶺構造谷)'은 강원도 원산에서부터 서울까지 남서 방향으로 놓여 있는 지구대(地溝帶)로 마식령과 철령산 줄기 사이에 있는 협곡이다. 두 산줄기가 융기 되고, 그 사이의 좁고 긴 구역이 내려앉는 등 여러 차례 구조 운동과 중생대 화강암이 강물로 인한 오랜 기간에 걸친 침식작용에 의해 이루어졌다.

예로부터 서울과 원산을 사람들이 왕래하는 통로였다. 예전에는 경원선이 개통되어 소통이 활발했으나, 지금은 가로막혀 남북으로 갈라져 있다.

'한탄강'이란 이름의 유래는 궁예가 부하인 왕건에게 쫓기다 흘린 눈물이 강이 되어 흘렀다는 설과, 한국전쟁 때 철원평야를 빼앗겨 김일성이 한없이 울어서 되었

한탄강 여울

한탄강 주상절리길(한여울길)　　　　　　지뢰밭 표시

다는 코미디 같은 이야기도 있다. 현무암층과 주상절리대가 발달된 곳으로, 여울
(灘)이 깊어 '한 여울' 또는 '큰 여울'로 불리다가 한탄강이 되었다는 이야기가 더 설
득력이 있다. 소리 나는 말처럼 되어서 그런지 휴전선이 놓이고, 동족이 원수처럼
맞대어 있는 '한탄(恨歎)'스런 지역이 되었다는 자조(自嘲)도 있다.

　　그래서인지 '지뢰' 붉은 팻말은 더 이상 북으로 접근하는 것을 막아 버린다. 할
수 없이 오늘의 첫 일정은 한탄강변 정자연 부근에서 천지신명의 보호가 있기를 간
절히 바라는 마음으로 고유제(告由祭)부터 지낸다.

　　한탄강의 남쪽 최북단인 철원군 갈말읍 정연리에 있는 정자연(亭子淵)은 남한 지
역 한탄강의 최상류며, 주상절리 절벽과 강물, 그리고 강변의 푸른 숲이 어우러진
곳으로, 광해군 때 강원도관찰사를 지냈던 월담(月潭) 황근중(黃謹中) 때문에 유명
해진 곳이기도 하다. 황근중은 인조반정(仁祖反正)으로 관찰사를 그만두게 되자 고
향에 내려와 한탄강이 내려다보이는 현무암 절벽 위에 창랑정(滄浪亭)이라는 정자
를 지었고, 정자 주변의 절경 여덟 곳을 '정연팔경(亭淵八景)'이라고 했다.

　　정연은 금강산으로 가는 길목이라 당시 문인들과 화가들이 운집하는 명소였다.
진경산수화(眞景山水畵)의 대가인 겸재(謙齋) 정선(鄭敾)도 평생지기인 이병연(李秉淵)
이 김화현감으로 있어 자주 들렀고, 정연에서 '정자연'을 그렸다. '정자연'은 서울의
간송미술관에 소장되어 있다.

칠만암 '용마' 전설… '기다림의 미학'

　휴전의 아픔으로 더 이상 올라갈 수 없는 한탄강의 발원지 '평강'과 접경 지역은 민족 통일이 되는 그날까지 저축해 놓고, 정자연을 출발하여 약 6㎞를 걸어서 도착한 곳은 '칠만암'이다.

　가는 도중에 지뢰로 인하여 들어갈 수 없는 강변은 밀림이 무성하고, 숲 사이로 보이는 강물은 누런 탁류(濁流)다. 민둥산이 많은 북한에 많은 비가 내린 뒤 토사가 그대로 흘러 내려와 황하(黃河)를 방불케 한다. 물의 청탁(清濁)을 보고, 남과 북의 물을 구분하게 한다. 장맛비는 하늘이 뻥 뚫린 양 쏟아붓는다.

칠만암

한탄강 단애와 숲

칠만암(七萬巖)은 주변 경치가 수만 개의 현무암 바위를 한곳에 모아 놓은 것처럼 기묘한 조화를 이루고 있는 데서 유래되었다. 마치 금강산이 떠내려 온 것 같은 칠만암은 한탄강의 정자연, 송대소, 직탕폭포, 고석정, 순담과 더불어 철원 지역을 대표하는 명승지다. 조선 광해군 때 명나라 구원병 좌영장으로 출정하여 후금(後金) 군대와 용맹하게 싸우다가 전사한 충무공 김응하 장군(1580년~1619년)이 청년 시절 무예를 닦았던 곳으로 용마에 얽힌 전설이 전해진다.

'김응하 장군의 용마' 이야기에 의하면, 철원 출신 김응하(金應河) 장군이 고향에서 무예 훈련을 할 때 용마(龍馬)의 용맹을 시험하기로 한다. 칠만암을 향해 쏜 화살이 땅에 떨어지기 전에 먼저 그곳으로 달려가 입으로 화살을 받아오게 하는 것이다. 활의 시위를 힘 있게 당긴 후 말을 몰아 목적지에 도착했는데, 화살이 보이지 않자 칼을 뽑아 말의 목을 내리치고 만다. 그리고 돌아서려는 순간, 화살이 말

517

궁둥이에 와 꽂혔다. 이는 장군의 말이 화살보다 먼저 온 것으로 '기다림의 미학'을 잊은 장군의 경솔함을 지적하는 것 같다.

칠만암 전체 화강암 군락의 크기는 300m에 달하며, 가장 큰 화강암은 50m에 달한다. 일제 강점기 때는 인근 학교의 단골 소풍지였다. 여름만 되면 원근 각지에서 사람들이 모여들어 더위를 피해 천렵을 하며 하루를 보내던 장소였으나, 한국전쟁 후 비무장 지대가 생기면서 출입이 통제되어 아무도 접근할 수 없었다.

화강암은 현무암 용암이 넘치기 전 원래 한탄강 기저에 있던 것이 물과 바람에 침식되어 드러난 것이다. 가까이 다가설 수 없는 아쉬움을 간직하고 다시 발길을 돌려 직탕폭포로 향한다.

동송읍 장흥리에 있는 직탕폭포(直湯瀑布)는 한탄강 양안에 장보(長洑)처럼 일직선으로 가로 놓인 높이 3~5m, 길이 80m의 거대한 암반을 넘어 물이 거세게 수직으로 쏟아져 내리는 장관을 이뤄 사람들은 이곳을 철원 8경의 하나고, '한국의 나

한탄강 직탕폭포

이아가라 폭포'라고도 한다. 이 폭포는 여러 번의 화산 분화 시 흘러내린 용암이 여러 겹 쌓인 것으로, 상층의 용암층이 수직 절리를 따라 떨어져 나감에 따라 계단 모양의 수직 단애가 형성되었다.

직탕폭포 위에는 현무암으로 놓은 다리가 있다. 현무암은 모든 지질 시대에 걸쳐서 유문암(流文岩)과 같이 광범위하게 산출된다.

오늘날 화산에서 분출되는 용암 중에서 가장 많은 양의 암석으로 제주도에만 있다고 생각할 수 있으나, 철원에도 더 까맣고, 더 단단하고, 무거운 현무암이 기암 절벽과 주상절리를 이뤄 한탄강의 절경을 이룬다.

현무암이 늘어선 강변길을 걸을 때는 좀처럼 평행을 유지하기가 힘들다.

한탄강과 임진강(4)

김시습, 단종 복위 꾀한 '매월대'

오전에 퍼 붙던 장맛비는 그치고, 오후에는 내리쬐는 한낮의 무더위를 피할 심산으로 매월당(梅月堂) 김시습(金時習, 1435년~1493년)의 흔적이 있는 복계산 매월대 폭포를 먼저 둘러본다.

복계산(1057m)은 계유정란(癸酉靖亂)을 일으킨 수양대군이 어린 단종의 왕위를 찬탈하자 관직을 버리고 전국을 떠돌아다니던 김시습에 얽힌 이야기가 전해진다. 이곳에는 높이 40여m나 되는 바위 위에 김시습이 아홉 선비들과 바둑을 두며 단종의 복위를 꾀했다는 '매월대(梅月臺)' 등 기암과 암릉(巖陵)이 있다.

매월대 폭포

금학산

　철원군 근남면 육단리에 있는 복계산은 민간인으로 오를 수 있는 남한의 최북
단에 있는 산이다. 입구에서 계곡을 따라 10여 분 올라가면 높이 약 30m의 매월대
폭포가 시원한 물줄기로 더위를 날려 준다. 다른 이름으로 '선암폭포'라고도 불리
며, 철원 8경의 하나다. 주변에는 TV 드라마 『임꺽정』, 『덕이』의 촬영 장소 세트장
이 있어 관광객의 볼거리가 되고 있다. 청석골에서 매월대에 이르는 계곡은 여름철
피서지로도 유명하다.

　버스로 직탕폭포 입구인 동송읍 장흥리로 이동하여 한탄강을 더듬어 본다. 가
는 도중에는 차창 밖으로 금학산이 철원평야를 아우른다. 금학산(947m)은 산의 형
세가 학이 날아와 앉아 알을 품고 있는 모습이다. 궁예가 도읍지를 정할 때 도선
국사(道詵國師)가 금학산을 진산(鎭山)으로 정하면 300년을 통치한다고 했지만, 궁
예가 고남산을 고집하여 18년 만에 멸망했다고 전해진다.

직탕폭포 입구에서 하류로 조금 내려가면 태봉대교가 기다린다. 태봉대교는 철원군 동송읍 장흥리와 갈말읍 상사리를 연결하는 교량으로 궁예를 상징하는 태봉에서 이름을 따 왔다. 태봉대교에는 국내 최초의 상설 다리형 번지점프장(높이 52m)이 설치되어 있어 겨울을 제외한 계절에는 번지점프 등의 레저를 즐길 수 있다. 겨울철에는 한탄강에서 아이스트래킹을 즐길 수 있는 철원의 관광명소다.

태봉대교에서 약 1㎞ 떨어진 곳에는 송대소가 있다. 송대소(松臺沼)는 한탄강에서 가장 아름답기로 손꼽히는 곳이다. 깎아지른 절벽 사이로 호수같이 은은히 흐르는 한탄강과 주변의 풍경이 어우러져 입이 절로 벌어진다. 송대소 단애의 주상절리는 지표로 분출된 용암이 식을 때 수축작용에 의해 수직의 돌기둥 모양으로 갈라진 절리(節理)를 말한다. 송대소의 수직 절벽은 30m 높이의 위용을 자랑하고, 그 절벽보다 더 깊어 보이는 송대소의 물속은 그저 아름답기만 하다. 실제로 한탄강에서 수심이 제일 깊다.

송대소

그 옆의 '철원한탄강은하수교'는 한탄강주상절리길 1코스인 동송읍 장흥리와 2코스인 갈말읍 상사리를 연결하는 '1주탑 비대칭 현수교'다.

수십만 년의 시간이 빚어 낸 현무암 협곡의 청정 자연 생태인 송대소에 위치한 한여울 길을 따라 자연스러운 동선으로 유네스코 세계지질공원으로 등재된 한탄강 유역을 탐방할 수 있다. 은하수교는 풍광이 수려한 '한탄강'에 '철원'의 지명을 추가하고, 별들로 이뤄진 길을 뜻하는 '은하수'로 이름 지었다.

한탄강과 임진강(5)
승일교, '김일성을 이기자' 의미

한탄강은 약 27만 년 전 평강의 오리산에서 분출한 용암이 화산 폭발로 인해 푹 꺼져 버린 골짜기 사이로 흐르면서 현무암질의 기암괴석과 주상절리 등 천연 비경을 만들었다.

때로는 강물이 큰 여울을 만들면서 빠르게 흐르다가 어느 지점에서는 속도를 늦추어 강폭을 넓히면서 묘하게 한반도 지형을 연출한다. 이곳에 오면 굳게 닫힌 철조망을 보며 언제쯤 숨통이 터질까 답답했는데, 자연이 그 마음을 아는지 통일의 꿈을 갖게 해 준다.

한탄강 한반도 모형 협곡

고석정 꽃밭(숙근버베나)

우리가 지금 걷고 있는 이 길이 '한탄강 한여울길'이다. 한여울은 '한탄강'의 순우리말로, 직탕폭포에서 승일교까지 약 5㎞ 이어지는 제1구간이다. 한탄강은 강 양쪽이 대칭을 이루는 현무암 협곡 지대가 많지만, 한쪽은 현무암 수직 절벽이고 반대편은 완만한 경사를 보이는 화강암 지대가 나타나는 비대칭 협곡도 많다. 협곡을 가르는 물여울은 자연이 만들어 준 여건대로 순응하며, 세월과 함께 흐른다. 한여울길은 한탄강을 중심으로 6구간으로 구분되어 있다.

육각정에 올라 주위를 살펴보며 휴식을 취하다가 고석정 꽃밭 앞을 지나 승일교로 향한다. 고석정 꽃밭에는 '숙근버베나'가 자주색 꽃망울을 터트린다.

숙근버베나는 브라질·아르헨티나가 원산이며 추위에 강한 여러해살이풀이다. 곧게 자라며 줄기의 단면이 내모지다. 뿌리는 다육근으로 옆으로 뻗어 나간다. 6~10월에 자줏빛을 띤 붉은색의 작은 꽃이 산형꽃차례로 피다가 수상꽃차례로 바뀐다.

큰길 옆의 탱크저지시설(?)은 '안보관광의 중심 철원' 광고탑으로 변신했다. 몇 년 전만 해도 접경 지역에 가면 왠지 모르게 주눅이 드는 경향이 있었다. 중간중간에 군인경찰(헌병)이 올라와 신분증 검사를 하면 괜히 '내가 뭣이라도 잘못한 것 없나?' 하며 움츠려들던 시절이 있었고, 민간인 통제구역이라도 들어가려면 초소에 신분증을 맡기고 출입증을 교부 받아 목에 걸고 출입해야 했으나, 요즈음은 많이 완화된 것 같다.

쓸데없는 옛 생각을 하다가 발걸음을 승일교 아래로 옮긴다. 승일교는 동송읍 장흥4리와 갈말읍 문혜리를 잇는 다리로, 국가등록문화재로 지정되었다. 해방 후 철원군이 북한 영역에 속하던 1948년 철원농업전문학교 토목과장이었던 김명여의 설계로 한탄교로 착공되었다. 러시아식 공법의 아치교로 설계된 이 다리는 동송읍 쪽의 아치 교각만 완성된 상태에서 한국전쟁으로 공사가 중단된 것을 국군과 미군 합동으로 갈말읍 쪽 교각을 완성하여 1958년에 개통하고, '승일교'로 이름을 바꾸었다.

승일교

승일교의 명칭에 대해서는 김일성이 시작하고, 이승만이 끝냈다고 해서 이승만의 '승(承)' 자와 김일성의 '일(日)' 자를 따서 승일교(承日橋)라 했다는 설과 '김일성을 이기자'고 해서 승일교(勝日橋)라고 했다는 설도 있다. 한국전쟁 중 큰 공적을 세우고 전사한 연대장 박승일(朴昇日)의 공적을 기리기 위해 승일교(昇日橋)라고 지어졌다는 설이 유력하다. 한탄대교는 승일교를 대체하기 위해 1999년에 준공되었는데, 차량 통행만 가능하고 승일교는 사람 보행만 가능하다.

승일교를 건너 갈말읍 내대리로 오면 승일공원이 나온다. 승일공원에서 가장 먼저 눈에 띄는 것은 태봉구문(泰封九門)이라는 조형물이다. 천 년의 꿈 태봉국에서 통일 한국의 밝은 미래로 가는 9개의 문이라는 뜻이다. 하나의 작은 물방울들이 모여 단단한 바위를 뚫듯이 방문하는 한 사람 한 사람 통일을 기원하는 마음이 모여 9개의 문을 통과하면 머지않아 통일 한국의 문도 열릴 것이라는 염원이 담겨 있다. 승일공원 한편에는 한국전쟁과 베트남 참전 기념비·공덕비 등이 있다.

오전에는 장대비가 쏟아져 옷을 다 적시더니 오후에는 이글거리는 태양이 몸속의 수분을 다 빨아올려 땀방울이 옷을 적시며 피부를 타고 흘러내린다.

헐벗은 민둥산에서 흘러내린 북한의 물빛은 탁류가 되어 흐른다. 저 멀리 고석정(孤石亭)이 보이는 것 같은데, 해는 벌써 옆으로 길게 뻗는다.

궁예가 궁궐터를 잡는 과정에서 지관의 말을 따라 엎드려 있다가 성급하게 일어나는 바람에 태봉국이 오래가지 못했다는 설화가 있다. 역시 기다림의 미덕을 연상시킨다. 그래, 우리도 내일을 기다려 보자!

24번 주인 바뀐 '백마고지'

조반을 마치고 백마고지로 이동한다. '백마고지'는 한국전쟁 기간인 1952년 10월, 철원군 철원읍 대마리 3km 북방에 위치한 이름 없는 작은 고지를 놓고, 한국군 보병 제9사단(사단장 김종오)과 중공 제38군 3개 사단이 전력을 기울여 싸운 곳이다. 쟁탈전을 벌인 끝에 우리 국군의 승리로 매듭지어졌다. 이 전투로 희생된 아군과 중공군 등 1만7535명(아군 3146명, 중공군 1만4389명)의 영혼을 진혼(鎭魂)하기 위해 위령탑과 기념관 등이 건립되었다.

백마고지 전투는 해발 395m밖에 되지 않는 고지 하나를 빼앗기 위해 12차례 공방전을 치러 24번이나 고지 주인이 바뀌기도 했다.

백마고지

백마고지 위령비

백마고지 위령탑

1952년 10월 6일부터 10일 동안의 전투에서 아군과 적군 약 1만 7천여 명의 사망자를 냈다. 전투 기간 중 적군 5만5천 발, 아군 22만 발의 포탄이 발사되었다. 처절한 혈투로 변한 산의 모습이 마치 '백마가 누워 있는 모습'과 비슷하다고 하여 백마고지로 불리게 되었다고 한다. 아군의 백마고지 점령으로 광활한 철원평야를 탈환할 수 있었고, 정전협정에서도 주도권을 잡을 수 있었다.

철원평야 너머 북한 땅의 김일성고지(일명 고암산 高巖山)가 선명하고, 태봉국 궁예의 궁궐터는 비무장지대의 어딘가에 주춧돌이 자리를 지키며 사람의 발길을 애타게 기다릴 것 같다.

그 치열했던 전쟁은 과연 누구를 위한 전쟁이었던가? 동족의 가슴에 겨눈 총부리는 우리 민족의 비극이었다. 빨리 통일이 오기를 소원하면서 지금 갈 수 없는 내 땅을 뒤로하며 철원 노동당사로 이동한다.

전쟁 참화 간직한 '철원 노동당사'

꽃사슴이 뛰어놀 것 같은 평지 숲 건너에는 '낙타고지'와 '세자매봉'이 가깝게 보이고, 그 뒤로 평강고원이 손짓한다.

철원 노동당사는 1945년 해방과 동시에 소련군이 38선 이북에 진주하고, 공산 정권이 들어선 후, 1946년 철원 시가지 한복판에 러시아식 건물로 건립했다.

건물을 지을 때 성금으로 1개 리(里)당 쌀 200가마씩 거두었다. 주민들을 강제 동원하여 노동력을 착취했으나, 내부 작업은 비밀 유지를 위해 공산당원 이외에는 동원하지 않았다.

철원 노동당사는 북한이 공산 독재정권 강화와 주민 통제를 위해 한국전쟁이 발발하기 직전까지 사용한 핵심 기관이었다. 2002년 5월 국가등록문화재(제22호)로 등록되었고, 현재 안보관광지로 활용되고 있다.

세자매봉

철원 노동당사

　과거 철원은 경원선의 중심역이였다. 분단 직후엔 잠시나마 북강원도 도청 소재지로 인근 지역인 포천·연천·김화·평강 일대를 아우르는 곳이었다.

　철원 노동당사는 대지 1850㎡의 면적에 지상 3층 규모로 지은 콘크리트 건물이다. 현재 1층은 각 방 구조가 남아 있으나, 2층은 3층이 내려앉는 바람에 허물어져 골조만 남아 있다. 한국전쟁의 참화로 검게 그을린 3층 건물의 앞뒤엔 포탄과 총탄 자국이 촘촘하다.

철원 노동당사 총탄 자국

철조 불상 안식처 '도피안사'

한탄강으로 회귀하는 길에 '도피안사(到彼岸寺)'를 둘러본다. 이른 시간이라 그런지 피안(彼岸)의 세계처럼 고요하다.

신라 후기인 865년(경문왕 5년), 도선국사가 높이 91㎝의 철조 비로사나불좌상을 철원읍 율리리에 있는 안양사에 봉안하기 위해 여러 승려들과 함께 이동했다. 잠시 쉬고 있을 때 불상이 갑자기 없어져 부근에서 찾다가 현 위치에서 그 불상이 안좌한 자세로 있는 것을 발견하고, 그 자리에 조그마한 암자를 짓고 이 불상을 모셨다.

철조 비로나자좌불

당시 철조 불상이 영원한 안식처인 피안에 이르렀다 해서 절 이름이 '도피안사'로 명명되었으나, 그 뒤 천년 역사의 도피안사는 어떠한 기록도 존재하지 않아 내력조차 알 수 없었다. 1959년 제15사단장 이명재 장군이 꿈에 본 철불을 찾기 위해

임꺽정 상

폐허가 된 도피안사 터를 뒤져 땅속에 묻힌 철불을 발견하면서 도피안사가 재건되었다. 그 후 군에서 관리해 오다가 1985년에 민간인 관리로 넘어 왔다. 절 내에는 철조 비로사나불좌상(국보 제63호)과, 높이 4.1m의 삼층석탑(보물 제223호)이 있다.

동송읍 장흥리에 있는 '고석정국민관광지' 마당 중앙에는 '임꺽정 상'이 서 있다. 조선 명종 때 임꺽정(林巨正, ?~1562년)은 고석정 건너편에 돌벽을 높이 쌓고, 산성 본거지로 삼았다. 당시 함경도 지방으로부터 이곳을 통과하여 조정에 상납할 조공물을 탈취하여 빈민을 구제했다고 한다. 고석정 바위에는 임꺽정이 은신했다는 자연 석실이 있다. 건너편에는 석성이 남아 있다.

고석정(孤石亭)은 철원 제일의 명승지로 원래 한탄강 변에 있는 정자 이름이었지만, 한탄강 한복판에 10여m 우뚝 솟은 화강암 바위를 지칭하기도 한다. 지금은 장맛비로 탁류가 흐르지만 바위를 옥같이 맑은 물이 휘돌아 흐르는 풍경에 신라 때 진평왕이, 고려 때는 충숙왕이 노닐던 곳이었다. 임꺽정의 활동 무대로 알려지면서 더 유명해졌다.

고석정 아래로 내려가는 입구에는 '세종강무정(世宗講武亭)'이 있다. 이 정자는 세종대왕이 철원평야(대야잔평)에서 강무 훈련을 마치고 머물렀던 곳이다. 강무(講武)는 국왕이 직접 참가하는 군사훈련 겸 사냥 행사로 수 만 명의 군사가 참가하는 행사다. 세종은 재위 기간 중 총 19회에 걸쳐 93일 간이나 철원에서 강무를 진행했고, 사냥이 끝나면 고석정에서 대군과 신하, 군사와 백성들에게 사냥한 물건과 음식을 나누어 주며 주연을 베풀었다.

고석정에서 강 하류를 따라 길을 나섰으나 가는 곳마다 길이 막힌다. '지뢰'라는 위험물도 있지만, 강 건너로 새로 선보인 주상절리길(잔도길)을 이용하라는 신호 같다. 그러나 나그네는 때로 길을 잃어버리는 것을 즐기는 경우가 있다. 물기가 촉촉이 젖어 미끄러운 바위를 타고 헤맬 때, 우리는 자연이 만든 걸작을 만날 수 있었

주상절리길 잔도교

다. 처음에는 안이 오목하게 패인 바위 같았으나 자세히 보니 자연 발생적인 고인 돌이었다.

거우 길을 찾아 주상절리길 입구인 순담계곡 앞에 당도한다. '순담계곡'은 1.5㎞ 떨어진 고석정까지 한탄강 물줄기 중 가장 아름다운 계곡으로 알려져 있다. 기묘한 바위와 깎아지른 벼랑 등 볼거리가 풍성하며, 수량이 풍부하고 강변에는 보기 드문 하얀 모래밭이 형성되어 있다.

계곡 아래는 물살이 빠르고 물길이 넓어 래프팅 최적지로 알려지면서 동호인들이 즐겨 찾는다. 계곡 이름은 조선 순조(純祖) 때 우의정을 역임했던 김관주(金觀柱)가 이곳에 연못을 파고 순약초(蓴藥草)를 재배해 복용한 데서 유래했다.

순담계곡에서 출발하는 철원 한탄강 주상절리길은 총 연장 3.6km다. 한탄강의 대표적인 주상절리 협곡과 다채로운 바위로 절벽을 따라, 절벽과 허공 사이를 따라 걷는 잔도(棧道)다. 아찔한 스릴과 아름다움을 동시에 경험하는 '느낌 있는 길'이다.

유네스코 세계지질공원에 위치한 한탄강 주상절리길은 상류의 순담 매표소와 하류의 드르니 매표소를 통해 입장할 수 있다. 우리는 순담 매표소로 입장한다. '드르니'는 '들르다'라는 뜻의 순우리말로 궁예가 왕건에게 쫓겨 이곳을 들렀다고 하여 붙여진 이름이다. 50만 년의 지질 역사를 지닌 한탄강은 2015년에는 국가지질공원으로, 2020년에는 유네스코 세계지질공원으로 등재되었다. 주상절리길 순담 매표소를 들머리로 하여 들어서면 주상절리길 잔도 중간에 3개소의 전망대와 10개의 전망 쉼터, 13개의 크고 작은 교량이 있다. 모두 저마다의 독특하고 아름다운 이름을 갖고 있어 한탄강을 이해하는 데 많은 도움을 준다.

인간의 편의를 위해 래프팅을 하고, 잔도를 만들면서 한탄강 주변이 하루가 다르게 변하고 있다.

짜릿한 스릴 '한탄강 래프팅'

'순담계곡'은 한탄강 래프팅의 출발지다. 노(패들) 저어 물살 가르는 소리와 노군들의 함성이 어우러지는 래프팅은 한탄강 주상절리 계곡을 진동한다.

래프팅은 계곡이나 물살이 빠른 소규모 강에서 주로 행해진다. 고무보트에 여러 명이 탑승하여 물살이 빠른 계곡을 헤쳐나가는 레포츠다. 간혹 래프팅 중간에 물속으로 뛰어들기도 한다.

한탄강 래프팅

조타수 구령에 맞춰 일사분란하게 물살에 맞서야 하는데, 가장 중요한 것이 '팀워크'라 할 수 있다. 원시 시대 사람들이 뗏목을 물 위에 띄워 타고 다니며, 수렵과 이동을 하던 것이 효시다.

오늘날 사용하는 보트는 2차 세계대전 이후 개발된 군용 고무보트를 그대로 사용한다. 1960~1970년대에 미국 그랜드캐넌 여행사들이 여행 상품으로 개발하면

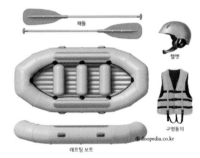

래프팅 장비

한탄강 협곡

서 래프팅 붐이 일기 시작했다. 우리나라에서는 1970년대 초 군용 고무보트가 보급되면서 소개되었고, 1990년대에 들어서야 활성화되기 시작했다.

최근 들어 전문 동호인 클럽들을 중심으로 보급이 활발히 이뤄지고 있다. 레저 전문 업체들이 레저 스포츠 종목으로 개발, 각종 행사를 개최하면서 이를 즐기려는 사람들이 폭발적으로 늘어나고 있다.

한탄강 래프팅 코스는 대부분 2시간 30분에서 7시간 정도 소요되는 6개로 구분되며, 4월에서 10월까지 실시된다. 가뭄이 심해 물의 양이 줄어들거나 폭우가 내려 강물이 너무 많이 불어나면 래프팅을 할 수가 없다.

국내 주요 래프팅 장소는 한탄강을 비롯해 인제의 내린천, 영월의 동강, 무주의 금강, 산청의 경호강, 단양의 한강 등 10여 곳이 넘는다.

가마솥 '부(釜)' 쓰인 삼부연폭포

오후의 시작은 '삼부연폭포' 답사다. 철원군 갈말읍 신철원리에 있는 삼부연폭포는 높이 20m로, 폭포수가 높은 절벽에서 세 번 꺾여 떨어지고 세 군데의 가마솥 같이 생긴 곳이 있다고 하여 삼부연이라 지었다. 폭포 이름에 가마솥 '부(釜)' 자가 들어간 이유다.

궁예가 철원에 도읍을 정할 때 이무기 4마리가 도를 닦고 살다가 그 중 3마리가 하늘로 올라가면서 생긴 3개의 바위 구멍에 물이 고여 노귀탕·솥탕·가마탕이 되었다고 전한다.

삼부연폭포

삼부연폭포 물 공급원인 용화천(龍華川)은 철원군 갈말읍 신철원리에 있는 명성산의 각흘봉에서 발원하여 용화저수지를 지나 갈말읍 군탄리에서 한탄강으로 흘러 들어가는 하천이다. '용화'란 이름은 '이무기가 용이 되었다'는 의미이며, 마을 이름도 이런 의미로 용화동이라 불리게 되었다. 용화저수지는 삼부연폭포의 수량을 조절하는 역할도 하는 것 같다.

철원8경의 하나로 많은 관광객들이 찾고 있는데,

삼부연폭포 물 공급원인 용화천.　　　　　　　　　명성산

이 폭포 옆에 부연사라는 절이 있고, 폭포와 부연사 사이에는 오룡굴이라는 터널이 있다. 이 터널을 지나면 용화천이 힘차게 흐르며, 용화저수지와 한국전쟁도 피해 갔다는 용화동이 자리 잡고 있다. 조선 후기의 화가 겸재 정선(謙齋 鄭敾)은 이곳을 지나다가 경치가 빼어나 진경산수화를 그렸다.

　발길을 돌려 삼부연폭포의 물을 따라 용화천이 합류하는 한탄강 서안(西岸)으로 향하는데, '울음산'으로도 불리는 명성산(鳴聲山)이 눈앞에 가물거린다. 왕건에게 쫓기다가 이 산에서 궁예가 죽었을 때 궁예와 그 백성들이 망국의 슬픔을 통곡하자 산도 따라 울었다고도 한다. 궁예의 죽음으로 주인을 잃은 백성과 말이 산이 울릴 정도로 울었다는 이야기도 전해 온다. 그 후 가끔 날이 흐리면 산중에서 슬픈 울음소리가 들렸다고 한다. 이런 이유로 울음산으로 불리게 된 것을 한자로 옮긴 것이다.

　우리가 도착한 곳은 한탄강 동안(東岸)의 경기도 포천시 관인면 냉정리 군탄교 부근이다. 관인면은 포천시 북부에 있으며 한탄강을 경계로 동쪽은 강원도 철원군 갈말읍이다. '관인(官仁)'이라는 이름은 궁예를 싫어하는 관리들이 이곳으로 숨어 들어왔다고 해서 얻은 이름이다.
　냉정리(冷井里)는 마을에 찬 우물이 있어 이름 지어졌다. 금학산 줄기가 뻗어 내리고 한탄강이 마을을 감싸고 있어 찬 우물이 많다고 한다.

세계문화유산 '한탄강 주상절리길'

포천시는 삼국 시대에 마한과 백제에 속했다가 광개토대왕의 영토 확장 이후 고구려의 마홀군이었다. 후기 신라 이후에는 견성군이 되었으며, 고려 성종 때 포주군이 되었다. 1413년(태종 13년) 주(州) 자를 가진 도호부 미만의 군·현 명칭의 끝 글자를 '산(山)' 또는 '천(川)' 두 글자 중 하나로 개정하도록 하여 포천이라는 이름이 오늘에 이른다. 포천은 시 승격 기준인 인구 5만 명이 되지 않았음에도 불구하고 2003년 10월 시로 승격된 특이한 사례다.

군탄교는 포천시 관인면 냉정리와 철원군 갈말읍 군탄리를 연결하는 일반적인 교량이지만, 아래로 흐르는 한탄강은 유네스코 세계문화유산으로 등재된 한탄강 주상절리길이다. 한탄강이 2015년 국가지질공원으로 지정되면서 총 5개 코스를 조성했다. 벼룻길은 '아래가 강가나 바닷가로 통하는 벼랑길'이라는 순우리말이다.

한탄강 주상절리길

군탄교

한탄강 하식동굴

이름처럼 다각형 기둥 모양 주상절리를 좌우에 거느린 깊고 거대한 협곡을 따라 걷는다.

한탄강 지질공원은 경기도 포천시와 연천군을 흐르는 한탄강 주변에 형성되어 있는 화산 지대를 보존하기 위해 지정한 국내 최초의 지질공원이다. 한탄강은 국내 유일의 화산강으로, 이 일대는 신생대 때 대규모 화산이 분출했던 곳이며, 현무암과 주상절리, 용암대지, 하식(河蝕)동굴 등 화산활동으로 생성된 지형과 토양의 특징을 잘 보여주고 있다. 한탄강 지질공원에는 뜨거운 용암이 분출되면서 흘러내린 흔적과 침식으로 발생한 지형이 곳곳에 남아 지질학적 가치가 높은 곳이다.

오늘의 목표는 화적연(禾積淵)까지 잡았는데, 관인면 냉정리 데크길 이정표에는 5㎞ 이상으로 표시된다. 계곡을 건널 수 있게 구름다리도 설치하여 걷기에 많은 도움을 준다. 협곡을 씻고 흘러내리는 한탄강물의 힘과 자연이 빚은 아름다움을 한없이 경탄(敬歎)케 한다. 과연 누구의 솜씨련가? 자연스럽게 주변과 조화를 이루며 만들어 놓은 형상들은 입술 사이로 삐져 나온 아~! 소리 외에는 무슨 할 말이 있을까.

영평8경 중 1경 '화적연'

어젯밤 늦게 포천시 영북면 숙소에 도착하여 아침에 눈을 뜨니 기온이 제법 차갑다. 그러고 보니 처서가 엊그제 지났다. 여름 내내 뼛속의 물까지 짜내던 무더위도 가는 세월 앞에 맥없이 무너지는 것인가? 처서는 24절기 중 입추와 백로 사이에 있는 절기로, 가을이 문 앞에 와 있음을 알려주며, 기온과 습도가 낮아지기 시작하는 시기이다. '처서가 지나면 모기 입이 비틀어진다'는 속담이 있다.

한탄강과 임진강 도보 두 번째 출발점은 경기도 포천시 관인면 냉정리 용담교다. 강을 끼고 돌아가야 화적연을 볼 수 있기 때문이다. 용담교는 영북면 자일리와 관인면 냉정리를 연결하는 교량이다.

한탄강 용담교 상류

용담교

근홍교

　용담교 위쪽으로는 근홍교가 남북을 연결한다. '근홍교'는 한국전쟁 중 산화한 고근홍(高根弘) 대령의 이름을 따서 지은 다리다. 육군 공병부대에 의하여 1958년에 개통되었다. 한탄강댐 건설로 인한 수몰 등으로 흔적만 남았다가, 2014년 인근에 새 교량을 세우면서 근홍교라는 이름을 계승했다. 근홍교를 건넜더니 화적연이 더 가까워진다.

　이정표를 따라 데크 길로 들어서자 한탄강 여울 소리가 삼라만상의 아침을 담은 듯 청아하다. 계단을 오르내리고 숲길을 따라 걸으며 맑은 하늘을 올려다보면 내 마음은 하늘 끝에 매달린 한 조각의 구름이 되어 너울너울 천사의 날갯짓을 하며 화적연에 당도한다.

　'화적연(禾積淵)'은 마치 볏짚단을 쌓아 올린 것 같은 형상이어서 '볏가리소'라는 순우리말을 한자로 '화적(禾積)'이라 하여 이름 붙여지게 되었다. 포천시 한탄강 상류에 위치한 깊은 연못과 화강암으로 이루어진 명승지로 영평8경 중 1경에 속한다. 수면 위로 약 13m 높이로 솟은 바위의 모습은 화적이라기보다는 큰 뱀이 머리를 들고 물살을 가르며 상류로 올라가는 것 같은 착각을 일으키기도 한다.

　예로부터 화적연은 기우제 터로 알려져 있다. 전설에 의하면, 어느 날 늙은 농부가 3년 가뭄에 비 한 방울 내리지 않는 하늘을 원망하면서 이 연못가에 앉아 "이 많은 물을 두고서 곡식을 말려 죽여야 한다는 말이냐? 하늘도 무심하거니와 용

화적연

(龍)도 3년을 두고 낮잠만 자는가 보다."라고 탄식하자 용이 하늘로 올라가면서 물이 뒤집어지며 비가 내리고 풍년이 되었다고 한다. 이때부터 가뭄이 들면 화적연에서 기우제를 지내는 풍습이 생겼다.

조선 중기 문인인 이경석(李景奭)의 문집 『백헌(白軒) 선생집』에 화적연에서 기우제를 올렸다는 기록이 있다. 화적연의 풍경은 겸재 정선의 『정선 필 해악전신첩(鄭 敾 筆 海嶽傳神帖)』에 수록되어 있다. 『해악전신첩(보물 제1949호)』은 정선이 72세가 되는 1747년에 그린 작품으로 금강산에 가는 여정을 담은 21폭의 진경산수화다.

포천 신북면 출신으로 개항기의 유학자이며, 항일의병장인 면암 최익현(勉庵 崔益 鉉, 1833년~1906년)이 여러 친구들과 함께 금강산을 향해 떠나는 길에 화적연에 들러 지은 시가 『면암집(勉庵集)』에 있다. 면암은 볏가리 바위를 용에 비유하는 시를 남겼다.

겸재 정선의 화적연

신룡이 돌이 되어 깊은 못에 들어가니(神龍幻石走深淵 신룡환석주심연)
화적산이 높아 별천지를 이루었네(禾積輪困別有天 화적륜균별유천)
창벽 아래로 조용히 걸어서(緩步經由蒼壁下 완보경유창벽하)
여울 앞에서 읊고 앉았네(朗吟坐久碧灘前 랑음좌구벽탄전)
헛된 명망은 민생에 도움이 없고(虛名無補民生食 허명무보민생식)
장한 유적은 나그네 옷깃이 연했네(壯蹟猶勞客袂連 장적유로객몌련)
적기에 비를 내려 주는 잠공은(賴爾潛功時作雨 뢰이잠공시작우)
만물을 즐겁게 자라게 하네(能令萬物各欣然 능령만물각흔연)

험한 절벽 병풍 이룬 '멍우리 협곡'

'풍덩~'하고 싶은 화적연의 유혹을 뒤로하고 '멍우리 협곡'을 찾아 발걸음을 옮긴다.

발 아래 한탄강의 여울 소리를 들으며 걷는 길이 편안하다. 얼마쯤 가자 양안(兩岸)으로 하천의 침식작용을 받아 형성된 수직의 주상절리가 펼쳐진다. 포천 한탄강 중류에 형성된 4km 길이의 멍우리 협곡이다. 이 협곡은 마그마가 응고될 때 부피가 수축하면서 생기는 다각형 기둥 형태의 주상절리로 병풍을 이룬다.

'멍우리'란 이름은 이곳에서 넘어지면 몸에 멍우리(멍울)가 생긴다고 하여 이름이 붙었다는 설이 있는가 하면, '멍'과 '을리'가 합쳐진 지명으로 멍이란 '온몸이 황금빛 털로 덮힌 수달'을 가리키고, 을리는 멍우리의 지형이 한자의 새 '을(乙)'처럼 크

멍우리 협곡

멍우리 협곡과 하늘다리   멍우리 협곡 주상절리

게 곡류한다고 하여 붙여진 이름이라고 한다. 즉, 멍우리란 '황금빛 털을 가진 수달이 사는, 을(乙) 자처럼 강물이 휘어지며 흐르는 곳'이란 뜻이다.

한탄강은 신생대 제4기에 화산 폭발로 분출한 대량의 용암이 지표를 덮으며 형성된 용암대지를 파고 생성된 하천으로, 좁고 깊은 골짜기를 따라 흐른다. 멍우리 협곡 일대는 선캄브리아대 변성암류(變成巖類)에 중생대 쥐라기의 화강암류가 관입하여 지표에 노출된 후, 신생대 제4기에 분출한 현무암질이 부정합(不整合)을 이루며 상부를 덮고 있는 지질학적 특징을 가지고 있다.

'용암류가 새로운 지층이 낡은 지층 위에 겹치는 현상'인 부정합 구조와 '퇴적암에 남아 있는 옛 지질 시대에 생성된 토양층'인 고토양층(古土壤層), 주상절리와 하식애(河蝕崖)의 발달 과정 등을 관찰할 수 있는 곳으로, 지형·지질학 측면에서 학술적 가치가 높다. 지질 차이에 따른 다양한 하식 지형과 굽이쳐 흐르는 맑은 강물, 울창한 수목과 아름다운 식생이 어우러져 경관 또한 수려하다.

청명한 날씨와 멍우리 협곡에 푹 빠져 취해 있는데, 건너야 할 징검다리에 물이 불었다. 길을 나선 나그네들은 좀처럼 뒤돌아설 줄 모르고 전진한다. 길 없는 길을 헤쳐 가며 포천시 관인면 사정리에서 수리봉을 넘어간다. 거리도 방향도 모르는 촉촉한 땅은 미끄럽고, 계곡을 중심으로 네 발로 더듬어 기어가는 길은 일촉즉발의 위험도 수반한다. 다행히 낙오자 한 명 없이 관인면 중리에 도착한다.

강 중심 '한탄강 유네스코 세계지질공원'

산정호수에서 짧은 시간은 많은 것을 생각하게 하지만, 포천시 영북면 운천리 부소천 광장으로 이동하여 다음 일정을 준비한다.

부소천(釜沼川)은 포천시 영북면 산정리 안턱재에서 발원하여 남서쪽으로 흐르다 소회산리에서 한탄강으로 합류하는 하천이다. 임진강의 제2 지류며, 한탄강의 제1 지류다. 하천의 수계는 본류인 부소천과 소하천인 호현천으로 이루어져 있다.

'부소천'이란 이름은 하천이 흐르는 곳에 '가마[부(釜)]' 같은 '소(沼)'가 많이 있어 이를 한자화한 것이다. 즉, 부소천은 가마와 같은 못(소)이 있는 하천이라는 의미다. 하천 유역의 대부분이 산지다.

부소천 협곡

부소천교

부소천과 한탄강의 해후

본류 주변으로는 농경지와 일부 주택지가 있다. 현무암 침식 하천의 형태로 한탄강과 가까워질수록 용암 대지가 형성되어 있고, 주상절리 협곡의 형태를 보인다.

부소천교를 건너 한탄강 주상절리길을 따라가면 강 건너로 오전에 걸었던 4코스인 멍우리길이 보인다. 지금 걷고 있는 이 길은 3코스인 벼룻길이다. 한탄강 벼룻길은 한탄강 옆 절벽을 따라 폭포와 협곡, 마을을 잇는다. 벼룻길은 부소천 협곡에서 비둘기낭폭 포까지 6km 정도의 코스다. 한탄강 주상절리길은 1코스 구라이길, 2코스 가마소길, 3코스 벼룻길, 4코스 멍우리길로 구분되며, 연장 27.9㎞다.

오전에는 멍우리 협곡의 겉을 보았다면 지금은 강폭만큼 떨어진 거리에서 주상절리의 단애를 보다 더 정확하게 볼 수 있다는 행운도 함께한다.

주상절리 절벽인 하식애(河蝕崖) 중간에 하식동굴들이 여러 개 있다. 하식동굴들이 지금은 절벽의 중간에 자리하고 있으나, 옛날에는 물이 동굴 높이에서 흘렀다는 이야기다. 과거의 한탄강은 바닥을 향해 깎아내리는 하방침식 작용이 강하여 하천의 깊이가 더 내려가 지금의 하천과 같은 위치까지 오게 되었다.

부소천교를 건너 얼마나 걸었을까? 한탄강 대화산교 아래를 지나면 한탄강 전망대가 나오고 하늘다리가 나온다. 2018년 5월에 완공된 '한탄강 하늘다리'는 길이 200m, 너비 2m, 높이 50m인 흔들다리 현수교다. 한탄강 주상절리 협곡을 조망

한탄강 하식동굴

할 수 있는 스카이워크가 세 군데 마련되어 있어 흔들흔들 구름 위를 거니는 착각에 빠지게 해 준다. 다리가 불안하게 흔들리기는 해도 성인 1500명이 동시에 건널수 있도록 안전하게 설계되었다고 한다.

지금 우리가 걷고 있는 이 길은 2020년 7월 7일에 '한탄강 유네스코 세계지질공원'으로 지정된 구간이다. 한탄강 유네스코 세계지질공원은 우리나라 최초로 강을

한탄강 주상절리

한탄강 세계지질공원

한탄강 하늘다리

중심으로 형성된 지질공원으로서 협곡, 소, 폭포, 주상절리, 단층, 습곡 구조 등의 다양한 지질 구조와 지형들을 관찰할 수 있다. 전체 면적은 1165.61㎢다. 화적연, 비둘기낭 폭포, 아우라지 베개 용암, 재인폭포 등 26곳이 지질·문화 명소로 등재되었다.

세계지질공원은 유네스코가 인증하는 지질공원으로 미적 가치, 과학적 중요성 및 고고학적·문화적·생태학·역사적 가치를 가지고 있다. 유네스코 세계지질공원으로 인증되면 세계지질공원망(Global Network of National Geoparks) 회원으로 등록되고 4년마다 심사를 받게 된다.

비둘기 둥지 모양 '비둘기낭' 폭포

오늘의 출발지는 한탄강 유네스코 세계지질공원 표지석이 있는 비둘기낭 폭포 캠핑장이다.

비둘기낭 폭포

비둘기낭 협곡

위에서 내려다 본 비둘기낭 폭포

비둘기낭 폭포는 영북면 대회산리에 위치한 현무암 침식 협곡으로 불무산에서 발원한 불무천의 말단부에 위치한다. 주변 지형이 비둘기 둥지처럼 움푹 들어간 주머니 모양을 하고 있다 하여 '비둘기낭' 폭포라고 한다. 예전부터 산비둘기가 폭포 주변의 동굴에서 서식하고 있었다 한다. 한국전쟁 당시에는 수풀이 우거지고 외부에 잘 드러나지 않아 마을 주민 대피시설로, 군인들의 휴양지로도 사용되었다. 천연기념물로 지정·보호되고 있으며, 많은 관광객에게 아름다움과 비경을 전하고 있다.

하식동굴 중 한탄강에서 제일 큰 비둘기낭 폭포는 하천의 흐름에 의해 만들어진 동굴이다. 절리나 침식에 약한 부분이 깎여 나가면서 만들어지는데, 지금도 침식이 계속 이뤄지면서 동굴이 더 커지고 있다. 이곳에서는 지질·지형학적으로 하식동굴, 협곡, 두부침식, 폭호 등 하천에 의한 침식 지형을 관찰 할 수 있다. 주상절리, 판상절리 등 다양한 지질 구조도 확인할 수 있다. 한탄강에 흐른 용암의 단위를 한눈에 관찰할 수 있어 학술적으로도 가치가 있다.

비둘기낭 폭포에서 떨어져 고인 물은 소(沼)를 이루다가 한탄강으로 흐른다. 그물을 따라 한탄강 주상절리길 1코스인 '구라이길'로 접어든다. 구라이길은 굴과 바위의 합성어로 '굴아이'로 변음되었다가 '구라이'가 된 듯하다. 일설에는 수풀이 우거지는 여름철에는 협곡이 굴처럼 생겼다고 해서 붙여진 이름이라고도 한다.

한탄강의 지천에 형성된 소규모 현무암 협곡으로, 서로 냉각 과정이 다른 3가지의 용암을 잘 관찰할 수 있는 곳 중 하나다. 하부와 중부는 주상절리가 잘 발달해있다. 하부가 중부에 비해 상대적으로 크고 불규칙하며, 중부는 직경 20~30cm의 주상절리가 규칙적으로 발달했다. 상부의 최상부는 2~3겹의 용암 껍질층이 관찰된다. 그 아래 주상절리가 발달해 있으나, 중부의 주상절리에 비해 직경이 크게 나타난다.

구라이골을 더듬으며 협곡을 빠져나와 영로대교 아래에서 숨고를 요량으로 잠시 앉아 뒤를 바라보니 어제 힘들게 했던 수리봉이 품에 안아줄 듯 다가온다. 포천시 창수면 운산리와 관인면 중리를 연결하던 옛길은 한탄강에 잠겨 끊어지고 그 위로 영로대교를 건설하여 삶과 문화를 연결한다. 영로대교는 경기도 포천시 내촌면에서 강원도 철원군 철원읍을 잇는 교량이다.

구라이골

한탄강 주상절리

한탄강 영로대교

　이 길은 조선 시대 한양과 함경도 방면을 잇는 경흥로였다. 이 길이 더 유명해진 것은 조선 태조 이성계가 왕자의 난으로 왕위를 양위하고 고향인 함흥에 머물러 있을 때다. 정종의 뒤를 이어 왕위에 오른 태종 이방원은 부왕을 도성으로 모시고자 사신을 여러 번 보냈는데, 태조는 이를 괘씸하게 여겨 사신들을 죽이거나 가두었다. 이러한 사태가 일어나자 이 길은 심부름 간 사람이 돌아오지 않는 함흥차사(咸興差使) 길이 되었다.

한탄강과 임진강(16)

미녀 아내의 슬픈 전설 담긴 '재인폭포'

경흥로를 벗어나자 협곡을 따라 굽이치던 물길은 아주 눈에 익숙한 모습을 나타낸다. 보는 이의 시각에 따라 다소 차이는 있겠지만 물 흐름 자체가 한반도 모형이다. 지형이 한반도 모습을 나타내는 경우는 많이 보아 왔는데, 한탄강에서는 수형(水形)이 한반도를 그리는 모습이 가끔 보인다. 항상 세상을 걸으면서 느끼는 것이지만 자연이 만들어 주는 선물은 위대하고 경외롭다.

오후에는 경기도 연천군의 재인폭포로 향했다. 재인폭포(才人瀑布)는 한탄강에서 가장 아름다운 지형 중의 한 곳으로, 연천군 최고의 명소로 꼽힌다.

한탄강 한반도 수형

원래 평지였던 곳이 갑자기 움푹 꺼지며 북쪽의 지장봉에서 흘러 내려온 계곡물이 약 18m 높이에서 주상절리 절벽으로 쏟아지면서 폭포를 이루어 장관을 연출한다. 현재 폭포의 위치는 윗부분의 침식작용으로 한탄강에서 약 300m 이상 거슬러 올라간 것으로 보인다.

우선 출렁다리에서 보이는 재인폭포는 현무암을 뚫고 자라난 나무들이 하늘을 가릴 만큼 울창한 협곡 끝에 신비로운 자태로 자리했다. 위에서 떨어지면서 물보

재인폭포

라를 이루며 부서지는 하얀 물살과 그 아래 쪽빛으로 펼쳐진 소(沼)는 보는 순간 마음을 사로잡는다. 소의 깊이가 무려 20m에 이른다고 한다. 쪽빛 소가 빚어내는 색의 조화가 거대한 동굴처럼 파인 현무암 주상절리와 어우러져 더욱 아름답고 쏟아지는 물소리가 경쾌하면서도 시원하다.

데크 길을 따라 폭포 뒤로 돌아서면 이름 그대로 선녀들이 목욕했다는 선녀탕이 있다. 선녀탕은 현재의 재인폭포를 구성하는 현무암 주상절리 중에서 폭포 상류에 위치하며, 풍화와 침식이 빨리 진행되어 만들어진 소다. 즉, 선녀탕은 재인폭포 상부에서 물리적으로 가장 약한 곳이 침식되어 생긴 폭포호다. 현재의 선녀탕은 작지만 재인폭포 주상절리가 오랜 세월 얼고 녹기를 반복 침식하여 붕괴되면 미래의 재인폭포가 형성될 곳이다.

재인폭포에는 두 가지 전설이 전해진다. 옛날 인근 마을에 금실 좋기로 소문난 줄을 타는 재인 남편과 미인 아내가 살았는데, 마을 원님은 예쁜 아내에게 흑심을

선녀탕

영평초등학교(폐교)

영평향교유허비

품고 남편에게 재인폭포에서 줄을 타라는 명을 내린다. 줄을 타던 남편은 원님이 줄을 끊어 버려 폭포 아래로 떨어져 죽었고, 원님의 수청을 들게 된 아내는 원님의 코를 물어 버리고 자결한다. 그 후로 사람들은 이 마을을 '코문리'로 부르게 되었고, 현재의 '고문리'가 되었다 한다. 또 다른 이야기는 폭포 아래에서 놀며 자신의 재주를 자랑하던 재인이 사람들과 내기를 했다. "양쪽 절벽에 외줄을 묶어 내가 능히 지나갈 수 있소." 하자 사람들이 믿지 못하겠다며 자신의 아내를 내기에 걸었다. 재인이 쾌재를 부르며, 호기롭게 줄을 타자 아내를 빼앗기게 된 사람들이 줄을 끊어 버려 흑심을 품었던 재인은 아래로 떨어져 죽고 말았다. 그 후로 이 폭포를 '재인폭포'라 부르게 되었다 한다.

운산리 전망대와 자연생태공원을 둘러보고 돌아오는 길에 영평향교 터를 찾았다. 영평향교(永平鄕校)는 조선 시대 영평군(현재 포천시 북부 지역)에 소재했던 향교로 1938년 철폐되어 현재 터만 남았다. 향교는 조선 시대 공립학교로 지역 유생들의 강학 공간으로 영평 지역 내 많은 유생들이 영평향교에서 수학했다.

영평향교는 1914년 포천과 영평이 최종적으로 통합된 이후 일제 강점기인 1938년 강제로 철폐되었으며, 2011년 영평향교 터에 유허비를 세워 놓았다. 영평향교 터는 1910년에 개교한 영평초등학교가 차지했지만, 2010년 개교 100주년 기념탑만 세워 놓고, 농촌 인구의 절벽으로 폐교되었다. 그 옆으로 군수들의 선정을 기린 '영평리선정비'가 있다.

귀한 자손 이어 준 '종자산'

운산전망대 입구는 운산리 '구라이골'로 한탄강 8경 중 하나인 '구라이 협곡'이다. '굴'과 '바위'의 합성어인 굴바위가 변형된 '구라이골'은 여름에는 나무가 우거져 숲이 굴처럼 느껴진다. 숲길을 지날 때는 원시림을 거니는 착각도 할 수 있다.

구라이골은 한탄강으로 흘러드는 시냇물이 있던 작은 계곡에 용암이 흘러들어와 만들어진 곳이다. 이후 오랜 세월 동안 다시 하천이 흐르면서 현무암층이 깎여 작은 계곡이 만들어졌다. 한탄강을 흐르던 용암이 아래에서 위로 가면서 세 부분의 암석이 서로 다르게 보인다. 이는 각각 다른 시기에 흘러들어온 용암이 서로 다른 조건에서 식으면서 모양과 구조가 다르게 만들어졌기 때문이다. 숲길을 따라

종자산

구라이골

운산 출렁다리

도착한 운산 전망대는 그대로 있는데 강변을 따라 걸어야 할 데크 길은 출입 금지다. 지난번에 가을 태풍의 영향으로 비가 많이 내려 강물이 범람했는지 가야 할 길이 휩쓸려 온 부유물로 막혀 있다. 일부 시설은 심하게 훼손되었다. 어느 계단에는 큰 바위가 굴러와 꼼짝하지 않는다. 가지 말라고 출입도 통제했다.

되돌아 나온 발길은 한탄강 위로 어깨를 늘어뜨린 출렁다리로 가기 위해 관인면 중리로 이동한다. 이 출렁다리는 포천시 관인면 중2리와 창수면 운산리를 잇는 다리로 아직 준공을 끝내지 못한 미완의 다리다(글 작성 시점 기준). 출입은 막았지만, 들어갈 수 있는 틈새가 있어 이를 이용한다. 아직 미개통된 다리를 거니는 재미는 어려서 남의 집 참외를 몰래 따 먹는 서리 같다. 그 당시에는 묵인된 놀이로 보릿고개를 넘겨야 했던 어른들의 훈훈한 인심이었다.

바닥에는 간간이 수십 미터를 내려다보게 하는 투명 유리가 깔려 있다. 출렁다리는 흔들림의 아찔함보다 까마득하게 보이는 한탄강의 밑바닥이 가끔은 현기증을 유발한다. 아직 개통하지 못한 이유를 알 수 없지만, 만약에 준공이 된다면 또 다른 명소가 될 것 같다.

강 건너 종자산은 연천읍과 포천시 관인면의 경계를 이룬다. 한탄강을 끼고 병풍처럼 솟아올라 아침 햇살에 더 반짝인다. 전설에 따르면 아기를 못 낳는 3대 독자 부부가 산 중턱의 굴 속에서 백일기도를 드린 후 아기를 낳았다고 하여 '종자(種子)'라는 이름이 붙었다 한다. 이곳 사람들은 '씨앗산'이라고도 부른다.

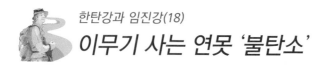

이무기 사는 연못 '불탄소'

　재인폭포는 지난번에 한번 다녀가서 그런지 벌써 오래된 지인 같다. 멀리서 눈인
사만 나누고 한탄강 길을 따라 나선다.

　재인폭포 앞 넓은 밭에는 백일홍이 화사하게 피어 눈부시다. '백일초'라고도 하
는 백일홍은 꽃이 100일 동안 붉게 핀다는 뜻이고, 관상용으로 재배한다. 백일홍
은 원래 잡초였으나, 들꽃을 개량한 본보기의 하나로 현재의 모습이 되었다. 다음
밭에는 노란(황화) 코스모스가 반긴다. 노란 코스모스는 꽃잎 끝이 톱니처럼 갈라
져 왕관 모양에 노란색과 오렌지색을 띠는데, 개화 기간이 길어 초여름부터 가을
철 서리 내릴 때까지 핀다. 국화과 코스모스속으로 한해살이 풀이며, 노란색, 황색,

백년초

노란 코스모스

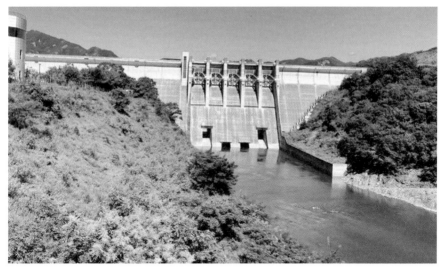
한탄강댐

주황색의 꽃이 핀다. 꽃은 가지 끝에 한 개씩 머리 모양으로 달린다. 이 꽃은 들판에서 자라는 식물로 씨앗을 뿌려주면 어디서든 잘 자란다. 바람 따라 한들거리는 모습이 아름다움을 더한다.

재인폭포의 현무암 아래에는 우리나라에서 유일한 고생대 데본기 지층인 미산층이 놓여 있다. 미산층은 석회질층과 규산질층이 서로 교대로 나타나는 변성 퇴적암이다. 밝은 색의 두 층이 서로 밴드 형태를 보여주면서 교대로 나타나는 것으로 현무암과 쉽게 구분한다. 데본기는 고생대의 6개의 기 중 제4기다.

오후에는 한탄강댐으로 이동하여 물문화관을 둘러본다. '한탄강댐물문화관'은 '물에 관한 체험, 놀이는 물론 다양한 문화행사를 즐길 수 있는 열려 있는 공간'이다. 1층은 한탄강의 유래와 생성 과정을 설명한다. 놀이를 통해 물을 배우고, 체험하는 친수 공간이다. 2층은 부모와 어린이가 함께 즐기는 놀이터와 쉼터, 전시, 관람 등 다양하게 활용할 수 있는 문화 공간으로 이루어졌다.

한탄강댐은 환경을 최대한 고려한 홍수 조절 댐으로 한탄강 하류와 임진강의 상습적인 홍수 피해를 방지하기 위해 2001년에 지어졌다. 연천군 연천읍 고문리와 포천시 창수면 신흥리를 잇는 댐이다. 당초 다목적댐으로 계획되었으나, 지역 주민들과 환경단체의 강력 반발로 홍수 조절용 댐으로 규모를 축소했다.

한탄강댐이 건설되면서 연천읍 고문리 마을이 수몰되었다. 수몰 지역에 살던 고문리 주민들은 강에서 물고기를 잡고, 포 사격장이 있는 산에서는 포탄 고철을 주워 팔아 자식을 위해 포탄밥을 지어야 했던 아버지와 어머니들이 살던 마을이었다. 이곳 주민들에게는 포탄은 사람을 죽이는 것이 아니라 사람을 살리는 밥이었다. 칼끝처럼 날 선 포탄밥 고철은 그들이 짊어져야 할 고단한 삶의 무게였다.

하지만 산물도 강물도 많은 지역에서 오히려 먹을 물이 없어 '물' 고생을 하면서 살다가 2016년 한탄강댐이 생기면서 강물에 터전을 내어 준 사람들이 살았던 수몰 지구다. 고문리는 1945년 광복과 동시에 38선 북쪽에 위치하여 북한 땅이 되었다가 한국전쟁이 끝난 1954년에 수복 지구가 되어 오늘에 이른다.

고문리

한탄강댐 하류로 내려와 용하 마을을 지나면 '불탄소'라는 곳이 있다. 전설에 따르면 과거에 하늘로 승천하려다가 실패한 이무기가 살고 있는 깊은 연못이라고

불탄소

한다. 왼쪽으로 병풍 같은 주상절리를 끼고 곡선을 긋는 구간으로 경치가 매우 아름답다.

길옆으로 천인국, 맨드라미 등 가을 꽃들이 가는 세월이 아쉬운 듯 더 활짝 피어 세상을 유혹한다.

한탄강 현무암, 귀중한 지질 연구 자료

벼 이삭이 노랗게 익어 가는 논길로 접어들자 어릴 때 밭두렁 논두렁 헤집고 다니며 메뚜기 잡던 추억이 되살아난다. 하릴없이 서 있는 것 같아도 참새를 막아 주던 허수아비는 어디로 갔을까? 짧은 논두렁 길이지만, 아주 오랜 옛날 꼭꼭 숨겨 놨던 기억을 회상해 본다.

다시 강변으로 들어서자 논으로 물을 공급하는 배수관이 강바닥을 향하고, 언덕 아래에는 양수장이 때를 기다린다. 현무암 용암대지는 보수력(保水力)이 약해 농사 짓기가 힘들었는데, 지금은 양수시설의 발달하여 한결 수월해졌다. 한탄강 주변에는 60여 개의 양수 시설이 가동되어 주로 논농사에 이용된다. 그 옆으로는 보(洑)로 가둔 물을 이용하여 전기를 생산하는 소수력발전소가 세상의 빛을 만들어 낸다.

한탄강 현무암은 지금으로부터 약 50~15만 년 전에 용암이 한탄강을 따라 형성된 제4기에 해당한다. 휴전선 이북의 오리산(해발 452m)과 여기에서 동북쪽으로 24㎞ 떨어진 680m 고지에서 분출한 현무암질 용암이 한탄강을 따라 평강, 철원 지역의 하천과 저지대를 모두 덮고, 연천군 전곡 일대를 지나면서 비교적 규모가 작은

농업 용수 펌프장

소수력발전소

현무암 주상절리

백의리층

주상절리가 만들어졌다. 은미정질(隱微晶質) 또는 세립질(細粒質)로 구성된다. 이들 용암이 쌓일 때까지 상당 기간 부정합(不整合) 관계가 지속되었다.

바로 옆에는 '백의리층'이 있다. 현무암 절벽 아래 아직 암석화 되지 않은 퇴적층을 백의리층이라 부르는데, 이는 연천군 청산면 백의리(白蟻里) 한탄강변에서 처음 발견되어 붙여진 이름이다. 약 6500만 년 전 화산 폭발로 인해 용암이 흘러내리면서 생성된 지층이다. 현무암 아래 눌려 있으면서 아직 암석화 되지 않은 지층으로 자갈들이 많은 역암층(礫巖層)으로 구성되어 있어 한반도 지질을 연구하는 데 귀중한 자료로 평가된다.

발길은 다시 데크 길을 따라 한탄강 하류로 향한다. 강변 양안으로는 한탄강 특유의 주상절리대가 단애를 이루고, 가운데로 흐르는 강물은 쪽빛이다. 옛날 신랑과 신부가 결혼할 때 썼다는 사모와 비녀를 닮은 사모바위와 비녀바위(신부바위)가 있다는 안내판이 보이는데, 실물은 잘 보이지 않는다.

길 옆으로 지석묘 같은 고인돌도 보인다. 고인돌은 말 그대로 '돌을 고였다'고 하여 붙여진 이름으로, 고조선 시대의 대표적인 무덤 형식이다. 무덤 속에는 주검만을 묻는 것이 아니라 그 안에 토기나 석기, 청동기 등의 다양한 유물을 넣기도 하므로, 무덤은 그 시대의 사회상을 파악하는 데 매우 중요한 유적이 된다.

선조가 내린 '송균절조 수월정신'

한탄강을 따라 연천 땅으로 들어오면 세월을 낚는 강태공들이 심심찮게 눈에 띈다. 쓸데없는 사족(蛇足)을 달며 도착한 곳은 '아우라지 배개용암'이 있는 곳이다. 아우라지는 '두 갈래 이상의 물이 한데 모이는 물목'을 말하는데, 이곳은 영평천이 흘러들어 한탄강과 만나는 곳이다.

영평천은 길이 약 40km로 이동면에 있는 자등현과 광덕현에서 발원하여 연천군 청산면 궁평리에서 한탄강으로 흘러든다. 영평천에는 영평8경의 대부분이 모여 있어 경승지로도 유명하다.

영평천과 한탄강이 만나는 아우라지

배개용암

좌상바위

'배개용암(Pillow Lava)'은 신생대 제4기 추가령 구조선(構造線) 또는 북한의 평강 오리산에서 분출한 현무암질 용암이 옛 한탄강 유로를 따라 흐르다가 영평천과 한탄강이 만나는 지점(아우라지)에서 급랭하여 형성된다. '침상용암(枕狀熔岩)'이라고 도 불리는 배개용암은 물속에서 뿜어져 나온 용암이 물과 만나 냉각되는 과정에 서 둥글둥글한 베개 모양으로 굳은 형태를 말한다. 국가지정문화재 천연기념물로 지정되었다. 배개용암을 지나 궁신교 밑 우측으로 굽은 강을 따라 돌아서니 좌상 바위가 나온다. '좌상바위'는 연천군 청산면 궁평리 좌측에 있어서 붙여진 이름이 다. 실제로는 전곡읍 신답리에 위치한다. 좌상바위는 한탄강 주변에 약 60m 높이 로 불뚝 솟아 있는 바위로 중생대 백악기 말에 화산 활동으로 분출한 용암이 굳 으면서 형성된 현무암 바위산이다. 재질은 제주도의 현무암과 다르게 응회암질 퇴 적 현무암이다.

마을의 수호신 역할을 했고, 띠 모양의 굵은 세로줄은 오랜 시간 땅 밖으로 드 러나 있으면서 빗물과 바람에 의한 풍화작용으로 생긴 것이다. 좌상바위 부근은 고생대 미산층과 중생대 화강암, 응회암, 그리고 신생대 제4기 현무암 등 여러 지 질 시대의 암석과 지질 구조 등을 관찰할 수 있는 중요한 곳이다. '신생대 제4기'는 약 6500만 년 전부터 현재까지의 시대를 일컫는다.

바쁘게 좌상바위를 둘러보고 전곡읍 신답리와 청산면 궁평리를 잇는 궁신교를 건너 버스를 이용해 창옥병으로 향한다. 창옥병(蒼玉屛)은 포천시 창수면 주원리 영 평천변에 있는 벼랑으로, 영평8경 중 제3경이다. 창옥병의 폭이 수마정이요, 깎아지른 듯한 절벽으로 굴곡과 고저가 있다. 암혈이 있는가 하면 갖가지 형태로 돌출한 바위들이 장관이다. 이 바위에 암각문이 무려 11점이나 새겨져 있어 '보물찾기' 하듯이 찾아 나서는 재미도 쏠쏠하다.

창옥병은 선조 때 영의정을 지낸 박순(朴淳, 1523년~1589년)이 즐겨 찾던 경승지다. 15년 간 영의정에 재직하던 그가 영평으로 거처를 옮긴 때는 1586년(선조 19년) 8월로, 이이(李珥)가 탄핵되었을 때 그를 옹호하다가 도리어 탄핵을 받았다. 이때 선조는 여러 차례 만류했지만, 스스로 물러나 지금의 옥병동에 거주하면서 창옥병 주변의 경치가 빼어난 8개소에 이름을 붙이고 시를 지었다. 대표적인 암각문은 '제이양정벽(第二養亭碧)'이라는 글 중 수경대(水鏡臺)라는 시를 1700년경에 김수증(金壽增)이라는 사람이 바위에 새긴 것이다. 그러나 세월의 풍파에 많이 닳았다.

골짜기 새소리 간간이 들리는데(谷鳥時時聞一箇 곡조시시문일개)

박순의 '수경대'

'송균절조 수월정신'. 한석봉 글씨   옥병서원

쓸쓸한 침상에는 서책들만 나딩구네(匡牀寂寂散群書 광상적적산군서)
안타깝도다 백학대 앞 흐르는 물이(每憐白鶴臺前水 매련백학대전수)
산문을 겨우 나오면 흙탕물 될 것이니(纔出山門便帶淤 재출산문변대어)

　이곳에는 선조가 박순에게 내린 '소나무와 대나무 같은 절조에 맑은 물과 달
같은 정신(松筠節操 水月精神 송균절조 수월정신)'이라는 뜻의 윤음(綸音)이 석봉 한호(石
峯 韓濩, 1543년~1605년)가 쓴 글을 신이(辛夷)라는 사람이 바위에 새겨 놓았다. 어느
구멍 뚫린 바위 옆에는 와준(窪樽)이라고 새겨져 있는데, 이는 '바위에 뚫린 웅덩이
술통'이라는 뜻이다.

　반석 위로 맑고 푸른 영평천이 흐르고, 멀리 보이는 옥병교를 뒤로하고 서둘러
창옥병을 빠져나오자 옥병서원이 반긴다. 옥병서원(玉屛書院)은 1658년(효종 9년)에
지방 유림의 공의로 박순(朴淳)의 학문과 덕행을 추모하기 위해 창건하여 위패를
모신 곳이다. 1698년(숙종 24년)에 이의건과 김수항을 추가 배향했으며, 1713년에 '옥
병(玉屛)'이라고 사액되었다. 그러나 대원군의 서원 철폐로 훼철되었으나, 1926년에
김성대·이화보·윤봉양을 추가 배향했고, 1980년에 복원했다.

생태계 교란 유해식물 '가시박'

변하지 않는 하나의 사실은 '밤이 지나면 아침은 틀림없이 온다'는 것이다. 어제 한탄강 답사의 끝 지점이었던 좌상바위도 그 자리에 그대로 있고, 쪽빛 물여울도 세월을 싣고 좌상바위를 휘돌아 나간다.

강물이 허리춤까지 닿는 곳에서는 견지낚시에 여념이 없는 사람도 함께한다. 견지는 '대쪽으로 만든 납작한 외짝 얼레'인데, 여기에 낚싯줄을 감고 이것을 감았다 풀었다 하면서 물고기를 낚는 낚시법이다. 미끼는 구더기를 많이 사용하며 주로 끄리·누치·모래무지·피라미 등이 낚인다.

전곡리의 아침

끄리낚시

가시박 덩쿨

　한탄강을 답사하면서부터 눈에 거슬리는 것이 하나 있었다. 강변의 숲을 뒤덮어 버린 '가시박'이다. 원산지가 북미로 1980년대 후반 병충해에 강한 특징 때문에 오이나 호박 접목묘의 대목용으로 사용하기 위해 도입된 외래 귀화식물이다.

　모든 생물 종들이 그러하듯 생소한 외지에서 현지 환경에 적응하지 못하면 바로 도태한다. 반면 환경에 적응하면 생명력이 강하고 번식력이 좋은 생태계의 폭군으로 등극하여 기존 생태계를 교란한다.

　가시박은 호숫가 주변의 들판이나 비탈진 강변에서 수십 미터 높이의 큰 나무까지 뒤덮어 햇빛을 차단하여 말라 죽게 한다. 가시박 자체에서 다른 식물을 고사하게 하는 물질을 분비하여 주변의 다른 식물들이 살 수 없게 만드는데, 이를 타감작용(他感作用, allelopathy)이라 한다. 환경부에서는 토종식물을 위협하고 생태계를 파괴하는 주범으로 지목하고 생태계 교란 유해식물로 지정하고 있다.

　전곡대교는 청산면 장탄리에서 전곡읍 은대리를 연결하는 교량이다. 전곡대교 밑으로 강을 따라 남으로 향한다. 가시박이 세상을 온통 휘감아도 자연은 조용하기만 하다. 자연의 그 침묵은 가까운 장래에 재앙으로 돌아오지 않을까 은근히 걱정되기도 한다.

　청산면 장탄리와 전곡읍을 연결하는 고탄교를 건너 한탄강 우안으로 방향을 바꾼다. 전곡읍은 연천군 중남부에 있는 읍으로 조선 시대에는 양주군 소속이었다. 한국전쟁 이전까지는 북한 땅이었다. 이곳에는 한탄강 유역의 수려한 자연경관을 이용하여 조성된 공원이 많다. 문화재로는 전곡리 선사유적지, 은대리성(隱垈里城), 양원리 지석묘 등이 있다.

수심이 얕은 지역에는 '징검다리'를 만들어 놓아 한탄강의 여울 소리가 더 정겹게한다. 철조망에는 철모르는 장미가 수줍어 하고 물가에는 '고마리'가 물을 정화한다. 고마리는 양지바른 들이나 냇가에서 자란다. 줄기의 능선을 따라 가시가 나며털이 없다. 꽃은 8~9월에 피는데, 가지 끝에 연분홍색 또는 흰색 꽃이 뭉쳐서 달린다. 꽃의 형태와 피는 시기, 잎의 생김새 등에 변이가 많으며 메밀과 비슷하다.

길 옆 큰 바위 위에는 사람의 하체 같은 돌멩이를 정성들여 올려놓았고, 강 건너에는 주상절리 단애가 칡넝쿨에 휘감은 채 서 있다. 그 아래 강물에는 카약이 열심히 노를 젓는다. 카약(kayak)은 에스키모인이 일상에서 사용하는 것에서 유래한 무동력 소형 배로 대개 1인승, 또는 2인승으로 여름철 바다 수렵에 사용하는 선박이

전곡대교

고마리

한탄강 전철교

다. 조종자는 방수 재킷을 입고 배의 가운데에 있는 동그란 구멍 속에 발을 뻗고 하반신을 파묻듯이 앉는다.

수중보 아래로는 서울 전철 1호선 전곡까지의 연장선 전철교가 개통을 앞두고 있으며, 물억새가 이삭을 내밀어 영글어 간다. 그 건너편으로 신천이 합류한다. 신천(莘川)은 양주시 백석읍에서 발원하여 동두천시와 연천군 청산면을 거쳐 한탄강에 합류하는 하천이다. 양주시 백석읍 양주 대모산성에서 근원하여 동쪽으로 흐르는 물은 중랑천을 거쳐 한강으로, 북쪽으로 흐르는 물은 신천에 이어 한탄강으로 합류하여 임진강으로 유입된다.

신천과의 합류 지점 아래로는 하중도가 발달되어 있다. 하중도는 하천 안에 있는 섬으로 강의 유속이 느려지면서 퇴적물이 쌓여 만들어지는데, 주로 큰 강의 하류에 많다. 하중도는 하천의 유량과 유속에 따라 쉽게 없어지거나 생겨나기도 하며, 비교적 규모가 큰 곳은 비옥한 농경지가 되거나 취락이 들어선다. 경기도 하남시의 미사리 선사 시대 주거지가 대표적이다.

한국전쟁 상처 간직한 '오봉사지 승탑'

한탄강 여울 소리를 들으며, 징검다리를 따라 하중도로 발걸음을 옮겨 본다. 징검다리 중간의 모래섬은 큰 자갈들이 질서 있게 깔려 있다.

하중도에는 편도 180m의 징검다리, 2.2㎞ 구간의 산책로 등 생태 탐방 지역로가 조성되어 있다. 하천의 기능인 이수(利水)·치수(治水)·환경(環境)을 조화롭게 함은 물론 생물에게는 친근하면서 사람에게는 아름다운 경관을 제공하는 자연친화적 생태 하천으로 만들어 놓았다. 하중도 하류 쪽으로는 한탄대교(국도 제3호선)와 경원선(서울~원산) 철교가 나란히 놓여 있다.

한탄강 징검다리

경원선 철교와 한탄대교

국도 제3호선은 경상남도 남해군에서 시작하여 경상북도 김천과 문경을 거쳐 서울을 경유, 경기도 동북부 지역인 의정부시·양주시·동두천시·연천군과 강원도 철원군을 지나 북한의 자강도 초산 지역으로 달린다. 한반도의 중앙을 관통하는 일반 국도다. 현재 시점은 경상남도 남해군 미조면이다.

한탄대교를 지나면 강둑 위로 한탄강관광지가 조성되어 있다. 관광지는 연천군 전곡리 한탄대교와 사랑교 사이의 강변 1.5km에 펼쳐져 있다. 1970년 3월 한탄강 유원지로 문을 열었으며, 1977년 3월에 국민관광지로 지정됐다. 주요 시설로는 가족캠핑장과 보트장·어린이놀이터·다목적 운동장 등이 있다.

짬을 내어 이동한 곳은 오봉사지 승탑이다. 연천군 연천읍 고문리에 있는 오봉사지 승탑(경기도 유형문화재)은 승려의 사리탑으로 고려 후기부터 조선 시대까지 유행한 석종형(石鐘形)으로 조성되었다. 단아한 느낌을 주며 대좌와 승탑 모두 응회

오봉사지 승탑

암으로 되어 있다. 승탑의 표면에는 한국전쟁의 상처인 탄흔 자국이 남아 있다.

이 승탑은 직사각형 받침돌 위에 종 모양의 몸돌을 안치했는데, 일반적인 석종형에 비해 윗부분인 상륜부가 크게 조성된 것이 특징이다. 몸돌 상단에 연꽃 문양을 둘러 조각했으며, 그 위에 돌기 띠가 굵은 선으로 뚜렷하게 새겨져 있어 인상적이다. 이 승탑에 관한 기록이 없어 누구의 것인지 알 수 없으나, 현재 이 승탑에서 동쪽으로 200m 떨어진 곳에 오봉사 터가 남아 있어 이 절의 발전에 기여한 승려의 것으로 짐작한다. 가까운 곳에는 '오봉사 납골당'이 운영되고 있다.

오봉사 터를 둘러보고 다시 오전을 마무리했던 한탄강변으로 나온다. 옛날에는 섶다리가 있을 것으로 추정되는 곳에 지금은 난간이 없는 철근콘크리트 다리가 놓여 있다. 이 다리를 건너 차탄천이 합류하는 지점까지 간다.

한탄강(고능리)

차탄천은 철원 금학산에서 발원하여 37km를 남북으로 흐르는 하천이며, 순우리말로 '수레여울'이다. 이방원이 조선 건국을 반대하며 연천으로 낙향한 친구 이양소를 만나기 위해 수레를 타고 오던 중, 수레가 빠진 데서 유래한 이름이다. 차탄천은 연천 은대리성 아래로 흘러 한탄강과 합류한다.

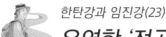

우연한 '전곡리 선사유적' 발견

　무서리 내리고 기온은 아침저녁으로 차갑게 살갗으로 파고 든다. 조반을 마치고 전곡리 선사유적지로 향하는데, 그 입구 맞은편에는 국화가 너른 밭을 이뤄 발길을 돌리게 한다.

　국화는 매화·난초·대나무와 함께 사군자의 하나로 불리어 왔다. 많은 꽃이 다투어 피는 봄·여름에 피지 않고 날씨가 차가운 가을에 서리를 맞으면서 홀로 피는 국화의 모습에서 선조들은 고고한 기품과 절개를 지키는 군자의 모습을 발견한 것이다.

전곡리 국화축제

　연천군 전곡리 선사유적지에서 매년 10월에 열리는 국화축제는 연천군농업기술센터에서 재배한 약 4만 개의 국화 화분과 5만 점의 국화꽃을 주제로 한다. 대국, 현애국, 분재국, 석부작, 다륜국 등 다양한 품종의 국화꽃이 색깔별로 식재되어 있다. 국화꽃으로 장식된 캐릭터, 동물 등의 조형물도 설치되어 있다. 연천국화축제 행사장에는 국화꽃전시뿐만 아니라 농산물 직거래 장터도 열린다.

전곡리 선사문화   맘모스

선사유적 축제는 10월 말까지 열린다. 축제를 임하는 주민이나 관계자들의 표정이 진지하다. 내일을 기약하는 활기찬 모습들이 행사장의 분위기를 한껏 끌어 올린다. 구석기인들의 생활상, 맘모스와 대적하는 모습 등은 손에 쥔 도구만 다를 뿐 지금 우리가 사는 방식과 다르지 않을 것 같다.

전곡리 선사 유적지는 30만 년 전의 구석기 문화를 고스란히 간직한 곳이다. 이곳은 구석기 문화와 선사 문화를 교육, 놀이, 체험 등을 통해 배우고 즐기는 곳으로, 전곡리 구석기 축제는 프랑스와 더불어 세계 2대 구석기 축제를 개최한다. 구석기 문화의 결정체인 '아슐리안' 주먹도끼에 생명력을 불어 넣어 석기 인류와 동화되는 느낌의 '숨소리'로 표현함으로써 구석기 문화를 공감하는 '전곡리안의 숨소리'가 이 축제의 주제다.

이곳의 구석기 유물은 1977년 1월, 당시 주한미군 공군 상병이었던 그렉 보웬은 한탄강에서 데이트하던 중 한국인 애인이 주운 이상한 돌을 유심히 살폈다. 그렉 보웬이 프랑스 고고학자에게 돌에 대한 편지를 보낸 후 그 프랑스 교수 소개를 통해 서울대 교수에게 유물을 보내 조사를 요청한 결과, 그 돌이 약 30만 년 전 것이라고 추정된 전기 구석기 시대의 유물인 '전곡리 주먹도끼'로 밝혀졌다. 서울대학교박물관은 전곡리 일대에서 유물 4500여 점을 발굴했다.

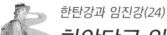
하안단구 위 고구려 성곽 '연천은대리성'

사적으로 지정된 '연천은대리성(漣川隱垈里城)'은 연천군 전곡읍에 있는 삼국 시대의 고구려 성곽이다. 한탄강과 차탄천의 합류 지점에 형성된 하안단구 위에 축조되었다.

합류 지점이 삼각형의 꼭지점을 이루고 동쪽으로 가면서 점차 넓어지는 형태의 강안평지성(江岸平地城)이다. 내성과 외성의 이중 구조로 성곽의 전체 길이는 약 1005m다. 동서 400m, 남북 130m이다. 성 내부의 면적은 7천 평 정도인데, 일부는 경작지로 이용되고, 나머지는 소나무 숲으로 조성되어 있다.

은대리성 안

성벽은 흙과 돌을 혼합하여 쌓았다. 동쪽과 북쪽 성벽의 상당 부분이 훼손된 상태이지만, 성 내부의 보존 상태는 비교적 양호하다. 성의 남쪽과 북쪽은 한탄강에

삼형제바위

한탄강·차탄천 합류 지점

접해 단애로 이루어져 있어 동쪽 부분을 제외한 다른 방면으로는 접근이 불가능하다. 성 안에는 문지 3개소, 건물지 1개소, 치성 2개소가 확인되었고, 경작지에서 철기 조각과 백제의 것으로 보이는 토기 조각, 그리고 회식 연질(軟質)의 고구려 토기 조각이 발견되었다.

은대리성 서쪽 끝부분에 있는 전망대에서 한탄강과 차탄천이 만나는 지점을 바라보면 삼형제바위가 보인다. 삼형제바위는 아들 삼형제를 둔 과부의 슬픈 전설이 있다. "물에 빠진 막내를 구하기 위해 두 형이 물에 뛰어들었으나 삼형제 모두 익사한다. 아들을 잃은 과부가 울부짖은 지 석 달 만에 삼형제 형상이 강 가운데로 나타나더니 갑자기 바위로 변했다"는 이야기다. 그 후로 해마다 익사자가 발생하여 큰 바위에 제단을 만들어 제사를 지낸다고 한다.

차탄천(車灘川)은 철원 금학산에서 발원하여 37km를 남북으로 흐르는 하천이다. 연천 은대리성 아래로 흘러 한탄강과 합류한다. 차탄천에서는 다른 하천에서 볼 수 없는 현무암 주상절리를 볼 수 있다. 그 중 하류 구간의 주상절리와 은대리 습곡 구조 및 판상절리(板狀節理)는 한탄강 세계지질공원의 대표적인 명소다.

어느 공장 폐수처리장에서는 악취가 진동한다. 폐차장에서는 아무리 비싼 고급 승용차라도 압축기로 누르면 한 조각의 철판이 된다. 지금 지나는 이곳은 주변의 건물과 환경으로 보아 연천군 전곡읍의 공업 지역이 아닌가 한다.

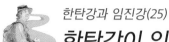
한탄강이 임진강을 만나는 '도감포'

　고개 숙인 벼 포기 사이를 가르며 나아간다. "벼는 익을수록 고개를 숙인다."는 교훈을 말없이 보여준다. 논을 지나 몇 번인가 헤매다가 길이 막히고 갑자기 절벽이 나타난다. 발끝이라도 걸칠 수 있는 곳을 찾아 있는 힘을 다해 위로 올라서니 연천군 군남면 남계리 소하천을 연결하는 화진교가 나온다.

　화진교를 건너 다시 한탄강변으로 가면 한탄강의 여정이 끝나고 임진강과 만나는 합수머리 도감포다. 전곡 읍내에서 약 6km 떨어진 도감포는 강 전체가 현무암 협곡으로, 한탄강에서 드물게 넓은 모래사장이 형성되어 있다. 별도로 산책로를 만들어 놓지 않았지만 잔잔한 수면에 손을 타지 않은 자연의 정취가 고스란히 투

판상절리

한탄강(좌)과 임진강(우)의 합류 지점 도감포　　　　판상절리

영된다. 강으로 내려서는 길목인 '합수머리' 마을은 유난히 볕이 따사롭다.

　도감포(都監浦)는 남계리의 남쪽 임진강과 한탄강이 합류하는 곳에 있던 포구마을로, 옛 지리지나 여러 문헌에는 이곳 합수머리에서 임진강을 따라 전곡읍 마포리 지역까지 넓게 펼쳐진 꽃답벌과 미산면 동이리 썩은소 앞의 강폭이 좁아지는 지점까지의 지형이 항아리의 형태와 닮았다고 하여 '독안이(壺內)' 또는 '호구협(壺口峽)'이라 했다.

　도감포는 한국전쟁이 발발하기 전까지 100여 호가 살던 작은 포구였지만, 역할은 작지 않았다. 한강 하구 강화에서 배에 싣고 온 새우젓과 소금이 도감포를 거쳐 인근 철원, 포천, 동두천으로 공급되었다. 빼어난 경치에도 불구하고 관광지로 널리 알려지지 않은 까닭은 오랫동안 민통선으로 묶여 있었기 때문이다. 도감포는 삼팔선 바로 이북이고, 한국전쟁의 격전지로 중공군을 포함한 10만 적군을 막아내어 전곡과 연천이 수복 지구가 될 수 있었다.

　전쟁 후에도 도감포는 1988년까지 민통선으로 묶여 외지인이 자유롭게 드나들지 못했다. 합수머리는 수량이 풍부하여 물고기도 많이 잡히던 곳이었는데, 임진강 수역의 북한에는 황강댐, 남한에는 군남댐이 들어서는 바람에 수량이 대폭 줄었다. 그래도 도감포 맞은편 바위 절벽은 한탄강 주상절리가 더 돋보인다. 성냥갑에 빼곡하게 박힌 성냥처럼 다각형 돌기둥이 수직 절벽에 촘촘히 박혀 있다.

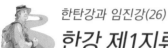

한강 제1지류 '임진강'… 북한 지역 63%

오후부터 걷기는 본격적인 임진강 답사다. 강변 동이대교 부근에서 시작한다. 임진강(臨津江)은 함경남도 덕원군 마식령에서 발원하여 황해북도 판문군과 경기도 파주시 사이에서 한강으로 유입되어 서해로 흐른다.

옛날에는 '더덜나루(다달나루)'라고 했는데, 한자로 표기하면서 임진강이 되었다. '임(臨)'은 '더덜'이라는 의미로, '다닫다'라는 뜻이다. '진(津)'은 '나루'라는 뜻이다. 그밖에 '이진매', 즉 '더덜매(언덕 밑으로 흐르는 강)'라고도 했다.

임진 적벽

임진강의 길이는 254㎞이고 북한에서 9번째로 넓은 유역 면적을 갖고 있으며, 한강의 제1지류다. 전체 유역 면적 중 남한 지역이 37%, 북한 지역이 63%를 차지하고 있다. 강원도 북부를 흐르면서 고미탄천과 평안천이 합류하고, 경기도 연천에서

당포성

당포성과 임진강

한탄강과 합류한다. 고랑포를 지나 문산 일대의 저평지를 흐르는 문산천과 합치고 하구에서 한강과 합류하여 서해로 흘러든다.

열하분출(裂罅噴出)에 의해 형성된 현무암 협곡은 한탄강과 만나는 도감포 북쪽이 두드러지는데, 이곳을 임진 적벽으로 불린다. 중상류 지역 상당 부분이 군사분계선 북측인 북한의 산지에 있고, 중하류는 비무장지대 생태권을 형성한다.

민족의 분단으로 더 이상 북으로 가지 못하고 발걸음은 당포성으로 향한다. 당포성(唐浦城)은 임진강과 당개나루터로 흘러드는 하천이 형성한 삼각형 모양의 절벽 위에 만들어진 고구려 강안평지성(江岸平地城)이다. 강에 접해 있는 두 면은 절벽이기 때문에 별도의 성벽을 쌓지 않았으며, 평지로 연결되어 적이 쉽게 공격할 수 있는 나머지 동벽에만 높고 견고한 성벽을 쌓아 내부를 성으로 사용했다.

성벽 앞에는 폭 6m, 깊이 3m의 구덩이(溝)를 만들었고, 외부에는 일정한 간격으로 조성된 수직의 기둥 홈(柱洞)이 관찰된다. 이는 중국 집안의 환도산성, 평양의 대성산성 등 고구려의 산성 등에서 확인된다.

당포성 전망대에는 삼족오 깃발이 펄럭인다. 삼족오(三足烏)는 고구려를 상징하는 문양이다. 고조선의 뒤를 이은 고구려인들이 자신들은 가장 위대한 태양의 후손이라는 뜻에서 원형의 태양 속에 삼족오를 그려 넣어 자신들의 문양으로 삼았다. 국가의 상징인 삼족오는 지배인들의 전쟁 도구 장식, 깃발 등으로 사용되었을 것으로 보인다.

옛 왕조 무상함 새긴 '잠두절애'

　　당포성을 나와 평화누리길 11코스를 따라 숭의전으로 이동한다. 숭의전은 연천군 미산면 아미리 임진강변 절벽 위에 있다. 숭의전은 조선 개국 후 1397년(태조 6년)에 태조의 명으로 묘(廟)를 세우고 1399년(정종 원년)에는 고려 태조 외 7왕을 제사 지내도록 했다. 문종 때 중건하여 숭의전(崇義殿)이란 전호(殿號)를 내리고, 고려 왕조 8왕 중 태조, 현종, 문종, 원종 4위만 봄·가을로 향축을 보내어 제사를 지냈다.

숭의전 천수문

　　1451년(문종 1년)에는 이름을 바꾸어 공주에서 살던 고려 현종의 후손이 이웃 사람들과 시비로 왕 씨 성을 숨기고 산다는 이유로 고발을 당했는데, 오히려 왕순례라는 이름을 지어 주고 3품관직과 토지와 노비를 지급하여 숭의전에서 대대로 제

고려 왕조 위패.

배신청 16위패

향을 받들도록 했다. 신숭겸, 정몽주 등 고려 충신 16위를 배향했다. 숭의전이 있는 마전현(麻田縣)은 군(郡)으로 승격되었다.

숭의전 초기에는 개성에 있던 고려 태조 왕건의 동상을 옮겨와 제사를 모셨으나, 세종 때에 주자가례에 따른 제사법이 바뀌어 동상과 초상화 대신 위패로 바뀌어 개성의 현릉(왕건의 릉) 곁에 매장했다가 지금은 평양의 중앙역사박물관에 전시하고 있다.

숭의전 앞으로 흐르는 임진강변의 잠두봉 벼랑에 '잠두절애(蠶頭絶崖)'라는 시가 있다. 이 시는 1789년(정조 13년) 마전군수였던 한문홍(韓文洪)이 숭의전 수리를 마치고 옛 왕조의 영화와 쇠락 속에 담긴 무상함을 담아 새긴 글이다.

숭의전을 나와 평화누리길 10코스를 따라 임진강변 아미산 능선길로 접어든다. 지금 밟고 가는 푹신한 낙엽 밑에는 시대미상의 보루인 연천아미리보루가 있을 법한데 보이지 않는다. 연천아미리보루는 자연석으로 정상부를 원형으로 쌓았다. 가운데 부분에 함몰된 부분이 있으며, 붕괴된 석재들이 주변에 있다.

아미리를 지나면 연천군 백학면 구미리다. 백학면은 연천군의 서남쪽에 있으며, 21개 법정 리 중 11개 리는 비무장지대와 군사분계선 북쪽에 위치한다. 약 15㎞의 휴전선과 임진강을 접하는 전형적인 농촌 지역으로, 면 전체 가구의 4분의 1 정도가 민간인 출입통제구역을 출입하며 농사를 짓고 있다.

임진강 주상절리(구미리)

구미리는 본래 적성현 북면 지역으로 임진강에 깊고 큰 구미소가 있어 '구미연리 (龜尾淵里)'라 했는데, 1914년 연천군 백학면에 편입되면서 현재의 구미리로 개칭되 었다. 임진강 유역의 충적지가 발달되어 논농사가 활발하며 백학면에서 생산되는 쌀이 특산물로 유명하다. 이곳도 인삼으로 명성을 날렸던 개성이 가까워서 그런지 인삼을 재배하는 삼포(蔘圃)가 많이 보인다.

멀리 감악산이 보이고 학곡리로 접어들자 서산의 해는 옆으로 길게 눕는다. 임 진강은 푸른 빛을 띠며 유유히 흐르고 강 건너 캠핑장이 한가롭다.

어느 목장의 당나귀는 낯선 나그네의 침입에 처음에는 놀라다가 바로 진정을 찾는다. 주상절리가 있어서 언덕 밑으로 흐르는 강이란 뜻의 이곳 방언인 '더덜매' 로 부르다가 임진강으로 이름이 바뀐 강변에는 우리의 삶과 애환을 바위에 담아 한 땀 한 땀 수(繡) 놓는다.

임진강과 감악산   당나귀

잠두절애(蠶頭絶崖) 시(詩)--이수(二首)

 숭의전을 지은 지가 4백 년이 되었는데(麗組祠宮四百秋)

누구로 하여금 목석으로 새로 수리하게 하는고(誰敎木石更新修)

강산이 어찌 흥망의 한을 알리요(江山豈識興亡恨)

의구한 잠두봉은 푸른 강물 위에 떠 있구나(依舊蠶頭出碧流)

지난 세월 만월추에 마음 슬퍼하거늘(往歲傷心滿月秋)

지금은 이 고을 군수가 되어 묘궁을 수리하였네(如今爲郡廟宮修)

조선은 생석을 갖추어 고려 왕들을 제사토록 하였으니(聖朝更乞麗生石)

아마도 숭의전은 징파강(임진강의 별호)과 더불어 길이 이어지리라(留與澄波萬古流)

- 마전군수 한문홍(韓文洪)

학 많았던 연천군 '학곡리'

가을의 아침은 약간의 한기가 있지만 하늘은 높고 상쾌하다.

백학면 '학곡리'는 예전에 학이 많이 날아 깃들었던 철새 도래지가 있었다고 해서 '해골' 또는 '학곡'이라고 했다. 1945년 해방 후 북한에 편입되었다가 한국전쟁이 끝난 후인 1954년 11월 '수복지구임시행정조치법'에 따라 행정권이 수복되었고, 1960년 11월 연천군 백학면에 편입되어 오늘에 이른다.

백학면 노곡리와 미산면 아미리를 잇는 '아미로'를 따라 임진강을 향해 돌마들 마을로 접어들자 적석총(積石塚)이 반갑게 맞이한다. '연천학곡리적석총'은 학곡리 마을에서 조금 떨어진 자연 제방 위 모래 언덕에 있는 돌무지다. 모래 언덕은 남쪽에 접해 있는 임진강의 방향을 따라 가늘고 긴 형태인데, 남서쪽으로 가면서 점차 좁아지는 모양이다.

무덤의 원래 크기는 25×10m 정도로 추정되나 잦은 강물의 침범과 주변 개발로 파괴되면서 무덤의 상당 부분이 유실되었다. 2003년 발굴 당시 경질무문토기를 비

감악산의 아침

학곡리 적석총 　　　　　　　　　　　　학곡리 임진강

롯하여 유리제 구슬이 나왔다. 고구려계 유물이 발견되지 않아 백제의 건국과 관련된 것으로 추정하고 있다. 이 마을에서는 마귀할멈이 치마폭에 돌을 날라 와 쌓았다는 전설이 전해지며, 주민들은 '활짝각담'으로 부르며 신성시하고 있다.

　돌마들 마을의 적석총을 지나 마을 중간쯤 다다랐을 때 어느 집 안마당 같은 곳에 고인돌이 서 있다. 연천학곡리고인돌 또는 지석묘는 고조선 시대의 대표적인 무덤 양식으로 땅 위에 굄돌과 막음돌을 세워 무덤방을 만들고 그 위에 대형 덮개돌을 얹어 만든 대표적인 탁자식이다. 고인돌로 사용된 석재는 이곳 주변에 많은 현무암이다. 덮개 돌은 약간 각이 진 6각형에 가깝다. 간격이 50㎝인 양쪽 긴 벽의 굄돌은 약간 기울어진 상태로 비교적 완전한 편이다. 현재는 막음돌은 사라지고 두 개의 굄돌만 남아 있고, 고인돌 내부에는 잔 자갈만 쌓여 있다. 마을에서는 '굄돌'이라고 부르며, 만복 할머니가 옮겨 온 것이라 믿고 마을에 재난이 생길 경우엔 이곳에서 동네 굿을 행한다고 한다. 현재는 파괴되었지만 여러 개의 고인돌이 주변에 분포했다고 하며, 이와 유사한 형태의 고인돌은 연천 지역에도 분포한다.

　마을을 벗어나면 기름진 옥토 위에는 아직 추수하지 못한 농작물들이 애타게 손길만 기다리는 것 같다. 허수아비 대신 바람으로 하늘에 날리는 매 형상의 연(鳶)이 침입자를 매섭게 노려본다. 강 건너 임진강 주상절리도 아침 햇살을 받으며, 세월을 켜켜이 쌓아 간다. 남과 북의 소통 공간이었던 더덜나루는 임진강이 되어 왜 말이 없는가?

한탄강과 임진강(29)

분단에 갇힌 '미수 허목 묘소'

비룡대교 남단 파주시 적성면 주월리에서 우측으로 임진강 하류 방향으로 가면 '파주육계토성'이 있다. 파주육계토성은 삼국 시대 백제의 성곽으로 내성과 외성으로 구성되어 있다. 내성은 수해로 유실되었고, 외성도 경지정리 과정에서 대부분의 성벽이 사라졌다. 축조 연대는 확실하지 않다. 성벽 내부로 짐작되는 지역을 발굴한 결과, 4세기에서 5세기에 이르는 백제 시대의 주거지가 출토되어 이와 비슷할 것으로 추정한다.

연천군 왕징면에는 미수 허목(眉叟 許穆, 1595년~1682년)의 묘소가 있다. 비무장지대로 출입이 통제되어 미리 군(軍)으로부터 출입 허가를 받아야 한다. 왕징면 북삼

미수 허목 묘소

평화누리길 게스트하우스

청암수석. 미수 허목의 전서체

리에 있는 '평화누리길 게스트하우스' 구내 식당에서 점심을 해결한 뒤 출입 허가에 협조해 주신 관계자의 안내를 받아 신분증을 제출하고 묘소로 향했다.

경기도 기념물(제184호)로 지정된 미수 허목의 묘역은 안월천을 건너는 강서 5교를 지나 북쪽으로 300m 정도 직진하면 좌측의 능선 해발 100m에 위치한다. 묘역의 상부부터 허목의 조부모, 부모의 묘 등 양천 허씨 가족묘 6기가 조성되어 있다. 미수 허목 묘는 나지막한 구릉의 묘 가운데 제일 아래에 위치하고 있으며, 바로 위에는 부인 전주 이씨의 묘가 위치한다.

허목은 조선 중기의 대학자이자 서예가로 남인의 영수였고 우의정을 지냈으며, 우암 송시열과 예송(禮訟) 분쟁을 일으킨 당사자다. 그가 완성한 독특한 고전팔분체(古篆八分體)는 독특한 전서(篆書)체로 우리나라 서예사에 있어 혁명적인 업적으로 평가된다. 후기 추사체에도 적지 않은 영향을 끼쳤다.

묘역의 대리석으로 만든 비석과 석물들은 한국전쟁 당시 탄흔 자국을 간직하고 동족 간의 치열했던 상잔(相殘)을 얘기한다.

북삼교 상류에는 군남홍수조절지가 있다. 임진강 유역은 1996년부터 1998년까지 연속적인 게릴라성 집중호우로 유역 내의 경기도 파주·연천 등 지역과 강원도 철원군 일대에 큰 수해가 발생하자 정부는 '임진강수계수해방지종합대책'을 세워 군남홍수조절지를 건설하여 홍수 피해를 줄였다. 군남홍수조절지는 한탄강 합류점 약 12km 상류의 임진강 본류에 위치한 국내 최초로 건설된 홍수 조절 전용 단일 목적댐이다.

군남홍수조절지댐

장남교

장남교는 연천군 장남면 원당리와 파주시 적성면 두지리를 잇는 교량이며, 장남교차로는 적성면 두지리에 있는 교차로다. 적성면의 북쪽은 임진강, 동쪽은 감악산을 경계로 연천군 전곡읍, 남쪽은 법원읍, 서쪽은 파평면에 각각 접한다. 두지리(斗只里)는 북서쪽에 임진강이 흐르고, 남쪽은 산지다. 임진강 지류를 따라 농경지가 넓게 펼쳐진다.

두지나루 황포돛배

두지나루 어선

37호 국도와 평화누리길

  지형이 두지(뒤주의 사투리)처럼 생겨 붙은 두지리에는 두지나루가 있다. 두지나루에는 조선 시대 때 주요 운송 수단이었던 황포돛배가 선조들이 2000여 년 동안 사용했던 원형 그대로 복원되어 운항 중이다.

  50여 명이 탈 수 있는 황포돛배는 두지나루를 나서 강물을 따라 40여 분을 유람하는데, 뱃길이 완전히 정비되어 고랑포나루의 멋진 적벽도 가까이 다가가 볼 수 있다. 두지나루에는 일반 어선도 정박해 있다.

  두지나루를 지나 평화누리길을 따라가면 적성면 자장리로 접어든다. 자장리의 북쪽에서는 임진강이 동에서 서로 흐른다. 자장리는 본래 적성군 서면 지역으로 국사봉 밑이 되므로 자핫골로도 불렸다. 이 지역 임진강변에 붉은 찰흙이 넓게 분포되어 있어 붙은 이름이라고도 한다. 1953년 휴전 이후 휴전선에 가까우므로 군부대가 주둔하고 있다.

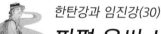
파평 윤씨 시조 태어난 '파평용연'

파주시는 대한민국 경기도의 북서부에 위치한다. 서북쪽으로 군사분계선을 경계로 북한의 개성시와 장풍군과 접한다. 휴전 협정이 조인된 판문점이 있으며, 통일로·자유로 등의 도로가 있다. 파주시는 한국전쟁 이후 의정부·양주와 함께 최전방의 군사도시로, 수도권 북부 지역의 군사 기능을 담당하고 있다. 1996년 파주군에서 파주시로 승격해 4읍 9면 7동을 관할하고 있다.

적성면 자장리를 출발한 발길은 다시 파평면 장파리로 접어든다. 임진강은 이 마을 서쪽에서 북에서 남으로 흐르고 있다. 동쪽의 낮은 구릉지를 제외하면, 마을에 전체적으로 농경지가 조성돼 있다. 지형상으로 임진강과 접해 있어 옛날에는

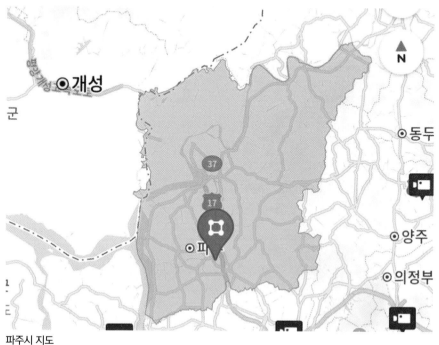

파주시 지도

눌노천 지도   파평면 행정복지센터

교통의 요지가 아니었나 하는 생각이다. 지금의 파평면은 지형이 험해 '바회베리마을'이라 했다. '바회베리'는 바위와 벼랑의 땅을 일컫는 순우리말이며, 이를 이두문자로 바꿔 파해평리(坡害平吏)라고 적었다. 후에 '리(吏)'를 '사(史)'로 잘못 적어 '파해평사'로 조선 시대까지 부르다가 파해평사 마을을 두 글자로 줄여 파평(坡平)이라 했다고 한다.

통일의 관문 시민중심의 파주

파평용연(출처 한국관광공사)

임진강을 따라 하류로 내려오면 눌노천이란 작은 하천이 임진강과 합류한다. 눌노천은 파주시 법원읍 직천리에서 시작하여 북쪽으로 흐르다 중류 지역에서 서쪽으로 흘러 임진강으로 유입되는 하천이다. 유역 상류부에는 파평 윤씨의 시조가 태어나 '윤씨 연못'으로도 불리는 '파평용연'이 있다. 눌노천에는 파주 사람들만 알고 있다는 유명한 벚꽃로드 '눌노천 벚꽃길'이 있다.

파평용연(坡平龍淵)은 파평 윤씨의 시조 윤신달이 태어난 곳으로 파평 윤씨의 성지라고 할 수 있다. 윤신달(尹莘達, 893년~973년)은 고려 태조 왕건을 도와 벽상삼한익찬2등공신(壁上三韓翊贊二等功臣)으로 삼중대광태사(三重大匡太師)에 이르렀다. 943년 혜종이 즉위하자 동경대도독으로 부임하여 30년 간 재임하다가 81세에 임지에서 서거했다. 묘는 포항시 기계면 봉계리 구봉산 아래에 있다.

파평용연은 태고부터 지하수가 솟아나는 천연 연못이다. 전설에 따르면 893년 (신라 진성왕 7년) 음력 8월 15일 운무가 자욱한 용연에 옥함이 떠 있는 것을 보고 근처에 사는 윤온이라는 할머니가 거두어 열어 보니 옥동자가 들어 있었다. 그는 오

윤관 장군 묘역.(2015년 8월)

색찬란한 깃털에 쌓여 있었고, 양 어깨에는 해와 달을 상징하는 붉은 점과 좌우 양 겨드랑이에는 81개의 잉어 비늘이 있었다. 발바닥에는 북두칠성 형상인 7개의 흑점이 있었다고 한다.

이 연못에는 여름철 희귀식물인 노란 '개연꽃'이 자생하고 있다. 인근에 윤씨 관련 유적지가 많은데 파평산(坡平山, 496m) 정상에는 시조 윤신달이 말을 훈련하던 치마대(馳馬臺)가 있고, 그의 5대손인 윤관(尹瓘) 장군이 휴양과 시문을 즐기던 웅담리 상서대가 있다.

광탄면 분수리에는 윤관 장군의 묘가 있다. 파평 윤씨는 잉어를 먹지 않는다고 한다. 시조인 윤신달이 잉어가 환생했다는 설과 윤관이 여진 정벌 때 잉어의 도움으로 위기에서 벗어 났다는 이야기가 있기 때문이다.

율곡의 예언 "화석정에 불을 지르라"

눌노천을 지나고 율곡수목원 입구를 지나면 율곡습지공원이 나온다. 율곡습지
공원은 파주시 파평면 율곡리에 버려져 있던 습지를 주민들이 생태공원으로 만든
곳이다.

봄이면 유채꽃이 화사하고 가을이면 코스모스가 하늘하늘 거린다. 율곡습지공
원은 평화누리길 8코스의 종점이며, 9코스의 시작점이기도 하다. 임진각평화누리
공원까지 생태탐방로도 조성되어 있어 도보 여행 코스로도 좋다.

공원의 소망광장에는 풍요와 건강을 기원하는 솟대와 장승, 소원을 빌어 주는
돌탑, 부부 화합과 다산을 상징하는 남근석과 항아리 탑이 광장을 메운다.

화석정

율곡습지공원 밤나무숲(2017년 5월)　　　율곡습지공원 항아리탑과 남근석(2017년 5월)

저수지에는 연과 애기부들 등 수생식물들은 내년의 여름을 기다리며 겨울 동안 습지를 지킨다. 율곡(栗谷)이라는 이름답게 밤나무가 계절에 맞게 나목(裸木)으로 숲을 이뤘다. 율곡은 아버지 고향이며, 성장한 곳으로 이이(李珥, 1536년~1584년)의 아호(雅號)가 되었다.

습지공원에서 산마루로 오르면 화석정이다. 임진강가 벼랑 위에 자리 잡고 있는 화석정(花石亭)은 원래 고려 말 대유학자인 길재(吉再)의 유지(遺址)였다고는 하나 자세한 문헌 기록은 없다. 그후 1443년(세종 25년) 율곡 이이의 5대 조부인 강평공(康平公) 이명신(李明晨)이 세운 것을 1478년(성종 9년) 율곡의 증조부 이의석(李宜碩)이 보수하고 몽암 이숙함이 화석정이라 이름 지었다. 그 후 이이가 다시 중수하여 여가가 날 때마다 이곳을 찾았고 관직을 물러난 후에는 이곳에서 제자들과 함께 여생을 보냈다.

화석정은 임진왜란 때 불에 타 80여 년 간 터만 남아 있다가 1673(현종 14년) 후손들이 복원했으나, 한국전쟁 때 다시 전소되었다. 현재의 정자는 1966년 파주의 유림들이 다시 복원했고, 건물의 내부에는 이이가 8세 때 지었다는 '화석정 팔세부시(八歲賦詩)' 편액이 걸려 있다.

율곡은 임진나루에 있는 화석정에 틈이 날 때마다 들기름으로 정자 마루와 기둥을 닦도록 하고, 임종 때 "어려움이 닥치면 열어 보라"며 밀봉한 편지를 남겼다.

1592년 임진왜란이 일어나 선조가 의주로 피난 갈 때 어려움이 닥치자, 수행한 이 항복이 봉서(封書)를 열어 보니 "화석정에 불을 지르라"고 쓰여 있어 불을 지르니 기름이 잘 먹은 화석정에 불길이 치솟자 임진나루가 대낮같이 밝아져서 선조 일행이 무사히 강을 건널 수 있었다 한다.

화석정 아래로는 철조망이 촘촘해 밑으로 내려 갈 수 없지만 그 밑으로 임진나루가 있다. 임진나루는 장단나루와 함께 고대부터 한반도 남북을 연결하는 교통의 요지였다. 특히 조선이 도읍지를 한양으로 천도하면서 임진나루는 한양 북방의 군사적 요새로 주목받았다. 주변 강안이 모두 수직 절벽으로 이루어져 있고, 그 사이로 좁은 외길만 남쪽으로 연결되어 천혜의 요새를 이루기 때문이다.

조선 태종은 임진나루를 지나면서 조선 최초의 거북선들이 훈련하는 모습을 지켜보기도 했다. 하지만 조선 시대 임진나루에 본격적인 방어 시설이 설치된 것은 영조(1755년) 때 임진나루에 '임진진'이라는 군진을 설치했고, 그 주둔지로 나루 안쪽

철책 안의 임진나루

임진나루터 　　　　　　　　　　　　　파평면 율곡리

협곡을 가로지르는 차단성이란 성벽을 쌓을 때부터다. 차단성은 험준한 절벽으로 둘러막힌 교통의 요지에 간단히 성벽을 쌓아 만든 성이다.

　임진나루는 자연환경과 조화를 이루는 명승지였다. 조선 시대 시인, 관료, 중국 사신 등이 이곳을 지나며 그 경치에 감탄하여 남긴 시문도 다수가 전해온다. 임진 나루는 일제 강점기를 지나 1950년 무렵까지도 비교적 원래 모습을 유지했으나, 1953년경 한국전쟁 때 완전 폐허가 된 채 민간인이 출입할 수 없는 군사 지역이 되었다. 단 한 장의 사진 자료도 없이, 인근 마을 주민들의 기억 속에 그 모습이 희미하게 전해져 왔다.

　　　화석정 시 '팔세부시(八歲賦詩)'

　　　숲속 정자에 가을이 이미 깊어드니(林亭秋已晚 임정추기만)
　　　시인의 시정은 그지없구나(騷客意無窮 소객의무궁)
　　　멀리 물빛은 하늘에 닿아 푸르고(遠水連天碧 원수연천벽)
　　　서리 맞은 단풍은 햇빛을 향해 붉구나(霜楓向日紅 상풍향일홍)
　　　산에는 둥근 달이 솟아오르고(山吐孤輪月 산토고륜월)
　　　강은 멀리에서 불어오는 바람을 머금었네(江含萬里風 강함만리풍)
　　　변방의 기러기는 어디로 가는 것인가(塞鴻何處去 새홍하처거)
　　　울고 가는 소리 저녁구름 속으로 사라지네(聲斷暮雲中 성단모운중)

호로고루 입구의 '광개토대왕릉비'

예전에 들르지 못한 호로고루성과 경순왕릉을 보기 위해 장남교를 건넌다.

호로고루성은 연천군 장남면 원산리에 있고, 경순왕릉은 가까운 곳인 고량포리에 있다. 한국전쟁 이전에는 장단군이었으나, 휴전선으로 장단군이 나눠지면서 연천군 장남면이 되었다.

장남면 원당리에 있는 호로고루(瓠蘆古壘)는 임진강의 자연 지형을 이용한 고구려의 전략적으로 매우 중요한 요새였다. '호로고루'라는 명칭은 이 일대의 임진강을 호로하(瓠蘆河)로 부르는 데서 유래했다. 성의 둘레는 401m이며, 남쪽과 북쪽의 현무암 절벽을 성벽으로 이용하고 평야로 이어지는 동쪽에만 성벽을 쌓아 삼각형 모양의 성을 만들었다.

호로고루 성은 고구려가 처음 쌓았으나, 668년 고구려가 멸망하고 이어 나당전쟁에서 신라가 승리하며 신라의 것이 되었다. 신라는 고구려 성벽을 그대로 둔 상

호로고루 동벽

호로고루 서쪽 평지성　　　　　　　　호로고루 성벽

태에서 성벽을 덧붙여 쌓는 방식으로 보수했다. 고구려 성벽은 신라 성벽에 가려져 그 모습을 확인할 수 없었으나, 한국전쟁 당시 성벽의 윗부분과 남쪽 부분이 크게 훼손되어 있었다.

6세기 중엽 이후 한강 유역에서 후퇴한 고구려는 7세기 후반까지 약 120여 년 동안 임진강을 남쪽 국경으로 삼으며, 임진강 하류부터 상류 쪽으로 덕진산성, 호로고루, 당포성 등 10여 개의 고구려 성을 일정한 간격으로 배치했다. 호로고루는 고구려 평양과 백제 한성을 영결하는 간선도로상에 있을 뿐만 아니라 말을 타고 강을 건널 수 있는 길목을 지킬 수 있어 남쪽 국경 방위에 중요한 기능을 수행했을 것으로 추정된다.

지금까지 수 차에 걸쳐 발굴조사 결과 성 내부에서 건물지와 수혈유구(竪穴遺構), 대규모 석축집수지, 우물, 목책 등 다양한 유구와 연화문와당, 치미, 호자(虎子), 벼루 외에도 많은 양의 고구려 토기가 출토되었다. 기와가 나온 것은 화려한 기와 건물과 이에 상응한 상당히 높은 신분의 지휘관이 호로고루에 상주하고 있었음을 짐작하게 한다.

호로고루 입구에는 북에서 온 광개토대왕릉비가 있다. 이 비는 2002년 북한에 소재한 국보급 유·벽화 고분을 북한에서 모형으로 제작하여 제공한 남북사회문화협력사업의 결과로 남한에 들어왔다. 당시 이 사업을 주도하며 이 비를 소장하고 있던 민족화해협력범국민협의회(민화협)가 2015년 연천군에 기증함에 따라 고구려의 기상을 되새기고, 남북의 통일과 화합을 기원하는 뜻을 담아 고구려 유적의 대표지인 이곳에 비를 세웠다.

광개토대왕릉비는 아들인 장수왕이 영토를 확장한 부왕의 업적을 기리기 위해 당시 수도였던 국내성 동쪽(현 중국 길림성 집안현 통구 지역)에 능과 함께 비를 세웠다.

비석은 불규칙한 직사각형 모양의 커다란 응회암으로 4면에 44행 1775자의 비문을 새겼다. 높이는 6.39m, 너비와 폭은 1.35~2m다. 비문은 앞머리에 시조 주몽에서부터 광개토대왕까지 계보와 업적이 적혀 있다. 본문은 광개토대왕의 정복활동 등이 기록되어 있다. 끝머리는 능을 지키는 사람들의 이름이 새겨 있다.

광개토대왕릉비 전면

광개토대왕릉비 후면

솟대   망향단

　호로고루 동벽 강변에는 솟대가 세워져 있고, 서쪽 끝 삼각 지점에는 망향단이 설치되어 있다. 솟대는 나무나 돌로 만든 새를 장대나 돌기둥 위에 앉혀 마을 수호신으로 믿는 상징물로, 삼한 시대의 소도(蘇塗) 유풍으로 인식하나, 긴 장대 끝에 오리 모양을 깎아 올려 놓아 하늘과 땅을 연결하는 신간(神竿) 역할을 하여 화재, 질병 등 재앙을 막아 주는 마을의 수호신으로 모셨다.

　통일바라기 망향단은 이곳이 접경 지역으로 실향민을 위한 배려로 생각된다.

비운의 왕 잠든 '신라경순왕릉'

발길은 가까이에 있는 경순왕릉으로 이동한다. 경순왕(敬順王)은 신라 제56대 왕(927~935 재위)이며, 마지막 왕인 비운의 왕으로 연천군 장남면 고량포리 휴전선 남방한계선 철책 아래에 영면해 있다. 경순왕은 신라 제46대 문성왕의 6대손이며, 이찬 효종(孝宗)의 아들이다. 이름은 김부(金傅)로 927년 후백제 견훤의 습격을 받은 경애왕이 시해되고, 견훤의 비호를 받으며 뒤를 이어 왕위에 올랐다.

경순왕은 931년 왕건을 만났다. 견훤은 성난 맹수 같은데, 왕건은 부드럽고 법도가 있는 사람으로 느꼈다. 견훤의 횡포에 질린 신라인들은 왕건의 나긋나긋한 말에 호감을 갖았다. 궁예를 몰아내고 왕위에 오른 왕건은 지방 호족들의 사위가

경순왕릉

신라 경순왕릉 입구　　　　　　　　경순왕릉비

되어 주변을 관리했다. 후백제의 잦은 침공과 지방의 분열로 국권은 바닥을 치고 있었다. 경순왕은 "전쟁으로 인해 백성을 더 이상 다치게 할 수는 없다"며 일부 신하들의 반대를 물리치고 왕건에게 항복했다.

큰아들 마의태자는 "나라의 존망에는 반드시 천명이 있으니 힘을 다하지 않고 천년 사직을 가벼이 남에게 넘겨 줄 수 없다"며 항복을 극구 반대했으나, 경순왕은 국서(國書)를 왕건에게 보내어 항복하고 재위 9년 만에 왕위에서 물러났다. 과연 최치원의 예언인 "계림(신라)은 고엽(枯葉)이요, 송악(고려)은 청송(靑松)"이라 했던 말이 맞아 떨어진 것인가? 마의태자는 통곡하며 용문산을 거쳐 금강산으로 들어 갔다.

경순왕은 왕건으로부터 정승공(正承公)에 봉해지며 왕건의 딸(낙랑공주)과 다시 혼인하고 녹 1천 석과 함께 경주를 식읍지로 받았다. 항복한 지 43년 만인 978년(고려 경종 3년)에 세상을 떠나 경순(敬順)이란 시호를 받고 이곳에 묻혔다. 행방을 모르다가 조선 영조 때 김성운 등이 발견한 비에서 "시호 경순왕을 왕의 예우로 장단 옛 고을의 남쪽 8리에 장사지내다(諡敬順以王禮葬于長湍古府南八里)"라는 명문 때문에 800여 년 만에 묘가 밝혀졌다.

지금의 능에 세워진 '신라 경순왕의 능' 비는 1747년(조선 영조 23년)에 세워져 있어 능의 석조물도 이때 조성된 것 같다. 능이 소박하긴 하나 신라 왕릉에는 없는 곡장이 봉분을 감싸고 있다. 봉분의 망주석과 장명등 등 석물은 조선 시대에 만들어진 것 같고, 비문은 그동안 방치되어 마모가 심해 판독이 거의 불가능하다. 1975년 사적으로 지정되었지만, 패망한 나라의 왕의 모습은 사람들의 발길이 뜸할 수밖에 없는 남방한계선 철조망 아래 망국의 한을 안은 채 쓸쓸하게 누워 있다.

경순왕릉이 있는 고랑포구는 개성에서 자전거로 1시간 정도 밖에 안 되는 곳으로, 한국전쟁 전까지는 한양과 개성의 물자가 교류되는 임진강의 최대 교역항이었다. 당시 경기도 연천, 강원도 철원, 황해도 금천 등 인근 지역에서 생산되는 농·특산물의 집산지였다. 상권이 왕성할 때는 화신백화점 분점이 있을 정도로 대규모 상업 지역이었다. 그 화려했던 고랑포구도 파주 적성면과 연천 장남면을 잇는 장남교가 개통되면서 흔적 없이 사라졌다.

다시 장남교를 건너 화석정을 지나 문산읍 임진리 임진강으로 나간다. 임진리는 옛날 임진나루가 있어서 붙여진 이름이다. 문산읍은 원래 파주목 칠정면으로 기록

장남교와 감악산(2017년 2월)

문산읍 지도

개성 송악산

되어 있었으나 1910년에 임진강의 이름을 따서 임진면으로 개칭되었다. 1973년에 임진면이 읍으로 승격되면서 면사무소가 위치한 문산의 이름을 따서 문산읍이 되었다. 1996년 파주군이 시로 승격됨에 따라 파주시 문산읍이다.

임진강 건너 동쪽으로는 개성의 송악산이 오늘 따라 선명하다. 송악산(489m)은 고려의 도읍인 송도(松都)의 진산으로, 송악이라는 이름은 소나무를 심어 '그 명(名)이 체(體)를 표현한다'는 풍수사상에서 유래한다. 산 전체가 주로 화강암의 큰 바위로 되어 있으며, 기암괴석·활엽수림의 조화가 뛰어나다고 한다.

송악산(松嶽山)은 곡령(鵠嶺)·문숭산(文崧山)·부소갑(扶蘇岬)이라고도 불리고, 경기 5악 중의 하나다.

민통선 이북 '초평도' 자연의 보고

　숲길을 따라 올라선 곳은 장산 전망대다. 전망이 좋아 여름이면 사람들로 가득
했던 곳이었다. 날씨가 쌀쌀하고 이른 시간이라 그런지 한가롭다. 장산 전망대는
탁 트인 임진강의 흐름이 한눈에 들어오고, 강 건너 멀리로는 도라산, 개성공단, 가
정동 마을, 송악산, 대성동 마을, 마식령 산맥 줄기까지 관찰할 수 있는 임진강 최
고의 명소다. 저 멀게만 느껴지는 우리 땅! 이제 장막을 걷어치우고 다가갈 날만
기다려 본다.

　전망대에서 임진강을 바라보면 동쪽에서 둘로 갈라지고, 갈라진 물은 서쪽으
로 흐르다 다시 만나는데, 그 사이에 초평도가 있다. 초평도(草坪島)는 여울에 밀려

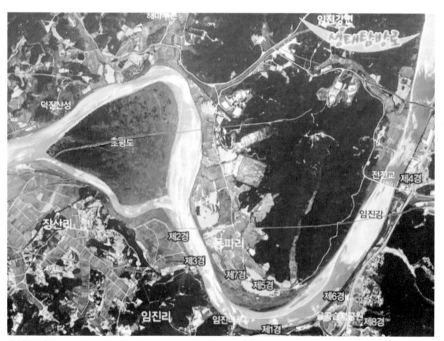

초평도 지도

장산 전망대에서 본 초평도.(2021년 5월)

통일대교 원경(2021년 5월)

온 토사가 켜켜이 쌓여 이루어진 하중도로, 파주시 문산읍 장산리의 북부에 위치한다. 섬의 면적은 약 1.77㎢로 여의도 면적의 약 2/3에 해당한다. 섬 전체가 민통선 북쪽에 위치해 출입이 엄격히 제한되어 멸종 위기 동식물이 서식하는 자연의 보고로 남아 있다. 원래 대부분 논이었던 이 섬은 한국전쟁 후 사람이 살지 않게 되면서 습지 생태계의 보고가 되었다. 환경부가 2012년 초에 임진강 하구 습지보호구역을 지정하면서 초평도를 제외하여 논란이 된 적이 있다.

초평도는 지뢰가 많이 묻혀 있어 아무도 이곳에 들어갈 수 없다. 홍수 시에는 지뢰가 떠내려 가기도 하고, 불발탄이 떠내려 오기도 한다. 간혹 군인 사격장으로 사용되었는데, 유탄으로 2009년 2월에 큰 화재가 발생하기도 했다.

장산리에서 임진각 방향으로 들어서면 문산읍 마정리다. 마정리는 조선 시대 파주군 마정면 지역이다. 옛날 안개가 자욱한 어느 날 새벽 햇살 기둥이 우물에 꽂히자 그 안에서 갑자기 용마가 뛰어나왔다고 하여 붙은 지명이다. '말우물(馬井)'이라고도 한다.

제1호 국도(목포~신의주)는 들녘 한가운데를 지나 통일대교를 통해 임진강을 가로 지른다. 이 다리는 기존 판문점의 자유의 다리를 대체하기 위해 1998년 6월 15일에 준공되었다. 당시 정주영 현대그룹 명예회장이 준공 다음 날인 6월 16일에 이 다리를 이용하여 소 500마리를 트럭 50대에 나눠 싣고 방북했다. 그러나 이곳은 민간인 출입 통제 구역으로 사전 허가가 필요하다.

철책 안 '임진강 생태 탐방로'

제1호 국도 자유IC를 지나면 평화누리공원이다. 임진강변으로는 철조망이 더 촘촘하게 얽혀 있다.

강변의 하천부지는 벼를 경작하는 논으로 변했고, 농민들은 경작 허가와 출입 허가를 받아 정해진 시간 안에 출입하여 농사를 짓는다. 그 철조망은 문이 열리기 전까지는 사람도 세월도 가두어 놓은 그물이다. 참고로 군 당국에서는 계절에 따라 한시적으로 임진강 생태 탐방로를 개설하여 개방하고 있다.

'임진강변 생태 탐방로'는 임진각평화누리공원에서 통일대교, 초평도, 임진나루를 지나 율곡습지공원까지 이어지는 9.1㎞구간이다. 철책이 설치되어 민간인의 출입이 통제되던 순찰로였던 곳을 임진강 따라 걷는 생태 탐방로로 만들었는데, 아직까지는 시간 및 인원 제한과 절차상의 번거로움이 있다.

철책 안의 임진강

평화의 종각

장단콩 축제

　'임진각평화누리공원'은 2005 세계평화축전을 계기로 임진각 관광지 내의 광활한 잔디 언덕에 조성한 복합문화공간이다. 한국전쟁 중에 참담한 전쟁터였던 임진각은 한국전쟁의 비극이 그대로 남아 있는 대표적 평화 관광지다. 전쟁 초기에 폭파되어 지금까지도 남아 있는 임진강 철교, 공산군의 포로였던 국군과 유엔군이 자유를 찾아 건너왔던 자유의 다리 등 다양한 전쟁 유물이 산재되어 있다.

　북한 실향민을 위한 임진각이 세워지면서 임진각관광지로 지정되었다. 평화누리공원은 이러한 분단과 냉전의 상징이었던 임진각을 화해와 상생, 평화와 통일의 상징으로 전환시키기 위해서다. 현재는 평화누리, 임진각 평화곤돌라, 6·25전쟁 납북자기념관, 어린이 놀이시설 등의 새로운 시설이 들어서 있다.

　실향민들을 위해 세워진 망배단은 추석이나 설 명절 등에 고향을 향해 제사를 지내는 추모 제단으로 망향의 상념을 달래는 장소다.

　운행이 중단된 독개다리(철교) 앞에는 달리고 싶은 철마가 총탄에 맞은 자국을 안은 채 북을 향해 숨을 헐떡이고 있다. "비가 오나 눈이 오나 바람이 부나~" 설운도의 '잃어버린 30년' 노래비에서는 애절한 목소리가 배어 나온다.

　평화누리공원에서는 마침 장단콩축제가 막바지를 향하고 있었다. 콩은 만주지역을 포함한 우리나라가 원산지며, 전국에서 생산된다. '장단콩'이란 이름이 생긴 것은 일제 강점기인 1913년의 일이다. 일제는 장단 지역에서 수집한 재래종 콩에서 '장단백목'이라는 장려 품종을 선발했다. 장단백목은 한반도 최초의 콩 보급 품종으로 해방 이후에도 이 장단백목을 이용하여 장려 품종이 개발되기도 했다.

황희 정승 발자취 담긴 '반구정'

임진강역에서 약 4km쯤 떨어진 곳에 반구정이 있다. 이곳은 나랏일에는 엄정하고 남들에게는 온유하며 자신에게는 엄격했던 '황희(黃喜)'의 발자취를 찾아볼 수 있는 곳이다. 방촌기념관, 고직사, 월헌사, 방촌영당, 경모재, 황희 동상이 있고, 우측으로 앙지대와 반구정이 임진강 절벽 위에 우뚝 서 있다. 청정문(淸政門)은 삼문(三門) 맞배 지붕으로 평상시에는 가운데 문은 닫혀 있다. '청정(淸政)'이란 방촌 황희가 청백리로서 정치를 했다는 의미로 재상으로서 바르게 정사를 돌보았던 방촌의 인품을 담았다. 월헌사(月軒祠)는 황희의 현손 황맹헌의 부조묘(不祧廟)다.

반구정(伴鷗亭)은 조선 초기의 명재상 방촌 황희가 87세의 나이로 18년 간 재임하던 영의정에서 물러나 갈매기를 벗 삼아 여생을 보낸 곳이다. 푸른 물이 아래로 굽이쳐 흐르고 송림이 울창해 좋은 풍경을 이룬다.

반구정

방촌기념관

황희 동상

  반구정 위쪽으로 앙지대란 정자가 있다. 앙지대(仰止臺)는 원래 반구정이 있던 자리다. 반구정을 아래로 옮기면서 원래의 자리를 기념하기 위해 육각형의 좀 더 화려하게 보이는 앙지대라는 정자를 세웠다. '앙지(仰止)'는 '덕망이나 인품 때문에 우러르고 사모'한다는 뜻이다. 계단을 타고 맞은편으로 내려가면 방촌영당과 황희 동상 등이 있다. 고려의 유신(遺臣) 황희는 조선이 개국하자 두문동에 들어가 은거했으나 태조 이성계의 부름으로 다시 조정에 나와 여러 관직을 거쳤으며, 태종 때 양녕대군의 세자 폐위에 극구 반대하여 귀양을 가기도 했다. 적당히 시대와 타협하며 세상을 살아가기도 했으나, 자신의 원칙과 소신에 따른 강직한 성품으로 영의정을 18년 간 봉직했다.

  방촌영당은 황희의 유업을 기리기 위해 후손들이 영정을 모시고 제사를 지내는 곳이다. 1452년(문종 2년) 황희가 세상을 떠나자 세종의 묘정(廟庭)에 배향하고 1455년에 유림들이 그의 유덕을 추모하기 위해 현재의 위치에 반구정·앙지대·경모재와 함께 이 영당을 짓고 영정을 모셨다.

  조선의 많은 선비들은 안분지족(安分知足)을 생활의 제일의 덕목으로 삼았다. 아마도 청백리(淸白吏) 칭송을 받는 방촌 황희는 자기 분수에 맞게 생활하기 위해 임진강변 오지에 반구정을 지어 갈매기를 벗 삼아 안분지족하며 여생을 보냈는지도 모르겠다. 돈과 권력에 노예가 되어 한없이 욕심을 채워 나가는 현대인들에게 그 의미를 되새겨 보는 반구정이 되었으면 한다.

율곡 이이 학문·덕행 기리는 '자운서원'

내친김에 파주시 법원읍 동문리에 있는 '율곡선생유적지'로 이동한다.

이원수와 사임당 신씨의 사이에서 셋째 아들로 태어난 율곡 이이(栗谷 李珥)는 외가인 강릉 오죽헌에서 출생했지만, 아버지의 고향인 파주의 율곡리에서 성장하고 학문을 익혔다. 부모의 용꿈으로 점지된 율곡은 수재의 재능이 있었다. 과거에 응시 9번 장원급제를 차지해 '구도장원공(九度壯元公)'이라는 별칭을 얻었고, 이런 율곡이 과거를 보러 가며 걸었던 길이 '율곡 이이 구도장원길'이 되었다.

'율곡선생유적지'에는 '율곡기념관'이 있고, 그 옆으로 신사임당과 율곡의 동상이 나란히 서 있다. 좌측으로는 신도비와 자운서원이 있으며, 위쪽으로 율곡과 부모 등 가족 묘원이 있다.

신사임당과 이이 동상

율곡기념관은 자운서원 경내에 있으며 율곡과 신사임당의 유품이 전시되어 있다. 자운서원(紫雲書院)은 1615년(광해군 7년) 지방 유림의 공의로 율곡 이이의 학문과 덕행을 기리기 위해 창건되어 1650년(효종 원년) 자운(紫雲)이라는 사액(賜額)을 받았다. 1713년(숙종 39년) 김장생과 박세채를 추가로 배향하여 선현 배향과 지방 교육을 담당하다

율곡 이이의 묘소(후면)

가 1868년(고종 5년) 흥선대원군의 서원 철폐령으로 훼철되었다. 1969년 지방 유림의 기금과 국비 보조로 복원하여 1975년과 1976년에 보수되었다.

매년 8월 중정(中丁)에 향사를 지낸다. 경기도기념물로 지정되었다가, 2013년에 사적으로 승격되어 '파주 이이 유적'에 포함되었다.

서원 우측 언덕로 율곡을 포함한 가족 묘원이 있다. 율곡의 직계 가족이 중심 묘역에 나란히 잠들어 있다. 가장 윗자리에 율곡과 부인 곡산 노씨의 묘(경기도 기념물 제15호)가 자리하고 그 아래 맏형 이선과 부인 곽씨의 합장묘가, 그 아래에 모친 신사임당과 부친 이원수의 합장묘(경기도 기념물 제14호)가 있다. 가장 아래쪽에 있는 것은 율곡 선생의 맏아들인 이경림 묘다.

가족 묘원의 특이한 점은 율곡의 묘와 맏형 부부의 합장묘가 부모의 합장묘보다 위에 있다는 것이다. 이는 조선 시대 종종 있었던 역장묘(逆葬墓)의 형태로 풍수를 중요시했던 당시의 풍습에 따른 것이라 하더라도 충효를 더 중시했던 당시 상황으로는 좀 이해하기가 어렵다. 그리고 율곡 부부의 묘가 전후 합장 방식으로 조성한 것은 부인 노씨가 왜인을 꾸짖다 살해되었기 때문이라고 한다.

율곡 이이가 1583년 병조판서 재직 때 '시무육조(時務六條)'를 바치며 십만양병설 등 개혁안을 주장했으나, 당시 반대파의 "당쟁을 조장한다"는 탄핵을 받아 관직에서 물러났다가 이듬해인 1584년 정월에 49세의 나이로 숨을 거둔다. 시무육조에

는 "창업(創業)보다 수성(守成)이 더 어렵고, 수성보다 경장(更張)이 더 어렵다"고 서술하고 있다. 율곡의 정신으로 시대를 개혁하는 마음을 다짐해 보는 것도 생각해 볼 일이다.

이제 한탄강과 임진강 도보 답사 마무리를 위해 파주시 탄현면 성동IC 부근으로 이동한다. 이곳에서 한강과 임진강이 만나 조강(祖江)이 되어 김포 애기봉 아래로 하여 서해로 흘러 들어간다. 철조망 옆으로 다가갈 수 없어서 먼발치로 바라보는 마음이 무겁다.

우리 헌법 제3조는 대한민국의 영토를 '한반도와 그 부속도서'로 규정한다. 엄연한 한반도인 북녘 땅이 왜 철조망으로 가로막혀 있을까? 언제쯤 남북을 가로막은 철조망이 걷히고, 북녘 땅 평양과 신의주를 거쳐 고구려의 혼이 서린 압록강 너머 만주 땅까지 마음 놓고 갈 수 있을까? 바람도 구름도 새들도 자유로이 넘나들고, 지금은 철길이 북으로 쭉 뻗어 있는데 달리고 싶은 녹슨은 화통만 남아 있다.

임진강과 한강의 합류 지점